Edward L. Ferman und
Anne Jordan (Hrsg.):

Die besten Horror-Stories

Aus dem Amerikanischen von Stefan Troßbach

Knaur®

Deutsche Erstausgabe 1989

Titel der Originalausgabe »The Best Horror Stories from the Magazine of Fantasy & Science Fiction«

Umschlaggestaltung Adolf Bachmann
Umschlagillustration Marion + Doris Arnemann
Satz Compusatz GmbH, München
Druck und Bindung May & Co., Darmstadt
Printed in Germany 5 4
ISBN 3-426-01835-7

Inhalt

VORWORT

Ein Freund von mir – der Horrorgeschichten schreibt – erstarrt vor Furcht bei dem Gedanken, in einem dieser rundumverglasten Aufzüge fahren zu müssen. Er hat sich einiges entgehen lassen, weil er buchstäblich außerstande ist, in so einen Lift zu steigen. Ich selber bin nicht allzu scharf auf Schlangen und Insekten, und je größer sie sind, desto schneller werde ich aktiv – in der entgegengesetzten Richtung. Aber glaube ich *wirklich*, daß die Spinne, die vor meinem Fenster baumelt und vielleicht einen Millimeter groß ist, plötzlich zum Raubtier werden, mich anfallen und mich vom Antlitz der Erde tilgen könnte? Verstandesmäßig betrachtet nicht. Oder vielleicht doch ...

Die Mechanismen der Angst sind erbarmungslos, subjektiv und beziehen ihre Kraft aus der Phantasie. Wir alle sind in der Lage, uns »Was-wäre-wenn«-Situationen vorzustellen, doch um aus diesem »Was-wäre-wenn« eine qualitativ hochwertige Geschichte zu zimmern, ist echtes literarisches Talent erforderlich. Während ich vor einem Käfer nur das Weite suche, macht eine Autorin vom Schlage Lisa Tuttles aus ebendiesem Insekt eine so runde und *sehr* unheimliche Geschichte wie *Das Haus der Käfer.* Wenn es um Horrorstories geht, ist des einen Alptraum die Inspiration des anderen, und den heutigen Horrorgeschichten sind nur durch die Phantasie des Verfassers Grenzen gesetzt.

Im zwanzigsten Jahrhundert ist die Gattung volljährig geworden. Die Horrorstory ist nicht mehr nur die Schilderung einer unheimlichen oder gespenstischen Begebenheit, sondern erzählt von ganz normalen Menschen – Menschen, die auf das Dunkel und die Schattenseite ihrer Seele reagieren –, dort, wo jede Kontrolle ausgeschaltet wurde und das Chaos droht. In seinem kleinen Schauerroman *Die Burg von Otranto* (1765), mit dem er das Genre der »Gotik« schuf, gab Horace Walpole auch den Tenor und die Grundstimmung der modernen Horrorgeschichte vor, zu denen jeder seiner Nachfolger irgend etwas Neues hinzufügte. Heute kann uns daher alles immer und überall in Furcht versetzen.

Das Grauen hat sich aus der Burg heraus- und in *jedes* schattige Eckchen hineingeschlichen.
Was immer uns an einer Geschichte aber ängstigt, muß überzeugend sein. Und dazu ist handwerkliches Können erforderlich. Jemand anderem eine Gänsehaut bereiten, kann jeder (stellen Sie sich vor, Sie rutschen ein Treppengeländer hinunter, das sich in eine Rasierklinge verwandelt – kleiner inwendiger Schauer?), aber um diesen Schauer eine Geschichte zu ranken und auch den Figuren Leben einzuhauchen, dazu ist außergewöhnliches Talent vonnöten.
Wir vom *Magazine of Fantasy & Science Fiction* freuen uns jedesmal sehr, wenn wir auf ein solches Talent stoßen. Beim Durchlesen eines Manuskripts halten wir in allererster Linie nach schriftstellerischer Qualität Ausschau, nach handwerklichem Können; auf Blutrünstigkeit kommt es nicht an. Nur allzuoft verwechselt ein Anfänger, vielleicht unter dem Eindruck der heutigen Leinwandgemetzel, Blutbäche mit dem eigentlichen Funktionsmechanismus des Gruselns oder Grauens. Die besten Horrorgeschichten spielen mit unserem Bewußtsein und unseren Ängsten, nicht mit unserem flauen Magen.
Seit seinen Anfängen hat das *Magazine of Fantasy & Science Fiction* Horrorgeschichten veröffentlicht, die zu den besten ihrer Gattung gehören, und die hier ausgewählten Erzählungen sind ihrerseits das Beste vom Besten. Bei der Zusammenstellung dieser Anthologie waren wir bemüht, für jeden Geschmack etwas zu bringen. Russell Kirks *Balgrummos Hölle* zum Beispiel hat einen Anflug von Antiquiertheit. Die Geschichte macht, obwohl in der heutigen Welt angesiedelt, in vieler Hinsicht von den Konventionen des traditionellen gotischen Horrorgenres Gebrauch und ist eine der unheimlichsten, die je geschrieben wurden, während *Gladys' Gregory* von John Anthony West Sie unweigerlich zum Lachen bringen wird – wenn auch vielleicht einem nervösen.
Dann wiederum finden Sie hier Geschichten, die mehr der Spielart »Schau über die Schulter und schließ die Tür zu« angehören. Patricia Ferraras *Steigende Wasser* ist eine elegant geschriebene, überaus gespenstische Erzählung, während Pamela Sargents *Alte Finsternis* zu einem unglaublichen Anstieg Ihrer Stromrechnung

führen könnte. Wer seinen Horror lieber mit etwas mehr Wissenschaft und Science-fiction verquickt mag, bekommt dies – und noch vieles mehr – in Michael Sheas *Autopsie.* Was die Geschichten dieser extrem abwechslungsreichen Sammlung jedoch vor allem gemein haben, ist ihre herausragende Qualität; sie wurden von überaus begabten Autoren geschrieben, und das mit dem ausdrücklichen Vorsatz, Sie vor Angst durch die Decke gehen zu lassen.

Horrorgeschichten – und besonders die vierundzwanzig hier abgedruckten – sind eine kunstvoll konstruierte Ermahnung. »Sieh dich vor!« rufen sie uns zu. »Selbst das winzigste Ding in unserer Welt könnte sich gegen uns wenden, könnte das Licht, könnte das Feuer auslöschen und uns im Dunkeln lassen. Allein. Und wartend ...«

Also – schließen Sie die Türen zu, drehen Sie alle Lichter an (aber behalten Sie die Taschenlampe trotzdem in Reichweite!), machen Sie sich's bequem, blättern Sie um, lesen Sie ... und genießen Sie den schleichenden Schatten der Furcht.

Aber sehen Sie sich vor!

ANNE DEVERAUX JORDAN

DAS FENSTER

BOB LEMAN

Bob Leman ist einer der geschätztesten und interessantesten Autoren von F & SF; er verwendet oft eine realistische, in der heutigen Zeit spielende Erzählung, um sie dann mit einem Dreh ins Erschrekkende, ins Anormale und manchmal ins Tödliche zu verkehren. *Das Fenster* – erstmals erschienen im Mai 1980 bei *F&SF* – gibt ein gutes Beispiel für Bobs Technik. Es ist eine packende Geschichte über ein militärisches Projekt zur Erforschung von Telekinese, bei dem es zu einem unglaublichen Zwischenfall kommt: dem Verschwinden eines ganzen Gebäudes samt einem der Forscher und dem Erscheinen von etwas, das die Stelle dieses Gebäudes einnimmt, auf entsetzliche Weise aber nicht das ist, was es zu sein scheint.

»Wir wissen einfach nicht, was, zum Teufel, da draußen vorgeht«, hatten sie Gilson in Washington gesagt. »Kann sein, daß es ganz schön groß ist. Der Spinner, der das Projekt leitet, hat versucht, es zu verheimlichen, aber die Armee leistete gerade ihre routinemäßige Sicherheitskontrolle, und der befehlshabende Offizier hat uns einen Tip gegeben. Ein verschrobenes Projekt. Wird offenbar schon seit Jahren finanziert, ohne daß jemand sehr darauf geachtet hat. Übersinnliche Wahrnehmung, du liebes bißchen! Und möglicherweise haben sie was entdeckt. Jedenfalls glaubt das der Colonel vom Sicherheitsdienst. Gehen Sie der Sache mal nach.«

Der »Spinner«, der das Unternehmen leitete, war ein zerknitterter Psychologieprofessor namens Krantz. Zusammen mit dem Colonel holte er Gilson vom Flughafen ab, und alle drei machten sie sich in einer Armeelimousine umgehend auf den Weg zum Ort des Geschehens. Der Colonel kam gleich zur Sache.

»Sie haben es hier mit was mächtig Sonderbarem zu tun, Gilson«, sagte er. »Weder ich noch sonstwer hat je so was gesehen. Krantz hier steht genauso vor einem Rätsel wie alle anderen. Und dabei hat er's doch hochgepäppelt. Wir sind bloß für die Sicherheit zuständig. Nicht, daß ihnen irgendwelche Gefahr gedroht hätte, bisher. Sogar Geheimhaltung war absolut überflüssig, außer, damit sich die Öffentlichkeit nicht zu Tode kichert. Unsere Anlage dort ist –«

»Dr. Krantz«, sagte Gilson, »besser, Sie geben mir einen kurzen Gesamtüberblick. Bisher habe ich nicht die geringste Information erhalten.«

Krantz war mit dem Anzünden einer Zigarre beschäftigt. Er blies eine stinkende Rauchwolke in die Luft und sagte durch den Nebel: »Wir vermissen ein Fertiggebäude, einen POBEC-Computer, mehrere medizinische Apparate sowie einen, äh, Forscher namens Culvergast.«

»Was heißt ›vermissen‹? Erklären Sie sich genauer«, verlangte Gilson.

»Sie sind fort. Verschwunden. Ein Gebäude samt allem, was darin war. Einfach nicht mehr da. Statt dessen haben wir etwas anderes bekommen.«

»Und das wäre?«

»Ich glaube, das sehen Sie sich besser selbst an«, erwiderte Krantz. »In ein paar Minuten sind wir da.« Sie fuhren gerade durch die Ausläufer des Stadtgebietes, eine Reihe heruntergekommener Ortschaften. Der Highway schlängelte sich in ein Flußtal hinunter, und an den Ufern erstreckten sich die Kleingemeinden – keine von ihnen breiter als ein oder zwei Häuserblocks –, deren Nebenstraßen steil die erste Anhöhe hinaufstiegen. In einer dieser todgeweihten Siedlungen verließen sie den Highway, um auf einer krummen Landstraße bergan zu holpern. Nachdem sie die Häuser hinter sich gelassen hatten, gingen die Pflastersteine in Asphalt über, und hinter dem Hügelkamm begann die Straße ebenso steil wieder abzufallen, wie sie angestiegen war. Nach einer Viertelmeile bogen sie in eine Zufahrt ein, die jeder, der nicht nach ihr Ausschau hielt, übersehen hätte. Sie befanden sich nun im Wald. Das Gebiet war schon einmal abgeholzt worden, aber die Rodung lag schon so lange zurück, daß man die Bäume fast für den ursprünglichen Bestand hätte halten können – schlank, hoch, erhaben, still und an diesem trüben Tag etwas düster.

»Hübsch«, meinte Gilson. »Wie kommt's überhaupt, daß ein derartiges Projekt so weit hier draußen angesiedelt ist?«
»Das Gelände war gerade ungenutzt«, antwortete der Colonel. »Schon seit dem Zweiten Weltkrieg. Sie haben es ursprünglich für irgendeine Weiterentwicklung von Annäherungszündern hergerichtet. Neunzehnachtundvierzig wurde die Anlage geschlossen. Stand leer, bis der Professor sie übernommen hat.«
»Culvergast ist ein bißchen exzentrisch«, fügte Krantz hinzu. »Er wollte partout nicht an der Universität arbeiten – zu viele Menschen, hat er gesagt. Als ich hörte, daß dieses Grundstück zu haben sei, stellte ich einen Nutzungsantrag und habe es bekommen – samt dem Colonel hier. Culvergast war glücklich über die Anlage, aber ich nehme an, dem Colonel geht er ein wenig auf die Nerven.«
»Culvergast ist nachweislich plem-plem«, entgegnete der Colonel, »und seine Helfershelfer sind sogar noch schlimmer.«
»Na, was, zum Teufel, hat er denn getan?« fragte Gilson.
Noch ehe Krantz zu einer Antwort kam, bremste der Fahrer vor einem Maschendrahttor, das quer über die Zufahrt verlief. Es war mit einem schweren Kettenschloß gesichert und wurde von bewaffneten Soldaten bewacht. Einer von ihnen – er hielt ein MG in Händen – spähte in den Wagen. »Alles okay, Sir?« fragte er.
»Okay mit Waffeln, Sergeant«, antwortete der Colonel. Offensichtlich handelte es sich um eine Parole. Der Unteroffizier öffnete das gewaltige Vorhängeschloß, das die Kette sicherte. »Ziemlich primitiv«, meinte der Colonel, während sie durch das Tor rumpelten, »aber es tut's, bis wir anständige Ausrüstung erhalten. Wir haben Männer, die mit Hunden am Zaun Patrouille schieben.« Er sah zu Gilson. »Gleich sind wir da. Jetzt gucken Sie sich das mal an.«
Es war ein Haus. Weiß, strahlend und deplaziert stand es inmitten einer Insel von Sonnenschein. Überall ringsum herrschte graue Waldesdüsternis unter einem zugezogenen Himmel, aber auf den blanken Fenstern des Hauses funkelte die Sonne, brachte die Farben der Blumenmeere in den sorgfältig gepflegten Rabatten zum Leuchten und reflektierte auf den jungfräulich weißen Wänden, die sich grell von der öden, geröllübersäten Lichtung mit ihren baufälligen Gebäudeknäueln abhoben.

»Sie hätten sich keinen besseren Zeitpunkt aussuchen können«, sagte der Colonel. »Dort Sonne, hier Wolken.«
Gilson hörte nicht hin. Er war aus dem Wagen gestiegen und starrte nun fasziniert geradeaus. »Mein Gott«, sagte er. »Wie eine gottverdammte viktorianische Postkarte.«
Eine Unzahl von Voluten schäumte über die Kanten und Simse des scheinbar planlos zusammengezimmerten Herrschaftshauses, tobte unter den Rinnen des steilen Daches dahin, klomm in filigraner Zierlichkeit an Türmen und Türmchen empor, schmückte tiefe Erkernischen und säumte eine lange, luftige Veranda. Hohe, schmale Fenster zeigten durch ihren räumlichen Abstand, daß die Zimmer groß und zahlreich waren. Allem Anschein nach handelte es sich um ein neues Haus, aber vielleicht war es auch nur frisch gestrichen und hervorragend in Schuß gehalten. Eine Zufahrt aus feinem weißen Kies führte unter einen hohen Torbogen.
»Was sagen Sie dazu?« fragte der Colonel. »Sieht das nicht aus wie das Haus Ihres Großpapas?«
Und in der Tat: Wie das Haus seines Großvaters, nur erweitert, vervollkommnet und durch eine nostalgische Brille gesehen – das Haus seines Großvaters, aber sorgfältiger gepflegt und gehätschelt, als es das alte Farmhaus je gewesen war. Er sagte: »Und das haben Sie also für das verschwundene Fertiggebäude bekommen, ja?«
»Es war genau so eins wie das da«, antwortete der Colonel, indem er auf eines der schäbigen Bauwerke zeigte. »Aber das Fertighaus konnten wir natürlich benutzen.«
»Was soll das heißen?«
»Passen Sie auf«, sagte der Colonel. Er nahm ein Steinchen vom Boden und schleuderte es nach dem Gebäude. Der Stein stieg empor, erreichte den Scheitelpunkt seiner Kurve, begann zu fallen – und war plötzlich nicht mehr da.
»Moment«, sagte Gilson. »Lassen Sie *mich* mal.«
Er warf seinen Stein wie einen Baseball, hoch und mit Schwung. Etwa fünfzehn Meter vor dem Haus löste sich auch dieser in Luft auf. Als Gilson auf den Punkt des Verschwindes starrte, wurde ihm bewußt, daß der ebene grüne Rasen genau darunter endete. Die Trennlinie verlief schnurgerade und beschrieb in der Nähe der

Zufahrt einen Winkel von neunzig Grad, so daß Rasen, Kiesweg und Gesträuch dort ebenfalls präzise von den Steinen und dem Unkraut abgeschnitten wurden, die den Boden der Lichtung bildeten.

»Es ist vollkommen quadratisch«, erklärte Krantz. »Oder besser gesagt: würfelförmig wahrscheinlich – etwa dreißig Meter auf jeder Seite. Wir wissen, daß das obere Ende sich in etwa siebenundzwanzig Metern Höhe befindet. Also dürfte es etwa drei Meter tief im Erdboden stecken.«

»›Es‹?« fragte Gilson. »›Es‹? Was ist dieses ›Es‹?«

»Wenn Sie mir das verraten, können Sie's behalten«, erwiderte Krantz. »Vielleicht ein dreißig mal dreißig Meter großes Drei-D-Fernsehgerät. Eine Kristallkugel in Würfelform. Wer weiß?«

»Die Steine, die wir geworfen haben. Sie haben das Haus nicht getroffen. Wo sind sie hin?«

»Ja, wohin? In der Tat! Beantworten Sie mir diese Frage, und vielleicht haben Sie die Antwort auf alles.«

Gilson holte tief Luft. »Also schön. Ich habe es gesehen. Jetzt erzählen Sie mir davon. Von Anfang an.«

Krantz schwieg einen Moment. Dann sagte er mit trockener Dozentenstimme: »Vor fünf Tagen, am dreizehnten Juni um elf Uhr vormittags etwa – drei Minuten hin oder her – hörte Soldat Ellis Mulvihill, der am Tor Wache stand, etwas, das er später als ›irgend so eine leise Explosion‹ beschrieb. Er betrat das Gelände, verschloß das Tor hinter sich und lief hierher auf die Lichtung. Er war erschüttert – ›wie vom Donner gerührt‹, lautete seine eigene Umschreibung –, als er statt Culvergasts zerfallenem Fertighaus dieses da erblickte. Wahrscheinlich hat er eine Weile dagestanden und geschluckt und geblinzelt, um die Information, die seine Augen ihm gaben, überhaupt zu verarbeiten. Dann ist er zum Wachhaus hinübergelaufen und rief den Colonel. Der wiederum mich rief. Wir sind hier herausgekommen und stellten fest, daß ein Hektar Land samt einem Gebäude und einem Mann, der sich darin befand, verschwunden und durch dies hier ersetzt worden war – so säuberlich, als hätte man in einem Spielbrett einen Stift ausgetauscht.«

»Sie glauben, das Fertiggebäude ist dort, wohin auch die Steine sind«, sagte Gilson. Es war eine Feststellung, keine Frage.

»Wir sind ja nicht einmal absolut sicher, daß es weg ist. Was wir da sehen, kann in Wirklichkeit nicht dort sein, wo wir es sehen. Wenn hier die Sonne scheint, regnet es auf das Haus da, und an so einem Tag wie jetzt können Sie die Sonne darauf sehen. Es ist ein Fenster.«
»Ein Fenster worauf?«
»Nun – das sieht doch aus wie ein neues Haus, nicht wahr? Wann hat man solche Häuser gebaut?«
»Achtzehnsiebzig oder -achtzig, so um die – oh.«
»Ja«, antwortete Krantz. »Ich glaube, wir blicken in die Vergangenheit.«
»Oh, ich bitte Sie!« sagte Gilson.
»Ich weiß, wie Ihnen zumute ist. Und ich kann mich irren. Aber ich muß sagen, es sieht mir ganz danach aus. Ich möchte, daß Sie hören, was Reeves dazu meint, ein Doktorand, der hier als Assistent arbeitet. Er ist von Anfang an dabeigewesen. Reeves!«
Ein sehr großer, sehr dünner junger Mann, der eng zusammengekauert über einem merkwürdig aussehenden Apparat an der Trennlinie zwischen Gras und Geröll gehockt hatte, richtete sich zu voller Größe auf und kam lässig zu den drei Männern herüber. Reeves war ein Enthusiast. »Oh, es stimmt schon. Es ist die Vergangenheit«, versicherte er. »Irgendwann in den achtzigern. Meine Freundin hat sich ein paar Bücher über Kostüme aus der Bibliothek geholt. Danach passen die Kleider für dieses Jahrzehnt. Und auch die Verzierungen auf dem Pferdegeschirr geben einen Hinweis. Das hab ich aus –«
»Einen Augenblick«, sagte Gilson. »*Kleider?* Soll das heißen, daß da drin Leute wohnen?«
»Oh, ja klar«, antwortete Reeves. »Eine saubere kleine Familie. Mama, Papa, kleines Mädchen, kleiner Junger, alte Oma oder Tante. Ein Hund. Brave Leute.«
»Woher wollen Sie das wissen?«
»Ich beobachte sie ja schon seit fünf Tagen. Sie haben – *hatten* – schönes Wetter dort – beziehungsweise damals oder wie immer Sie es ausdrücken wollen. Sie sind freundlich zueinander, sie *mögen* sich. Gute Menschen. Sie werden es schon sehen.«

»Wann?«

»Na ja, zur Zeit sind sie wohl gerade beim Essen. Aber nach dem Abendessen kommen sie normalerweise raus. So in einer Stunde vielleicht.«

»Ich werde warten«, antwortete Gilson. »Und bis dahin werden Sie mir bitte etwas mehr darüber erzählen.«

Krantz schlug wieder seinen Dozententonfall an. »Was seine Natur anbetrifft, nichts. Wir haben ein Fenster, von dem wir glauben, daß es sich in die Vergangenheit öffnet. Da wir hineinsehen können, wissen wir, daß Licht hindurchfällt; aber nur in einer Richtung, was dadurch belegt wird, daß die Leute da drüben keinerlei Notiz von uns nehmen. Ansonsten geht nichts hindurch. Sie haben ja selbst gesehen, was mit den Steinen passiert ist. Wir haben Stangen durch die unsichtbare Zwischenwand geschoben – es gibt nicht den geringsten Widerstand –, aber alles, was hindurchgeht, verschwindet Gott weiß wohin. Es bleibt dort drüben. Alles. Die Stange ist glatt entzweigeschnitten. Faszinierend. Aber wo immer diese Sachen auch sein mögen, dort, wo das Haus ist, sind sie nicht. Die Zwischenwand trennt uns nicht von der Vergangenheit; sie trennt uns von – irgendwo sonst. Meines Erachtens ist unser Fenster hier nur ein zufälliger Nebeneffekt, eine – eine Zeitverzerrung, die sich aus irgendwelchen Spannungen auf der Oberfläche der Zwischenwand selbst ergibt.«

Gilson seufzte. »Krantz«, sagte er, »was soll ich denn dem Minister erzählen? Sie sind da zufällig über eine Sache gestolpert, die sich als die größte Sensation aller Zeiten erweisen könnte, und haben fünf Tage lang nichts davon an die Öffentlichkeit gelassen. Ohne die Meldung des Colonels wüßten wir ja nicht einmal jetzt Bescheid. Fünf Tage verplempert. Wer weiß, wie lange das da noch anhält! Die ganze verdammte Welt der Wissenschaft sollte jetzt hier sein – hätte vom ersten Tag an hier sein sollen. Diese Sache muß von Grund auf erforscht werden. Zu diesem Zeitpunkt sollte es hier zugehen wie in einem Bienenkorb. Und was finde ich? Sie und einen Doktoranden, wie Sie Steinchen werfen und mit Stangen herumstochern. Und eine Freundin, die die Daten von Kostümen nachschlägt. Das grenzt verdammt ans Kriminelle.«

Krantz wirkte nicht betreten. »Ich dachte mir, daß Sie das sagen würden«, erwiderte er. »Aber betrachten Sie's doch mal so: Diese Sache wurde – ob es Ihnen nun paßt oder nicht – weder auf technologischem noch auf wissenschaftlichem Wege produziert. Es war reines Psi. Wenn es uns gelingt, Culvergasts Arbeit zu rekonstruieren, finden wir möglicherweise heraus, was passiert ist; vielleicht können wir dann das Phänomen wiederholen. Was aber geschehen wird, wenn Sie Ihre Experimentenmacher herbeigetrommelt haben, Gilson, das gefällt mir nicht. Sie werden messen und testen und mutmaßen und Theorien aufstellen, aber niemals, nicht *einmal*, die wirkliche Grundlage dessen, was geschehen ist, anerkennen. Mit dem Tag ihrer Ankunft werde ich draußen sein – passé. Und verdammt, Gilson, diese Sache gehört nun mal *mir.*«

»Jetzt nicht mehr«, erwiderte Gilson. »Sie ist zu groß.«

»Es ist nicht so, daß wir nicht schon von uns aus schwer experimentieren würden«, sagte Krantz. »Reeves, erzählen Sie ihm von unserer Schlagballmaschine.«

»Jawohl, *Sir*«, antwortete der Student. »Sehen Sie, Mr. Gilson, was der Professor gesagt hat, war eigentlich nicht die volle Wahrheit. Manchmal *kann* etwas durch das Fenster gelangen. Am ersten Tag haben wir es gesehen. Es gab eine Temperaturinversion drüben im Tal, und der Gestank aus der Chemiefabrik hatte sich seit über einer Woche angestaut. An diesem Tag löste er sich auf, und der Wind blies den ganzen Dreck durch die Schneise, genau hierher. Ein widerlicher Gestank, wirklich. Wir beobachteten gerade die Menschen dort drüben, und plötzlich fingen sie alle an zu schnuppern, die Nase zu rümpfen und angeekelt das Gesicht zu verziehen. Wir nahmen an, daß es der chemische Gestank war, und haben sofort eine Stange durchgestoßen, aber das Ende ist verschwunden wie immer. Der Professor meinte, es sei möglich, daß in der Zwischenwand eine Art Pulsschlag oder so was existiert, der jedoch nur zeitweilig auftritt. Also haben wir einen Apparat zusammengetüftelt, um die Idee zu testen. Kommen Sie, sehen Sie sich's mal an.«

Es handelte sich um ein waagerechtes Schwungrad, an dessen Rand ein Paddel befestigt war, eine Art verlängerter Keil. Mit den Drehungen des Rades sauste das Paddel auf einer Scheibe rundum.

Darüber hing ein Trichter, aus dem in festen zeitlichen Abständen etwas auf die Scheibe fiel, wo es unverzüglich von dem Paddel abgeschmettert wurde. Gilson spähte in den Trichter und lüftete fragend eine Augenbraue. »Eiswürfel«, erklärte Reeves. »Orangegefärbt, der besseren Sichtbarkeit wegen. Das Ding schießt pro Sekunde einen Eiswürfel auf die Zwischenwand. Es steht immer jemand mit einer Stoppuhr Wache. Wir haben festgestellt, daß das Ding alle fünfzehn Stunden und zwanzig Minuten für fünf Sekunden lang auf ist. Fünf Eiswürfel gehen hindurch und fallen da drin auf den Rasen. Die übrige Zeit verschwinden sie einfach an der Zwischenwand.«

»Eiswürfel. Warum Eiswürfel?«

»Sie schmelzen und sind nicht mehr zu sehen. Wir können die Vergangenheit nicht mit künstlichen Erzeugnissen aus unserer Zeit verschmutzen. Weiß der Himmel, was dabei herauskäme. Und außerdem sind sie billig; wir verschießen sie schließlich in Massen.«

»Wissenschaft.« Gilson ließ das Wort fallen wie einen Stein. »Ich kann's gar nicht erwarten, zu hören, was die in Washington dazu sagen.«

»Machen Sie sich darüber lustig, soviel Sie wollen«, erwiderte Krantz. »Aber das Haus und genauso die Zwischenwand sind *da*. Wir sind, weiß Gott, auf irgendeine Art von Zeitreise gestoßen. Und Culvergast, der alte Spinner, ist's gewesen, kein Physiker oder Ingenieur.«

»Apropos«, sagte Gilson. »Hinter *was* war Ihr Mann, dieser Culvergast, eigentlich her?«

»Gute Frage. Er hat – na ja, um nicht übergenau zu sein – versucht, Zauberformeln zu entdecken.«

»Zauberformeln?«

»So eine Art Bann, den man irgend etwas auferlegt. Magische Worte. Warten Sie! Ziehen Sie noch kein so verächtliches Gesicht. Man hat uns die Mittel bewilligt, damit wir uns einmal die Telekinese vornehmen – die Beeinflussung von Materie durch den Geist. Es liegt auf der Hand, daß Telekinese eine wunderbare Waffe wäre, wenn man sie gezielt einsetzen könnte. Culvergast ging davon aus, daß es tatsächlich Menschen gibt, die zu telekinetischen Kunststükken imstande sind, und obwohl sie allem Anschein nach nie wissen oder erklären können, wie sie es machen, vollziehen sie nichtsdestoweniger eine bestimmte geistige Handlung, welche sie befähigt, irgendeine Energiequelle anzuzapfen und in gewissem Maße zu bündeln und zu steuern, die anscheinend in uns allen existiert. Culvergast hatte sich zum Ziel gesetzt, den gemeinsamen Faktor bei all diesen geistigen Prozessen zu entdecken.

Er nahm sich hier eine ganze Reihe von mutmaßlichen Telekinetikern vor und berichtete mir, daß er ein Grundschema gefunden hätte, eine Art Eselsbrücke, die vielleicht sogar noch unterhalb der sprachlichen Ebene funktioniert. Bei einer seiner Versuchspersonen fand er sie in Form einer bestimmten Tonfolge, bei mehreren in Form von allerlei Kauderwelsch und bei einer angeblich in Form von Mathematik auf niedrigstem rechnerischen Niveau. All das fütterte er in den Computer, schon um auf diese Art, wenn möglich, die Nebengeräusche und die persönlichen Eigenarten der Betreffenden auszuschalten – die eigentliche, ausschlaggebende Quintessenz freizulegen. Als nächstes nahm er sich vor, diese Quintessenz in *Worte* zu fassen – Worte, welche die Geistesströme eines Menschen, der amerikanisches Standardenglisch spricht, dahingehend umformen würden, daß sich die telekinetische Kraft nach dem Willen des Sprechers kanalisieren und steuern ließe. Zaubersprüche, könnte man sagen. Magische Worte.

Seine Forschungen waren offenbar weiter gediehen, als ich ahnte. Meiner Meinung nach muß er einige Worte gewonnen, sie ausprobiert und einen telekinetischen Versuch unternommen haben – irgend etwas Kleines, zum Beispiel, einen Aschenbecher von seinem Schreibtisch aufsteigen und in der Luft schweben zu lassen. Und es hat funktioniert. Nur daß er keine niedliche kleine Kraft zum Anheben von Aschenbechern bekam. Er hatte das Tor weit aufgestoßen, und irgendeine schreckliche Gewalt ist hindurchgekommen. Natürlich ist das reine Mutmaßung, aber es muß etwas in dieser Art gewesen sein, wenn es eine solche Auswirkung haben konnte.«

Gilson hatte schweigend zugehört. Jetzt sagte er: »Ich möchte nicht behaupten, daß Sie verrückt wären, denn ich kann dieses Haus dort sehen und beobachte selbst, was mit diesen Eiswürfeln geschieht. Überhaupt – mein Problem ist nicht, wie es dazu kam, sondern was ich dem Minister jetzt, wo wir's dahaben, empfehlen soll. Eines ist sicher, Krantz: Das hier bleibt nicht mehr lang Ihre Privat-Spielwiese.«

Reeves stieß ein Kläffen aus, das purem Schmerz entsprang. »Das können Sie nicht *tun*«, protestierte er. »Diese Sache da gehört uns, sie gehört dem Professor. Sehen Sie es sich doch an, sehen Sie sich dieses Haus doch nur an. Wollen Sie, daß ein verdammter Haufen Ingenieure *daran* herumpfuscht?«

Gilson konnte verstehen, was Reeves empfand. Das Haus war nun vom Licht einer untergehenden Sonne übergossen; es schien von innen heraus in einer tiefen Schamröte zu erglühen. Aber, ging es Gilson durch den Kopf, der Sonnenuntergang war eigentlich gar nicht nötig; die Sentimentalität und das allgemein menschliche, uneingestandene Verlangen nach einer einfacheren, unverdorbeneren Zeit hätten Rosigkeit genug gespendet. Er wußte sehr wohl, daß die Woge von Sehnsucht und Nostalgie, die er empfand, ein Heimweh nach etwas war, das er ja nie am eigenen Leib erfahren hatte, daß der Lebensstil, den das Haus für ihn versinnbildlichte, in Wirklichkeit seine eigene, aus Roman- und Filmschnipseln zusammengestückelte Erfindung war; und doch stellte er an sich einen Hunger nach jenem Leben fest, ein Verlangen nach jener Zeit. Es war, so dachte er, eine freundliche, sichere Zeit – eine Zeit, als die Gangart gemächlich und die Luft noch sauber war; eine Zeit, als es noch Anmut und Stil gab, als vielleicht junge Männer mit gestreiften Blazern und Strohhüten sittsame, in lange weiße Kleider gehüllte Dämchen hofierten, die sich die langen, schläfrigen Nachmittage mit friedlicher Konversation auf schattigen Veranden vertrieben. Es gab die fidelen Fahrradausflüge über schattengefleckte Landstraßen, die sich durch die Hügel schlängelten, um in kühlen, von schnellen Bächlein durchflossenen Schluchten zu enden; es gab die langen, zauberhaften Fahrten in einem Zweisitzer, gezogen von schläfrigen, geduldigen Pferden, und mit einem großen weißen Mond am Himmel, unter dem sich die Verliebten zum Gesang der

Nachtvögel Worte der Inbrunst zuflüsterten. Es gab die sanften Kahnpartien den breiten, klaren Fluß hinab, während von der Anlegestelle am anderen Ufer die Klänge einer Blaskapelle herüberwehten.

Ja, dachte Gilson, und wahrscheinlich gäbe es auch irgendwo in der Nähe einen Tattergreis mit einer ganzen Kiste voll Adjektiven, der sich darüber ausließ, wieviel besser doch alles vor hundert Jahren gewesen war. Wenn er sich nicht in acht nahm, würde er Krantz und Reeves noch dabei helfen, die Dinge zu vertuschen. Der junge Reeves schien – seltsam für einen Burschen seines Alters – hoffnungslos in diesem nostalgischen Schwindel festzustecken. Seine Beschreibung der Familie, die in diesem Haus wohnen sollte, war schlichtes Altmännergewäsch. O ja, es wurde höchste Zeit, die Jungs mit den kalten Augen herzurufen. Allerhöchste Zeit.

»Sie müßten jetzt jede Minute rauskommen«, sagte Reeves gerade. »Warten Sie nur, wenn Sie erst Martha sehen ...!«

»Martha«, wiederholte Gilson.

»Das kleine Mädchen. Sie ist so niedlich! Eine richtige Puppe.«

Gilson sah ihn an, und Reeves errötete. »Na ja, ich hab ihnen so quasi Namen gegeben«, sagte er. »Den Kindern. Martha und Pete. Und der Hund heißt Alfie. Sie sehen einfach irgendwie danach aus.« Als Gilson keine Antwort gab, errötete Reeves noch mehr. »Na, Sie können ja selbst sehn. Da kommen sie.«

Eine saubere kleine Familie, wie Reeves gesagt hatte. Gilson sah ihnen eine halbe Stunde zu und mußte gestehen, daß sie in der Tat höchst gewinnend und auf ihre Art ebenso vollkommen wie ihr Haus waren. Genau das hatte zur Abrundung des Bildes, eines echt viktorianischen Genregemäldes, noch gefehlt. Mama und Papa waren gutaussehend und immer noch verliebt ineinander, die Kinder gesund, vergnügt und mit ihrer eigenen kleinen Welt zufrieden. Zumindest schien es ihm so, als er ihnen in der dunkler werdenden Abenddämmerung zusah und sich dabei die gemütliche, liebevolle Konversation der Eltern vorstellte, während sie da in der Schaukel auf der Veranda saßen, ja, fast konnte er auch das Quieken der Kinder und das Gebell des Hundes hören, während sie alle drei über den Rasen sprangen. Es war jetzt beinah schon dunkel; der sanfte Schein von Petroleumlampen schimmerte in den Fenstern, und überall im Gras blinkten Leuchtkäfer. Ein Feuerbogen glühte auf, als der Vater den Stummel seiner Zigarre über das Geländer schleuderte und sich erhob. Dann folgte eine hübsche kleine Pantomime: Er rief nach den Kindern, die ordnungsgemäß protestierten, ordnungsgemäß noch ein paar Minuten länger bleiben durften und dann ordnungsgemäß ins Haus kommandiert wurden. Die Kinder und der Hund gingen als erste hinein, danach Mutter und Vater. Die Tür wurde geschlossen, und dann war nur noch das sanfte Licht aus den Fenstern zu sehen.

Reeves stieß einen tiefen Atemzug aus. »Na, ist das vielleicht nichts?« fragte er. »*So* müßte man leben, was? Wenn man nur einfach sagen könnte: ›Zum Teufel mit dieser ganzen Kacke, in der wir heute leben!‹ und zurückgehen und so leben könnte wie die da ... Und Martha, Sie haben sie ja gesehen. Ein Engel, stimmt's? Mann, ich gäb was drum –«

Gilson fiel ihm ins Wort. »Wann geht der nächste Schwung Eiswürfel durch?«

»– wenn ich so – äh, ja. Mal überlegen. Der letzte Durchgang fand um fünfzehn Uhr fünfzehn statt, gerade vor Ihrer Ankunft. Der nächste wird sich, wenn das zeitliche Schema gleichbleibt, morgens um sechs Uhr fünfunddreißig ereignen. Und bisher gab es keine Abweichungen.«

»Das möchte ich sehen. Aber jetzt muß ich erst mal ein paar Anrufe erledigen. Colonel!«

Gilson tat in dieser Nacht kein Auge zu, und allem Anschein nach auch Krantz und Reeves nicht. Als er um fünf Uhr morgens auf der Lichtung eintraf, waren sie immer noch dort und tranken gerade, unrasiert und mit geröteten Augen, Kaffee aus Thermosflaschen. Es war schon wieder bewölkt, und die Lichtung lag in völliger Finsternis außer jenseits der Zwischenwand, wo blaß das Licht eines anbrechenden Sonnentages schimmerte.

»Irgendwas Neues?« fragte Gilson.

»Das müßte wohl eher ich fragen«, erwiderte Krantz. »Wie geht es nun weiter?«

»Ich fürchte, genau so, wie Sie es vorhergesehen haben. Bis heute abend dürfte es hier wimmeln wie in einem Bienenkorb. Und morgen nacht können Sie von Glück sagen, wenn Sie überhaupt noch Platz zum Stehen finden. Wahrscheinlich hat Bannon, seit ich um Mitternacht mit ihm telefoniert habe, pausenlos an der Strippe gehangen und die Wissenschaftler zusammengetrommelt. Und die wiederum werden die Techniker zusammentrommeln. Die ihrerseits ihre Apparate mitbringen. Und die Armee wird die Wachmannschaften verstärken. Dürfte ich was von dem Kaffee da bekommen?«
»Bedienen Sie sich. Sie bringen schlechte Nachrichten, Gilson.«
»Tut mir leid«, erwiderte der andere, »aber so ist es nun mal.«
»Verdammt!« fluchte Reeves laut. »Oh, verdammt!« Er schien drauf und dran, in Tränen auszubrechen. »Damit wird für mich alles aus sein, wissen Sie das? Sie werden mich nicht mal mehr reinlassen. Ein verdammter Doktorand? In *Psychologie?* Ich werd nicht mal in die Nähe dürfen. Oh, zum Teufel mit dem Ganzen!« Er betrachtete Gilson voll Wut und Verzweiflung.
Die Sonne war aufgegangen. Sie tauchte die Lichtung in graues und das Haus auf der anderen Seite der Zwischenwand in strahlendes Licht. Bis auf das gleichmäßige »Peng – Peng« der Eiswürfelmaschine war alles still. Die drei Männer starrten das Haus wortlos an. Gilson trank seinen Kaffee.
»Da ist Martha«, sagte Reeves. »Dort oben.« Zwischen den Vorhängen eines Fensters im zweiten Stock war ein kleines Gesicht erschienen, und strahlende blaue Augen schauten hinaus in die Morgenfrühe. »Sie tut das jeden Tag«, erläuterte Reeves. »Sitzt da und beobachtet die Vögel und Eichhörnchen, bis man sie, nehm ich an, zum Frühstück ruft.« Die drei Männer standen da und beobachteten das Mädchen. Es schaute auf etwas, das jenseits des Gesichtskreises lag, welchen das Fenster ihnen gewährte – etwas, das hinter ihnen gelegen hätte, wären die beiden Welten identisch gewesen. Beinah hätte sich Gilson unwillkürlich umgedreht, um zu sehen, was die Kleine da anstarrte, und Reeves verspürte anscheinend denselben Impuls. »Was meinen Sie – worauf schaut sie?« fragte er. »Es muß nicht unbedingt der Wald sein, so wie jetzt. Ich glaube, er

wurde früher einmal abgeholzt. Vielleicht eine Wiese? Mit Kühen oder Pferden darauf? Mann, ich gäb was drum, dort zu sein und zu sehen, was es ist.«

Krantz schaute auf seine Uhr und sagte: »Besser, wir gehen jetzt nach drüben. Es sind nur noch ein paar Minuten.«

Sie begaben sich zu der Stelle, wo die Wurfmaschine monoton Eiswürfel in die Zwischenwand schoß. Daneben saß, hinter einem Tisch mit einem gewaltigen Chronometer und einem Stoß Tabellen, ein Soldat, der die Zeit stoppte. »Noch zwei Minuten, Dr. Krantz«, erklärte er.

Krantz sagte zu Gilson: »Behalten Sie einfach die Eiswürfel im Auge. Sie können es nicht übersehen, wenn es soweit ist.« Etwas belustigt über dessen gleichförmige, banale Geräusche beobachtete Gilson den Apparat: *Plink* – ein Eiswürfel fällt; *wusch* – das Paddel saust herum; *peng* – Paddel trifft Eiswürfel. Und dann eine flache Flugbahn Richtung Zwischenwand, wo das kleine orangefarbene Geschoß abrupt verschwindet. Ein Sekunde später das Ganze wieder von vorn. Und so weiter.

»Noch fünf Sekunden«, rief der Soldat. »Vier. Drei. Zwei. Eins. *jetzt.*«

Er hatte sich um eine Sekunde verrechnet; der Eiswürfel verschwand genauso wie seine Vorgänger. Der nächste aber setzte seinen Flug fort und fiel auf den Rasen, wo er glitzernd liegenblieb. Also war es eine handfeste Tatsache, dachte Gilson. Zeitreise für Eiswürfel.

Da plötzlich ertönte hinter ihm ein unverständlicher Schrei von Krantz, dann ein anderer von Reeves und ein lautes, deutliches, fast verzweifeltes »Reeves, *nicht!*«, wiederum von Krantz. Gilson hörte das dumpfe Geräusch von laufenden Füßen und nahm aus den Augenwinkeln eine blitzartige Bewegung wahr. Als er herumwirbelte, sah er gerade noch, wie Reeves' klapperdürre Gestalt vorüberraste, sich durch die Zwischenwand stürzte und der Länge nach auf dem Rasen landete. Krantz schimpfte: »*Idiot!*« Ein Eiswürfel schoß hindurch und landete in Reeves' Nähe. Die Maschine knallte abermals; ein Eiswürfel flog davon und verschwand. Die fünf Sekunden waren um.

Reeves hob seinen Kopf und starrte einen Moment das Gras an, auf dem er lag. Dann ließ er seinen Blick zum Haus wandern. Langsam und mit verwirrter Miene erhob er sich vom Boden. Ein Grinsen trat auf sein Gesicht, und die Männer, die ihn von der anderen Seite aus beobachteten, konnten fast seine Gedanken lesen: Da hol mich doch der Teufel. Ich hab's geschafft. Ich bin wirklich hier.

Krantz brabbelte unbeherrscht drauflos. »Wir sind immer noch da, Gilson, wir sind immer noch da, wir existieren nach wie vor, anscheinend ist alles beim alten. Vielleicht hat er die Dinge ja nicht sehr verändert, vielleicht ist die Zukunft festgelegt, und er hat überhaupt nichts verändert. Genau das habe ich immer befürchtet, genau so was in dieser Art. Seit Sie hier rausgekommen sind, war er nicht einen Moment –«

Gilson hörte ihn nicht. Schockiert und fassungslos starrte er auf das Kind am Fenster und versuchte dabei zu begreifen, was er sah, aber nicht glauben konnte. Das Verhalten des Mädchens war verkehrt – sehr, sehr verkehrt. Da war plötzlich, wie ein Blitz aus heiterem Himmel, an einem sonnigen Morgen eine Männergestalt auf seinem Rasen erschienen, und es hatte kein Erstaunen, keine Verblüffung, keine Furcht an den Tag gelegt – es hatte augenblicklich, spontan gelächelt; ein Lächeln, das immer breiter wurde, bis es die untere Gesichtshälfte zu zerschneiden schien – ein Lächeln, das zu viele Zähne zeigte – ein starres, völlig unpassendes und schreckliches Lächeln unter diesen strahlenden blauen Augen. Gilson fühlte, wie sich ihm der Magen zusammenknotete; er begriff, daß er eine fürchterliche Angst hatte.

Das Gesicht am Fenster verschwand urplötzlich; ein paar Sekunden später flog die Haustür auf, und das kleine Mädchen kam heraus, um mit rasender Geschwindigkeit auf Reeves zuzustürzen. Die Bewegungen des Mädchens waren neugierig, insektenhaft. Als es nur noch ein Stück weit von ihm entfernt war, sprang es ihn so flink und behende an wie ein Floh, und wie bei einem Floh konnte man kaum mit den Augen folgen. Reeves' Blick hatte gerade erst einen verdutzten Ausdruck angenommen, da rissen die kraftvollen kleinen Zähne dem jungen Mann schon die Kehle heraus.

Das Mädchen ließ sich an ihm herunterfallen und wich mit einem

Satz zurück. Ein Geysir von hellrotem Blut platzte aus Reeves' zerfetztem Hals. Einen Moment lang starrte er wie betäubt darauf; dann hob er eine Hand, um die Wunde zuzuhalten. Das Blut brodelte ihm zwischen den Fingern hindurch und lief ihm an den Unterarmen hinab. Langsam und indem er die Kleine mit großen, verwunderten Augen anstarrte, sank er auf die Knie. Er schwankte, zitterte und fiel dann vornüber aufs Gesicht.

Ohne ihr schreckliches Lächeln abzulegen, beobachtete ihn das Mädchen mit Augen, die so kalt schienen wie die eines Reptils. Es war nackt, und Gilson kam es so vor, als würde nicht nur mit dem Mund der Kleinen etwas nicht stimmen, sondern auch mit ihrem Oberkörper. Sie drehte sich um und schien etwas in Richtung Haus zu rufen.

Im Nu kamen sie alle herausgestürmt – Mutter, Vater, kleiner Junge und Oma – alle nackt, alle mit Mündern, an denen dieselbe Verwandlung vorging. Ohne innezuhalten oder ihre Geschwindigkeit zu verringern, schwärmten sie auf die Leiche zu, kauerten sich rings um sie herum und rissen ihr wie rasend die Kleider vom Leib. Dann begann die saubere kleine Familie, in der Morgensonne auf dem Rasen kniend, ihren gräßlichen Schmaus zu halten.

Krantz' Gebrabbel hatte sich im Tonfall verändert: »Heilige Maria, Mutter Gottes, bitte für uns ...« Dem Soldaten mit der Stoppuhr wurde geräuschvoll schlecht. Jemand entleerte den Ladestreifen einer Maschinenpistole in die Zwischenwand, und der Colonel fluchte gräßlich. Als Gilson den Anblick des greulichen Festmahls nicht länger ertragen konnte, schaute er weg und starrte unversehens den Hund an, der glücklich auf der Veranda saß und mit dem Schwanz klopfte.

»Bei Gott, es kann einfach nicht sein!« platzte Krantz heraus. »Es stünde doch in den Chroniken, in den Zeitungen, wenn es hier solche Leute gegeben hätte. Mein Gott, so etwas wie das da konnte nicht in Vergessenheit geraten!«

»Ach, reden Sie keinen Unsinn!« versetzte Gilson wütend. »Das da ist nicht die Vergangenheit. Ich weiß nicht, was es ist, aber nicht die Vergangenheit. Ausgeschlossen. Es ist – ich weiß nicht – irgendwo anders. In irgendeiner anderen – Dimension? Einem anderen Universum? Irgendeine von diesen Theorien. Gegenwelten, Welten des Was-wäre-wenn, Wahrscheinlichkeitswelten, wie auch immer sie genannt werden. Die sind sehr wohl in der Gegenwart, dieses Drecksgesindel da drüben. Bestimmt hat Culvergasts verdammter Zauberspruch ein Loch in eine dieser Parallelen gebohrt. Irgend so was. Und, mein Gott, was, zum *Teufel*, muß die für eine Geschichte hinter sich haben, um *die da* hervorzubringen? Das sind keine Menschen, Krantz, nie und nimmer, egal, wie sie auch aussehn mögen. ›Fidele Fahrradausflüge.‹ Wie kann man sich doch irren!«

Schließlich war es zu Ende. Mit vollgeschlagenen Bäuchen, die Körper blut- und fettbedeckt und mit schweren, satten Augenlidern legte sich die Familie ins Gras. Die beiden Kinder schliefen als erste ein. Der männliche Erwachsene schien tief in Gedanken. Nachdem eine gewisse Zeit vergangen war, stand er auf, klaubte Reeves' Sachen zusammen und unterzog sie einer sorgfältigen Prüfung. Dann weckte er das kleine weibliche Wesen, anscheinend, um es des längeren zu befragen. Die Kleine gestikulierte, deutete mit dem Finger und stellte pantomimisch den Kopfsprung dar, mit dem Reeves gelandet war. Der Mann starrte nachdenklich auf die Stelle des Erscheinens, und einen Moment lang hatte Gilson den Eindruck, daß die gnadenlosen Augen direkt in die seinen funkelten. Dann wandte der andere sich ab, schritt langsam und versonnen auf das Haus zu und ging hinein.

Außer dem dumpfen Knallen der Maschine herrschte Stille auf der Lichtung. Krantz fing an zu weinen, und der Colonel monoton vor sich hin zu fluchen. Der Soldat schien wie betäubt. Und alle haben wir Angst, dachte Gilson. Todesangst.

Auf dem Rasen fand eine groteske Parodie des Zusammenräumens nach einem Picknick statt. Die Kleinen hatten einen Korb gebracht und lasen unter der pedantischen Aufsicht der weiblichen Erwachsenen die Abfälle auf, die ihr Mahl hinterlassen hatte. Eines von ihnen warf dem Hund einen Knochen zu, und der Soldat, der die Zeit abnahm, erbrach sich abermals. Als der Rasen so makellos sauber wie zuvor war, trugen sie den Korb nach hinten weg, und die Erwachsenen kehrten ins Haus zurück. Einen Augenblick später erschien der Mann wieder, nun mit einem weißen Leinenanzug bekleidet. Er hatte ein Buch dabei.

»Eine Bibel«, sagte Krantz verblüfft. »Es ist eine Bibel.«
»Nein, keine Bibel«, meinte Gilson. »Diese – Dinger könnten unmöglich Bibeln haben. Etwas anderes. *Muß* etwas anderes sein.«
Es sah aus wie eine Bibel; ihr Einband bestand aus weichem schwarzen Leder, und als der Mann sie – offenbar auf der Suche nach einer bestimmten Stelle – durchzublättern begann, konnten sie sehen, daß es das dünne, feste Papier war, auf dem man Bibeln druckt. Er fand die gewünschte Seite und begann – so schien es Gilson – laut und Wort für Wort deklamierend, daraus zu lesen.
»Was, zum Teufel, glauben Sie, daß er vorhat?« fragte Gilson. Er hatte seinen Satz noch nicht beendet, da hörte das Fenster auf zu existieren.
Haus, Rasen und der Deklamator im weißen Anzug verschwanden. Gilson erhaschte gerade noch einen Blick auf ein paar Bäume, von denen er durch eine breite Grube getrennt war. Dann wurde er von einer plötzlichen Bö zu Boden gerissen, und die Luft war voller Staub, fliegendem Unrat und dem Geheul des Windes. Der Wind endete ebenso abrupt, wie er eingesetzt hatte, und es ertönte ein Prasseln von kleinen herunterfallenden Gegenständen, die einen Augenblick lang davongeweht worden waren. Der Standort des Hauses wurde restlos von einer wirbelnden Staubwolke verhüllt.
Der Staub legte sich langsam. Dort, wo sich das Fenster befunden hatte, gähnte ein großes, absolut quadratisches Loch von dreißig Metern Durchmesser und vielleicht drei Metern Tiefe, dessen Boden flach wie eine Tischplatte aussah. Bevor der Wind hereingebrochen war, um das Vakuum zu füllen, hatte Gilson noch erkannt, daß die Seiten so glatt und gerade waren wie bei einem Stück Käse, das man mit einem scharfen Messer durchgeschnitten hatte; jetzt aber, als Kies und Humusschicht nach unten sackten und die Ränder ausgezackt und unregelmäßig wurden, setzten ringsherum kleine Erdrutsche ein.
Gilson und Krantz erhoben sich langsam vom Boden. »So. Das war's anscheinend«, sagte Gilson. »Es war hier, und nun ist es weg. Aber wo ist das Fertiggebäude? Wo ist Culvergast?«
»Weiß der Himmel«, erwiderte Krantz. Es war nicht als Respektlosigkeit gemeint. »Aber ich glaube, der ist endgültig fort. Und wenigstens hält er sich nicht dort auf, wo diese Dinger sind.«

»Worum, glauben Sie, handelt es sich dabei?«
»Wie Sie schon sagten, mit Sicherheit nicht um Menschen. Dann eher noch um Spinnen oder Austern. Aber so, wie sie aussehen und sich kleiden, Gilson, dieses Haus –«
»Wenn es eine unbegrenzte Anzahl möglicher Welten gibt, dann *existiert* auch jede mögliche Art von Welt.«
Krantz wirkte skeptisch. »Na ja, gut, vielleicht. Wir wissen schließlich gar nichts, oder?« Er schwieg einen Moment. »Diese Dinger waren ganz schön furchterregend, Gilson. Sie hat nicht den Bruchteil einer Sekunde gebraucht, um auf Reeves zu reagieren. Sie wußte augenblicklich, daß er ein Fremdkörper war, und ging augenblicklich daran, ihn zu vernichten. Und das ist erst ein Kind. Ich glaube, jetzt, wo das Fenster weg ist, können wir uns sicherer fühlen.«
»Amen. Sie sprechen mir aus der Seele. Was, glauben Sie, ist damit passiert?«
»Das liegt doch wohl auf der Hand, oder? Diese Dinger verstehen die Energien zu *nutzen*, mit denen Culvergast herumgestümpert hat. Das Buch – es muß ein Zauberbuch sein. Sie müssen diese Kräfte wissenschaftlich erforscht haben – müssen abgesicherte Erkenntnisse darüber besitzen, ein Teil ihrer ererbten Weisheit. Dieses Ding hat das Buch benutzt wie ein ganz alltägliches Werkzeug. Nachdem es die Aufregung über seine fette Beute verwunden hatte, brauchte es lediglich zwanzig Minuten, um sich auszurechnen, wie Reeves dorthingekommen war und was dagegen zu tun sei. Es hat einfach sein Zauberbuch geholt, sich den richtigen Spruch herausgesucht (ich würde gern mal das Inhaltsverzeichnis lesen) und diese Worte gesprochen. Puff! Fenster weg und Culvergast gestrandet, Gott weiß wo.«
»Wär wohl möglich. Hol's der Teufel, vielleicht sogar wahrscheinlich. Sie haben recht; wir verstehen eigentlich gar nichts von dem Ganzen.«
Mit einemmal sah Krantz ängstlich aus. »Gilson, was, wenn – Schauen Sie. Wenn es ihm so leichtgefallen ist, das Fenster zu beseitigen, wenn er die telekinetische Kraft wirklich so unter Kontrolle hat, was sollte ihn dann hindern, ein Fenster auf *uns* zu

schaffen? Vielleicht beobachten sie uns ja in *diesem* Moment genauso, wie wir sie beobachtet haben. Sie wissen jetzt, daß wir hier sind. Was könnte ihnen nicht alles in den Kopf kommen? Möglich, daß sie Fleisch brauchen. Möglich, daß sie – mein Gott.«

»Nein«, sagte Gilson. »Ausgeschlossen. Es war purer, blinder Zufall, durch den das Fenster in dieser Welt angesiedelt wurde. Culvergast hatte nicht mehr Ahnung von dem, was er da tat, als ein Schimpanse, der einen Computer bedient. Wenn die Mögliche-Welten-Theorie die Erklärung für diese Sache ist, dann ist die Welt, die er *zufällig* getroffen hat, eine aus einer unbegrenzten Anzahl. Selbst *wenn* die Dinger dort drüben wissen, wie man diese Fenster macht, stehen die Chancen, daß sie uns finden, eins zu unendlich. Das heißt, sie sind gleich null.«

»Ja, ja, natürlich«, sagte Krantz dankbar. »Natürlich. Die Dinger könnten es ewig versuchen und würden uns doch nie finden. Selbst wenn sie wollten.« Er überlegte einen Moment. »Und ich glaube, das wollen sie. Daß sie Reeves vernichtet haben, war allem Anschein nach reiner Reflex, ebenso unwillkürlich wie das mit dem Knie. Nun, wo sie wissen, daß wir hier sind, werden sie versuchen, an uns heranzukommen; wenn ich sie richtig eingeschätzt habe, können sie einfach nicht anders.«

Gilson erinnerte sich wieder an diese Augen. »Es würde mich kein bißchen überraschen«, sagte er. »Aber jetzt sollten wir wohl besser beide –«

»Dr. Krantz!« kreischte jemand. *»Dr. Krantz!«* Es lag äußerstes Entsetzen in der Stimme.

Die beiden Männer wirbelten herum. Der Soldat mit der Stoppuhr hatte eine zitternde Hand ausgestreckt. Als sie in die Richtung sahen, in die er deutete, kristallisierte sich etwas Weißes aus der Luft über dem Grubenrand, segelte heran und landete neben einem ähnlichen Gegenstand, der bereits auf dem Boden lag. Dann noch einer – noch einer – und noch einer. Fünf insgesamt, die über eine Fläche von vielleicht einem Quadratmeter verstreut waren.

»Knochen!« sagte Krantz. »Oh, mein Gott, Gilson, es sind Knochen!« Seine Stimme bebte am Rande der Hysterie.

»Hören Sie auf damit! Schluß jetzt, sofort!« entgegnete Gilson. »Los, kommen Sie!«

Sie liefen gemeinsam zu der Stelle hinüber. Der Soldat war bereits dort. Er hockte dicht über dem Boden, und sein Gesicht war von Übelkeit und Schrecken verzerrt. »Dieser da«, sagte er, indem er darauf deutete. »Der da drüben. Das ist der, den sie dem Hund zugeworfen haben. Man kann die Bißspuren erkennen. Oh, mein Gott. Es ist der, den sie dem Hund zugeworfen haben.«
Dann haben sie also schon ein Fenster geschaffen, dachte Gilson. Sie müssen viel von diesen Dingen verstehen, wenn es so schnell ging. Und jetzt sind sie dabei, uns zu beobachten. Aber weshalb die Knochen? Warum nicht ein Kieselstein – oder ein Eiswürfel? Um sich ein Bild über unsere Reaktionen zu machen, vielleicht. Um zu sehen, was wir tun.«
Und was tun wir jetzt? Wie sollen wir uns *dagegen* schützen? Falls es in der Natur dieser Geschöpfe liegt, zusammenzuarbeiten, dann dürfte die saubere kleine Familie zweifellos keine Zeit verlieren, es in ihrer ganzen Welt weiterzusagen, so daß wir eines Tages feststellen werden, daß eine ganze Milliarde von ihnen gleichzeitig durch solche Fenster gesprungen ist, sich wie eine Wolke riesiger, fleischfressender Heuschrecken aus dem Nichts herauskristallisiert hat und über den gesamten Erdball schwärmt, um sich mit ihrer stumpfen, gefühllosen Freßgier vorzuarbeiten, bis dieser Planet nichts als eine Knochenwüste ist. Gibt es dagegen *überhaupt* einen Schutz?
Krantz hatte in dieselbe Richtung gedacht. Mit zitternder Stimme sagte er: »Wir sitzen in der Patsche, Gilson, aber *eine* Kleinigkeit haben wir auf unserer Seite. Wir wissen, wann das verdammte Ding aufgeht, wir haben es exakt abgemessen. Washington wird alles auf den Tisch legen müssen, die ganze Welt warnen – über die UN oder so. Wir wissen bis auf die Sekunde genau, wann das Fenster zu durchdringen ist. Wir werden ein Warnsystem einrichten; jede Gemeinde auf der Welt läßt eine Sirene heulen oder läutet eine Glocke, wenn es soweit ist. Beim ersten Glockenton schnappt sich jeder eine Waffe und steht in Bereitschaft. Wenn die Dinger binnen fünf Sekunden nicht gekommen sind, läutet die Glocke abermals, und alles geht wieder seinen Geschäften nach, bis die nächste Öffnungsphase bevorsteht. Es könnte klappen, Gilson, aber wir

müssen uns beeilen. In fünfzehn Stunden und, äh, zwei Minuten wird das Ding wieder auf sein.«

Fünfzehn Stunden und zwei Minuten, dachte Gilson, dann fünf Sekunden schrecklicher Verwundbarkeit und danach fünfzehn Stunden und zwanzig Minuten Sicherheit, bis der Terror erneut eintritt. Und so weiter für – wie lange? Bis die Dinger kommen vermutlich, was möglicherweise niemals geschehen würde (wer wußte schon, wie ihr Verstand arbeitete?), oder bis Culvergasts Zufallstreffer sich wiederholen ließe, was – ebenfalls – möglicherweise nie geschehen würde. Er fragte sich, ob Menschen unter diesen Umständen leben könnten, ohne verrückt zu werden; zweifelhaft, ob die Psyche nicht aus den Fugen geriete, wenn ihre einzige absehbare Zukunft in einer nie endenden Berg-und-Tal-Fahrt bestand, die hinab in lange Schluchten des Schreckens und der Ungewißheit und von dort mit rasender Wucht auf die kurzen Gipfel der Erleichterung führte. Konnte ein Verstand weiter funktionieren, wenn seine einzigen Alternativen in einem gräßlichen Tod oder einer endlos hinausgezögerten, unerträglichen Spannung bestanden? Kann, so fragte sich Gilson, unsere Rasse überhaupt irgendwie mit dem Wissen leben, daß ihre Zukunft über die nächsten fünfzehn Stunden und zwanzig Minuten hinaus im dunkeln liegt?

Und dann bemerkte er hoffnungslos und verzagt, daß es keine fünfzehn Stunden und zwanzig Minuten waren, ja, nicht einmal eine Stunde – nichts. Es gab keine Zeit. Das Fenster war offenbar ununterbrochen durchlässig. Wie aus dem Nichts erschien ein Wirrwarr von Knochen und zerfetzten Kleidungsstücken, ein Regen von verächtlich weggeschleudertem Abfall, der klappernd zu Boden fiel und dort in einem Haufen liegenblieb – geräuschvoll und unheilverkündend.

Insekten in Bernstein

TOM REAMY

Tom Reamy (1935 – 1977) trat mit seiner Geschichte *Twilla,* die 1974 in *F&SF* erschien, erstmals an die Öffentlichkeit. Zum Zeitpunkt seines Todes war Reamy durch seine Arbeiten zu einer maßgeblichen Persönlichkeit auf dem Gebiet der Fantasy und Science-fiction geworden und als überragendes schriftstellerisches Talent anerkannt. Seine Geschichte *San Diego Lightfoot Sue* brachte ihm 1976 den Nebula Award, demselben Jahr, in dem er auch den John W. Campbell Award als bester Nachwuchsautor auf dem Gebiet der Science-fiction erhielt. Nach seinem Tode wurden Reamys kürzere Erzählungen in einem Band herausgegeben und auch sein einziger Roman, *Blind Voices* (1978), veröffentlicht. *Insekten in Bernstein* ist ein gutes Beispiel für Tom Reamys phantasievollen Stil. Es handelt sich um eine packende Geschichte, die mit einem Spukhaus-Szenario anfängt, dann aber eine ganz andere Richtung einschlägt …

Im Südwesten braute sich ein Unwetter zusammen. Es färbte die Luft unterwasserblau und ließ den flachen Landstrich aussehen wie den Meeresgrund. Die Blitze, die in dem heranrückenden Dunkel aufflackerten, warfen einen flüchtigen Schimmer auf das rollende Gewölk. Bald knatterte der Donner – vorher noch ein fernes Rumoren – ungehindert über die Prärie von Kansas.

Tannie und ich beobachteten das spektakuläre Schauspiel durch das Heckfenster des neuen Buick-Kleinbusses. Der Regen folgte uns als ein verschwommener, kilometerlanger Vorhang. In wenigen Minuten hatte er uns eingeholt und verwandelte den Spätnachmittag in finstere Nacht.

Mit einem Grunzen schaltete mein Vater Scheinwerfer und Scheibenwischer ein. Behutsam verringerte er das Tempo und spähte, über den Lenker geduckt, in die prasselnden Wassermassen hinaus.

Um uns herum krachte und polterte der Donner. Die Blitze waren so grell, daß uns hinterher ein weißer Streifen vor den Augen flimmerte. Die Scheibenwischer schlugen unverdrossen, aber vergeblich von einer Seite auf die andere.

Mit aufgeregt leuchtenden Augen saß Tannie neben mir. Sie war sieben Jahre alt und und hatte eines jener fragenden, wißbegierigen Gemüter, die bestimmte Erwachsene die Wände hochtreiben.

Wir waren unterwegs in einen Urlaub, wie ihn die Automobilhersteller, die Motelbesitzer, die Besitzer von Badeorten, die Autoreifenhersteller, Howard Johnson's und die Kuriositätenverkäufer an der Route 66 so gern propagieren, hatten den Kleinbus für eine sitzfleischbetäubende Drei-Wochen-Tour vollgestapelt und Lubbock heute morgen verlassen (mein Vater war außerordentlicher Professor für Englisch an der TU von Texas), um – so lautete unser Plan – durch Kansas, Nebraska und Süd-Dakota nach Wyoming, Yellowstone und dann durch Colorado zurück nach Hause zu fahren. Es war kein Urlaub, wie ich ihn angeregt hätte, aber soviel machte es mir nun auch wieder nicht aus.

Ich ging schon ziemlich auf die sechzehn zu, und hätte ich es mir ohne anschließende Schuldgefühle aussuchen dürfen, dann wäre ich wahrscheinlich in Lubbock geblieben, um mit meinen Freunden herumzublödeln. Aber da ich eine ganz besondere Beziehung zu meiner Familie hatte, bedeutete der Trip kein Opfer für mich.

Ursprünglich hatten wir geplant, es bis Einbruch der Dunkelheit nach Dodge City zu schaffen, aber nun machte uns der Regen anscheinend einen Strich durch die Rechnung. Dad kroch mit etwa zwanzig Meilen die Stunde dahin und konnte kaum die Landstraße erkennen. So ging es eine ganze Zeit, bis wir auf eine Reihe von Autos trafen, die noch langsamer fuhren. Wir waren hinter einem roten Firebird mit dem Kennzeichen von Arizona, und der wiederum hinter einem alten Kleinlastwagen. Dad versuchte nicht zu überholen, und anscheinend begnügte sich auch der Firebird damit, dort zu bleiben, wo er war.

Mama studierte mit zusammengekniffenen Augen eine Exxon-Straßenkarte. »Die nächste Ortschaft heißt Hawley, aber sie sieht ziemlich klein aus«, sagte sie. »Sie ist als offener Kreis eingezeich-

net; das bedeutet« – sie schob die unhandliche Karte in eine andere Position – »äh ... unter tausend Einwohner.«
»Hoffen wir, daß sie groß genug ist, um ein Motel zu haben«, meinte Dad, während er sich Dodge City endgültig abschminkte.
»Auf ein Motel kann ich verzichten«, zwitscherte Tannie. »Aber hoffentlich gibt's irgendwo was zu essen.« Sie hielt ihre Nase absichtlich ans Fenster gedrückt, damit das Glas von ihrem Atem beschlug, und malte dann Bilder darauf.
»Essen?« lachte ich. »Was du heut schon verputzt hast, hält doch kein Pferdemagen aus.« Ich wußte, daß sie wirklich hungrig war, aber sie hatte es gern, wenn ich sie aufzog.
Sie wandte sich vom Fenster ab, um mich kühl, aber mit einem Zwinkern in ihren Augen von oben bis unten zu betrachten. Ich wußte, daß sie mich gleich fertigmachen würde. Sie lehnte sich nach hinten und verschränkte ihre Arme. »Auf diesem Sitz«, sagte sie mit ultra-ladylikem Gehabe, »herrscht etwas zuviel Geschwisterrivalität.«
Ich stöhnte. Sie sagte immer solche Sachen. Mama und Papa lachten. Ich konnte sehen, wie Tannis Mund zu zucken begann. Sie würde diese hochmütige Miene nicht sehr lang durchhalten.
»Selber schuld, Ben«, kicherte Dad. »Du hättest ihr niemals sagen dürfen, daß sie frühreif ist.«
»Ja.« Tannie grinste. »Ich hab's im Wörterbuch nachgeschaut.«
»Uh-oh«, sagte Dad. Er hörte auf zu lachen und bremste ab. Ich stützte mich auf die Lehne des Vordersitzes und sah meiner Mutter über die Schulter. Auf der Straße vor uns standen hölzerne Absperrungen mit bernsteingelben Blinklampen. Zwei Wagen hatten schon davor anhalten müssen: ein gelber VW-Käfer und eine dunkle, gemächliche Limousine – vielleicht ein Chevrolet. Der Kleinlastwagen hielt hinter der Limousine, der Firebird hinter dem Laster und wir hinter dem Firebird. Ein Weilchen saßen alle da und verrenkten sich erst mal die Hälse; dann stieg ein Mann mit einem Regenmantel auf der Beifahrerseite des Käfers aus.
Er lief hastig zur Fahrerseite der Limousine herum – offenbar in der Absicht, ohne nähere Erklärung hineinzukommen –, aber der Typ in dem Kleinlaster streckte seinen Kopf aus dem Fenster und sagte

etwas. Der Mann mit dem Regenmantel zögerte – eher widerwillig, wie mir schien. Dann ging er zu dem Lastwagen, blieb dort stehen und redete.

»Ist wohl besser, ich geh mal raus und schau nach, was los ist«, meinte Dad mit einem resignierten Seufzen.

»Charles, du wirst durch und durch naß werden.«

Dad drehte sich auf dem Sitz herum. »Ben, kannst du mal da hinten den Schirm rausholen?«

Ich kniete mich auf den Sitz und wühlte zwischen den Koffern, den Decken, den Pappkartons voll irgendwelchem Kram und aller möglichen Urlaubsausrüstung herum. Zuletzt fand ich das Gesuchte und reichte es Dad. Als er in den Regen hinaustrat, stieg aus dem VW, ebenfalls mit Schirm, ein junges Mädchen. Sie trafen sich bei dem Kleinlaster. Dann stieg aus dem Firebird ein Typ aus und gesellte sich zu ihnen. Die Sache wurde allmählich zu einer Volksversammlung.

Alle vier standen sie dort im strömenden Regen, redeten, fuchtelten mit den Armen und deuteten dahin und dorthin – hauptsächlich der Mann aus der Limousine und der Typ in dem Kleinlaster. Er hatte es geschickt gemacht – er saß im Trockenen. Dann, nach einer Weile, lösten sie sich auf.

»Wir müssen über eine Umleitung fahren«, sagte Dad, als er wieder einstieg.

»Was ist los?« fragte meine Mutter.

»Der Highway vor uns steht unter Wasser.«

»Hast du's sehen können?« Beim geringsten Anzeichen für eine Katastrophe wurde Tannie hellhörig.

»Nein. Das Mädchen aus dem VW sagte, ein Autobahnpolizist in einem gelben Ölmantel hätte ihr mitgeteilt, daß die Straße überschwemmt ist. Er hätte sie angehalten. Und dann kam der alte Herr aus der Limousine daher. Wie's aussieht, kennen sich die beiden.«

»Hat er gesagt, daß die Umleitung sicher wäre?« fragte Mom, während sie mit leichtem Stirnrunzeln den Regen betrachtete.

»Ich weiß nicht. Der Polizist hat sich anscheinend in Luft aufgelöst. Der Typ in dem Lastwagen kommt aus dieser Gegend. Er sagte, die Sache wäre in Ordnung.«

Tannie federte auf ihrem Sitz. »Ist das nicht aufregend?« qiekte sie.
»Du wirst anders darüber denken, wenn wir die Nacht irgendwo im Matsch verbringen müssen, falls der Wagen steckenbleibt«, entgegnete ich.
Dad verzog das Gesicht. »Mal den Teufel nicht an die Wand, du Optimist«, sagte er und ließ den Motor an.
Die Limousine fuhr hinter dem VW hervor und bog links in einen Kiesweg ein, der an der Stelle, wo die Sperren standen, den Highway überquerte. Der VW folgte ihr, dann der Lastwagen, dann der Firebird und zum Schluß wir. Wie eine Kamelkarawane. Der Weg war nicht übel, höchstens ein bißchen holperig wegen der vielen stehenden Pfützen.
Ich drehte mich auf dem Sitz um und schaute auf den Highway zurück , aber die Blinklichter waren nicht mehr zu sehen. Es mußte wohl irgendwie bergab gegangen sein, obwohl ich es nicht gemerkt hatte. Außerdem glaubte ich, ein paar Scheinwerfer auf dem Highway vorüberkommen zu sehen, aber bei dem Regen war ich mir nicht sicher. Es mußte der Blitz gewesen sein.
Mom und Dad sprachen kein Wort. Je weiter wir uns vom Highway entfernten, desto dunkler schien es zu werden. Mom behielt nervös die Straße im Auge, und Dad konzentrierte sich von nun an ganz aufs Fahren. Sogar Tannie hielt zur Abwechslung einmal den Mund. Sie hatte ihre Nase wieder ans Fenster gepreßt und versuchte, im Licht der häufig aufzuckenden Blitze etwas zu erkennen. Ich weiß nicht, wie weit wir gekommen waren. Wahrscheinlich sah es weiter aus als in Wirklichkeit, weil wir uns so langsam fortbewegten.
Dann drückte ich meine Nase gegen das Fenster und sah hinaus. Ich weiß nicht, ob es Zufall war oder nicht, aber selbst Alfred Hitchcock hätte es nicht besser inszenieren können. Es gab einen fürchterlichen, scheppernden Donnerschlag und einen Blitz, der unerklärlich lang anhielt. Fünfzig Meter von der Straße entfernt erblickte ich auf der Spitze eines kleinen Hügels ein Haus. Es sah sehr alt aus – ein großer, breiter Kasten mit jeder Menge schlanker Schornsteine, Giebeln und einem Turm an einer Ecke. Der Blitz verblaßte langsam, und ich drehte den Kopf, um ihm nachzuschauen, aber er wiederholte sich nicht.

Als Dad den Wagen abbremste, wandte ich mich wieder um. Die anderen Autos in der Karawane hielten ebenfalls an, wobei ihre Bremsleuchten in schneller Reihenfolge an und aus blinkten.
»Meint ihr, es ist jemand im Schlamm steckengeblieben?« fragte Tannie mit so einem leichten Unterton in der Stimme, als ob sie es sich wünschte. Ich glaube, sie würde sich auch mit Freuden von Tigern anfallen lassen, nur um herauszufinden, wie das ist.
»Na, hoffentlich nicht!« grunzte Dad.
Jemand in der Reihe vor uns drückte auf die Hupe. »Sieht aus, als würden sie wieder eine Konferenz einberufen«, sagte ich.
»Sieht aus, als hättest du recht.« Dad zog den Schirm hervor.
Ich stützte meine Arme auf die Rücklehne und sah zu, wie die Fahrer sich abermals um den Laster versammelten. Dann ließ der Regen nach oder so, und ich konnte im Scheinwerferlicht der Limousine ein breites, schlammiges Gewässer erkennen, das quer über die Straße floß. Auf seiner Oberfläche wirbelten Unrat und Geröll herum, Unkraut und Geäst.
Nach einem Weilchen löste sich die Gruppe auf und Dad stieg wieder ein, wobei er mit dem Schirm kämpfte. »Die Straße hier ist ebenfalls überflutet«, sagte er mit verzagter Stimme. »Wir werden umdrehen und zurückfahren müssen.«
»Sieht nicht so aus, als wäre hier genug Platz zum Wenden. Am Ende bleibst du noch im Straßengraben stecken«, erwiderte Mom nüchtern. Sie machte sich Sorgen, wollte es aber nicht zu erkennen geben, damit Tannie und ich keine Angst bekämen.
»Nach dem, was der Typ in dem Kleinlaster sagt, sind wir gerade am, Gänsefüßchen unten, alten Anwesen der Weatherlys vorübergekommen, Gänsefüßchen oben. Sie wollen, daß wir zurückstoßen und in der Auffahrt wenden.«
»Ja«, sagte ich, »ich hab's gesehen. Sah aus wie aus einem Horrorfilm.«
»Na, großartig«, stöhnte Dad.
»Ich möcht es sehen!« quiekte Tannie und kletterte auf mich drauf, um ihr Gesicht an das feuchtkühle Fenster zu pressen.
»Paß doch auf!« grunzte ich. »Du hast knochige Knie.«
»Okay. Bleibt auf dem Teppich da hinten«, sagte Dad, aber mit

einem Lächeln, und setzte, während er über seine Schulter schaute, den Wagen langsam zurück.

»Kannst du sehn, wo du hinfährst?« fragte Mom.

»Eigentlich nicht.« Er schnitt eine Grimasse.

Dad hatte es am schwersten. Die anderen konnten im Licht der Scheinwerfer hinter sich etwas erkennen. Tannie und ich klebten mit unseren Nasen wieder am Fenster und hielten nach dem Haus Ausschau. Es blitzte genau wie aufs Stichwort auf. Tannie stieß einen kleinen Seufzer der Anerkennung aus.

Dad bremste, daß der Wagen ins Schlingern geriet, woraufhin in der Reihe vor uns ebenfalls nacheinander die Bremsleuchten aufflackerten. Er reckte sich auf dem Sitz empor und nahm die Einfahrt mit leichtem Stirnrunzeln in Augenschein. Ein Kanalrohr überbrückte den Straßengraben, in dem das Wasser rauschte, auch wenn mehr davon *über* die Zufahrt als darunter zu fließen schien. Dad zuckte die Achseln, trommelte mit seinen Fingern ein wellenförmiges Muster auf den Lenker und bog dann langsam ein.

Das Vorderteil des Wagens hatte sich gerade einen knappen Meter hineingeschoben, da brach es plötzlich nach der Seite aus und rutschte in den Graben.

»Stecken wir jetzt fest?« fragte Tannie mit einer Unschuld, die einem den Rest geben konnte.

»Würde mich absolut nicht wundern.« Dad legte den Rückwärtsgang ein und versuchte, auf diese Weise wieder herauszukommen. Die Reifen jaulten, und das Heck schlitterte weiter auf die Straße. Dad stellte den Motor ab und ließ sich in seinen Sitz zurückfallen.

»Sieht aus, als stünde eine neue Konferenz auf dem Programm«, bemerkte ich, als ich sah, wie die anderen um uns zusammenliefen.

»Sei nicht so neunmalklug«, stöhnte er. Er schnappte sich den Schirm und stieg aus. Ich flitzte auf die andere Seite und kurbelte das Fenster herunter, damit ich zuhören konnte.

»Tut mir leid, Leute«, sagte Dad.

»Künstlerpech, Mr. Henderson.« Das war der Typ aus dem Firebird. Offenbar hatte man sich auf einer der vorangegangenen Konferenzen miteinander bekanntgemacht.

Das Mädchen in dem gelben VW hieß Ann Callahan. Sie war zwanzig und absolut bezaubernd. Jetzt konnte ich sie zum ersten-

mal richtig sehen. Als ich es tat, war ich nicht mehr fähig, sie aus den Augen zu lassen.
Der alte Knabe in der Limousine hieß Professor Philip Weatherly. Genau: Weatherly, wie in »das alte Anwesen der Weatherlys«. Er war sechzig und hatte einen freundlichen, aber etwas verdatterten Gesichtsausdruck. Außerdem fing ich – ganz unbeabsichtigt – ein gewisses Maß an nervlicher Anspannung auf, dachte unter den gegebenen Umständen aber nicht weiter darüber nach.
Carl Willingham hieß der Fahrer des Kleintransporters. Er war um die fünfzig Jahre alt, hatte einen leichten Bierbauch und kaute an einer Zigarre, die er in seinem Mund hin und her schob. Er trug Stiefel und einen vom Schweiß dunkel gewordenen Stetson. Ich glaube, ein Besetzungsbüro hatte ihn vorbeigeschickt.
Der Bursche aus dem Firebird hieß Poe McNeal. Er war um die fünfundzwanzig, mit einem fröhlichen Gesicht und einem raschen Lächeln. Er hatte eine stämmige, muskulöse Statur und ein eher sympathisches als hübsches Gesicht. Ich mochte ihn auf der Stelle.
Ann Callahan und Carl Willingham gingen so nahe sie es konnten, ohne dabei waten zu müssen, an die Vorderseite des Wagens und nahmen die im Morast steckenden Räder in Augenschein.
»Es war nicht Ihre Schuld, Mr. Henderson«, sagte das Mädchen mit einer Stimme, bei der mir ganz komisch wurde. »Das Rohr ist verstopft, und die Durchfahrt war arg unterspült.«
Die anderen rückten näher heran, um auch ein Auge darauf zu werfen. »Vielleicht könnten wir etwas unter die Reifen legen, damit sie eine Griffläche haben«, schlug Poe McNeal vor.
»Keinen Zweck«, grunzte Carl Willingham. »Die Kiste ist zu schwer und steckt zu tief drinnen. Müssen 'nen Abschleppwagen holen.« Das braune Wasser wirbelte um die Stoßstange.
»Na, großartig«, sagte Dad. »Und wie, wenn ich fragen darf?«
»Wir könnten doch warten, bis wieder ein Wagen vorbeikommt, und den losschicken«, meinte Poe, wenig überzeugt.
»Und wie, bitte, soll der wenden?« Verlaßt euch ganz auf Dad; der nennt das Kind garantiert beim Namen. »Kann sein, daß sich hier noch dreihundert Wagen stapeln, bevor diese Nacht um ist.«
Poe grinste. »Die Fahrer vom Abschleppdienst werden ihre Freude haben.«

»Was ist mit dem Haus da drüben?« fragte Dad, während er mit zusammengekniffenen Augen durch den Regen spähte. Ein Blitz und ein Donnergrollen unterstrichen seine Frage. Viel zu pünktlich; mehr wie bei William Castle* als bei Alfred Hitchcock.

»Ich hab kurz ein paar Schornsteine gesehen. Vielleicht gibt es dort einen Kamin, an dem wir uns trocknen und aufwärmen können.« Das war Ann.

Carl sah mißmutig den Hügel hinauf. »In dem Haus da wohnt seit fünfzig Jahren niemand mehr. Höchstwahrscheinlich ist es kurz vorm Zusammenbrechen.«

»Aber wir könnten doch mal nachsehn«, meinte Poe skeptisch. »Glauben Sie, der Besitzer hätte etwas dagegen, wenn eine Pilgerschar darin Zuflucht sucht?«

Professor Weatherly machte zum erstenmal den Mund auf. »Ich schätze, der Besitzer bin ich. Sie haben meine Erlaubnis.« Es lag eine gewisse Spannung in seiner Stimme, wie bei einem Pokerspieler, der ein gutes Blatt hütet.

Carls Stirnrunzeln vertiefte sich. »Kann nicht behaupten, daß ich gerade scharf drauf wär, die Nacht in diesem Haus zu verbringen.«

»Nun sagen Sie bloß noch, es spukt dort!« rief Poe mit unterdrückter Erregung.

»Weiß nicht recht«, antwortete Carl ohne jede Spur von Heiterkeit, »aber ich hab die Leute reden hören.«

Der Professor betrachtete Carl mit leichtem Stirnrunzeln, so als hätte er sich in einer seiner Karten getäuscht.

»Ich hol eine Taschenlampe«, sagte Dad und öffnete die Tür des Kleinbusses. Während er sich hineinlehnte, versuchte er sich weiterhin mit seinem Schirm zu schützen. »Ben, reich mir die Taschenlampe.« Er schaute zu Mom. »Wir werden einmal nachsehen, ob sich das Haus zur Übernachtung eignet.« Mom nickte und versuchte, das Gebäude durch die Dunkelheit zu erkennen.

* Regisseur bekannter, aber zwiespältig aufgenommener Horrorfilme wie »Das Haus auf dem Geisterhügel« (1958), »Schrei, wenn der Tingler kommt« (1960), »Der unheimliche Mr. Sardonicus« (1961), »Die Zwangsjacke« (1963) und »Er kam nur nachts« (1964). – A. d. Ü.

Ich kramte die Taschenlampe hinter dem Sitz hervor. »Darf ich mitkommen?«
»Nein, tut mir leid. Falls es sich nicht eignet, hat es keinen Sinn, daß du naß wirst.«
»Verflixt!« sagte ich.
»Wieso verflixt?« Und dann grinste er. »Na, komm schon.«
Ich holte noch einen Schirm aus der Fundgrube hinter dem Rücksitz und kletterte nach draußen. Poe lehnte im Fenster des Firebird und sagte den anderen Bescheid, was vorging. Dann trappsten wir alle den Hügel zum Haus hinauf.
Wegen der Dunkelheit, des Regens und weil wir versuchten, zu sehen, wohin wir unsere Füße setzten, achtete eigentlich keiner sehr auf das Haus, bis wir glücklich auf der altmodischen Veranda angekommen waren, die es auf drei Seiten umgab. Als wir erst aus dem Regen heraus waren, sahen wir uns um, ohne ein Wort zu sagen. Das Haus war ein wenig mitgenommen vom Wetter und hatte einen Anstrich bitter nötig, aber es war nicht das, was man baufällig nennen würde. Ein paar Lebkuchenschindeln fehlten auf dem Dach der Veranda, und ein paar Dielen quietschten, wenn man darauf trat, aber ich habe Leute schon viel schlimmer hausen sehen.
Dad schaute die andern an und öffnete die breite Eingangstür, über der sich ein halbkreisförmiges Fenster, ein Tympanon, befand. Er leuchtete mit seiner Taschenlampe herum, und wir übrigen drängten uns hinter ihm hinein. Mein Arm stieß mit dem von Ann zusammen. Sie lächelte mich an. Es war nur so ein freundliches, unverbindliches Lächeln, wie man es Fremden schenkt, aber ich spürte, daß mein Gesicht warm wurde.
Schließlich bemerkte ich, daß wir in einer großen Eingangshalle standen. Eine breite Treppe führte zu einem Absatz oben an der gegenüberliegenden Wand. Wir sahen einander ziemlich verwundert ins Gesicht. Alles war sauber und frei von Staub, der Teppich, der mitten durch den Saal und die Treppe hinauf lief, ausgebleicht, aber gut erhalten, die Spitzengardinen vor den Fenstern rechts und links neben der Tür zwar etwas vergilbt, aber dennoch sauber. Plötzlich rasselte ein großer Uhrkasten am oberen Ende der Treppe und schlug sechsmal. Wir starrten ihn alle an und atmeten kaum, bis er geendet hatte.

»Wann wird Vincent Price hier eintreffen?« murmelte Poe.

Ann drehte unvermittelt ihren Kopf zu ihm um. »Was?« fragte sie.

»Nichts.« Er grinste.

Dad sah Carl an. »Sind Sie sicher, daß dieses Haus seit fünfzig Jahren leersteht?«

Der andere zuckte stoisch mit den Achseln. »Hab ich immer geglaubt. War wohl 'n Irrtum.«

Wir begaben uns weiter ins Wohnzimmer (obwohl man es in seiner Zeit vermutlich »Salon« genannt hat), das sich auf der linken Seite der Eingangshalle öffnete. »Wenn das hier Ihnen gehört, Professor«, sagte Ann leise, »dann müßten Sie eigentlich wissen, ob noch irgend jemand hier wohnt.«

Er war aufrichtig verwirrt. »Mr. Willingham hat recht. Hier wohnt *wirklich* seit fünfzig Jahren kein Mensch mehr. Als ich das letztemal hier war, vor fünfunddreißig Jahren, habe ich jemanden angeheuert, der nach dem Haus sehen sollte. Offenbar macht er seine Arbeit sehr gut.«

Das Wohnzimmer bzw. der Salon war vollständig und fein säuberlich in diesem sperrigen, plumpen Stil der frühen zwanziger Jahre eingerichtet. Aber trotzdem sah er nicht eigentlich bewohnt aus; eher wie ein Vorzeigeraum; die »gute Stube«, makellos unbenutzt gehalten für Gäste, die niemals kamen.

»Da ist Holz für den Kamin.« Dad strahlte. »Ich hatte schon befürchtet, wir müßten am Ende die Möbel verbrennen.«

Poe rümpfte die Nase. »Könnte nicht schaden.«

Der Professor erwachte wieder zum Leben. »Warum holen Sie nicht die anderen und was Sie sonst noch brauchen aus den Wagen, während Mr. Willingham und ich hier Feuer machen?«

Also traten wir wieder hinaus in den strömenden Regen und marschierten schwerfällig zu den Autos zurück. Ann lächelte mir zu, als wir die Verandatreppe hinuntergingen. Ich tat einen falschen Schritt und mußte mich am Geländer festhalten. Verflucht!

Als wir mit den Koffern, Decken und allem, was wir sonst noch tragen konnten, zurückkehrten, hatten Weatherly und Carl schon ein knisterndes Feuer entfacht. Dies und das halbe Dutzend Petroleumlampen, das rings im Zimmer verteilt war, ließen es fast einladend aussehn. Unsere ganze Truppe kam hereinmarschiert, machte sich gleich an allen Ecken und Enden zu schaffen, schüttelte Regenmäntel und Schirme aus und sah sich zaghaft um. Alles befand sich in freudiger Aufregung und schien das Ganze als Abenteuer zu betrachten.

»Das ist ja Wahnsinn!« rief Linda McNeal entzückt aus. »Ich hatte mit Spinnen und Ratten gerechnet.« Poes Ehefrau war zweiundzwanzig, blond, rosig, hübsch – und hochschwanger. Poe half ihr aus dem Regenmantel. Linda war mir genauso sympathisch wie ihr Mann.

»Entweder damit oder daß irgendein Bauer es als Heuschober benutzt.« Das war Judson Bradley Ledbetter, bekannt unter dem Künstlernamen Jud Bradley – er hatte gemeint, »Ledbetter« atme ein bißchen zuviel Stallgeruch. Daß er Lindas Bruder war, konnte man ziemlich leicht erraten. Auch er war blond, rosa und hübsch, aber mit einer unterschwelligen Düsterkeit, die Linda fehlte. Ich hielt ihn für ein bißchen geschniegelt, und seine Schuhe hatte er offenkundig bei Carmen Miranda geklaut.

»Wo sind die Gespenster?« fragte Tannie, die jetzt bereit war, zur Sache zu kommen.

»Die zeigen sich erst um Mitternacht«, antwortete ich mit todernstem Gesicht.

»Hör auf, Ben«, ermahnte mich Mom. »Du weißt, sie glaubt alles, was du ihr sagst.«

»Alles okay, Schatz?« fragte Poe seine Frau. »Du solltest dich nicht erkälten.«

»Du bist hier derjenige, der aussieht, als wäre er mit seinen Kleidern geschwommen.«

Er grinste. »Ich hab gehofft, daß Fred MacMurray in einem Ruderboot vorbeipaddelt.«

»Der große Regen!« rief Linda fröhlich.

»Stimmt!«

Mom war kein Mensch, der die Dinge so einfach auf sich beruhen ließ. »Ich hab ein paar Handtücher im Gepäck«, sagte sie und fischte mehrere heraus. Eins davon reichte sie Linda.

»Danke.« Linda lächelte. »Ich bin nur an den Haaren und an den Füßen naß.«

»Ist das Ihr erstes?« fragte Mom.
»Ja. Ist doch alles irgendwie Wahnsinn, was?«
»Ja, stimmt«, lachte Mom. »Mir ist es genauso gegangen, als ich meine beiden gekriegt habe. Hier, setzen Sie sich ans Feuer und ziehen Sie Ihre Schuhe aus.« Sie und Poe schoben einen der Sessel näher vor den Kamin und machten sich nervös an Linda zu schaffen. Dann gab sie Tannie und mir je ein Handtuch mit der Anweisung, alles zu trocknen, was naß war.
Jetzt, wo sie etwas zu tun hatte, lief Mom auf Hochtouren. Wahrscheinlich war sie auch deshalb eine so gute Professorengattin. Es gibt viele Frauen, die schaffen es einfach nicht. Ich habe schon vollkommen ausgeglichene Frauen beim Gedanken an nur noch ein einziges Teekränzchen der Fakultät glasige Augen bekommen und die Ehehälften von außerordentlichen Professoren ernsthaft erwägen sehen, ob sie ihren Kopf nicht in die Backröhre stecken sollten, nachdem die Frau eines *ordentlichen* Professors sie heruntergeputzt hatte – natürlich mit Raffinement und ohne sichtbare Wunden.
Mom meint, eine Professorengattin muß zu einem Viertel Gastgeberin, zu einem Viertel Küchenmagd, zu einem Viertel Diplomatin, zu einem Viertel Geheimagent und zu hundert Prozent eine Heilige sein.
»Wenn es sich alle soweit gemütlich gemacht haben«, sagte der Professor in seiner Rolle als unfreiwilliger Führer der Gestrandeten, »dann hole ich jetzt meine Koffer. Ich habe auch ein paar Lebensmittel dabei.«
»Ich komme mit«, meldete sich Dad. »Wir haben ein bißchen Kaffee im Auto.«
»Danke«, erwiderte Weatherly. »Es gibt einen Herd in der Küche, aber wohl leider kein heißes Wasser.«
»Clare, würdest du bitte etwas Wasser aufstellen?« fragte Dad. »Wir sind gleich zurück.«
»Selbstverständlich.«
Sie gingen hinaus, und jeder machte es sich schön gemütlich in seinem Eckchen. Ich holte mir und Tannie trockene Strümpfe aus dem Koffer. Mom und Poe flatterten immer noch um Linda herum.

Carl Willingham und Judson Bradley Ledbetter versuchten, sich zu trocknen, indem sie sich wie Kreisel vor dem Feuer drehten. Jud gab es bald auf und ging, nachdem er hektisch in mehreren farblich aufeinander abgestimmten Gepäckstücken herumhantiert hatte, in ein anderes Zimmer, um sich trockene Sachen anzuziehen.

»Wann soll es denn soweit sein?« fragte Mom, die das Thema Babys noch nicht ganz erschöpft hatte.

»In fünf Wochen«, antwortete Linda.

»Wir waren unterwegs zu einem Besuch bei Lindas Eltern in Wichita, bevor sie zu dick würde, um noch herumzureisen.« Poe lächelte ein stolzes und leicht geheimnistuerisches Werdender-Vater-Lächeln. »Wir wohnen in Flagstaff.«

»Ach, Poe«, stöhnte Linda. »Sie werden sich solche Sorgen machen, wenn wir nicht aufkreuzen. Gegen acht sollten wir eigentlich dort sein.«

»Ich weiß, Schatz, aber das läßt sich nun mal nicht ändern.«

»Möchten Sie eine Decke?« Mom reichte ihr eine, bevor Linda noch zu einer Antwort kam.

»Vielen Dank, Mrs. –« Sie lachte. »Ich weiß Ihren Namen nicht.«

»Clare Henderson. Ich nehme an, das sollten wir als erstes tun. Der, der gerade zum Kaffeeholen ist, war mein Mann Charles. Ben, mein Sohn, und meine Tochter, Tannie.«

Jeder verspürte die leichte nervöse Unruhe, die man bekommt, wenn man sich fremden Menschen vorstellt. Außer mir. Ich sah zu Ann Callahan, die gerade von einem Erkundungszug zurückkam. Sie hatte das alte Haus schamlos überfallen.

»Ich heiße Tania Henderson«, verkündete Tannie stolz. »Nach meiner Großmutter.«

»Das ist ja ein Wahnsinnsname«, meinte Ann, während sie sich zu uns gesellte.

»Vielen Dank.« Tannie lächelte sie an.

»Nichts zu danken«, strahlte Ann zurück. »Ich bin Ann Callahan. Aus Albuquerque.«

»Poe McNeal. Wofür Poe steht, will ich mit Schweigen übergehen. Linda, meine Frau.«

»Das da drin ist mein Bruder«, sagte Linda, indem sie ihren Kopf in

Richtung der geschlossenen Tür neigte, »Jud Ledbetter. Er wohnt in Hollywood.«

Mom hob fragend die Augenbrauen. »Ist er Schauspieler? Hübsch genug dazu wäre er ja.«

Ein unterdrücktes Grinsen zitterte auf Lindas Mund. »Wahrscheinlich wird er Ihnen das erzählen«, sagte sie, »aber er ist Fotomodell. Vielleicht erkennen Sie seinen Hinterkopf.« Das Grinsen brach durch, und Poe kicherte. »Er war schon in vielen Werbefilmen, aber die Kamera ist immer auf das Mädchen mit dem schimmernden Haar oder auf ihre strahlend weißen, hohlraumfreien Beißerchen gerichtet. Von Jud sieht man nie mehr als den Hinterkopf. Wenn Sie gern eine exquisite Aufzählung der zweifelhaften Ahnenreihe von Produzenten und Regisseuren hören wollen, die Werbefilme fürs Fernsehen drehen, dann schneiden Sie das Thema ruhig an.« Sie und Poe unterdrückten beide ein Lachen.

»Weshalb lachen Sie?« fragte Mom verwirrt. »Mir scheint, er hat sehr großes Glück gehabt.«

»Oh, das hat er.« Poe beherrschte sich schließlich. »Er verdient am laufenden Band – viel mehr, als ich je verdienen werde. Sehen Sie, Mrs. Henderson, Jud, Linda und ich, wir sind nämlich zusammen großgeworden, in Wichita. Jud und ich waren in derselben Klasse. Es fällt uns einfach schwer, ihn ernst zu nehmen. Wir kennen ihn zu gut.«

Poe zupfte an seinen klatschnassen Kleidern, um den Stoff von seiner Haut zu lösen. »Wenn Sie mich jetzt entschuldigen, werde ich dem Beispiel meines schönen Herrn Schwagers folgen und mir ein paar trockene Sachen anziehn.« Er stöberte in einem Koffer und folgte Jud.

»Wenn ich recht verstehe, kommen Ihr Ehemann und Ihr Bruder nicht allzugut miteinander aus«, meinte Mom.

»Nein, das ist es nicht«, sagte Linda, während sie die Decke mit ruckartigen Schulterbewegungen fester um sich zusammenzog. »Sie haben sich seit der Hauptschule wenig gesehen, und Jud hat sich inzwischen sehr verändert. Der Fachausdruck heißt, glaube ich, ›hollywood like‹. Es ist nichts Ernstes. Juds Getue belustigt Poe, und Poes Belustigung reizt Jud.«

»Haben Sie nicht Lust, mir Gesellschaft zu leisten?« fragte Mom, die sich plötzlich an ihr Heißwasser-Kommando erinnerte.
»Klar«, erwiderte die andere, und sie nahmen eine Lampe und entfernten sich in die Jud und Poe entgegengesetzte Richtung.
»Ich frage mich, wann die Testamentseröffnung ist«, sagte Poe, als die beiden jungen Männer zurückkamen.
»Ha?« erwiderte ich, weil meine Gedanken immer noch bei Ann waren.
»Im Kino«, erklärte er, »wird, wenn sich ein Grüppchen Leute in einem unheimlichen alten Haus wie dem hier versammelt hat, gewöhnlich ein Testament eröffnet. Aber es gibt immer eine Klausel, daß sie die Nacht über dableiben müssen. Und dann werden die Begünstigten nacheinander umgebracht.«
»Poe.« Linda runzelte die Stirn. »Red nicht solches Zeug. Du machst Tannie noch angst.«
»Die ist durch nichts zu erschrecken«, sagte ich.
»Bin ich doch!« entgegnete Tannie.
»Entweder das«, fuhr Poe unverdrossen fort, »oder sie werden von einem mysteriösen Hausherrn hereingelockt, der sie nacheinander umbringt.«
»*Das letzte Wochenende* und *Der dreizehnte Gast*, mit Ginger Rogers«, fügte ich hinzu.
»Uh-oh.« Linda lachte. »Poe hat eine verwandte Seele gefunden.«
»Hä?« erwiderte ich – ein weiteres Beispiel für meine bestechende Schlagfertigkeit.
»Poe und Linda stellen sich immer Fragen über alte Filme«, erläuterte Jud mit nicht geringer Herablassung. »Wer es fertigbringt, daß der andere keine Antwort weiß, der bekommt einen Punkt.«
Poes Augen verengten sich leicht. »Wir spielen das auf Reisen, zum Zeitvertreib«, sagte er.
»Darf ich mitspielen?« fragte ich.
»Klar doch.« Linda lachte. »Ich bin keine besondere Herausforderung.«
»Sehen Sie sich vor, junger Mann«, grinste Poe. »Sie treten gegen einen Meister an.«
»Okay, ich bin dran«, sagte Linda und setzte ein beflissenes Gesicht auf. »Mal sehen. Äh – wie oft war Scarlett O'Hara verheiratet?«

Poe wandte sich mit gespielter Verdrossenheit an mich. »Da siehst du, was für eine Konkurrenz ich habe. Weißt du die Antwort auf diese Kinderfrage?«

»Klar.« Ich grinste. »Dreimal.«

»Null Punkte für Linda«, jauchzte er. Sie schnitt ihm eine Grimasse. »Na schön«, fuhr er fort und schickte sich an, uns eins vor den Bug zu schießen, »welcher berühmte Star aus B-Western hat einmal neben Greta Garbo die romantische Hauptrolle gespielt?« Mit selbstzufriedenem Schmunzeln lehnte er sich in seinem Sessel zurück.

Linda sah ihn argwöhnisch an. »Das hast du dir aus den Fingern gesogen.«

»Nein, habe ich nicht.« Er lachte.

»Johnny Mack Brown«, murmelte Jud.

Ein Ausdruck, als sei er schnöde verraten worden, trat auf Poes Gesicht. »Woher hast du das gewußt?« knurrte er.

Jud hob seine blassen Augenbrauen. »Soll das heißen, es stimmt? Ich habe einfach nur den unwahrscheinlichsten Namen genannt, der mir in den Kopf kam.«

»Ich wollte schon sagen, es wäre Lash LaRue gewesen«, unterbrach Linda mit todernstem Gesicht. Wir waren alle noch am Lachen, als Dad und Professor Weatherly zurückkamen. Der Professor hatte einen Koffer und einen Picknickkorb, Dad einen Karton mit Instant-Kaffee, Styroporbechern, Zucker, Sahnepulver und einen Haufen anderes Zeugs. Wir halfen ihnen gerade, das Ganze auszupacken, da kamen Mom und Ann mit zufriedenen Gesichtern zurück.

»Das Wasser ist aufgesetzt«, verkündete Mom. »Mit ein bißchen angeborenem Scharfsinn, weiblicher Intuition und viel Glück sind wir dahintergekommen, wie man diesen altertümlichen Petroleumherd bedient.«

»Professor«, sagte Ann mit leichtem Stirnrunzeln, »wohnt Ihr Grundstückspfleger hier im Haus? In der Küche sind Lebensmittel. Nicht sehr viele, hauptsächlich Konserven.«

»Ich weiß nicht«, erwiderte er mit verdattertem Gesicht. »Der Mann, den ich angestellt habe, hat zusammen mit seiner Frau in Hawley gewohnt.«

»Vielleicht hat ja einfach irgendein Tippelbruder hier sein Quartier aufgeschlagen«, meinte Jud.
»Dann aber keiner aus unserer Gegend«, sagte Carl mit Bestimmtheit. »Die Leute aus Hawley machen um dieses Grundstück einen Bogen.«
»Sie sind doch auch da«, gab Mom zu bedenken. »Haben Sie Ihre Ansicht darüber geändert, daß es hier spukt?«
»Hab nie gesagt, daß es hier spuken würde«, erklärte er phlegmatisch. »Bloß, daß es Gerede gibt.«
Was dann geschah, läßt sich nur schwer erklären. Poe und ich waren wieder zu Linda an den Kamin gegangen. Ich saß neben ihr in einem Sessel, während Poe, die Arme um seine Knie geschlungen, auf dem Boden hockte. Alle anderen befanden sich an dem etwa drei Meter entfernten Tisch, wo sie den Picknickkorb des Professors auspackten. Ich dachte gerade, daß er aus irgendeinem Grunde, weiß Gott, einen Haufen Lebensmittel mitgebracht hatte.
Ich spürte es herankommen, noch bevor es mich traf, aber ich war so erschrocken, daß ich nichts tat, um mich zu schützen.
Es gab einen Aufprall. Dann Druck – einen Druck, der mir den Atem verschlug. Hätte ich gestanden, so wäre ich wohl hingefallen. Mein Kopf knallte kraftlos gegen die Sessellehne. Es konnte höchstens eine Sekunde gedauert haben, aber der Rückstand von kalter Angst war überwältigend. Das süße Frösteln der Angst, als wäre man mit eisigem Zuckerwasser übergossen worden.
Meine Augen fielen zu, und ich zitterte unbeherrschbar. Meine Arme waren so schwach, daß ich sie nicht heben konnte. Ich hatte noch nie so eine Furcht erlebt.
Aber nicht meine Furcht.
Eine nicht enden wollende Sekunde lang – dann war es verschwunden, der Druck und die Präsenz; beides so plötzlich, wie es gekommen war.
Ich konnte hören, was die anderen sagten; ihre winzigen Stimmchen waren weit weg; und ohne sie mit meinen Augen zu sehen, wußte ich, was jeder von ihnen gerade tat.
In dieser eisigen Sekunde keuchte Ann und sah sich schnell nach einem Ausgangspunkt um. Wovon? Alle unterbrachen ihr Ge-

schwätz und schauten zu Ann; Professor Weatherly mit mehr Interesse, als ich mir erklären konnte.
Dann sah Linda mich an. »Mrs. Henderson!« rief sie. »Mit Ben stimmt irgend etwas nicht!«
Alle außer Jud und Carl versammelten sich um mich. Ann war durch und durch erschüttert. Man half ihr in einen Sessel. Tannie starrte mich mit Augen an, die so groß waren wie Untertassen. Mom und Dad knieten sich neben mich. Mom legte ihre Hände auf mein klammes Gesicht.
»Liebling, was ist los?«
Ich versuchte, die Augen aufzumachen, aber meine Augenlider flatterten wie die Flügel eines Falters, und ich konnte einfach nichts klar erkennen.
»Ben!« sagte Dad mit einer Stimme, in der schroffe Besorgnis und nervliche Belastung durchklangen. »Junge, sag doch was.«
»Mom?« wimmerte ich. Ich schämte mich nicht, zu wimmern. Ich war dankbar dafür, daß ich nicht losschrie.
Mom legte mir ihre Arme um die Schultern, zog mich an ihre Brust und hielt mich fest, als wäre ich zwei Jahre alt. Dad hatte seine Hand auf meinem Hinterkopf. Ich öffnete mich ganz, ließ sämtliche Barrieren fallen. Ich nahm ihre Liebe, ihre Besorgnis und ihr Mitgefühl in mich auf wie ein Wischlappen. Ich badete darin, schwamm darin, ertränkte mich darin. Ich ließ mich von dieser Wärme überfluten, ließ sie das eisige Frösteln dieser Furcht vertreiben.
»Was hast du, Ben? Bist du krank?« fragte Mom leise.
»Oh, Mom, es hatte solche Angst«, stöhnte ich, an ihre Schulter gelehnt.
»Was hatte Angst?« fragte Dad verwirrt.
Mein Blick konzentrierte sich über Moms Schulter hinweg auf Ann. Sie starrte mich an – staunte mich an, weil ihr in diesem Moment etwas klar wurde. Aber mehr als ich staunte sie auch nicht. Professor Weatherly schaute immer wieder von Ann zu mir wie eine erschrockene Eule. Dann sah ich, daß auch alle anderen mich anstarrten, und wurde etwas verlegen. Ich löste mich aus Moms Armen, um mich im Sessel zurückzulehnen. Ob ich aufstehen

könnte, wußte ich nämlich nicht recht. Aber Ann ließ ich nicht aus den Augen.
»Ich weiß nicht, Dad«, versuchte ich, seine Frage zu beantworten. »Plötzlich war mir so ... mir war so, als ob ... so als bliebe mir die Luft weg, von einem Schlag ... und ... da war so viel Angst.«
»Genau das habe ich auch empfunden ... nur nicht so stark«, sagte Ann ruhig.
Tannie nahm meine Hand langsam und zaghaft in die ihre und betrachtete mich mit großen, runden, verschreckten Augen. Ich grinste sie an und zwinkerte. Ihr kleines Gesicht explodierte gewissermaßen, und sie grinste zurück. Mom wandte sich an Ann.
»Geht es Ihnen jetzt besser, Ann?«
»Ja, ich fühle mich prima.«
Tannie fuhr plötzlich auf und piepte: »Das muß das Gespenst gewesen sein.« Eine kleine Woge unsicheren Gelächters ging durch den Raum.
»Ich glaube, sie hat recht.« Poe grinste. »Ich hab genug Filme gesehn, um zu wissen, was ein Spukhaus ist.«
»Und ich hab die Leute reden hören«, bestätigte Carl kopfnickend.
»Das sagen Sie die ganze Zeit«, grummelte Jud. »*Worüber* genau reden denn die Leute?«
»Über dieses Haus und das, was sich vor fünfzig Jahren hier ereignet hat.«
»Wußt ich's doch!« schrie Poe und klatschte laut in die Hände. »Ein Haus wird erst dann als Spukhaus verschrien, wenn es auch eine Geschichte dazu gibt. Was ist vor fünfzig Jahren hier passiert, ein saftiger Mord?«
»Bin jetzt zum erstenmal hier drin«, sagte Carl, ein wenig verlegen darüber, im Mittelpunkt der Aufmerksamkeit zu stehen. »Keiner, den ich kenne, ist je hier drinnen gewesen. Hab's viele, viele Male von der Straße aus gesehen. War früher die Hauptstraße, bevor sie den Highway gebaut haben.«
»Na und, was ist passiert?« bohrte Poe, der es kaum noch aushalten konnte.
Dem Professor war sichtlich unwohl in seiner Haut, und er wünschte, er wäre anderswo.

»Ist passiert, bevor ich auf die Welt kam, aber ich hab die Leute reden hören«, fuhr Carl fort, der sich langsam für sein Thema erwärmte. »Die Weatherlys haben hier gewohnt. Hatten 'ne richtig schöne Farm, heißt es. Das war vor der Depression. Mann, Frau, zwei Mädchen und ein Junge. Dem Vernehmen nach wirklich sehr beliebt, obwohl es heißt, der Junge wär nicht ganz geheuer gewesen. Eines Nachts haben ein paar Leute in der Nähe gesehen, daß das ganze Haus irgendwie komisch beleuchtet war. Überall sind Lichter rumgetanzt, und es waren Flammen in einem der Zimmer im Obergeschoß. Dachten, es würd hier brennen, und sind rübergestürmt, um zu helfen. Aber als sie hier herkamen, war nichts. Kein Feuer, nichts. Sie haben gerufen. Keine Antwort. Sie sind reingegangen und haben überall nachgeschaut. Niemand zu finden. Nur dieser Raum im Obergeschoß, wo das Feuer war. Angeblich wär's das Zimmer des Jungen gewesen. Es war ganz verbrannt inwendig, aber das Feuer war kalt und aus. Seitdem hat niemand mehr die Weatherlys gesehen oder was von ihnen gehört.«

»Hey!« Poe atmete langsam aus. »Das ist ja sogar noch besser als ein saftiger Mord.«

»Hat man denn niemals herausgefunden, was passiert ist?« fragte Dad.

»Nee.« Carl zuckte die Achseln. »Nicht, daß ich wüßte.«

»Professor?« wandte sich Ann an ihn. »Als wir am Highway aufgehalten wurden, haben Sie mir doch erzählt, daß Sie früher hier in der Gegend gewohnt hätten. In diesem Haus?«

»Ja, eine Zeitlang.« Er bewegte sich nervös hin und her und wechselte dann das Thema. »Meinen Sie, daß das Wasser jetzt kocht, Mrs. Henderson? Ich bin reif für eine Tasse Kaffee.«

»Huch!« lachte Mom. »Das Wasser hab ich ja ganz vergessen.« Sie sah mich fragend an, und ich nickte. Dann eilte sie aus dem Zimmer. Ann behielt den Professor weiterhin argwöhnisch im Auge, beschloß dann aber, es für den Moment gut sein zu lassen.

»Sie sagten, es hätten Leute hier in der Nähe gewohnt«, meldete sich Poe hoffnungsvoll. »Vielleicht könnten wir ja zu einem von ihnen hingehn und nach einem Abschleppwagen telefonieren.«

»Und mit meinen Eltern«, fügte Linda hinzu.

Carl schüttelte den Kopf. »Die Leute sind nicht mehr. Gibt heute kaum noch kleine Farmen. Dürfte für vier, fünf Meilen im Umkreis das einzige Haus sein.«
»Vergessen Sie, daß ich's erwähnt habe«, grunzte Poe und lehnte sich in seinem Sessel zurück.
Mom kam mit einem dampfenden Kessel wieder, den sie neben das Kaffeezeug stellte. Aus der Fülle des Picknickkorbs machten wir Kaffee und belegte Brote und gingen dann zum Kamin zurück.
Wir alle außer Carl; er stand am Fenster und schaute durch den Regen auf die Wagen. Er war besorgter und nervöser als wir anderen. Dann wandte er sich vom Fenster ab, um sich zu uns zu gesellen. Er runzelte die Stirn und kaute seine Zigarre kurz und klein.
»Echt komisch«, meinte er. »Ich hab die Straße so 'n bißchen im Auge behalten. Ist kein anderer Wagen drauf entlanggefahren, seit wir hierhergekommen sind.«
»Vielleicht ist das Wasser ja zurückgegangen«, meinte Jud mit gelangweilter Stimme.
»Kaum anzunehmen.« Auch Dad hatte die Stirn gerunzelt. »Es regnet immer noch.«
»Die Antwort ist ganz simpel«, verkündete Poe mit gespielter Düsternis. »Die Geister haben uns aus irgendwelchen diabolischen Gründen, die nur sie kennen, hierhergelockt und halten nun jeden anderen von uns fern.«
Professor Weatherly warf ihm einen Verschreckte-Eule-Blick zu. Tja, ja, er schien mit dieser Ansicht übereinzustimmen. Linda lachte und zitterte dabei wie vor Kälte.
»Poe, hör auf! Jetzt machst du *mir* angst.«
»Keineswegs, junger Mann«, mischte sich Weatherly hastig ein, um den angerichteten Schaden zu reparieren. »Offensichtlich haben sie entdeckt, daß auch die Umleitung überschwemmt ist, und wieder gewendet.«
Poe schnitt ein Gesicht und lachte. »Spielverderber.«
Ann nahm den Kessel vom Tisch und sah mich an. »Ich werde noch ein bißchen Wasser aufsetzen«, sagte sie und ging aus dem Zimmer.
Ich folgte ihr und hätte mich in den Hintern treten können, daß ich sie mir nicht schon früher unter vier Augen vorgeknöpft hatte.

Die Küchentür stand offen. Ich lehnte mich an den Türpfosten und sah zu, wie Ann den Kessel aus der Handpumpe füllte. Das Mädchen hatte kurze, dunkle Haare – eigentlich kaum länger als meine eigenen. Es war schlank und besaß zwei lange, sehr gute Beine. Mit Stöckelschuhen wäre es noch größer gewesen als ich, aber es hatte Turnschuhe an. Ich war ein Meter fünfundsiebzig, hoffte aber, es in ein, zwei Jahren auf einsachtzig zu bringen. Ich weiß, daß ich kein Geräusch machte, und sie hatte mir den Rücken zugekehrt.

»Hallo, Ben Henderson«, sagte sie, ohne sich umzudrehen.

Die Küche war düster und schummrig, obwohl eine der Petroleumlampen brannte. Nun war ich mit Ann unter vier Augen, wußte aber nicht, was ich sagen sollte. Also täuschte ich Interesse an der Lampe vor.

»Ein Wunder, daß die Leute bei so wenig Licht wie von diesen Dingern da nicht blind geworden sind.« Ich knirschte mit den Zähnen.

»Wahrscheinlich sind sie's«, erwiderte sie und zündete den Brenner unter dem Kessel an. Dann wandte sie sich um und sah mir ins Gesicht. Ein schwaches, leicht unverschämtes Lächeln spielte um ihre Lippen. Ich kam mir vor, als stünde ich splitternackt da. Es kam so plötzlich und unerwartet, daß ich rot wurde wie eine Jungfrau. Dann wurde ich rot, weil ich rot wurde, und Erröten und Erotik waren so stark, daß ich mir einige geistige Kleinarbeit ausdenken mußte, damit es nicht richtig peinlich für mich würde.

Ann lachte, aber es lag nichts als herzliche Zuneigung in ihrem Lachen. »Tut mir leid. Ich hatte nicht vor, dich in Verlegenheit zu bringen. Ich wollte bloß sehen, ob du es auffangen könntest.«

»Laut und deutlich«, erwiderte ich, während ich gegen das Prickeln in meiner Magengrube ankämpfte.

»Du bist ein sehr gut aussehender junger Mann«, erklärte sie ganz nüchtern. »Du solltest dich daran gewöhnen.«

»Diesmal war es ein bißchen anders. Du *wußtest,* daß ich es auffangen würde.«

Sie lehnte sich an die Küchenschränke hinter ihr. Ihre Stimme klang sehnsüchtig. »Wünschst du dir nicht manchmal, ein anderer zu sein? Hast du es nicht manchmal bis obenhin satt, alles schon im voraus zu wissen?«

»Ja. Manchmal.«

»Weißt du, du hast großes Glück gehabt. Deine Familie liebt dich sehr.«

»Du selber hast wohl keine Familie?«

»Nein. Meine Eltern sind beide umgekommen, als ich noch klein war. Ich wurde von einer Tante adoptiert. Hast du das gesehen?«

»Nein, an sich nicht. Ich habe Trauer und ein Verlustgefühl empfunden, als du auf meine Familie zu sprechen kamst. Es mußte was in dieser Art gewesen sein.«

»Onkel und Tante sind sehr gut zu mir, aber es gibt keinen warmen, behaglichen Schimmer, in den ich mich zurückziehen kann, wenn mir alles ein bißchen zuviel wird, so wie bei dir.«

Also tat ich etwas, das ich bereits wollte, seit ich herausgefunden hatte, daß Ann wie ich war. Sie betrachtete mich mit angenehmem Erstaunen. »Danke, Ben«, sagte sie sanft, so wie weißer Samt, der über poliertes Gold fließt.

»Denk dir nichts. Warme, behagliche Schimmer, wie gewünscht.«

»Du bist ein Idiot.« Sie kicherte.

»Weißt du, es war Wirklichkeit.«

»Ja, natürlich weiß ich das«, sagte sie einfach. Und dann lachte sie. »Nimm dich in acht; das hatte ich nämlich schon vorher wahrgenommen.«

»Tut mir leid.« Ich grinste. »Unfreiwilliger Reflex. Außerdem hast du damit angefangen.«

»Du bist für mich kein Kind, Ben.« Ich hatte wieder dieses Gefühl von weißem Samt.

»Ich weiß. Wahrscheinlich muß man sich erst ein bißchen daran gewöhnen. Ich dachte, ich wär ganz allein.«

»›Sich selbst mit den Augen von anderen betrachten‹ – das kann man in unserem Fall wirklich laut sagen! Das Schlimmste daran ist vielleicht, daß so vieles langweilig wird.«

»Zum Beispiel Kartenspielen.«

»Und die Schule. Hast du ein Jahr übersprungen?«

»Ja.«

»Ich auch. Ich bin jetzt in der letzten College-Klasse.«
»Noch ein Jahr, dann hab ich die Hauptschule hinter mir. Was machst du nach deinem Abschluß?«
Sie zuckte die Achseln. »Wahrscheinlich werd ich eine Doktorandenstelle in Psychologie antreten.« Ein Lächeln. »Auch so ein Gebiet, auf dem wir nicht schlecht sind.« Ich sah sie an und sie mich. Es war gut, so gut. Aber wir hatten ein Problem.
»Was, glaubst du, führt Professor Weatherly im Schilde?«
Sie runzelte die Stirn. »Ich weiß nicht. Ich hab so ein Gefühl, als wäre das alles irgendwie künstlich herbeigeführt.« Ich empfand dasselbe, sagte es aber nicht. Sie wußte Bescheid. »Er ist mein Psychologieprofessor an der Universität von Neu-Mexiko. Als ich vor der Straßensperre anhielt und er hinter mir einbog, war ich überrascht, um es milde auszudrücken. Er sagte, er wäre nach Hawley unterwegs, daß er als Kind in dieser Gegend gelebt hätte, daß ihm ein Anwesen hier gehört und daß er gekommen sei, um einige Angelegenheiten ins reine zu bringen.« Sie sah sich im Zimmer um. »Wie es scheint, ist das hier das Anwesen, und wie es scheint, sind wir in seine Angelegenheiten verstrickt.«
»Wie kommt's, daß du in dieser Gegend warst?«
Sie zuckte die Achseln. »Aus keinem besonderen Grund. Gestern nach dem Unterricht hab ich einfach beschlossen, eine Wochenendspritztour zu machen. Warum, weiß ich nicht. Damals hielt ich es für eine gute Idee, obwohl ich mir jetzt weniger sicher bin.« Sie sah mich an und lächelte. Ich verspürte ein Summen wie von Violinsaiten. »Nein. Es war eine gute Idee.« Sie schlug die Augen nieder. »Das Wasser kocht. Besser, wir gehen zurück.«
Sie drehte sich zum Herd um und kehrte mir den Rücken. »Ben? Was du vor einem Moment gedacht hast. Ich hatte nichts dagegen.«
»Ich weiß«, erwiderte ich und nahm den Kessel. Sie wandte sich vom Brenner ab, um mich anzuschauen. Es fiel mir nicht einmal im Traum ein, zu erröten.
Auf dem Rückweg in den Salon sahen wir Tannie mit einer der Petroleumlampen neben sich auf der untersten Treppenstufe sitzen. Ich war überrascht. Sie hatte ihre Ellbogen auf die Knie und ihr Kinn in ihre Hände gestützt. Auf ihrem Gesicht lag der grüblerische

Ausdruck, den sie immer bekam, wenn sie mit etwas konfrontiert wurde, das für ihr Begriffsvermögen zu groß und kompliziert war. Offenbar hatte sie auf mich gewartet, damit ich ihr da heraushelfen würde.
»Tannie, was treibst du denn da? Weshalb läufst du in der Gegend rum?« fragte ich.
»Ich hab das verbrannte Zimmer sehen wollen«, brummte sie, immer noch in Gedanken.
»Hast du es gefunden?« fragte Ann.
»Ja, schon«, antwortete sie höflich und blickte dann mit leichtem Stirnrunzeln zu mir auf. »Ben, wie sehen Gespenster eigentlich aus?«
»Ich weiß nicht«, erwiderte ich und lachte, weil sie so ernst war. »Ich hab noch nie eins zu Gesicht bekommen.«
Sie betrachtete ihre Zehen und kratzte sich geistesabwesend am Bein. »Ich hab immer geglaubt, sie hätten Bettlaken an oder daß man mitten durch sie durchgucken könnte. Aber jetzt glaub ich, sie sehen einfach so aus wie andere Leute.«
»Was hast du gesehen?« fragte ich ernsthaft, weil ich wußte, *daß* sie etwas gesehen hatte.
»Es war eine Dame in dem verbrannten Zimmer. Sie ist ungefähr zweihundert Jahre alt gewesen und hat so komische Sachen angehabt.« Tannie blickte wieder mit leichtem verwirrten Blinzeln zu mir auf. Sie berichtete mir das alles in sehr nüchternem Tonfall, weil sie wußte, daß ich ihr immer glaubte, wenn sie die Wahrheit sagte.
Ich stellte den Kessel zu Boden und setzte mich neben sie auf die Treppe. »Was hat diese Dame denn gemacht?«
»Nichts. Sie hat nicht mit mir reden wollen.«
Ich nahm sie an der Hand und stand auf. »Los, komm zurück zum Feuer. Ann und ich werden einmal nachsehen.«
Mom, Dad, Poe und Linda spielten zusammen Bridge. Carl schaute wieder aus dem Fenster, und Jud las gerade Rex Reeds *Conversations in the Raw*. Weatherly saß mit niedergeschlagener Miene auf der Couch.
»Mom«, sagte ich. »Tannie ist auf Erkundung gewesen.«

»Was? Ich dachte, sie wäre bei dir. Tannie, du sollst doch nicht weglaufen, ohne es uns zu sagen.«

»Verflixt, Mom.« Tannie seufzte, um die Belanglosigkeit ihres Vergehens zum Ausdruck zu bringen. »Ich hab grad mit dem Gespenst gesprochen.«

Weatherlys Reaktion war so stark, daß ich mich umdrehte und ihn ansah. Der Mann war schwer erschrocken.

Mom lächelte. »Na klar hast du das.«

»Ich bin gleich wieder zurück«, sagte ich, ohne den Professor aus den Augen zu lassen. »Ann und ich werden uns einmal umschaun.«

»Einverstanden. Seid vorsichtig.«

»Klar.« Ich holte die Lampe wieder von ihrem Platz auf der Treppe, wo Tannie sie hatte stehenlassen. »Tannie hat die Wahrheit gesagt«, erklärte ich. »Sie hat jemanden gesehen.«

»Ja, ich weiß.« Ann lächelte.

Ich erwiderte ihr Lächeln, weil nichts auf der Welt einfacher und angenehmer war. »Eh ich's vergesse: Professor Weatherly hat eindeutig Geheimnisse vor uns.«

»Auch das ist mir bekannt. Er hat nicht ganz die Wahrheit gesprochen, als er sagte, er hätte als Kind hier gewohnt.«

»Hat er das denn nicht?«

»Insoweit ist es wahr. Doch. Aber irgendwo ist er dem Problem ausgewichen. Hast du es denn nicht gemerkt?«

»Ich hab nicht darüber nachgedacht. Ohne einen guten Grund lese ich selten andrer Leute Gedanken. Das ist meistens zu verwirrend und bringt einen in Verlegenheit. Ich schalte sie so quasi einfach aus wie ein Hintergrundgeräusch, an das man sich gewöhnt und das man erst hört, wenn man wirklich danach lauscht – oder wenn es sehr stark ist, wie zum Beispiel, als Tannie das Gespenst erwähnt hat. Ich habe extrem viel Verwirrung und Überraschung darin aufgefangen. Vermutlich hat der Professor nicht damit gerechnet, hier jemanden anzutreffen.«

Wir sahen in mehreren Räumen des obersten Stockwerks nach – lauter Schlafzimmer –, bevor wir den ausgebrannten entdeckten. Eine Tür, die, wenn ich den Grundriß des Hauses richtig im Kopf hatte, zum Turm hätte führen müssen, war verschlossen. Ich sah

Ann ins Gesicht und hob fragend die Augenbrauen. Sie zuckte mit den Achseln. Auch das verbrannte war ein Schlafzimmer gewesen. Es sah aus, als hätte es seit dem Feuer vor fünfzig Jahren kein Mensch mehr angerührt. Mobiliar und Wände waren an manchen Stellen verkohlt, an anderen nur leicht angesengt, so als hätte das Feuer nur ein paar Minuten gewütet und sei dann gleich restlos gelöscht worden.

Aber eine alte Dame mit komischen Kleidern gab es nicht.

Als wir wieder ins Erdgeschoß kamen, sah Tannie den anderen gerade trotzig und den Tränen nahe ins Gesicht. Sie machte kehrt und kam auf mich zugerannt. »Ben, würdest du diesen Leuten bitte sagen, was ich gesehen habe?« fragte sie mit zitterndem Unterton.

Ich kniete mich hin, drückte sie an mich, und sie legte mir ihre Arme um den Hals, wobei sie tapfer die Tränen unterdrückte. »Tut mir leid, Schatz«, erwiderte ich sanft. »Als wir hingekommen sind, war sie weg.«

»Glaubst du auch, daß ich mir was einbilde?« Das Beben in ihrer Stimme war bei dem Gedanken, daß ich ebenfalls gegen sie sein könnte, stärker geworden.

»Natürlich nicht«, antwortete ich bestimmt und sagte zu den anderen: »Sie hat wirklich jemanden gesehen.« Damit stand ich auf, aber Tannie hielt meine Hand fest.

»Wie kannst du dir so sicher sein?« fragte Judson Bradley Ledbetter und lächelte verächtlich.

»Ist das Gespenst in Erscheinung getreten?« erkundigte sich Poe mit aufrichtigem Interesse.

»Da müssen Sie Professor Weatherly fragen«, antwortete ich.

Der Professor betrachtete mich finster, als hätte eine seiner eigenen Truppen sich gegen ihn gewendet. Er zappelte ein bißchen herum. Dann seufzte er und entgegnete barsch: »Ich kann Ihnen versichern, daß es in diesem Hause keine Gespenster gibt. Allerdings dürfte jetzt eine Erklärung angebracht sein, denn ich sehe, daß mit einigen von Ihnen die Phantasie durchgeht. Aber vorher – alles kann ich Ihnen nämlich immer noch nicht verraten – möchte ich Ihnen etwas zeigen.« Er ging zu dem Tisch, auf dem das im Stich gelassene Bridgespiel lag.

»Weshalb können Sie uns nicht alles verraten?« fragte Dad, der jetzt selber ein wenig reizbar wurde.
»Sie würden mir nicht glauben, Mr. Henderson.« Er seufzte ungehalten. »Und es ist sinnlos, Sie unnötig in Schrecken zu versetzen.«
Poe grunzte. »Wenn mich etwas unnötig in Schrecken versetzt, dann solche Äußerungen.«
»Mr. McNeal«, fauchte Weatherly, »es gibt keine Gespenster; Sie befinden sich in keinerlei Gefahr. Bitte hören Sie auf mit diesen wilden Vermutungen.« Poe zog schützend den Kopf zwischen die Schultern und grinste mich an. Ann und ich betrachteten einander mit hochgezogener Augenbraue. Weatherly war schwierig. Er sagte zwar die Wahrheit, aber ich hatte das Gefühl, daß es nur rein *technisch* gesehen die Wahrheit war. »Also bitte«, fuhr er fort, indem er am Tisch Platz nahm, »stellen Sie sich alle ringsherum auf. Ben! Du und zwei andere, ihr setzt euch hin.«
Weil es mich drängte, mitzuhelfen und herauszufinden, was hier vorging, nahm ich ihm gegenüber Platz. Ann stellte sich hinter mich. Mom und Dad setzten sich auf die anderen beiden Stühle. Die übrigen gruppierten sich ringsum, außer Carl, der vom Fenster auf der anderen Seite des Zimmers aus zusah. Ich hatte den Eindruck, daß er in Türnähe blieb, um jeden Moment zu türmen. Weatherly sammelte die Karten ein und reichte sie Mom. »Jetzt, Mrs. Henderson, mischen Sie bitte sorgfältig und teilen Sie vier aus.«
Mom warf ihm einen stirnrunzelnden Blick zu, folgte aber seiner Bitte. Weatherly nahm sein Blatt vom Tisch und fächerte es auf. Wir übrigen taten dasselbe. Ich hatte dreizehn fein säuberlich geordnete Kreuze – die Zwei links, das As rechts.
»Jetzt, Ben«, verlangte Weatherly, »sag uns, wessen Blatt gewinnen würde, wenn wir Bridge spielten.«
»Das von Dad«, antwortete ich.
Er nickte zufrieden. »Richtig«, bestätigte er in schneidigem Ton und legte seine Karten sichtbar auf den Tisch. Er hatte dreizehn Herzen. Mom hatte dreizehn Karos und Dad dreizehn Piks. »Erkläre uns, woher du das gewußt hast.«
»Ich kann es nicht erklären«, antwortete ich stirnrunzelnd. »Das ist ... genau so, als sollte man jemandem, der es nicht selber hat,

Gesichts-, Gehörs- oder Geruchssinn erklären. Dad hat gewußt, daß sein Blatt gewinnen würde, und ich ... spürte ... nahm wahr, daß er es wußte.«

»Wußtest du genau, welche Karten er hat?« drang Weatherly in mich.

»Nein. Aber das konnte ich mir unschwer zusammenreimen, als ich meine sah.«

»Lies die Gedanken von jedem, der hier im Zimmer ist, Ben«, sagte der Professor. Er wirkte wie ein zum Zerreißen gespannter Draht und wandte seinen Blick nicht eine Sekunde von meinem ab. »Deine Eltern.«

»Besorgnis. Liebe.«

»Tannie.«

»Sie ist immer noch sauer.«

»Poe.«

»Interesse. Staunen.«

»Linda.«

»Liebe. Unverständnis.«

»Mr. Ledbetter.«

»Unglaube. Genervtheit.«

»Mr. Willingham.«

»Nervosität. Stoizismus.«

»Ich.«

»Entschlossenheit.« Ich kniff ein wenig die Augen zusammen, und er wußte, daß ich noch mehr las, aber ich behielt es für mich.

»Ann.«

Ich zögerte. Wie ließe sich Ann in Worte fassen? Es ging nicht, und darum grinste ich nur dämlich. Ann legte mir ihren Arm um die Schulter.

»Ben ...«, sagte Mom mit ganz leiser, gezwungener Stimme.

Ich hatte wirklich nicht gewollt, daß meine Eltern es auf diese Weise herausfinden sollten, obwohl es meinem Vater unbewußt schon länger bekannt war. Er hatte nie ein Wort darüber gesagt; er hatte Mom nicht aufregen und es auch selbst eigentlich nicht wahrhaben wollen. Jetzt waren sie beide verwirrt, erschrocken und ängstlich. Ich schickte mich schon an, etwas zu sagen – etwas, das ihre Besorgnis mildern sollte –, da kam Ann mir zuvor.

»Verstehen Sie denn nicht, Clare?« fragte sie mit ruhiger Stimme. »Sie und Charles betrachten Ben noch als Halbwüchsigen. Also spielt er diese Rolle, Ihnen zuliebe. Es fällt uns schwer, wir selbst und nicht bloß das Spiegelbild von anderer Leute Gedanken zu sein. Ich habe das Gleiche durchgemacht. Niemand macht sich etwas aus einem grünschnäbeligen Kind.« Sie fuhr mit ihren Fingernägeln durch die Haare in meinem Nacken.

Ich konnte lediglich grinsen und rot werden. Sie gab mir einen leichten Klaps auf den Hinterkopf.

»Ben ...«, sagte Mom abermals.

»Ich weiß, Mom.«

»So, das wäre also geklärt«, mischte Weatherly sich ein und lenkte uns damit wieder in die Bahnen, die er verfolgte, wie auch immer diese aussehen mochten. »Ann hätte mir das gleiche erzählen können. Sie beide besitzen sowohl tele- als auch empathische Fähigkeiten, obwohl Ben der Empfänglichere von ihnen ist.«

»Telepathische Fähigkeiten«, schnaubte Jud und schenkte sich noch eine Tasse Kaffee ein.

»Keine Sorge, Jud«, beruhigte ihn Ann. »Ihre Gedanken können wir nicht lesen, nur Ihre Gefühle, Ihren Gemütszustand und dergleichen.«

»Aber auch ich wußte, wessen Blatt gewinnen würde«, fuhr Weatherly mit Volldampf fort. »Ich wußte über jede Karte Bescheid, weil ich gesteuert habe, wohin sie kommen sollte. Wenn nicht, wäre ich ebenso schlau gewesen wie ... der Mann im Mond.«

»Das habe ich mir gedacht«, sagte ich.

»Auf welche Weise haben Sie das gesteuert?« fragte Dad, der alles vollauf akzeptiert hatte.

»Das ist ebenfalls schwer zu erklären.« Weatherly seufzte. »Ben und Ann besitzen sowohl tele- als auch empathische Fähigkeiten. Meine eigene Begabung ist die Telekinese, obwohl man es heutzutage wohl als Psychokinese bezeichnet.«

Einen Moment lang herrschte Schweigen. »Was ist das?« fragte Linda mit großen Augen. Poe hatte seinen Arm um sie gelegt, und sie lehnte sich an ihn. Der junge Mann nahm alles schweigend in sich auf.

»Die Fähigkeit, physische Objekte auf geistigem Weg zu beherrschen«, erklärte Weatherly kurz und bündig.
»Sie meinen, Geist über Materie?« keuchte Linda.
»Ja«, seufzte er, »ich glaube, das ist die landläufige Umschreibung.« Jud schritt auf dem ausgebleichten Teppich ein kurzes Stück hin und her. »Zeigen Sie uns, wie Sie diesen Schuh da bewegen«, schnaubte er und deutete dabei auf Poes immer noch feuchten Turnschuh, der am Kaminsims stand.
Weatherly lehnte sich in seinem Stuhl zurück und fuhr sich müde mit einer Hand übers Gesicht. Er strahlte Resignation über die ständigen Unterbrechungen aus. Er nickte, und der Schuh erhob sich in die Luft. Mom und Linda japsten. Tannie machte Stielaugen. Carl Willingham lavierte sich ein Stückchen näher zur Tür. Der Schuh umrundete das Zimmer und landete dann, plopp, wieder auf dem Kaminsims.
»Es steckt mehr dahinter, als Schuhe herumfliegen zu lassen, Mr. Ledbetter«, erklärte Weatherly ungehalten. »Materie läßt sich auch auf molekularem Niveau kontrollieren. Mrs. Henderson, heben Sie bitte die oberste Karte ab und sehen Sie sie sich an.«
Nachdem sie ihn mit einem neugierigen Blick bedacht hatte, drehte Mom die Karte um. Es war die Herz-Drei.
»Legen Sie sie wieder mit der Farbe nach unten.« Mom gehorchte. »Sehen Sie sie sich jetzt an.« Mom deckte die Karte noch einmal auf. Die Herzen waren nun durch kleine gelbe Gänseblümchen ersetzt. »Jetzt ist es die Gänseblümchen drei«, sagte Weatherly, ohne sie anzuschauen. »Ich könnte noch bis morgen früh solche Schaubudenkunststücke vorführen, aber es gibt Wichtigeres zu tun – etwas absolut Lebensnotwendiges. Allein brächte ich es nicht fertig, nicht ohne die Hilfe eines Telepathen. Ich habe fünfunddreißig Jahre lang gesucht. Um ein Haar hatte ich die Hoffnung schon aufgegeben. Da fand ich Ann. Meine Liebe, ich muß mich für die Art und Weise, wie ich Sie hierhermanövriert habe, entschuldigen.«
»Manövriert?«
»Ja. Ich fürchte jedoch, es hat sich in ein ziemliches Tohuwabohu verwandelt. Ich habe Sie zu dieser Wochenendfahrt inspiriert,

indem ich Ihnen diese Idee die letzten zwei Wochen über ›in den Kopf dachte‹. Sie hielten sie selbstverständlich für Ihre eigene. Ich habe dieses Unwetter, die Straßensperren und die überflutete Umleitung erschaffen. Daß der Rest von Ihnen auf meine kleine Scharade hereinfallen würde, lag natürlich nie in meiner Absicht. Ja«, seufzte er, »anscheinend habe ich das Ganze ziemlich verpfuscht.« Sein Gesicht hellte sich auf. »Aber letztendlich hat es sich als ganz gut so erwiesen. Wären die Dinge planmäßig verlaufen, dann hätte ich Ben nicht gefunden.«

»Ich glaube kein Wort von alledem!« Jud ließ sich auf die Couch plumpsen, streckte seine langen, in modischen Futteralen steckenden Beine vor sich aus und wandte sich mit saurer Miene von uns ab.

»Wirklich, junger Mann«, sagte Weatherly verärgert, »einen Wolkenbruch, ein paar Holzschranken, eine mit Leben erfüllte Ölhaut und eine kleine Straßenüberschwemmung zu erzeugen unterscheidet sich nur in seiner Größenordnung davon, ein Kartenspiel zu steuern. Es ist genau das gleiche Prinzip.«

»Wenn Sie zu alledem in der Lage sind«, sagte Dad argwöhnisch, »dann hätten Sie meinen Wagen aus dem Graben holen können.«

»Aber sicher, Mr. Henderson. Nur, sehen Sie – und da muß ich mich wohl entschuldigen – ich war es, der Ihren Wagen *in* den Graben gebracht hat.«

»Wieso?« fragte Mom.

»Oh, meine Liebe, liegt das nicht auf der Hand?« wimmerte Weatherly. »Wenn ich Ann hier festhalten wollte, war ich gezwungen, Sie alle hier festzuhalten.«

»Warum haben Sie sich diese ganze Mühe gemacht, Professor? Warum diese ausgeklügelten Manipulationen?« fragte Ann mit ernster Stimme. »Warum haben Sie mich nicht einfach gebeten, Ihnen zu helfen?«

»Dieses Risiko konnte ich nicht auf mich nehmen. Wenn Sie nein gesagt hätten ... Es war zwingend erforderlich, daß Sie herkämen. Ich bin ein alter Mann, Ann. Das hier ist meine letzte Chance. Falls ich wieder kein Glück habe« – er ließ die Schultern hängen – »dann gnade uns Gott.«

Ein verblüfftes Schweigen senkte sich über den Raum wie eine Decke und blieb dort liegen. Dann sprach Ann wieder. »Was soll ich für Sie tun?« fragte sie mit sanfter Stimme.
»Bitte haben Sie Geduld mit mir, meine Liebe.« Er seufzte und fuhr sich abermals mit seiner Hand übers Gesicht. Seine Augen waren wäßrig vor nervlicher Anspannung, und seine Haut hatte eine fahle, kittfarbene Blässe angenommen. Ich wußte immer noch nicht, was er vorhatte, aber er schien nicht einmal in der Verfassung, ein trotziges Kätzchen unter seine Gewalt zu bringen. »Bevor ich die Karten ganz auf den Tisch lege, gibt es einige Vorbereitungen zu treffen. Man stelle sich vor« – sein Gesicht hellte sich auf – »fünfunddreißig Jahre, und dann finde ich gleich zwei Telepathen!«
»Einen Augenblick bitte«, sagte Dad mit einer Härte, die ich vorher kaum von ihm gewohnt war. »Falls Ann Ihnen bei Was-immer-Sie-vorhaben helfen möchte, ist das ihre Sache, aber Ben bleibt aus dem Spiel.«
Weatherly reckte energisch sein Kinn. Er machte sich für eine Auseinandersetzung bereit, aber Jud sprang auf, um wieder hin und her zu schreiten. Er rieb seine Hände an dem Stoff, der sich um seine Hüften schmiegte, und sagte mit nervöser Lautstärke: »Ich glaube, Sie sind alle verrückt! Sie sitzen hier rum und quatschen über Telepathie, Telekinese, künstliche Wolkenbrüche und ... und ... als ob Sie über ... über das Wetter reden würden. Ich habe lediglich einen Mann, an dessen geistiger Gesundheit ich allmählich zu zweifeln beginne, ein paar Kartentricks vorführen sehen.« Er hielt inne und funkelte Weatherly mit starren, blaßblauen Augen an.
»Jud, bitte«, flüsterte Linda, peinlich berührt.
»Vergiß nicht den Schuh«, sagte Poe aufgeräumt. Jud verlagerte seinen zornfunkelnden Blick auf seinen Schwager. Poe grinste und hob die Augenbrauen.
Der andere wandte sich wieder dem Professor zu. »Wenn Sie wirklich zu all diesem Hokuspokus imstande sind, würden Sie dann wohl freundlicherweise den Regen abstellen, Mr. Hendersons Wagen aus dem Graben holen und uns aus dieser Abnormitätenschau hinauslassen?« Seine Stimme gewann bei jedem Wort ein wenig an Lautstärke.

Weatherly stand ihm um kein Dezibel nach. »Ich bin kein Zauberer, Mr. Ledbetter. Ich kann nicht mit den Fingern schnipsen und den Regen *abstellen.* Erstens waren zu seiner Erzeugung zwei Tage sorgfältiger Manipulation nötig. Und außerdem« – seine Stimme senkte sich und wurde versöhnlicher – »hat es keinen Sinn, daß Sie gehen. Irgendwo müssen Sie ja schließlich die Nacht verbringen. Warum also nicht hier? Im ersten Stock oben gibt es sehr bequeme Schlafzimmer. Falls einer von Ihnen wünscht, sich zurückzuziehen, werde ich Ihnen den Weg zeigen.«

Jud ließ sich nicht so leicht abwimmeln. »Sie meinen: Ob es uns paßt oder nicht? Meine Eltern erwarten uns heute abend, und ich möchte weg hier!«

»Tut mir leid, Mr. Ledbetter, aber glauben Sie mir, es ist unmöglich.«

Ann und ich wechselten einen Blick. Wir hatten beide dasselbe aufgefangen. Er sagte die Wahrheit, wenigstens so, wie er sie sah. Wir konnten *tatsächlich* nicht von hier fort – und zwar nicht wegen des Wetters. Doch keiner von uns beiden brachte es fertig, den wahren Grund zu ermitteln.

»Reg dich nicht auf, Jud«, sagte Poe vernünftigerweise. »Wir sind inzwischen so spät dran, da kommt's auf ein paar Stunden auch nicht mehr an.«

»Na schön, na schön.« Jud zuckte aufs graziöseste die Schultern, setzte sich an den Tisch, nahm die daraufliegenden Karten und mischte sie. »Nur zu! Macht ihr nur weiter mit eurer Gespensterjagd. Ich werde hier sitzenbleiben und die ganze Nacht Patience spielen. Sollen ruhig zwanzig Gespenster dahergetappst kommen und mit den Ketten rasseln und stöhnen, bis sie schwarz sind. Meinetwegen. Ich werde sie nicht im geringsten zur Kenntnis nehmen.« Er teilte eine Hand Patience aus und ignorierte uns pointiert.

Einen Moment lang betrachteten ihn alle mit einiger Erheiterung. Sein Schreiwettstreit mit dem Professor hatte die Spannung, die in der Luft lag, ziemlich zerstreut. Dann schüttelte Mom indigniert den Kopf und sagte: »Ich kenne ein junges Fräulein, das muß jetzt ins Bett.«

»Muß ich denn wirklich?« jammerte Tannie. »Es ist doch gerade alles viel zu interessant zum Ins-Bett-Gehen.«
»Doch, du mußt.« Mom lachte.
Sie nahm einen der Koffer und brachte Tannie hinaus. Tannie sagte allen gute Nacht, gab Dad und mir einen Kuß und warf mir noch einen resignierten Blick zu. Ich zwinkerte zurück. Sie gingen zusammen hinaus, aber fast umgehend kam Tannie wieder. »Mom hat die Taschenlampe vergessen«, sagte sie. Dad war gerade dabei, sie ihr zu geben, da hörten wir, wie Mom keuchte und den Koffer fallen ließ. Wir drängten uns alle Hals über Kopf in die Halle. Mom stand am Fuß der Treppe, hielt sich mit einer Hand den Mund zu und schaute nach oben. Der Koffer lag umgekippt vor ihren Füßen.
»Ich hab jemanden am oberen Ende der Treppe stehen sehen«, sagte sie mit gefaßter Stimme.
Dad richtete die Taschenlampe auf den Treppenkopf und knipste sie an. Es war niemand dort. Da plötzlich rasselte der Uhrkasten und schlug acht. Linda stieß unwillkürlich ein erschrockenes Quieken aus. Dad schwenkte die Lampe etwas tiefer, und da sahen wir einen Mann, der die Treppe herunter auf uns zu kam.
Er war jung, etwa genauso alt wie Poe und Jud, und hatte sehr einfache, grobe Kleider sowie ein ausdrucksloses, slawisch-dunkles Gesicht. So erschien er meinen Augen. Wenn ich ihn ansah, ohne meine Augen zu benutzen, war er ein nackter, gesichtsloser Schimmer. Dad hielt die Taschenlampe fortwährend auf ihn gerichtet.
»Das ist Lester Gant«, sagte Carl Willingham hinter uns, als würde er einen tollwütigen Hund identifizieren.
Der Mann gelangte ans untere Ende der Treppe, wo er stehenblieb und uns, immer noch ausdruckslos, anstarrte. Die Uhr hörte auf zu schlagen. Aus irgendeinem Grunde wichen wir alle einen halben Schritt zurück.
»Kennen Sie ihn?« fragte Weatherly, während er wieder in den verdatterten Zustand abglitt, dem er vorhin erst entronnen war. Ich hatte den Eindruck, daß er sehr viel mehr Unterbrechungen oder Komplikationen nicht verkraften könnte.
»Ist das der Grundstücksverwalter?« fragte Dad.
»Wie?« Weatherly wandte sich mit einer leicht ruckartigen Kopfbe-

wegung zu ihm um. »Natürlich nicht. Das war vor fünfunddreißig Jahren. Warten Sie, ja, der Mann hieß Gant. Was war gleich sein Vorname? Horace? Homer?«
»Lesters Vater hat Harold Gant geheißen«, kam Carl ihm zu Hilfe. »Ist er das?«
»Möglicherweise.« Der Professor nickte und wandte sich wieder dem dunklen jungen Mann zu. »Mr. Gant, ist Ihr Vater der Grundstücksverwalter, den ich engagiert habe?«
»Der alte Gant ist seit über zehn Jahren tot«, sagte Carl. »Zumindest ist er verschwunden, samt seiner Frau.«
»Ah« – Poe bekam große Augen – »noch mehr Geheimnisse.«
»Sie verfolgen nicht gerade genau, wer bei Ihnen Grundstücksverwalter wird, Professor«, grunzte Dad.
»Wie?« Sein Kopf drehte sich abermals. »Oh, das wird alles von der Bank in Hawley erledigt. Ich vermute, sie haben die Stelle beim Verschwinden des Vaters an den Jungen weitergegeben. Kann er denn nicht sprechen, Mr. Willingham?«
»Doch, kann er. Hab ich selber gehört«, erklärte Carl.
Und tatsächlich: Der junge Mann sprach. Vier Worte. Sonst habe ich ihn nie etwas reden hören. »Missus kommt gleich runter«, sagte er mit monotoner, farbloser Stimme.
Weatherly seufzte. »Ich nehme an, er meint meine Mutter, Mr. Ledbetter.«
»Ihre Mutter?« quiekte Mom. »Warum haben Sie uns nicht schon vorher gesagt, daß Ihre Mutter hier wohnt?«
»Ich war mir nicht ganz sicher.« Weatherly pfiff anscheinend aus dem letzten Loch. »Ich habe nicht damit gerechnet, daß sie noch am Leben wäre.«
Gant machte kehrt, ohne noch *ein* Wort zu sprechen, und verschwand in die Dunkelheit am oberen Ende der Treppe. Weatherly sah aus, als hätte man ihn in den Bauch getreten. Diese Komplikation war für ihn zuviel gewesen. Nachdem ein Moment vergangen war, hob Dad Moms Koffer auf und eskortierte sie nach oben.
»Möchtest du ins Bett, Schatz?« fragte Poe seine Frau. »Du mußt doch erschöpft sein.«
»Wenn es dir nichts ausmacht«, erwiderte Linda mit nervösem

Lachen, »warte ich, bis du gehst. Ich könnte dort oben allein kein Auge zutun.«
Poe grinste und legte seinen Arm um sie. Sie schritten alle zurück in den Salon, aber Ann gab ich ein Zeichen und ging auf die Veranda hinaus. Der Regen hatte aufgehört. Ich konnte im Westen Sterne und einen schmierigen Lichtfleck sehen, wo sich der Mond hinter den Wolken versteckte. Ein paar Frösche quakten in feuchtkühler Ekstase, und eine Handvoll unerschrockener Grillen hatte sich aus ihren trockenen Schlupflöchern gewagt. Der frische, saubere Geruch, den die Luft unmittelbar nach einem Regen annimmt, betonte noch die leichte Muffigkeit des Hauses. Ich atmete tief durch, lehnte mich ans Geländer und sah von dort zu den Wagen, die auf der Straße unten am Fuß des Hügels standen.
»Hast du's gesehen?« fragte ich, als ich Ann hinter mir spürte.
»Ja. Ich habe das schon ein paarmal erlebt. Wie es scheint, besitzen manche Leute einen natürlichen Schutzschild.« Sie lehnte sich neben mich auf das Geländer.
Als ich die Tür aufgehen hörte, drehte ich mich um, aber ich wußte schon, wer es war. Carl Willingham nickte uns zu und ging die Verandatreppe hinunter.
»Wo wollen Sie hin, Mr. Willingham?« fragte Ann höflich.
Er hielt inne, wandte sich um und sah zu uns hinauf. »Ich hau ab, Ma'am. Der Regen hat aufgehört, und lieber geh ich vier Meilen zu Fuß, als mit Lester Gant unter einem Dach zu bleiben. Zauberer und Gedankenleser laß ich mir ja noch gefallen« – er machte eine kleine Verbeugung – »nichts für ungut, und sogar fliegende Schuhe, aber *der*, das ist zuviel. Und euch anderen würde ich raten, das gleiche zu tun.«
»Wieso? Was ist denn mit ihm?« fragte ich, weil ich aufrichtig Angst hatte.
»Es heißt, er hätte seine Eltern umgebracht. Wurden niemals gefunden – kein Beweis dafür, daß er's getan hat –, aber die Leute wissen's eben.« Er nickte noch einmal kurz und begann, den Hügel hinabzugehen. Wir sahen ihm einen Moment lang hinterher.
»In der Gegend hier redet man wirklich allerhand«, bemerkte ich trocken, und wir gingen ins Haus zurück. Weatherly saß, in düstere

Gedanken versunken, auf der Couch. Ich hatte einen Eindruck von wirbelndem schlammigen Wasser. Poe, Linda, Jud und Dad begannen gerade mit einer neuen Runde Karten. »Mr. Willingham ist eben fortgegangen«, sagte ich, rechnete aber bestimmt nicht mit der Reaktion, die ich bekam.

Weatherly sprang auf und starrte mich an. »Fort? Was soll das heißen?«

»Er hat gesagt, er ginge zu Fuß in die Ortschaft«, erwiderte ich völlig verwirrt, weil ich nicht wußte, was ich davon halten sollte.

Weatherly war zutiefst aufgewühlt. Er bewegte sich von hier nach da, als könne er sich nicht für eine Richtung entscheiden. »Er darf nicht fort!« zeterte er. »Der Kerl wird umkommen! Halt ihn auf! Bring ihn, wenn's sein muß, mit Gewalt zurück! Schnell! Beeil dich!«

Weatherlys Angst war so stark, heftig und durchdringend, daß ich aus dem Zimmer und zur Haustür hinaus rannte. Die anderen folgten mir verwirrt und verängstigt. Carl war schon fast am Fuße des Hügels. Ich schrie ihm aus voller Kehle hinterher. Dad und Poe waren mir auf den Fersen, ohne zu wissen, worum es eigentlich ging. Die übrigen blieben auf der Veranda.

Carl drehte sich neugierig nach uns um. Als er uns sah, wie wir da, über den glitschigen Schlamm rudernd, zappelnd und dabei brüllend wie die Irren, den Hügel hinabsprangen, gingen seine Brauen tiefverwundert nach oben.

Er, der als einziger zum Haus hinsah, erblickte es als erster. Seine Augen wurden groß. Er tat einen Schritt nach hinten.

Dann fühlte ich es wie statische Elektrizität in meinen Haaren. Ich hielt an, schlitterte über den schlammigen Boden und fiel grunzend auf die Knie. Dann sah ich zum Haus zurück. Weatherly fuchtelte mit den Armen und brüllte. Die Grillen hörten auf zu zirpen.

Das ganze Gebäude war von einem gleißenden Schimmer umgeben, einem schillernden Nimbus, wie eine Seifenblase, die größer und größer wurde. Dad und Poe waren ebenfalls stehengeblieben, um nach dem Haus zu schauen. Weatherly schrie wie am Spieß. Er winkte uns zurück, und mein Kopf summte unter dem süßen, eisigen Hauch der Angst, aber es war nicht meine eigene. Die Luft knisterte vor Energie. Ich konnte fühlen, wie mir die Haare auf den Armen zu Berge standen. Funken tanzten über den Hügel, strömten an ihm hinab wie ein Zauberfluß. Ich drehte mich zu Carl um. Unverwandt auf das Haus starrend, wich er zurück. Die statische Elektrizität in der Luft ließ ihm die Kleider auf der Haut kleben. Dann wirbelte er herum und lief. Der Energiedruck wuchs ins Unerträgliche.

Ein Licht flammte auf, ein Blitz, der so hell war, daß es einem in den Augen brannte, eine wilde, grausame Entladung. Die gesamte Energie, die frei in der Luft schwirrte, sammelte sich an einem Punkt. Sie wirbelte herum wie ein Tornado von Leuchtkäfern, fegte an mir vorbei, zog sich zusammen, spitzte sich auf einen Punkt zu. Auf Carl.

Er kreischte wie am Spieß. Eine Sekunde später war er von Feuer bedeckt. Er schrie, lief und brannte. Er klopfte sich mit den Händen auf die Kleider, klopfte mit Flammen auf Flammen. Seine glühenden Füße traten um sich, streiften durch das feuchte Gras und hinterließen dabei kleine Dampfspiralen, die leise zischend verschwanden.

Carl hörte auf, vergeblich um sich zu schlagen, und lief mit suchend ausgestreckten Armen einfach drauflos. Dann stolperte er, taumelte ein paar Schritte und fiel, immer noch schreiend, zu Boden, bewegte sich aber weiterhin. Er versuchte zu kriechen.

Das Geschrei hörte auf.

Dann die Bewegungen.

Carl war nur noch ein formloser, brennender Klumpen, der eine schwarze Rauchsäule in die Nachtluft entsandte. Die Energie und der Druck waren verschwunden. Die Grillen zirpten von neuem los. Ich hatte in aller Eile meine arg ramponierten Barrieren hochgezogen, um Carl nach Möglichkeit auszuschalten – seine Todesqualen von meinem Geist abzublocken. Dann, glaub ich, spürte ich, wie mein Gesicht auf den schlammigen Boden traf.

Ich bewegte mich, schwamm in Wärme. Dad trug mich wie früher als Dreijährigen, wenn ich eingeschlafen war. Ich umschlang fester seine Schultern. Dann plötzlich stemmte er sich frei und legte mich auf die Couch.

Alle drängten sich rings im Kreis, um mich anzuschauen, nur Jud nicht. Der starrte blaß und am ganzen Leibe zitternd zum Fenster hinaus. Tannie, die ihren Schlafanzug trug, machte ganz große Kulleraugen. Ann legte mir ihre Hand auf die Stirn und strich mir die Haare zurück.

Dad beobachtete mich aus einigen Schritten Entfernung. So wütend hatte ich ihn noch nie erlebt. »Professor Weatherly«, donnerte er, »Sie haben mir gesagt, es gäbe keine Gefahr. Ich verlange, daß Sie uns genau erklären, was hier vorgeht. Keine Ausflüchte. Keine leeren Versprechen. Wir würden gern selbst ein paar Entscheidungen treffen.«

»Tut mir leid, Mr. Henderson«, antwortete der Professor mit ehrlichem Bedauern. »Für selbständige Entscheidungen ist es jetzt zu spät. Es gibt für uns nur *einen* Weg.«

»Haben Sie nicht gehört? *Ich verlange eine Erklärung.*«

»Selbstverständlich, Mr. Henderson.« Er flatterte herum wie ein Falter. »Geben Sie erst einmal allen Gelegenheit, sich zu beruhigen; danach werde ich Ihnen erzählen, was ich weiß.«

»Jud. Komm vom Fenster weg«, sagte Linda. Ihre Stimme klang heiser und zitterte ein wenig. Jud wandte sich ohne jede Bemerkung ab und nahm in einem Sessel Platz.

»Dann sind die Geister also doch bösartig, Professor«, konstatierte Poe ruhig.

»Bitte gedulden Sie sich ein paar Minuten. Bringen wir erst einmal Ben wieder auf die Beine.« Er sah mit aufrichtiger Besorgnis auf mich herunter. »Geht es dir wieder besser?«

»Ja. Ich glaube schon.« Ich nahm Anns Hand in die meine und drückte sie. Tannie sah mich an. Ihr kleines Gesicht wirkte blaß und verkniffen. Ich grinste und zwinkerte ihr zu.

»Ich lehne es kategorisch ab, dich zu drücken, Benjamin Henderson«, sagte sie, offenbar jedoch bereit, noch einmal mit sich reden zu lassen. »Du hast mich zu Tode erschreckt. Ich dachte schon, ich würde Witwe.«

Alle lachten – übertrieben, wie ich zu behaupten wage, aber es zerriß die Spannung. Selbst Jud brachte ein blutleeres Grinsen zustande. Tannie schniefte. Ich setzte mich auf und hielt ihr meine Arme entgegen. Sie warf sich an meine Brust und schluchzte.

»Tut mir leid, Schätzchen«, sagte ich.

»Oh, Tannie!« stöhnte Mom, dankbar darüber, daß sie einen praktischen Aufhänger für ihre Zuwendung fand. »Ben ist doch völlig vom Schlamm verschmiert. Du machst dich ja ganz schmutzig.« Sie zog Tannie wie ein willenloses Bündel aus meinen Armen. »Ben, geh du dich umziehen und wasch dir das Gesicht.«

Also trabte ich zum Koffer und holte mir ein paar saubere Blue Jeans und ein frisches Hemd heraus. Ich war etwas wacklig auf den Beinen, versuchte aber, es mir nicht anmerken zu lassen. Irgendwann muß mit dem Aufheben, das um einen gemacht wird, auch wieder Schluß sein, sonst hält man es nicht mehr aus. Ich zog mich hinter einen der Sessel zurück und wechselte meine Kleider, während die anderen sich unterhielten.

»Sind Sie soweit, Professor?« fragte Dad, der mit seiner Geduld fast am Ende war.

»Ja, Mr. Henderson. Bitte machen Sie es sich alle bequem. Ich möchte das, was geschehen ist, erklären, so gut ich kann. Ben. Spürst du es?«

»Ja.«

»Beschreib's mir.«

»Da gibt es eigentlich nichts zu beschreiben. Es ist einfach nur da. Es weiß, daß wir hier sind. Und ... es ist einfach ... da.«

»Stimmt«, bestätigte Ann.

»Ist denn keine Feindseligkeit vorhanden? Keine Wut?« fragte Weatherly, als würde er auf beides ein Ja erwarten.

»Im Moment nicht«, antwortete ich. »Es hat Angst. Ich glaube, es hat ständig Angst. Wut war dabei ... nein, nicht Wut ... Panik, als Mr. Willingham versucht hat fortzugehen.« Ich zog mich fertig um und gesellte mich zu den andern.

In meinem Eifer, mich auf Weatherly zu konzentrieren, nahm ich ihre Anwesenheit gar nicht wahr. Und auch Ann tat es nicht. Keiner wußte, daß sie im Raum war, bis sie mit eherner Stimme sprach. »Philip!« schmetterte sie. »Was haben diese Leute in meinem Haus zu suchen?«

Alle schnellten herum. Ich fühlte, wie Weatherlys Entschlossenheit spinnwebdünn wurde. Sie stand unter der Tür und nahm uns nacheinander in Augenschein. Ihr schwarzes Kleid reichte bis zum Boden. Es hatte einen hohen, steifen Kragen, über dem sich das Fleisch rings um ihr spitzes Kinn in Falten legte. Das langärmelige Gewand war einfach und schmucklos bis auf eine große Kamee an ihrem Hals. Ihre Hände ruhten auf einem Stock mit Silberknauf, und auf ihrem Kopf türmte sich zinnfarbenes Haar. Ihre – fast weiße – Haut hatte einen eigentümlichen Schimmer – wie bei einer zum Leben erwachten Wachsfigur. Lester Gant lauerte, undurchschaubar wie immer, hinter ihrer stocksteif aufragenden Gestalt.

»Ich warte auf eine Antwort, Philip.«

»Es ist schön, dich wiederzusehen, Mutter.« Er hörte sich an wie ein kleiner Junge, den man im Badezimmer bei etwas Ungezogenem ertappt hat.

»Du bist ein Esel, Philip«, erklärte sie mit ihrer schmetternden Stimme. »Du bist schon immer ein Esel gewesen.«

»Ja, Mutter, wirklich schön, dich wiederzusehen.« Er seufzte.

Sie warf ihm einen durchbohrenden Blick zu und nahm hoheitsvoll in einem Sessel neben uns Platz. Dabei bewegte sie sich, als wäre ihre Wirbelsäule aus einem Stück. Gant blieb unter der Tür stehen.

»Du bist gekommen, um es noch einmal zu versuchen, nicht wahr?« Es war eher eine Feststellung als eine Frage. Der Rest von uns saß da und sperrte den Mund auf.

»Ja«, antwortete er. »Ich wollte es diesen Leuten gerade erklären.«

»Du wirst dabei umkommen, genau wie dieser Mann eben. Ich wußte, du wärest dumm genug, es weiter zu versuchen, aber daß du so besessen davon wärst, um auch andere zu gefährden, habe ich nicht gewußt.«

»Sie sind nur zufällig hier, Mutter.«

»Wie lang ist es jetzt her, seit du dich das letzte Mal vergeblich bemüht hast, Philip?«

»Fünfunddreißig Jahre.«

»So lange schon?« Ihre Stimme klang ein wenig versonnen.

»Professor«, sagte Dad zwischen zusammengebissenen Zähnen, »wir warten.«

»Wie?« Er fuhr zusammen, als hätte er uns andere alle vergessen. »Ja. Bitte entschuldige mich, Mutter.« Und damit wandte er sich von ihr ab. »Sie haben ja schon von Mr. Willingham gehört, wie alles anfing. Ich war damals zehn Jahre alt. Es war *mein* Zimmer, in dem man das Feuer sah. Ich hatte meine Fähigkeiten schon vor längerer Zeit erkannt, dachte aber, daß jeder sie besäße. Nachdem ich auf fast katastrophale Weise dahintergekommen war, daß es sich nicht so verhielt, verheimlichte ich sie und übte. Allerdings, wie Sie ja aus Mr. Willinghams Mund gehört haben, nicht rechtzeitig, um in dieser Gegend nicht den Ruf eines ... äh ... merkwürdigen Jungen zu erhalten. Meine Kräfte wuchsen mit meiner Geschicklichkeit, aber ich war so unreif.«

»Du warst ein Esel.«

»Ja, Mutter. Es geschah in der Nacht, von der Mr. Willingham Ihnen erzählt hat. Unglücklicherweise glaubte ich, alles zu wissen, was es zu wissen gab. Sehen Sie, ich hatte gerade Wells' *Zeitmaschine* gelesen und ... äh ... unternahm leider wohl einen Versuch, durch die Zeit zu reisen.« Er sah uns mit spöttischem Stirnrunzeln an.

»Wieso?« fragte Dad, ein wenig perplex.

Weatherly zuckte mit den Achseln. »Ich war zehn Jahre, und es schien mir eine hervorragende Idee.«

»Was ist passiert?« fragte Poe in hingerissener Faszination.

»Meine Kräfte waren recht groß«, fuhr er fort, »aber nicht meine Beherrschung über sie. Damals wußte ich nicht genau, was ich getan hatte, doch heute bin ich der Überzeugung, daß ich irgendwie die räumlichen Dimensionen verbog. Und daß etwas hindurchkam. Es war wie eine wilde Bestie. Ganz aus Feuer und Energie. Es griff mich auf die gleiche Weise an wie Mr. Willingham. Ich versuchte, es zu bekämpfen, doch gelang es mir lediglich, mich selbst zu retten. Ich lief aus dem Haus und bin fünfzehn Jahre lang nicht zurückgekehrt.«

»Er lief aus dem Haus und hat seine Familie dem Verderben überlassen.«

»Es gab nichts, das ich tun konnte, Mutter.«

»Warum ist *Ihnen* denn nichts passiert, Mrs. Weatherly?« fragte Dad.

Der Kopf drehte sich in seine Richtung. »Ich weiß nicht, warum ich

nicht dabei umgekommen bin, aber ich lebe. Es hat mich quasi als Andenken behalten. Wie ein Insekt in Bernstein. Ich wünschte mir oft, ich wäre ... vernichtet worden.«
Dad neigte seinen Kopf in Lester Gants Richtung, der uns immer noch teilnahmslos von der Türschwelle her betrachtete. »Und was ist mit ihm?«
»Mr. Gant befindet sich nicht in Gefahr«, antwortete Mrs. Weatherly, wobei die Winkel ihres dünnen Mundes leicht aufwärtszuckten. »Mr. Gant kommt und geht, wie es ihm gefällt. Es weiß, daß er zurückkehrt. Mr. Gant ist ein Sklave, einer, der es anbetet.« Ich hatte den Eindruck, daß dies nur eine beiläufige Salve in einem alten Krieg war. Gant sah sie ausdruckslos an.
»Der Tumult in Philips Zimmer machte uns wach«, nahm Mrs. Weatherly den Faden der Geschichte wieder auf. »Mein Mann und meine Töchter waren als erste zur Stelle. Ich sah, wie sie umkamen. Ich versteckte mich auf dem Dachboden. Als die Nachbarn das Haus durchsuchten, fanden sie mich nicht, und das Ding ließ sie ungeschoren. Bis ich mich von meiner Furcht erholt hatte, war es zu spät. Ich war außerstande, dieses Haus zu verlassen.«
»Fünfzehn Jahre später bin ich zurückgekehrt. Ich war viel stärker und hatte mich vollständig unter Kontrolle.«
»Seinen dummen Gesichtsausdruck hätten Sie sehen sollen, als er mich hier vorfand«, sagte seine Mutter und schürzte dabei leicht ihre dünnen Lippen.
»Sie waren fünfzehn Jahre in diesem Haus?« fragte Mom verwirrt. »Wovon haben Sie denn gelebt?«
»Insekten in Bernstein brauchen nichts zum Leben«, antwortete sie lapidar. »Ich esse nicht. Ich schlafe nicht. Ich weiß nicht einmal recht, ob ich noch am Leben bin.«
»Das Ding, das durch mich hereinkam, hat keine physische Existenz, wie wir sie kennen«, erläuterte der Professor. »Ich glaube, es hält meine Mutter mit seiner eigenen Energie lebendig.«
»Ist es mit ihm das gleiche?« fragte Poe und deutete auf Lester Gant. Ich sah zu Gant, der immer noch regungslos unter der Tür stand. Seine Augen waren leicht verschmälert und auf Ann fixiert. Zu diesem Zeitpunkt dachte ich nicht groß darüber nach.

»Mr. Gants Hiersein dient anderen Zwecken«, erwiderte Mrs. Weatherly mit jener verkniffenen Mundbewegung, die anscheinend Erheiterung markierte. »Mr. Gant ist freiwillig hier. Mr. Gant hat heimliche Gelüste.«

Gant warf ihr einen boshaften Blick zu und machte auf dem Absatz kehrt. Mit einem Zwinkern in ihren Porzellanaugen verfolgte sie, wie er hinausging. Dann wandte sie sich wieder an uns. »Mr. Gant ist von Gott verflucht.«

Dad kam wieder aufs Thema zurück. »Was haben Sie bei Ihrer Heimkehr getan?« fragte er den Professor.

»Ich werde Ihnen sagen, was er getan hat«, trompetete seine Mutter, als Weatherly noch den Mund aufmachte. »Er hat versucht, es zu vernichten. Aber auch dieses Ding war stärker geworden. Und er ist wiederum davongerannt. Danach hat er, statt das Haus lieber verfallen zu lassen, wie es das verdient, Mr. Gants Vater engagiert, damit er es in Schuß hielt.«

»Ich habe es für dich getan, Mutter. Ich konnte nicht –« Mit einem verächtlichen Schnauben brachte sie ihn zum Schweigen.

»Was ist aus Mr. Gants Eltern geworden?« fragte Ann.

»Mr. Gant und ich sprechen über viele Dinge, doch dies gehört nicht dazu. Seine Eltern sind in das Haus gezogen, als er noch in den Windeln lag. Mir war es gleichgültig. Ich verließ mein Zimmer ja doch nie. Als Mr. Gant etwa so alt wie dieser Junge dort war« – sie deutete mit einem knochigen Finger auf mich – »sind sein Vater und seine Mutter nicht mehr hiergewesen.«

»Was gedenken Sie jetzt zu tun, Professor?« fragte Ann.

»Mein Fehler war, daß ich versucht habe, es zu vernichten.« Er runzelte die Stirn. »Jetzt weiß ich, daß es unvernichtbar sein dürfte. Aber es muß aufgehalten werden, bevor es sich über dieses Haus hinaus bewegt. Ich weiß nicht, warum es immer noch hier ist. Ich muß mich mit ihm in Verbindung setzen, herausfinden, was es will. Darum habe ich Sie hergebracht, Ann, um mich mit ihm in Verbindung zu setzen. Sie können sich nicht vorstellen, welche Hochstimmung ich empfand, als ich auf Sie stieß. Fünfunddreißig Jahre ...« Seine Stimme verklang.

»Wie haben Sie mich überhaupt ausfindig gemacht?« fragte sie.

»Durch Tests.« Er hob seinen Zeigefinger. »Darum wurde ich ja Psychologieprofessor – um Studenten untersuchen zu können. Mit allen möglichen Tests, an Tausenden von Studenten. Die meisten Versuche mußte ich dazu natürlich so abstimmen, daß sie nicht mehr ganz im Sinne des Erfinders waren – auf meine Zwecke.«

»Was soll so eine Kontaktaufnahme schon bringen«, fragte ich, »außer daß Ihre Neugier befriedigt wird?«

»Ist das denn nicht genug?« Er riß die Augen auf. »Aber ich rechne damit, noch viel mehr zu erfahren. *Viel* mehr.«

»Wenn es sich nicht vernichten läßt«, fragte ich, »was führen Sie dann im Schilde?«

»Ich muß die räumlichen Dimensionen nochmals verbiegen und es dorthin zurückschicken, wo es hergekommen ist«, antwortete er.

Seine Mutter beäugte ihn, als versuchte sie, verschiedene Vermutungen bestätigt zu bekommen. »Vielleicht bist du doch nicht mehr so dumm«, sagte sie und schüttelte dann mit dem Kopf. »Nein. Das hättest du auch tun können, ohne das Mädchen mit hineinzuziehn. Du bist nach wie vor ein Esel.« Damit erhob sie sich aus ihrem Sessel, schritt gebieterisch auf die Tür zu und hielt dort inne, um sich, die Hände auf den Silberknauf ihres Stocks gestützt, noch einmal umzudrehen. »Laß Mr. Gant nicht merken, was du tust.« Dann ging sie hinaus, glitt wie der Geist eines frisch Verstorbenen die Treppe hinauf und verschwand in der Dunkelheit.

»Mom«, sagte Tannie schwach, »kann ich jetzt wieder ins Bett gehen, bitte? Ich bin müde.«

Mom legte ihr eine Hand auf den Kopf. »Vielleicht solltest du besser hier unten schlafen, Liebes.«

»Wieso?«

»Hat die denn vor gar nichts Angst?« stöhnte Jud.

Verblüfft über seine Unwissenheit, sah Tannie ihn an. »Mein Bruder ist doch da.«

Jud verzog das Gesicht und seufzte. »Ich wünschte, ich hätte dein Gottvertrauen, Kleine. Ehrlich.«

»Ich vermute, im Bett sind wir genauso sicher wie hier«, meinte Poe sehr vernünftig. »Ich bin selbst reif für die Koje.«

Ich ging los, Richtung Haustür, und Ann traf mich auf halbem

Wege. Ich nahm sie an der Hand. Wir traten wieder auf die Veranda, während die anderen sich emsig fürs Bett vorbereiteten. Der Himmel hatte fast vollständig aufgeklart. Es herrschte eine helle Nacht über dem Weideland von Kansas. Falls es von Carls Leiche wirklich noch etwas zu sehen gab, konnte ich jedenfalls nichts erkennen. Wir setzten uns aufs Geländer.

»Ben«, sagte Ann sanft, »meinst du, wir sollten tun, was Professor Weatherly möchte? Du weißt ja, was dir zugestoßen ist, als es Mr. Willingham umgebracht hat.«

»Dagegen habe ich schon etwas unternommen«, antwortete ich und wandte ihr mein Gesicht zu. »Lies mich.«

Sie konzentrierte sich einen Moment darauf. Dann sah sie mich erstaunt an. »Du bist vollkommen abgeschirmt. Wenn ich dich nicht sehen könnte, wüßte ich nicht einmal, daß du da bist.«

»Als Mr. Willingham getötet wurde« – bei der Erinnerung daran überlief mich eine Gänsehaut – »habe ich die Ladung voll abgekriegt. Ich hatte schon immer eine Art Schutzschild. Ich fange nichts auf, es sei denn, es ist besonders stark oder ich will es so. Hintergrund-Blabla kommt überhaupt nicht durch. Darum habe ich ja auch von dir nichts gemerkt.«

Sie nickte. »Ich frage mich, wie viele es sonst noch gibt, an wie vielen wir schon auf der Straße vorbeigegangen sind, ohne sie zu erkennen.«

»Ich habe versucht, meinen Schild auszubauen«, fuhr ich fort. »Es war relativ einfach. Nur kam ich vorher nie auf die Idee, es zu versuchen. Hier, konzentrier dich auf mich. Ich werde ihn ganz langsam herunterlassen. Schau zu, wie es funktioniert.«

Ich zeigte ihr, wie es ging, und sie probierte es. Wir übten eine Zeitlang, bis sie genauso gut war wie ich. Dann betrachtete sie mich schweigend.

Sie stand auf, trat vor mich hin und legte mir ihre Hände rechts und links auf den Hals. Ich stehe Tannie nicht nach, wenn es ums Große-Augen-Machen geht.

»Ben ...«, sagte Ann feierlich. »Ich weiß, wie du über deine Fähigkeiten empfindest. Du bist ihnen noch nie auf den Grund gegangen, hast noch nie wirklich versucht, die Grenzen deiner

Begabung zu erweitern. Ich weiß, daß du stark bist, stärker als ich. Aber ... nimm dich in acht. Laß dir diese Sache nicht zu Kopf steigen. Verlaß dich nicht zu sehr darauf. Sei einfach ... vorsichtig.«

Ich nickte, weil ich sie verstand. Wir sahen einander an – ohne unsere Gedanken zu lesen, einfach nur auf physischer Ebene. Dann ließ ich meine Hände an ihren Armen hinaufgleiten, verschränkte meine Finger in Anns Genick und zog langsam ihren Kopf zu meinem hinunter. Sie leistete keinen Widerstand. Immer noch ohne zu lesen, nur die rein körperliche Empfindung genießend, küßte ich sie ganz leicht auf die Lippen. Sie zog ihren Kopf zurück und lächelte mich an. Ich stand auf und ließ ihr meine Arme tiefer den Rücken hinabgleiten. Dabei spürte ich, wie sie das gleiche tat. Ich küßte sie noch einmal, diesmal fester. Sie erwiderte meinen Kuß.

Wir saßen gerade auf der Treppe und waren einfach nur zusammen, ohne irgend etwas zu tun, ohne ein Wort zu reden, da spürte ich es plötzlich. Es war, als träte einem jemand mit einem Nagelschuh in die Leistengegend. Angst und Schmerz, aber hauptsächlich Wut, irrsinnige Wut. Auch Ann nahm es wahr. Sie zuckte, stöhnte und betrachtete mich mit gequältem Blick. Dann sprangen wir auf und liefen nach drinnen. Ich wußte, wer es war. Ich ging das Haus im Geiste schnell durch. Nur einer fehlte.

Ich streckte meinen Kopf in den Salon, wo der Professor, offenbar in stille Betrachtungen versunken, vor dem erlöschenden Feuer saß.

»Wo ist Jud?«

Beim Klang meiner Stimme fuhr er in seinem Stuhl auf und sah mir ausdruckslos ins Gesicht. Ich wiederholte meine Frage, diesmal energischer. »Er hat ein Zimmer mit dir gemeinsam«, antwortete Weatherly verwirrt. »Das zweite oben rechts an der Treppe. Wieso? Was ist denn?« Er stand auf und bewegte sich uns entgegen.

»Er ist tot«, rief ich über meine Schulter, während Ann und ich die Treppe hinaufrannten. Wir fanden ihn im Bad, auf dem Boden, mit dem Gesicht nach unten. Er trug nur ein Paar goldene Jockey-Shorts. Noch immer rieselte Blut in den Fugen zwischen den weißen Fliesen entlang. Juds blonder Liebreiz war nur noch eine fahle Blässe. Judson Bradley Ledbetter war nicht mehr schön. Sein Rasierzubehör lag ringsum verstreut, als hätte er es in Händen gehabt, als er angegriffen wurde. Ich kniete mich neben ihn und drehte ihn herum. Ich hätte es nicht tun sollen. Seine Brust und sein Bauch waren mit einer großen Messerklinge gründlich bearbeitet worden.

Ann schnappte nach Luft, und Weatherly zischte durch die Zähne. »Wer könnte das getan haben?« flüsterte er.

»Gant.«

»Weshalb?«

»Wissen wir nicht. Vielleicht Ihre Mutter. Sie ist auf dem Gang draußen.«

Mit völlig unverändertem Aussehen stand sie da und beobachtete uns. Poe öffnete die Tür uns gegenüber und trat verschlafen auf den Korridor. Er trug eine Schlafanzughose. »Was soll der Spektakel?« fragte er, während er sich übers Gesicht rieb. Ann ging zu ihm und flüsterte etwas. Er sah erschrocken aus und eilte in das Zimmer, aus dem wir gekommen waren.

»Mrs. Weatherly«, sagte ich. »Jud Ledbetter ist ermordet worden.« Sie wandte mir ihre Porzellanaugen zu, sprach aber kein Wort. »Wir haben jeden in diesem Haus gelesen außer Mr. Gant. Er ist der einzige, der es getan haben könnte. Wir müssen unbedingt wissen, weshalb.«

Den Blick immer noch auf mich gerichtet, kniff sie ihre Augen zusammen und wandte sich dann an ihren Sohn. »Deine Dummheit holt dich allmählich ein, Philip. Auch Mr. Gant ist ein Dummkopf. Er hat den Falschen getötet.«

»Wie?« keuchte Weatherly.

»Sei doch nicht so blöd!« schnauzte sie ihn an. »Mr. Gant beschützt dieses Ding.« Sie wandte sich wieder an mich. »Junger Mann, Mr. Gant wird seinen Irrtum zweifellos bemerken.« Und damit machte sie kehrt, um sich mit stolzen Schritten in die Dunkelheit zu entfernen.

»Ben«, zischte Ann. »Er hat eigentlich dich umbringen wollen.«

»Ich versuche mich gerade zu erinnern, was wir gesagt haben, während er im Zimmer war. Er weiß, daß du und noch jemand hier

sind, die dem Professor helfen sollen, es loszuwerden, aber du hast neben Jud gesessen, als er es erwähnte. Das heißt, daß er als nächstes hinter dir her ist.«
»Wir müssen ihn finden«, wimmerte Weatherly. »Er könnte uns alles verderben.«
Ich warf ihm einen tief verächtlichen Blick zu, aber er hatte es im Grunde nicht so gemeint, wie es herauskam. »Ich werde Dad aufwecken«, sagte ich. Poe trat mit etwas kränklichem Aussehen wieder auf den Flur. Ann und der Professor gingen zu ihm.
Mom und Dad schliefen alle beide. Tannie lag ineinandergekrümmt wie ein Wurm auf einem Schlafsofa; so schlief sie immer. Als ich meine Hand auf Dads Schulter legte, machte er schlagartig die Augen auf. Er wollte schon etwas sagen, aber ich bedeutete ihm, zu schweigen und mit nach draußen zu kommen. Vorsichtig, um Mom nicht aufzuwecken, stieg er aus dem Bett, schlüpfte in seinen Bademantel und sah mich dabei fragend an.
Auf dem Gang erklärten wir alles, was geschehen war. »Glaubst du, Linda und deine Mutter sind in Sicherheit?« fragte Poe.
»Wecken Sie Linda auf und legen Sie sie zu meiner Mutter ins Zimmer. Ann, du bleibst bei ihnen und verriegelst die Tür.« Sie nickte.
Poe machte sich Sorgen. »Erzähl Linda nicht, was Jud zugestoßen ist. Noch nicht.« Er ging wieder in sein Zimmer und schloß die Tür.
»Professor«, sagte ich, »Sie kennen das Haus doch. Wo könnte er sich verstecken?«
Weatherly schüttelte den Kopf. »Ich weiß nicht. An allen möglichen Stellen. Ich schlage vor, wir fangen unten an und arbeiten uns von dort bis zum Dachboden hoch. Ben, kannst du diesen Kerl überhaupt lesen?«
»Nein.«
Wir begannen im Keller und durchsuchten jeden Schlupfwinkel. Gant war nicht da, weder dort unten noch im Erdgeschoß. Dad hatte seine Taschen- und ich eine Petroleumlampe, so daß wir uns, wenn nötig, aufteilen konnten. Auf diese Weise wollten wir verhindern, daß Gant heimlich umkehren und uns in den Rücken fallen würde. Poe hatte einen Schürhaken vom Kamin im Salon genommen. Er

grinste mich nervös an und ließ den Haken ein paarmal in seine Hand klatschen.

Wir gingen in den ersten Stock zurück. Dad leuchtete mit seiner Taschenlampe in den Korridor. Gant stand, über den Türknauf gebückt, vor Moms Zimmer. In seiner Hand hielt er ein großes Metzgermesser. Er blickte kurz zu uns auf, lief dann in die entgegengesetzte Richtung und verschwand durch eine Tür. Als wir bei ihr ankamen, war sie verschlossen.

»Das ist die Treppe zum Dachboden«, sagte Weatherly.

Stirnrunzelnd rüttelte Dad ein paarmal an der Tür. Sie hatte eines von diesen alten, zapfenähnlichen Schlössern, die sich von beiden Seiten absperren lassen, aber nur mit Schlüssel.

»Augenblick«, murmelte Weatherly. Das Schloß klapperte, machte *Klick!*, und mit trägem Knarren schwang die Tür etwa fünf Zentimeter weit nach innen.

Dad warf dem Professor einen kurzen Blick zu. Dann stieß er die Tür ganz auf. Er richtete seine Taschenlampe die steile, schmale Stiege empor, aber außer Düsternis und Spinnweben war nichts zu entdecken. Dad holte tief Luft und begann, ganz vorsichtig nach oben zu gehen. Poe mit seinem Schürhaken war hinter ihm, dann kam der Professor. Ich bildete mit meiner Petroleumlampe buchstäblich das Schlußlicht.

Die Treppe führte durch ein Loch in der Mitte des Bodens unters Dach, eine ideale Stelle, um jemandem eins überzubraten, wenn er den Kopf durchsteckte. Indem er möglichst tief unten blieb, leuchtete Dad mit seiner Taschenlampe ringsum – jeden Moment bereit, sich zu ducken, falls Gant bereits warten sollte. Als er uns andere dann heraufwinkte, merkte ich, daß ich den Atem angehalten hatte.

Unter dem Dach lag aller mögliche ausrangierte Krimskrams, und der Staub von fünfzig Jahren hatte sich dort angesammelt. Die samtige Glätte des Bodens wurde nur von Mr. Gants Fußabdrükken, die zu einem Gerümpelhaufen führten, und den kleinen, stickereiähnlichen Spuren von Käfern gestört. Dad verfolgte Mr. Gants Fährte mit dem Strahl seiner Taschenlampe, aber der Mann war nirgendwo zu sehen.

In all diesem Durcheinander hätten sich zwanzig Leute verstecken können. Ich hielt die Lampe hoch, um, wenn möglich, mit meinen Augen die Finsternis zu durchdringen. Das Licht war praktisch wirkungslos; auf knapp einen Meter machte es alles schön hell –, aber auch nicht weiter. Und wenn einer von uns sich bewegte, warf er einen Schatten wie Godzilla persönlich.

Das Gebälk war mit staubigen Spinnweben verhangen und kleinen braunen Hügeln – Grabwespen – getupft. Der Strahl der Taschenlampe wanderte über ein Wespennest hinten in der Ecke, das so groß war wie ein Servierteller. Die gelb-schwarzen Biester regten sich träge; die kühle Nachtluft machte sie lethargisch.

Dad leuchtete den Dachboden so weit ab, wie er konnte, aber Mr. Gant blieb ebenso unsichtbar für meine Augen wie für meinen Geist. Er hätte sich in *jedem* der vielen Eckchen und Winkel verstecken können.

Ich wollte gerade schon vorschlagen, daß wir den Boden abschließen und Mr. Gant den Spinnen überlassen sollten, da kippte hinter mir etwas um.

Wir wirbelten in die betreffende Richtung. Der Strahl der Taschenlampe fiel auf Mr. Gant, der mit gezücktem Metzgermesser geradewegs auf uns losging. Das Ganze konnte höchstens ein paar Sekunden gedauert haben, aber plötzlich sah ich alles in einer Art Zeitlupe: Gant, wie er durch einen schmalen Gang zwischen Pappkartonstapeln auf mich zugerannt kam, das im Strahl der Taschenlampe blitzende Messer und Gants bei jedem Schritt hell herausflatterndes Hemd.

Ich weiß noch, daß ich versuchte, sein Gesicht zu studieren, weiß noch, daß ich erstaunt war über dessen fast völlige Ausdruckslosigkeit – erstaunt, daß er nicht geiferte wie ein Irrer. Das alles kann nur in meinem Geist gewesen sein, denn meine Muskeln reagierten nicht dementsprechend. Ich stand einfach nur da wie ein Ölgötze und sah ihn an.

Dann stolperte er. Seine Schuhspitze verfing sich in einem Bilderrahmen, der an einem Stapel Pappkartons lehnte. Ein erschrockener Ausdruck ging über sein Gesicht, als sein Körper über seine Füße hinausschoß. Statt mich mit seinem Messer zu erwischen, rempelte er voll in mich hinein.

Meine Arme gingen nach oben, und die Lampe glitt aus meinen Fingern. Ich grunzte, als mir die Luft aus dem Leib gerammt wurde. Dann landeten Gant und ich ineinander verschlungen auf dem Boden, aber die Lampe blieb in meiner Blickrichtung. In einem ganz, ganz langsamen Bogen wanderte sie nach oben. Der dünne Glaszylinder schlug an einen Balken und zersprang; dann schmetterte der petroleumgefüllte Sockel mit seinem immer noch brennenden Docht gegen einen Koffer, so daß das eine Ende des Dachbodens in wilde Flammen aufging.
Mr. Gant verlor ein wenig Zeit damit, sich aus unserer Verschlingung zu befreien; er war obenauf gelandet. Ich lag flach auf dem Rücken. Als nächstes wußte ich erst wieder, daß er mit gezücktem Messer rittlings auf meinem Bauch saß. Als er damit nach unten stieß, drehte ich mich ruckartig zur Seite und hörte, wie es sich, zack, neben meinem Ohr in den Fußboden bohrte.
Dann schwang der gute alte Poe mit beiden Händen das Schüreisen, als würde er Holz hacken. Es erwischte Mr. Gant quer über dem Schulterblatt, so daß er einen gellenden Schrei ausstieß, sich aufbäumte, und sein Gesicht verzerrte sich vor Schmerz. Taumelnd und nach Luft japsend, ging er ganz von mir herunter und wankte, das Messer immer noch in Händen, in die Dunkelheit, wobei er mehrere Haufen undefinierbaren Gerümpels umstieß, die scheppernd zu Boden fielen. Poe und Dad halfen mir auf die Beine, und ich bedankte mich bei Poe mit einem Grinsen.
Mr. Gant war wieder außer Sicht. Rauch und Dunkelheit hielten ihn verborgen. Wir wandten uns nach dem Feuer um, das nun wütend das ganze eine Ende des Dachbodens verschlang. Die Hitze wurde rasant ungemütlich. Vorsichtig steuerten wir auf die Treppe zu, aber der Professor starrte noch in tiefer Konzentration auf die Flammen. Wir hielten an und warteten.
Ein Dunst wie ein schwerer, heranrollender Nebel begann sich auf dem Dachboden zu bilden. Er verdichtete sich immer mehr, bis das Feuer schließlich vollständig von der weißen Bank umschlossen war. Aus dem Knistern der Flammen wurde nach und nach ein feuchtes Zischen; dann herrschte Stille. Ich konnte gar nichts mehr wahrnehmen, auch keine Hitze. Wassertröpfchen hingen auf mei-

ner Armbehaarung wie schwerer Tau. Der dicke Dunst wirbelte davon, als würde er von einem Wind fortgeblasen, und das Feuer war aus. Das eine Ende des Dachbodens – jetzt war es schwarz und verkohlt – schimmerte vor Feuchtigkeit. Wassertropfen fielen vom Gebälk und klatschten auf Kästen, Truhen und anderes Gerümpel herab. Weatherly stieß einen tiefen Seufzer aus.

»Wirklich praktisch, Sie zur Hand zu haben, Professor«, sagte Poe mit einer gewissen Ehrfurcht.

»Schaubudentricks.« Er löschte den Gedanken aus.

Dad schwenkte die Taschenlampe aus dem verbrannten Bereich fort und wollte gerade schon etwas sagen, da hielt er mit offenem Munde inne und starrte auf etwas. Wir drehten uns alle um. Mit blankem, gezücktem Messer kam Gant auf uns zugeschlichen. Mr. Gant mag ja seine Fehler gehabt haben, aber Mangel an Entschlossenheit gehörte bestimmt nicht dazu. Als das Licht auf ihn fiel, hielt er inne. Seine Augen glitzerten wie Murmeln. Weatherly konzentrierte sich abermals.

Ich hörte ein grelles Summen, und dann explodierte das Wespennest fast unmittelbar über Gants Kopf zu einem gelb-schwarzen Tornado. Ich weiß nicht, was Weatherly getan hat, aber die Stechimmen schwärmten auf Gants ganzem Körper herum. Er kreischte und stolperte, nach den wütenden Insekten schlagend, vor uns zurück, wobei er durch einen Berg von Gerümpel krachte. Es hörte nicht auf. Ununterbrochen brüllte er und schlug um sich, und wahrscheinlich konnte es Weatherly nicht länger ertragen, denn die Wespen ließen von Gant ab und setzten sich wieder auf ihr Nest.

Es war kaum vorbei, da erhob sich Gant – man sollte es nicht glauben! – neuerlich aus dem Gerümpelhaufen und ging auf uns los. Sein Gesicht und seine Hände waren voll dicker Striemen, die mit jeder Sekunde röter und größer wurden. Das eine Auge war fast zugeschwollen, aber er kam schwankend, stolpernd und sich im Gerümpel verheddernd vorwärts, wobei er mit der einen Hand den hereinstürzenden Krimskrams abwehrte, mit der anderen das Messer hielt.

Professor Weatherly stöhnte. Dann glühte das Messer in Gants Hand kirschrot auf, und Gant sog die Luft ein. Er ließ es fallen, umklammerte mit der einen Hand die andere, und das Messer klapperte zu Boden. Eine Rauchspirale stieg daraus empor. Aber noch bevor von neuem ein Feuer ausbrechen konnte, unternahm Weatherly etwas, und die Klinge war wieder kalt.

Dad hielt die Taschenlampe weiterhin auf Gant gerichtet. Über seiner verbrannten Hand zusammengekrümmt, wich der Mann vor uns zurück. Wir kamen ihm entgegen. *Sein eines* Auge war nun vollständig zugeschwollen, und auch das andere sah nicht allzu gut aus. Er gab sich immer noch nicht geschlagen. Mit seiner heilen Hand schnappte er nach dem Bein eines Klavierhockers, um ihn als Wurfgeschoß zu benutzen.

Da erstarrte er plötzlich zu Eis. Der Klavierhocker entglitt seinen kraftlosen Fingern und prallte an einem dreibeinigen Tisch ab. Gant sog die Luft ein wie ein Fisch. Er krallte nach seiner Brust, und ich sah zu Weatherly, dann wieder zu Gant. In tiefen, rauschenden Atemzügen und an seinem Hemd zerrend, rang er nach Luft, fiel dann auf eines seiner Knie, kippte vornüber und rollte schließlich seitwärts in einen rostigen Vogelkäfig. Dann lag er mucksmäuschenstill. Wir gingen zu ihm hin und stellten fest, daß er bewußtlos war, aber gleichmäßig atmete.

Ich sah zu Weatherly. »Sie hätten ihn umbringen können.«

»Ja.«

»Was machen wir jetzt mit ihm?« fragte Dad leise.

Einen Moment lang gab der Professor keine Antwort. Dann blickte er auf. »Der Wandschrank unten im Gang hat ein starkes Schloß.«

Also schafften wir Gant mit Schieben und Ziehen die steile, enge Treppe hinunter und sperrten ihn in den leeren Kleiderschrank. Das Schloß schien mir kein bißchen stärker zu sein als irgendein anderes, aber es funktionierte und war nicht locker. Obwohl sich die Tür nach außen öffnete, hätte Gant darin nicht genug Platz, um sich allzu stark dagegenwerfen zu können. Falls er es versuchte, würden wir ihn hören. Zuletzt klemmten wir – nur für den Fall – einen Stuhl unter den Türknauf, blieben dann davor stehen und sahen einander an.

»Was nun?« fragte Poe schließlich, während er sich ein paar verirrte Spinnweben aus seiner Brustbehaarung zupfte.

»Jetzt sollte jeder wieder ins Bett gehen. Es gibt nichts mehr zu tun«, sagte der Professor.

Dad wischte sich etwas Staub vom Bademantel. »Wie lange haben Sie vor zu warten, bis Sie wieder einen Versuch unternehmen, Ihr Monster dorthin zurückzuschicken, wo es herkam?«

Nachdem er einen kurzen Blick auf mich geworfen hatte, sah Weatherly mit trübseligem Gesichtsausdruck wieder Dad an. »Ich weiß es nicht«, seufzte er. »Morgen, bei Tageslicht, wenn alle frisch und ausgeschlafen sind ... ich weiß es nicht.« Er äugte wiederum kurz zu mir. »Wir müssen sichergehen, daß alles gut vorbereitet ist. Ich glaube kaum, daß wir eine zweite Chance bekommen.« Er sah auf den Boden, dann wieder zu Dad. »Es tut mir schrecklich leid, daß Sie alle da mit hineingezogen wurden, Mr. Henderson. Mr. McNeal. Schrecklich leid.« Damit wandte er sich ab und ging langsam auf die Treppe zu.

»Claire und Linda werden schon ganz gespannt sein, was es mit all dem Tumult auf sich hat«, meinte Dad.

»Sagen Sie Linda nichts vor morgen früh ... von dem, was Jud betrifft«, bat Poe mit kraftloser Stimme. »Sie braucht Schlaf.«

»Ann hat ihre Neugier schon befriedigt«, erklärte ich.

Wir schafften Juds Leiche nach unten ins Speisezimmer und deckten sie mit einem Laken zu. Darüber hinaus war jeder von uns ratlos. Dann gingen wir wieder zu Bett.

Ich weiß nicht, wieviel Zeit vergangen war. Wenn ich aus dem Schlaf gerissen werde, bin ich geistig nicht gerade auf Zack. Ich ertappte mich dabei, wie ich mitten im Bett saß und mich fragte, was mich aufgeweckt hatte. Dann wußte ich es.

Barfuß und in meiner Unterwäsche lief ich auf den Gang. Die Schranktür stand sperrangelweit offen. Ich bin nie dahintergekommen, wie Gant sie aufgekriegt hat, ohne jemanden zu wecken. Ich hätte wissen müssen, daß seine Entschlußkraft sich nicht durch eine abgesperrte Tür bremsen ließ.

Ich platzte in Anns Zimmer, ohne anzuklopfen, und kam schlitternd zum Stillstand. Gant hatte ihr einen Arm um die Kehle geschlungen, damit sie nicht losschreien könnte. Die beiden standen nicht weit vom Fuß des Bettes entfernt. Ann wehrte sich gegen ihren Angreifer, aber er war zu stark für sie. Er hatte sich das Messer wieder vom Dachboden geholt und hielt es ihr nun an die Brust. Sein Gesicht und seine Hände sahen aus wie ungebratene Hamburger. Er schaute mich nicht einmal an, obwohl er ja vermutlich auch kaum sehen konnte. Sein heiles Auge war fast zugeschwollen. Er schwebte jenseits von Gut und Böse. Irgendein ganz persönliches Hirngespinst hielt ihn gefangen, und ich glaubte einen Ausdruck der Verzückung auf seinem geschwollenen Gesicht zu entdecken. Er hielt Ann nicht als Schutzschild oder Geisel vor sich, sondern als Opfer.

Wie versteinert stand ich in der Mitte des Zimmers, während er mit dem Messer ausholte. Mein Gesicht verzerrte sich vor Wut und Haß, und ich stieß im Geiste einen stummen Schrei aus. Ich weiß nicht genau, was ich tat, und ich habe auch nie versucht, es zu wiederholen. Ich griff zu einem Mittel, das wie aus dem Nichts auftauchte, es aber hoffentlich nie wieder tut.

Mein Geist tobte Gant entgegen, blies ihm einen Schwall ursprünglichen, glühenden Hasses entgegen. Synapsen öffneten sich wie Schleusentore. Das Messer erstarrte in der Luft. Meine Fingernägel gruben sich mir in die Handfläche. Mein Körper zitterte unbeherrschbar. Schweißtropfen tropften mir ins Gesicht. Mein Blick prallte gegen seinen. Der Arm um Anns Hals fiel herunter. Das Messer glitt aus seiner hocherhobenen Hand, und während sein roter Augenschlitz mich verständnislos anstarrte, wich er mit schlaffen Lippen einen Schritt zurück. Ann taumelte von ihm fort und flüchtete sich hinter meinen Rücken.

Aber nur weil Ann frei war, hörte ich noch lange nicht auf. Das Bild vor meinem geistigen Auge – wie das Messer in ihrer Brust steckte – war allzu lebendig. Ich hätte mir über meinen Verstand klarmachen können, daß es der einzige Weg war, aber zu diesem Zeitpunkt dachte ich nicht nach, ich haßte nur.

Gant wich zurück bis an die Wand, aber seine Beine hörten nicht auf, sich zu bewegen, damit sie ihn noch weiter fortbrächten. Sein Kopf zuckte hin und her, als wolle er etwas abschütteln, das an seinem Gesicht klebte. Er hielt sich mit seinen roten, aufgedunsenen Händen die Ohren zu und atmete durch den Mund. Tief in seiner Kehle setzte leises Ächzen ein, das langsam immer lauter und höher wurde, bis es schließlich ein schrilles Kreischen war. Er schrie wie am Spieß. Erst als er keine Luft mehr in den Lungen hatte, hörte er auf.

Ich hämmerte gegen den hellen Spiegel, der ihn umgab, schlug darauf, trommelte dagegen, bis er zersprang, und stürzte kopfüber in den Geist des Mannes.

Ich glaubte zu schreien, aber Ann sagte mir später, es wäre ein Wimmern gewesen.

Ich zog meine Schutzwände auf und kämpfte mich zerrend, reißend, kriechend, krallend nach draußen – schlug mir einen Weg durch das gleißende Chaos und das blendende Durcheinander von Gants Geist. Als ich daraus hervorbrach, spürte ich, wie er trüb wurde und erlosch.

Ich kam mir vor wie Wackelpudding und plumpste auf die Knie. Ich konnte keine Luft bekommen. Meine Arme hingen schlaff und unbeweglich an mir herunter. Gant hockte als ein zusammengeknittertes Häufchen vor der Wand. Ann war mir zur Seite, kniete neben mir, hatte ihre Arme um mich gelegt, fühlte mich.

Ein Herzschlag setzte ein.

Oh, Ben.

Ja. Mein Gott! Weißt du, was ich getan habe?

Ich habe es gespürt. Sein Schild hat es teilweise zurückgeworfen. Bist du in Ordnung? Hat er dich verletzt?

Nein. Nur Angst hab ich gehabt. Du bist gekommen.

Jetzt können wir es machen.

Nein. Nicht jetzt. Später.

Ja.

Der Herzschlag dauerte fort.

Sie schlafen noch alle.

Ja. Ich hätte nie gedacht, daß es so …

Ich weiß. Ich weiß.

Ach ja! Das vergeß ich dauernd. Ann …

Ich weiß. Sei nicht traurig.

Wir haben etwas verloren. Aber noch mehr haben wir gewonnen, so viel, viel mehr.

Der Herzschlag endete.
Ich legte meinen Arm um sie. Sie lehnte ihren Kopf an den meinen, und wir gingen in mein Zimmer. Nachdem ich die Tür hinter mir geschlossen hatte, lehnte ich mich dagegen und betrachtete Ann. Sie trat auf mich zu. Ich kam ihr auf halbem Wege entgegen. Wir küßten uns, wurden zu einer körperlich-geistigen Einheit. Wir zogen unsere Kleider aus und bewegten uns, einander anfassend und liebend, aufs Bett zu. Es war mehr als rein körperliche Liebe, aber andererseits las ich auch nicht ihre Gedanken. Es war nicht mehr notwendig.
Ich war ich.
Ich war Ann.
Wir waren wir.
Als die Sonne aufging, stiegen wir aus dem Bett und zogen uns an. Ich ging zu dem Zimmer meiner Eltern, Ann zu dem von Poe und Linda. »Dad. Mom«, sagten wir. »Poe. Linda. Wacht auf und zieht euch an. Macht euch abfahrbereit. Packt alles zusammen und geht dann nach draußen auf die Veranda.«
»Ben?« fragte Mom.
»Ann?« fragte Linda.
»Es ist alles in Ordnung«, erwiderten wir. »Wir sind jetzt bereit, dem Professor beim Loswerden seines Monsters zu helfen. Macht schnell.«
Ann und ich trafen uns auf dem Gang und gingen hinunter ins Erdgeschoß. Professor Weatherly schlief grau und müde auf dem Sofa. Er driftete allmählich in die Verzweiflung ab.
»Professor«, sagten wir mit meiner Stimme.
»Wie?« Er fuhr verwirrt in die Höhe. »Oh, Ben. Ist es schon Morgen?«
»Ja.«
»Wir sind jetzt soweit«, sagte die Hälfte von mir, die Ann war.
»Was?« Er stand auf und rieb sich dabei die Augen.
»Wir sind bereit, Ihnen Ihr Monster austreiben zu helfen.«
Er sah uns an. »Es ist etwas geschehen.«
»Ja. Ann und ich sind telepathisch miteinander verbunden. Auf Dauer.«

»Beschreibt mir diese Verbindung.«
»Ich bin nicht sicher, ob ich das kann. Ich weiß alles, was in Bens Kopf vorgeht; ich erinnere mich an alles, was er erlebt hat; ich empfinde alles, was er empfindet.«
»Aber es ist nicht das allein«, sagte ich. »Ich bin wir beide, und wir sind eine Einheit. Wir sind ... na ja, im Grunde sind wir eine Person in zwei Körpern. Und dennoch behalten wir weiterhin unsere eigenständige Persönlichkeit. Vielleicht wäre es eine bessere Erklärung, daß wir zwei Menschen sind, die zwei Körper gemeinsam bewohnen. Ich weiß nicht, wie es mit zwei Männern oder mit zwei Frauen wäre, aber bei uns ist es ... ist es Liebe.«
»Ja«, flüsterte er. »Ja. So mußte es ja wohl kommen, nicht wahr? Bedingungslose Liebe oder ... bedingungsloser Abscheu. Eine dritte Möglichkeit gab es nicht.«
»Man kann es unmöglich richtig verstehen, wenn man es nicht selbst erlebt hat«, sagte Ann. »Menschen, die nur die körperliche Liebe kennen, versäumen so viel.« Wir grinsten. »Obwohl es wahrscheinlich eine Spur von Selbstbefriedigung hat.«
»Das ist ja fabelhaft – ein reines Wunder!« Er strahlte wie ein Kind am Heiligabend. »Würdet ihr mir erlauben, diese Sache näher zu erforschen?«
Wir lächelten ihn an. »Natürlich, Herr Professor«, antwortete ich. »Sobald die anderen abfahrbereit sind, können wir mit Ihrem Monster Kontakt aufnehmen. Ihre Mutter wird nicht von hier fortgehn. Mr. Gant ist tot.«
»Tot?« Er blinzelte.
»Ich habe ihn umgebracht«, berichtete ich. Ich spannte meine Muskeln an, um das Zittern zu unterbinden, das ich einsetzen fühlte. »Ich habe ihm mit meiner Willenskraft befohlen, daß er stirbt, und er hat es getan«, sagte ich wie betäubt.
Ann legte mir ihre Hand auf die Schulter. »Wir wären jetzt soweit«, wiederholte sie. Etwas in Worten zu formulieren war ein langsamer, mühseliger Prozeß, aber doch auch eine alte Gewohnheit.
»Warten Sie hier«, sagte ich zu ihm und begab mich in die Eingangshalle. Die anderen kamen gerade mit ihren Koffern und verunsicherter Miene die Treppe herunter. Linda war den Tränen

nahe, versuchte aber, sie zu unterdrücken. Poe hatte ihr die Sache mit Jud erzählt. Ich trieb sie alle wie willfährige Schafe auf die Veranda. Mom und Dad drehten sich um und sahen mich dabei ängstlich an. Ich lächelte. »Macht euch nur keine Sorgen«, sagte ich. Tannie erwiderte meinen Blick mit Augen, die so groß waren wie Untertassen und in denen ein feierlicher Ernst lag. Als ich ihr zuzwinkerte, grinste sie und setzte ihren Weg nach draußen fort. Dann schloß ich die Tür, um in den Salon zurückzugehen.
»Sind Sie soweit?«
»Ja.« Weatherly nickte.
»Ich hoffe, daß das, was Sie herausfinden, das Ganze rechtfertigt, Professor.« Wir konzentrierten uns: ein leuchtender Blitz; eine Energiewand wirbelte, vom Professor auf Abstand gehalten, um uns herum und erstarb. »Ganz ruhig«, sagte ich leise, »immer mit der Ruhe. Es ist halb irrsinnig vor Angst.«
Wir berührten diesen außerirdischen Geist – nicht, daß wir in ihn eindrangen! –, berührten ihn lediglich. In ihn einzudringen wäre unser sicheres Verderben gewesen. Seine Andersartigkeit war unbeschreiblich. Es gab keinerlei Verwandtschaft mit dem menschlichen Denken. Ehrfurchtsvoll starrten wir auf sein schimmerndes, unreifes Bewußtsein. Durch seine Fremdartigkeit waren Einzelheiten, selbst größere, unmöglich zu erfassen; Grundempfindungen jedoch, die allen vernunftbegabten Lebensformen gemein sind, ließen sich deutlich ablesen. Es nahm unser Bewußtsein wahr, hatte aber keine Angst davor. Angst hatte es nur vor dem, was *ihm* fremd war: Weatherlys *physischer* Attacke.
Unwillkürlich trat ein Lächeln auf unsere Lippen. »Der Teufel soll mich holen«, sagte ich laut. »Wissen Sie, was wir da vor uns haben, Professor? Es ist ein … ein Baby, falls sich dieses Wort hier anwenden läßt. Seine Erinnerung reicht Millionen, Milliarden Jahre zurück; so weit, daß es sich seiner Herkunft nicht mehr entsinnen kann, aber es weiß, daß es unreif ist. Es hat nur einen einzigen Wunsch – nach Hause zu kommen. Schicken Sie es zurück, Professor. Ich versuche, es solange ruhig zu halten.«
Wieder ein Blitz und ein neuer Energiewirbel. »Es fürchtet sich zu sehr«, sagte ich voll ängstlicher Erregung. »Ich habe Schwierigkei-

ten. Es wünscht sich zwar mehr als alles andere, nach Hause zu gehen, aber Sie werden es dazu zwingen müssen. Es ist von Sinnen vor Angst. Nach seiner Zeitskala ist es erst einen Augenblick hiergewesen.«

Ann ging hinaus, um die anderen zu den Wagen zu schicken, weg vom Haus. Ich wartete, bis sie in sicherer Entfernung waren.

»Jetzt. Zwingen Sie es, Professor.«

Energie wirbelte um uns herum wie ein Tornado. Wände, Decken, Böden, Möbelstücke, alles außer der Blase, in der wir uns aufhielten, stand wild in Flammen.

Weatherly öffnete einen Pfad durch das Inferno, einen Pfad, der von uns zur Tür führte. »Geh mit den anderen, Ben«, sagte er. Ich setzte zu einem Protest an, aber er brachte mich zum Schweigen. »Du kannst von draußen genausoviel tun wie ich von hier drinnen. Und ich kann mehr tun, wenn ich mir nicht noch um dich hier Sorgen machen muß.«

Er hatte recht. Ich besaß keinen Schutz gegen die physische Energie des Dinges, die sich, wie ich mutmaßte, auch physisch bekundete, weil es *hier* war, nicht dort, wo es herkam. Ich rannte durch den Tunnel, den er mir öffnete, und wandte mich an der Tür noch einmal um. Der Tunnel schloß sich, und ich konnte Weatherly nicht mehr sehen.

Schnell lief ich den Hügel hinunter zu den anderen, stand dabei aber weiterhin immer noch in Kontakt mit dem Monster des Professors. Die eben erst aufgegangene Sonne, deren Licht auf dem immer noch feuchten Haus glänzte, verwandelte das verwitterte Grau in Kupferrot, aber aus den Fenstern des Salons schlugen Flammen. Aus anderen Öffnungen quollen dicke Rauchschwaden, und auch diese wurden von der Sonne vergoldet. Mit einemmal flackerten unter der Dachrinne Flammen hervor. Das Feuer hatte sich in den ersten Stock durchgefressen. In der Luft knallte Energie wie kleine Blitzschläge.

All das sah ich mit meinen Augen und hörte ich mit meinen Ohren. Was ich mit meinem Geist sah und hörte, war etwas anderes.

Ich fing einen Gedanken von der Mutter des Professors auf, aber schaltete ihn schnell aus, weil ich ihn nicht ertragen konnte. Das bis

zum Wahnsinn verängstigte Ungeheuer schlug im Griff des Professors wild um sich und schrie dabei jämmerlich.
Ich beobachtete Professor Weatherly im Salon, aber nicht mit meinen Augen. Er stand auf einer reinen, klaren Insel inmitten eines Infernos von Flammen und Energie. Es begann. Das Inferno wirbelte auf einer Seite davon wie eine Windhose, und ein Tunnel tat sich auf, ein endloser, gleißender Tunnel. Der Professor stand regungslos da und hielt in tiefster Konzentration den Kopf eingezogen.
Und plötzlich wußte ich, was im nächsten Moment geschehen würde, aber der Professor war völlig überrumpelt. Es gab nichts, das ich tun konnte, um ihm zu helfen. In Windeseile umgab ich Ann mit einem Wall von Schutzschilden. Sie erwachte ruckartig aus ihrer Trance und sah sich wild um. »Nicht! Ben! Sperr mich nicht aus!« kreischte sie mir zu.
Noch mehr Energie platzte und knallte. Allen klebten die Kleider auf der Haut. Ich konnte fühlen, wie mir vor statischer Elektrizität die Haare zu Berge standen. Ohnmächtig sah ich zu, wie der Professor sein Monster in den Tunnel zwang.
Er hatte sich nicht gerührt. Umringt von einem Inferno und mit eingezogenem Kopf stand er vor dem Tunnel und konzentrierte sich. Dann – ganz langsam und allmählich – wurde sein Körper nach außen hin verwischt, auf den Tunnel zu. Er spürte es. Er blickte auf. Er strebte krampfhaft von dem Tunnel weg, streckte die Arme aus, um ihn abzuwehren. Die Verzerrung, die Auswärtsdehnung, hielt an. Seine Arme verfingen sich darin, wurden aufs Anderthalbfache verlängert und verschwammen dabei in Richtung Tunnel.
Dann brach ein winziges Stückchen seines kleinen Fingers ab, um wie eine Sternschnuppe durch den Tunnel davonzuschießen. Noch mehr Stückchen lösten sich. Der Tunnel war voll von Sternschnuppen, die in die Unendlichkeit sausten.
Ich zog blitzschnell meinen Schutzschild hoch. Weatherlys Entsetzen war zu groß. Doch in diesem letzten Bruchteil einer Sekunde sah ich einen Kometen durch den Tunnel davondonnern, und der Professor war verschwunden. Der Tunnel schloß sich.
Ich nahm ausschließlich körperliche Empfindungen wahr. Schwan-

kend stand ich da und versuchte, mich auf den Beinen zu halten. Ann warf ihre Arme um mich. Dad legte mir wortlos seine Hand ins Genick. Ich ließ den Schildpanzer fallen. Ann und ich waren wieder eins.

»Er hat's geschafft«, sagte ich in einem Hochgefühl der Erschöpfung. »Es ist heimgegangen. Er hat es zurückgeschickt. Aber es hat ihn mitgerissen. Ich war einen Moment lang bei ihm.«

Die Energie war verschwunden, aber nicht das Feuer. Das alte Holz des Hauses brannte wie wild. Dad drängte uns fort, an den Fuß des Hügels, wo wie betäubt die andern warteten. Lange Zeit standen wir da, sprachen kein Wort und sahen zu, wie das Haus brannte.

Tannie hatte sich neben mich gestellt und behielt das Gebäude im Auge, während ihr Arm meinen Oberschenkel umklammerte. Ich hatte meinen Arm auf ihrer Schulter. »Und was ist mit Ihnen, Ann?« fragte Dad.

»Mit mir«, sagte ich.

»Ja.« Sie lächelte.

Tannie guckte an mir vorbei, um Ann anzustarren. Ann lächelte ihr zu und zwinkerte genau so, wie ich es immer tue. Tannie grinste wie ein neu aufflammender Stern. Sie schleuderte sich Ann entgegen und drückte sie.

Gerade als wir uns zum Aufbruch anschickten, fuhr der Wagen des Sheriffs vor. Der Sheriff war ein netter Mann namens Robin Walker. Wir erzählten ihm eine vereinfachte Version dessen, was passiert war – eine, die er glauben würde. Dafür sorgten schon Ann und ich.

Dad stieß mit unserem Kleinbus rückwärts aus dem Straßengraben, während ich in Anns gelben VW stieg, und so fuhren wir weiter nach Wichita.

Gratis-Erde

Charles Beaumont

Charles Beaumont ist das Pseudonym des Schriftstellers Charles Nutt (1929 – 1967), der neben den Drehbüchern zu Filmen wie *Der mysteriöse Dr. Lao* (1964) im Laufe seines Schaffens auch eine fast unglaubliche Anzahl von Kurzgeschichten auf dem Gebiet der Science-fiction und des Horrors hervorbrachte, von denen sehr viele in *F&SF* erstveröffentlicht wurden. Von 1955 bis 1956 arbeitete er mit Chad Oliver zusammen an der Claude-Adams-Serie, ebenfalls für *F&SF*. In seinen Geschichten mischte sich oftmals Horror mit Humor, ein Rezept, das Beaumonts Leser zu einem nervösen Lachen veranlaßte, während sie über ihre Schultern schielten. Auch *Gratis-Erde* gehört zu dieser Gattung. Die Geschichte erzählt von Mr. Aorta, einem Mann, der nie gelernt hat, daß man jede Zeche bezahlen muß.

Noch nie hatte ein Stück Geflügel so unverkennbar das Zeitliche gesegnet. Seine Gebeine lagen wie ein Stoß Reisig auf der einen Seite des Tellers und wirkten in der gedämpften Beleuchtung des Restaurants weiß, dürr und nackt. Nichts als Knochen, die man jedes Lappens, jeder Faser Fleisch methodisch entkleidet hatte. Der übrige Teil des Tellers bildete eine kahle, glitzernde Weite.
Nicht minder jungfräulich und unberührt wirkten auch die anderen, kleineren Schalen und Schüsseln, die grell eine von der anderen abstachen. Und alles war von einer blassen, vielgestaltigen Cremefarbe, aufgebaut auf dem schneeigen Weiß eines Tischtuchs, dessen Makellosigkeit weder durch Soßen- noch durch Kaffeeflecke besudelt wurde und das frei war von sämtlichen Stigmata, als da sind Brotkrümel, Zigarettenasche oder die Schmutzwolle aus gereinigten Fingernägeln.
Nur die Knochen des toten Vogels und das getüpfelte Maßwerk hartgewordener Gelatine, die ängstlich am Boden einer Dessertschale haftete, gaben Zeugnis davon, daß diese Ruinen einst ein splendides Sechs-Gänge-Diner gewesen waren.

Mr. Aorta, nicht gerade ein kleiner Mann, gestattete sich ein mildes Rülpsen, faltete die Zeitung, die er auf seinem Stuhl gefunden hatte, zusammen, untersuchte seine Weste auf etwaige Speisereste und begab sich dann forschen Schrittes zur Kassiererin.
Die alte Frau warf einen kurzen Blick auf seine Rechnung.
»Ja bitte, Sir«, sagte sie.
»Na, denn wollen wir mal!« sagte Mr. Aorta und entnahm seiner Hüfttasche einen großen schwarzen Geldbeutel, den er wie nebenher öffnete. Dabei pfiff er *The Seven Joys of Mary* durch den Zwischenraum, welchen die beiden Vorderzähne ihm gewährten.
Die Melodie riß unvermittelt ab. Mr. Aorta setzte ein besorgtes Gesicht auf. Zuerst warf er einen spähenden Blick in seine Brieftasche, dann begann er, ihr verschiedene Dinge zu entnehmen; im Handumdrehen lag der gesamte Inhalt des Lederetuis ausgebreitet auf dem Kassentisch.
Er runzelte die Stirn.
»Darf ich fragen, worin die Schwierigkeit besteht, Sir?«
»Oh, keine Schwierigkeit«, antwortete der Dicke, »nicht in diesem Sinne.« Obwohl die Brieftasche offenkundig leer war, klappte er sie an den Seiten auseinander, drehte sie auf den Kopf und fuhr fort, sie zu schütteln – ein Anblick, der an eine tollwütige Fledermaus erinnerte, die man mitten in der Luft plötzlich festgehalten hat.
Mr. Aorta setzte ein schwaches, verunsichertes Lächeln auf und ging daran, seine vierzehn Hosentaschen samt und sonders auszuräumen. Nach einer gewissen Zeit türmte sich auf dem Kassentisch ein buntes Sammelsurium.
»So was!« sagte er ungehalten. »Das ist doch zu dumm! Das ist doch zu ärgerlich! Wissen Sie, was? Meine Frau ist weggegangen, ohne mir auch nur einen Pfennig Kleingeld dazulassen! Ach ja« – er seufzte – »also, äh – mein Name ist James Brockelhurst; ich arbeite bei der Pliofilm GmbH; in der Regel esse ich nicht außerhalb, und – da, nein, ich bestehe darauf. Diese Sache ist für Sie ebenso peinlich wie für mich. Ich *bestehe* darauf, meine Karte zu hinterlassen. Wenn Sie sie bitte behalten wollen, werde ich morgen abend um diese Zeit wieder hiersein und meine Schulden bei Ihnen begleichen.«

Mr. Aorta drückte der Kassiererin ein Pappkärtchen in die Hand, schüttelte den Kopf, schaufelte sich das übrige Allerlei wieder in die Taschen und ging, einen Zahnstocher aus einem dafür vorgesehenen Behälter pflückend, zur Tür des Lokals hinaus.

Er war hoch mit sich zufrieden – eine ewig gleichbleibende Reaktion auf das Sich-Aneignen einer Sache, ohne selbst etwas dafür zu geben. Es war alles gelaufen wie am Schnürchen, und was für ein famoses Mahl!

Mit einem lüsternen Blick auf die unbekleideten Schaufensterpuppen hier und da schlenderte er Richtung Straßenbahnhaltestelle.

Das ausgedehnte Fummeln nach seinem Fahrschein tat seine Wirkung wie eh und je. (Man stelle sich mitten ins Gedränge, gebe sich ein leicht verstörtes, unauffälliges Aussehen, suche ernsthaft in seinen Taschen, wobei man sich gleichzeitig aus dem Blickfeld des Schaffners laviert – und setze sich dann auf einen Platz am anderen Ende des Wagens, um Zeitung zu lesen.) Während seiner vierjährigen Zeit als Fahrgast hatte Mr. Aorta eigenen Berechnungen zufolge insgesamt zweihundertundelf Dollar und zwanzig Cent gespart. Die uralte Zahlungsforderung des Elektrizitätswerks konnte sein wohliges Heiterkeitsgefühl nicht erschüttern. Nachdem er kurz die Veranstaltungshinweise studiert hatte, machte er sich an die Lösung des aktuellen Preisausschreibens, dessen Gewinnsumme in die Tausende ging. Mehrere tausend Dollar, im Grunde für nichts. Für nichts! Mr. Aorta liebte Preisausschreiben!

Aber die kleingedruckten Buchstaben machten einem das Lesen unmöglich.

Mr. Aorta warf einen Blick auf die ältere Frau, die neben seinem Platz stand, und wandte dann, weil die Augen dieser Frau voll müden Flehens und unterschwelliger Aufforderung waren, seine gebündelte Aufmerksamkeit wieder dem zu, was vor der kreuzweisen Drahtvergitterung der Fenster lag.

Was er sah, ließ ihm das Herz bis zum Halse schlagen. Er kam doch tagtäglich durch diesen Stadtteil; ein Wunder also, daß er es nicht schon früher bemerkt hatte – obwohl in der Regel nur wenig zu einer Besichtigung dessen anregte, was unehrerbietigerweise als

Todesgasse bezeichnet wurde – ein trostloses Rund aus Grabhügeln, Urnenhallen, Krematorien et cetera, die sich alle in einem fünf Blocks umfassenden Gebiet drängten.
Mit einem Ruck betätigte er das Haltesignal, eilte ans hintere Ende des Straßenbahnwagens und drückte auf den Aussteigeknopf. Binnen weniger Sekunden war er zu dem gegangen, was er gesehen hatte.
Es handelte sich um ein zwar kunstlos, orthographisch jedoch durchaus richtig geschriebenes Schild. Es war nicht neu, denn die weiße Farbe warf Blasen und war rissig, und die verrosteten Nägel hatten schmutzige orangegelbe Spuren über seine Vorderseite triefen lassen.
Das Schild lautete

ERDE
KOSTENLOS ABZUGEBEN
NÄHERE AUSKÜNFTE AUF DEM FRIEDHOFSGELÄNDE
Lilyvale Cemetery

und war auf dem schimmligen Grün einer Bretterwand angebracht. Jetzt fühlte Mr. Aorta, wie ihn eine vertraute Empfindung überkam. Es geschah jedesmal, wenn er auf die Wörter »Gratis«, »Umsonst« oder »Kostenlos« stieß – Zauberworte, die mit seinem Stoffwechsel merkwürdige und wunderbare Dinge anrichteten.
Kostenlos. Was bedeutet »Gratis«, was bedeutet »Kostenlos«, im tiefsten, im wahrsten Sinne des Wortes? Na ja doch: Für nichts. Und wie bereits dargelegt, war etwas für nichts zu bekommen Mr. Aortas vornehmlichstes Vergnügen in diesem Erdendasein.
Daß sich das *Gratis*-Angebot auf Erde bezog, ließ ihn unbekümmert. Auf solche Dinge verschwendete er selten mehr als ein paar flüchtige Gedanken; denn, so sagte er sich, alles hat seinen Zweck. Die anderen, weniger offenliegenden Umstände, welche das Schild umgaben, kamen ihm kaum in den Sinn: Weshalb man die Erde anbot, woher Gratis-Erde auf einem Friedhof logischerweise kommen würde, usw. In diesem Zusammenhang erwog er lediglich den wahrscheinlich reichen Gehalt des Bodens.

Mr. Aortas einsame Unschlüssigkeit kreiste um solche Probleme wie: Ist dies ein seriöses Angebot, ohne damit verbundene Auflagen oder Bedingungen, die mich etwas zu kaufen zwingen? Sind der Menge, die ich mit nach Haus nehmen darf, bestimmte Grenzen gesetzt? Und wenn nicht, worin bestünde die beste Transportmethode dafür?
Läppische Probleme; allesamt lösbar.
Mr. Aorta tat innerlich etwas, das einem Lächeln ähnelte, sah sich um und entdeckte schließlich den Eingang des »Friedhofs Liliental«.

Diese trostlosen Gründe, die abwechselnd eine Bindfadenfabrik, einen Polsterhersteller und einen Damenschuh-Discount beherbergt hatten, lagen nun von einem giftigen Brodem dahingemäht – der sich, in Abwesenheit nahegelegener Sümpfe, einer Fülle von windschiefen Schornsteinen verdankte. Grau und traurig ragten die Blasen werfenden, von Kreuzen, Platten und Steinen gekrönten Erdhügel im abendlichen Zwielicht empor: alles in allem eine einfach entzückend zu schildernde Örtlichkeit, und ein Jammer, daß es nicht geht – denn wie sie an diesem Abend aussah, hatte wenig mit dem dicken Mann und dem, was ihm am Ende widerfahren sollte, zu tun.
Wichtig nur, daß es ein Ort voll toter Menschen war, die vermodert und vermodernd unter seinem Rasen ruhten.
Mr. Aorta sputete sich, weil er es verabscheute, Zeit – oder sonst etwas – zu verschwenden. Nicht lange, da war es zu einer Begegnung mit der zuständigen Partei und folgendem Gespräch gekommen:
»Wenn ich richtig verstehe, bieten Sie Erde kostenlos an.«
»Jawohl.«
»Wieviel darf man davon mitnehmen?«
»Soviel Sie wollen.«
»An welchen Tagen?«
»An jedem, der Ihnen recht ist – und es ist immer frische da.«
Mr. Aorta seufzte wie jemand, der gerade eine Erbschaft auf Lebenszeit oder ein regelmäßiges Scheckkonto erhalten hat. Dann

machte er für nächsten Samstag einen Termin aus und begab sich nach Hause, um wieder und wieder in angenehmen Betrachtungen zu baden.

Um Viertel nach neun am selben Abend fiel ihm schlagartig eine hervorragende Verwendung für seine Erde ein.

Sein Garten hinter dem Haus war eine ockerfarbene Wüste aus Furchen und Klumpen – ein unfruchtbarer Streifen Land, von dem sich das zäheste Unkraut nicht abschrecken ließ. Früher einmal, in besseren Tagen, hatte ein Baum dort geblüht, ein Zufluchtshafen für Vorstadtvögel; die aber waren aus weitgehend unersichtlichen Gründen verschwunden, als Mr. Aorta in das Haus gezogen und der Baum zu einem häßlichen nackten Etwas geworden war.

Niemals spielten Kinder in diesem Garten.

Mr. Aorta war geradezu fasziniert. Wer weiß, vielleicht ließe sich dort ja etwas zum Wachsen bringen! Er hatte schon vor langer Zeit ein Unternehmen um kostenlose Proben von Saatgut gebeten und genug erhalten, um eine Armee durchzufüttern. Der erste Versuchsanbau jedoch war zu harten, unbrauchbaren Blütenstengeln verkümmert, und, von Überdruß und Erschöpfung befallen, hatte Mr. Aorta das Projekt ad acta gelegt. Nun aber ...

Ein Nachbar namens Joseph William Santucci ließ sich einschüchtern. Er stellte seinen alten Rodeo-Lastwagen zur Verfügung, und wenige Stunden später war die erste Ladung Erde nicht nur herantransportiert, sondern auch zu einem fein säuberlichen Hügel aufgeschüttet worden. Für Mr. Aorta, dessen Begeisterung ihn für die mit dieser Aufgabe verbundenen Plackereien mehr als entschädigte, sah es schön aus. Es folgte eine zweite Ladung, dann die dritte, die vierte, und draußen war es bereits dunkel wie in einem Kohlenkasten, als die fünfte und letzte Fuhre abgeladen wurde.

Mr. Aorta gab den Lastwagen zurück und versank in einen erschöpften, wenngleich nicht unangenehmen Schlummer.

Der darauffolgende Tag wurde sowohl vom fernen Klang einiger Kirchenglocken als auch vom *Tschink-Tschink* des Spatens begrüßt, mit dem Mr. Aorta die ihrer Heimat entrissene Friedhofserde einebnete, verteilte und in den krustigen Boden malmte. Sie hatte

ein europäisches Aussehen, diese neue Erde: dunkelhäutig, so schien es ihm, schwarz und düster – von Trockenheit keine Spur, obwohl die Sonne bereits recht heiß war.
Alsbald war der Garten zum Großteil abgedeckt, und Mr. Aorta kehrte zurück in sein Wohnzimmer.
Er schaltete das Radio gerade rechtzeitig ein, um einen Schlager zu identifizieren, notierte seine Entdeckung auf einer Postkarte und gab diese voller Zuversicht, daß er für seine Mühen entweder mit einem Toaster oder einem Paar Damenstrümpfen aus Nylon belohnt würde, flugs auf die Post.
Dann schnürte er vier Päckchen, von denen das erste eine halbleere Büchse Vitaminkapseln, das zweite eine halbe Dose Kaffee, das dritte eine halbvolle Flasche Fleckenentferner und das vierte eine Schachtel Seifenflocken enthielt, aus der die meisten Flocken bereits fehlten. Diese sandte er jeweils mit einem kurzgefaßten Ausdruck seiner vollkommenen Unzufriedenheit an die Firmen, die sie ihm mit einer Geld-zurück-Garantie angeboten hatten.
Jetzt war es an der Zeit zum Abendessen, und Mr. Aorta strahlte vor Vorfreude. Er nahm an einer Tafel Platz, die eine Vielfalt von Delikatessen, wie zum Beispiel Anchovis, Sardinen, Pilze, Kaviar, Oliven und Silberzwiebeln, bot. Er liebte diese Art von Nahrungsmitteln, wenngleich nicht aus irgendwelchen kulinarischen Gründen, sondern nur, weil sie samt und sonders in hinlänglich kleinen Verpackungen angeboten wurden, um sie in der Tasche verschwinden zu lassen, ohne daß man die Aufmerksamkeit vielbeschäftigter Lebensmittelhändler erregte.
Mr. Aorta säuberte seine Teller so gründlich, daß keine Katze sich die Mühe gemacht hätte, sie abzulecken; auch die leeren Konservendosen sahen wie neu aus: selbst ihre Deckel schillerten in den Farben des Regenbogens.
Mr. Aorta warf einen Blick auf den Stand seines Scheckkontos, grinste unverschämt und ging ans hintere Fenster seines Hauses, um hinauszuschauen. (Da er unverheiratet war, verspürte er nach dem Abendessen nicht den Drang, sich hinzulegen.)
Ein kaltes Mondlicht lag auf dem Garten. Seine Strahlen strömten über die hohe Mauer, die Mr. Aorta aus kostenlosen Steinbrocken

errichtet hatte, und fielen in trübseligen Pfützen auf die nunmehr schwarze Erde.

Mr. Aorta überlegte ein Weilchen, steckte sein Scheckbuch weg und holte die Kisten mit den Pflanzensamen hervor.

Sie waren so gut wie neu.

In der Folgezeit war Joseph William Santuccis Lastwagen fünf Wochen lang allsonnabendlich in Betrieb. Der gute Mann sah neugierig zu, wie sein Nachbar jedesmal mit mehr und immer noch mehr Erde zurückkam, und ließ seiner besseren Hälfte gegenüber einige Bemerkungen über die Eigentümlichkeit der ganzen Geschichte fallen, doch Mrs. Santucci konnte es nicht ertragen, über Mr. Aorta auch nur zu reden.

»Er hat uns ausgeraubt bis auf die Knochen!« sagte sie. »Schau ihn dir doch bloß an! Er trägt deine abgelegten Sachen, er benutzt meinen Zucker, meine Gewürze und borgt sich auch sonst alles, was ihm nur einfällt! Habe ich ›borgen‹ gesagt? ›Stehlen‹ meine ich. Schon seit Jahren! Ich habe den Mann nicht *einmal* für etwas bezahlen sehen! Wo arbeitet er überhaupt, daß er so wenig Geld verdient?«

Weder Mr. noch Mrs. Santucci wußten, daß es zu Mr. Aortas mühevollem Tagwerk gehörte, mit einem zerbeulten Blechbecher und einer dunklen Brille auf dem Innenstadttrottoir zu sitzen. Allerdings waren sie des öfteren an ihm vorbeigekommen und hatten ihm ein paar Pennies gegeben, ohne daß einer von ihnen die geschickte Maskerade zu durchdringen vermochte. Der ganze Plunder wurde in einem kostenlosen Schließfach an der Endstation der Eisenbahn aufbewahrt.

»Da kommt er schon wieder, dieser Wahnsinnige!« jammerte Mrs. Santucci.

Bald war es an der Zeit, die Saat zu setzen, und nachdem Mr. Aorta zahlreiche Bücher aus der Leihbibliothek zu Rate gezogen hatte, machte er sich mit wohlbedachter Genauigkeit an diese Aufgabe. Es wurden fein säuberliche Reihen von Sommerkürbissen in der fettgeschwärzten Erde angesät; dazu Erbsen, Mais, Bohnen, Zwiebeln, Rote Rüben, Rhabarber, Spargel, Brunnenkresse und noch vieles mehr. Als die Reihen gefüllt waren und Mr. Aorta auf ein paar Reservepäckchen sitzenblieb, lächelte er und streute Erdbeer-, Wassermelonen- und nicht näher definierten Samen aus. Binnen kurzem waren die Tütchen leer bis auf den Grund.

Ein paar Tage vergingen, und es wurde allmählich wieder Zeit, um auf den Friedhof zu fahren und eine frische Ladung Erde zu holen, da bemerkte Mr. Aorta etwas Sonderbares.

Der dunkle Boden hatte in winzigen Eruptionen nachzugeben begonnen. Bei eingehenderer Untersuchung stellte sich heraus, daß unter der Erde etwas am Heranwachsen war.

Nun verstand Mr. Aorta, wenn es einmal richtig zur Sache ging, allerdings herzlich wenig vom Gartenbau. Natürlich fand er die Geschichte merkwürdig, ohne deshalb jedoch in Schrecken zu geraten. Er sah, daß da allerhand heranwuchs; das war, worauf es ankam. Etwas, das einmal eßbar sein würde.

Seine Weltanschauung rühmend und lobpreisend, eilte er nach Lilyvale, wo ihn indes eine beispiellose Enttäuschung erwartete: In letzter Zeit waren nicht viele Leute gestorben. Es gab nur eine spärliche Ladung Erde, kaum einen Lastwagen voll.

Na ja, schön, dachte er, über die Urlaubszeit wird der Laden schon wieder in Schwung kommen, und nahm mit, was da war.

Die Hinzufügung dieser Fuhre bildete einen Markstein im Vorankommen der Gartenvegetation. Schößlinge und Knospen wurden höher, und der Streifen Land war weit weniger öde.

Mr. Aorta konnte es kaum abwarten bis zum nächsten Samstag, denn offensichtlich wirkte diese Erde als eine Art Dünger auf seine Pflanzen – die kostenlose Nahrung verlangte nach mehr.

Der nächste Samstag jedoch brachte einen Schlag ins Kontor. Nicht einmal eine Schaufelvoll. Und der Garten trocknete schon allmählich aus ...

Mr. Aortas aufrüttelnde Entscheidung fiel als Ergebnis seiner Versuche mit allen möglichen neuen Arten von Erde und jeder nur erdenklichen Sorte von Düngemitteln. Nichts hatte Erfolg. Sein Garten, dessen Schoß eine reiche Ernte an Eßbarem versprochen hatte, war auf neue Tiefen hinabgesunken: Der Streifen Land befand sich jetzt fast wieder in seinem Urzustand. Und das konnte Mr. Aorta nicht verwinden, denn er hatte beträchtliche Mühe in dieses Unterfangen investiert – eine Mühe, die nicht verlorengehen durfte. Seine anderweitigen Geschäftsumtriebe hatten schwer darunter gelitten.

So betrat er denn eines Nachts mit der Vorsicht der Verzweiflung die stille graue Denkmalsstätte, ortete ein paar frisch ausgehobene, aber unbesetzte Gräber und fügte deren Tiefe von einem Meter achtzig weitere dreißig Zentimeter hinzu. Es würde nie jemandem auffallen, der nicht nach einer solchen Unstimmigkeit suchte.

Überflüssig, das viele damit verbundene Hin und Her zu erwähnen; es genügt zu sagen, daß Mr. Santuccis Lastwagen, der einen Block weit entfernt stand, beizeiten viertelvoll war.

Der darauffolgende Morgen erlebte in dem Garten eine Wiedergeburt.

Und so ging es weiter. War Erde zu haben, dann nahm Mr. Aorta sie dankend an; wenn nicht, schön, so kam man auch ohne sie aus. Und der Garten wuchs und gedieh, immer weiter, bis –

Wie über Nacht war alles aufgegangen! Wo sich erst vor so kurzer Zeit eine ausgedörrte kleine Prärie befunden hatte, blühte und grünte nun ein mannigfaltiges Blumen- und Gemüseparadies. Gelbe Maiskolben ragten stolz aus ihrer stachligen grünen Schale; Erbsen leuchteten grün aus halb aufgeschlitzten Hülsen, und all die anderen wunderbaren Nahrungsmittel strotzten und protzten vor Kraft und blühendem Leben. Reihen um Reihen voll.

Mr. Aorta war fast weg vor Begeisterung.

Als ein Mensch, der für den Augenblick lebte, und als Idiot in der Kunst des Einmachens wußte er, was er zu tun hatte.

Es dauerte eine Weile, die guten Bissen systematisch einzusammeln; aber mit etwas Geduld hatte er den Garten am Schluß bis auf Unkraut, Blätter und andere nicht zum Verzehr geeignete Dinge kahlgeerntet.

Er säuberte. Er putzte. Er schälte. Er kochte. Er sott. Er nahm all die guten, kostenlosen Eßwaren, häufte sie in geometrischen Mustern auf Tischen und Stühlen und fuhr so lange damit fort, bis sie alle tafelfertig waren.

Dann fing er an. Beginnend mit der Brunnenkresse – er hatte sich für ein alphabetisches Vorgehen entschieden – aß und aß er sich schnurgerade durch Petersilie, Rhabarber, Rote Bete, Sellerie und Spargel, legte eine Pause für einen Schluck Wasser ein und fuhr unter ständiger Aufmerksamkeit, um auch ja keinen Krümel zu vergeuden, so lange fort, bis er zur Zichorie gelangte. Zu diesem Zeitpunkt drehte sich ihm bereits der Magen um, aber es war eine süße Pein, und so holte er tief Luft, um durch langsames Kauen auch mit dem letzten winzigen Nahrungsrudiment aufzuräumen. Die Teller strahlten so weiß wie eine Reihe von aufgedunsenen Schneeflocken. Alles war weg.

Mr. Aorta empfand eine fast sexuelle Befriedigung, was soviel heißen soll wie, daß er für den Augenblick genug hatte. Er konnte nicht einmal mehr rülpsen.

Glückliche Gedanken strömten auf seinen Geist ein wie folgt: Seine zwei größten Leidenschaften hatten sich erfüllt: Der Sinn des Lebens, symbolisch in greifbare Handlung umgesetzt wie ein komprimierter Jedermann. Diese beiden Dinge waren das einzige, woran unser Mann dachte.

Sein Blick fiel aus dem Fenster.

Was er erblickte, war ein heller Fleck inmitten all der Schwärze. Ein kleiner Fleck, irgendwo am Ende des Gartens – schwach, aber unverkennbar.

Mit der Anstrengung eines Brontosaurus, der einer Teergrube entsteigt, erhob sich Mr. Aorta von seinem Stuhl, ging zur Tür und trat in seinen kastrierten Garten hinaus. Schwerfällig tappte er an dem grotesk hängenden Gewirr von Schalen, Schoten und Ranken vorbei.

Der Fleck war anscheinend verschwunden, und im Bemühen, sich an das Mondlicht zu gewöhnen, kniff Mr. Aorta die Augen zusammen, spähte aufmerksam in alle Richtungen.

Und dann erblickte er es. Ein mit weißen Blattwedeln versehenes Etwas, eine Pflanze, vielleicht bloß eine Blume; aber eindeutig vorhanden und das einzige, was noch übrig war.

Mit Erstaunen stellte Mr. Aorta fest, daß sie sich am Grunde eines seichten Gefälles, ganz dicht bei dem abgestorbenen Baum, befand.

Er erinnerte sich an keine Gelegenheit, bei der man ein Loch in seinem Garten hätte graben können, aber es gab ja immer Nachbarskinder und ihre Streiche. Ein Glück, daß er sich die Nahrungsmittel rechtzeitig unter den Nagel gerissen hatte!

Mr. Aorta beugte sich über den Rand der kleinen Grube und streckte seine Hand nach dem schimmernden Gewächs aus. Irgendwie widersetzte es sich seinem Zugriff. Er beugte sich noch weiter vor, dann noch ein Stückchen, bekam das Ding aber immer noch nicht zwischen die Finger.

Mr. Aorta war kein gelenkiger Mann. Doch bückte er sich mit der Verbissenheit eines Anstreichers, der ein letztes winziges Fleckchen an ungünstiger Stelle zu übermalen sucht, bloß noch ein Minimum tiefer und fiel, *platsch!*, vornüber in das Loch, wo er mit einem sonderbar dumpfen Unterwassergeräusch landete. Eine lächerliche, verdammte Schikane war das! Jetzt müßte er sich auch noch zum Hanswurst machen, indem er da wieder hinauskraxelte. Aber die Pflanze ...

Er suchte und suchte den Boden der Grube ab, ohne daß sich eine solche entdecken ließ. Dann blickte er auf und war entsetzt über zweierlei: Erstens, daß die Grube tiefer war, als er gedacht hatte; und zweitens, daß die Pflanze über ihm, an dem Rand, den vor so kurzer Zeit er noch eingenommen hatte, im Wind wedelte.

Die Schmerzen in Mr. Aortas Bauch verschlimmerten sich zusehends. Durch Bewegungen wurden sie noch verstärkt. Er begann, einen überwältigenden Druck in den Rippen zu verspüren.

In demselben Moment, als er entdeckte, daß der Grubenrand sich oberhalb seiner Reichweite befand, erblickte er auch die weiße Pflanze im vollen Schein des Mondes. Sie sah eher wie eine Hand aus, eine große Menschenhand: wächsern, steif und in der Erde verankert. Als der Wind sie nun traf, bewegte sie sich leicht hin und her, so daß Mr. Aorta ein Hagel von Schmutzkörnern ins Gesicht fiel.

Er überlegte einen Moment, beurteilte die Gesamtsituation und kletterte los. Aber die Schmerzen waren zu groß. Er stürzte ab und krümmte sich ein wenig.

Der Wind wehte erneut, und noch mehr Erde rieselte in das Loch.

Bald wurde die merkwürdige Pflanze über den Boden hin und her gestoßen, so daß die Erde immer schwerer fiel. Immer mehr. Immer schwerer.

Mr. Aorta, der bis zu diesem Zeitpunkt nicht ein einziges Mal Gelegenheit gefunden hatte, zu schreien, schrie wie am Spieß. Es gelang ihm ganz ausgezeichnet, auch wenn keiner es hörte.

Mr. und Mrs. Joseph William Santucci fanden Mr. Aorta. Er lag vor mehreren Tischen auf dem Boden. Auf den Tischen standen viele Teller. Die Teller auf den Tischen waren blitzeblank.

Sein Bauch blähte sich über die geplatzte Gürtelschnalle, die abgesprungenen Knöpfe und den aufgezwängten Reißverschluß hinaus – nicht unähnlich dem Anblick eines großen weißen Wals, der aus friedlichen, verlassenen Gewässern emporsteigt.

»Hat sich totgefressen«, sagte Mrs. Santucci, als trüge sie die Schlußpointe eines umfangreichen Witzes vor.

Mr. Santucci bückte sich und zupfte ein winziges Erdkrümelchen von den toten Lippen des dicken Mannes. Er nahm es in Augenschein. Und plötzlich kam ihm ein Gedanke ...

Er versuchte, diesen Gedanken loszuwerden, doch als die Ärzte in Mr. Aortas Magen viele Pfund Erde – und nichts anderes – feststellten, schlief Mr. Santucci fast eine Woche lang schlecht.

Mr. Aortas Leiche wurde, an dem traurigen toten Baum und der Feldsteinmauer vorbei, durch den unkrautüberwucherten, ansonsten jedoch kahlen und trostlosen Garten hinter seinem Haus getragen.

Und dann legte man ihn an einem Ort, den eine schimmlige grüne Bretterwand umgab, zur ewigen Ruhe: An der Wand war ein kleines, zwar kunstlos, doch orthographisch durchaus richtig geschriebenes Schild festgenagelt. Der Wind blies.

Und das alles völlig umsonst.

STEIGENDE WASSER

PATRICIA FERRARA

Steigende Wasser erschien 1987 in der Juliausgabe von *F&SF.* Es war Patricia Ferraras erste Veröffentlichung im Bereich der phantastischen Literatur, und selten begegnen wir in einer Erstlingsgeschichte soviel Geschliffenheit und Eleganz. Miss Ferrara wurde in Attleboro, Massachusetts, geboren, nur einen Katzensprung vom Grab H. P. Lovecrafts entfernt. Nachdem sie in Yale den Doktorgrad der Literaturwissenschaft erworben hatte, zog sie nach Atlanta, wo sie nun an der Georgia State University in Englisch und Filmkunde unterrichtet. *Steigende Wasser* ist eine Geschichte über merkwürdige und unheimliche Vorgänge auf einem Fluß in den Südstaaten. Deshalb badet Miss Ferrara, wie sie uns mitteilt, auch nur noch in ganz kleinen Becken, an denen Rettungsschwimmer in Bereitschaft stehen.

Und während die Zeit den alten Ohana von einem schmalen, brausenden Wassergraben in ein breites Band verwandelte, das, still und funkelnd wie ein See, im Sonnenschein dahinzog, wurde das einstige Schwemmland schließlich zu einem Teil des Flusses selbst. Aber Rory war noch nicht zur Welt gekommen, als seine Großeltern ihr Haus am alten Flußufer verließen und weit in die sanften Hügel hinaufzogen, auf einen breiten, fruchtbaren Bergrücken, dem das Schmelzwasser hundert verschneiter Winter nichts anhaben konnte. Für den Jungen existierte der Fluß mit derselben standhaften Zuverlässigkeit wie der Schulbus. Im Sommer begrüßten ihn seine Fluten jeden Morgen beim Aufstehen; und jede Nacht schlief er neben ihnen ein, ohne sie überdurchschnittlich interessant zu finden.

Was ihn am meisten beschäftigte, war die Frage, wie er eine Mitfahrgelegenheit in die Ortschaft bekäme, um im Supermarkt an den Videoautomaten zu spielen. *Space Invaders* hatte er immer am liebsten gemocht, und er war erschrocken, als es in rasanter Reihenfolge zuerst von einem *Pac-Man-* und dann von einem *Millipede-*Spiel abgelöst wurde. Wirklich zu dumm, diese ständige Veränderung, denn für seinen Vierteldollar konnte er sich bei einem Spiel, das ihm vertraut war, mehr Zeit lassen. Sein Handgelenk hatte nie den Bogen herausgekriegt, wie man den gefräßigen kleinen Knopf um die Ecken flutschen ließ, und die darauffolgenden Hüpfspinnen gaben ihm endgültig den Rest. Für die zwei Vierteldollar Taschengeld, die Oma pro Fahrt genehmigte, konnte man vielleicht fünf Minuten *Millipede* spielen. Und wenn sie nichts vergessen hatte, nahm Oma ihn jede Woche nur einmal zum Supermarkt mit, um sich von ihm bei den Lebensmitteln helfen zu lassen; aber sie vergaß nie etwas, und so wurde er bei den Spielen auch nie eine Spur besser. Einmal, als sie wieder zurück gemußt hatten, weil die Milch sauer war, hatte er nicht eine Sekunde von dem hohen Fenster des Geschäftsführers weggedurft, während sie in bitterem Tonfall über »staatsfremde« Milch und eine sanftmütige Kuh sprach, die vor fünfzig Jahren dahingegangen war. Sie ließ einfach nicht seinen Arm los, obwohl es eigentlich nicht ihr Enkel, sondern etwas anderes war, das sie festhielt. Und nachher hatte sie ihm ebenso rigoros kein einziges Spiel erlaubt, nicht mal ein einziges, dabei war er doch den ganzen Weg mit ihr hierhergekommen! Sie wollte schleunigst wieder nach Hause, und während sie lautlos schmollend und zitternd dahinfuhr, bildeten ihre Lippen eine breiige, weinerliche Rosenknospe.

Dann war die große, sengende Augusthitze gekommen, und der Fluß hinterließ auf seinem Rückzug einen feuchten Lehmstreifen zwischen sich und dem kurzgeschnittenen Gras, in das unangenehm spitze Steine eingebettet waren. In dieser Zeit freute sich der Junge, in Flußnähe zu wohnen. Es war eine Unternehmung, mit einer Büchse, in der sich das Mittagessen befand, zum Ufer hinunterzugehen und sich den lieben langen Tag im Wasser abzukühlen und in der Sonne aufzuheizen. Am Ende dieses Wechselbades fühlte er sich, wenn er bis zur Zeit des Abendessens blieb, ziemlich erschlagen, und die Backofenhitze verhinderte, daß er sich langweilte.

Eines Tages im August lag er gerade auf der Uferbank, und ein kaum spürbares Lüftchen erinnerte ihn daran, daß es fast Zeit war, nach drinnen zum Abendessen zu gehen. Und während er so dalag, ohne an etwas Besonderes zu denken, wurde seine Aufmerksamkeit durch ein eigentümliches Geräusch auf den Fluß gelenkt. Der Fluß hatte noch nie so ein Geräusch gemacht. Rory verschattete seine Augen mit den Händen, um nicht von der Sonne geblendet zu werden, und sah nach Westen. Was er erblickte, war ein dunkler, dreieckiger Streifen, der regungslos draußen in den Wellen lag und dessen scharfe Kanten über den Wasserspiegel ragten, aber verschwammen, wo sie in die flimmernde Strömung übergingen. Der Junge stand auf, um sich die Sache näher ansehen zu können, aber das Ding blieb ein scharfer Umriß, dessen Einzelheiten sich im Gegenlicht der roten runden Sonne unmittelbar hinter ihm verloren. Rory starrte darauf, bis ihm von der untergehenden Sonne die Augen tränten und er sie zukneifen mußte; darüber vergaß er jedoch völlig das lebenswichtige Timing, durch das er gerade rechtzeitig am Tisch landen würde, wenn das Abendessen aufgetragen wurde. Als er schließlich nach Hause kam, war seine Oma sauer auf ihn, und er aß sein Abendbrot lauwarm und allein.

Bei seiner Rückkehr am nächsten Tag war das Ding verschwunden. Es hatte wirklich zu seltsam ausgesehen, nicht wie ein Holzklotz, sondern geometrisch, wie etwas, das jemand gemacht hatte. Er ließ die Sache auf sich beruhen, bis er sich, ein paar Tage später, ziemlich ausgepumpt von einer Runde Schwimmen, auf sein Handtuch plumpsen ließ und ein paar Minuten tief durchatmete. Als er sich dann seufzend und völlig vergebens zum Schutz vor der grellen Sonne nach Westen drehte, tauchte der dunkle Streifen so plötzlich wieder auf, daß Rory einen Satz tat. Die Sonne stand ganz knapp unterhalb des Meridians, und er konnte das Objekt deutlich erkennen. Es war keineswegs ein Drei-, sondern ein Viereck, das mehr oder weniger steil ins Wasser abfiel und aus dem in einem Winkel eine zweite geometrische Form hervorstand, etwas Flaches. Er grübelte ein Weilchen über diesem Rätsel, da bemerkte er noch zwei Pfeiler oder Pfosten, welche die zweite Fläche von unten her abstützten. Also handelte es sich bei dem Objekt um ein Dach – ein Hausdach, das zu dem Dach einer Veranda hin abfiel. Er erwog das

Für und Wider dieser Vermutung. Er hatte schon Bilder von Häusern im Hochwasser gesehen, aber der Fluß war niedrig. Er blickte nach unten, um sich der Richtigkeit seiner logischen Überlegungen zu vergewissern. Das Wasser stand, war seicht und fast einen Meter vom Ufer entfernt. Und das Dach bewegte sich nicht, schaukelte nicht einmal in der Strömung. Nach ein wenig Grübelei gelangte er zu dem Schluß, daß, wenn der Fluß es nicht angeschwemmt hatte, dieses merkwürdige Ding daraus zum Vorschein gekommen sein mußte. Die physikalischen Begleitumstände bereiteten Rory zwar etwas Kopfzerbrechen, aber er tat die Unwahrscheinlichkeiten als nebensächlich ab. Schließlich und endlich war das Ding ja da.

Er behielt es noch eine Weile vom Ufer aus im Auge und fragte sich dabei, was für ein Haus es wohl war, da fiel ihm Omas oft wiederholte Geschichte von dem alten Haus wieder ein, das sie hatten aufgeben müssen, nachdem es vom letzten Hochwasser ruiniert worden war. Die Bundesregierung hatte nämlich eine letzte Zahlung geleistet, sich jedoch geweigert, das Anwesen weiterhin zu versichern. So was hat doch die Welt noch nicht gesehen! lautete die ewig gleiche Schlußzeile von Omas Klagelied über ihr Haus. Er hatte sie so oft gehört und so wenig darauf geachtet, daß er zu guter Letzt das Wort »Versicherung« vage als etwas definierte, das die Welt noch nicht gesehen hatte. Dadurch jedoch, daß das Haus im Fluß erschienen war, wurde die Geschichte interessant, und er stückelte sie, während er schaute, aus einzelnen Erinnerungsfetzen zusammen, die er anschließend noch einmal im Geist herumwälzte. Möglich, daß dies das Haus war. Er fragte sich, ob er Oma davon erzählen sollte. Aber dazu müßte man den Hügel hinaufrennen, und als er das Ding beim letztenmal allein gelassen hatte, war es untergegangen.

Nach einer Weile kam er auf die Idee, vielleicht zu ihm hinauszuschwimmen. Es war ein langes Stück bis dorthin, über eine halbe Meile womöglich, aber das Dach der Veranda war flach genug, um als Anlegestelle zu dienen. Wenn er erst einmal da draußen wäre, könnte er sich verschnaufen, und mit diesem sicheren Hafen als Zwischenstation war es nicht weiter als die Strecken, die er vorher geschwommen war. Also sprang er kopfüber hinein.

Das Wasser schien kühler, als es zu dieser Tageszeit hätte sein sollen; nachdem der Junge den Schock der ersten morgendlichen Runde Schwimmen überwunden hatte, hätte einem der Fluß vorkommen müssen wie Badewasser. Aber schließlich war das hier ein Abenteuer, und bei Abenteuern sieht immer alles anders aus. Auf seinem Weg durch das klare Wasser hielt er immer wieder einmal inne, um aufzublicken und seinen Kurs zu korrigieren. Das Haus schien nicht näher zu kommen, lange Zeit nicht, und er schaute nicht zurück, denn sonst hätte er festgestellt, daß das Ufer hinter ihm nichtsdestoweniger immer kleiner wurde.

Er war schon weit draußen, als seine Anstrengungen schließlich mit einem besseren Blick auf das Haus belohnt wurden. Während er eine Pause einlegte und mit den Füßen im Wasser paddelte, konnte er erkennen, daß die verwitterten Dachschindeln ein Muster bildeten, das einer zerzausten Spinnwebe ähnelte, und daß nur ein gähnendes, ausgezacktes Loch innerhalb dieses Netzes von seinem Blickpunkt aus undurchdringlich schwarz blieb. Diese Ermunterung mußte noch eine ganze Weile vorhalten, denn seine Halsmuskeln taten zu weh, als daß er während des Schwimmens weiter hätte schauen können. Auch seine Atmung wurde allmählich unkoordiniert, so daß ihm ab und zu die Luft wegblieb und er einen unfreiwilligen Schluck Wasser durch die Nase ausstieß. Aber es war nichts zu machen; er mußte weiter auf den Ruheplatz über der Veranda zu paddeln. Als das Wasser plötzlich ockerfarben und dick von aufgewühltem Schlamm am Grunde des Flusses wurde, machte er halt und blickte zum erstenmal seit langem wieder auf. Das Haus erhob sich keine sechs Meter von der Stelle, an der er sich befand. Es schien jetzt höher aus dem Wasser zu ragen als vorher, und er konnte nicht nur das obere Ende eines dritten Verandapfostens erkennen, sondern auch das Giebelfeld, unter dem ein leerer Eingang klaffte.

Er schwamm durch das dreckige Wasser, um nach dem nächstgelegenen Pfosten zu greifen, aber der war schlüpfrig von Moos, und Rorys Hände rutschten ab. Sein Herzschlag dröhnte ihm fürchterlich in den Ohren. Vielleicht wäre er ja zu müde, um hinaufzuklettern! Seine vor Erschöpfung halbbetäubten Finger kratzten an dem moderigen Holz, aber es splitterte und schuppte sich unter seinen Händen. Also stemmte er sich mit den Füßen am Pfeiler hinauf und wackelte, kletterte und hüpfte, bis der Rand des Daches sich ihm unter die Bauchdecke klemmte. Dort blieb er völlig ausgepumpt liegen, aber schon nach einem Moment zeigten ihm ein Knarren und eine leichte Kippbewegung, daß das Haus Schlagseite bekam, und sofort robbte er wie verrückt nach vorn auf das glatte Schindelnetz. Das Knarren hörte auf. Er versuchte, sich auszuruhen. Aber sein Herz hämmerte, er hatte Ohrensausen, und er konnte sich nicht entspannen.

Er war nicht vertraut mit dem Gestank von Dingen, die lange Zeit begraben lagen und wieder an die Luft kommen. Es war kein anheimelnder Geruch, und sobald er wieder zu Atem kam, hob er seinen Kopf von den übelriechenden Schindeln, die glitschig vor Schlamm und Fäulnis waren, ein wenig an. Sein ganzer Körper war mit Fetzen von diesem Zeug gefleckt. Er versuchte, sich die Dreckschlieren vom Gesicht, von der Nase wegzuwischen. Aber dadurch machte er die Sache nur noch vertrackter, denn nun juckte auch dort unausgesetzt der rote Lehm, der vom Wasser her an ihm klebte, und Gestank und Jucken zusammen ließen ihn fast aus der Haut fahren. Wenn er sich kratzte oder hin und her wand, bewegte sich das Haus und knarrte; und als er den einen Fuß am Dach rieb, um das Jucken zu lindern, trat er, schwupp, nach unten durch, so daß ein Bein in den Speicher baumelte. Mit dem irrsinnigen Fingerspitzengefühl, das auf dünnem Eis nötig ist, zog er es zurück, indem er sich mit seinem Rücken flach auf die schleimigen Schindeln preßte. Die Hitze der Sonne regte den ekelhaften Geruch des Hauses nur noch mehr an und ließ Rory schwarze Flecke vor den Augen flimmern. Obwohl er seine Lider fest zusammendrückte, schien die Sonne durch jede einzelne Zelle, und er riskierte es, einen Unterarm über die Augenhöhlen zu legen. Dies brachte den Juckreiz auch dorthin, aber er behielt den kühlen Unterarm trotzdem oben, bis das rote Feuer hinter seinen Augendeckeln erlosch und er wieder gleichmäßig atmen konnte.

Als er den Arm vorsichtig wegnahm und blinzelte, sah er, daß die Sonne weit unterhalb des Meridians nach Westen gewandert war.

Langsam richtete er sich auf und lavierte sich von dem Loch, das er ins Dach gemacht hatte, weg. Er mußte bald wieder losschwimmen, zurück zum Ufer. Es wurde allmählich Zeit. Aber der ockerfarbene Sumpf dehnte sich weit ringsum, und er empfand plötzlich einen gewissen Abscheu davor, durch diese trübe Oberfläche zu springen. Seine vorsichtigen Bewegungen störten das empfindliche Gleichgewicht des Hauses abermals, und er legte sich schnell wieder hin, um es zu besänftigen. Aus dem Innern drangen ein leises Schlurfgeräusch und dann ein dumpfer Schlag, unter dem die dünne Membran des Daches erzitterte. Der Laut erschreckte Rory, denn er hatte angenommen, daß das Haus von der Flußströmung ausgespült worden wäre. Aber natürlich konnte durch einen leeren Fensterrahmen etwas hereingeschwommen sein und nun herumklappern wie eine Fliege, die durch ein Moskitonetz wieder den Weg nach draußen sucht. Während er noch nachdachte, bewegte sich das Haus trotz Rorys Reglosigkeit weiter seitwärts, und er kroch vorsichtig an das gegenüberliegende Ende, um den alten Holzbau zu beschwichtigen.

Dieses Manöver brachte ihn in unmittelbare Nähe des Loches, das sich schon vorher im Dach befunden hatte, und er konnte ganz deutlich das Rappeln und Poltern hören, mit dem der Inhalt des Hauses von Wand zu Wand wogte. Aber daß sich damit kein Wasserplätschern verband –, das war eigenartig. Ein Teil von Rorys anfänglicher Neugier erwachte abermals, und er sah in das Loch hinunter. Ein irgendwie trockenerer Geruch, der fast genauso ekelhaft war wie der feuchte hier draußen, stieg zu ihm empor. Rory beugte sich weiter hinab, und noch immer war nichts zu sehen, denn durch die beiden Löcher im Dach fiel nur wenig Helligkeit. Anscheinend handelte es sich um eine Art Speicher oder Mansarde.

Aber er reckte sich zu weit vor, und mit einem leisen *Wusch!* brachen die morschen Schindeln kraftlos nach innen, so daß er sanft auf dem Boden landete. Sofort schnappte er nach dem Licht, das am Himmel über ihm hing. Aber nach seinen ersten erfolglosen Sprüngen merkte er, daß das Gehüpfe einen Chor erboster Knarr- und Quietschlaute von seiten des Hauses hervorrief, und so verharrte er mucksmäuschenstill, bis sie nachließen. Es war kalt hier drinnen, obwohl er in den beiden Lichtflecken stand. Seine Zehen führten auf dem trockenen Boden ein ängstliches Tänzchen auf, und er klapperte mit den Zähnen, während er von den Fußknöcheln bis zu den Ohrläppchen stocksteif stehenblieb. Es war gefährlich hier drinnen, so niedrig der Fluß auch sein mochte. Aus einer dunklen Ecke kam etwas auf ihn zugerollt, und Rory tat einen Satz, ohne sich um die Auswirkungen auf das knarrende Haus zu scheren. Als das Ding wie ein Blitz im Sonnenlicht auffunkelte, erkannte er, was da Grün-Weißes vor ihm rollte, und er hob es auf. Es war eine Dose Erbsen – eine neue Dose Erbsen, mit trockenem Etikett, deren Ober- und Unterseite immer noch glänzte, und über einem Haufen makelloser grüner Punkte grinste ihm ein grüner Riese entgegen. Die Dose war reichlich zerbeult und an den Rändern dreckig vom Hin- und Herrollen auf dem morschen Holz, aber es war nur eine ganz gewöhnliche Büchse Erbsen.

Seine Zähne hatten zu klappern aufgehört, obwohl seine Schultern weiterhin von Kälte geschüttelt wurden. Er drückte die Erbsendose in seiner Hand, denn er brauchte etwas, woran er sich festhalten konnte, während er krampfhaft nach konkreten Möglichkeiten zum Hinauskommen suchte. Das Haus schaukelte jetzt fortwährend, ob er sich nun bewegte oder nicht. Er befand, daß es am besten wäre, zum niedrigsten Teil des abschüssigen Daches zu gehen und dessen brüchige Schindeln durchzuboxen; dann würde er daraufklettern, schleunigst in den Fluß springen und zum Ufer zurückschwimmen. Zwar taten ihm die Schultern immer noch vom Herschwimmen weh, aber egal; er würde es schaffen. Notfalls könnte er sich ja eine Zeitlang treiben lassen und dann wieder ein Stück weiterschwimmen. Aber er durfte keine Zeit verlieren. Also stieß er sich mit dem linken Fuß wie ein Schlittschuhläufer bis zum Ende des Daches. Der Boden neigte sich, um ihm zu folgen. Dann rutschte sein Fuß nach vorn, und hinter ihm ertönte ein langsames, breiiges Schmatzen. Er sah sich um.

Es war noch etwas in der Ecke, aus der die Erbsen gekommen waren. Die Sonne warf einen einzigen breiten Lichtbalken durch das größere der beiden Löcher, und er konnte nur gerade noch eine Art grauer Masse erkennen, die sich von der Wand hinter ihr abhob. Aber er hatte keine Zeit, sie näher zu untersuchen. Indem er seinen Fuß vorwärtsrutschen ließ, kehrte er wieder an seine Aufgabe zurück. Das graue Etwas scharrte auf den Dielen, während der Boden unter ihm kippte. Das Haus hatte sich so weit nach vorn geneigt, daß er jetzt durch das klaffende Loch in den Schindeln das lehmige Wasser sehen konnte. Ohne sich von der Stelle zu bewegen, beugte er seinen Körper auf die Öffnung zu, und seine eine Hand schnappte nach einem Balken, während die andere mit der Erbsendose auf Schindelstückchen und Schlick einschlug. Als er ein Loch geschaffen hatte, das groß genug zum Hindurchspringen war, schlossen sich seine Finger behutsam um den Balken, und er zog. Der Balken hielt und war hinlänglich stark, um sein Gewicht auszuhalten. Er machte sich sprungbereit. Doch als er seine Augen schloß, wurde er von einer Vision überfallen: Er sprang in schönem Bogen nach oben, hinaus, ins Wasser hinein, und das Haus überschlug sich in der Luft – tauchte ihm nach, um sich wie ein leerer Korb über ihn zu stülpen. Er verdrängte diese Vorstellung gewaltsam, schlug die Augen auf und schleuderte die Erbsendose in den Fluß. Dann klammerte er sich mit beiden Händen an den Balken. Er versuchte, die Gedanken beiseite zu schieben, sprang ruckartig nach vorn – und machte wieder einen Rückzieher. Das umgestülpte Haus stand ihm vor Augen. Sein Tänzchen der Unentschlossenheit erschütterte das Gebäude noch mehr, so daß die graue, unordentliche Masse hinter dem Jungen erst vor, dann zurück über den Boden schaukelte und rollte, immer vor und zurück, bis sie ihm anschmiegsam um die Beine hüpfte und zur Ruhe kam. Seine Finger erstarrten auf dem Balken, und er richtete seine fest zusammengedrückten Augen geradewegs in den Himmel. Es dröhnte ihm leicht in den Ohren, und er konnte sich keuchen hören. Das Knäuel, das sich ihm um die Beine geschlungen hatte, war schwer. Er versuchte, den linken Fuß zu bewegen. Er steckte fest. Man würde nach unten schauen müssen, um zu sehen, wie man sich befreien könnte.

Als er ein Auge nach unten und zur Seite drehte, fiel das pralle Sonnenlicht auf die Masse. Ein paar Einzelheiten bestätigten, daß das Ding menschlicher Natur war. Der Junge schluckte einmal und sagte: »Ha-hallo?« Keine Antwort. Er hatte auch keine erwartet. Behutsam verlagerte er seinen rechten Fuß und trat. Der Körper wabbelte, aber Rorys linker Fuß blieb nach wie vor eingeklemmt. Er stieß fest zu. Ein Arm rollte unter seinem Fuß hervor, und einen Moment erblickte er mit zusammengeschnürter Kehle das Gesicht. Dann schoß er laut schreiend durch das Loch im Dach – weg von diesem greulichen Ding.

Nachdem sein erster Schreikrampf abgeklungen war, senkte sich die Stimme des Jungen zu einem leisen Wimmern. Am liebsten wäre er in das klare Wasser gesprungen und geschwommen, aber der Lehmpfuhl vor ihm dehnte sich meterweit, und der verhedderte Körper, der ihm im Geiste noch immer an den Beinen hing, zog Rory unter Wasser. Er krabbelte von dem Loch ans andere Ende der Veranda, weg von dem Herumgepolter im Dachboden.

Das Gesicht stand zwischen ihm und seinen eigenen Lidern, wenn er die Augen schloß – zwischen ihm, der Sonne und dem Wasser, wenn er es wagte, sie zu öffnen. Es war ein Frauengesicht, zerschmettert und übersät mit großen, schwarzen, geschwollenen Halbmonden. Und er lachte hysterisch, lachte mit einer kleinen Beimischung von Tränen bei dem Gedanken, daß man ihr den Schädel mit einer Dose Erbsen eingeschlagen hatte.

Er würde um Hilfe schreien müssen – laut und verzweifelt schreien; etwas anderes blieb ihm nicht übrig, und er brüllte aus Leibeskräften. Das Ufer war weit weg, und er konnte sehen, daß das Haus seiner Großeltern bereits von den ersten Schatten der davorstehenden Espen bedeckt wurde. Mit einer ruckartigen Bewegung blickte er nach oben. Die Sonne war während seines Aufenthalts im Dachboden fast bis zum Horizont gesunken. Es war immer noch hell auf dem Fluß, aber wenn die Sonne erst einmal untergegangen wäre, käme sehr rasch die Dunkelheit; bald stäche der Fluß als ein breiter, funkelnder Spiegel gegen das verschattete Ufer ab, und dann würde auch der Fluß selbst allmählich schwarz. Seine Oma würde bestimmt schon nach ihm suchen. Die Zeit des Abendessens war schon vorbei, und sie wußte, daß er sich unten am Fluß aufhielt. Sein Handtuch lag ja immer noch dort auf der Böschung. Und in der Hoffnung, daß sie ihn gegen das Licht der Sonne sehen könnte, winkte er mit den Armen und schrie noch ein paarmal. Es war kein Mensch zu sehen, nur der schwache Schimmer des weißen Hauses, das lebhafte Gelbgrün von Gras und Bäumen, wo die Sonne darauffiel, und die Schatten hinter ihnen, die jetzt ein tieferes Lila annahmen.

Aber es gab ja noch die Polizei. Die hatte Motorboote; selbst in der Dunkelheit würde er sie hören, würde er ihre Lichter sehen können. Doch ob das schwankende Haus so lange wartete? Es knarrte jetzt in einem fort, ob er sich bewegte oder nicht. Zaghaft spielte er wieder mit dem Gedanken, zu schwimmen; aber es ging nicht, es ging einfach nicht. Am Ende schwämme er bei der Dunkelheit immer und immer im Kreis, weil er das Ufer nicht sehen könnte, und die Leiche triebe hinter ihm her, um seine Beine bei passender Gelegenheit mit ihren toten Armen einzufangen.

Bald glühte die Sonne als ein dünner roter Rand hinter den Hügeln, und der Fluß war trübe und schimmernd. Lange Zeit sah sich der Junge nach allen Seiten um, zum letztenmal, das wußte er. Und da erblickte er etwas in der Ferne: ein Boot vielleicht, denn es bewegte sich. Mit rauher Stimme – Gestank und Wasser hatten sie angegriffen – brüllte er dem Ding zu. Es kam zielstrebig flußabwärts, Richtung Haus – schneller, als die Strömung allein es getragen hätte. Er schrie abermals und winkte mit den Armen. Es war mehr als *ein* Ding, das da kam. Fünf oder sechs Flecke tauchten auf; bestimmt waren es Boote. Er unterbrach sein Geschrei einen Moment, da er mit einer Antwort rechnete; doch es kam keine, nicht einmal ein vom Wind gedämpfter Ruf, und genausowenig irgendein Geräusch von Motoren oder Paddeln, die im Wasser plätscherten. Die Boote kamen lautlos auf ihn zu, immer näher, und seine Stimme blieb ihm im Halse stecken. Sie hatten keine Taschenlampen dabei. Mehr noch: Während sie größer wurden, offenbarte ein schwacher Lichtschimmer, daß die seichten Boote in ihrem eigenen, breiterwerdenden Tümpel lehmfarbenen Wassers vorwärtsschnellten, und die Brise trug ihm den durchdringenden, sauren Gestank von etwas lange Vergrabenem entgegen, als das Haus sich sacht verlagerte und ins Wasser kniete wie ein Dressurpferd, das sich vor seinem Reiter verneigt.

DIE NACHT DES TIGERS

STEPHEN KING

Stephen King, ein Sohn des Bundesstaates Maine, ist unter den Horror-Autoren zur Zeit derjenige, der sich weltweit am besten verkauft, und ist als Schwergewichtsmeister der modernen Horrorstory zu bezeichnen. Geschickt verwendet er traditionelle Motive und Gestalten, erforscht aber auch Themen wie Telekinese und Telepathie, die mehr in den Science-fiction-Bereich gehören. Seine Geschichten, Romane und Filme sind packende, tief unter die Haut gehende Meisterwerke mit sehr lebensechten, sehr überzeugenden Figuren. In vielen seiner Erzählungen – darunter auch *Die Nacht des Tigers* – konfrontiert Stephen King ganz realistisch geschilderte, »hausbackene« Leute mit Situationen, die derart umkippen und sich verzerren, daß ihre dunklen Seiten zutage treten. *Die Nacht des Tigers* beschreibt einen solch finsteren Zeitraum; es ist eine eindrucksvolle Schauergeschichte über das, was einst in einer Sturmnacht im Bundesweiten, Amerikanischen Drei-Manegen-Zirkus von Farnum und Williams geschah.

Zum erstenmal sah ich Mr. Legere, als der Zirkus durch Steubenville gondelte, aber ich war ja auch erst zwei Wochen dabei; er hätte seine unregelmäßigen Besuche ewig fortsetzen können. Keiner verspürte sehr viel Lust, über Mr. Legere zu reden, nicht einmal an diesem letzten Abend, als das Ende der Welt gekommen schien – dem Abend, an dem Mr. Indrasil vom Erdboden verschwand.

Aber wenn ich es Ihnen schon von Anfang an erzähle, sollte ich zuerst einmal sagen, daß ich Eddie Johnston heiße und in Sauk City geboren und aufgewachsen bin. Das heißt, ich ging dort zur Schule, hatte dort meine erste Freundin und arbeitete dort nach meinem High-School-Abschluß eine Zeitlang in Mr. Lillies Kaufladen. Ist schon ein paar Jahre her ... mehr, als ich manchmal gern wahrhaben möchte. Nicht, daß es in Sauk City gar so übel wäre; an heißen, trägen Sommerabenden auf der Veranda sitzen, das finden manche Leute ganz in Ordnung, aber mich hat es dabei einfach irgendwie *gejuckt*, so als ob man zu lang auf demselben Stuhl säße. Also sagte ich dem Billigladen Ade und schloß mich dem Bundesweiten, Amerikanischen Drei-Manegen-Zirkus mit Tierschau von Farnum und Williams an. Das Ganze geschah in einem Moment glücklicher geistiger Umnachtung – als die Jahrmarktsorgelmusik mir irgendwie zu Kopf stieg, nehme ich an.

Auf diese Weise wurde ich also zum Wanderarbeiter, half beim Auf- und Abbauen der Zelte, streute Sägemehl aus, machte Käfige sauber und verkaufte manchmal auch Zuckerwatte, wenn der reguläre Verkäufer für Chips Baily als Ausrufer einsprang (Chips hatte nämlich Malaria und mußte manchmal irgendwohin, weit weg, sich ausbrüllen). Meistens so was, das Kinder für Freikarten tun – so was, das ich als Kind selbst immer getan hatte. Aber die Zeiten ändern sich. Die Kleinen scheinen nicht mehr so vorbeizugucken wie früher mal.

In diesem heißen Sommer klapperten wir Illinois und Indiana ab, der Zulauf war gut, und alle waren zufrieden. Alle außer Mr. Indrasil. Mr. Indrasil war nie zufrieden. Er war der Löwenbändiger und sah aus wie Rudolph Valentino auf alten Bildern, die ich einmal gesehen habe. Er war schlank und hochgewachsen, mit hübschen, arroganten Zügen und einem wilden, schwarzen Struwwelkopf. Und sonderbaren, wahnsinnigen Augen – den wahnsinnigsten, die ich je gesehen hab. Die meiste Zeit über schwieg er; zwei Silben waren bei Mr. Indrasil eine Predigt. Alle Zirkusleute blieben geistig wie körperlich zu ihm auf Distanz, weil seine Wutausbrüche legendär waren. Man erzählte sich da hinter vorgehaltener Hand eine Geschichte über Kaffee, mit dem er sich nach einer besonders schwierigen Vorstellung die Hände vollgeschüttet hatte, und einen Beinahe-Mord an einem jungen Wanderarbeiter, von dem Mr. Indrasil noch rechtzeitig weggezerrt worden war. Darüber weiß ich nichts. Aber ich weiß, daß ich nach und nach eine schlimmere Angst vor ihm hatte als vor dem kaltäugigen Mr. Edmont, meinem High-School-Direktor, vor Mr. Lillie oder sogar meinem Vater, der einen so eiskalt fertigmachen konnte, daß man am Schluß nur noch zitterte vor Scham und Entsetzen.

Wenn *ich* die Raubkatzenkäfige saubermachte, waren sie immer tadellos. Die Erinnerung an die wenigen paarmal, bei denen ich Mr. Indrasils wilde Gehässigkeit auf mein Haupt beschwor, besitzen bis heute die Macht, mir die Knie weich zu machen.
Hauptsächlich waren es seine Augen – große, dunkle, absolut leere Augen. Die und das Gefühl, daß ein Mann, der sieben wachsame Katzen in einem kleinen Käfig unter seine Gewalt bringen kann, zum Teil auch selbst ein Wilder sein muß.
Und die einzigen beiden Dinge, vor denen er Angst hatte, waren Mr. Legere und der Zirkustiger, ein gewaltiges Biest namens »Green Terror«.
Wie gesagt: In Steubenville sah ich Mr. Legere zum erstenmal, und er starrte gerade in Green Terrors Käfig, als ob der Tiger sämtliche Geheimnisse von Leben und Tod kennen würde.
Mr. Legere war hager, dunkel, still. In den Tiefen seiner grüngesprenkelten, leicht eingesunkenen Augen lag ständig ein Ausdruck von Schmerz und lauernder Gewalt, und seine Hände waren immer auf dem Rücken verschränkt, wenn er den Tiger so düster anstarrte.
Und Green Terror war auch ein Vieh zum Anstarren – ein mächtiges, schönes Exemplar mit makellos gestreiftem Fell, smaragdgrünen Augen und schweren Fangzähnen, wie Stacheln aus Elfenbein! Sein wildes, zorniges, absolut ungebändigtes Brüllen erfüllte meist das ganze Zirkusgelände. Er schien Kampf und Frustration in die ganze Welt hinauszuschreien.
Chips Baily, der schon Gott weiß wie lange bei Farnum & Williams war, erzählte mir, daß Mr. Indrasil Green Terror früher immer in seiner Nummer verwendet hätte. Aber dann sei der Tiger eines Abends plötzlich von seinem Hocker gesprungen und habe ihm beinah den Kopf abgerissen. Mr. Indrasil sei gerade noch rechtzeitig aus dem Käfig gekommen. Mir fiel auf, daß der merkwürdige Kauz seine Haare im Nacken immer ganz lang trug.
Ich sehe diesen Tag in Steubenville noch vor mir, ein unvergeßliches Bild. Es war heiß, schweißtreibend heiß, und wir hatten ein hemdsärmeliges Publikum. Darum stachen Mr. Legere und Mr. Indrasil auch so ab. Mr. Legere, der stumm neben dem Tigerkäfig stand, war ganz und gar salonfähig gekleidet, mit einem

Dreiteiler; nicht ein Tröpfchen Schweiß zeigte sich auf seinem Gesicht. Und Mr. Indrasil, der eines seiner schönen Seidenhemden und weiße Whipcord-Reithosen trug, starrte sie beide an, mit totenbleichem Gesicht und Augen, die überquollen vor Wut, Gehässigkeit und Angst – die Augen eines Wahnsinnigen. Er hielt einen Striegel und eine Bürste in den Händen, die zitterten, während sie sich krampfhaft darum zusammenballten.

Dann entdeckte er plötzlich mich, und seine Wut fand ein Ventil.

»Du da!« schrie er. »Johnston!«

»Ja bitte, Sir?« Ich spürte ein Kribbeln in der Magengegend. Ich wußte, daß sich gleich Indrasils heiliger Zorn auf mich entladen würde, und bei dem Gedanken wurde ich ganz schwach vor Angst. Ich möchte behaupten, daß ich nicht weniger tapfer bin als meine Mitmenschen, und bei jedem anderen wäre ich wohl fest entschlossen gewesen, für mich geradezustehen. Aber es war nicht jeder andere. Es war Mr. Indrasil, und in seinen Augen lag eine irrsinnige Wut.

»Die Käfige da, Johnston. Sollen die vielleicht sauber sein?« Er streckte einen Finger aus, und ich sah in die angedeutete Richtung. Was ich erblickte, waren vier verirrte Strohbüschel und, in der gegenüberliegenden Ecke, eine Wasserpfütze aus dem Schlauch, die mich schuldig sprach.

»J-jawohl, Sir«, erwiderte ich, und die gewollte Entschlußkraft wurde zu furchtgelähmter Großmäuligkeit.

Stille – wie die knisternde Ruhe vor dem Sturm. Die Leute begannen zu schauen, und trübe war mir bewußt, daß Mr. Legere uns mit unergründlichen Augen anstarrte.

»Jawohl, Sir?!« donnerte Mr. Indrasil plötzlich. »Jawohl, Sir? Jawohl? Untersteh dich, meine Intelligenz zu beleidigen, Junge! Glaubst du vielleicht, ich kann nicht sehen? *Nicht riechen?* Hast du Desinfektionsmittel benutzt?«

»Gestern habe ich –«

»Gib mir keine frechen Antworten!« Er kreischte, und dann, beim plötzlichen Abklingen seiner Stimme, überlief mich eine Gänsehaut. »Gib mir *ja* keine frechen Antworten.« Jetzt gaffte alles. Am liebsten hätte ich mich übergeben, nein, gestorben wäre ich am liebsten! »Du machst jetzt, verdammt noch mal, daß du in diesen Geräteschuppen kommst, holst das Desinfektionsmittel und wischst diese Käfige da aus«, flüsterte er, jedes Wort betonend. Eine seiner Hände schoß plötzlich nach vorn und packte mich an der Schulter. »Und gib mir ja nicht noch einmal, kein *einziges* Mal mehr, eine freche Antwort.«

Ich weiß nicht, wie es kam, aber plötzlich waren die Worte da, strömten mir über die Lippen. »Ich gebe Ihnen keine frechen Antworten, Mr. Indrasil, und ich – ich verbitte mir solche Behauptungen. Lassen Sie mich jetzt gehen.«

Mit einemmal wurde sein Gesicht rot, dann weiß, dann fast safrangelb vor Wut. Seine Augen flammten wie die Pforten der Hölle.

In diesem Moment glaubte ich, mein letztes Stündlein wäre gekommen.

Er stieß einen unartikulierten, erstickten Laut aus, und der Griff auf meiner Schulter wurde zur Tortur. Seine rechte Hand ging hoch ... höher ... noch höher und kam dann mit unglaublicher Schnelligkeit herabgesaust.

Hätte diese Hand mein Gesicht getroffen, dann hätte sie mich im besten Fall bewußtlos geschlagen. Im schlimmsten Fall hätte sie mir das Genick gebrochen.

Sie traf mich nicht.

Eine andere Hand kristallisierte sich wie durch Zauberei direkt vor mir aus dem Nichts. Die beiden kraftgespannten Körperteile trafen mit mißtönendem Klatschen aufeinander. Es war Mr. Legere.

»Lassen Sie den Jungen in Ruhe«, sagte er ungerührt.

Mr. Indrasil schien ihn ewig lang anzustarren, obwohl es nur eine Sekunde dauerte, und an der ganzen Geschichte war wohl nichts so unerfreulich, wie zu beobachten, wie sich die Angst von Mr. Legere und die wahnsinnige Lust, Schmerz zuzufügen (oder zu töten!), in diesen schrecklichen Augen vermischten.

Dann machte er kehrt und stolzierte davon.

Ich wandte mich an Mr. Legere. »Danke«, sagte ich.

»Bedank dich nicht bei mir.« Und es war kein »Bedank dich nicht bei *mir*«, sondern ein »*Bedank* dich nicht bei mir!« Keine Geste der Bescheidenheit, sondern buchstäblich ein Befehl. In einer blitzartigen Eingebung – oder durch Einfühlungsvermögen, wenn man so will – verstand ich genau, was er mit dieser Bemerkung meinte. Ich war ein Spielstein bei etwas, das ein schon lange währender Kampf zwischen ihnen beiden sein mußte. Dabei nahm mich Mr. Legere eher gefangen als Mr. Indrasil. Er hatte den Löwenbändiger nicht aus Mitgefühl für mich gebremst, sondern weil er dadurch einen, wenn auch noch so kleinen, Vorteil in ihrem Privatkrieg gewann.

»Wie heißen Sie?« fragte ich, keineswegs gekränkt durch das, was ich geschlußfolgert hatte. Letzten Endes war er ja ehrlich zu mir gewesen.

»Legere«, antwortete er knapp und wandte sich zum Gehen.

»Sind Sie bei einem Zirkus?« fragte ich, da ich ihn nicht so einfach davonkommen lassen wollte. »Allem Anschein nach kennen Sie – ihn.«

Ein mattes Lächeln erreichte seine dünnen Lippen, und einen Moment lang glomm in seinen Augen etwas Warmes auf. »Nein. Man könnte mich als Polizisten bezeichnen.« Und noch bevor ich zu einer Antwort kam, war er in der wogenden Menschenmenge verschwunden.

Tags darauf brachen wir unsere Zelte ab und zogen weiter.

In Danville und zwei Wochen später in Chicago sah ich Mr. Legere wieder. In der Zwischenzeit machte ich um Mr. Indrasil einen möglichst großen Bogen und hielt die Katzenkäfige makellos sauber. An dem Tag, bevor wir aus St. Louis aufbrachen, fragte ich Chips Baily und Sally O'Hara, die rothaarige Drahtseilartistin, ob Mr. Legere und Mr. Indrasil einander kennen würden. Ich war mir da ziemlich sicher, denn Mr. Legere folgte dem Zirkus wohl kaum, um unser sagenumwobenes Zitroneneis zu essen.

Sally und Chips wechselten über den Rand ihrer Kaffeetassen hinweg einen Blick. »Keiner weiß viel über das, was zwischen den beiden gewesen ist«, sagte sie. »Aber es geht jetzt schon lange so – zwanzig Jahre vielleicht. Seit Mr. Indrasil von den Ringling Brothers zu uns gestoßen ist, und vielleicht sogar noch länger.«

Chips nickte. »Dieser Legere hängt sich fast jedes Jahr an den Zirkus dran, wenn wir den Mittleren Westen abklappern, und bleibt bei

uns, bis wir in Little Rock in den Zug nach Florida steigen. Macht unseren Leopardenmann so launisch wie eine von seinen Katzen.«
»Er hat mir gesagt, er wär von der Polizei«, erzählte ich. »Wonach glaubt ihr, daß er hier suchen könnte? Doch nicht nach Mr. Indrasil –?«
Chips und Sally tauschten einen merkwürdigen Blick und brachen sich fast die Hälse, so eilig hatten sie es, aufzustehen. »Muß sehn, daß diese Gewichte und Gegengewichte richtig verstaut werden«, sagte Sally, und Chips murmelte etwas nicht allzu Überzeugendes von wegen, die Hinterachse seines Transporters überprüfen.
Und so endete in der Regel jede Unterhaltung, die Mr. Indrasil oder Mr. Legere betraf – hastig, mit vielen weithergeholten Entschuldigungen.

Mit Illinois sagten wir auch der Gemütlichkeit ade. Im selben Moment anscheinend, in dem wir die Grenze überschritten, setzte eine mörderische Hitzeperiode ein, die während der nächsten anderthalb Monate, in denen wir langsam durch Missouri ins Innere von Kansas vordrangen, unser Begleiter blieb. Alle wurden übellaunig und reizbar, die Tiere inbegriffen. Und damit natürlich auch die Katzen, für die Mr. Indrasil die Verantwortung trug. Er tyrannisierte uns Arbeiter gnadenlos, mich ganz besonders. Ich grinste und versuchte, es einfach über mich ergehen zu lassen, obwohl mir die Hitze selber zu schaffen machte und sogar ich kribbelig war. Man streitet einfach nicht mit einem Verrückten, und daß Mr. Indrasil *ein Verrückter* war, stand für mich inzwischen ziemlich fest. Keiner tat auch nur ein Auge zu – der Fluch sämtlicher Zirkusartisten. Unausgeschlafenheit verlangsamt die Reaktionen, und langsame Reaktionen werden leicht gefährlich. In Independence stürzte Sally O'Hara aus neunzehn Metern Höhe in das Nylonnetz und brach sich die Schulter. Andrea Solienni, unsere »Reiterin ohne Sattel«, fiel während der Proben vom Pferd und wurde von einem Huf bewußtlos geschlagen. Chips Bailys Gesicht war eine wächserne Maske, an deren Schläfen sich kalte Schweißtropfen sammelten; er litt stumm unter dem Fieber, das nie von ihm abfiel.
Und in vieler Hinsicht mußte sich Mr. Indrasil am schwersten

herumschlagen. Die Tiere waren nervös und extrem reizbar. Sooft er den Käfig der »Teufelskatzen« betrat, als die sie auf den Plakaten angekündigt wurden, nahm er sein Leben in die Hand. Unmittelbar vor dem Hineingehen verfütterte er Unmengen von rohem Fleisch an die Löwen, etwas, das Raubtierdompteure entgegen der landläufigen Meinung selten tun. Sein Gesicht wurde hager und eingefallen, und seine Augen wurden wild.

Mr. Legere war fast immer da. Er stand neben Green Terrors Käfig und beobachtete ihn von dort. Und das machte Mr. Indrasils Bürde natürlich nur noch schwerer. Der Zirkus begann, die Gestalt im Seidenhemd nervös zu beäugen, wenn sie vorüberging, und ich wußte, daß sie alle das gleiche dachten wie ich: *Der wird bald vollkommen durchdrehn, und wenn er's tut –*

Wenn er es tat, dann wußte Gott allein, was geschehen würde.

Die Hitzewelle hielt an, und Tag für Tag stiegen die Temperaturen auf gut über dreißig Grad. Es schien, als wollten die Regengötter sich über uns lustig machen. Jede Stadt, aus der wir abfuhren, kam unweigerlich in den Genuß des segensreichen Naß – jede Stadt, in die wir einfuhren, war heiß, ausgedörrt und am Brutzeln.

Da sah ich eines Nachts auf der Straße zwischen Kansas City und Green Bluff etwas, das mich mehr aus dem Gleis schmiß als alles andere.

Es war heiß – unerträglich heiß. Man brauchte das Einschlafen gar nicht mehr zu versuchen. Ich wälzte mich auf meiner Koje wie ein Mensch im Fieberwahn und jagte dem Sandmann hinterher, ohne ihn je ganz zu erwischen. Zu guter Letzt stand ich auf, zog meine Hose an und ging nach draußen.

Wir waren auf ein kleines Feld abgebogen und hatten uns im Kreis aufgestellt. Die Katzen waren von mir und zwei anderen Arbeitern ausgeladen worden, damit sie jedes etwaige Lüftchen aufschnappen könnten, und da standen sie jetzt also, die Käfige, von dem aufgedunsenen Mond über Kansas mit mattem Silber übergossen, und eine hagere Gestalt in weißen Reithosen aus Whipcord stand neben dem größten. Mr. Indrasil.

Er reizte Green Terror mit einer langen, spitzen Stange. Die

Raubkatze versuchte, der scharfen Pike auszuweichen, indem sie auf ihren lautlosen Tatzen im Käfig hin und her trottete. Und das Furchterregende war, daß der Tiger, als die Stange ihn ins Fleisch knuffte, nicht vor Schmerz und Wut brüllte, wie er es eigentlich hätte tun sollen. Statt dessen bewahrte er ein unheilkündendes Schweigen, das für jemanden, der sich mit Katzen auskennt, schrecklicher ist als das lauteste Gebrüll.

Auch Mr. Indrasil hatte das mitgekriegt. »'n ruhiges Biest bist du, was?« Er grunzte. Kraftvolle Armmuskeln spannten sich an, und die Eisenstange sauste vorwärts. Green Terror zuckte ein wenig, und seine Augen rollten grauenhaft. Aber er machte keinen Mucks.

»Jaul schon!« zischte Mr. Indrasil. »Na los, jaul doch, du Scheusal! *Jaule!*« Und er trieb seinen Speer tief in die Flanke des Tigers.

In diesem Moment sah ich etwas Merkwürdiges. Es war, als regte sich in der Dunkelheit unter einem der Wagen, die am anderen Ende standen, ein Schatten, und der Mond schien auf starr blickenden Augen zu funkeln – grünen Augen.

Ein kühler Wind, der lautlos über den offenen Platz strich, wehte Staub auf und zerzauste mir das Haar.

Mr. Indrasil hob das Gesicht, und es lag ein eigentümlicher, wachsamer Ausdruck darauf – als ob er lauschte. Mit einemmal ließ er die Stange fallen, drehte sich um und marschierte zu seinem Wohnwagen zurück.

Ich starrte wieder zu dem Wagen am anderen Ende, aber der Schatten war verschwunden. Green Terror stand reglos vor dem Gitter seines Käfigs und starrte auf Mr. Indrasils Wohnwagen. Und da kam mir der Gedanke, daß das Tier Mr. Indrasil nicht etwa deswegen haßte, weil er grausam oder heimtückisch war – denn auf seine eigene animalische Weise respektiert der Tiger diese Eigenschaften –, sondern weil er sogar von der wilden, barbarischen Norm des Tigers abwich. Er war ein Einzelgänger. Anders kann ich es nicht ausdrücken. Mr. Indrasil war nicht nur ein Tiger in Menschengestalt, er war als Tiger auch noch ein Einzelgänger – ein Sonderling.

Als der Gedanke sich in mir herauskristallisierte, fühlte ich mich beunruhigt und ein wenig verängstigt. Ich ging wieder nach drinnen, fand aber immer noch keinen Schlaf.

Die Hitze dauerte fort.

Jeden Tag brieten wir, jede Nacht warfen und wanden wir uns, schlaflos und schwitzend, in unseren Betten. Alle waren rotgebrannt von der Sonne, und schon wegen Lappalien kam es zu Schlägereien. Jeder erreichte allmählich den Siedepunkt – den Punkt, wo alles zum Explodieren käme.

Mr. Legere blieb bei uns – ein stummer Beobachter, nach außen hin emotionslos, doch tief drinnen, das spürte ich instinktiv, durchströmt von – was? Haß? Furcht? Rachsucht? Ich konnte es nicht recht beim Namen nennen. Aber er stellte eine mögliche Gefahr dar, dessen war ich mir sicher. Vielleicht sogar eine noch größere als Mr. Indrasil, wenn je irgendeiner Feuer an seine ganz persönliche Lunte legte.

Er war bei jeder Zirkusvorstellung anwesend, immer mit seinem braunen, tipptopp gebügelten Anzug, und das trotz der mörderischen Temperaturen. Schweigend stand er neben Green Terrors Käfig, wo er tiefvertraulich mit dem Tiger zu kommunizieren schien, der in Mr. Legeres Nachbarschaft immer ruhig war.

Von Kansas ging es nach Oklahoma, ohne daß die Temperaturen nachließen. Ein Tag, an dem nicht irgend jemand einen Hitzschlag bekam, war wirklich eine Seltenheit. Allmählich blieb das Publikum weg; wer wollte schon unter einem stickigen Leinenzelt sitzen, wenn es gleich um die Ecke ein vollklimatisiertes Kino gab?

Wir waren alle nervös wie die Katzen, um einen besonders zutreffenden Ausdruck zu prägen. Und als wir in Wildwood Green, Oklahoma, unsere Zeltpfosten aufstellten, wußten wir, glaube ich, alle, daß irgendeine Art Höhepunkt dicht bevorstand. Und die meisten von uns wußten, daß Mr. Indrasil dabei eine Rolle spielen würde. Unmittelbar vor unserer ersten Vorstellung in Wildwood hatte sich ein bizarrer Zwischenfall ereignet. Mr. Indrasil war im »Käfig der Teufelskatzen« gewesen, wo er die übellaunigen Löwen ihre Schritte durchexerzieren ließ. Einer von ihnen geriet auf seinem Piedestal aus dem Gleichgewicht, schwankte und hatte es schon fast wiedergewonnen, da stieß Green Terror – in ebendiesem Augenblick – ein schreckliches, ohrenbetäubendes Gebrüll aus.

Der Löwe fiel, stürzte schwer zu Boden und katapultierte sich plötzlich mit der Genauigkeit einer Gewehrkugel auf Mr. Indrasil, der ihm mit einem ängstlichen Fluch seinen Hocker entgegenstemmte, so daß die sausenden Pranken sich verfingen. Im selben Moment, als Mr. Indrasil nach draußen schoß, schmetterte der Löwe gegen das Gitter.

Er sammelte sich noch zitternd, um den Käfig neuerlich zu betreten, da stieß Green Terror abermals ein Gebrüll aus – nur glich dieses auf grauenhafte Weise einem mächtigen, verächtlichen Kichern.

Mit kreideweißem Gesicht starrte Mr. Indrasil die Bestie an. Dann machte er kehrt, ging davon und kam den ganzen Nachmittag nicht mehr aus seinem Wohnwagen.

Dieser Nachmittag zog sich endlos dahin. Als die Quecksilbersäule jedoch immer höher kletterte, begannen wir alle, hoffnungsvoll Richtung Westen zu schauen, wo sich riesige schwarze Gewitterwolken sammelten.

»Regen, vielleicht«, sagte ich zu Chips, während ich neben seiner Ausruferplattform vor der Tierschau stehenblieb.

Aber er reagierte nicht auf mein hoffnungsvolles Grinsen. »Gefällt mir nicht«, sagte er. »Kein Wind. Zu heiß. Hagel oder Tornado.« Sein Gesicht verfinsterte sich. »So ein Tornado is kein Zuckerschlecken, Eddie, wenn ringsum 'n Haufen von wilden Tiere verrückt spielt. Ich hab schon mehr als einmal dem Himmel gedankt, daß wir keine Elefanten haben, wenn wir durch so 'nen Tornadogürtel sind.

Ja«, fügte er mit grimmigem Knurren hinzu, »hoff lieber, daß die Wolken schön dort am Horizont bleiben.«

Doch sie taten es nicht. Langsam rückten sie auf uns zu, zyklopenhafte Säulen am Himmel, mit lila Sockeln und ehrfurchtgebietendem blauschwarzen Schaft. Jede Luftbewegung erstarb, und die Hitze lastete auf uns wie ein wollenes Leichentuch. Dazwischen räusperte sich immer wieder einmal weit im Westen der Donner.

Gegen vier erschien Mr. Farnum, Zirkusdirektor und Eigentümer des halben Unternehmens, persönlich, um uns mitzuteilen, daß die Abendvorstellung ausfiel; macht einfach die Schotten dicht und sucht euch ein gemütliches Loch zum Unterkriechen, falls es brenzlig wird. Man hatte an mehreren Stellen zwischen Wildwood

und Oklahoma City Windhosen gesichtet, manche in einem Umkreis von vierzig Meilen von uns entfernt.
Als die Meldung kam, waren nur ein paar Besucher da, die apathisch durch die neben dem Zelt dargebotenen Attraktionen streiften oder die Tiere anglotzten. Aber Mr. Legere hatte sich den ganzen Tag nicht blicken lassen; der einzige Mensch bei Green Terrors Käfig war ein verschwitzter High-School-Junge mit ein paar Büchern unter dem Arm. Als Mr. Farnum die Tornadowarnung des staatlichen Wetterdienstes verkündete, machte er sich rasch aus dem Staub.
Ich und meine beiden Kollegen arbeiteten uns den Rest des Nachmittags über die Finger wund, indem wir Zelte absicherten, Tiere wieder in ihre Wagen verluden und uns überhaupt vergewisserten, daß alles niet- und nagelfest war.
Zuletzt blieben nur die Katzenkäfige, und für die gab es eigene Vorkehrungen. An jedem Käfig war seitlich eine spezielle zusammenschiebbare Maschendrahtröhre angebracht, die, wenn man sie voll auszog, eine Verbindung zum »Käfig der Teufelskatzen« herstellte. Mußten die kleineren Käfige verladen werden, so konnte man die Tiere unterdessen in dem großen zusammentreiben. Der große Käfig selbst saß auf gigantischen Rädern und war mit einigem Muskelschmalz in eine Position zu schieben, aus der man jede Katze in ihren ursprünglichen Käfig zurücklassen konnte. Das klingt kompliziert, und das war es auch, aber anders ging's nun mal nicht.
Die Löwen erledigten wir zuerst, dann Ebony Velvet, den gelehrigen Panther, der den Zirkus um die Einnahmen fast einer ganzen Saison gebracht hatte. Es war eine verzwickte Sache, sie mit viel guten Worten durch die Verbindungsröhren und dann wieder zurück zu schaffen, aber uns allen immer noch lieber, als Mr. Indrasil zu Hilfe zu rufen.
Als wir soweit waren, uns Green Terror vorzuknöpfen, dämmerte es bereits – ein absonderliches, gelbes Zwielicht, das feucht um uns herum hing. Der Himmel oben hatte ein flaches, schimmerndes Aussehen angenommen, wie ich es noch nie erlebt hatte und das mir ganz und gar nicht gefiel.
»Beeilt euch lieber«, sagte Mr. Farnum, während wir den Teufels-

katzenkäfig mühsam wieder so hinrollten, daß wir ihn an der Rückseite von Green Terrors Schaukäfig festhaken konnten. »Das Barometer geht schnell runter.« Er schüttelte voller Besorgnis den Kopf. »Sieht schlecht aus, Jungs. Sehr schlecht.« Und immer noch den Kopf schüttelnd eilte er weiter.

Wir bekamen Green Terrors Verbindungsröhre fest und öffneten die Rückseite seines Käfigs. »Rein mit dir«, sagte ich aufmunternd. Green Terror sah mich bedrohlich an, rührte sich aber nicht von der Stelle.

Der Donner polterte erneut, diesmal lauter, näher, greller. Der Himmel war gallig-gelb geworden, die häßlichste Farbe, die ich je gesehen habe. Erste Windteufel rupften an unseren Kleidern und wirbelten die plattgedrückten Bonbonpapierchen und Zuckerwatteklumpen, mit denen das Gelände verunreinigt war, davon.

»Na los, komm schon«, drängte ich den mächtigen Tiger und piekte ihn leicht mit den vorn abgestumpften Stangen, die man uns gegeben hatte, um die Katzen zu treiben.

Green Terror brüllte, daß es einem das Trommelfell zerriß, blitzartig sauste eine Pranke durch die Luft, und die Hartholzstange wurde mir – zack! – aus den Händen gerissen. Sie zersplitterte wie ein Laubzweig. Der Tiger war jetzt auf den Beinen, und Mordlust flackerte in seinen Augen.

»Hört zu«, sagte ich. »Einer von euch wird eben zu Mr. Indrasil gehen müssen. Wir können nicht hier rumhängen und Däumchen drehn.«

Wie um meine Worte zu unterstreichen, krachte der Donner lauter; es ähnelte dem Klatschen von Mammuthänden.

Kelly Nixon und Mike McGregor knobelten darum, wer gehen sollte; ich schied wegen meines früheren Zusammenstoßes mit Mr. Indrasil von vornherein aus. Kelly verlor, warf uns einen wortlosen Blick zu, der besagte, daß er sich noch lieber dem Sturm aussetzen würde, und rannte dann los.

Er blieb fast zehn Minuten weg. Der Wind legte jetzt einen Zahn zu, und das Zwielicht verdüsterte sich auf eine unheimliche Sechs-Uhr-abends-Nacht. Ich hatte Angst – das gebe ich ganz mutig und offen zu. Dieser stürmische, gesichtslose Himmel, das verödete Zirkus-

gelände, die grellen, zupfenden Stimmen des Windes – das alles summiert sich zu einer Erinnerung, die nichts je trüben wird.
Und Green Terror wollte sich einfach nicht rühren. Er tat keinen Mucks.
Kelly Nixon kam mit weit aufgerissenen Augen zurückgestürmt. »Ich hab fünf Minuten lang an seine Tür geklopft!« keuchte er. »Alles umsonst! Er ist nicht auf die Beine zu kriegen!«
Ratlos sahen wir einander an. Green Terror war eine große Investition für den Zirkus gewesen. Man konnte ihn nicht einfach im Freien stehenlassen. Weil ich mit meinem Latein am Ende war, drehte ich mich um und hielt nach Chips, Mr. Farnum oder sonst jemandem Ausschau, der mir sagen könnte, wie es nun weitergehen sollte. Aber alle waren wie vom Erdboden verschluckt. Der Tiger war allein unsere Verantwortung. Ich spielte mit dem Gedanken, wenigstens versuchsweise den ganzen Käfig in den Anhänger zu laden, aber *ich* würde meine Finger nicht durch dieses Gitter stecken.
»Tja, dann *müssen* wir ihn einfach holen«, sagte ich. »Alle drei. Kommt.« Und durch die Düsternis der heraufziehenden Nacht liefen wir zu Mr. Indrasils Wohnwagen.

Wir hämmerten an seine Tür, bis er glauben mußte, sämtliche Teufel der Hölle wären hinter ihm her. Gott sei Dank wurde sie schließlich ruckartig aufgerissen. Mr. Indrasil schwankte, starrte auf uns herab, und es waren nicht nur Ringe unter seinen wahnsinnigen Augen, es lag auch ein betrunkenes Glitzern in ihnen.
»Zur Hölle mit euch, laßt mich in Ruh«, knurrte er grimmig.
»Mr. Indrasil –« Ich mußte schreien, um das stärker werdende Jaulen des Windes zu übertönen. Das da draußen war anders als jeder Sturm, von dem ich je gehört oder gelesen hatte. Es war wie das Ende der Welt.
»Du«, flüsterte er zähneknirschend. Er bückte sich, packte mich bei der Hemdbrust und ballte seine Faust darum zusammen. »Dir werd ich einen Denkzettel verpassen, den du nie mehr vergißt.« Er funkelte Kelly und Mike an, die sich ängstlich in die tanzenden Schatten des Sturmes zurückzogen. »Raus hier!«

Sie liefen. Ich konnte es ihnen nicht verdenken, denn wie ja bereits gesagt – Mr. Indrasil war verrückt. Und zwar nicht *irgendein* Verrückter – er war wie ein verrückt gewordenes, tollwütiges Tier, so als hätte sich eine seiner Katzen ins Böse gekehrt.

»Na schön«, murmelte er, während er mit Augen wie Sturmlaternen auf mich hinabstarrte. »Jetzt ist kein Talisman da, um dich zu beschützen. Kein Fetisch.« Seine Lippen zuckten zu einem wilden, grauenhaften Lächeln. »Er ist jetzt nicht hier, oder? Wir beide sind aus demselben Holz, er und ich. Vielleicht die beiden einzigen, die noch übrig sind. Mein Racheengel – und ich bin seiner.« Er redete irres Zeug, und ich versuchte nicht, ihn zu bremsen. Wenigstens hatte er jetzt mich vergessen.

»Hat diese Katze gegen mich aufgehetzt, damals, acht'n'fünfzig. Hat immer mehr von der Kraft gehabt als ich. Schwachkopf hätt 'ne Million machen können – wir alle beide hätten 'ne Million machen können, wenn er nich so verdammt großkotzig wär ... was ist das?«

Es war Green Terror, und er hatte ohrenbetäubend zu brüllen begonnen.

»Habt ihr diesen verdammten Tiger noch nich reingeschafft?« kreischte Mr. Indrasil fast mit Kopfstimme. Er schüttelte mich wie eine Stoffpuppe.

»Er will einfach nicht!« brüllte ich zurück, ehe ich's mich versah. »Sie müssen –«

Aber er schleuderte mich fort. Ich stolperte über die Ausziehtreppe vor seinem Wohnwagen und knallte so heftig, daß es mir sämtliche Knochen durchschüttelte, unten hin. Ich war nur noch ein Häufchen Elend. Mit einem Zwischending aus Fluch und Schluchzer marschierte Mr. Indrasil an mir vorbei, und sein Gesicht war scheckig vor Wut und Angst.

Als zöge ein Magnet mich hinter ihm her, stand ich auf. Irgendein intuitiver Teil von mir erkannte, daß ich gleich den letzten Akt des Dramas miterleben würde.

Aus dem Schutz von Mr. Indrasils Wohnwagen heraus merkte ich: Die Kraft des Sturmes war entsetzenerregend. Er heulte wie ein durchgegangener Güterzug. Ich war eine Ameise, ein Staubkorn, ein preisgegebenes Molekül vor dieser donnernden kosmischen Gewalt.

Und Mr. Legere stand neben Green Terrors Käfig.

Es war wie ein Dantesches Wortgemälde. Die nahezu leere Lichtung mit dem Käfig inmitten des Kreises von Anhängern; die beiden Männer, die einander schweigend gegenüberstanden, während ihre Kleider und Haare im kreischenden Sturmwind flatterten; der brodelnde Himmel oben; die sich windenden, zuckenden Weizenfelder im Hintergrund wie verdammte Seelen, die sich der Peitsche Luzifers beugen.

»Es ist an der Zeit, Jason«, sagte Legere, und seine Worte wurden vom Wind über den freien Platz gedroschen.

Mr. Indrasils wild peitschendes Haar legte die leichenblasse Narbe quer auf seinem Genick frei. Seine Fäuste ballten sich, aber er blieb stumm. Ich konnte fast spüren, wie er seine Willens-, seine Lebenskraft, sein Es zusammennahm. Es braute sich um ihn herum zusammen wie ein gottloser Nimbus.

Und dann sah ich mit jähem Entsetzen, daß Mr. Legere Green Terrors Verbindungsröhre loshakte – und die Rückseite des Käfigs war offen!

Ich schrie auf, aber der Wind zerfetzte meine Worte, riß sie mit sich fort.

Der große Tiger sprang heraus und *floß* fast an Mr. Legere vorbei. Mr. Indrasil wankte, lief aber nicht davon. Er beugte seinen Kopf und starrte auf den Tiger hinab.

Und Green Terror blieb stehen.

Er schwenkte sein gewaltiges Haupt wieder in Mr. Legeres Richtung, wollte schon fast kehrtmachen, wandte sich dann aber langsam wieder zu Mr. Indrasil. Eine entsetzlich greifbare Empfindung von gelenkter Kraft lag in der Luft, ein Geflecht von widerstreitenden Willenskräften, das sich um den Tiger zusammenschloß. Und die beiden Willenskräfte waren ebenbürtige Gegner.

Ich glaube, am Schluß gab Green Terrors eigener Wille – sein Haß auf Mr. Indrasil – den Ausschlag.

Mit Augen wie höllische, flackernde Signallampen begann die Katze näher zu rücken – und mit Mr. Indrasil setzte eine seltsame

Verwandlung ein. Er schien in sich zusammenzuklappen, zu schrumpfen, sich zusammenzuschieben. Das Seidenhemd verlor seine Form, das dunkle, peitschende Haar wurde zu einem scheußlichen Pilzhut rings um seinen Kragen.
Mr. Legere rief ihm von gegenüber etwas zu, und gleichzeitig mit diesem Ruf sprang Green Terror.
Wie die Sache ausging, habe ich nie gesehen. Im nächsten Moment wurde ich flach auf den Rücken geschmissen, und es war, als hätte man mir alle Luft aus dem Körper gesogen. Ich erhaschte noch einen einzigen, aberwitzig schiefen Blick auf eine mächtige, hoch aufragende Windhose. Dann brach völlige Dunkelheit herein.

Als ich aufwachte, lag ich in meiner Koje direkt hinter den Getreidetonnen. (Ich schlief in dem Lastwagenanhänger, den wir als Allzwecklager dabeihatten.) Mein Körper fühlte sich an, als hätte man ihn mit Gymnastikkeulen bearbeitet.
Chips Baily tauchte auf. Sein Gesicht war faltig und blaß. Er sah, daß ich die Augen offen hatte, und grinste erleichtert. »Wußte nicht, ob du je wieder aufwachen würdest. Wie fühlst du dich?«
»Verrenkt«, antwortete ich. »Was ist passiert? Wie bin ich hierhergekommen?«
»Als wir dich gefunden haben, lagst du an der Wand von Mr. Indrasils Wohnwagen. Um ein Haar hätte dich der Tornado als Andenken mitgeschleppt, Junge.«
Bei Mr. Indrasils Namen stürmten all die gräßlichen Erinnerungen wieder auf mich ein. »Wo ist Mr. Indrasil? Und Mr. Legere?«
Chips' Augen wurden schummrig, und er setzte zu irgendeiner ausweichenden Antwort an.
»Gerade heraus«, sagte ich, während ich mich mühsam auf einem Ellbogen aufstützte. »Ich muß es wissen, Chips. Ich *muß.*«
Irgend etwas in meinem Gesicht hat wohl den Ausschlag gegeben. »Na, schön. Aber den Polypen haben wir 'n bißchen was anderes erzählt – eigentlich so gut wie gar nichts. Hat keinen Zweck, daß die Leute glauben, wir wären verrückt. Jedenfalls ist Indrasil verschwunden. Hab nicht mal gewußt, daß dieser Legere in der Nähe war.«

»Und Green Terror?«

Chips' Augen wurden wieder undurchdringlich. »Er und der andere Tiger haben sich im Kampf gegenseitig getötet.«

»Der *andere* Tiger? Es gibt doch gar keinen anderen –«

»Ja, aber es wurden zwei gefunden, einer im Blut des anderen. Scheußliche Schweinerei. Haben sich gegenseitig die Kehle rausgerissen.«

»Was – wo –«

»Wer weiß? Den Bullen haben wir eben erzählt, wir hätten zwei Tiger gehabt. Einfacher so.« Und noch ehe ich ein Wort sagen konnte, war er verschwunden.

Und damit endet meine Geschichte – zwei kleine Punkte ausgenommen. Die Worte, die Mr. Legere rief, unmittelbar bevor der Tornado zuschlug: *»Wenn ein Mensch und ein Tier in derselben Schale leben, Indrasil, entscheiden die Instinkte über die äußere Gestalt!«*

Das zweite ist das, was mich nachts wach hält. Chips hat es mir erst später erzählt, einfach so, informationshalber; ob ich wirklich was drauf gab, müßte ich selber entscheiden. »Der fremde Tiger«, sagte er, »hat eine lange Narbe im Genick gehabt.«

Armes Drachentöterlein!

BRIAN W. ALDISS

Der Brite Brian W. Aldiss hat als Romanautor, Herausgeber, Poet und Kritiker breite Zustimmung gefunden. Seine Rolle auf dem Gebiet der Science-fiction war die eines Pfadfinders; in seinen frühen Werken brach er routinemäßig mit den Konventionen der SF und erprobte neue Herangehensweisen an traditionelle SF-Ideen, wobei das Gewicht auf Bildersprache und Stil gegenüber den »harten Sachen« lag. Zudem schrieb er mit unschlagbarem Elan und »Pfeffer«. Obwohl *Armes Drachentöterlein!* in erster Linie der Science-fiction angehört, werden Sie beim Höhepunkt der Geschichte dennoch schlottern vor Entsetzen. Ihr »Held«, Claude Ford, reist auf der Jagd nach dem *ganz* großen Großwild in die Vergangenheit ... nur um dort festzustellen, daß es gar nicht so leicht ist, wie er gedacht hat.

Claude Ford wußte genau, wie man einen Brontosaurus fing. Man robbte ohne Rücksicht auf Verluste durch den Schlamm zwischen den Weiden, durch die primitiven Blümchen, deren Blütenblätter grün und braun waren wie ein Fußballfeld, durch den Schönheitslotions-Schlamm. Man spähte zu der Kreatur hinaus, die sich lang hingestreckt im Röhricht fläzte, mit einem Körper, so graziös wie eine Socke voller Sand. Da lag sie – ließ sich von der Schwerkraft schläfrig-feucht ins Sumpfland knuddeln, ließ ihre großen Kaninchenloch-Nüstern auf der Suche nach noch saftigerem Schilf im Halbkreis und mit Schnarchgeräuschen übers Gras hingleiten. Sie war schön: In diesem Wesen war das Grauen an seine Grenzen gestoßen, einmal rundum gegangen und schließlich durch seinen eignen Schließmuskel verschwunden. Die Augen dieser Kreatur strahlten lebendig wie der große Zeh einer sechs Tage alten Leiche, und ihr Fäulnisatem sowie der Pelz in ihren primitiven Gehörhöhlen waren besonders jenen zu empfehlen, die sonst vielleicht die Neigung verspürt hätten, liebevoll über das Werk von Allmutter Natur zu reden.

Doch während du, kleiner Säuger, mit gegenüberliegendem Finger und 65-kalibrigem, halbautomatischem, doppelläufigem, digitalgesteuertem, teleskopäugigem, rostfreiem Selbstlade-Hochleistungsgewehr im Griff deiner andernfalls wehrlosen Pfoten unter den ausgestorbenen Weiden dahinkriechst, lockt dich am meisten, am allermeisten die Haut des Lindwurms. Sie verströmt einen Geruch, so dröhnend wie der Baßton einer Orgel. Sie läßt die Epidermis des Elefanten wie ein zerknittertes Papierhandtuch erscheinen. Sie ist grau wie die Wiking-Meere, blödsinnig tief wie Kathedralenfundamente. Welcher dem Knochen mögliche Kontakt vermag das Fieber dieses Fleisches zu lindern? Über seine Oberfläche tollen – du siehst es selbst von hier aus! – die kleinen braunen Läuse, die wie vergnügte Gnome, grausam wie die Krabben, in diesen grauen Wänden und Schluchten hausen. Wenn eine davon auf dich spränge, würde es dir höchstwahrscheinlich das Genick brechen. Und wenn eine innehält, um an den Rückenwirbeln des Brontos ihr Bein zu heben, kannst du erkennen, daß sie ihrerseits eine Haut voller Schmarotzer als Ernte trägt – Schmarotzer, deren jeder selbst wiederum so groß ist wie ein Hummer, denn jetzt bist du nahe, ach, so nah, daß du das primitive orgelnde Organ des Ungetüms vernehmen kannst – ein wundersam einträchtiges Gewummer von Herzkammer und den Kammern des Gehörs.

Auf Wunderkunde hören? Diese Zeit ist nun vorbei: Du bist über das Stadium der Orakel und der Omen hinaus, du bist aufs Töten aus, ihn oder dich; der Aberglaube kam für heute genug zum Zug, von jetzt an wird nur dieses dein kühles Mütchen, dieses zittrige Muskelkonglomerat, welches sich unentwirrbar unter dem schweißschimmrigen Schildpanzer der Haut ballt, dieser verfluchte blutrünstige kleine Drang, den Drachen zu erschlagen, deine sämtlichen Bitten und Gebete beantworten.

Jetzt! Jetzt! Du könntest schießen. Wart bloß, bis dieser winzige Dampfbagger-Schaufelkopf noch einmal innehält, um eine Steinbruchladung Rohrkolben zu schlucken, dann kannst du mit einem einzigen unsagbar ordinären Peng der ganzen gleichmütigen Welt der Kreidezeit beweisen, daß sie von ihrem Standort aus die Geschäftsschließung beim schärfsten Sexprotz der Evolution erlebt.

Du weißt, warum du zauderst, auch wenn du gleichzeitig so tust, als wüßtest du es nicht: weil das Gewissen, dieser alte Wurm, der lang ist wie ein Baseballfeld, langlebig ist wie eine Landschildkröte, emsig durch jeden deiner Sinne kriecht, schrecklicher als die Schlange. Durch die Leidenschaften: Indem er sagt, was dort sitzt, ist ein Entchen, o Engländer! Durch die Intelligenz: Indem er flüstert, daß die Langeweile, der Jagdfalke, der niemals frißt, sich nach getaner Arbeit wieder bei dir niederlassen wird. Durch die Nerven: Indem er höhnt, daß nach Versiegen der Adrenalinströme das Speien anfängt. Durch den Farbkünstler hinter der Netzhaut: Er führt dir gewaltsam die Schönheit dessen, was du siehst, vor Augen.

Erspart uns diesen alten Watschellatschen von einem Wort: *Schönheit;* heilige Maria! Ist das ein Lichtbildvortrag über eine Reise, und haben wir das *noch* nicht hinter uns? *»Hier nun sehen wir ein rundes Dutzend – und, Herrschaften, lassen Sie mich dieses ›rund‹ betonen – prunkvoll gefiederter Vögel, die sich auf dem Rücken dieses Kolosses niedergelassen haben und in ihren Reihen sämtliche Farben zur Schau stellen, die man an einem lieblichen, legendären Strand von Copacabana erwarten würde. So rund sind diese Vögel, weil sie sich von den Brosamen ernähren, welche vom Tisch des reichen Mannes plumpsen. Und jetzt beachten Sie doch bitte diese zauberhafte Aufnahme! Sehen Sie, wie der Schweif des Brontos sich hebt... Oh, zauberhaft, jawoll-ja, ein paar Heufudervoll (mindestens!) erscheinen gerade aus seiner Kehrseite. Na, wenn das nicht eine Pracht war, Leute, Lieferung direkt von Verbraucher zu Verbraucher. Jetzt streiten sich die Vögel darum. Hey, du da, die Runde reicht für alle, da fällt für jeden etwas ab, und überhaupt bist du schon rund genug... Und nun bleibt lediglich, wieder hinaufzuhopsen auf das alte Rumpsteak und auf die nächste Runde zu warten. Und während die Sonne langsam im Westen der Kreidezeit versinkt, sagen wir alle ein herzliches ›Lebt wohl auf dieser Diät‹ ...«*

Nein, du schiebst die Dinge auf die lange Bank, und das hier ist eine Lebensaufgabe. Erschieß das Biest, befreie es von deinen Qualen! Also nimmst du dein Herz in die Hände, hebst es auf Schulterhöhe und spähst durch seine Visiere nach vorn. Ein Knall! Entsetzlich laut; du bist halb taub. Zitternd schaust du dich um. Das Monster mampft noch immer, erleichtert darüber, daß es genug Wind hat herausplatzen lassen, um den Alten Matrosen aus seiner Gemütsruhe zu bringen.

Erbost (oder ist es irgendeine subtilere Empfindung?) brichst du nun aus den Büschen, stellst es zur Rede, und dieser exponierte Zustand ist bezeichnend für die Engpässe, in welche deine Rücksicht auf dich selbst und andere dich unausgesetzt bringt. Rücksicht? Oder wiederum etwas Subtileres? Weswegen sollte das Ungetüm verwirrt sein, nur weil du aus einer verwirrten Zivilisation kommst? Doch mit dieser Frage können wir uns später noch befassen, falls es ein Später gibt – was diese beiden Schweinesuhlen-Augen, die dich aus einem Katzensprung Entfernung von Kopf bis Zehe unter die Pupille nehmen, eher bezweifeln möchten. Laß es nicht durch den Rachen allein geschehn, o Monster, sondern auch durch Titanentatzen und, wenn's genehm ist, durch kolossales Hin- und Herwälzen auf mir! Laß den Tod eine Heldensage sein, hell den Verstand dabei, beowulfisch besiegelt das Geschick.

Aus einer Viertelmeile Entfernung ertönt der Lärm von einem Dutzend Nilpferden, die ausgelassen und in Turnhöschen dem vorzeitlichen Schlamm entspringen, und einen Moment später kommt dir ein Trumm Schwanz, lang wie der Sonntag und dick wie ein durchgemachter Samstagabend, mit einem Rechtsdrall übers Haupt gezischt. Du duckst dich, wie du's mußt, aber das Vieh hat dich ja ohnehin verfehlt, denn zufällig ist sein Koordinationssinn nun mal nicht besser, als es deiner wäre, wenn du das Woolworth Building auf einem Koboldmaki schwenken müßtest. Dies getan, empfindet es anscheinend seine Pflicht als abgegolten. Es vergißt dich. Wenn nur auch du so leicht vergessen könntest; deswegen mußtest du ja diesen ganzen weiten Weg zurücklegen. *Kommen Sie mal weg von dem Ganzen,* stand in der Zeitreisebroschüre, und das hieß für dich, Claude Ford entkommen, einem Bauersmann, der ebenso bedeutungslos ist wie sein Name und eine fürchterliche Ehefrau mit Namen Maude hat. Maude und Claude Ford. Die nicht mit sich selbst, nicht miteinander oder mit der Welt zu Rande

kamen, in der sie geboren wurden. Es war der beste Grund der So-wie-es-derzeit-um-sie-bestellt-ist-Welt, hierher zurückzukehren, um Riesensaurier zu erlegen – falls man dumm genug war zu glauben, daß durch einhundertundfünfzig Millionen Jahre in die eine oder andre Richtung das Gedankenkuddelmuddel im Gehirnstrudel eines Menschen sich nur einen Deut verändern würde.
Du versuchst, deine albernen, gefühlsdusligen Spintisierereien zu unterbinden, aber schon seit den mit Coca kollaborierenden Tagen deines Heranwachsens haben sie niemals richtig aufgehört; Gott, wenn es die Halbwüchsigkeit nicht gäbe, müßte sie nicht erfunden werden! Sie ist überflüssig. Dies macht dich immerhin so weit gefaßt, daß du die ungeheuren Massen dieses pflanzenfressenden Tyrannen wieder anschaust, in dessen Gegenwart du mit einem derart gemischten Todes-Lebenswunsch hineingeprescht bist, hineingeprescht mit sämtlicher Empfindungskraft, welche in uns hineinzupressen der Orga(ni)smus fähig ist. Diesmal, Claude, ist der Buhmann Wirklichkeit, genau, wie du es wolltest, und diesmal mußt du ihm wirklich zum Kampf entgegentreten, ehe er selbst dir wieder sein Gesicht entgegendreht. So hebst du denn den ollen Gleichmacher erneut und wartest ab, bis du die Schwachstelle des Biestes feststellen kannst.
Die bunten Vögel ziehen eine Schleife in der Luft, die Läuse tollen rum wie junge Hunde, und der Sumpf ächzt, während Bronto sich auf die andre Seite wälzt und seinen Mini-Schädel unter den gallklaren Wasserspiegel stößt, um nach Grünzeug zu gründeln. Du verfolgst die Szene; du hattest in deinem ganzen Schisserleben noch nie solchen Schiß, und du zählst fest darauf, daß diese Katharsis das letzte Tröpfchen ätzender Angst für allezeit aus deinem Organismus herauswringt. Okay, sagst du dir wie verrückt immer und immer wieder, während deine millionenteure Zwanzigste-Jahrhundert-Bildung null und nichtig wird. Okay, okay. Und als du es zum x-ten Male sagst, kommt dieser irre Kopf wie ein durchgegangner Schnellzug wieder aus dem Wasser und schaut in deine Richtung.
Kaut in deine Richtung. Während nämlich der Rachen mit seinen großen stumpfen Mahlzähnen, reinsten Betonpfosten, zermalmt

und mampft, siehst du das Sumpfwasser über die ränderlosen Lippen, lippenlosen Ränder hinausrinnen, daß es dir auf die Füße platscht und den Boden durchweicht. Stiel und Stamm, Schilf und Schlamm, Blatt und Wurzel – alle erscheinen immer wieder für Sekunden zwischen diesen kauenden Kiefern, und zwischen allem (teils hin und her geworfen) ein zerbissenes, verbissenes Gezappel von Elritzen, winzigkleinen Krustentieren, Fröschen – alles in dieser schrecklich-schönen Bewegung des Drachenrachens dazu bestimmt, in Darmbewegung umgesetzt zu werden. Und während dieses Batzen-schmatz-schmatz-schmatzen vor sich geht, mustern die schleimunempfindlichen Augäpfel über ihm dich wieder.

Diese Viecher leben bis zu zweihundert Jahre, heißt es in der Zeitreisebroschüre, und dieses Viech hat offenbar versucht, danach zu leben, denn sein stierer Blick ist jahrhundertealt, voll von Jahrzehnten und Aberjahrzehnten des Sich-Suhlens im eignen kolossalen S(t)umpfsinn, bis es durch Dußligkeit hinzugelernt hat. Für dich ist es, als schautest du in einen beunruhigenden nebulosen Pfuhl; es gibt dir einen Psychoschock, du feuerst beide Läufe auf dein eignes Spiegelbild.

Peng-peng, machen die Papaya-großen Dumdums.

Ohne lang zu fackeln, gehn die jahrhundertealten, trüben Ampeln aus. Diese weihevollen Gewölbe sind geschlossen bis zum Jüngsten Tag. Dein Spiegelbild ist ihnen aufs blutigste auf ewig, aufs ewig blutigste, entrissen. Über ihre zerstörten Scheiben schieben sich langsam Lider, Nickhäute, nach oben, wie ein schmuddeliges Leinen, das einen Leichnam zudeckt. Die Kiefer schmatzen weiter langsam vor sich hin, während genauso langsam der Kopf nach unten sinkt. Langsam quetscht sich dort eine zähe Zähre kaltes Echsenblut heraus und zahncremt die runzelige Wangenflanke. Alles ist langsam, eine unheimliche Erdmittelalters-Langsamkeit, wie herabtropfendes Wasser, und du weißt, daß du, hätte die Schöpfung dir oblegen, irgendein nicht so herzzerreißendes Medium wie die Zeit zur Inszenierung des Ganzen gefunden hättest. Sei's drum! Leert eure Humpen, ihr Herrn, Claude Ford hat ein unschuldiges Geschöpf erschlagen. Lang lebe Claudius der Klauenbewehrte!

Mit angehaltenem Atem siehst du zu, wie der Kopf den Boden berührt, die lange Lächerlichkeit von Hals den Boden berührt, der Rachen sich ein für allemal schließt. Du siehst zu und wartest wachsam ab, doch nichts passiert mehr. Nie mehr! Nichts könnte noch je passieren. Du könntest einhundertundfünfzig Millionen Jahre lang hier stehen und schauen, Claude der Glorreiche, und nichts würde je wieder passieren. Nach und nach würde der mächtige Kadaver deines Brontos, von Raubtierzähnen liebevoll geputzt und von dem eigenen Gewicht noch tiefer gezogen, in den Schleim versacken; dann würde die Flut steigen und der alte Eroberer, das Meer, mit dem gemächlichen Gehabe eines Kartenbetrügers, der den Jungs ein schlechtes Blatt austeilt, herbeikommen. Schlick, Schlamm und Sedimente würden langsam über dem Hünengrab herniedersickern, ein Regen, der jahrhundertelang Zeit zum Regnen hat. Möglicherweise mag sich das Bett des alten Brontos immer wieder heben oder senken, ein halbes Dutzend Mal vielleicht, so sachte, daß er nicht gestört wird. Aber bis dahin haben sich die Sedimentblöcke rings um ihn her verdichtet. Und schließlich, wenn er in eine Gruft gebettet wäre, schöner, als sich ein Radschah Indiens ihrer je rühmen konnte, würden ihn die Kräfte der Erde auf ihren Schultern emporheben, bis Bronto, noch immer friedlich schlummernd, in einem Felsvorsprung der Rockies läge, hoch über den Gewässern des Pazifik. Doch dir würde das wenigste davon etwas bedeuten, Claude die Klinge; wenn erst der winzigkleine Lebenswurm im Schädel des Geschöpfes einmal tot ist, geht dich der Rest nichts an.
Du fühlst jetzt gar nichts, keine Emotion. Du bist einfach nur leicht verdattert. Du hast mit einem dramatischen auf dem Boden Herumrollen und -dreschen gerechnet oder mit Gebrüll; andrerseits freust du dich, daß das Ding anscheinend nicht gelitten hat. Du bist wie alle hartherzigen Menschen sentimental; du bist wie alle sentimentalen Menschen überempfindlich. Du klemmst dir das Gewehr unter den Arm und schreitest den Saurier ringsum ab, um deinen Sieg in Augenschein zu nehmen.
Du pirschst an den nicht gerade ansehnlichen Tatzen vorbei, ums faulig-fahle Weiß der Bauchklippe herum und auf die andre Seite

der glitzernden und zu ach so profunden Betrachtungen einladenden Kloake, einer klaftertiefen Kluft, bevor du dich unter der flott geschlungenen Schleife des Schweif-an-den-Rumpf aufbaust. Jetzt ist deine Enttäuschung so herb und deutlich wie eine Visitenkarte; der Riese ist nicht halb so groß, wie du gedacht hast. Er ist nicht einmal halb so groß, zum Beispiel, wie das Bild, das du im Geist von dir und Maude hast. Armes Drachentöterlein, die Wissenschaft wird nie etwas erfinden, das dem Gigantentod nachhilft, wie du in den gegen-irdischsten Grotten deines stotter-schlotter-flatterigen Tatter-Ichs ihn dir wünschst!

Nichts bleibt dir jetzt, als dich mit einem Bauch voll enttäuschter Erwartungen wieder in dein Zeitgefährt zu schleichen. Sieh nur, die bunten, kotverzehrenden Vögel haben sich bereits voll an den wahren Stand der Dinge angepaßt; sie packen einer nach dem andern ihre angelegten Schwingen und fliegen untröstlich übers Sumpfgebiet davon, zu neuen Wirten. Sie wissen, wann aus Gutem Schlechtes wird, und warten nicht erst, bis die Geier sie verjagen; Laßt, die ihr hier eintretet, alle Hoffnung fahren.

Du wendest dich ab, hältst jedoch noch einmal inne. Es bleibt dir nur die Rückkehr, ja, aber 2181 n. Chr. ist nicht bloß das Landedatum; es ist Maude. Es ist Claude. Es ist das ganze fürchterliche, hoffnungslose, nicht enden wollende Geschäft des sich an eine allzu komplexe Umwelt Anzupassen-Suchens, des ständigen Bemühens, sich in ein Rädchen im Getriebe zu verwandeln. Deine Flucht in *die schlichte, aber großartige Welt der Kreidezeit,* um die Broschüre nochmals zu zitieren, war nur ein flüchtiges Entrinnen, das jetzt vorbei ist.

So verweilst du denn, und während du verweilst, landet dir etwas – zack! – flach auf dem Rücken, daß dein Gesicht vornüber in schmackhaften Schlamm kippt. Du wehrst dich, trittst und schreist, als Hummerscheren dir an Genick und Kehle zerren. Du versuchst, dein Gewehr aufzuheben, doch das geht nicht. In Todesqual rollst du dich auf die andre Seite, und schon sitzt das Krabbending voll Freßgier auf deiner Brust. Du ruckst an seiner Schale, doch es kichert und schnabuliert dir, schnipp!, die Finger weg. Bei der Erlegung des Brontos hast du vergessen, daß seine Parasiten ihn

verlassen und für so einen kleinen Knirps wie dich ein ganzes Stück gefährlicher sein würden als ihr Wirt.
Du gibst dein Bestes, trittst und strampelst mindestens drei Minuten lang. Nach Ablauf dieser Zeit hat sich ein ganzer Schwarm dieser Geschöpfe über dich hergemacht. Schon nagen sie deinen Kadaver liebevoll blank. Es wird dir gefallen, dort, hoch oben in den Rockies; du wirst nicht das geringste spüren.

NINA

ROBERT BLOCH

Obwohl Robert Bloch schon seit 1934 schriftstellerisch tätig ist, beschwört sein Name sofort Bilder aus *Psycho*, diesem modernen Meisterwerk des Horrors, herauf, das Alfred Hitchcock 1959 zu einem Filmklassiker verarbeitete. Bloch ist nicht nur ein geistreicher und gewandter Erzähler, sondern auch einer, der die Nervenenden seiner Leserschaft mühelos in höchste Erregung versetzen kann. Horrorstorys bedienen sich oft des Mittels, Gegenstände oder Lebewesen – vor allem Personen – einzuführen, die nicht das sind, wonach sie aussehen. In *Nina* greift Robert Bloch diese Idee auf und verpflanzt sie in die heißen Regenwälder Südamerikas, um uns mit einem Spiel um Schein und Sein zu Tode zu ängstigen.

Nach dem Liebesspiel brauchte Nolan einen frischen Drink.

Er fummelte nach der Flasche neben seinem Bett und ergriff sie mit verschwitzter Hand. Sein ganzer Körper war naß und klamm, und seine Finger zitterten, als sie den Verschluß aufschraubten. Einen Moment lang fragte sich Nolan, ob er wieder einen Fieberanfall bekäme. Dann, während die grelle Sonne ihm den Bauch verbrühte, erkannte er die Wahrheit.

Nina hatte ihm dies angetan.

Nolan drehte sich um und warf einen Blick auf das Mädchen, das neben ihm lag. Sie starrte durch die Schatten empor, ohne auch nur mit einer Wimper ihrer schlitzförmigen Augen zu zucken – Augen, die über hohen Wangenknochen saßen –, und ihr schmaler brauner Körper war entspannt und unbeweglich. Kaum zu glauben, daß derselbe Körper sich noch vor Sekunden in unersättlicher Gier gekrümmt und gewunden, ihn gepackt und umschlungen hatte, bis er restlos ausgepumpt war.

Er hielt ihr die Flasche hin. »Was zu trinken?«

Sie schüttelte den Kopf – ihre Augen wirkten umflort und ausdruckslos –, und dann fiel Nolan wieder ein, daß sie ja kein Englisch konnte. Während er die Flasche hob und noch einmal trank, verwünschte er sich für seinen Fehler.

Es war ein Fehler gewesen, das erkannte er nun, aber Darlene würde es nie verstehen. So gemütlich und wohlbehalten, wie sie jetzt in dieser Wohnung in Trenton saß, könnte sie nicht einmal ansatzweise begreifen, was er um ihret- – um ihret- und des kleinen Robbie willen – durchgemacht hatte. Robert Emmett Nolan II., sein jetzt neun Wochen alter Sohn, den er noch nie gesehen hatte. Darum hatte er den Job ja angenommen, sich für ein Jahr bei dieser Firma verpflichtet. Die Bezahlung stimmte; sie reichte aus, um Darlene weiter ein komfortables Leben zu ermöglichen und sie nach seiner Rückkehr beide über Wasser zu halten. Sie hätte nicht mitkommen können – nicht, solange sie schwanger war; also war er allein gekommen und hatte sich auf einen ruhigen Job eingestellt.

Ruhiger Job! Es war zum Lachen! Seit seiner Ankunft hier hatte er nichts anderes getan als geschuftet: bei Sonnenaufgang die Plantage abgeschritten, den ganzen Tag Fracht für die Boote geladen, die flußabwärts gingen, über Papierkram müde aus den Augen geblinzelt, während sich draußen die Nacht auf den Bungalow senkte, um ihn selbst hinter einer Mauer von Urwaldfinsternis einzusperren. Und nachts kamen dann die Geräusche – das Summen von Insektenschwärmen, das Gebrüll von Kaimanen, das grunzende Geschnüffel von Pekari-Schweinen, das unaufhörliche Geschnatter der Affen – sie alle vermischten sich mit dem Kreischen einer Million hirnloser Vögel.

Auf diese Weise hatte er angefangen zu trinken. Zuerst den guten Bourbon aus den Firmenbeständen, dann den halbwegs anständigen Gin, der im Handel war, und jetzt billigen Rum.

Als Nolan die leere Flasche hinstellte, vernahm er das Geräusch, das er allmählich am meisten fürchtete – den endlosen Widerhall der Trommeln unten am Fluß, wo sich die Hütten zusammenkauerten. Die Schweinebande war schon wieder dabei. Kein Wunder, daß er sie tagtäglich antreiben mußte, um das Firmensoll zu erfüllen. Ein Wunder war nur, daß sie überhaupt etwas taten, nachdem sie die liebe lange Nacht zu diesen verdammten Trommeln jaulten.

Natürlich war eigentlich Moises der Antreiber; Nolan konnte sie nicht mal ordentlich zur Sau machen, weil sie zu gottverdammt blöd waren, um einfaches, klares Englisch zu verstehen.
Genau wie Nina hier.
Wieder sah Nolan auf das Mädchen hinab, das stumm und mit Liebe gesättigt neben ihm auf dem Bett lag. Es hatte sich zusammengerollt. Es schwitzte nicht; seine Haut fühlte sich sonderbar kühl an, und seine Augen bargen ein Geheimnis.
Dasselbe Geheimnis, das Nolan zum erstenmal gespürt hatte, als sie ihn vor drei Tagen von der anderen Seite des Dorfplatzes aus anstarrte. Zuerst glaubte er, sie würde zu den Leuten der Firma gehören – irgendeine Ehefrau, Tochter oder Schwester. Als er an diesem Nachmittag zum Bungalow zurückgekehrt war, hatte er sie wieder dabei ertappt, wie sie ihn, diesmal vom Rande einer Lichtung aus, anstarrte. Also hatte er sich bei Moises erkundigt, wer sie war, aber Moises wußte es nicht. Allem Anschein nach sei sie erst vor ein, zwei Tagen in einem primitiven Auslegerboot hier angekommen, von irgendwo flußaufwärts, auf dessen anderer Seite sich ein tausend Meilen großer, dichterer Dschungel erstreckte. Sie sprach kein Wort Englisch, und Moises' Angaben zufolge konnte sie auch weder Spanisch noch Portugiesisch. Nicht, daß sie irgendwelche Anstrengungen unternommen hätte, sich zu verständigen; sie hielt sich von den anderen fern, schlief immer in dem Auslegerboot, das am anderen Flußufer vertäut war, und wagte sich tagsüber nicht einmal in den firmeneigenen Laden, um Nahrungsmittel zu kaufen.
»*Indio*«, sagte Moises mit der ganzen Verachtung eines Menschen, in dessen Adern zehn Prozent stolzes Konquistadorenblut floß. »Wie sollen *wir* aus solchen Wilden schon schlau werden?« Er zuckte mit den Achseln.
Auch Nolan hatte mit den Achseln gezuckt und sich das Mädchen aus dem Kopf geschlagen. Als er jedoch in der folgenden Nacht von seinem Bett aus dem Klang der Trommeln lauschte, fiel sie ihm wieder ein, und er verspürte ein Sich-Regen in seinen Lenden.
Und da war sie zu ihm gekommen, fast so, als sei diese Regung ein stummer Ruf nach ihr gewesen, war aus der Nacht geglitten wie ein

brauner Schatten, lautlos hereingetreten und hatte auf ihrem Weg durch das Zimmer geschwind ihr einziges Kleidungsstück abgeworfen, um dann reglos zu ihm aufs Bett hinunterzustarren. Als sie sich schließlich auf seine Nacktheit sinken ließ und seine Oberschenkel umschlang, steigerte sich die Regung in seinen Lenden zu einem Pochen, und das Hämmern in seinem Kopf erstickte den Klang der Trommeln.

Morgens früh war sie verschwunden, doch schon in der darauffolgenden Nacht wieder zurückgekehrt. Und da hatte er sie Nina getauft – sie hieß nicht wirklich so, aber er empfand das Bedürfnis, dieser Fremden mit dem breiten Mund und der rosa Zunge irgendeinen Namen zu geben – diesem Mädchen, das auf ihm sein Verlangen stillte, immer wieder auch Nolans eigenes brennendes Verlangen stillte, während ihr zischender Atem ihm in den Ohren kratzte.

Wiederum verschwand sie, während er schlief, und obwohl er sie damals den ganzen folgenden Tag nicht zu Gesicht bekommen hatte, war er sich dennoch hier und da ihres heimlichen starren Blicks bewußt gewesen – eine Kälte, die ihn befiel wie ein nicht erspähter Schatten. Er hatte nicht gewußt, daß sie heute nacht wiederkommen würde.

Jetzt, während die Trommeln in der Ferne dröhnten, schlief Nina. Ohne den Lärm zu registrieren, ohne auf Nolans Anwesenheit zu achten, lag sie da wie ein vollgefressenes Tier – schläfrig und mit trübe werdenden Augen.

Nolan erschauerte. Genau das war sie: ein Tier. Und zur Antwort wurde der geschmeidige braune Körper grotesk in die Länge gedehnt, wobei der breite Mund die Häßlichkeit ihres Gesichts noch unterstrich. Wie konnte er sich mit diesem Wesen nur paaren? Nolan zog eine Grimasse der Selbstverachtung und wandte sich ab. Na ja, egal – jetzt war es damit zu Ende, ein für allemal. Heute hatte er die Nachricht aus Belem erhalten: Darlene und Robbie waren an Bord des Schiffes und bereit für den Weiterflug nach Manaos. Morgen früh würde er sich flußabwärts auf den Weg machen, um sie hierher zu eskortieren. Vor ihrem Kommen war ihm persönlich etwas mulmig gewesen; sie müßten es drei Monate in diesem elenden Dreckloch aushalten, bevor das Jahr um wäre, aber Darlene hatte darauf bestanden.

Und sie hatte recht gehabt. Das wußte Nolan jetzt. Wenigstens wären sie auf diese Weise zusammen, und das würde ihm helfen, die Sache durchzustehen. Er brauchte dann die Flasche nicht mehr, und er brauchte auch keine Nina.

Nolan legte sich zurück und sperrte den Klang der Trommeln, sperrte den Anblick der schemenhaften Gestalt, die neben ihm lag, aus seinem Bewußtsein; er wartete darauf, daß der Schlaf kommen würde. Nur noch ein paar Stunden bis zum Morgen, sagte er sich. Und am Morgen wäre der Alptraum überstanden.

Die Fahrt nach Manaos war eine harte Kraft- und Nervenprobe, aber sie endete in Darlenes Armen. Darlene war blonder und schöner, als er sie in Erinnerung hatte, liebevoller und zärtlicher, als er sie je erlebt hatte, und in der Vereinigung, die ihrer beider Wiedervereinigung war, fand Nolan Erfüllung. Von der heißen Gier in Ninas zärtlichen Verrenkungen, von dem Blind-um-sich-Schlagen bis zum Erreichen der letzten, krönenden Raserei fehlte natürlich jede Spur. Aber darauf kam es nicht an; endlich waren sie beide wieder zusammen. Sie beide und Robbie.

Robbie war eine Offenbarung.

Nolan hatte die Heftigkeit seiner Reaktion nicht vorhergesehen. Jetzt aber, nach der langen Rückfahrt auf der keuchenden Barkasse, stand er neben dem Kinderbett im Gästeschlafzimmer und starrte mit einer überwältigenden Flut von Stolz auf seinen Sohn hinab.

»Ist er nicht zum Küssen?« sagte Darlene. »Er sieht genauso aus wie du.«

»Du bist voreingenommen«, grinste Nolan, fühlte sich aber geschmeichelt. Und als die winzige rosa Leuchtgranate von Hand sich seinen Fingern entgegenstreckte, prickelten sie bei der Berührung.

Da hielt Darlene plötzlich die Luft an.

Nolan blickte schnell auf. »Was ist?« fragte er.

»Nichts.« Darlene starrte an ihm vorbei. »Ich dachte, ich hätte jemanden draußen vorm Fenster gesehen.«

Nolan folgte ihrem Blick. »Keiner da.« Er ging zum Fenster, spähte auf die dahinterliegende Lichtung. »Keine Menschenseele.«

Darlene legte sich eine Hand über die Augen. »Wahrscheinlich bin ich einfach übermüdet«, sagte sie. »Die lange Reise –«

Nolan legte seinen Arm um sie. »Warum gehst du nicht ein bißchen ins Bett, dich ausruhn? Mama Dolores kann nach Robbie sehen.«

Darlene zögerte. »Weiß sie denn auch ganz bestimmt, was sie zu tun hat?«

»Jetzt hört euch die an!« lachte Nolan. »Die alte Dolores wird hier nicht umsonst Mama genannt – sie hat selbst zehn Kinder zur Welt gebracht. Momentan ist sie in der Küche und macht Robbie seine Säuglingsnahrung zurecht. Ich werd sie herholen.«

So begab sich Darlene denn zu einer Siesta ins Schlafzimmer, und Mama Dolores übernahm Robbies Pflege, solange Nolan seine täglichen Rundgänge in den Feldern machte.

Die Hitze war zum Ersticken, schlimmer als alles, woran er sich erinnern konnte. Selbst Moises schnappte nach Luft, während er den Jeep auf Hochtouren über den ausgefahrenen Feldweg jagte und dabei in den schimmernden Dunst spähte.

Nolan wischte sich die Stirn. Vielleicht hatte er Darlene und das Baby doch etwas zu voreilig hierhergeholt. Aber ein Mann hatte ein Recht darauf, seinen eigenen Sohn zu sehen, und in ein paar Monaten wären sie für immer aus diesem elenden Schwitzkasten heraus. Hatte keinen Zweck, sich krampfhaft Sorgen zu machen; es ging schon alles gut.

Als er jedoch bei Einbruch der Dunkelheit in den Bungalow zurückkehrte, empfing Mama Dolores ihn an der Tür mit einem bedrückten Gesicht.

»Was ist?« fragte Nolan. »Stimmt was nicht mit Robbie?«

Mama schüttelte den Kopf. »Der schläft wie ein Engel«, murmelte sie. »Aber die *señora* –«

Darlene lag zitternd und mit geschlossenen Augen auf dem Bett ihres gemeinsamen Schlafzimmers, und ihr Kopf bewegte sich unablässig auf den Kissen hin und her, selbst als Nolan ihr seine Handfläche auf die Stirn drückte.

»Fieber.« Nolan gab Mama Dolores einen Wink, und sie hielt Darlene fest, während er ihr das Thermometer zwischen die Lippen zwängte.

Immer weiter kletterte die rote Säule nach oben. »Vierzig Grad.«
Nolan richtete sich rasch auf. »Holen Sie Moises her. Sagen Sie ihm, er soll die Barkasse bereitstellen, *pronto*. Wir müssen Darlene nach Manaos zum Arzt schaffen.«
Darlenes Augen öffneten sich flatternd; sie hatte ihn gehört.
»Nein, das geht nicht! Das Baby –«
»Machen Sie sich keine Sorgen. Ich werde mich um den Kleinen kümmern.« Mamas Stimme klang beschwichtigend. »Jetzt müssen Sie sich ausruhn.«
»Nein, bitte ...«
Darlenes Stimme verlor sich in einem unzusammenhängenden Gebrabbel, und sie sank wieder zurück. Nolan behielt seine Hand auf ihrer Stirn; sie fühlte sich so heiß an wie ein Ofen. »Jetzt entspann dich ganz einfach, Darling. Ist schon gut. Ich komm ja mit dir.«
Und das tat er auch.
Wenn die erste Fahrt eine Strapaze gewesen war, dann war diese eine Folter: Wie vom Irrsinn getrieben, ging es den dampfenden Fluß hinab, hinein in die schwüle Nacht, wobei Moises über dem Gashebel schwitzte, während Nolan Darlenes schlotternde Schultern auf die Strohmatratze im Heck der vibrierenden Barkasse drückte. Bei Morgengrauen hatten sie es nach Manaos geschafft und holten Dr. Robales in dessen Haus unweit der Plaza aus dem Schlummer.
Es folgten die Untersuchung, die Einweisung ins Krankenhaus, die Tests und das Urteil. Nichts weiter Schlimmes, sagte Dr. Robales, und kein Grund zur Panik. Bei angemessener Behandlung und Ruhe würde sie sich erholen. Eine Woche hier im Krankenhaus –
»Eine Woche?« Nolans Stimme hob sich. »Ich muß wieder zurück, zum Verladen. Ich kann nicht so lange hierbleiben!«
»Es besteht keine Notwendigkeit, daß Sie hierbleiben, *señor*. Ich werde sie persönlich im Auge behalten, das verspreche ich Ihnen.«
Es war ein schwacher Trost, aber Nolan hatte keine andere Wahl. Und er war zu müde, um Protest einzulegen, zu müde, um sich Sorgen zu machen. Als er sich erst wieder an Bord der Barkasse und auf der Rückfahrt befand, streckte er sich auf der Strohmatratze aus und schlief wie ein Toter.

Nolan erwachte zu Trommelklang. Mit einem erschrockenen Aufschrei schnellte er nach oben. Dann merkte er, daß die Nacht gekommen war und sie wieder neben der Mole vor Anker lagen. Moises grinste ihn in müdem Triumph an.
»Fast hätten wir's nicht geschafft«, sagte er. »Der Motor taugt nichts. Aber egal. Es ist schön, wieder daheim zu sein.«
Nolan nickte, während er seine verkrampften Glieder an- und entspannte. Er trat auf die Mole hinaus und eilte dann den Pfad über die Lichtung hinauf. Das Dunkel dröhnte.
Daheim? Dieser Höllenwinkel, wo die Trommeln lärmten und vor flackernden Feuern die Schatten hüpften und tollten?
Das hieß, alle außer einem. Denn während Nolan sich vorwärtsbewegte, glitt ein zweiter Schatten neben dem Bungalow hervor, wo das Dunkel tiefer war.
Es war Nina.
Nolan blinzelte, als er sie erkannte. Sie stand da, starrte zu ihm empor, und ihr Gesichtausdruck beziehungsweise dessen Inständigkeit waren unverkennbar. Aber er hatte keine Zeit für lange Reden. Hastig streifte er an ihr vorbei, auf die Tür zu, und sie verschmolz wieder mit der Nacht.
Mama Dolores, die drinnen schon auf ihn wartete, nickte zur Begrüßung.
»Robbie – ist er in Ordnung?«
»*Sí, señor.* Ich passe gut auf ihn auf. *Por favor,* ich schlafe bei ihm im Zimmer.«
»Gut.« Nolan wandte sich in den Flur, hielt aber bei Mama Dolores' Stirnrunzeln noch einmal inne. »Was ist?« fragte er.
Die alte Frau zögerte. »Sind Sie mir auch nicht böse, wenn ich spreche?«
»Natürlich nicht.«
Mamas Stimme senkte sich auf ein Murmeln. »Es ist wegen der da draußen.«
»Nina?«
»So heißt sie nicht, aber egal.« Mama schüttelte den Kopf. »Sie wartet schon seit zwei Tagen hier. Ich habe Sie eben bei ihr gesehen, wie Sie zurückgekommen sind. Und ich habe Sie vorher schon mit ihr zusammen gesehn –«

»Das geht Sie einen Dreck an!« Nolans Gesicht rötete sich. »Und außerdem ist das jetzt aus und vorbei.«
»Glaubt sie das auch? Wirklich?« Mamas Blick wirkte tief besorgt. »Sie müssen ihr sagen, sie soll fortgehn.«
»Das hab ich schon versucht. Aber das Mädchen kommt aus den Bergen; sie spricht kein Englisch –«
»Ich weiß.« Mama nickte. »Sie gehört zu den Schlangenmenschen.«
Nolan starrte sie an. »Verehren die dort oben etwa Schlangen?«
»Nein, nicht verehren.«
»Was soll das dann heißen?«
»Diese Menschen – sie *sind* Schlangen.«
Nolans Blick verfinsterte sich. »Was ist denn *das?*«
»Die Wahrheit, *señor*. Das Mädchen – das, das Sie Nina nennen – ist gar keins. Sie gehört zu dem uralten Volk auf den Gipfeln, wo die großen Schlangen wohnen. Ihre Arbeiter hier, sogar Moises, kennen bloß den Dschungel, aber ich komme aus dem großen Tal am Fuß des Gebirges und habe als Kind die, die oben lauern, fürchten gelernt. Wir gehen nicht dorthin, aber mitunter kommen die Schlangenmenschen zu uns. Im Frühjahr, wenn sie erwachen, werfen sie ihre Haut ab und sind eine Zeitlang frisch und sauber, bevor die Schuppen wieder neu wachsen. Und in dieser Zeit kommen sie, um sich mit Menschen zu paaren.«
In diesem Stil ging es weiter. Sie flüsterte von Kreaturen, die halb Schlange, halb Mensch waren und deren Körper sich kalt anfühlten, wenn man sie berührte, von Gliedern, die sich in grotesker Knochenlosigkeit zusammenschlingen konnten, um einem Menschen die Luft abzudrücken und ihn zu zermalmen wie die Windungen einer riesenhaften Würgeschlange. Sie sprach von gespaltenen Zungen, von Stimmen, die aus unglaublich weiten, weil mit dehnbaren Kiefern versehenen Mäulern zischten. Und sie wäre wohl fortgefahren, hätte Nolan sie jetzt nicht zum Schweigen gebracht; ihm pochte schon der Schädel vor Müdigkeit und Überdruß.
»Das reicht«, sagte er. »Vielen Dank für deine Besorgnis um mich.«
»Aber Sie glauben mir nicht.«
»Das habe ich nicht gesagt.« Müde, wie er war, erinnerte sich Nolan

dennoch an eine Grundregel: Widersprich diesen Leuten nie oder mach dich über ihren Aberglauben lustig. Und im Moment konnte er sich ein gestörtes Verhältnis zwischen ihm und Mama nicht leisten. »Ich werde Vorkehrungen treffen«, erklärte er ihr mit tiefem Ernst. »Aber erst muß ich mich jetzt ausruhn. Und ich möchte Robbie sehen.«

Mama Dolores schlug sich eine Hand vor den Mund. »Das hab ich ja ganz vergessen – der Kleine, er ist allein –«

Sie drehte sich um und trabte, gefolgt von Nolan, hastig den Gang hinab. Gemeinsam traten sie in die Kinderstube.

»Ah!« Mama stieß einen erleichterten Seufzer aus. »Der *pobrecito* schläft.«

Robbie lag in seinem Bettchen, und sein winziges Gesicht war von dem Mondschein, der durchs Fenster fiel, übergossen. Aus seiner Rosenknospe von Mund drang ein leises Schnarchen.

Nolan lächelte über das Geräusch und nickte Mama dann zu. »Ich leg mich jetzt in die Falle. Passen Sie gut auf ihn auf.«

»Ich werd nicht von ihm fortgehn.« Mama machte es sich in einem Schaukelstuhl neben dem Bettchen bequem. Als Nolan sich zum Gehen wandte, rief sie ihm leise noch etwas nach. »Denken Sie daran, was ich gesagt habe, *señor.* Falls sie wiederkommt –«

Nolan ging durch den Flur zu seinem Schlafzimmer an dessen anderem Ende. Er hatte sich nicht getraut, ihr zu antworten. Schließlich meinte sie es ja bloß gut; nur war er zu verdammt müde, um noch mehr von ihrem Altweibergewäsch zu ertragen.

In seinem Schlafzimmer raschelte etwas.

Nolan zuckte zusammen und hielt dann inne: Der Schemen glitt aus der schattigen Ecke neben dem offenen Fenster.

Nina stand vor ihm. Sie war splitternackt. Splitternackt, und ihre Arme öffneten sich einladend.

Er wich einen Schritt zurück. »Nein«, sagte er.

Lächelnd trat sie vor.

»Geh weg – scher dich hier raus.«

Er scheuchte sie mit einer Armbewegung nach hinten. Ninas Lächeln verblaßte, und ihrer Kehle entrang sich ein Laut, ein leises, flehentliches Keuchen. Ihre Hände streckten sich aus –

»Verdammt, laß mich in Ruh!«
Nolan gab ihr eine Ohrfeige. Es war höchstens ein sanfter Streich und konnte ihr nicht weh tun. Aber plötzlich verzerrte sich Ninas Gesicht, und gleichzeitig schleuderte sie sich ihm mit gespreizten Fingern entgegen. Sie kratzte nach seinen Augen. Diesmal schlug er sie fest – fest genug, daß sie nach hinten taumelte.
»Raus!« sagte er. Mit drohend erhobener Hand drängte er sie an das offene Fenster, während sie ihre Wut hinausspie und -zischte. Dann schnappte sie sich ihr Gewand und kletterte über das Fensterbrett in die dahinterliegende Dunkelheit.
Nolan sah zu, wie Nina sich über die Lichtung entfernte. Einen Moment noch drehte sie sich in einem Pfad aus Mondlicht um und schaute zu ihm zurück – nur einen einzigen Moment, doch lange genug, daß Nolan die bleiche Wut erkennen konnte, die in ihren Augen flackerte.
Dann war sie verschwunden, davongeglitten in die Nacht, aus deren Ferne dumpf die Trommeln tönten.
Sie war verschwunden, aber der Haß blieb. Nolan spürte seine Gewalt, als er sich auf dem Bett ausstreckte. Sollte mich ausziehn, dachte er; aber er war zu müde. Das Pochen in seinem Kopf hatte sich verschlimmert, pulsierte nun zum Schlag der Trommeln. Und auch der Haß war in seinem Kopf. Gott, diese Visage! Wie dieses Dingsda aus der griechischen Sagenwelt – wie hieß es noch? – die Medusa. Ein Blick, und Menschen verwandelten sich in Stein. Ihr Lockenhaupt bestand aus lebendigen Schlangen.
Aber das war eine Sage, genau wie Mama Dolores' Geschichten über die Schlangenmenschen. Merkwürdig – hatte jedes Volk seinen eigenen Glauben an solche Geschöpfe? War es möglich, daß in all diesen Altweibergeschichten doch irgendein bizarres Fünkchen Wahrheit steckte?
Er wollte im Augenblick nicht darüber nachdenken; er wollte an gar nichts denken. Nicht an Nina, nicht an Darlene, nicht einmal an Robbie. Darlene würde schon wieder auf die Beine kommen, Robbie war gesund und munter, und Nina war fort. So blieb er allein hier, allein mit den Trommeln. Verdammtes Getrommel. Mußte ein Ende haben, mußte ein Ende haben, damit er schlafen konnte –

Es war die Stille, die ihn geweckt hatte. Erschrocken setzte er sich auf und merkte dabei, daß er Stunden geschlafen haben mußte, denn die Schatten draußen vorm Fenster waren mit dem Graurosa der Morgendämmerung durchsetzt.
Nolan stand auf, reckte sich und trat dann in den Gang hinaus. Hier waren die Schatten tiefer, und alles war still.
Er ging zum Schlafzimmer am anderen Ende des Flurs. Die Tür stand angelehnt, und leise rufend schob er sich hindurch. »Mama Dolores – «
Nolans Zunge fror ihm am Gaumen fest. Die Zeit selbst war zu Eis gefroren, während er auf das zerquetschte, breiige Etwas hinunterstarrte, das neben dem Schaukelstuhl ausgebreitet lag und dessen blicklose Augen aus einem aufgedunsenen, blauroten Gesicht quollen.
Keinen Zweck, noch mal nach ihr zu rufen; sie würd's doch nicht mehr hören. Und Robbie –
Nolan wandte sich in der eisigen Stille um; seine Augen forschten in den Schatten auf der anderen Seite des Zimmers.
Das Bettchen war leer.
In diesem Moment fand er seine Stimme wieder und schrie auf – schrie noch einmal, als er das Fenster offen fand und die graue Leere der dahinterliegenden Lichtung sah.
Plötzlich war er am Fenster. Er kletterte hinaus, ließ sich auf den verfilzten Rasen darunter fallen und rannte über die Lichtung, zwischen den Bäumen hindurch, hinaus auf die offene Stelle am Flußufer.
Moises war auf der Barkasse und mit dem Motor beschäftigt. Als Nolan laut rufend auf ihn zugerannt kam, blickte er auf.
»Was machst du hier?«
»Da ist doch dieser Defekt im Motor. Jemand muß sich darum kümmern. Ich bin früh gekommen, bevor die Hitze losgeht –«
»Hast du sie gesehen?«
»Wen, *señor?*«
»Das Mädchen – Nina –«
»Ach so. Das *Indio*-Weib.« Moises nickte. »Die ist weg, mit ihrem Auslegerboot, flußaufwärts. Vor zwei Stunden vielleicht, oder auch drei, grad, wie ich herkam.«

»Warum hast du sie nicht aufgehalten?«

»Aus welchem Grund?«

Nolan gab ihm ein rasches Zeichen. »Schmeiß den Motor an – wir fahren ihr nach.«

Moises runzelte die Stirn. »Wie gesagt, da ist die Sache mit dem Motorschaden. Vielleicht heut nachmittag –«

»Da erwischen wir sie doch nie!« Nolan packte Moises an der Schulter. »Verstehst du denn nicht? Sie hat sich Robbie genommen!«

»Beruhigen Sie sich, *señor*. Ich hab sie mit meinen eigenen Augen zum Boot gehen sehen, und sie war allein, das schwör ich Ihnen. Sie hat den Kleinen nicht mit.«

Nolan dachte an den Haß in Ninas Augen, und er erschauerte. »Was hat sie *dann* mit ihm gemacht?«

Moises schüttelte den Kopf. »Das weiß ich nicht. Aber noch ein Kind braucht sie bestimmt nicht.«

»Von was redest du da?«

»Ich hab gemerkt, in welchem Zustand sie ist. Hab's gesehen, als sie zum Boot ging.« Moises zuckte die Achseln, aber noch bevor die Worte kamen, wußte Nolan Bescheid.

»Warum sehen Sie mich so an, *señor?* Ist doch nur natürlich, daß eine Frau einen dicken Bauch kriegt, wenn sie ein Kind darin trägt!«

WERWIND

J. MICHAEL REAVES

Kalifornien ist ein Land der Widersprüche. Auf der einen Seite stehen Glanz und Glitzer der Filmindustrie, Sonne, Spaß und die Verlockung der Strände; auf der anderen gibt es die blutige Finsternis eines Charlie Manson, die Zebramorde, die unterschwellige Bedrohung durch fremdartige Kulte und Ideen. In seiner Geschichte *Werwind* fängt J. Michael Reaves beide Gesichter Kaliforniens ein und verwebt sie zu einem spannenden Thriller über einen arbeitslosen Schauspieler, eine Reihe von bizarren Mordfällen in Hollywood und eine Sturmperiode, die auf mysteriöse Weise mit den Morden zusammenfällt.

»... warnt die Öffentlichkeit, wenn möglich, in ihren Häusern zu bleiben. Dies gilt besonders in Küsten- und Schluchtenbereichen. Der Wind weht aus unterschiedlichen Richtungen und erreicht teilweise eine Geschwindigkeit von fünfundvierzig Meilen pro Stunde. Auch die Brände in Tujunga und Beverly Glen sind noch immer nicht unter Kontrolle. Für sämtliche Schnellverkehrsstraßen, Angeles Crest und den Grapevine sind Umleitungsempfehlungen ausgeschildert. Ich wiederhole, bitte fahren Sie nur, wenn unbedingt erforderlich.

Und nun zu einer weiteren Meldung: Das fünfte Opfer des Skalpjägers von Hollywood wurde inzwischen identifiziert. Es handelt sich um Karen Lacey, eine zweiundzwanzigjährige Schauspielerin. Das Grundschema dieser Morde – Verstümmelungen an Personen, die mit dem Film- und Fernsehgeschäft in Verbindung stehen – setzt sich auf diese Weise fort ...«

Simon Drake drehte sein Autoradio leiser, als er ein plötzliches Knirschen aus dem Motor des alten Chrysler hörte. Mit angehaltenem Atem bog er vom Hollywood Boulevard auf eine Nebenstraße, und einen Moment später gab die Maschine ihren Geist auf. Das

Auto rollte im Leerlauf, bis es neben einem leeren Parkplatz zum Stillstand kam.
»Oh, *Gott!*« Simon drehte mehrmals den Zündschlüssel, aber ohne Erfolg. Nur das ominöse Knirschen war wieder zu hören. Erschöpft ließ er sich gegen den heißen Plastikbezug des Sitzes fallen und beobachtete, wie die Palmen unweit des Sunset vom Wind zerfetzt wurden. »Das wär's«, murmelte er. »Jetzt ist die Rolle futsch.« Er verzog angewidert das Gesicht und zuckte zusammen, als seine rissigen Lippen aufplatzten.
Er war dreiunddreißig Jahre, hatte einundneunzig Dollar auf der Bank, und seine Miete war überfällig. Außerdem hatte sein Chef in der Cahuenga-Spirituosenhandlung ihm gesagt, er solle gar nicht erst wiederkommen, als er zu diesem letzten Gespräch aufgebrochen war. Und jetzt würde er wegen einer Motorpanne nicht nur dieses Gespräch verpassen – wahrscheinlich ginge ihm auch eine Rolle durch die Lappen, die er sich mehr wünschte als alles andere.
Simon schlug mit seinen Händen auf den Lenker. Schweiß trübte ihm die Sicht. Es war zum Ersticken heiß hier drinnen; er hatte trotz des Zweiunddreißig-Grad-Wetters die Fenster oben. Anders ließ sich während eines Santa-Ana-Sturms unmöglich fahren; die heißen, trockenen Böen trafen einen wie körperliche Schläge.
Simon sah sich um. Auf dieser Straße gab es kein Schild und nur ein paar Leute, die gerade die Kreuzung am Hollywood Boulevard überquerten. Der Wind hielt die meisten Menschen in ihren Häusern. Eine Zeitung wurde von seiner Autoantenne in zwei Hälften gepeitscht. Der Wind heulte. Er war seit sechs Tagen nicht abgeflaut und würde es auch jetzt nicht tun, bloß weil Simon zu einer Telefonzelle mußte.
Simon seufzte und öffnete die Tür, indem er sich mit seinen ganzen achtundsechzig Kilo gegen den Wind anstemmte. Hinter der Sonnenbrille begannen ihm die Augen zu tränen. Die Windstöße rissen an der Dauerwelle, die sein Agent vorgeschlagen hatte, ein Rauchgeruch lag in der Luft, und sepiafarbene Wolken von den Canyonbränden bedeckten einen Großteil des Himmels. Das unheilvolle Sonnenlicht war eine angemessene Beleuchtung für sein Leben, dachte Simon, während er, sich gegen den Wind anlehnend, zum

Boulevard marschierte. Er sah auf seine Uhr und stellte fest, daß er die Marathon-Studios jetzt nicht mehr pünktlich erreichen könnte. Während er so ging, unterdrückte er ein Gähnen; der Dobermann seines Nachbarn hatte ihn in der vorangegangenen Nacht kaum ein Auge zutun lassen. Er beobachtete die Autos, die vorsichtig dahinkrochen. Ein Dodge-Lieferwagen hielt vor einem Mercedes plötzlich an, und die kleine alte Dame hinter dem Steuer des letzteren betätigte mit einem lauten Fluch ihre Hupe. Während er sie beobachtete, trat Simon auf einen Klumpen Kaugummi und schüttelte mit demselben Fluch seinen Fuß los. Der Wind schürte die Aggressionen, wie er die Canyonfeuer schürte. Aber Simon fand, daß er auch allen Grund hatte, sich zu ärgern. Vor fünf Jahren war er als Absolvent einer guten Schauspielschule, der auf mehrere Werbespots und Bühnenrollen verweisen konnte, von New York nach L. A. gekommen. Seine Faszination galt Horrorfilmen; sein Ehrgeiz dem Ziel, der nächste Boris Karloff zu werden. Bislang aber hatte er sich von den paar Winzigauftritten im Sonntagvormittagsfernsehen und einer Rolle in einer billig produzierten Vampirklamotte kaum am Leben erhalten können. Daß es schwer würde, daß er kämpfen müßte, damit hatte er ja gerechnet. Aber fünf Jahre?
Neben einem Hot-Dog-Stand erblickte er ein Münztelefon, und als er die Hand danach ausstreckte, sprang ein Funke, den er trotz des Sonnenlichts sehen konnte, schmerzhaft von seinem Finger auf den Metallrahmen über. Er war zu müde, um auch nur zu fluchen. Er warf sein letztes Zehncentstück ein und wählte.

Der ranzige Geruch vom Hot-Dog-Stand erinnerte ihn daran, daß er weder gefrühstückt noch zu Mittag gegessen hatte. Den letzten Monat über hatte er zum Großteil von dem Geld gelebt, das er bei seinem Teilzeitjob verdiente und das nicht annähernd für Miete *und* Fotografien *und* das Kopieren seiner Bewerbungen reichte. Darum hatte er seit zwei Wochen keine Lebensmittel mehr eingekauft.

Genau während dieser zwei Wochen jedoch hatte Simons Agent Martin Knox, der gerade einen Horrorfilm produzierte, dazu überredet, Simon für die Hauptrolle in Betracht zu ziehen. Anfangs war Knox skeptisch gewesen, aber nach mehreren Probeaufnahmen lag

Simon immer noch im Rennen. Wenigstens bis jetzt ... Martin Knox' Temperament war innerhalb der Branche geradezu sprichwörtlich, und er hatte es nicht gern, wenn man ihn warten ließ. Simon wollte die Rolle haben, und zwar nicht nur aus wirtschaftlichen Gründen. Er war fest davon überzeugt, aus dieser Figur etwas machen zu können, das ihr den Oscar einbrächte, den ersten für die Hauptrolle in einem Horrorfilm seit Frederic Marchs *Dr. Jekyll und Mr. Hyde* 1931. Während er darauf wartete, daß die Telefonzentrale des Studios ihn durchstellte, beobachtete er die Touristen und Einheimischen. Obwohl die Hollywood-Freaks erst nach Einbruch der Dunkelheit aus ihren Löchern kamen, boten einige von ihnen doch schon jetzt der Hitze und dem Wind die Stirn. Krishna-Leute mit Tamburinen und Jesus-Freaks mit Traktätchen warfen sich argwöhnische Blicke zu. Alternde Hippies, deren langes Haar zu ergrauen begann, schlurften vorüber. Und natürlich gab es auch die paar, deren Merkwürdigkeit jeder Beschreibung spottete. Neben manchen von denen, das wußte Simon ganz bestimmt, würde sich der Skalpjäger von Hollywood direkt zahm ausnehmen. Er sah Trapper Jake auf sich zukommen: einen alten, aber immer noch großen, kräftigen Mann mit langem, geflochtenem Haar, Hirschfänger samt Säckchen und handgenähten Wildlederklamotten. Trotz seines Aussehens war er ein liebenswürdiger Kauz; als Simon ein Mädchen ins Kino ausgeführt hatte und sie davor Schlange standen, hatte der Alte sie mit einer Geschichte delektiert, nach der er in Yosemite bei Bären großgeworden sei. Simon drehte sich um und machte sich in der Telefonzelle ganz klein. Er hatte heute keinen Bedarf an Geschichten von Trapper Jake.

Martin Knox meldete sich. »Hallo, Simon.« Seine Stimme war durch den Wind kaum zu verstehen. »Warum sind Sie nicht hier?« Er klang ungehalten.

»Kleine Autopanne, Mr. Knox. Ich habe gehofft, wir könnten umdisponieren –?«

»So, so.« Einen Moment lang Stille. Simon konnte sich lebhaft vorstellen, wie Knox jetzt eulenähnlich und mit verdüsterten Augen hinter seinem Schreibtisch saß. »Nun, ich fürchte, das wird nicht nötig sein, Simon. Wir nehmen, denke ich, einen anderen

Schauspieler. Nach Ihren Probeaufnahmen zu urteilen, sind Sie für die Rolle nicht groß genug.«
Simon umklammerte den Hörer mit seinen Fingern. »Ich bin einsneunundsiebzig«, sagte er.
»Und Sie sind zu spät.« Es klickte in der Leitung, und ein Freizeichen ertönte.
Behutsam hängte Simon ein. Er erlaubte sich nicht, den Hörer auf die Gabel zu knallen; er erlaubte sich überhaupt keine Gefühle. Keine Gedanken daran, wie sehr er sich diese Rolle gewünscht hatte, daran, was er aus ihr hätte machen können. Du möchtest also zum Film, sagte er zu sich selbst.
Er wühlte in seiner Tasche und förderte ein einsames Fünfcentstück zutage. Während er es anstarrte, wurde ihm klar, daß er nicht mal einen Abschleppwagen rufen konnte. Mit einemmal schloß er seine Faust um die Münze und grub sich seine Fingernägel tief in die Handfläche.
Ein Windstoß traf die Telefonzelle so heftig, daß der Fernsprecher erzitterte; mit einem Gurgeln ließ der Apparat Simons Zehncentstück in die Rückgabeschale fallen. Simon fischte es heraus, sah es an und unterdrückte dabei einen plötzlichen starken Drang, zu lachen. Gott, dachte er. Sogar meine Fernsprechgebühren kommen hoch.
Nachdem er einen Abschleppwagen bestellt hatte, blieb er am Hollywood Boulevard stehen, starrte auf die andere Straßenseite und wünschte sich dabei, er würde jemanden kennen, den er anrufen und mit dem er sich aussprechen könnte. In fünf Jahren hatte er hier nur wenige Freunde gewonnen. Meistens war er zu sehr beschäftigt, um den Mangel an zwischenmenschlichem Kontakt wahrzunehmen; seine Zeit wurde von allen möglichen Rollen und dem Job verschlungen. Ab und zu jedoch bekam er seine Einsamkeit schwer zu spüren.
Die flimmernde Hitze, die von der Straße aufstieg, verlieh dem Umliegenden dort, wo sie nicht vom Wind zerstreut wurde, etwas Traumartiges. Manchmal kam es ihm so vor, als wäre ganz Los Angeles eine Fata Morgana und bevölkert von Geistern. Selbst der Boden unter seinen Füßen war nichts Solides; er war anfällig für

Erdbeben, und die Stadt wurde zu Recht als Traumfabrik bezeichnet. Überwältigt von Einsamkeit und einem Gefühl der Irrealität stand Simon da. Dann ließ ihn ein plötzliches lautes Geräusch – eine leere Getränkedose, die der Wind vorwärtstrieb – nervös nach hinten springen. Er rempelte mit jemandem zusammen, fühlte sich von einem mächtigen Griff gepackt und wurde rabiat herumgewirbelt. »Paß gefälligst auf, wen, zum *Teufel,* du rumschubst!« schrie eine Stimme, und er wurde fest in den Hot-Dog-Stand gestoßen; die scharfe Kante der Theke schnitt ihm in den Rücken. Halb betäubt vor Schmerz und Überraschung erkannte Simon, daß niemand anderer als der liebenswürdige Trapper Jake ihn gestoßen hatte. Der hünenhafte Alte, der mit seinem Bart und seinen Wildledersachen dem Bären ähnelte, der ihn angeblich großgezogen hatte, kam auf Simon zu. Sein Gesicht wirkte cholerisch, und seine Fäuste waren beide erhoben. Auf dem Gehsteig blieb man interessiert stehen, um zuzuschauen.

Simon lief an der Telefonzelle vorbei zur nächsten Ecke, und Jake änderte seinen Kurs, um den Flüchtigen abzufangen. Aber in diesem Moment warf ein besonders starker Windstoß einen überquellenden Abfallkorb um, so daß sich der Müll über den mit eingelegten Sternen verzierten Gehsteig ergoß. Jake rutschte auf einem chili-verschmierten Pappteller aus und schlitterte – zur ungeheuren Erheiterung der Imbißgäste – kopfüber durch den Unrat. Aber Simon wartete nicht ab, was geschehen würde; er bog um die Ecke und lief. Der Wind schien ihm fast zu helfen, ihn in großen, schwerelosen Sprüngen die ausgestorbene Straße hinabzutragen. Erfüllt von Panik, mit pumpenden Ellbogen und die knisternde Luft in seine Lungen saugend, lief er dahin. Die Angst und sein Hunger hatten ihn bald mit vereinten Kräften ermüdet. Er erreichte den leeren Parkplatz neben seinem Wagen, stolperte über die niedrige Absperrkette und brach zusammen. Der heiße, mit Ascheflocken bestäubte Asphalt – sie waren von den Bränden herübergeweht – versengte ihm Wange und Arme. Mit schmerzlichem Stöhnen rollte er sich in den Schatten eines nahegelegenen Backsteingebäudes.

Dort blieb er, schluchzend vor Schmerz und Wut, ein paar Minuten liegen. Mit seinen zerkratzen Händen trommelte er auf den rauhen Asphalt. Diese Pechsträhne mußte ein Ende haben – er würde ihr ein Ende bereiten, irgendwie, auf irgendeine Weise! versprach er sich – eine typische Phrase, kurz bevor der Vorhang runterging, das war ihm bewußt, aber völlig schnuppe; diesen Augenblick würde er zu einem Wendepunkt machen. Er wollte als Schauspieler agieren und täglich drei warme Mahlzeiten haben; er wollte, daß sein Name schließlich einmal auf einem Gehsteig stünde. Und er wollte diese Rolle mehr als die Luft zum Atmen. Er wollte sie haben, und er war entschlossen, sie zu kriegen.

Der Wind blies immer noch; anscheinend sogar stärker als vorher. Simon sah sich um. Das Häuschen des Parkplatzwächters war leer. An der Mauer nebenan stand eine große Mülltonne; eine Schaufensterpuppe mit zerbrochenem Kopf grinste ihm einäugig entgegen. Die Sonne, ein mit Farbgel beschmierter Strahler, tauchte die Szene in blutrotes Licht. Simon war, als würde alles von etwas Traumartigem umhüllt. Er konnte den Wind hören, aber er wirkte irgendwie fern. Das Gefühl war das der Einsamkeit und des Wartens.

Der Wind heulte.

Eine Staubspirale, ein Trichter aus heißer, trockener Luft, kam wie ein Kobold auf den Parkplatz gefegt. Sie nahm Abfälle, Staub und die feine weiße Asche mit und wirbelte sie überall herum. Doch statt sich nach einem Moment aufzulösen, quirlte sie immer weiter, immer schneller. Sie fing an zu schrumpfen. Der Schutt, der ihre Form vorher markiert hatte, wurde aus ihr herausgeschleudert. Jetzt gab es nur noch Staub und Asche, und dann nicht einmal mehr das; bloß einen silbrigen Luftwirbel, der sich zusehends verdichtete.

Er nahm menschliche Gestalt an.

Der Wind blies immer noch, aber er brachte die quirlende Gestalt nicht durcheinander. Es lag eine atemlose Spannung in der Luft. Die Gestalt wuchs zusammen, verfestigte sich ...

Und wurde zu einer Frau.

Sie schien jünger zu sein als Simon, mit silbernem Haar und blasser Haut. Sie war nackt. Trotz ihres festen Aussehens wirkte sie gleichzeitig wesenlos, so als würde sie verschwimmen oder durchsichtig werden, wenn man sie aus einem anderen Winkel betrachtete. Sie hatte ein schönes Gesicht, obwohl Simon ihre Züge irgendwie nicht klar erkennen konnte. Ihre Augen waren groß und blank, wie ungeprägte Silbermünzen.

Sie lächelte ihn an. Es hätte rührend ausgesehen, wären nicht die blicklosen Augen gewesen; durch sie wurde das Lächeln gräßlich. Es war ein Lächeln voll Verlangen, Sehnsucht, Dankbarkeit – ein Lächeln der Erfüllung nach langem Warten. Sie trat zwei Schritte auf Simon zu. Er stieß einen hohen, dünnen Laut aus und wich an die Mauer zurück. Einen Moment zögerte die Gestalt. Dann wurde sie plötzlich von einer Bö erfaßt, die sie, immer schneller, herumwirbelte wie eine Ballerina, bis ihre Haare nur noch ein dünner werdender silberner Fleck waren und ihre Körperkonturen zerflossen wie Aquarellfarbe.

Eine Sekunde später hatte sie sich in Luft aufgelöst, und Simon war wieder allein auf dem Parkplatz – allein bis auf das Heulen des Windes.

Natürlich war es eine Sinnestäuschung gewesen. Anders ließ es sich einfach nicht erklären. Wenn man bedachte, unter welchem Streß er in letzter Zeit stand, war es ein Wunder, daß er nicht die Bestie aus *Zwanzigtausend Meilen unter dem Meer* auf dem Parkplatz gesehen hatte. Dies und ähnliches redete Simon sich ein, während er aus dem Grundstück hinausstolperte, und noch den ganzen Rest des Tages hindurch. Gegen Abend hatte er sich fast davon überzeugt.

Aber Sinnestäuschung hin oder her – er hatte sich dort auf dem Parkplatz auch etwas geschworen: Die Rolle in Knox' Film würde er sich nicht entgehen lassen. Er war für morgen abend auf eine Party eingeladen, bei der seines Wissens auch Martin Knox anwesend wäre. Vielleicht könnte Simon ihn ja dazu bringen, sich die Sache noch einmal durch den Kopf gehen zu lassen.

Als er in dem kleinen Haus, tief im Labyrinth des Laurel Canyon, ankam, war es schon spät. Fast hätte er ja gar nicht mehr gewollt; bei der Vorstellung, Knox gegenüberzutreten, wurde ihm verdammt flau im Magen. Aber er mußte diesen Versuch machen, und außerdem erhielt er nicht oft Einladungen zu Parties.

Jon Shea, der Gastgeber, überreichte ihm beim Eintreten einen Drink. Jon war ebenfalls Schauspieler, groß, schlank und gutgebaut – er und Simon besuchten dasselbe Fitneßstudio. »Wie ist's dir denn so gegangen, Simon?« fragte Jon. »Du siehst ein bißchen mitgenommen aus.«

»Hab nicht viel Schlaf gekriegt«, antwortete Simon. »Der Nachbarhund hält mich die ganze Nacht wach.« In Jons Nähe war ihm immer ein bißchen unwohl – jegliche Kritik von Jon, und sei sie auch noch so geringfügig, rief in Simon stets ein Bedürfnis hervor, zu erklären und sich zu rechtfertigen. Obwohl nur ein Jahr älter, hatte Jon Shea als ein aus New York zugewanderter Schauspieler viel mehr Glück gehabt: drei Kinofilme und eine Nebenrolle in einer Serie, die derzeit im Fernsehen lief. Simon nahm es ihm übel und konnte sich selbst nicht leiden, weil er so empfand.

»Mich hält dieser verdammte Wind wach«, sagte Jon. »Meine Oma behauptet – sie ist nämlich aus der Alten Welt« – Simon erinnerte sich, daß Jons Name länger und konsonantenreicher gewesen war, bevor seine Agentur eine Änderung nahegelegt hatte – »jedenfalls behauptet sie, ein Wind wie dieser wäre ein Teufelswind, ein böser Geist – hey, fehlt dir auch nichts?«

Simon war auf dem Gang stehengeblieben und lehnte sich an die mit Redwood verkleidete Wand. »Alles bestens. Der Drink ist 'n bißchen stark ... was hat deine Großmutter über den Wind gesagt?«

»Oh, die hat viele so alte Geschichten.« Er sah an Simon vorbei ins Wohnzimmer, wo Menschen ihre Kreise zogen. »Muß den Gastgeber spielen. Jede Menge Mädchen da. Such dir eins aus.« Und noch bevor Simon ihn aufhalten konnte, war er verschwunden.

Auch während er sich langsam an Menschen vorbei durch das kleine, gemütliche Haus lavierte, empfand Simon noch die Kälte, die ihm in den Bauch gefahren war, als Jon die Theorie seiner Großmutter bezüglich des Windes erwähnt hatte. Er dachte an die Erscheinung auf dem Parkplatz zurück. »Zufall«, sagte er, indem er das Wort auf der Zunge zergehen ließ, es trällerte, wie er vielleicht ein Mantra geträllert hätte. Zufall. Tröstlich, dieses Wort zu kennen.

Discomusik begleitete das nervöse Pochen seines Herzens. Ab und zu wurde sie von den im Wind rappelnden Fenstern übertönt. Simon rieb sich mit dem kühlen Glas, das er hielt, über die Wange, während er auf der Schwelle des Gesellschaftszimmers stehenblieb. Eine Lampe und ein Ventilator hingen über dem Billardtisch, auf dem Knox den letzten Ball landete. Mehrere Zuschauer klatschten Beifall, als der Bandeschuß ins Loch traf. Die einzige, die nicht hinsah, war eine Frau mit kurzen dunklen Haaren; sie spielte in einer gegenüberliegenden Ecke an einem Flipper-Automaten.

Knox hob sein Glas, um sich für den Beifall zu bedanken, und schickte sich an zu gehen. Ein großer, breitschultriger Mann in dunklem Anzug folgte ihm. Simon holte tief Luft und trat einen Schritt vor, gerade als Knox an ihm vorüberwollte. »Mr. Knox«, sagte er lächelnd. Weiter kam er nicht, denn schon hatte sich eine riesige breite Hand um seinen Arm geschlossen. Simon blickte auf und sah Knox' Begleiter – einen Riesen. Sein Gesicht war zerdellt und wirkte etwas gelangweilt. Eine schwarze Hornbrille bildete einen grellen Kontrast zu seiner Gesamterscheinung.

»Schon gut, Daniel«, sagte Knox. Simons Arm wurde losgelassen. Simon fiel ein, daß viele Leute aus der Branche in der vergangenen Woche – seit Beginn der Skalpjägermorde – Leibwächter engagiert hatten. »Danke«, sagte Simon zu Knox, während er das Lächeln irgendwie an Ort und Stelle behielt. »Ich wollte mich mit Ihnen nur noch ein bißchen über die Hauptrolle in Ihrem Film unterhalten.« Knox' Gesicht war ausdruckslos. »Was genau wollten Sie bitte sagen?«

Simon ließ das Lächeln zugunsten einer sachlichen Miene fallen. Flüchtig ging ihm durch den Sinn, daß er gerade stärker schauspielerte als je in seinem Leben. »Offen gestanden hoffe ich, Sie dazu überreden zu können, daß Sie sich die Sache noch einmal durch den Kopf gehen lassen. Ich finde, daß ich der Richtige für diese Rolle bin.«

Knox' Gesicht war ebenso eisig und starr wie ein Dia. »Ich fürchte, dazu ist es zu spät. Terrence Froseth ist für die Rolle vorgesehen. Ich habe schon mit seinem Agenten gesprochen –«

Simon kannte Terrence Froseth nicht, und es war ihm auch egal.

Obwohl es schlecht aussehen würde, weiter auf diesem Punkt herumzureiten, preschte er drauflos. »Es ist nie zu spät«, sagte er eindringlich. »Schließlich war Gable auch nicht die Erstbesetzung für *Vom Winde verweht*. Karloff war nicht die Erstbesetzung für das Monster in *Frankenstein*.«

»Sie stellen sich in gute Gesellschaft«, meinte Knox trocken. »Ich muß sagen, Ihre Hartnäckigkeit ist bewundernswert, obwohl Sie dringend ein paar Manieren lernen müßten ... Sollte Froseth aus irgendeinem Grunde die Rolle nicht übernehmen können, reden wir vielleicht weiter. Mehr ist dazu nicht zu sagen.« Und damit ging er durch den Flur davon. Daniel warf noch einen kühlen Blick auf Simon. Dann ging auch er.

Jemand im Zimmer stellte einen kleinen Fernseher an, und die Stimme eines Nachrichtensprechers erfüllte den Raum. »Heute am frühen Abend wurde in Topanga auch das letzte Feuer unter Kontrolle gebracht. Um es noch einmal zu wiederholen: Der Wind hat seit gestern leicht zugenommen, und Autofahren bleibt nach wie vor riskant.

Die Identität der letzten Person, die dem Skalpjäger von Hollywood zum Opfer fiel, wird von der Polizei weiterhin geheimgehalten, doch hat man bestätigt, daß es sich um einen Filmregisseur handelt. Er ist damit das sechste Opfer des Skalpjägers in ebensovielen Tagen ...«

Die Konversation hatte aufgehört, und alle, die sich in dem Zimmer befanden, waren in gespannter Aufmerksamkeit um den Apparat versammelt, während Simon den Korridor hinabging. Vor einem Fenster blieb er stehen und beobachtete die Bäume, die der Wind peitschte. Das geisterhafte Grünorange der Rasenbeleuchtung verlieh ihnen etwas Grausiges. Es stürmte nun schon eine geschlagene Woche. Plötzlich wurde Simon klar, daß der Skalpjäger am Tag nach Einsetzen der Santa-Ana-Winde losgelegt hatte. Sie machten die Leute meschugge, dachte er in Erinnerung an Trapper Jake.

Der Skalpjäger von Hollywood war nur ein weiteres Problem: ein Psychopath, der ausschließlich Leute aus dem Showbusineß umbrachte, indem er sie erstach und ihnen dann eine kleine Skalplocke abschnitt, die er vermutlich behielt. Doch die bisherigen Opfer waren auf ihrer Karriereleiter allesamt etwas weiter vorgerückt als Simon. Bestimmt befand er sich unterhalb der Wahrnehmungsschwelle des Skalpjägers.

Er starrte immer noch aus dem Fenster, da erschien plötzlich ein bleiches, durchsichtiges Antlitz, das vor ihm in der Nacht schwebte. Er hielt den Atem an und drehte sich um – jemand stand hinter ihm. Simon seufzte erleichtert. Eine winzige Sekunde lang hatte er beim Anblick ihrer Gesichtsform und dem Effekt des Spiegelbilds geglaubt –

Die dunkelhaarige Frau aus dem Gesellschaftszimmer wich einen Schritt weit zurück. »Ich hatte nicht vor, Sie zu erschrecken.«

Simon lächelte. »Kein Problem. Ich – dachte, Sie wären jemand anderes.«

Sie lächelte ebenfalls. »Ich heiße Molly Harren – und Sie sind Simon Drake. Ich habe Sie in diesem Film gesehen –«

»O Gott, nein!« rief er, indem er mit gespielter Verzweiflung sein Gesicht versteckte. »Sagen Sie bloß, ich wäre Ihnen aus *Disco-Dracula* bekannt?«

»Sie waren gut«, erwiderte sie, ebenfalls lachend. »Der Film an sich war natürlich abgrundtief schlecht, aber nicht Sie.« Simon grinste sie an. Ihre schwarzen Haare umrahmten ein faszinierendes Gesicht mit großen, wie dunkle Flüssigkeit wirkenden Augen. Obwohl sie im Moment lachte, konnte er erkennen, daß ihr Gesichtsausdruck normalerweise forschend, fast durchdringend war. Sie trug ein ärmelloses Abendkleid, das ihre sehr gute Figur bewies – sie war nicht bloß glatt und gepflegt wie die meisten hier, sondern schlank, mit elegant geschwungenen Muskelansätzen. Ganz offensichtlich hielt sie sich mit mehr als dem obligatorischen Morgen-Jog in Form. Und ihr Name hörte sich vertraut an … »Sind Sie Schauspielerin?«

»Nein. Drehbuchautorin.«

Da traf es ihn wie der Blitz, und er sperrte den Mund auf. »Sie haben *Blackout* geschrieben!«

Sie nickte. »Aber mein Titel lautete anders – *Die dunkle Seite der Stadt.*«

Er hatte ihr eigentlich ein Kompliment für das Drehbuch machen wollen – der Film gehörte zu seinen Lieblingsthrillern der letzten Zeit. Er handelte von einem Psychopathen, der während eines Stromausfalls eine Kleinstadt terrorisiert. Statt dessen aber sagte Simon: »Der Titel paßt viel besser.«

Sie nickte und verzog dabei abschätzig den Mund. »Die Studios haben's zur Zeit alle mit Ein-Wort-Titeln. ›Bessere Einprägsamkeit beim Publikum.‹ Man redet gerade über eine Fortsetzung, und natürlich soll sie *Blackout II* heißen. Wie originell!« Dann schüttelte sie den Kopf und lächelte. »Tut mir leid. Ich – nun ja, ich habe Ihr Gespräch mit Knox mitbekommen. Ich wollte Ihnen nur sagen, daß ich weiß, wie Ihnen jetzt zumute sein muß. Manchmal hat man es nicht leicht mit denen.«

Nach dieser Bemerkung ergab sich mühelos ein Gespräch. Sie unterhielten sich über *ihr* Drehbuch, *seine* Karriere und ihrer beider gemeinsames Interesse an Horrorfilmen und Thrillern. Simon vergaß seine Enttäuschung über den Verlust der Mammutrolle, zumindest vorläufig. Er hatte schon eine ganze Weile keine Frau mehr kennengelernt, mit der es ihm so leicht fiel, zu reden, eine, mit der er so viele Interessen teilte. Wieder einmal wurde ihm bewußt, wie einsam er gewesen war, denn nun hatte er, eine Zeitlang, Gesellschaft.

Es war kurz vor zwei Uhr früh, als sie merkten, daß man sich verabschiedete. »Ich sollte jetzt besser gehen«, meinte Molly. »Es war sehr nett, Sie kennenzulernen, Simon.«

Sie saßen auf einer Rattancouch, über der ein eingerahmtes Plakat zu einem von Jon Sheas drei Spielfilmen hing. Als sie aufstanden, warf Simon einen Blick darauf und merkte erst später, daß es ihm nicht den gewohnten Stich gegeben hatte, weil er eifersüchtig war. Er erwog und verwarf mehrere clevere Anmachfloskeln; statt dessen sagte er einfach: »Ich würde gern mit zu Ihnen nach Hause, Molly.«

Sie lächelte matt, fast sehnsüchtig. »Ich glaube, ich würde mich darüber freuen – aber leider wohl nicht heute abend. Warum gehen wir nicht zusammen zum Mittagessen – sagen wir, nächsten Mittwoch?«

Mittwoch war ihm recht. Er bot ihr an, sie zum Wagen zu begleiten.

Als sie vor die Tür traten, wurden sie von einem wütenden Wind überfallen. Simon stemmte sich dagegen, und sein Hemdkragen peitschte ihm um den Hals, während er Molly nachsah, wie sie in einem hellen Fiat davonfuhr. Der Wind war so stark, daß er den kleinen Wagen mehrmals über den Mittelstreifen drängte – hoffentlich würde sie sicher zu Hause ankommen.

Da sich sein eigenes Auto immer noch in Reparatur befand, ging Simon zu Fuß heim – den Laurel Canyon hinunter zum Hollywood und den Highland hinauf zum Franklin Boulevard. Schwarzweiße Streifenwagen kreuzten durch die Straßen. Sie wirkten phantomhaft im Schein der Quecksilberlaternen. Er war zwei Blocks von seiner Wohnung entfernt, da wurde er von einem angehalten und, nach Überprüfung seiner Personalien, zu Hause abgesetzt. Es war drei Uhr vorbei, als er sich müde die Treppe zu seiner Wohnung im zweiten Stock hinaufschleppte. Das Haus lag in den Hügeln über Cahuenga und gehörte zu den älteren Gebäuden spanischen Stils. Es hatte Dachpfannen, Torbögen und einen kleinen Innenhof voller Kakteen und Jakarandabäumen. Simon roch schweren Blumenduft – einmal stark, einmal schwach, je nachdem, wie die Windstöße kamen. Er konnte die Stromleitungen über dem Gebäude summen und auch den Dobermann im Nachbarhof bellen hören. Er sah ihn als einen großen, schwarzen Schatten, der rastlos in der Auffahrt auf der anderen Seite des Zaunes herumpirschte. Es würde wieder eine schlaflose Nacht werden.

Durch die Akustik der Straße klang der Wind manchmal wie Wolfsgeheul, manchmal wie das Schreien von Babys. Als Simon auf die Veranda vor seiner Wohnung trat, nahm er aus den Augenwinkeln ein Flimmern wahr; er hörte einen scharfen Knall, wie von einer Peitsche, schnellte herum und sah, daß ein Draht der Fernsehantenne sich gelöst hatte und nun gegen eine Mauer auf der anderen Straßenseite klatschte. Den ganzen Nachhauseweg über war Simon sich vorgekommen wie eine Figur aus einem Val-Lewton-Film* und sicher, daß jemand oder etwas ihn verfolgte.

* Amerikanischer Produzent (RKO), maßgeblich beteiligt an subtilen Horrorklassikern wie den Filmen von Jacques Tourneur (z.B. »Katzenmenschen«, 1942, und »Ich folgte einem Zombie«, 1943) oder »Der Leichendieb« mit Boris Karloff (1945). – A. d. Ü.

Dementsprechend hatte er auch fortwährend hinter sich geschaut, nach den sausenden Blättern und dem klappernden Unrat, die der Wind umherschleuderte. Er starrte auf die ausgestorbene Straße hinunter, der der Mond wie ein Blutegel sämtliche Farbe entzogen hatte. Der Wind hörte sich jetzt an wie das Jammern verlorener Seelen. Selbst wenn er der letzte Mensch auf dieser Welt gewesen wäre, hätte Simon sich nicht einsamer fühlen können; er wünschte sich verzweifelt, Molly hätte ja gesagt.

Trotz der Geräusche der Nacht schaffte er es, einzuschlafen, aber nicht lange. Er träumte, daß jemand in einem schwarzen See versinken, nach ihm rufen, lange weiße Arme nach ihm ausstrecken würde. Als er erschrocken die Augen aufschlug, hörte er immer noch seinen Namen rufen.

Das Wasserbett schaukelte ihn sanft, während er sich die Augen rieb. Sein Körper und seine Shorts waren klamm von Schweiß. Er sah auf das fahl schimmernde Zifferblatt seiner Uhr: halb fünf. Der Wind draußen wehte immer noch, aber der Hund hatte zu bellen aufgehört. Simon fühlte sich müder denn je. Begreiflich, bei Alpträumen, in denen jemand ertrank und ihn beim Namen rief ...

Er hörte den Ruf erneut.

Simon lag mucksmäuschenstill. Über dem rastlosen Auf und Ab des Windes hörte er seinen Namen – einen langen Jammerschrei, schwach und atemlos wie der Schrei einer Ertrinkenden. Mit seinem ganzen Körper lag er da und lauschte. Und es kam abermals: *Simonnn ...* langgezogen und flüsternd, fast als hätte der Wind selbst ihn gerufen.

Es war der Wind! Er hörte es wieder: Das lauter werdende Pfeifen draußen formte sich zu seinem Namen. Er starrte zur Decke und wagte nicht, seinen Kopf zu drehen, hatte Angst, auf das mit Silber überzogene Rechteck des Fensters zu schauen, wußte aber gleichzeitig, daß er es tun müßte, wenn der Ruf neuerlich erfolgte.

Simonnn ...

Er wandte seinen Kopf zum Fenster.

Im Mondschein gemalt, die Haare wie Nebelfahnen und mit sternenkalten Augen starrte sie ihn an.

Simon schrie auf, drehte sich herum, sprang aus dem Bett und lief durch den Korridor. Das Licht des Vollmonds, das durch das Wohnzimmerfenster fiel, strahlte ein großes Plakat von Lon Chaney Junior als Wolfsmensch an. Das Monster schien mit weit aufgerissenem Rachen auf Simon zuzukommen; Simon keuchte, machte kehrt und stolperte in eine Hängepflanze. Die Blätter kratzten ihn im Gesicht wie Spinnenbeine. Er krallte die Wohnungstür auf und sprang – ohne zu überlegen, einfach nur laufend – mit einem Satz in die heiße, brausende Luft hinaus. Er sah von der Veranda auf die Straße hinunter – Schatten schlichen im Wind. Dann streifte ihm etwas – ein wehendes Blatt, seine Haare oder *ihre Hand* – über die Wange. Mit einem schrillen Schrei sprang er die Fliesentreppe hinunter, stolperte, fiel, kam wieder auf die Beine und drehte sich um –

Sie stand vor ihm.

Sie war höchstens einen Meter entfernt. Wie zuvor schien sie aus Fleisch und Blut und dennoch spukhaft zu sein. Ihre Haare wehten hinter ihr wie feine Spinngewebe. Ihre Augen glichen immer noch silbernen Brunnenschächten, die ihn anschauten, aber nicht sahen. Eine namenlose Einsamkeit und Sehnsucht lagen auf ihrem Gesicht.

Sie streckte ihre Hand nach ihm aus.

Simonnn ...

Er sah nicht, daß sich ihre Lippen bewegten; anscheinend flüsterte der Wind seinen Namen. Furchtgelähmt stand er da und erblickte die näherkommenden Hände ganz deutlich: Sie waren so bleich und glatt wie verwehter Schnee, keine Spur von Fingerabdrücken oder Adern. Ihre Lippen teilten sich zu lächelnder, leichenhafter Starre, und dahinter lag nichts als Dunkelheit ...

Simon machte die Augen zu und warf sich nach hinten, während seine Hände vor ihm in der Luft ruderten. Er spürte, wie eine von ihnen durch etwas Kaltes hindurchging; dann hatte er kehrtgemacht und stürzte vorwärts, ohne zu fühlen, wie ihm die Kakteen über die nackten Beine harkten, während seine Finger sich in den Maschen des Zaunes verhakten und der Wind an ihm riß, ihm zukreischte. Er zog sich nach oben, über den Zaun, fiel auf kühlen

Beton und hörte ein tiefes Knurren in der Nähe. Erst da wurde ihm klar, wohin er geflohen war.

Der Dobermann sprang – ein Schatten mit glitzernden Zähnen. Simon erhob sich wankend auf die Beine und lief, obwohl er wußte, daß es zwecklos war. Er rannte so stark gegen eine Wand, daß ihm die Luft wegblieb, und fiel. Als er sich umdrehte, sah er, daß eine der Hochspannungsleitungen am Strommast über ihm sich gelöst hatte. Wie eine funkensprühende Peitsche kam sie herab und knallte dem angreifenden Tier genau über den Rücken. Das Knurren des Hundes verwandelte sich in ein qualvolles Kläffen – unter der Wucht des Schlages wurde er über die Zufahrt geschleudert, um zitternd im Zaun zu landen. Das zerrissene Stromkabel tanzte und versprühte Funken über den Beton.

Simon sah sich rasch um, aber von ihr fehlte jede Spur. Nur der Wind und das Zischen des Stromkabels waren zu hören. Seltsamerweise hatte der ganze Lärm nicht einmal die Nachbarn aus dem Schlaf gerissen. Er sah zu dem Hund – das Tier hatte zu zittern aufgehört.

Der Wind wehte ihm den Geruch von verbranntem Fleisch in die Nase, und er wandte sich ab, um sich zu übergeben.

»Hey, Simon«, sagte Jon Shea. »Du kommst gerade rechtzeitig zum Applaudieren. Heute nehme ich die Zwei-fünfundsiebzig in Angriff.«

Simon hatte eben den Trainingsbereich des Golden-West-Fitneßzentrums betreten. Der große, mit Spiegeln verkleidete Raum war voller Männer, die sich an Body-Building-Geräten betätigten. Über dem Ächzen und Krächzen der Mitglieder tönte ein Rocksender. Jon lag flach ausgestreckt auf der Drückbank, ergriff die Stange und stemmte mit einiger Kraftanstrengung sechsmal einen Satz Gewichte über seine Brust. Dann stand er langsam, mit schweißglitzernder Haut, auf und blickte zu Simon. »Du siehst nicht gut aus. Vielleicht solltest du heute lieber nicht trainieren.«

»Ich – hab heut nacht nicht viel Schlaf gekriegt«, erwiderte Simon. Er war blaß und lehnte an einem Gestell mit Langhanteln. Seine Beine schmerzten immer noch von den Kakteen und dem Sturz auf

der Zufahrt. »Ich bin nur vorbeigekommen, weil ich dich etwas fragen wollte«, fuhr er fort.
»Klar. Schieß los.«
Simon starrte durch das bis zur Decke reichende Fenster auf die Jogging-Bahn draußen. Trotz der Seltenheit eines smogfreien Tages war keiner darauf zugange. Die Scheibe vor ihm vibrierte unter dem Wind, und er wich hastig einen Schritt zurück.
»Deine Großmutter nennt das einen Teufelswind, hast du gesagt. Was meint sie damit?«
Jon blinzelte erstaunt. »Ach, das sind doch nur alte Sagen. Es gab da Geschichten über Werwinde, die angeblich Menschengestalt annähmen – du solltest dich lieber hinsetzen, du siehst ja schrecklich aus.«
Simon gehorchte. »Bitte fahr fort«, sagte er mit schwacher Stimme.
Jon kratzte sich am Kopf. »So gut weiß ich das heute auch nicht mehr ... sie sind, glaub ich, weniger bösartig, sondern einsam, so eine Art arme Seelen. Du weißt doch, das Geräusch des Windes wird immer als einsam beschrieben. Na ja, und der Werwind fühlt sich zu einsamen Menschen hingezogen.« Er beäugte argwöhnisch seinen Freund, der aus dem Fenster auf die windgeschüttelten Turmspitzen des Chinesischen Theaters schaute. »Wieso das Interesse?«
»Och ... mir kam einfach nur die Idee, daß sich daraus ein guter Horrorfilm machen ließe.«
Jon schnaubte verächtlich. »Alles schreibt heute Drehbücher. Aber was dieses Thema betrifft, kommst du wohl zu spät. Molly Harren hat sich schon vor ein paar Tagen bei mir danach erkundigt.«
»Wie beendet man einen Werwind?« fragte Simon.
»Genau das wollte Molly auch wissen. Ich sag dir, was ich ihr gesagt hab – schau in der Bibliothek nach. Ich hab's vergessen. Und außerdem ist es so oder so Kacke.«
»Ja«, erwiderte Simon, der immer noch dastand. »Stimmt.« Er machte die Tür auf, um zu gehen, aber in diesem Moment verstummte die Musik, die durch das Fitneßzentrum säuselte, und eine Stimme sagte: »Hier ist KCCO mit den aktuellen Nachrichten. Schon wieder wurde ein Opfer des Skalpjägers von Hollywood

gefunden, diesmal in Los Angeles West. Die Leiche wurde identifiziert als diejenige von Terrence Froseth, einem jungen Schauspieler. Er ist das siebente Opfer des Skalpjägers in sieben Tagen ...«
Simon sah, wie Jon unter seiner Bräune erbleichte. Am Boden ihm gegenüber ließ ein anderer Schauspieler einen Kettenzug gehen, und ein Satz Gewichte donnerte herab.
Simon lehnte sich gegen die Tür. Er fühlte sich ganz schwach, nahm aber auch eine Reihe anderer Empfindungen wahr, darunter Grauen und Mitleid. Das dominierende Gefühl jedoch war eine gräßliche Erleichterung.
Und ungebeten kam ihm ein Gedanke, der ihn anekelte: Ich bin wieder im Rennen.
Draußen heulte der Wind.

Simon verließ das Fitneßzentrum und nahm einen Bus zu Mannie's Autowerkstatt an der Melrose. Er bezahlte mit einem Scheck, wobei er sich leise fragte, wie er ihn decken wollte, und fuhr dann in die Innenstadt zur Hauptfiliale der Bibliothek von Los Angeles. Dort blätterte er mehrere Stunden lang unter den hohen, mit Schnitzwerk verzierten Decken in Büchern über Sagen und Volksaberglauben.
Er fand diverse Zaubersprüche zum Heraufbeschwören des Windes und ein paar Verweise auf allerlei Windteufel und Manifestationen sowohl freundlicher wie bösartiger Natur. Zu guter Letzt entdeckte er eine flüchtige Anspielung auf die Sage vom Werwind. Dieser Passage nach ließ sich der Werwind unterbinden, indem man Knoten in eine lange Haarflechte machte. Je stärker der Wind, desto mehr Knoten waren erforderlich, und aufhören würde er erst, wenn der letzte davon geknüpft war. Der Abschnitt zitierte eine eingehende Abhandlung über dieses Thema im *Omnibus of the Occult*, als Simon aber nach dem Buch suchte, mußte er feststellen, daß man es bereits ausgeliehen hatte.
Simon stand vor den Katalogkarteien und drückte sich die Rücken seiner Handgelenke in die Augen, bis grüne Muster in der Finsternis kreiselten. Er wußte nicht genau, was er als nächstes tun sollte. Eigentlich hätte er jetzt draußen auf der Jagd nach einem Job sein,

die Stellenangebote durchsehen oder an seinem Agenten herummeckern sollen. Aber er rührte sich nicht. Ganz ruhig stand er da und wünschte sich, er könnte die Gedanken unterdrücken, die ihm wie kleine Staubtornados durch den Kopf wirbelten.

Eine solche Geistererscheinung war einfach nicht möglich – zumindest schien ihm das hier, in der Bibliothek, so, wo die Sonne durch die Fensterläden strömte. Und folglich, dachte Simon, habe ich wohl einen Nervenzusammenbruch. Er klatschte in die Hände, damit sie aufhören sollten zu zittern. War irgendeine Karriere das wert? Aber andererseits: Was konnte er sonst schon tun? Er, der mit seinen dreiunddreißig Jahren nur vereinzelte Jobs hinter sich hatte, wie konnte *er* sich Hoffnung machen, einen einigermaßen anständigen Lebensunterhalt zu verdienen, selbst wenn er an irgend etwas außer Schauspielerei interessiert gewesen wäre? Er hatte schon Schlimmeres durchgestanden. Er hatte in einer unbeheizten Mansarde in Greenwich Village überwintert, während er an New Yorker Theatern vorsprach. Seitdem war es etwas bergauf gegangen. Und das würde es weiterhin, sagte er sich. Ausdauer, Beharrlichkeit, Entschlossenheit – das waren die Schlüssel zum Erfolg, sogar noch mehr als die Begabung. Knox hatte angedeutet, daß er sich das Ganze noch einmal überlegen würde, falls Froseth ausfiele. Und jetzt fiel Froseth mit Sicherheit aus. Er war tot.

Und lauerte der Skalpjäger von Hollywood oder einer wie er wohl schon auf den nächsten Hauptdarsteller? Wer konnte das wissen – wer konnte die Beweggründe eines Soziopathen schon entschlüsseln? Der Wind schien solche Psychosen noch anzustacheln – Simon hatte gehört, daß es bereits zu einem Mord gekommen war, der die Vorgehensweise des Skalpjägers nachahmte. Wenn Simon ins Rampenlicht träte, wäre dann nicht vielleicht er das nächste Opfer?

Er schüttelte den Kopf. Er durfte sich nicht von Angst beherrschen lassen. Die Schauspielerei war sein Leben – sie mußte es ihm wert sein, sein Leben zu riskieren. Er wünschte sich die Hauptrolle in diesem Film mehr als je irgendeine zuvor. Einen Tag oder so würde er warten, aus Respekt gegenüber dem Verstorbenen; dann riefe er Knox wieder an.

Die Bibliothek machte bald zu; er wandte sich Richtung Ausgang. Es war gerade Hauptverkehrszeit. Normalerweise versuchte er die Autoschlange, die Stoßstange an Stoßstange dahinkroch, zu umgehen, aber er wußte, daß er sich heute in diesem zähen Strom, umgeben von Autos und Menschen, sicherer fühlen würde. Im Wind.

»Wir wiederholen: Die Polizei von Los Angeles hat den siebenundzwanzigjährigen Greg Corey in Untersuchungshaft genommen. Ihm wird vorgeworfen, die Skalpjäger-Morde von Hollywood begangen zu haben, durch die Los Angeles in den letzten acht Tagen in Angst und Schrecken gehalten wurde ...«

Simon hörte die Meldung, während er auf der La Cienega zu einem vegetarischen Restaurant hinunterfuhr, wo er sich mit Molly zum Mittagessen verabredet hatte. Fast hätte er laut losgejubelt. Endlich schien es wieder etwas bergauf zu gehen! Laut dem Bericht der Nachrichtensendung stand im Grunde fest, daß es sich bei dem Verdächtigen tatsächlich um den Skalpjäger handelte – er war beim Angriff auf einen Produzenten ertappt worden und hatte auch für die anderen Morde ein Geständnis abgelegt. Gott sei Dank, dachte Simon. Wenigstens *die* Sorge bin ich los!

Er fand Molly, nahezu verborgen hinter einem großen eingetopften Farn, an einem Ecktisch, in dessen Umgebung nur eine Kerze für eine gewisse Helligkeit sorgte; nach der erbarmungslosen Sonne sah Simon kaum mehr als ein paar flimmernde Sternchen vor den Augen. »Hoffentlich macht es Ihnen nichts aus«, sagte sie. »Beim Essen sitze ich gern etwas für mich.« Sie sah anders aus; er merkte, daß ihre Haare länger waren. Sie trug ein Haarteil.

»Haben Sie schon die Nachrichten gehört?« fragte er, als sie bestellt hatten. »Der Skalpjäger von Hollywood ist gefaßt worden.«

Sie nickte und lächelte. »Aber erst, nachdem er Ihren Konkurrenten beseitigt hat.«

Simon blinzelte, etwas verdutzt und mit einem heimlichem Unbehagen, weil er ähnliches dachte. »Na ja, natürlich sehe ich die Sache nicht von daher –«

»Ich verstehe«, erwiderte sie. »Es ist eine schreckliche Geschichte, aber das darf Sie nicht hindern, Ihren Vorteil daraus zu ziehen.« Sie runzelte die Stirn über seinen Gesichtsausdruck. »Hört sich das kaltherzig an? Vermutlich bin ich auch ziemlich kaltherzig – das muß man in diesem Kaff sein, wenn einem an Kunst überhaupt etwas liegt. Wenn man zur Zusammenarbeit mit Leuten gezwungen ist, die glauben, daß ihr Geld ihnen das Recht gibt, über Kreativität zu entscheiden.«

Simon wurde angesichts ihrer Heftigkeit irgendwie unbehaglich. »Na ja, allzuviel Gelegenheit, mich mit ihnen zu streiten, hab ich in meiner Lage ja noch nicht gehabt. Und ich mache mir über die künstlerische Qualität meiner bisherigen Arbeit keine Illusionen.«

»Jeder muß einmal klein anfangen. Sie waren gut in diesem billigen Streifen; Sie brauchen sich keine Sorgen zu machen. Aber die Frustration bekomme eher ich zu spüren als Sie, denn ich bin der Drehbuchautor. Mit mir *fängt der Film an.* Schauspieler, Regisseur und Spezialeffekte können noch so gut sein, aber ohne ein gutes Drehbuch ist der Film gar nichts. Und wenn darum ein Drehbuch geschrieben wird und sie verpfuschen es, dann ist das ein Verbrechen. Mehr noch: eine Sünde. Sie verstehen?«

Er verstand, daß es sich hierbei offenbar um einen Privatkreuzzug handelte, und nickte bloß, obgleich er persönlich fand, daß die schauspielerische Interpretation eines Drehbuchs genauso wichtig war wie das Drehbuch selbst. Ihr Essen kam, und sie sprachen über andere Dinge. »Ich habe das Geld zur Verfilmung meines neuesten Drehbuchs aufgetrieben«, sagte sie. »Auf diese Weise kann mir kein Idiot ins Handwerk pfuschen – wenn es ein Mißerfolg wird, ist es allein meine Schuld. Aber dieses verdammte Santa-Ana-Wetter verzögert die Produktion. Mit jedem Tag, an dem der Wind bläst, verliere ich Geld. Ganz davon zu schweigen, daß ich mein Haus in Topanga durch das Feuer fast verloren hätte.«

Simon stimmte von ganzem Herzen zu, daß der Wind bald aufhören mußte. Das Thema wurde gewechselt, und er erzählte ihr, wie sehr er sich die Hauptrolle in Knox' Film wünschte.

Molly nickte. »Martin Knox ist einer der wenigen guten Produzenten. Aber seien Sie vorsichtig mit ihm; er hat ein aufbrausendes Temperament und das Geld, um es sich leisten zu können.«

Simon gab sich verstockt. »Ich *weiß*, daß ich der Richtige für diese Rolle bin.«
»Dann dürften Sie sie wohl auch bekommen, jetzt, wo Froseth tot ist. *The show must go on* – die Leute brauchen ihre Dosis an kinematographischen Träumen.« Sie klang ein wenig verbittert. »Das Verteufelte daran ist nur, daß für den Rest der Welt Film und Fernsehen die Hauptsache sind. Nicht wir – nicht die Verantwortlichen. Wir führen nur ein Schattendasein.«
Das Wort »Schattendasein« machte ihm angst. Sie teilten sich die Rechnung und verließen die Kühle des Restaurants zugunsten von Wind und Sonne.
Der Wind schlug ihnen mit einer festen, trockenen Bö entgegen, während sie die Ziegeltreppe zum Parkplatz hinunterstiegen, und Molly wäre beinahe gestürzt, weil sie danebentrat. Simon hielt sie am Arm fest, damit sie wieder ins Gleichgewicht kommen konnte. »Danke!« rief sie über das Heulen hinweg. »Ich glaube wirklich, dieser gottverdammte Wind hat's auf mich abgesehen.«
Schon wieder gingen ihm ihre unschuldigen Worte durch Mark und Bein; schnell und furchtsam sah er sich um, aber vom Werwind fehlte jede Spur. Sie gingen zu Mollys Wagen hinüber und zögerten vor dem unvermeidlichen, peinlichen Moment des Auf-Wiedersehen-Sagens; Simon stellte fest, daß er heute große Angst vor ihrem Abschied hatte – Angst vor dem Wieder-allein-Sein. »Molly«, sagte er, »ich möchte Sie gerne zu mir nach Haus einladen. Ich – es ist wirklich keine Anmache.« Die Wahrheit dieses Satzes überraschte ihn. Er dachte überhaupt nicht an Sex. Er wollte einfach nur mit ihr zusammensein; eine fast ebensogroße Furcht wie die vor dem Werwind war die Furcht vorm Alleinsein.
Sie wandte ihren Blick von ihm ab und auf die fernen Hügel Hollywoods, deren Umrisse in der trockenen Luft klar und deutlich zu sehen waren. Der Wind zerrte an Mollys langem dunklen Haarteil, und Simon fragte sich flüchtig, weshalb sie an einem solchen Tag überhaupt eines trug. Schließlich sagte sie: »Reizen würd es mich ja.« Sie kicherte, als wäre sie über sich selbst überrascht. »Sie wissen nicht, wieviel dazugehört, auch nur diese Kleinigkeit einzugestehen; wir Hollywood-Gespenster scheuen

emotionale Zugeständnisse.« Sie sah ihn an, nahm sein Gesicht dann in ihre Hände und küßte ihn sanft auf die Lippen. Der Wind brachte sie beide ins Schwanken und hätte diesen Moment damit fast ruiniert. »Ich weiß dieses Angebot sehr zu schätzen, aber ... nein. Ich habe Arbeit zu erledigen.«

»Ich verstehe, aber –« Der Wind stieß ihn und sie gegen den Wagen. »Zum Teufel!« schrie Simon, dem nun der Kragen platzte, und schlug Löcher in die Luft.

»Immer mit der Ruhe. So können Sie ihn nicht zum Aufhören bringen«, sagte sie. »Sie haben an Wichtigeres zu denken, zum Beispiel an Ihr Gespräch mit Martin Knox. Lassen Sie mich wissen, was dabei herausgekommen ist, abgemacht?«

Er nickte. Einen Moment später saß sie im Wagen und stieß rückwärts vom Parkplatz. Er sah, wie sie ihm ein Lächeln zuwarf. Dann war sie verschwunden. Das Motorgeräusch ging schnell im Tosen des Windes unter.

Zu spät dachte er daran, sie zu fragen, was sie über den Werwind wußte. Jon hatte gesagt, daß sie eventuell mit dem Gedanken spielen würde, den Stoff zu einem Drehbuch zu verarbeiten. Simon erschauerte. Er würde nicht darin mitspielen wollen.

Die Straßen waren beinahe ausgestorben. Der Nachrichtensender meldete, daß die Windstärke in den Canyons mitunter Orkannähe erreichte. Simon fuhr vorsichtig. Auf dem Rückweg zu seiner Wohnung sah er einen einzigen einsamen Fußgänger – eine hochgewachsene Frau mit silbernem Haar, die an einer Ecke des Santa Monica Boulevard stand. Eine Sekunde lang erbebte er unter seinem eigenen Herzschlag; erst dann wurde ihm klar, daß es eine der wenigen Nutten war, die immer noch dem Wind trotzten. Sie betrachtete ihn mit trockener Neugier. Er fuhr weiter.

Sein Briefkasten enthielt eine Mitteilung vom Anrufbeantwortungsdienst, daß er wegen Zahlungsrückständen aus der Kundenliste gestrichen würde. Simon schleuderte das Kärtchen gegen die Wand. Daß es zu leicht war, um mit irgendwelcher Wucht aufzutreffen und statt dessen zu Boden segelte, steigerte Simons Wut nur noch. Er ergriff den Telefonapparat und war schon versucht, ihn zu werfen; statt dessen aber setzte er sich und drückte die Nummer der Marathon-Studios. Eigentlich hatte er vorgehabt, etwa einen Tag damit zu warten, sagte sich jedoch, daß er bereits zu lange gewartet hatte.

Zuerst sprach er mit der Sekretärin und nannte ihr seinen Namen. Dann entstand eine geraume Wartepause, während der er tief durchatmete, um sich zu entspannen. Ich werde nicht klingen, als wäre ich versessen auf die Rolle, und ich werde auch nicht in Wut geraten, sagte er sich vor. Ich werde mein Beileid aussprechen und dann mal ganz zart anklopfen. Schließlich muß die Show, wie Molly gesagt hat, ja weitergehen.

»Ja bitte, Simon.«

»Ich wollte Ihnen nur sagen, wie leid es mir getan hat, das von Froseth zu hören, Mr. Knox.«

»Ja, es ist eine Tragödie.« Knox' Stimme war ausdruckslos.

»Ein Jammer, daß sie den Skalpjäger nicht vorher haben fassen können.« Simon zögerte; Knox sagte nichts. »Haben Sie denn schon irgendwie über eine Neubesetzung nachgedacht? Ich weiß, das ist vielleicht etwas voreilig, aber ...«

Er ließ seine Stimme versickern. Knox sagte: »Tut mir leid, Simon, aber auch nach weiterer Überlegung glaube ich nicht, daß Sie der Richtige für diese Rolle wären.«

Simon hörte jemanden sagen: »Bin ich immer noch zu klein, Mr. Knox? Ich könnte doch erhöhte Absätze tragen.«

»Es ist weniger, daß –«

»Oder bin ich zu sonst was?« Simon merkte, daß *er* diese Worte zu Knox sagte; er lauschte mit leichter Verlegenheit, so als wäre er ein Außenstehender, der einen Streit mitanhört. »Bin ich jetzt zu groß? Zu dick vielleicht? Zu dünn?«

»Wir haben Ihre Bewerbung in den Akten«, sagte Knox von fern. »Auf Wiederhören, Simon.«

Simon saß da und lauschte wie betäubt dem Ton des Freizeichens. Alles aus, dachte er. Jetzt hab ich es getan.

Er hängte ein und starrte durch das Fenster auf die im Wind schwankenden Bäume. Er lauschte dem Klang des Windes – des allgegenwärtigen, wahnsinnig machenden Windes. Der ist an allem schuld, dachte Simon. Alles war gutgegangen, bis der Wind angefangen hatte. Es schien eine Ewigkeit her. Die Zukunft hatte zwar nicht sonderlich rosig ausgesehen, aber er war mit dem Druck fertiggeworden. Nun hatte er wegen diesem verdammten Wind alles ruiniert ...

Das Freizeichen wich einem Sirenenton; er drückte den Gabelknopf und begann dann, die Nummer seines Agenten zu tippen. Vor der letzten Ziffer hielt er inne. Was sollte er ihm sagen? Tja, Sid, ich bin eben ein bißchen ausgeflippt, hab auf Martin Knox eingeschrien; bei Marathon dürfte ich deshalb etwa so willkommen sein wie der Skalpjäger in Disneyland. Er legte wieder auf und sah dann zur Wanduhr. Es war nach sechs – Knox hätte das Studio inzwischen verlassen. Wenn ich noch einmal mit ihm reden könnte, dachte Simon, von Mann zu Mann. Ihm die Sache mit dem Wind erklären – wie er mir in letzter Zeit an den Nerven gesägt hat ... das ist bestimmt zu verstehen ...

Nach mehreren Telefonaten erfuhr er Knox' Privatadresse; Jon Shea gab sie ihm zu guter Letzt. Simon erzählte Jon einen Teil dessen, was vorgefallen war, und Jon versuchte, einen anderen Kurs zu empfehlen: »Laß es eine Weile auf sich beruhen, Simon. Ruf ihn in ein paar Tagen noch einmal an; vielleicht flaut der Wind bis dahin ab, und jeder ist wieder normal. Wir haben alle unter Streß gestanden – das versteht er. Aber jetzt mach erst mal halblang. Auch Knox hat ein Temperament ...«

Simon hörte nicht auf ihn. Am selben Abend fuhr er auf dem Sunset westwärts, Richtung Meer. Wie immer in letzter Zeit waren nur wenige Autos unterwegs; selbst auf dem Strip kam man mühelos durch. Der Wind hämmerte gegen den Chrysler. Als die Dunkelheit hereinbrach, mußte Simon sich mit Gewalt zusammenreißen, um nicht schneller zu fahren. Unweit der Beverly Glen hatte man die Straße gesperrt – er war gezwungen, eine Umleitung über das Universitätsgelände zu nehmen. Asche vom Canyonbrand fiel herab wie schmutzige Schneeflocken; einmal mußte er die Scheibenwischer einschalten.

Es war schon fast dunkel, als er bei Knox' Haus in Pacific Palisades ankam. Das letzte Tageslicht übergoß den Ozean mit Neonrot und

Orange. Knox' Haus stand auf einer Klippe, die den Pacific Coast Highway überschaute. Simon parkte neben einem Rasenmäher und einer Abfalltonne voll abgeschnittener Strauchäste, die der Gärtner hinterlassen hatte, am Ende einer langen, kurvenreichen Auffahrt. Er hatte keinen Gedanken daran verschwendet, was er sagen würde – er hatte die ganze lange Fahrt hindurch an überhaupt nichts gedacht. Er drückte auf die Türklingel und blieb vor dem massiven, mit Schnitzereien verzierten Eingangsportal stehen. Es öffnete sich; Martin Knox starrte ihm ungläubig ins Gesicht.

»Was, zum Teufel, wollen Sie hier?«

»Mich entschuldigen«, sagte Simon.

»Das ist absurd.« Knox wollte die Tür wieder schließen.

»Warten Sie bitte«, sagte Simon; und als die Tür weiter zuging, rief er plötzlich: »Ich hab gesagt, Sie sollen warten!« und packte die Klinke. Der Wutausbruch hatte ihn überfallen wie ein Windstoß, um dann ebenso schnell wieder zu verschwinden, aber es war zu spät – er hatte Knox' Zorn wachgerüttelt. »So, das reicht«, sagte der Produzent mit leiser Stimme. Dann drehte er sich um und rief: »Daniel!«

Simon trat von der Veranda in den Wind. »Mr. Knox, ich bin nur gekommen, um mich zu entschuldigen ... es ist der Wind, merken Sie das denn nicht? Er macht jeden verrückt ...«

Knox öffnete die Tür wieder, und Daniel stand neben ihm. »Werfen Sie ihn von meinem Privatgrundstück«, befahl Knox. »Und seien Sie nicht zu zimperlich.«

Simon wich zurück, als Daniel auf ihn zukam. Um sie herum wirbelte der Wind. Daniel näherte sich rasch und mit gelangweilter Miene. Simon machte kehrt, lief zu seinem Wagen und fummelte dabei die Schlüssel aus seiner Hosentasche. Sein Chrysler stand dicht am Rande eines Felshanges. Er rammte die Schlüssel ins Türschloß; als Einwohner von Hollywood hatte er es sich zur Gewohnheit gemacht, das Auto stets abzusperren. Daniel kam um die Kühlerhaube herum und griff nach ihm.

Im selben Moment wurde Simon von einem Windstoß aus dem Gleichgewicht geworfen; er stürzte nach hinten, weg von dem hünenhaften Leibwächter. Dieselbe Bö wehte die Mülltonne des

Gärtners um. Der Wind erfaßte die Laub- und Grasabfälle und ließ sie als ein grünes Schneegestöber über den Rasen wirbeln. Während Daniel sich bückte, um Simon am Hemd zu packen, wurden sie beide von dem Laub und dem Gras überfallen wie von einer Konfettiwolke, die um sie herumraste, sie blendete. Daniel fuchtelte mit den Armen, taumelte zur Seite – und rutschte aus, so daß er über die Klippe fiel.

Simon schrie vor Entsetzen. Er kroch an die Felskante und sah hinab. Es war kein jähes Gefälle bis unten zur Autostraße, aber doch ziemlich tief. Er sah Daniels reglose Gestalt, alle viere von sich streckend, auf der steilen Böschung liegen.

Vorsichtig stand er auf und hielt sich dabei am Wagen fest. Als er zum Haus zurückschaute, erblickte er Knox, der ihn von der Türschwelle aus anstarrte. Er wußte, daß es so aussah, als hätte er Daniel über die Klippe gestoßen. Knox knallte die Tür zu. Jetzt ruft er die Polizei, dachte Simon.

Doch noch etwas anderes, weitaus Schrecklicheres kam ihm in den Sinn. Diesen Ereignissen lag ein Schema zugrunde: Wenn der Wind zuschlug, erschien *sie*.

Der Chrysler wirbelte aus der Auffahrt und die Serpentinen zum Sunset hinunter. Simon hatte keine Ahnung, wohin er fuhr. Er wollte bloß weg von hier, wollte dem entrinnen, was ihn dennoch mit Sicherheit einholen würde – dem seelenlosen, lächelnden Werwind. Er atmete in unregelmäßigen Stößen und hielt dabei wie verrückt nach irgendwelchen Anzeichen von ihr Ausschau. Nichts. Er begann, sich zu fragen, wo er hinfahren könnte.

Auf keinen Fall zurück in seine Wohnung. Er brauchte jemanden, dem er vertrauen, jemanden, dem er berichten konnte, was passiert war. Molly. Es mußte Molly sein.

Sie hatte gesagt, sie wohne in Topanga, in einem A-förmigen Bungalow am Grandview Drive. Er hatte ihre Nummer nicht dabei, wußte nicht, ob sie zu Hause sein würde, aber trotzdem fuhr er auf dem Pacific Coast Highway Richtung Norden. Sie *mußte* einfach daheim sein!

Schon bald ging es zwischen steilen Klippen blindlings die kurvenreiche Landstraße nach Fernwood hinauf. Schwarze Baumskelette,

Überbleibsel des erst kurz zurückliegenden Feuers, umgaben ihn auf allen Seiten. Der Wind zwischen den engen Wänden des Canyons war wie eine Gewehrsalve. Er fand die Straße und das Haus, hoch auf einem Berghang. In der kiesbestreuten Zufahrt stand ihr Fiat.

Als er aus seinem Wagen stieg, warf ihn der Wind noch einmal aus dem Gleichgewicht; er landete der Länge nach in einem ungepflegten Efeubeet neben der baufälligen Veranda. Während er sich – mit zusammengebissenen Zähnen, um nicht zu schreien – vom Boden aufrappelte, hämmerte er gegen die Tür. Vor dem notdürftigen Schutz, den Veranda und Buschwerk boten, schienen Dämonen zu kreischen und an der Erde zu reißen.

Die gelbe Verandalampe über ihm ging an, und er erblickte Mollys Silhouette hinter dem Türfenster. Einen Moment später öffnete sich die Tür einen Spaltbreit.

»Simon?« Sie klang müde und verwirrt. »Was ist denn? Was suchen Sie hier?«

»Bitte lassen Sie mich rein, Molly«, flehte er. »Bitte. Ich bin in Schwierigkeiten.«

»Es geht nicht, Simon.« Die eine Hälfte ihres im Schein der Verandalampe fahlgelb wirkenden Gesichts hob sich gegen den Türspalt ab. »Ich arbeite gerade an einer sehr wichtigen Sache –«

»*Bitte!*« Der Wind kreischte um ihn herum und zerrte ihm an den Haaren wie Finger, *ihre* Finger ...

Molly schien hin und her gerissen zu sein. Zuletzt sagte sie: »Na schön, wenn Sie in Schwierigkeiten stecken. Aber nur einen Moment. Dann müssen Sie wieder gehen.« Sie machte die Tür auf, und Simon trat schnell ein.

Sie standen in einem kleinen Wohnzimmer. Ein Panoramafenster an der gegenüberliegenden Wand bot Ausblick auf die Lichter von Topanga. Geistesabwesend nahm Simon zur Kenntnis, daß der Raum ein einziges Durcheinander war: tote Topfpflanzen überall, verstreute Kleidungsstücke, blindlings auf alten, abgewetzten Möbeln gestapelte Bücher und Schallplatten. Ganz tief im Hinterkopf war er überrascht und etwas enttäuscht – er hätte sie für ordnungsliebender gehalten.

In der Ecke stand ein Fernseher. Aufgrund des draußen herrschenden Windes war der Ton nicht zu hören.
Molly, die Jeans und ein dunkles T-Shirt anhatte, sah ihrem Besucher ins Gesicht. Ihm fiel auf, daß sie diesmal nicht ihr Haarteil trug. »Nun?« sagte sie. »Was ist los?«
»Ich weiß nicht, wo ich anfangen soll«, antwortete er matt. Selbst hier drinnen zwang ihn der Wind, laut zu sprechen. Das ganze Haus erzitterte unter der Macht des Sturmes. Das Licht wurde trübe und flammte dann wieder auf. Molly sah besorgt zu den Lampen.
»Simon, ich möchte Sie nicht rausschmeißen, wenn Sie in Schwierigkeiten stecken, aber Sie müssen sich beeilen! Der Wind wird schlimmer!«
»Ich weiß!« antwortete er. »Jon Shea hat recht gehabt! Es ist ein Werwind – ich habe ihn gesehen!«
Sie riß die Augen auf, und ihr Gesicht erbleichte. Mit überraschend starkem Griff packte sie Simons Arm. »*Was?*«
»Wir müssen es mit den Haaren versuchen«, sagte er im Bewußtsein, daß er wirres Zeug redete, aber es war ihm einerlei. »Den Zauber, Knoten ins Haar zu machen –«
»*Woher wissen Sie davon?*« Sie schüttelte ihn, und jäher Zorn flammte in ihrem Blick. Eine winzige Sekunde lang fürchtete sich Simon vor ihr mehr als vor dem Wind.
Und dann traf ein so wütender Luftschwall das Haus, daß das Panoramafenster ins Zimmer explodierte. Simon sah es, hatte aber keine Zeit, in Deckung zu gehen. Er spürte, wie ihm fliegende Glassplitter, die ihn wie durch ein Wunder nicht ins Auge trafen, die Wangen durchbohrten. Und er sah, wie sich die Wut auf Mollys Gesicht in Bestürzung verwandelte, als ihr eine Naht von Schnitten und Rissen den ganzen Rücken hinabpeitschte. Sie sackte ihm in die Arme, und er fühlte Blut über seine Hände laufen. Er sah auf ihren Rücken, schälte Hemdstreifen, die das Glas geschnitten hatte, beiseite. Keine von Mollys Verletzungen schien ernst zu sein. Er hielt nach etwas Ausschau, das als Verbandszeug dienen könnte – und sah, wer, von der Nacht und den Glaszacken eingerahmt, in dem zertrümmerten Fenster stand.
Simon ließ Molly auf die Knie fallen und wich zurück. Obwohl die

Sturmböen draußen weiterhin dröhnten und trommelten, kamen sie nicht mehr ins Haus. Der Werwind trat auf ihn zu, während er selbst sich voll Furcht und Entsetzen zurückzog. Hinter ihm führte eine schmale Treppenflucht ins Dunkel hinauf; Simon machte kehrt und floh nach oben. Die Treppe öffnete sich auf eine kleine, von einer einzigen schwachen Birne erhellte Dachkammer. Eine Tür am gegenüberliegenden Ende führte auf eine Veranda hinaus. An den Wänden hingen mehrere unterschiedlich lange Stück Seil – allesamt dunkel und mit Knoten; ein aufgeschlagenes Buch, *The Omnibus of the Occult*, lag auf dem Tisch – der Titel stand über jeder Seite –, daneben ein weiteres Stück Seil – und dann erkannte er, daß es sich um Haare handelte, Mollys dunkles Haarteil, das bis zur Hälfte mit Knoten versehen war.

Simonnn ...

Simon packte das Haarteil mit Händen, die feucht waren vor Entsetzen. Gleichzeitig traf der Wind das Haus abermals, so daß es donnernd bis in die Grundfesten erzitterte, und sie erschien oben an der Treppe. Sie sah ihm ins Gesicht.

Schluchzend knüpfte Simon noch einen Knoten in das Haarteil, und ihr Mund öffnete sich zu einem stummen Schrei. Dahinter lag nichts als Dunkelheit. Mit ausgestreckten Armen kam sie auf ihn zu, während Simon wimmernd gegen die Wand zurückwich. Dabei schaffte er es irgendwie, noch einen Knoten zurechtzufummeln. Dann machte er kehrt und schleuderte sich, während sie um den Tisch herumkam, gegen die Verandatür.

Er stolperte nach draußen in den Wind.

Der Sturm schlug ihm entgegen wie eine Riesenfaust, so daß er halb betäubt gegen das Geländer geschmettert wurde, und die Böen rissen an der Strähne in seiner Hand. Doch irgendwie schaffte er es, das Haarbüschel festzuhalten. Vom Wind unberührt, folgte ihm die Spukgestalt auf die Veranda. Simon hakte einen Arm um das Geländer, während der Sturm ihn hin und her stieß, und das Wesen kam näher, immer näher ...

Über der Dunkelheit hängend und halb gelähmt vor Furcht, gelang es ihm, den letzten Knoten in das Haar zu flechten, als der Werwind ihn mit kalten Händen berührte.

Das Heulen schwoll zu einem Schrei an. Simon wurde von einer letzten Bö getroffen, die ihn fast über die Veranda wirbelte – und die auch sie ergriff, an ihr zerrte, sie davonfließen ließ wie Nebel. Simon glaubte, einen einzigen, langgezogenen Schrei zu vernehmen ...

Und der Wind hörte auf.

Plötzlich herrschten Reglosigkeit und Stille – eine Stille, die lauter war als der Wind. Simon sackte auf die Knie und hörte dabei das Blut in seinen Ohren pochen. Ohne daß er recht daran zu glauben wagte, zog er sich empor. Nicht ein Lüftchen regte sich. Zum erstenmal seit über einer Woche hatte der Wind aufgehört.

Während er in die Nacht und auf die unbeweglichen Bäume hinausstarrte, begann Simon zu lachen. Er lachte nicht lange – dazu war seine Kehle zu trocken. Willkommene Tränen netzten ihm Augen und Wangen. Es war zu Ende. Er hatte gewonnen! Er und Molly waren in Sicherheit!

Mit einem Keuchen wandte er sich dem Haus zu. »Mein Gott. Molly!« rief er, während er wieder in die Dachkammer lief. Er stolperte die Treppe zum Wohnzimmer hinab.

Molly war nicht mehr da.

In einer Ecke brummte leise der Fernseher und zeigte die Nachrichten.

»Ich wiederhole: Allem Anschein nach ist der Wind überall zum Erliegen gekommen.

Um unser Hauptthema kurz zusammenzufassen: Die Polizei hat zugegeben, daß es sich bei Greg Corey, der früher an diesem Tag verhaftet wurde, nicht um den Skalpjäger von Hollywood handelt, sondern um einen Nachahmer, der die Morde des Skalpjägers imitiert hat. Zu diesem Ergebnis führte neu aufgetauchtes Beweismaterial. Der wirkliche Skalpjäger befindet sich immer noch auf freiem Fuß ...«

»Molly?«

Zum erstenmal sah er sich das Haar, das er immer noch in der Hand hielt, genauer an. Es war gar kein Haarteil. Er konnte ganz deutlich das Fleischklümpchen am einen Ende erkennen. Es war dunkel von geronnenem Blut. Die anderen verknoteten Stücke an der Wand der

Dachkammer – die er für Seile gehalten hatte – fielen ihm wieder ein. Jetzt wußte er, daß es keine Seile waren.
Und da begriff er plötzlich, daß der Werwind ihm nie etwas zuleide getan, ja, ihn sogar vor Trapper Jake, dem Dobermann und Daniel gerettet hatte.
Simon hörte hinter sich ein Geräusch und drehte sich um.
Das Licht blitzte auf einer Messerklinge.
»Tut mir leid, Simon«, sagte Molly. »Ich fand dich wirklich nett ...«

EIN KLEID AUS WEISSER SEIDE

RICHARD MATHESON

In den frühen Jahren von *F&SF* akzeptierten die Herausgeber Anthony Boucher und J. Francis McComas eine Geschichte von einem gewissen Richard Matheson. Sie trug den Titel *Born of Man and Woman* (1950). »Beim Lesen des Manuskripts«, schrieben sie, »vermuteten wir, es stamme von einem altgedienten Profi, der sich unter Pseudonym eine kleine Fingerübung auf einem anderen literarischen Sektor erlaubte. Schnell und ohne Zögern nahmen wir diese Geschichte an und baten Mr. Matheson um nähere Auskünfte über seine Person ... nur um zu unserer freudigen Überraschung zu erfahren, daß dies die erste Geschichte war, die er je verkauft hatte!« Seither hat sich Richard Matheson zu einem jener Profis entwickelt, den die Herren McComas und Boucher 1950 hinter ihm vermuteten. Er schrieb zahlreiche Kurzgeschichten und Romane und hat in großem Umfang für Film und Fernsehen gearbeitet, in allerjüngster Zeit für Steven Spielberg. *Ein Kleid aus weißer Seide,* erstveröffentlicht von *F&SF* im Oktober 1951, ist kennzeichnend für Richard Mathesons Stil. Es handelt sich um eine furchteinflößende, packende und sehr schön geschriebene Geschichte über ein ... Kind.

Ganz still ist es hier und überall in mir drin. Oma hat mich in meinem Zimmer eingesperrt und will mich nicht rauslassen. Weil es passiert ist, sagt sie. Wahrscheinlich bin ich böse gewesen. Nur war's das Kleid. Das Kleid von Mama, mein ich. Sie ist für immer fortgegangen. Oma sagt, deine Mama ist im Himmel. Ich weiß nicht, wie. Kann sie denn in den Himmel gehn, wenn sie tot ist?

Jetzt höre ich Oma. Sie ist im Zimmer von Mama. Sie tut Mamas Kleid wieder in die Kiste. Warum tut sie das immer? Und ab schließt sie sie auch noch. Ich wünschte, sie würde es nicht tun. Es ist ein hübsches Kleid und riecht so gut. So süß. Und warm. Ich find's so schön, wenn ich's mir an die Backe halte. So schön fühlt sich das an. Aber ich darf nicht mehr, nie mehr. Wahrscheinlich ist Oma deshalb so böse auf mich.

Aber ich weiß nicht genau. Den ganzen Tag über war's so wie jeden Tag. Mary Jane ist zu mir rübergekommen. Sie wohnt auf der anderen Straßenseite gegenüber. Sie kommt mich jeden Tag besuchen und spielt mit mir. Heute auch.

Ich hab sieben Puppen und ein Feuerwehrauto. Heute hat Oma gesagt, spiel mit deinen Puppen und mit dem Auto. Aber daß du mir nicht in Mamas Zimmer gehst, hat sie gesagt. Sie sagt das immer. Ich glaube, sie meint einfach, mach keinen Quatsch. Weil sie das dauernd sagt. Geh nicht ins Zimmer von deiner Mama. Irgend so was.

Aber es ist schön in Mamas Zimmer. Wenn's regnet, dann gehe ich dorthin. Oder wenn Oma ihr Mittagsschläfchen macht, dann tu ich's. Ich bin ganz still. Ich setz mich einfach aufs Bett und faß die weiße Decke an. Wie, als ich noch klein war. Das Zimmer riecht so süß irgendwie.

Ich tu so, als wenn Mama sich anziehn würde und ich darf dabeisein. Ich rieche an ihrem weißen Seidenkleid. Ihr Abend-Ausgehkleid hat sie dazu gesagt, ich weiß nicht mehr, wann.

Wenn ich die Ohren spitze, höre ich, wie sich's bewegt. Ich tu so, als säh ich sie an der Kommode sitzen. Ich meine, so als würd sie Parfüm auflegen oder was. Und ich sehe ihre dunklen Augen. Ich kann mich daran erinnern.

Es ist so schön, wenn es regnet, und ich sehe Augen auf dem Fenster. Der Regen draußen hört sich an wie ein großer Riese. Er macht pscht-pscht-pscht, damit alle still sind. Ich tu gerne so, wenn ich in Mamas Zimmer bin.

Am liebsten setz ich mich an Mamas Frisiertisch. Er ist so irgendwie rosa und groß, und süß riechen tut er auch. Auf dem Stuhl davor ist ein Kissen draufgenäht. Es gibt lauter, lauter Flaschen mit Gummibällen dran, in denen ist buntes Parfüm drin. Und ich kann mich fast ganz im Spiegel sehen.

Wenn ich dort sitze, dann tu ich immer so, als wär ich Mama. Ich sage: Sei still, Mutter, ich gehe, und du kannst mich nicht aufhalten. Ich sag das so, ich weiß nicht, warum, wie als ob ich's in mir höre. Und, ach, hör auf zu schluchzen, Mutter, sie werden mich schon nicht erwischen, ich hab ja mein Zauberkleid.

Wenn ich das spiele, dann bürst ich mir lang die Haare aus. Aber ich nehm nur meine eigene Bürste aus meinem Zimmer. Die Bürste von Mama hab ich noch nie genommen. Ich glaub nicht, daß Oma deswegen böse auf mich ist, denn ich nehm Mamas Bürste ja nie. Das würd ich auch nie im Leben tun – nie, nie.

Aber die Kiste hab ich schon manchmal aufgemacht. Weil ich weiß, wo Oma den Schlüssel hintut. Ich hab ihr mal zugeschaut, wie sie's nicht gemerkt hat. Sie hängt den Schlüssel an den Haken in Mamas Kleiderschrank. Hinter der Tür, mein ich.

Ich hab die Kiste schon viel aufmachen können. Ich schau mir nämlich Mamas Kleid so gern an. Das Kleid anschaun tu ich am liebsten. Es ist so hübsch und fühlt sich so weich an, so seidig irgendwie. Ich könnt es eine Million Jahre anfassen.

Ich knie mich auf den Teppich mit Rosen drauf. Ich halte das Kleid in den Armen und atme daran, so irgendwie. Ich halt es mir ans Gesicht. Am liebsten würd ich es mit zum Schlafen nehmen und in den Armen halten. Ich mag das gern. Jetzt kann ich nicht. Weil Oma es so sagt. Und sie sagt, ich sollte es verbrennen, aber ich hab sie so geliebt. Und sie schimpft und weint über das Kleid.

Ich bin nie schlecht damit gewesen. Ich tu es immer ganz schön und ordentlich zurück, als hätt es gar niemand angefaßt. Aber jetzt weiß sie, glaub ich, daß ich's getan hab. Und sie wird mich bestrafen. Was geht sie denn das an? Es war doch das Kleid von meiner Mama.

Am allerliebsten guck ich mir in Mamas Zimmer ihr Bild an. Es hat so was Goldenes drumrum. Einen Rahmen, sagt Oma. Es hängt an der Wand über dem Sekretär.

Mama sieht hübsch aus. Deine Mama ist hübsch gewesen, sagt Oma. Warum tut sie das? Ich sehe, wie Mama dort auf mich runterlächelt, und sie ist wirklich hübsch. Für immer und ewig.

Ihre Haare sind ganz schwarz. Genau wie meine. Und sogar ihre Augen sind ziemlich so schwarzhaftig. Ihr Mund ist rot, ganz rot. Ich mag das Kleid – es ist das weiße. Es sitzt so, daß die ganzen Schultern ganz nackt sind. Ihre Haut ist weiß, fast so weiß wie das Kleid. Und ihre Hände genauso. Sie ist so hübsch. Ich hab sie so, so lieb, auch wenn sie für immer fortgegangen ist, so lieb hab ich sie.

Ich glaub, deswegen bin ich auch böse geworden. Auf Mary Jane, mein ich.

Mary Jane ist vom Mittagessen gekommen. Das tut sie immer so. Oma ist weg, ihr Schläfchen machen. Aber denk ja daran, du sollst nicht in Mamas Zimmer gehn, hat sie gesagt. Nein, Oma, hab ich zu ihr gesagt, und das war nicht gelogen. Aber dann haben Mary Jane und ich mit dem Feuerwehrauto gespielt, und Mary Jane hat gesagt, ich wette, du hast gar keine Mama, ich wette, du hast dir das alles nur ausgedacht, was sie gesagt hat.

Da bin ich wild auf sie geworden. Ich hab eine Mama, das weiß ich ganz genau. Sie hat mich wild gemacht, weil sie gesagt hat, ich hätte mir das alles nur ausgedacht. Sie hat gesagt, du lügst ja, du lügst. Über das Bett und die Kommode und das Bild und das Kleid und alles, mein ich.

Ich hab gesagt, na, du wirst schon sehen, du Schlaumeier.

Ich hab in Omas Zimmer geguckt. Sie hat immer noch ihr Nickerchen gemacht. Da bin ich runtergegangen und hab zu Mary Jane gesagt, komm mit, Oma merkt jetzt nichts.

Da ist sie auf einmal nicht mehr so gescheit gewesen. Sie hat gekichert, wie sie's immer tut. Sie hat sogar so gequiekt vor lauter Schreck, wie sie an den Tisch oben im Gang gestoßen ist. Ich hab Angsthase, Pfeffernase zu ihr gesagt. Und sie hat zurückgesagt, bei *uns* daheim ist es aber auch nicht so dunkel wie hier. Als ob das so viel gewesen wär.

Wir sind in Mamas Zimmer gegangen. Es war so dunkel, daß man gar nichts hat sehen können. Deshalb hab ich die Vorhänge aufgemacht. Nur ein klein bißchen, damit Mary Jane sehen konnte. Ich hab gesagt, das ist das Zimmer von meiner Mama, aber ich hab mir ja alles bloß ausgedacht.

Sie ist bei der Tür gewesen, und so gescheit wie vorher war sie auch nicht mehr. Sie hat kein Wort gesagt. Sie hat sich im Zimmer umgeguckt, und wie ich sie am Arm gepackt hab, hat sie einen Satz gemacht. Jetzt komm schon, hab ich gesagt.

Ich hab mich aufs Bett gesetzt und gesagt, das ist das Bett von meiner Mama, guck mal, wie weich das ist. Sie hat gar nichts gesagt. Angsthase, hab ich gesagt. Bin ich nicht, hat sie gesagt, so wie sie's immer tut.

Ich hab gesagt, setz dich, woher willst du wissen, wie weich es ist, wenn du dich nicht hinsetzt. Sie hat sich neben mich gesetzt. Ich hab gesagt, fühl mal, wie weich. Riech mal, wie süß.

Ich hab die Augen zugemacht, aber komisch, es war nicht so wie sonst. Weil Mary Jane dabei war. Ich hab ihr gesagt, sie soll aufhören, an der Bettdecke zu fühlen. Du hast gesagt, ich soll's tun, hat sie gesagt. Also schön, dann hör auf jetzt, hab ich gesagt.

Guck mal, hab ich gesagt und sie hochgezogen. Das ist der Frisiertisch. Ich hab sie am Arm genommen und dorthin gebracht. Sie hat gesagt, laß mich los. Es war so still und wie immer. Da hab ich auf einmal ein schlechtes Gefühl gekriegt. Weil Mary Jane dabei war. Weil es in Mamas Zimmer war und weil Mama es nicht gern haben würde, wenn Mary Jane da ist.

Aber ich hab ihr die Sachen doch zeigen müssen, deshalb. Ich hab ihr den Spiegel gezeigt, und wir haben uns gegenseitig darin angeschaut. Sie hat weiß ausgesehen. Mary Jane ist ein Angsthase, hab ich gesagt. Bin ich nicht, hat sie gesagt, und überhaupt, es ist bei niemand im Haus so still und so dunkel drinnen. Und überhaupt, hat sie gesagt, hier riecht's so komisch.

Da bin ich wild auf sie geworden. Nein, tut es nicht, hab ich gesagt. Doch, tut es, hat sie gesagt, du hast ja selber gesagt, es würd riechen. Da bin ich auch noch böser geworden. Es riecht wie Zucker, hat sie gesagt. Es riecht wie bei kranken Leuten im Zimmer von deiner Mama.

Sag nicht, das Zimmer von meiner Mama ist wie bei kranken Leuten, hab ich zu ihr gesagt.

Na, du hast mir jedenfalls kein Kleid gezeigt, und du lügst, hat sie gesagt, es gibt überhaupt kein Kleid. Ich hab sie an den Haaren gezogen, weil mir ganz warm war innendrin. Dir werd ich's zeigen, hab ich gesagt, und sag ja nicht noch mal, ich würd lügen.

Sie hat gesagt, ich geh heim und sag es meiner Mutter. Tust du nicht, hab ich gesagt, du guckst dir jetzt das Kleid von meiner Mama an, und wehe, du sagst, ich würde lügen.

Ich hab gemacht, daß sie ganz still stehenbleibt, und hab den Schlüssel vom Haken geholt. Dann hab ich mich hingekniet und hab mit dem Schlüssel die Kiste aufgemacht.
Mary Jane hat gesagt, igitt, das reicht ja wie im Abfalleimer.
Ich hab sie ganz fest mit den Fingernägeln gezwickt, und sie ist vor mir zurück und ist wild geworden. Wehe, du zwickst mich, hat sie gesagt, und sie ist ganz rot gewesen. Das sag ich alles meiner Mutter, hat sie gesagt. Und überhaupt, das ist gar kein weißes Kleid, das ist dreckig und häßlich, hat sie gesagt.
Es ist nicht dreckig, hab ich gesagt. Ich bin so laut gewesen, daß ich gar nicht weiß, warum Oma es nicht gehört hat. Ich hab das Kleid aus der Kiste gezogen. Ich hab es hochgehalten, damit sie sieht, wie weiß es ist. Es ist auseinandergeklappt, wie wenn Regen flüstert, so hat es sich angehört, und sein unteres Ende hat den Teppich berührt.
Es ist schneeweiß, hab ich gesagt, ganz weiß und sauber und glatt, es ist nämlich aus Seide.
Nein, hat sie gesagt und ist ganz wild gewesen und rot, es hat ein Loch drin. Da bin ich noch wilder geworden. Wenn meine Mama hier wär, die würd dir's zeigen, hab ich gesagt. Du hast gar keine Mama, hat sie gesagt und ist ganz häßlich gewesen. Ich hasse sie. Hab ich *doch.* Richtig laut hab ich's gesagt. Ich hab mit meinem Finger auf Mamas Bild gezeigt. Wer kann in diesem blöden, dunklen Zimmer schon was sehen, hat sie gesagt. Ich hab sie fest gestoßen, und sie ist gegen die Kommode geknallt. Guck, hab ich dann gesagt, ich mein, auf das Bild. Das da ist meine Mama, und sie ist die schönste Frau auf der ganzen Welt.
Sie ist häßlich, sie hat so komische Hände, hat Mary Jane gesagt.
Hat sie nicht, hab ich gesagt, sie ist die schönste Frau auf der Welt!
Nein, ist sie nicht, hat sie gesagt, *sie hat vorstehende Zähne.*
Danach weiß ich nicht mehr. Ich glaub, das Kleid in meinen Armen hat sich bewegt irgendwie, und Mary Jane hat geschrien. Was, weiß ich nicht mehr. Es ist, glaub ich, dunkel geworden, und die Vorhänge sind zugegangen. Ich hab sowieso nichts sehen können. Ich hab nichts hören können außer: vorstehende Zähne, komische Hände, vorstehende Zähne, komische Hände, sogar, wenn es überhaupt niemand gesagt hat.

Und es ist noch was anderes dagewesen, weil ich, glaub ich, jemand hab rufen hören: *Laß nicht zu, daß sie das sagt!* Ich hab das Kleid nicht mehr festhalten können. Und ich hab es angehabt, ich weiß nicht mehr genau. Weil ich irgendwie ganz erwachsen gewesen bin und stark. Aber ich glaub, ich war immer noch ein kleines Mädchen. Von außen, mein ich.

Ich glaub, dann bin ich furchtbar bös gewesen.

Wahrscheinlich hat mich Oma von dort weggebracht. Ich weiß nicht. Sie hat geschrien, Gott steh uns bei, es ist passiert, es ist passiert, ganz laut. Immer und immer wieder. Ich weiß nicht, warum. Sie hat mich bis hier in mein Zimmer gezogen und mich eingeschlossen. Sie will mich nicht rauslassen. Pah, ich hab keine Angst. Kein bißchen. Von mir aus kann sie mich eine Million Milliarde Jahre einsperren. Sie braucht mir nicht mal Abendessen zu geben. Ich hab sowieso keinen Hunger.

Ich bin satt.

GLADYS' GREGORY

JOHN ANTHONY WEST

Die Geschichte *Gladys' Gregory* ließe sich vielleicht eher dem Bereich des Schwarzen Humors oder der Satire zuordnen als dem des traditionellen Horrors – und doch sind die darin geschilderten Ereignisse mehr als grausig (es ist eine unserer Lieblingsgeschichten). Seit ihrer Erstveröffentlichung in der *F&SF*-Ausgabe vom Februar 1963 wurde sie in vielen Sammelbänden nachgedruckt – vielleicht, weil ihr Thema immer aktuell sein wird und zu denen gehört, die uns alle angehen –, aber um ihrer Verdienste willen haben wir sie in diesen Band noch einmal aufgenommen. In *Gladys' Gregory* führt John Anthony West uns eine ganze Gemeinde vor, die sich hauptsächlich mit Gewichtsproblemen befaßt, und in der Tat könnte man sagen, daß am Ende jedes Gemeindemitglied sein Fett abkriegt.

Meine sehr verehrten Damen, sehr geehrte Vereinsmitglieder, ich fühle mich stolz – stolz und geschmeichelt, Ihnen heute von dieser Stelle aus über den diesjährigen Wettbewerb in unserer Gemeinde und dessen Gewinner zu berichten, Gladys' Gregory. Und ich möchte mich bei Ihnen allen für Ihre freundliche Aufmerksamkeit bedanken.

Beginnen wir mit etwas Statistik. Hier einige Zahlen aus dem ärztlichen Befund über Gladys' Gregory bei seiner Ankunft in unserer Gemeinde.

GRÖSSE: 194 cm
GEWICHT: 109,76 kg
BRUST: 122,5 cm
TAILLE: 90 cm
SCHULTERN: 46,25 cm

Ich ahne bereits Ihre Bewunderung, meine Damen. Lassen Sie mich darum sogleich die Kehrseite der Medaille präsentieren. Gregory war bei seiner Ankunft achtundzwanzig Jahre alt, doch hatte sich sein Gewicht seit seinen College-Tagen, wo er der Football-Bundesliga angehörte, kaum verändert. Dabei war er bereits drei *volle* Jahre verheiratet. Liebe Vereinsschwestern! Bitte lassen Sie sich nicht zu voreiligen Schlüssen hinreißen. Hören Sie mich zu Ende, bevor Sie Gladys mit Vorwürfen überhäufen. Und bedenken Sie bitte stets, daß wir hier den wahren Gregory vor uns haben; zweihundertneunzehneinhalb Pfund Rohmaterial. Doch diese Zahl hatte sich in *acht* Jahren nicht verändert.

Leider – das muß ich zugeben – haben auch die Frauen unserer Gemeinde den Sachverhalt nicht unvereingenommen betrachtet. »Das ist Gladys' Schuld!« ertönte es im Chor, und blindwütige Empörung machte sich breit.

Wir dachten an Beth Shaefer, die ihren Milton in weniger als drei Jahren von schlottrigen 74,4 auf stolze 142 Kilo gebracht hatte; an Sally O'Leary, die mit ihrem Ehemann Jamie, einem Ex-Jockey, zu Beginn drei schwere Schlappen einstecken mußte, dessenungeachtet jedoch tapfer weiterkämpfte und ihn uns schließlich mit 111,029 Kilogramm präsentierte; an Joan Granz, die ihren Marvin trotz der bedenklichen Verfassung seines Herzens auf 198,21 Kilo und einen zweiten Preis hochpäppelte. Bestimmt können Sie alle unsere Gefühle verstehen.

Nun, Gladys' Gregory war Footballtrainer, und eines Tages offenbarte sich beim Vorüberfahren an unserem Stadion der erste Hinweis auf einen äußerst unliebsamen Sachverhalt: Gladys' Gregory beteiligte sich an der körperlichen Ertüchtigung selbst!

Ich sah, wie er sich wiederholt auf eine ausgestopfte Puppe schleuderte; sah ihn fünf Minuten lang strapaziöse kalisthenische Übungen vorführen und seiner Mannschaft dann unverzagt bei einem Sprint auf der Aschenbahn davonrennen. Selbst der erbittertste unter Gladys' Feinden hätte zugestehen müssen, daß es nicht vollkommen ihre Schuld war. Noch bis zum heutigen Tage sehe ich die fleischbildenden Kalorien zusammen mit dem Schweiß aus seinen Poren triefen!

Am nächsten Morgen stattete ich Gladys einen Besuch ab. Sie war damals ein liebenswertes junges Ding – beileibe nicht die boshafte Xanthippe, als die das allgemeine Gemunkel sie darstellte. Ich gab die Stadionszene wahrheitsgetreu wieder, und die arme Gladys kannte dies alles nur zu gut, ja, wußte sogar noch Merkwürdigeres zu berichten. Er schnitt den Rasen mit einer *Hand*mähmaschine, spielte noch außerhalb der Saison Handball, bestritt die zwei Meilen von der Schule bis nach Haus im Jogging-Anzug. Das Mädchen war verzweifelt.

Wir unterhielten uns über seine Ernährung, und ich war unsagbar schockiert. Rohes Fleisch! Sie gab ihm rohes Fleisch zu essen, Fisch, Eier und Grüngemüse ...

»Liebesknochen!« rief ich ihr entgegen. »Kartoffeln! Prinzregententorte! Butter! Bier!«

Aber nein, Gregory haßte diese Dinge! Wollte sie nicht anrühren!

»Er liebt Sie nicht, Gladys«, sagte ich.

»Doch, das tut er«, stöhnte Gladys mit brechender Stimme, »aber auf seine Weise.«

Ich riet zu der Strategie, die so oft gewirkt hat, als die Wettbewerbe noch nicht zu ihrer jetzigen Beliebtheit gelangt und die Widerstände noch größer waren.

Wie wir alle wissen, verfügen wir Frauen auf sexuellem Gebiet über eine größere Ausdauer als unsere männlichen Gefährten. Eine Ehefrau, die ihre Beweggründe geschickt unter dem attraktiven Mantel der Leidenschaft verbirgt, kann die sexuelle Leistungskraft ihres Gatten binnen weniger Wochen restlos erschöpfen. Und ein sexuell rundum befriedigter Gatte ist reif für intelligente Handhabung. Abend für Abend bleibt er sitzen, ohne sich zu rühren. Und ißt. Er sammelt seine Energien für die bevorstehende Nacht und setzt, nach und nach, Gewicht an. Ab einem bestimmten Punkt gerät sein Leibesumfang mit seiner Manneskraft in Konflikt, und genau ab diesem Punkt fordert seine Frau allmählich weniger. Der Mann, der dann bereits von einer wohligen Fleischschicht umhüllt wird, ist nur allzu glücklich, daß man ihn in Ruhe läßt. Nun reduziert die Ehefrau ihre Ansprüche allmählich auf Null, und der Gatte bereitet sich, frei von kalorienverzehrendem Leistungsdruck, auf den Wettstreit vor.

Bei Gladys' Gregory nun erwies sich diese Methode als zwecklos. Nach einem einmonatigen Versuchszeitraum war Gladys nur mehr ein Schatten ihrer selbst, während Gregory allenthalben mit seiner Mannschaft oder beim Rasenmähen gesehen wurde, immer noch strotzend vor unansehnlichen Muskeln, immer ein selbstzufriedenes Grinsen auf dem Gesicht.

Auf einer Sondersitzung unserer Gesellschaft wurde ein ingeniöser Plan entwickelt. Wir würden Gladys und Gregory zum prominentesten Paar in der Gemeinde machen. Fast über Nacht war ihr privater Terminkalender voll ausgebucht: Abendessen, Einladungen zum Frühstück, Büffets, Picknicks ... Ehe er sich versah, saß Gregory, ächzend vor Kohlehydraten, am Kopf von Speisetafeln. Er stand unter ständiger Beobachtung. Kaum hatte er sich die Schlagsahne von den Lippen gewischt, da schob man ihm bereits einen berghohen Teller voll Eiskrem, strotzend von Makronen, zu. Sein Bierkrug hatte nie auch nur die Zwischenmarke erreicht, da schenkte irgendeine wachsame Ehefrau ihm schon wieder nach.

An dieser Stelle, meine Damen, muß ich darauf hinweisen, daß sich Gregory keineswegs aus böser Absicht widersetzte oder gar subversiv gewesen wäre. Wir müssen seine törichten Vorstellungen über Körperkultur beiseite lassen und ihn als das betrachten, was er war – ein liebenswürdiger Mann und idealer Gatte: leutselig, zurückhaltend und gänzlich unintelligent. Schon bald wich der militante Zorn unserer weiblichen Gemeindemitglieder aufrichtiger Fürsorge. Und eine strahlende Gladys wußte zu berichten, daß er seinen Gürtel zwei Löcher weiter schnallte.

Eine sorgfältig angeleitete Gladys erklärte ihrem Mann den psychologischen Krieg. Zeitschriften blieben offen im ganzen Haus liegen, alle bei kalorienreichen Werbeanzeigen aufgeschlagen. Auf Partys flirtete sie unverhohlen mit den korpulentesten Ehemännern, die noch immer frei herumlaufen durften.

Bei Frühlingsbeginn wog Gregory schätzungsweise bereits einhunderteinunddreißig Kilo. Bestürzt hielt er immer noch an seinen alten Vorstellungen fest. »Muß mich fürs Frühjahrstraining in Form bringen«, murmelte er dann oft, während sein Mund mit Mousse au Chocolat gefüllt war.

Bei einhundertvierzigeinhalb schwand die Hilfsbereitschaft unserer Schwestern. Urplötzlich wurde ihnen klar, was sie selbst heraufbeschworen hatten, und mit Grausen harrte man der Dinge, die da kommen sollten.

Unterdessen schlug Gladys, zuversichtlich geworden, einen schnellen und strategisch brillanten Weg ein. Sie zog eine Wahrsagerin zu Rate, die ihr zu verstehen gab, daß Gregory, böte man ihm dazu Gelegenheit, an Paranüssen scheitern würde. Gladys kaufte probeweise ein Pfund, und siehe da: Binnen fünf Minuten war es verschwunden!

Tja, meine Damen, Paranüsse! Es war der letzte Strohhalm. Kalorienstrotzende Paranüsse. Der ursprüngliche Gemeinschaftsgeist schlug um in eisige Feindseligkeit, dann sogar in haßerfüllten Neid. Gregory konnte sich nicht beherrschen. Unaufhörlich mußte er Paranüsse essen! Ängstliche Augen forschten hoffnungsvoll nach verräterischen Anzeichen einer gebremsten Entwicklung – der straffen Haut und der fischäugigen Miene, die darauf hinweisen, daß ein Ehemann trotz des sichtlich vorhandenen Potentials an seine Grenzen stößt. Wir suchten nach Spuren unansehnlicher Aufgedunsenheit. Doch bei einhundertsiebenundvierzigeinhalb hatte Gregory kaum damit begonnen, Speck anzusetzen. Er entwikkelte von sich aus einen Geschmack an Süßigkeiten.

Der Wettbewerb des damaligen Jahres war nach allem Vorausgegangenen eine pure Enttäuschung. Jenny Schultzes Peter errang mit 191,86 einen ersten Platz, doch aller Gedanken weilten bei Gregory, dem Gewichtswunder.

Kurz danach nahm Gladys wider sämtlicher Erwartungen ihren Gregory unter Verschluß. Dies gab uns Anlaß zur Zuversicht. Bestimmt hatte Gladys zu hoch gespielt und ihre Strategie zugunsten jugendlichen Ungestüms geopfert. Doch ihr Selbstvertrauen brachte die Damen unserer Gemeinde in Harnisch.

Zum erstenmal in der Geschichte vereinigten sich unsere Frauen zu einer Kraftanstrengung mit dem Ziel, Gregorys drohendem Sieg entgegenzuwirken. Die Empfindungen, welche zu diesem Vorgehen bewogen, waren sicher nicht durch und durch rühmlich, aber, meine Damen, versetzen Sie sich in unsere Lage. Würden Sie den

Herzenskummer, die Mühe, ja, selbst die Kosten auf sich nehmen, einen Gatten für einen Wettbewerb vorzubereiten, dessen Ergebnis schon so gut wie feststeht?
Wie lange, so lautete die brennende Frage, würde es wohl dauern, Gregory vorzubereiten? Beim Durchschnittsehemann sind, wie wir alle wissen, drei oder vier Jahre erforderlich. Gregory war gewiß ein Sonderfall. Vier Jahre, das würde bei ihm überschüssige Speckwülste bedeuten. Drei Jahre waren bei logischer Überlegung am wahrscheinlichsten, aber auch zwei waren bei Gregory nicht ganz undenkbar. Zudem hatte Gladys bereits Ehrgeiz und Ungeduld bewiesen. Unsere Gemeinde gelangte daher zu dem Befund, daß Gladys ihren Gregory aller Voraussicht nach in zwei Jahren anmelden würde. Für uns übrige wäre es ein Leichtes, ihre Ehemänner noch ein, zwei weitere Jahre unter Verschluß zu behalten. Sollte Gregory dann der einzige Bewerber sein, so würde ihm vielleicht ein Sieg zuteil, aber ein hohler.
Unsere Lösung war ebenso kühn wie entschlossen. Sämtliche Frauen kamen überein, ihre Männer trotz des Umstandes, daß viele noch nicht ihre Höchstform erreicht hatten, für das folgende Jahr anzumelden. Beim eventuellen Fehlschlagen eines Dreijahresplanes nämlich (wie es infolge eines Versprechers, aus Schikane, aus tausenderlei Gründen ja durchaus der Fall sein konnte) wäre – so lautete das allgemeine Empfinden – eine vier- oder fünfjährige Isolation für alle betroffenen Frauen und natürlich auch deren Ehegatten nicht zumutbar – ist der Zenit erst überschritten, geht der Verfall am schnellsten. Frauen, deren Gatten noch kein ganzes Jahr unter Verschluß waren, erhielten die Genehmigung, die Absprache zu brechen.
Es folgte eine Periode angespannter Neugier. Gladys' Überheblichkeit verbarg sich hinter einer Maske von Interesse an Gemeindedingen, während die anderen Frauen ihre Komplizenschaft und ihren Haß mit verlogenem Sportsgeist tarnten: Schwesterlichkeit im Angesicht eines gesunden Wettstreits.
Gladys verlegte sich darauf, Lebensmittelvorräte frei Haus liefern zu lassen: Viertelfäßchen Bier, eimerweise Kartoffeln, Säcke voll Mehl. O ja! Sie würde in zwei Jahren einen Rekord aufstellen, aber es wäre ein vergeblicher Triumph.

Und außerdem konnte sie ja über ihr Ziel hinausschießen. Wir alle erinnerten uns noch an Elizabeth Bents Darius, der mehrere Jahre zuvor beinahe das Potential eines Gregory hatte und sich in seinem blinden Ehrgeiz, einen Rekord aufzustellen, übernahm. Er starb sechs Wochen nach dem Wettbewerb mit sensationellen, aber disqualifizierten 281,67 Kilogramm.
Als der Wettkampf nur noch einen Monat bevorstand, war Gregory vergessen. Gewiß, dem Wettbewerb dieses Jahres fehlte das Überraschungselement. Jeder (außer Gladys) wußte, welche Ehemänner sonst noch gezeigt würden. Der Sieger ließ sich mit einiger Genauigkeit vorhersagen ... und dennoch: Wettbewerb blieb Wettbewerb, und die Luft war geladen mit dem vertrauten Gefühl erbitterter Rivalität.
Der Tag des Wettbewerbs brach an, es herrschte heißes, strahlendes Wetter, und eine aufgeregte Menge versammelte sich im Stadion. In diesem Jahr gab es natürlich kaum dieses intensive Rätselraten: Wer war der Überraschungskandidat? Wer blieb für ein weiteres Jahr unter Verschluß?
Doch fünf Minuten vor dem Eröffnungseinzug ging eine Frage durch die Reihen der Zuschauer: Hat irgend jemand Gladys gesehen? Aus einem erwartungsvollen Publikum wurde ein fieberndes. Man reckte die Hälse. Scharfe Augen forschten in der Menge. Sie war nirgendwo zu entdecken. Ein wütendes Getuschel fegte über die Tribünen. War es wohl möglich, daß sie ihren Gregory in einem einzigen Jahr vorbereitet hatte? Nein! Nein! Das ging nicht! Ausgeschlossen!
Die Kapelle begann zu spielen, und langsam zogen die buntbemalten, fähnchengeschmückten Lastwagen an der Tribüne vorbei. Sechsundzwanzig insgesamt. Wie viele Frauen hatten bei der Übereinkunft, ihre Männer dieses Jahr zu zeigen, mitgemacht: Fünfundzwanzig? Sechsundzwanzig? Keine konnte sich erinnern.
Die Lastwagen umrundeten das Feld. Die allgemeine Aufmerksamkeit war zwischen der Parade und dem Publikumseingang geteilt, um möglicherweise Gladys' verspätete Ankunft zu erspähen.
Die Fanfare erhob sich blechern und schrill, und die Lkws kamen zum Stillstand. Den Führerhäuschen entsprang eine Schwadron

von Frauen, die sich vor ihren Fahrzeugen aufstellten. Wir alle kennen diesen Moment atemloser Spannung, wenn das versammelte Publikum die Frauenriege mit einem einzigen Blick in sich aufnimmt, zwei Dutzend oder mehr Ehegattinnen in deren besten Kleidern sieht und sich gleichzeitig zu erinnern versucht, wer hätte dabeisein können, es aber nicht ist. Diesen spannungsgeladenen Moment, wenn Jahre der Hoffnung, der Mühe und des Plänescmiedens allzu schnell offenbar werden ... Doch in dieser -zigstel Sekunde vereinte sich das gesamte Augenmerk nur auf einem, *einem* Menschen allein. Gladys.

Angetan mit weißem Organdy, stand sie vor ihrem Lkw, ohne sich etwas von der zweifellos verbissenen, einsamen Feuerprobe, die sie durchgestanden hatte, anmerken zu lassen. Sie wirkte frisch wie ein Gänseblümchen. Nicht eine einzige Falte war zu sehen, jedes Härchen lag an seinem Platz. Ich konnte fühlen, wie sich der Haß zu einem Unwetter zusammenbraute.

Die anderen Teilnehmerfrauen bedachten Gladys mit Blicken ohnmächtigen Zorns. Die Trompete erklang, und jede löste die Abdeckplane ihres Lastwagens. Es war die atemlose winzige Sekunde, wenn die Ehemänner in voller Lebensgröße zum Vorschein kommen. Doch diesmal richteten sich aller Augen nur auf *einen* Wagen, die Nummer siebzehn: Gladys' Gregory.

Es gab keinen Applaus, keine Spur von dem üblichen wilden Jubel, nichts als ehrfurchtsvolle Stille. In diesem einen Augenblick nämlich wußte jede der anwesenden Frauen, daß ihre eigenen bescheidenen Hoffnungen für immer zunichte waren. Sie, die sich nie – in ihren wildesten, wahnwitzigsten Tagträumen nicht – einen Gregory hatten vorstellen können.

Er stand da, als wäre er mit der Ladefläche des Lastwagens verwurzelt: monolithisch. Sein Gesicht entbehrte jenes aufgedunsenen Aussehens, wie man es für gewöhnlich bei den wahrhaft elefantösen Ehemännern antrifft; seine Stirn lag in tiefen, dicken Fleischfalten; seine Wangen – weder schwabblig noch geschwollen – hingen in üppigen Kinnbacken herab. Wie Steaks. Sein Hals bildete einen flachen, festen Kegel, der nahtlos in so gigantische Schultern überging, daß Gregory, statt sich zu dem unvermeidlichen Bäuchlein hinzumodulieren, jäh abzufallen schien. Er war vollkommen. Eine Säule, ein Felsblock, ein Berg – fest und unverrückbar. Langsam – stolz – drehte er sich um. Frontalansicht, Profil, Rückansicht, Frontalansicht. Sein Gewicht ließ sich nicht abschätzen. Er war größer, breiter, schwerer, gewaltiger, schöner als alles, was wir je mit eigenen Augen erlebt hatten. Der Haß im Publikum schlug um in Verzweiflung. Vielleicht würden unsere Enkelinnen eines Tages darum betteln, von Gladys' Gregory zu hören, *wir* aber hatten ihn gesehen. Für uns gäbe es keine Wettbewerbe mehr. Nicht eine unter uns dachte an Gladys' ursprüngliche Martern; ihre jahrelange gesellschaftliche Ächtung. Wie denn auch?

Das Wiegen begann, und die Zuschauer nörgelten und schimpften. Sechzehn Ehemänner vor Gregory. Die Kräne hoben sie auf die Wiegeplattform, und die Ergebnisse wurden verkündet: 156,2, 170,3, 121,4 (jemand lachte), 188,9, 194,7 (jemand klatschte – zweifellos ein Familienangehöriger), 174,8, 155,8. Kein, sei es auch noch so flüchtiges, Interesse. Die entsetzten Ehefrauen, die jahrelang auf diese Gelegenheit hingearbeitet und Pläne geschmiedet, die um nichts als einen fairen Wettbewerb gebeten hatten, weinten nun unverhohlen. Dann 182,5, 141,8. Das Warten schien kein Ende zu nehmen.

Gregory kam als nächster, aber Gladys hatte eine Überraschung parat. Als die Männer darangingen, Gregory in den Gurten zu befestigen, wurden sie von Gladys mit einem Wink verscheucht. Sie brachte eine starke Rohrleiter an ihrem Lastwagen an, und bedächtig, aber ohne Säumnis, stieg Gregory herab.

Er konnte immer noch gehen!

Mit zurückgeworfenen Schultern, um seine prachtvollen Massen auszubalancieren, schwankte und schlingerte er auf die Treppe zu, die an der Plattform lehnte. Er prüfte das schwache Geländer, und als es entzweibrach, benutzte er ein Stück davon als Gehstock, um sich dergestalt, während eine atemlose Menge auf das Geräusch brechender Planken wartete, die Treppe emporzuhieven. Die Stufen ächzten, aber hielten stand, und Gregory begab sich ohne fremde Hilfe auf die Waage.

Nun, meine Damen, was macht die konkrete Zahl noch für einen

Unterschied? Es war alles vorbei. Wer diesen Mann gesehen hatte, für den war kalte Statistik irrelevant. Doch betrug Gregorys Gewicht genau 337,01 Kilogramm.

Langsam – stolz – drehte sich Gregory auf der Waage um und lächelte. Es wurde nicht geklatscht, aber, erst einzeln, dann en masse erhoben sich die Zuschauer von ihren Plätzen. Selbst Eifersucht und Haß waren ohnmächtig im Angesicht eines Bewerbers, der als ein Denkmal für Gladys und unsere Gemeinde stehen würde – ein leuchtendes Vorbild für die Welt.

Nun, meine Damen, ich wünschte, oh, ich wünschte, ich könnte diesen Bericht so beenden, wie es eines solchen Schauspiels würdig ist. Doch unglücklicherweise wurde die Vollkommenheit von Gladys' Gregorys Triumph durch *einen* Zwischenfall zuschanden.

Unser Verein hielt es, wie alle andern, stets mit der stillschweigenden Tradition: *Der Wettbewerbsgewinner darf selbst bestimmen, auf welche Art er serviert werden möchte.*

Gladys' Gregory jedoch verlangte aus purem Trotz (diese Frage ist noch immer heiß umstritten) oder auf Einflüsterung irgendeines primitiven Urinstinktes, roh aufgetischt zu werden.

In Ermangelung eines Präzendezfalles, nach dem wir uns hätten richten können, und aus Angst, mit einer so altehrwürdigen Tradition zu brechen, stimmten wir diesem Ansinnen widerstrebend zu, was vielen von uns ein akutes körperliches Mißbehagen und allen akuten körperlichen Ekel bereitete. Es wird derzeit in unserer Gemeinde über einen Antrag beraten, welcher den Wettbewerbssieger dieser Verantwortung künftig entbinden soll. In Anbetracht unserer unglücklichen Erfahrung, meine Damen, gehört es auch zu meinem hiesigen Auftrag, Ihnen, Ihrem Verein sowie allen anderen Vereinen die Verabschiedung eines ähnlichen Zusatzartikels dringend ans Herz zu legen. Tun Sie es bei der nächsten passenden Gelegenheit.

Ich danke Ihnen für Ihr geduldiges Interesse, meine Damen.

FLUSSLANDSCHAFT, FONTAINEBLEAU

STEPHEN GALLAGHER

Stephen Gallagher machte sich als britischer Rundfunk- und Fernsehautor einen Namen, bevor er sich hauptberuflich der Schriftstellerei zuwandte; sein erster Roman, *Chimera*, erschien 1982 in den Vereinigten Staaten bei St. Martin's Press. *F & SF* hatte das Glück, eine Reihe von Gallaghers ebenso unheimlichen wie exzellenten Kurzgeschichten herauszubringen, von denen *Flußlandschaft, Fontainebleau* unseres Erachtens die bisher beste ist, und das will etwas heißen! Stephen Gallagher läßt uns darin an einer grauenhaften Vision der Verliebtheit teilhaben. Diese surrealistische Erzählung ist vielleicht die furchterregendste des gesamten Bandes. Es kommt eben ganz auf die, sollen wir sagen: *Betrachtungsweise* an.

Über eine Stunde sahen wir aus dem Schutz der großen Eiche in die Regenfluten hinaus. Der Himmel war so dunkel wie altes Blei, und wenn es donnerte, schien sein Grollen selbst den Waldboden unter unseren Füßen zu erschüttern. Nicht einmal Antoine konnte so tun, als wäre dies nichts weiter als ein kurzer Frühlingsschauer, und so saßen wir in kaltem, trostlosem Schweigen beieinander, unsere Bündel vor unseren Füßen und unsere Ölmäntel über den Köpfen. Zu diesem Zeitpunkt, nehme ich an, fiel meine endgültige Entscheidung.

Als der Regen schließlich aufhörte, schulterten wir unser Gepäck und zogen weiter. Die Chaussee hatte sich nun größtenteils in Schlamm verwandelt, und eine schwache Sonne, die durch die Bäume fiel, ließ Dunst von dem durchgeweichten Boden aufsteigen. Ich war nicht gerade in der Stimmung, dies zu würdigen, doch nach einer Weile begann Antoine zu pfeifen. Ungefähr zehn Minuten später gelangten wir an einen breiten, schnellfließenden Bach, an dem die Landstraße verschwand, um drüben auf der anderen

Seite wieder emporzutauchen, und so naß und elend fühlte ich mich inzwischen, daß ich ohne Zögern oder Klage darauf zuwatete. Jeder Schritt brachte mich ein Stückchen näher nach Hause – alles andere war mir einerlei.

Bald allerdings wurde es offensichtlich, daß der ausgefahrene Weg uns nur bis zu einem Bauernhaus am gegenüberliegenden Ufer bringen würde, denn er führte schnurstracks in dessen Hof, der keinen Ausgang hatte. Es war eine schäbige, schmierige, abstoßende Örtlichkeit, der selbst die Spätnachmittagssonne keinen Reiz verleihen konnte, und mein erster Impuls bestand darin, kehrtzumachen und davonzumarschieren. Aber Antoine, der ewige Optimist, sagte: »Glaubst du, sie werden sich unserer erbarmen und uns zu essen geben?«

»Wahrscheinlich braten sie uns eher eins über und rauben uns aus«, entgegnete ich. »Du bleibst da und bewachst die Ausrüstung. Ich werde mich nach dem Weg erkundigen.«

Damit begab ich mich auf der Suche nach einem Lebenszeichen in den Hof. Nahe bei einem behelfsmäßigen Pferch, in dem vier klapprige Ziegen standen, pickten ein paar Hühner auf dem harten, unfruchtbaren Boden herum, und irgendwo hinter der Scheune bellte ein Hund. Die Hofecke zu meiner Linken wurde von einer großen Kastanie überschattet, und auf der trockenen, geschundenen Erde im Schutze ebendieses Baumes bot sich mir ein schrecklicher Anblick.

Es war ein untergewichtiges Schwein mit zusammengebundenen Füßen, das man zum Schlachten fertiggemacht hatte; offenbar handelte es sich hier um die angestammte Schlachtstelle des Bauernhofs, denn an den unteren Ästen des Baumes waren Haken angebracht, an denen die Kadaver ausbluten konnten. Was den Anblick jedoch so schrecklich machte, war die Art und Weise, in der man das Schwein hergerichtet hatte. Jeder seiner Füße war am Knöchel aufgeschlitzt, rundum durchgeschnitten worden, so daß blutleer und weiß der Knochen zutage trat. Obwohl diese zusammengebundenen Glieder fast durchtrennt waren, versuchte das Schwein immer noch, zappelnd und sich windend, auf die Beine zu kommen.

Ich wandte mein Gesicht ab und ging weiter. Auf dem freien Feld draußen, hinter der Scheune, fand ich schließlich die Menschen, nach denen ich suchte; und sie erwiesen sich, weiß Gott, als ein ungewaschener, mürrischer Haufen, ein Vater und vier Brüder mit schmalen Gesichtern und finsterem, durchbohrendem Blick. Sie waren gerade mit dem Herbeischleppen von Holzstämmen beschäftigt, doch sämtliche Arbeit hörte auf, als sie mich erblickten. Während ich mich an den Alten wandte – keinen Greis wohlgemerkt –, standen die anderen einfach da und gafften. Dabei sperrten sie die Mäuler auf, ließen die Hände an sich herunterhängen, und ein trüber Funken Intelligenz schimmerte in jedem Augenpaar. Es wollte keine Verständigung gelingen, bis ich erkannte, daß Geld der Schlüssel zu ihrer verstockten Beharrlichkeit wäre, aber am Ende erfuhr ich auch nicht mehr, als daß der einzige Weg, der wieder auf die Straße nach Paris führte, in dem Fußpfad bestünde, auf dem wir hergekommen waren. Ich dankte dem Bauern – mit einem Gefühl des Unterlegenseins und der Dummheit, weil ich ihn eigentlich hätte verwünschen sollen – und kehrte seufzend zu Antoine zurück.

Antoine stand immer noch dort, wo ich ihn verlassen hatte. Die Bündel mit unseren Staffeleien, Pinseln und Skizzenbüchern lagen zu seinen Füßen, und er lehnte mit einem entrückten, versonnenen Gesichtsausdruck an der Wand. Er blickte in Richtung des Kastanienbaums – etwas, das ich auf meinem Rückweg tunlichst vermieden hatte; nun aber mußte ich mich umdrehen und sah, was ihm denn so naheging; und da merkte ich, daß man das gefesselte Schwein während meiner kurzen Abwesenheit irgendwann weggebracht hatte und sich meinem Freunde nun eine andere Szene bot.

»Ich bleibe, Marcel«, sagte er.

Ich begriff nicht. »*Wo* bleibst du?«

»Hier, genau hier. Sie müssen doch ein Zimmer, eine Dachkammer oder eine Scheune haben, und zu gutem Geld werden sie nicht nein sagen. Außerdem ist es schon spät; ich bin müde …«

»Sonst noch ein Grund?« fragte ich und warf einen gezielten Blick zur Kastanie hinüber, unter der nun ein junges Mädchen stand und sich völlig unbefangen sein Haar bürstete. Dabei blickte es in einen alten zersprungenen Spiegel, den es an einem der Schlachterhaken aufgehängt hatte, und schien uns überhaupt nicht zu bemerken. Es war barfuß und trug ein so klammes, enganliegendes Baumwollhemd, daß sich darunter klar und deutlich seine Nacktheit abzeichnete. In meinen Augen war sie nicht mehr als eine ganz gewöhnliche Bauerndirne – zu plump, um anmutig zu sein, und wahrscheinlich zu tumb zur Konversation ... aber wer konnte schon sagen, was sie für Antoine bedeutete? Ich hatte während der Wochen unserer Wanderschaft bereits gelernt, daß seine Augen und die meinen oftmals in einem unterschiedlichen Licht zu sehen schienen. Jetzt, als Antwort auf meine Frage, lächelte er nur und schwieg.

»Dann«, erklärte ich, »bleibst du ohne mich hier, Antoine.«

Das erstaunte ihn. »Wollen wir uns darüber streiten?«

»Nein«, sagte ich und stellte mich neben ihn an die Wand, »streiten nicht. Ich möchte dir einfach nur nicht im Wege stehen. Für mich ist es vorbei, Antoine; es hat keinen Sinn, daß ich so tue, als wäre es anders. Ich habe genug vom Zu-Fuß-Gehn, Skizzenmalen und Von-Angesicht-zu-Angesicht-mit-der-Natur-Sein. Ich habe mich durch Sonnenaufgänge hindurchgegähnt und durch Regenfälle gezittert, und wenn ich sterben würde, ohne je wieder einen Baum, ein Dorf oder ein Weizenfeld zu sehen, so stürbe ich glücklich. Ich will damit sagen, daß ich keine Künstlernatur bin, Antoine. Wenn diese letzten paar Wochen eine Prüfung gewesen sein sollten, dann gestehe ich, daß ich gescheitert bin. Mir tun die Füße weh, ich habe Schmerzen, und mir bleibt nichts mehr zu beweisen. Ich gehe heute abend nach Paris zurück.«

Diesen Entschluß nämlich hatte ich vorhin im Wald, unter der Eiche, gefaßt. Der Auszug in die große, weite Welt, der zwei jungen Möchtegern-Malern so verlockend erschienen war, hatte sich in eine *tour de force* verwandelt – ein Gemisch aus Wetterlaunen, zugigen Wirtshäusern und Heimweh; wenn ich weiterskizziert hatte, dann nur aus einer Art widerwilligem Pflichtgefühl heraus – etwas, womit ich mich nicht abgegeben hätte, wäre Antoine nicht dabeigewesen. Ich hatte die Blätter nicht mehr durchgesehen und legte auch keinen Wert darauf. Meine künstlerische Begabung, das

hatte ich erkannt, war einfach nicht stark genug, um außerhalb der annehmlichsten Salonverhältnisse überleben zu können – was vermutlich bedeutete, daß es gar keine richtige Begabung war. Ein willkommener Vorwand für mich, junge Damen zum Ablegen ihrer Kleider zu überreden vielleicht, aber keine Kunst.
»Oh, Marcel«, sagte Antoine mitleidig. »War es bisher denn wirklich die Hölle für dich?«
»Ich werde ein dumpfer Philister werden, Antoine«, erklärte ich. »Ich wurde dazu *geboren*, ein dumpfer Philister zu sein. Es hat einer Wanderschaft wie dieser bedurft, mir klarzumachen, wie sehr ich mich schon immer darauf gefreut habe.«
Er warf wieder einen Blick über den Hof, wo die plumpe Bauernmaid unter der Kastanie stand. Einen Moment lang schien es, als würden ihre Augen von dem Spiegel abschweifen und denen meines Freundes begegnen, ihr Gesicht aber verriet keinerlei Regung.
»Ich kann nicht mit dir kommen«, sagte er.
»Das ist mir bereits klar.«
Ich beschrieb ihm, wo er den Bauern finden würde, und räumte während Antoines Abwesenheit sämtliche Pastellkreiden, Farben und Kohlestifte, die ich dabeihatte, in sein Gepäck um, wobei sich Erleichterung und Bedauern zu einem unauflöslichen Gemisch verquickten. Außerdem gab ich ihm meine beiden unberührten Leinwände in ihren Keilrahmen und meinen Fixiermittelzerstäuber. Bei seiner Rückkehr schilderte mir Antoine die Bedingungen, unter denen der Bauer ihn beherbergen würde; grob ausgedrückt, gewährten diese Leute ihm zwei Wochen Logis in ihrer Scheune und eine Kost, die ganz und gar aus dem bestand, was die Familie entbehren konnte, gegen jeden Franc, den er in der Tasche hatte. Mir standen die Haare zu Berge, aber Antoine ließ sich's nicht verdrießen. Ich mußte ihm versprechen, daß ich seinen Vater aufsuchen, mir Antoines monatliches Taschengeld geben lassen und vor Ablauf der nächsten vierzehn Tage damit zurückkehren würde. Obwohl mir der Wald von Fontainebleau gut und gerne für immer hätte gestohlen bleiben können, bereitete mir die Vorstellung, Antoine gänzlich der Gnade seiner neuesten Grille zu überlas-

sen, ein deutliches Mißbehagen. Immerhin hätte ich so die Möglichkeit, einmal bei ihm nach dem Rechten zu sehen.
Er begleitete mich zurück zum Fluß. Es blieb kaum mehr als eine Stunde Tageslicht, und ich hatte ein gutes Stück Weg vor mir. Ehe ich mich daranmachte, die Furt zu überqueren, fragte ich: »Was soll ich deinem Vater sagen?«
»Was immer dir beliebt«, erwiderte er. »Was immer ihm deiner Meinung nach zu hören nottut. Aber sei so gut, Marcel.«
Ich hätte gern noch mehr gesagt, doch er äugte bereits wieder sehnsüchtig in Richtung des Hofes, der mir auch, nachdem ich mich eine halbe Stunde daran hatte gewöhnen können, keinen Deut weniger schmierig vorkam als auf den ersten Blick ... aber wie gesagt: Antoine schien die Dinge öfter mit anderen Augen zu betrachten. Künstleraugen vielleicht. Meine Prüfung lag hinter mir; und die nächsten beiden Wochen würden ihm gehören.

Ich übernachtete in Barbizon und gelangte gegen Ende des darauffolgenden Tages nach Paris zurück. Ich betrat das Haus unserer Familie durch die Hintertür – teilweise, weil ich mich meines vermeintlichen Versagens schämte, hauptsächlich aber, weil ich mir bewußt war, daß ich wie ein Landstreicher aussah. Die nächsten paar Tage waren der Beginn eines Absorptionsprozesses – meiner Einbeziehung in die Geschäfte der Familie, eine fremdartige Welt der Journaleinträge und Frachtbriefe, die irgendwie mit richtigen Schiffen draußen auf richtigen Meeren in Verbindung stand. Man gab mir die Position eines Buchhaltungslehrlings, damit ich alles von der Pike auf erlernen könnte.
Obwohl ich wußte, was mir bevorstand, waren die lange Arbeitszeit und deren strikte Einhaltung doch ein ziemlicher Schock für mich. Ich hatte Antoines Eltern gleich bei meiner Heimkehr eine Notiz zukommen lassen, in der ich sie seines Wohlergehens versicherte, fand aber erst Freitag abend die Möglichkeit, ihnen seine Bitte persönlich vorzutragen.
Was ich erfuhr, war leider unerfreulich. Mein eigener Vater hatte – zu seiner Ehre sei's gesagt – geduldig abgewartet, bis meine Schwärmereien sich von selbst legen würden; es war, als hätte er

das Ende dieser Grillen vorhergesehen und in aller Stille seine Vorkehrungen für den fraglichen Zeitpunkt getroffen. Antoines Vater hingegen verfügte über keine solche Geduld. Das einzige, was er mir mitgab, war eine Botschaft: Kein Taschengeld, bis Antoine seine Possen an den Nagel hängen und nach Hause zurückkehren würde.

Der Sonnabend war nur ein halber Arbeitstag, und gleich nach Beendigung meiner Arbeit machte ich mich auf den Weg zum Bahnhof. Es war schon spät am Nachmittag, als ich wieder in Sichtweite des Bauernhofs gelangte. Das Ganze deckte sich ziemlich mit meiner Erinnerung, obschon ich zu behaupten wage, daß *ich* mich in *seinen* Augen verändert hatte; nun trug ich einen ordentlichen Anzug mit Mantel und kam nicht unvorbereitet an die seichte Flußstelle.

Es war ein warmer Tag. Der Frühling ging gerade in den Sommer über, und die Lüftchen, die wehten, waren nicht mehr schneidend. Der gesprungene Spiegel hing immer noch unter dem Kastanienbaum, wo er sachte hin und her schaukelte, während ich im Scheunentor stand und Antoines Namen rief. *Hierdrin* hatte er geschlafen? Die Scheune war ja zur Hälfte voll Heu, bis hoch unter die Tenne, und es gab keinerlei Möbel. Die schiefergetäfelten Wände wiesen Fugen und Ritzen auf; manche der Lücken, die zwischen den Dielen klafften, besaßen Handbreite. Und doch: Ganz zweifelsohne war dies hier Antoines Unterkunft, denn drüben, auf dem freien Teil des Bodens, sah ich seine Staffelei, einen Schemel und einige ausgebreitete Utensilien aus seinem Besitz. Antoines Habseligkeiten, aber kein Antoine. Ich machte mich auf die Suche. Zu guter Letzt fand ich ihn auf einer Lichtung, keine zweihundert Meter von der Scheune entfernt. Das Mädchen war, wie ich schon halbwegs erwartet hatte, bei ihm. Die Hände um die Knie geschlungen, saß es auf dem Boden, während Antoine eine Skizze von ihm machte. Als er mich aber erblickte, warf er seinen Block mit einem lauten »Marcel!« beiseite und sprang auf, um mich zu begrüßen.

Ich muß gestehen, ich war schockiert, obschon ich es mir nicht anmerken ließ. Binnen weniger als einer Woche war er verfallen wie ein Mann in den Klauen einer schweren Krankheit. Er schien dünner zu sein, und unter seinen Augen lagen dunkle Ringe, die sie starr und eingesunken wirken ließen; sein Gebaren indes war durchaus lebhaft, und er wirkte erfreut darüber, mich zu sehen ... obwohl ich nicht sagen konnte, wieviel davon aufrichtige Beflissenheit und wieviel dem Geld zuzuschreiben war, das er durch mich zu bekommen glaubte.

Sie hatten einen Korb dabei, und gemeinsam nahmen wir ein Abendbrot, bestehend aus Käse, herbem Wein und Brot von der Beschaffenheit feuchten Dachstrohs, ein. Antoine stellte mir das Mädchen als Lise vor, ein Kürzel für Anneliese, und fast auf Anhieb wußte ich, daß sie keine gebürtige Französin war, obwohl ich ihren eigentümlichen Akzent nicht unterbringen konnte. Sie wirkte schüchtern und nahm nichts außer einem Schlückchen Wein zu sich.

Antoine gab mir sein Skizzenheft zum Durchsehen, genau wie wir es am Ende eines jeden unsrer gemeinsamen Tage gemacht hatten. Wie nicht anders zu erwarten, hatte er seine ganze Zeit auf das Mädchen verwandt, wobei er zwischen Kopfstudien und Ganzkörperporträts wechselte, manche davon kaum mehr als ein paar rasche Striche – die Quintessenz einer Sekunden dauernden Bewegung. Obwohl ich es nicht zu erkennen gab, war ich enttäuscht. Ich hatte mir hier irgendeinen Hinweis erhofft, irgendein Durchschimmern der Vision, die ihn zu seinem Tun bewogen hatte, aber keine Zeichnung schien viel mehr zu sein als eine Fingerübung. Vielleicht, sagte ich mir, bestand also doch kein Grund zum Neid. Seine Begeisterung war nichts anderes als eine flüchtige Schwärmerei, die durch das Verhältnis zwischen Künstler und Modell einen praktischen Nebensinn erhielt – etwas, das ich zumindest verstehen konnte, obwohl ich sonderbar enttäuscht war, nichts sonst zu finden.

Lise fragte, ob Antoine für heute mit dem Skizzieren fertig sei, und ließ sich dann entschuldigen. Ich bemerkte einen gewissen Schmerz in Antoines Augen, während er ihr nachsah.

»Wer ist sie?« fragte ich, sobald sie sich einigermaßen außer Hörweite befand.

»Ich weiß nicht. Sie ist Waise, glaub ich. Die Familie nimmt einfach keine Notiz von ihr.«

»Arbeitet sie auf dem Bauernhof?«
»Ich glaube nicht«, antwortete er, und dabei spiegelte sich einiges von seiner Ungewißheit auf seiner Miene wider, so als sei dies eine Frage, die ihm in den letzten paar Tagen etliche Male durch den Kopf gegangen war. »Mit Sicherheit kann ich es nicht sagen. Manchmal verschwindet sie stundenlang, und dann ... aber es ist ohnehin nebensächlich. Hast du mit meinem Vater gesprochen?«
Mir blieb nichts anderes übrig, als ihm die bittere Neuigkeit zu überbringen. Ich sah, wie sein Gesicht immer länger wurde, und die unbestimmte Zufriedenheit auf seiner Miene, die den Verfall seiner Züge erst recht zur Geltung gebracht hatte, wich einer Art Verzweiflung.
»Dann weiß ich mir keinen Rat«, sagte er. »Ohne Geld wird man mich nicht hierbleiben lassen. Sie haben mich ja schon bis auf den letzten Blutstropfen ausgesaugt. Man begreift diese Leute einfach nicht.«
»Nicht halb so gut, wie sie anscheinend dich begreifen«, sagte ich zu ihm. »Es ist doch wegen des Mädchens, oder?«
Er schlug die Augen nieder und gab keine Antwort.
»Warum«, fuhr ich fort, »bringst du sie dann nicht einfach von hier weg?«
Doch er tat den Gedanken ab, bevor ich ihn ganz ausgesprochen hatte. »Unmöglich«, sagte er. »Sie hat Schmerzen, wenn sie auch nur ein Stückchen zu Fuß gehen muß.« Und dann, als hätte dieser läppische Vorwand genügt, der gesamten Diskussion ein Ende zu bereiten, stand er plötzlich auf und sagte: »Ich sehe nur einen Ausweg. Besser, du kommst mit.«
Und ohne ein weiteres Wort ging er mir voran, zurück zur Scheune. Drüben bei einem anderen Nebengebäude entdeckte ich einen der vier Söhne, der uns beobachtete. Er blieb stumm und starr wie ein Ölgötze, und Antoine warf nicht einmal einen Blick in seine Richtung.
Lise war bei unserer Ankunft nicht da, doch damit hatte Antoine anscheinend sowieso nicht gerechnet. Er ging zur Staffelei hinüber, ich folgte, und dann wartete ich – wartete, während er nach einem kurzen Moment des Zögerns das farbbekleckste Tuch fortzog, das als Schutz über der Leinwand hing.

Es war ein Gemälde in dicken Ölfarben. Ich stand da und staunte. Das Bild war wunderschön.
Es zeigte Antoines Vision jenes ersten Augenblicks, in dem er Lise unter der Kastanie hatte stehen sehen, getreu bis in die kleinste Einzelheit. Und doch: Für meine Augen war es wie verwandelt; jetzt erkannte ich, daß mich das Mißbehagen, mit dem ich damals so beschäftigt war, blind für fast alles, alles und jedes, gemacht hatte. Die Bürste in der Hand und von Flecken der Spätnachmittagssonne gesprenkelt, stand Lise vor sanften blauen Schatten. Es lag eine Art stiller Schönheit auf ihren offenen, reizlosen Zügen, während sie ihren Anblick im Spiegel studierte; ich wußte instinktiv, daß es ein trauriges Bild war, ein Hohelied auf die Flüchtigkeit allen Erlebens und des Lebens selbst.
Und während ich es betrachtete, fühlte ich, wie etwas in meinem Innern starb. Ich dachte an meine eigenen hübschen, nichtssagenden Fontainebleau-Landschaften und wußte mit endgültiger Gewißheit, daß meine Entscheidung die richtige gewesen war. Meine Technik war ebensogut wie die Antoines, wenn nicht sogar eine Spur besser, aber Technik war nur die halbe Sache. Um malen zu können, mußte man zuerst einmal sehen. Und das tat ich nur unter Anleitung.
»Du mußt es für mich nach Paris bringen«, sagte er. »Verkauf es um jeden Preis, den du bekommen kannst.«
Ich nickte bedächtig. Ich würde ihm helfen, wo ich nur konnte – gar keine Frage. »Weißt du, Antoine, ich beneide dich«, sagte ich.
»Tu's nicht.« Er starrte auf seine Leinwand, als verstörte sie ihn sogar selbst irgendwie. »Das, was wir uns am meisten wünschen, ist nicht immer auch das, was uns glücklich macht.«
Ich gab ihm fast alles Geld, das ich dabeihatte – die kleine Rücklage für eine Übernachtung, bevor ich wieder in die Stadt fahren wollte, inbegriffen. Ich nahm eine gewisse Verlegenheit an Antoine wahr, während wir eine Leiter erklommen und er mir die Tenne zeigte, wo ich schlafen könnte, faßte dies aber als einen natürlichen Widerwillen gegen Almosen von seinen Freunden auf. Ich selbst betrachtete die Sache anders: Wenn ich schon ein Bourgeois werden würde, dachte ich wehmütig, warum dann nicht auch gleich ein Kunstmäzen?

Eine Wolldecke im Heu entsprach nicht meiner Vorstellung von Bequemlichkeit, aber mehr war nicht zu haben. Warm genug hatte ich es zwar, aber das Heu stach aus allen Winkeln durch die dünne Wolle auf mich ein; und obgleich mein Mantel zusammengerollt ein annehmbares Kopfkissen ergab, konnte ich nicht umhin, mich zu fragen, wie er wohl morgen früh beim Ausschütteln aussehen würde. Kein Wunder, daß Antoine wie ein Wrack wirkte, nach einer solchen Woche!

Ich weiß nicht, wie spät es war, als ich aufwachte, aber es muß irgendwann gegen zwei oder drei gewesen sein. Mit einem Gefühl des Unbehagens lag ich da und schaute durch die Lücken in den Wänden auf den bewölkten Mondhimmel, der sich davor zeigte, da vernahm ich Stimmen von unten. Sie flüsterten, aber die Nacht war so still, daß es sich unmöglich überhören ließ.

»Ich weiß noch, wie ich dich und deinen Freund verlassen habe«, sagte Lise gerade. »Ich war so müde nach dem Modellsitzen heute vormittag. Aber ich weiß nicht mehr, wohin ich gegangen bin.«

»Du bist hingegangen, wo du immer hingehst«, hörte ich Antoine sagen. »Zu dem großen Strohhaufen hinter dem Haus. Du hast dir eine Höhle gebaut und dich darin vergraben.«

»Als nächstes weiß ich aber lediglich, daß es dunkel war und ich wieder draußen unter dem Baum stand. Ich war erschöpft – so, als wäre ich gelaufen. Was hab ich nur *getan?*«

»Du hast geschlafen, weiter nichts. So wie du's immer tust.«

Doch Lise schien verängstigt, außerstande, sich mit einer so simplen Erklärung abfinden zu können. »Weißt du das genau?« fragte sie beharrlich. »Hast du mich gesehen?«

Antoine schwieg lange. Dann antwortete er: »Ja.«

Ich hörte, wie sie sich leicht bewegte, so daß das Heu raschelte. Sie sagte: »Mitunter kommt es mir so vor, als wärest du der einzige, der mich wirklich sieht. So, wie ich bin, meine ich. Als ob ich, wenn du deine Augen schließt, nicht mehr vorhanden wäre ... weil ich es in gewissem Sinne ja auch nicht war, bevor du des Wegs gekommen bist.«

Antoine entgegnete: »Das ist törichtes Geschwätz.«

Mit ihrer nächsten Frage hatte ich nicht gerechnet. Sie sagte: »Wer bin ich, Antoine?« und hörte sich elend und verloren an, als bliebe die Antwort auf ewig unbekannt.

»Schlaf jetzt«, forderte er sie auf.

Es war ein guter Vorschlag und einer, dem ich nur allzugern gefolgt wäre; doch schien der Schlaf mich weiterhin zu fliehen, und ich konnte mich lediglich in diesem pieksenden Heu winden – ein elender Wurm. Auch daß Antoines Atem tief und geräuschvoll wurde, war keine Hilfe. Und nach einer Weile hörte ich, wie unten jemand aufstand und sich zum Scheunentor begab.

So still wie möglich kroch ich zu der Luke, durch die ich auf die Tenne gestiegen war, und spähte hinab. Lise stand im Eingang. Umrahmt von Mondlicht, blickte sie zu Antoine zurück. Obwohl ich ihr Gesicht nicht erkennen konnte, vermittelte ihre Haltung insgesamt den Eindruck eines schweren Abschieds. Von Antoine selbst konnte ich in der Finsternis kaum mehr als den trüben cremefarbenen Klecks seines Hemds wahrnehmen. Dann wandte sie sich ab und ging auf den Hof hinaus.

Ein Bodenbrett knarrte, als ich mich zu dem unverglasten Fenster hinüberbewegte, von wo aus ich in den Hof hinabsehen könnte, aber Antoine gab keinen Mucks von sich. Sie ging jetzt schnell, eine schwach erkennbare Gestalt in einem schlichten Kleid, und zwar, wie Antoine gesagt hatte, auf die Rückseite des Hauses zu; und während ich so schaute, sah ich plötzlich eine zweite Gestalt aus den Schatten hervortreten, um sie abzufangen. Dies war, wie ich aus den ungeschlachten Konturen schloß, entweder der Bauer oder einer seiner vier Söhne, und anscheinend hatte er gewartet; ich sah ihn irgendeine Art von Rute oder Stecken erheben, den er durch die Luft sausen ließ, wie um das Mädchen schneller in die bereits eingeschlagene Richtung zu treiben. Er folgte ihm durch die Lücke zwischen den Gebäuden und bückte sich nach etwas, das ich nicht sehen konnte; dann aber hörte ich ein Holztor über den schmutzigen, zerfurchten Boden scharren und laut zuschlagen.

Als die beiden aus meinem Blickfeld verschwunden waren, wobei man Lise teilnahmslos vorangetrieben hatte wie irgendein gewöhnliches Nutztier, kehrte ich zu meiner Decke zurück. Ganz offensichtlich war das Mädchen erwartet worden – auf und davon, sobald

Antoine fest schlief – wie ein Schaf, das man bei Tagesende in die Hürde treibt. Und nachdem ich nun selbst erlebt hatte, auf welche Weise man mit ihr umsprang, überlegte ich zwangsläufig, daß sie vielleicht recht gehabt hatte: Die Art, wie Antoine sie sah, unterschied sich so sehr von der Sichtweise der anderen, daß es fast war, als hätte er ihre Schönheit tatsächlich aus einem weit irdischeren Stoff geschaffen, zu dem sie nur zurückkehren konnte, wenn Antoines Augenmerk sich anderwärts bewegte, zum Beispiel im Schlaf.

Und der Schlaf war – unerwarteterweise –, wozu mich diese müßigen und spekulativen Gedankengänge führten.

Das Frühstück für uns stand am nächsten Morgen vor der Tür. Es war mager, aber anständig. Behutsam, weil die Farbe an den übermalten Stellen immer noch weich war, packte Antoine das Bild ein; er nannte es *La Jeune Fille au Miroir,* das Mädchen mit dem Spiegel. Lise saß daneben und schaute uns zu; sie war irgendwann vor meinem Erwachen in die Scheune zurückgekehrt, wann, wußte ich nicht. Sie sprach wenig und aß nichts. Nun fiel es mir unerwartet schwer, mir vorzustellen, wie ich sie je hatte häßlich finden können.

Ich nehme an, daß ich sie jetzt, um meinen phantasievollen Gedanken von der vorangegangenen Nacht weiterzuspinnen, gleichsam mit Antoines Augen sah. Mein eigener erster Eindruck galt nun nichts; nicht, daß ich einfach meine Meinung geändert hätte, um mich stillschweigend den Ansichten eines anderen anzupassen – vielmehr fand ich durch die Intensität von Antoines Vision inzwischen mein ganzes Weltbild umgewandelt. Aber es war eine Intensität, die ihn auszehrte, das konnte ich sehen; er schien körperlich in keiner besseren Verfassung als zum Zeitpunkt meines Kommens, ja, eher hatte sich sein Zustand noch verschlechtert. Ich fragte mich, ob eine Kostprobe vom Erfolg – beim Verkauf seines Bildes nämlich – ihm wohl neue Lebenskraft gäbe.

Noch vor zehn machte ich mich auf den Weg, denn ich wußte, daß ein langer Fußmarsch und eine Kutschfahrt vor mir lagen, ehe ich auch nur die Eisenbahn erreichen würde. Mein zähestes Paar Stiefel hatte sich während der gestrigen Flußdurchquerung als undicht erwiesen, da es aber über Nacht getrocknet war, ging Antoine hinaus, um irgendeine Transportmöglichkeit auszuhandeln, damit ich die Reise nicht mit Wasser in den Schuhen antreten müßte. Ich hörte nicht, was gesagt oder versprochen wurde; nach zehn Minuten jedoch kam ein klappriger Einspänner, gezogen von einem noch klapprigeren Pony, in den Hof gerasselt.

Die Morgensonne schlug ein schimmerndes Licht aus dem Fluß, während wir uns zum Abschied zuwinkten und mein Gefährt mit Rütteln und Schütteln in die ausgefahrene Furt vordrang. Mein Kutscher war einer der vier Brüder, die ich von meinem ersten Besuch auf dem Bauernhof her kannte, und ich fragte mich, ob wohl er in dem mondbeschienenen Hof auf Lise gewartet hatte. Ich spielte schon mit dem Gedanken, ihn zu fragen ... aber er hatte bislang kein Wort mit mir geredet und würde es auch höchstwahrscheinlich weiterhin nicht tun. Mit eingezogenem Kopf hockte er da, die Augen offenkundig auf das Hinterteil des Pferdes geheftet.

Ich hatte halbwegs damit gerechnet, am gegenüberliegenden Ufer abgesetzt zu werden, doch bald wurde es offensichtlich, daß Antoines Unterhandlungen mich weiter bringen würden, denn mit tropfenden Rädern ging es die Straße entlang. Ich drehte mich um – ein letztes Mal wollte ich Antoines einsamer Gestalt noch zuwinken – und fand mich plötzlich von Angesicht zu Angesicht mit *La Jeune Fille au Miroir*, die ich schützend an meiner Seite hielt.

Ich empfand ein merkwürdiges Verlustgefühl, so als hätte ich eine Welt hinter mir gelassen, die ich vielleicht nie wieder betreten könnte. Der Fluß war ihre Grenze, die Uferbänke ihr Grenzstreifen.

Zehn Minuten später, als wir in Sichtweite der Hauptkreuzung gelangten, machte mein Kutscher den Mund auf.

»Wir haben Ihrem Freund gesagt«, sprach er plötzlich und ohne jede Einleitung, »wir könnten seine Bilder nicht essen. Wenn sein Geld weg ist, dann er auch.«

Es dauerte einen Moment, bevor ich mir sicher sein konnte, daß ich der Angesprochene war; er hatte seine Augen nicht von dem Hinterteil des Kleppers erhoben. Als ich jedoch Gewißheit hatte, sagte ich: »Würden Sie es vielleicht in Betracht ziehen, Lise mitkommen zu lassen?«

Ich hielt Ausschau nach einer Reaktion, sah aber keine. Er antwortete ganz einfach: »Warum?«
»Sie arbeitet nicht für Sie, sie gehört nicht zu Ihnen ... es gibt hier keine Zukunft für sie. Antoines Familie ist sehr reich. Er könnte sie in einer eigenen Wohnung unterbringen und ihr ein Einkommen verschaffen. Sie könnte Ihnen Geld schicken.«
Es war mein gewagtester Vorstoß, aber er richtete kaum etwas aus; der andere schüttelte langsam den Kopf, und das machte mich wütend.
»Es ist reichlich spät, um sich über ihr sittliches Wohlergehen Gedanken zu machen, finden Sie nicht?« fragte ich herausfordernd. »Da Sie es schon für schicklich erachten, sie hinaus in eine Scheune zu jagen, um mit Fremden zu schlafen.«
»Das ist gleichgültig«, antwortete er, während er das Pony zügelte und wir auf einer leeren Kreuzung zum Stehen kamen. »Sie kann nicht fort, weiter nichts.«

So weit meine anfänglichen Bemühungen um Antoine; und nun gilt es zu berichten, daß mir in meiner neuen Rolle als künstlerischer Agent kaum mehr Erfolg beschieden war. Ich widmete der Auswahl des richtigen Händlers viel Überlegung und entschied mich für einen, der nach meiner Überzeugung dem frischen und völlig modernen Herangehen des Bildes an sein Motiv gewogen wäre; er hatte, wie ich wußte, erst unlängst eine Einkaufsreise nach England unternommen und mehrere Werke von Constable mitgebracht, die in ihrer Behandlung der Natur als geradezu revolutionär galten. Ich überließ ihm das Gemälde für mehrere Tage und sprach dann wieder bei ihm vor, um mich auf dem laufenden zu halten.
Er hatte einen Käufer gefunden. Als ich aber die angebotene Summe hörte, schwand meine anfängliche Erregung, und ich erkaltete.
»So wenig?« fragte ich. »Aber ...«
»Sie würden vielleicht mehr herausschinden, wenn Sie es ein paar Wochen in der Galerie hängen ließen, aber das wage ich zu bezweifeln«, antwortete er. »Und ich möchte nicht gern in den Ruf geraten, mit dieser Art von Material zu handeln.« Gleich darauf

gestand er allerdings zu: »Womit ich nicht sagen möchte, daß es schlecht wäre.«
»Aber wenn es gut ist, muß es mehr bringen.«
»Irrtum. Nicht ›Gut‹ ist das, was sich verkauft ... sondern ›modisch‹. Das heißt: klassische Gestalten in idealisierten Landschaften. Im Atelier neu arrangierte Natur. Also verraten Sie mir doch: Wie soll ich dieses kleine Bauernmädchen auf einem solchen Markt verkaufen?«
Es war eine gute Arbeit, das *wußte* ich; wußte es mit stärkerer Überzeugung, als ich sie je einem meiner eigenen Werke entgegengebracht hatte. Ich fragte: »Soll das etwa heißen, daß dieses Gemälde nichts taugt, weil es zuviel Wahrheit enthält?«
Er zuckte mit den Achseln, als sei dies eine heikle Sache. »Wenn Sie so wollen. Ob es nun etwas wert ist oder nicht: Ich halte Ihren Freund für äußerst kühn. Aber auch seine Kühnheit kann ich nicht verkaufen ... ich verkaufe bloß Bilder.«

Was sollte ich tun? Antoine fände nur so lange auf dem Bauernhof Unterkunft, wie seine Zahlungskraft mit der Gier seiner Wirtsleute Schritt halten konnte. Für die Summe, die man mir angeboten hatte, bekäme er bei dem derzeitigen Mietzins höchstens noch ein paar Tage Galgenfrist, aber jede Anstrengung, einen besseren Preis für das Bild zu erzielen, würde Zeit kosten. Und selbst dann gab es nicht die geringste Garantie für einen irgendwie größeren Erfolg. Mit einem Gefühl der Niederlage akzeptierte ich das Angebot.
Antoine müßte schließlich an einen Punkt kommen, wo er seine fixe Besessenheit in irgendeine Zukunftsperspektive umzusetzen hätte. Er war in eine Situation geraten, die einen konzeptionellen Durchbruch ermöglichen könnte, doch nun wurde es Zeit, auch einmal über die Strategie für seine neue Laufbahn nachzudenken. War ihm denn nicht schon sein erster kommerzieller Verkauf gelungen? Und wenn ich mich mit einer solchen Denkweise allmählich schon wie ein Vater anhörte, verweilte ich doch nicht lange genug bei dieser Tatsache, als daß sie mich gestört hätte.
Am nächsten Sonntag fuhr ich wieder hinaus. Antoine erwartete mich bereits auf der »falschen« Seite des Flusses.

Er saß neben der Furt auf einem Stein und starrte in die Strömung. Hatte sein Aussehn mich beim erstenmal schockiert, so war ich nun schlechterdings entsetzt. Mit seiner kränklich grauen Haut unter einer tiefsitzenden, harten Schmutzkruste wirkte er abstoßend, verkommen und elend; seine Haare sahen aus wie altes Stroh, und sein ganzer Körper war krumm und gebückt. Auf seinen Händen erblickte ich etwas, das mir wie getrocknete Wunden vorkam, und als er bei meinem Herankommen aufschaute, geschah dies mit den Augen eines Verhungernden.

Einen Moment lang verschlug es mir die Sprache. Einen Freund dermaßen verelendet zu sehen – so tief, so schnell! Seine Taschen, Farben und die Staffelei lagen neben ihm, als hätte man sie dort hingeworfen: Die Staffelei war zerbrochen, die Farben verstreut und in den Uferschlamm getrampelt.

»Antoine!« brachte ich schließlich hervor. »Was ist hier geschehen?«

»Das Geld war alle, also haben sie mich rausgeschmissen«, antwortete er schlicht. Seine Stimme klang schwach und heiser. »Ich bin schon seit zwei Tagen hier. Als ich versuchte, wieder reinzugehen, haben sie die Hunde auf mich gehetzt.«

Dies erklärte vermutlich die Wunden auf seinen Händen. »Das ist ja unerhört«, sagte ich. »Ich werde sie mir vorknöpfen. Sollen sie die Hunde ruhig auf *mich* hetzen, wenn sie es wagen.«

Damit stürmte ich durch die Furt, ohne mich darum zu kümmern, wieviel Lärm ich machte oder wie sehr ich herumspritzte. Nachdem er sich auf unsicheren Beinen von seinem Stein erhoben hatte, blieb Antoine noch eine Weile unschlüssig; dann begann er, mir mit einigem Abstand zu folgen.

Auf dem Hof herrschte Stille, und er erschien mir genauso abschreckend wie an jenem ersten Tag. Lises Spiegel hing nicht mehr unter dem Kastanienbaum; den dunklen Flecken auf dem Erdboden nach hätte ich vermutet, daß die Schlachterhaken erst kürzlich zum Einsatz gekommen waren. Während Antoine weiter hinter mir hertrödelte, warf ich einen Blick in die Scheune; einen Teil des Heus hatte man hinausgekarrt, aber nirgendwo gab es ein Lebenszeichen.

»Wir sind zu spät«, sagte Antoine, doch ohne ihm Beachtung zu schenken, trat ich durch das hintere Tor der Scheune ins Freie. Hier draußen wenigstens fand ich ein Lebenszeichen in Gestalt der Überbleibsel eines frischen Feuers; es rauchte noch, und als ich näher trat, sah ich, daß der Rauch eigentlich von einigen am Boden einer seichten Mulde verstreuten Kohlen kam, die fast erloschen waren. Sie lagen auf einem tiefen Aschenbett, und noch mehr Asche und Heu mischten sich mit der Erde, die neben der Kuhle am Boden aufgeschüttet war. Selbst ohne meine Hand auszustrecken, konnte ich die Wärme spüren.

Ich war durch nichts aufzuhalten. Antoine setzte zum Sprechen an, aber ich wartete gar nicht erst ab; ich marschierte bereits auf das steinerne Haus mit seinem steilen Dach und seinen zolldicken Türen zu, die so stumpfsinnig und auskunftsunwillig waren, wie ich es von seinen Bewohnern kannte. Ich durchquerte einen Küchengarten, in dem fast nichts wuchs, und hielt vor dem Seiteneingang noch einmal inne; ich konnte Geräusche von drinnen hören, die Geräusche einer Menschenansammlung, und so stieß ich die unverriegelte Tür vor mir auf, ohne anzuklopfen, und trat ein.

Bei meinem Eintritt verstummten die Geräusche wie abgeschnitten. Ich erblickte einen einfachen, weißgetünchten Raum mit einem breiten Tisch in der Mitte, an dem mindestens ein Dutzend Leute saßen; es schien, als würde sich mir in zwölf oder dreizehn leicht unterschiedlichen Varianten ein und dasselbe Gesicht zuwenden, von einem dreijährigen Kind bis hin zu einer so alten, blassen Greisin, daß sie fast blutleer wirkte. Einer von ihnen, ein Mann von circa dreißig Jahren, hatte wie ein Säugling ein Lätzchen um den Hals und wurde mit einem Löffel gefüttert. Sämtliche Augen außer den seinen ruhten auf mir; er blickte weiterhin gierig auf seinen Teller.

Ich war in einen Festschmaus geplatzt, und zwar einen höchst sonderbaren; auf dem Tisch stand nichts als eine Fülle von Fleisch und Näpfen voll flüssigen Fetts – mehr davon, als eine solche Familie sich normalerweise in einem ganzen Jahr erhoffen durfte. Ich sah Keulen, Rippen und Knochen, die bereits blankgenagt waren, und am entfernten Ende der Tafel stapelten sich auf einem Teller gebratene Abfälle – Speisereste und Innereien. Dies alles stammte ohne jeden Zweifel aus der Kochmulde, die ich hinter der Scheune entdeckt hatte. Beim Anblick solcher Überfülle und ob deren Geruch wurde mir flau im Magen; die Gesichter, die mich nun ausdruckslos in Augenschein nahmen, waren aufgedunsen und fettverschmiert.

Niemand sagte etwas. In meinem Geist aber hörte ich die Stimme von mehreren Tagen zuvor: *Wir haben Ihrem Freund gesagt, seine Bilder könnten wir nicht essen.*

Und dann geschah etwas, das mich entsetzte, als wären die Haken, welche den Hintergrundvorhang meiner Welt hielten, in ihren Löchern verrutscht und hätten einen Zipfel herunterfallen lassen, so daß die dunkle, ansonsten verborgene Maschinerie, welche dahinter lag, zum Vorschein kam. Es geschah in dem Moment, als mein Blick an einer der kleineren Servierschüsseln hängenblieb – einer Schüssel, die von undefinierbaren Säften und geschmolzenem Fett triefte. Das daraufliegende Stück Braten, aus dem ein Knochen herausragte, war an den Ecken verkohlt, die Haut angebrannt und knusprig; doch eine einzige Sekunde lang war es als eine Menschenhand zu erkennen – samt Nägeln und allem. Ich blinzelte, starrte darauf, und noch während ich dies tat, schien das Stück Braten zu flimmern und sich zu verändern, wobei es einen Moment verschwamm, um dann vor meinen Augen eine weniger eindeutige Gestalt anzunehmen. Vielleicht hätte ich es als ein Hirngespinst bezeichnet, eine Sinnestäuschung, aber ich wußte, daß es keine war; es war, dessen bin ich sicher, das endgültige Ableben von Antoines Vision, vernichtet durch die Gegenwart derselben Armut, Unwissenheit und Not, die sie ins Leben gerufen hatte.

Während der schwachsinnige Dreißiger zu jammern und mit seinen Fäusten auf den Tisch zu trommeln begann, taumelte ich langsam drei Schritte weit zurück und griff nach der Klinke, um die Tür vor dieser grauenhaften Szene zuzuziehen.

Antoine war mir nicht bis zum Hause gefolgt. Er stand jetzt in einiger Entfernung und wartete, wobei er mit seinem linken Arm den rechten umklammerte, als hielte er eine halbverheilte Quetschung. Ich ging schnurstracks zu ihm hinüber, drehte ihn zu mir und begann, ihn aus dem Hof zu gängeln, was er sich ohne

Widerrede gefallen ließ. Auf der anderen Seite des Flusses sammelten wir diejenigen seiner Sachen auf, welche des Mitnehmens wert waren; ich gab ihm ein paar kleine Stücke zum Tragen, schleppte das schwerste Gepäck aber selbst.

Auf diese Art marschierten wir davon, den Fahrweg entlang – ich selbst schwer beladen und Antoine ein willfähriger Schützling, der sich von mir vorwärtsdrängen ließ. Ich konnte ihn in seinem jetzigen Körper- und Geisteszustand nicht auf die Eisenbahn bringen, nicht in ein öffentliches Abteil; doch der Erlös aus dem Verkauf seines Gemäldes war groß genug, daß wir uns für die glückliche Heimfahrt nach Paris ein Pferd und einen Wagen leisten konnten. Wir würden erst spät und bei Dunkelheit ankommen, aber das wäre kein Nachteil.

Ich brachte das Thema nur ein einziges Mal zur Sprache, als wir nämlich nach halbstündiger Ruhepause aus Corbeil abfuhren. Antoine drückte sich wie ein dürres, klappriges Häufchen Elend in eine Ecke am Fenster.

Ich sagte: »Wenn du geschlafen hast. Weißt du, wo sie dann hingegangen ist?«

Antoine drehte langsam den Kopf, so daß seine kalten, leeren Augen den meinen begegneten. »Ich habe nie darüber nachgedacht«, sagte er.

Und obwohl ich wußte, daß er log, fragte ich ihn niemals wieder.

STOLZ

CHARLES L. GRANT

Charles Grant ist ein leutseliger Mensch mit einer tiefen, düsteren Vorstellungskraft – eine Stärke, die sich auf dem Gebiet des Horrors auszahlt. Seine öffentliche Betätigung als Science-fiction- und Horrorautor begann mit der Geschichte *The House of Evil,* die 1968 in *F&SF* erschien. Seit dieser Zeit hat Grant sich eine ganze Stadt ausgedacht, Oxrun Station, in der viele seiner Geschichten – darunter auch *Stolz* – angesiedelt sind. Es handelt sich um eine typische Allerweltsgemeinde – mit einer Schwäche für gewisse »sonderbare« Geschehnisse. *Stolz* erzählt von einer solchen Begebenheit – der Zufallsbekanntschaft zwischen einem Mann und einer Frau – der daraus entstehenden Liebesbeziehung – und noch etwas anderem.

Es war Mitte August und gegen Abend, da ging mit Oxrun Station eine Wandlung vor. Manche schrieben es den drohenden Vorboten eines Wirbelsturms zu, der von Süden her an der Küste herantobte, den geisterhaften Wolken, welche die Sterne verdunkelten; andere gaben die Schuld der zweiwöchigen Hitzewelle, die den Straßenbelag aufgeweicht und Gemüter wie Rasenflächen versengt hatte; und wieder andere meinten, es seien die Todesfälle, die die Abende ihrer Mildheit beraubten, dem Lachen eine nervöse Schärfe verliehen, das Gehen auf den Straßen zu einem Akt des Schweigens machten. Wie es auch mir erging, als ich eines Nachts das Chancellor Inn verließ und mit einem Stirnrunzeln die leeren Häuserveranden und die leeren Bürgersteige bemerkte. Für gewöhnlich gab es Bummler, knarrende Schaukelstühle, stilles Geflüster; für gewöhnlich fuhren die Autos nicht gar so schnell. Und für gewöhnlich mußte ich nicht dem Geräusch meiner Absätze auf dem Gehsteigpflaster zuhören – flach, ohne Widerhall, so als wäre ich gar nicht da. Das einzige Anzeichen für mein Vorübergehen waren die Schatten zu meinen Füßen, die vorausschossen, zurücksausten, dann neckisch wieder voraushüpften und sich in verschiedene Richtungen auflösten. Ich versuchte, sie nicht zu beachten, zügelte bewußt meine Phantasie, aber trotzdem: Wenn hinter einer Hecke eine Katze miaute, fuhr ich zusammen; ich konnte nicht anders.

Ich setzte ein selbstbewußtes Grinsen auf, während meine Linke den Hinterkopf massierte, meine Rechte nach einem Taschentuch kramte. Die Nerven, suchte ich mich zu beruhigen; selbst der Einsame Reiter würde heute nacht seine Schießeisen noch einmal überprüfen. Die Nerven. Es passierte jedesmal, wenn ich ins Grübeln kam – ein Zustand, der heute vermutlich Überstunden machte.

Zuerst war da der Brief von Carole, meiner Exfrau, gewesen. Nachdem sie ihrer gewohnheitsmäßigen und manchmal sogar aufrichtigen Sorge um mein Wohlergehen Ausdruck verliehen hatte, pries sie den therapeutischen Wert einer Wiederheirat, in ihrem Fall mit einem anscheinend im Geld schwimmenden Diplomaten. Ich bezweifelte, daß dieser Seitenhieb boshaft gemeint war, genausowenig, wie wohl einer von denen, die im Laufe der Jahre gefallen waren, auf die Schlagader zielte – aber man kann sowohl tropfenals auch literweise verbluten, und keiner von uns weinte, als die abschließenden Papiere unterzeichnet wurden.

Dann waren da das langsame und rätselhafte Verkümmern meines Mandantenstammes sowie ein unerfreulicher Fall, der morgen früh abgeschlossen würde – ein Fall, von dem manche sich das Ende von Mord und Totschlag erhofften.

Im späten April hatte man unmittelbar an der Grenze von Harley, zwanzig Minuten von Oxrun Station entfernt, die erste Leiche entdeckt. Einen jungen Mann, gräßlich verstümmelt, zerstückelt, teilweise aufgefressen. Vier weitere wurden in drei- bis vierwöchigen Abständen gefunden, und zwar jeweils etwas näher an der Ortschaft. Letzte Woche dann war Syd Foster unter der Beschuldigung, alle fünf brutalen Morde begangen zu haben, verhaftet worden, und das von seinem Neffen, hier, in dieser Gemeinde. Es war schockierend, es war ein Skandal, und eigentlich glaubte niemand an Fosters Schuld. Die Verhaftung hatte aufgrund eines Reflexes stattgefunden, einer gedankenlosen Reaktion auf den Schrei nach Sicherheit; Syd war mein Mandant, und ich würde ihn freibekommen.

Das machte mich in manchen Teilen des Bezirks nicht gerade zum beliebtesten Mann, aber diesmal waren die bislang unbeachteten technischen Einzelheiten zur Abwechslung eine reine Wonne. Syd war fünfzig, Briefträger von Beruf und ein Eigenbrötler; ich kannte ihn schon seit Jahren. Er war nicht mehr Menschenfresser als ich ein Darrow.

So ging ich denn meiner Wege, sann her und hin und hätte um ein Haar die Frau übersehen.

Sie lehnte an einem Ahornbaum am Bordsteinrand, einen Arm um den Stamm geschlungen und den Kopf leicht zur Seite geneigt, als lauschte sie dem Flüstern eines Geliebten. Nicht, daß sie eine überwältigende Schönheit gewesen wäre, doch ohne Zweifel durchaus attraktiv, mit goldbraunen Haaren, die seitwärts von einem sanft geschnittenen Gesicht wegflossen, weit auseinanderliegenden, dunklen Augen, schmalen Lippen und spitzem Kinn. Der Rest ihrer pinienschlanken Gestalt steckte in einer bedruckten Bluse und knackigen Jeans.

Sie summte vor sich hin.

Als ich sie hörte, blieb ich stehen, starrte, machte mich schließlich durch ein Räuspern bemerkbar und fand etwas schwachen Mut.

»Entschuldigen Sie«, sagte ich mit meiner besten Samariterstimme, »aber haben Sie sich verlaufen oder so? Kann ich Ihnen helfen?«

Sie lächelte, fast schüchtern. »Nein. Ich fühle mich absolut wohl hier, danke.«

Betreten lächelte ich zurück und wartete auf eine Eingebung, um meinen Charme zu entfesseln. Aber der Sprachlosigkeit nach, unter der ich litt, hätte ich die ganze Nacht warten können. Also tippte ich mir mit einem stummen »Tschau« an die Stirn und ging weiter. Bis zur nächsten Ecke, wo ich stehenblieb und einen Blick zurückwarf. Sie beobachtete mich, immer noch lächelnd, und strich sich schließlich, ohne ihren Blick abzuwenden, das Haar aus den Augen hinter die Ohren. Ein Moment der Unentschlossenheit, ein rascher Blick nach beiden Seiten – dann kam sie, die Hände hinter ihrem Rücken verschränkt und mit lautlosen Schritten, über den Gehsteig auf mich zu.

»Jean«, sagte sie zu mir, »und offen gestanden, ja, ich glaube wirklich, ich habe mich verirrt.«

»Brian Farrell«, antwortete ich und wunderte mich über ihr Parfum. Es war ziemlich eigenartig und eigenartig unwiderstehlich. »Wo wollen Sie hin?«
Sie nannte mir eine Adresse in der Woodland Avenue, drei Blocks zu unserer Rechten und vier Blocks weiter vorn. Ich streckte schon halb den Finger aus, um ihr den Weg zu beschreiben, zog meinen Arm dann aber zurück. »Wenn Sie wollen, bringe ich Sie hin«, sagte ich. »Es liegt auf meinem Weg, und es würde mir wirklich nichts ausmachen.« Ich grinste und kam mir dumm dabei vor.
»Schön, mir macht es auch nichts aus«, erwiderte sie, nahm mich am Ellenbogen und ließ sich von mir führen.
Und während wir so dahingingen, erkundigte sie sich bei mir nach den dunklen Häusern, dem fehlenden Fußgängerbetrieb, und ich erzählte ihr von den Todesfällen – wie auch von dem unausweichlichen Schluß, daß, wenn Syd Foster unschuldig war, der Killer immer noch frei herumlaufen mußte. Sie schauderte und hakte sich fester bei mir unter; mit einem bemühten Lächeln warf ich mich in die Brust.
»Das ist ja wirklich ... grauenhaft«, sagte sie, während wir zu ihrer Straße gelangten. »Aber es hört sich an, als wüßten Sie schrecklich viel darüber. Ich meine, mehr als das, was man im *Herald* liest.«
»Das muß ich ja wohl auch«, erwiderte ich, nachdem ich hin und her überlegt hatte. »Ich bin Syd Fosters Anwalt.«
Keine Antwort. Statt dessen kratzte sie gedankenlos meinen Handrücken, bis wir zu ihrer Gartentür gelangten; ihr Zuhause war von einer Ligusterhecke umgeben. Dann, bevor ich noch etwas sagen konnte, bedankte sie sich artig für die Begleitung, gab mir die Hand und ließ mich allein vor einem massigen, grauen viktorianischen Gebäude stehen, das von Weiden und Buchen umschlossen war. Ein Kleinbus stand in der Einfahrt, und auf der Veranda brannte ein gelbes Licht. Ich blinzelte, als die Haustür zufiel, blinzelte, als das Licht ausging, stand einen langen Moment da und überlegte mir, daß ich wohl etwas Falsches gesagt hätte. Dann ein Achselzucken. Ich ging weg, machte kehrt, ging wieder zurück und überprüfte mit zusammengekniffenen Augen und einem Kopfnicken die Adresse noch einmal. Was ich mit ihr anfangen würde, wußte ich nicht, aber

die dabei aufkommenden Phantasien lenkten meine Gedanken von Foster ab, während ich meinen Heimweg fortsetzte.
Auf Träume. Wirbelnde, in Blutrot getauchte Träume, die ich seit Wochen hatte. Zerknüllte Bettlaken, ein verlorenes Kopfkissen und mehrmaliges Erwachen mit der Frage, warum ich aufgewacht war. Schließlich ein verschlafener und verspäteter Spurt in die Kanzlei, nur um dort zu erfahren, daß man Fosters Einvernahme auf Freitag vertagt hatte. Ich war sauer, fühlte mich erleichert, fühlte ein zu spätes Vertuschen der Erleichterung auf meinem Gesicht.
»Trotzdem, in zwei Tagen wirst du hingehn«, erklärte mir mein Partner mit pikierter Förmlichkeit.
Chester Frazier und ich waren in diesem Monat genau vier Jahre assoziiert, ein Zusammenschluß, der auf Carole zurückging, denn sie besaß Ambitionen, die mir fehlten, und hatte gehofft, daß etwas von Chets Elan irgendwie auf mich abfärben würde. Zu ihrem (und möglicherweise auch zu meinem) Unglück jedoch hatte er einen starken Groll gegen meine weniger als inbrünstige Leidenschaft für das Idealbild des funkelnden Staranwalts entwickelt. Nicht daß in Oxrun viel Gelegenheit dazu bestanden hätte, doch durch den dörflichen Charakter des Ortes gab es einen Haufen Geld und viele Beziehungen zu gewinnen. Er lief ihnen gierig hinterher. Ich *unter*lief sie stillschweigend, da ich das relativ Unkomplizierte vorzog. Und das bedeutete für mich: Testamente, kleine Gerichtsverfahren und Sachwalterschaft für all jene, die nichts weniger als reich waren. Chet nannte es Wohlfahrtsarbeit; ich sagte mir, daß einer es schließlich tun müßte, warum also nicht ich? Um mich daher vor mir selbst zu retten – und weil er mich ganz nett fand, ja beinahe bemutterte –, hatte *er* denn den Richter dazu beschwatzt, mich zu Fosters Rechtsbeistand zu ernennen. Was wunder, daß er vergrätzt war, als ich über die Vertagung nicht tobte.
»Wennschon«, sagte ich, als er schließlich aufhörte zu murren. »Wozu das ganze Geschrei? Das bedeutet doch weiter nichts als noch zwei Nächte hinter Gittern. Und wenn man Foster glauben will, mag er sowieso nicht von dort weg.«
»Du weißt, er könnte bereits auf Kaution draußen sein.«
»Er will nicht, Chet«, sagte ich geduldig. Ich bewegte mich jetzt auf

vertrautem Terrain. »Wer, oder besser: *was* auch immer da draußen sein Unwesen treibt, hat ihn zu Tode erschreckt. Er hält sich hinter Gittern für noch sicherer als zu Hause.«

»Brian, es gibt Zeiten ...«

Er stockte, schüttelte in resignierter Erschöpfung mit dem Kopf und ging nach draußen in den ausgestorbenen Empfangsbereich vor meinem Büro. Nachdem ich ihn von meinem Schreibtisch aus beobachtet hatte, stand ich auf und stellte mich an die Tür. Runzelte die Stirn. Er war ein großer Mann, in Umfang und Körperlänge, mit blondem Lockenkopf und maßgeschneiderten Anzügen – ein Mann, der sich im allgemeinen bewegte, als hätte er einen höheren Auftrag. Heute jedoch schlurfte er fast über den Teppich.

»Du siehst müde aus«, sagte ich.

Er wandte sich von dem Spiegelglasfenster ab, das die Centre Street überschaute, und kam langsam wieder zu mir zurück, lehnte sich an die Wand, die unsere beiden Räume trennte. »Das bin ich auch«, gab er zu. »Elizabeth braucht eine Zahnspange, Amys Herzflattern will nicht weggehn, und in den letzten paar Tagen hat Alice mich vier-, fünfmal jede Nacht aus dem Bett gejagt, weil sie im Hof ständig Rumtreiber hört.« Sein Lächeln war schief. »Es ist erstaunlich«, sagte er, »wie einem der tägliche Kleinkrieg den Rest geben kann.«

Ich hätte ja versucht, ihn aufzuheitern, aber unwillkürlich hatte er einen von Caroles Lieblingssätzen zitiert. Also versuchte ich, das Thema zu wechseln.

»Ich hab gestern abend ein Mädchen kennengelernt. Wohnt in der Woodland drüben. Nettes Ding. Hübsch.« Ich grinste. »Ich glaube, ich triebäugele mit ihr.«

»Na, toll, Brian, einfach toll. Deine Praxis zerrinnt dir zwischen den Fingern, und du sagst, du liebäugelst mit einem Mädchen.«

»Ich triebäugele«, verbesserte ich ihn. »So gut kenne ich sie nicht.«

Der Witz kam bei ihm nicht an. Statt dessen grunzte er säuerlich und tauchte in seinem Büro unter. Auch recht. In diesem Moment ging mein Telefon – wieder ein Klient, der dank all dieses Mord und Totschlags abtrünnig wurde. Es war eine alte Frau mit sieben Katzen und wenig Geld, und ich diskutierte gar nicht erst lange herum, denn ich wußte, daß sie mit den Schatten, die hier um die Häuser pirschten, nicht fertigwürde – ich wünschte nur, es würde zur Abwechslung einmal Chet passieren. Ich hatte es langsam satt, genau wie ich das Unverständnis Caroles sattbekommen hatte, die nicht begriff, daß Wohlergehen für mich nicht unbedingt gleich Reichtum war.

Als jedoch diese Sache zu Ende ging, war ich nur erleichtert gewesen; der Anruf, den ich gerade erhalten hatte, machte mir allmählich angst.

Schlimmer noch. Am Abend ließ Chet ziemlich unverblümt durchblicken, daß er es ernsthaft in Betracht zog, sich selbständig zu machen. Er hätte, so sagte er mir, auch Unkosten, und ich sei für ihn nicht länger tragbar, wenn ich mich nicht endlich ins Zeug legte.

Nach dieser Äußerung war es ein langer Nachhauseweg und ein fades, kurzes Abendessen. Ich konnte nicht lesen, konnte nicht fernsehen, konnte nicht den Nerv aufbringen, zu Jean rüberzugehen. So, wie die Dinge gerade liefen, würde sie mich wahrscheinlich nicht mehr kennen.

Die Veranda war der beste Ort zum Selbstmitleid, den ich ausfindig gemacht hatte. Man konnte von dort aus zuschauen, wie die Nachbarn, die Kinder sich ihres Lebens freuten. Eine kräftige Dosis Rührseligkeit hier und da war meines Erachtens gut für die Seele, doch auch dieser Trost blieb mir versagt, sobald ich hinaustrat.

Die Luftfeuchtigkeit hatte sich in Nebel verwandelt, ein eisiger Hauch lag in der Luft, und einige Blocks entfernt hörte ich eine Polizeisirene kreischen. Es war das falsche Geräusch für diese Nacht, das falsche Geräusch für diese Stunde. Ich schauderte, ging nach drinnen und wäre geradewegs ins Bett gegangen, aber da klingelte das Telefon.

»Brian? Brian Farrell?«

Ich hielt die Luft an, ich grinste, und da das Telefontischchen gleich in der Diele stand, setzte mich ans untere Ende der Treppe und streckte meine Füße pfeilgerade zur Tür aus. »Jean? Sind Sie das, Jean?« Brillant, dachte ich: Du solltest fürs Theater schreiben.

»Kommt mein Anruf ungelegen?«

Ein bitteres Lachen. »Alles andere.«

Sie hielt inne, und ich hörte ein schwaches Knistern in der Leitung. »Ich hoffe, Sie sind nicht sauer, aber als ich diese Sirene hörte, fiel mir ein, was Sie gestern abend zu mir gesagt haben, und ...« Sie lachte, klang atemlos. »Na ja, rundheraus: Ich hab mir selber angst gemacht. Ich brauchte eine freundliche Stimme.«

»Ganz zu Ihren Diensten«, erwiderte ich galant und hoffte, Carole täten die Ohren weh.

Wir sprachen fast eine Stunde, die meiste Zeit – so stellte ich später fest – über meine eigenen Probleme statt über ihre, und als ich mit dem Versprechen, sie einmal abends zum Essen zu besuchen, den Hörer auflegte, da – sage und schreibe – pfiff ich.

Doch wieder kamen die Träume, bis zum Morgengrauen. Erst dann war Schluß.

Und als ich in der Kanzlei eintraf, war Chet nicht da.

Verwundert, aber nicht beunruhigt hinterließ ich eine Nachricht auf seinem Schreibtisch und ging Foster besuchen. Der ließ allerdings nicht mit sich reden, und binnen zehn Minuten war ich verschwunden. Wahrscheinlich machte er mir unnötig viel Kopfzerbrechen – eine Besorgnis, die durch den Wetterumschwung auch nicht gerade besser wurde; die Wolken hatten sich verdichtet, einen Grauton angenommen, und es begann zu nieseln. Stark genug, um Staubstriemen auf die Fensterscheiben zu malen und die Farbe der Gehsteige zu verdunkeln, nicht aber, um sie sauberzuwaschen oder das Tragen eines Mantels zu rechtfertigen. ›Mies‹ – das, fand ich, war das perfekte Attribut für diesen Tag.

Als ich vom Mittagessen zurückkam, wartete Chet bereits. Ungehalten, kurz vorm Explodieren. Seine Haare waren ungekämmt, seine Hemdbrust zerknittert.

»Großer Gott«, sagte ich. »Chet, ist dir etwas pas ...«

Mit einem scharfen Wink brachte er mich zum Schweigen, wandte sich um und ging in mein Büro, wo er sich aus der Flasche auf meinem Buffet einen Whisky einschenkte. Seine Hände zitterten, und eine nervöse Zuckung genau an seiner Schläfe verzog ihm den Augenwinkel.

»Ich war bei der Polizei«, sagte er. »Ich habe mit Fred Borg gesprochen.«

Ich wußte nicht, was ich sagen sollte. Also sagte ich gar nichts. Setzte mich einfach nur.
»Gestern abend –«
»Die Sirene«, warf ich ein.
Nach einem kurzen Moment nickte er – nachdem er sein Glas geleert hatte. »Ich hatte gerade den Müll rausgebracht und war dabei, von der Garage ums Haus zu gehen. Eine Horde Kinder war quer durch den Garten getrampelt; hab's, glaub ich, gestern schon erwähnt. Alices Rumtreiber. Jedenfalls hörte ich da was; also bin ich wieder zurück, um nachzuschauen. Furchtloser Ehemann stellt heimtückischen Teenager oder eine herumstreunende Katze, du verstehst?« Sein Lächeln wirkte grotesk. »Es war etwas da, aber ich weiß nicht, was, zum Teufel. Es ist unter den Bäumen geblieben und hat mich angeknurrt.« Er schenkte sich noch einen Drink ein. »Als ich versuchte, zur Hintertür zu kommen, ist es mir nach.«
»Mein Gott«, sagte ich leise, eher perplex über sein Aussehen als über seine Worte – es schien fast, als würde er jeden Moment losheulen.
»Ich weiß nicht, wie ich drauf gekommen bin«, fuhr er fort, »jedenfalls hab ich mein Feuerzeug aus der Tasche gerissen und es angemacht. Ich wollte sehen, was da war, aber statt dessen hab ich es verscheucht. Aber es ist groß gewesen, Brian. Mein Gott, so groß ist es gewesen.«
»Na und, was hat man gefunden? Irgendeine Art Hund, was in der Richtung?«
Sein Aussehen verwandelte sich in Verachtung. »Nichts. Kein bißchen. Ich hab genau gesehen, daß Borg dachte, ich würd trinken oder was. Zu jedem anderen Zeitpunkt hätte er mich ins Tütchen blasen lassen, wären da nicht, äh ... Also jedenfalls hat er mir von einem Dutzend ähnlicher Anrufe erzählt, die er jede Nacht bekommt. Als Versuch, mich ein bißchen zu beruhigen. Armer Irrer braucht seelischen Zuspruch.« Dann betrachtete er sein Glas und setzte ein gequältes Lächeln auf. »Alice ist außer sich. Sie will, daß ich das Grundstück heute noch verkaufe und mit ihr nach New York ziehe. Darum bin ich vorbeigekommen. Wollte ein paar Papiere holen und ein bißchen daheim arbeiten. Sie ... na ja, falls irgendwer anruft ...«

»Klar, natürlich«, antwortete ich rasch.
Er nickte und stellte dabei sein Glas ab. »Und du bist heute nachmittag für Foster bereit?«
»Chet, um Himmels willen, trau mir doch mal ein bißchen was zu, okay?«
Es war die falsche Bemerkung, ein Gegen-den-Strich-Bürsten seiner ohnehin angeknacksten Gemütsbeherrschung.
»Zutrauen? Du willst, daß man dir was zutraut? Aus welchem Grund, Brian? Weil du eine großartige Chance verpaßt hast, dich als ein verdammt feiner Anwalt zu etablieren? Weil du eine tadellose Ehe versaut hast? Weil du mit irgendeinem Weib rumfickst, während dein Leben allmählich in den Arsch geht?« Er fuhr sich mit einer zitternden Hand durchs Haar, reckte seine Faust und ließ sie wieder fallen. »Ich verstehe Leute wie dich einfach nicht, Brian.« So eine Art Entschuldigung. »Bei Gott, ich versteh's einfach nicht.«
Er ging hinaus, bevor ich etwas erwidern konnte, aber als die Eingangstür zuknallte, war mir auch klargeworden, daß ich nichts zu sagen hatte. Wir redeten beide Englisch, aber irgendwo unterwegs brach jede Verständigung zusammen, und was an unsere Ohren gelangte, war kaum mehr als ein Kauderwelsch.
Dennoch schäumte ich. So sehr, daß mein Gebaren zum Zeitpunkt meines Eintreffens in Richter Fords Gemächern nur noch schroff, meine Ausdrucksweise knapp und meine Darlegung des Falles so ausgerichtet waren, daß Syd nicht nur freikäme, sondern Anklagevertretung und Polizei aufs kaltblütigste gegeißelt würden. Keine Theatralik, nur ein Aufgebot von Zeugenaussagen, die Syd in meilenweite Entfernung zu jedem der ersten vier Morde rückten, ein paar scharfe Verweise auf das Verfassungsrecht und die Rechtsbelehrungsklausel sowie nicht wenige ätzende Bemerkungen über Schäden, die mein Mandant an seinem guten Ruf erlitten hätte.
Als ich mit meinem Katalog zu Ende war, klappte die Anklagevertretung zusammen – wie sie das auch getan hätte, hätte ich nur gelächelt und dem Staatsanwalt gesagt, daß seine Akte ein Haufen Scheiße war. Aber auch er schwitzte, und Richter Ford konnte einen bewundernden Unterton nicht unterdrücken, als er das Verfahren für beendet erklärte, uns nach Haus schickte und mir einen Blick

zuwarf, der insgeheim fragte, was, zum Teufel, für Pillen ich seit meinem letzten Erscheinen vor ihm genommen hatte.
Es war eine, zugegeben, exzellente Leistung, eine, auf die Chet stolz gewesen wäre, hätte er sie gesehen. Syd hingegen bedankte sich nur barsch, ließ mich auf den Stufen des Gerichtsgebäudes stehen und bemühte sich krampfhaft, nicht zu laufen, während er heimwärts strebte. Ich hingegen kehrte in die leere Kanzlei zurück. Ich heftete sämtliche Unterlagen ab und räumte meinen Schreibtisch ein bißchen auf, um anschließend fast eine Stunde ziellos umherzuschweifen. Erst dann nahm ich meine Umgebung überhaupt wieder wahr.
Ich hätte mit mir zufrieden sein können, und in gewisser Weise war ich das auch. Aber es war eine verzweifelte, kalte, emotionslose Zufriedenheit, eine Mischung aus dem Ascherückstand, den meine Wut in mir hinterlassen hatte, und der Einsicht, daß ich, im Gegensatz zu Chet, niemals süchtig nach dergleichen werden könnte.
Ich aß im Chancellor Inn.
Ich trank im Chancellor Inn.
Ich fragte mich, was mit mir nicht stimmte, daß ich über meinen Sieg nicht frohlocken konnte. Schließlich war ein Unschuldiger jetzt aus dem Gefängnis, und die Polizei hatte freie Hand, den wahren Mörder zu finden.
Ich wollte Jean anrufen, wußte ihren Nachnamen aber nicht.
Als ich hinaustrat, war es dunkel. Kühl. Der Wind bearbeitete die Bäume, und der Nieselregen verstärkte sich allmählich zu richtigem. Ich schlug meinen Kragen hoch und steckte meine Hände in die Taschen. Dabei dachte ich daran, einmal bei Chet vorbeizuschauen, nachzusehen, wie es ihm ging. Statt dessen fand ich mich unversehens vor Fosters Haus wieder, wo ich mir das Wasser aus den Augen blinzelte und gleichzeitig die Frage zu formulieren suchte, die Syd bewegen würde, mir zu erzählen, was ihm denn nun eigentlich solche Angst eingejagt hatte.
Die Haustür war verschlossen; keine Reaktion auf mein Klopfen. Ich trat von der Veranda und ging auf die Rückseite, wobei mir auffiel, daß sämtliche Lichter brannten, oben wie unten.
Als ich an die Hausecke gelangte, hörte ich etwas grunzen.

Ich blieb stehen, ohne die Feuchtigkeit zu beachten, die mir leicht kitzelnd den Rücken hinunterrann und mir auf den Wangen klebte. Dann wurde das Grunzen von Knurren abgelöst, das Knurren von Füßen, die über nasses Gras liefen. Ein einziger Schritt, und ich stand in dem winzigen Hinterhof, wo ich durch die sanfte Helligkeit der Küchenbeleuchtung starrte, die ins Dunkel hinausfiel. Obwohl ich nichts sehen konnte, sagte mir mein Instinkt, daß sich da vorne irgend etwas regte. Eine wirbelnde, zurückweichende Bewegung, die mich mitzog, bis ich die offene Hintertür erblickte.

Meine Unschlüssigkeit brachte mich ins Stocken, ins Wanken, brachte mich auf den Betonabsatz vor der Tür und, eine Hand zum Schutz gegen die Deckenlampe über die Augen gelegt, ins Innere des Hauses.

Syd lag teilweise unter einem kleinen Tisch verborgen, dessen Stühle man nach hinten gegen die Schränke geschleudert hatte und von denen zwei umgekippt waren. Der ganze Kachelboden war rot, über und über hellrot, fließend rot, das meiste davon in Tümpeln neben den Stümpfen, wo sich früher Syds Arme und Beine befunden hatten.

Die Sache wurde zum Fiebertraum: Lauter schwarze Pünktchen flimmerten in der Luft, sämtliche Bewegungsabläufe waren wie einstudiert. Ich wurde plötzlich innerlich ganz ruhig und rief die Polizei an, stürzte dann in den Hof und erbrach mein Abendessen. Blaulicht und Taschenlampen, eine Hand auf meiner Schulter und ein Arm um meine Taille. Chet: Er kristallisiert sich aus dem Nichts und sitzt neben mir in der Wache, während ich meine Geschichte erzähle und die Tränen hinunterschlucke.

Er bot mir an, mich nach Hause zu fahren. Ich lehnte ab; ich brauchte einen Spaziergang. Ich brauchte frische Luft zum Atmen. Ich brauchte einen klaren Kopf, ich mußte dieses Grunzen daraus verjagen – einen Laut wie das leise, tiefe Geräusch eines zufrieden fressenden Tieres.

Ich dachte nicht im Traum daran, daß ich selber in Gefahr schweben könnte.

Und auch ein bestimmtes Ziel steuerte ich nicht an, bis ich mich plötzlich in der Woodland Avenue wiederfand und fast in Jeans

Gartentor gelaufen wäre, es aufzog und an die Haustür raste. Jean öffnete mir in Sekundenschnelle, erblickte mein Gesicht und zerrte mich ins Wohnzimmer; dabei streichelte sie mich und murmelte, bis ich, die Knie zusammengepreßt, die Hände im Schoß gefaltet, auf der Couch saß. Als sie hinausging, wäre ich beinah aufgestanden, aber es war keine Kraft mehr in meinen Beinen; bei ihrer Rückkehr muß ich sie angesehen haben wie ein verirrter kleiner Hund, der endlich von seinem Frauchen wiedergefunden wird. Sie lächelte, kniete sich neben mich und drückte mich sanft nach hinten. Ein Handtuch auf meine Haare, mein Gesicht; sie zog mir Schuhe und Strümpfe aus und trocknete mir die Füße, bis ich ihr, auf ihr Drängen hin, erzählte, was passiert war, was ich entdeckt hatte.

Sie sagte nichts, und ich redete weiter. Sie küßte mich auf die Wange, und ich schloß meine Augen. Und redete weiter.

Sie streifte mir Jacke und Hemd ab, trocknete mir Brust und Rücken. Und ich redete weiter. Nahm dabei ihre Berührung, ihren Geruch in mich auf, spürte ihren Atem an meinem Ohr, während sie mitleidige, tröstende, beruhigende und eine Reihe anderer Dinge flüsterte, die ich nicht hörte, weil ich ihr schließlich sagte, wieviel Angst ich hatte – nicht vor der nächtlichen Kreatur, die durch den Ort pirschte, sondern vor den Glaswänden, die nach und nach um mich heruntergekracht waren, mich abgeschnitten hatten von meiner Frau, meinem Beruf und den letzten meiner Freunde.

»Als ob«, sagte ich, während ich an die Decke starrte, »ich langsam zum Gespenst würde. Das Leben geht weiter, aber nicht um mich herum. Ich bin nicht mehr vorhanden.«

»Nein«, sagte sie sanft und strich mir mit einem scharfen Fingernagel am Unterkiefer entlang. »Nein, du bist doch hier.«

Ich lächelte dankbar und sah mich im Zimmer um, auf die schweren gepolsterten Möbel, die Stehlampen mit ihren fransenbesetzten Schirmen, den Blumenteppich, die Blumentapete. Nicht überfüllt, nicht spartanisch.

»Sie wohnen allein hier.« Eigentlich keine Frage.

»Einstweilen«, sagte sie. Sie deutete auf das Zimmer und die daran anknüpfenden Räume. »Mutter hat es uns hinterlassen, meinen

Schwestern und mir. Ich bin hergekommen, um nach dem Rechten zu schauen – ob es wert ist, es zu behalten, oder wert, es zu verkaufen.« Sie seufzte leicht und rief mir die Nacktheit meiner Schulter ins Gedächtnis, indem sie ihre Wange daranlegte. »Allerdings ist es groß.«

Ich machte eine kleine, unruhige Bewegung. »Es ist schon spät.«

Sie sagte: »Bleib.«

Ich grinste sie weder an wie ein Lüstling noch dankte ich im stillen meinem Geschick; ich folgte ihr einfach nach oben, in den ersten Stock, wo sie mich liebte, neben mir schlief, mir morgens Frühstück brachte und mich lachend hinausschob, damit ich mir zu Haus ein paar frische Sachen fürs Wochenende anziehen könnte. Ich flog geradezu, hätte fast nicht das Telefon abgenommen, als ich mit meinem Koffer am Hinausgehen war.

Es war Chet, der einen Entschluß gefaßt hatte.

»Sag nichts«, entgegnete ich, da es mich eigentlich nicht interessierte, da ich an Jean dachte, die Art, wie sie mich ansah, die Art, wie sie zuhörte. »Und erklären mußt du mir auch nichts. Ich verstehe.«

»Du verstehst immer«, antwortete er matt und verdrossen. »Ich glaube, das ist ein Teil deines Problems, Brian. Du verstehst so gottverdammt gut ... ach, zur Hölle damit. Schau, es wird Formalitäten geben und pi-pa-po – ich ruf dich später noch mal an, dann können wir –«

»Ich werd bei Jean sein«, erklärte ich. »Mach dir keine Mühe, mich anzurufen, wir sprechen uns am Montag.«

»Jean«, sagte er tonlos. Ich konnte fast sehen, wie er den Kopf schüttelte. »Du lernst's wohl nie.«

»Lernen? Was? Mein Gott, Chet, du kennst sie ja noch nicht mal.«

»Gar nicht nötig, Kamerad. Wenn sie nicht auf Unterwürfigkeit steht, wird sie dich bei lebendigem Leibe auffressen.« Kurze Funkstille. »Nur mach keine Dummheiten, Brian«, sagte er in sanfterem, besorgterem Tonfall. »Du hast eine höllische Woche hinter dir.«

Ich legte auf, ohne »tschau« zu sagen, schloß die Tür hinter mir ab und schaffte es eine Nasenlänge vor dem nächsten Wolkenbruch bis zu Jeans Veranda. Als ich aber, ganz dumm und grinsend, bei ihr hereinplatzte, war das Haus leer. Ich rief, fröstelte, stürmte von Zimmer zu Zimmer und betete dabei laut, daß ich mich nicht in ihr getäuscht hätte. Dann hörte ich, wie sie meinen Namen rief. In der Küche fand ich eine teils offenstehende Tür und ging durch zur Garage, wo sie unter der Haube des Kleinbusses herumwerkelte.

»Das verdammte Ding streikt mal wieder«, sagte sie, während sie sich aufrichtete und sich an einem schmierigen Lappen die Hände abwischte. »Es hat 'ne Billion Meilen drauf, aber ich habe gehofft, es würde wenigstens bis zum Herbst durchhalten.« Sie grinste und knallte die Motorhaube zu, schlug mit der Faust darauf und verzog scherzhaft das Gesicht.

»Wie lange mußt du dich damit schon rumärgern?« Ich versuchte, fachmännisch zu klingen, obwohl es sich geschwollen anhörte.

»Seit ich hierhergekommen bin, im April.«

Ich nickte und kehrte in die Küche zurück, stellte mich an die Hintertür und sah zu, wie der Regen auf dem Rücken des Windes schräg einfiel – einem kalten Wind nun, der die Bäume geißelte und die Pfützen im Gras aufwühlte. Es war eine Abenddämmerung am Mittag und kam einem vor wie Mitternacht.

Jean machte in der Garage herum. Sie stellte Dinge um, schwere und unhandliche.

April, hatte sie gesagt – dabei hatte sie mir doch auch erzählt, sie wüßte nichts von den Morden, meiner Verstrickung mit Syd oder meinem Beruf überhaupt.

April, hatte sie gesagt –, als ich erstmals angefangen hatte zu verblassen.

Der Regen und Syd Fosters Haus und etwas, das durchs Dunkel lief; die Küche und das Blut und –

Mit einem leisen Grunzen kam sie herein, und plötzlich steckte mir Eis tief in der Kehle.

Als ich mich umdrehte, stand sie unter der Tür, hinter sich das Wohnzimmer. Es war kein Licht eingeschaltet, und ihr Gesicht und ihre Gestalt lagen im Schatten, bleichen Schatten, die mich die Augen zusammenkneifen ließen, damit Jeans Gestalt nicht verwakkelte. Der Wind schrillte in den Dachrinnen und über die Schornsteinmündung; eine Bö, und die Scheiben klirrten. Ich sah zu

Boden und erblickte meinen Schatten, eingerahmt von der Fenstertür hinter mir; dunkle Schlangen und Würmer ringelten sich auf meine Schultern zu.

Dann sprach sie liebevoll meinen Namen, und ich bewegte mich durch den Raum, weil ich nicht stillstehen konnte; sie begann, leise zu reden, und ich versuchte, durch den Wind und die Kälte und die blutigen Bilder zuzuhören und zu verstehen, ohne daß ich schreien müßte: darüber, was die Leute von diesem und jenem Tier dachten, daß Katzen weiblich und Hunde männlich wären, Frauen katzenhaft und Männer bestialisch, und heutzutage, wo die Rollen so schnell verschwammen –

Ich öffnete den Kühlschrank; er war leer.

– wäre es doch eine faszinierende Vorstellung, welche neuen Sagengestalten diesen neuen Träumen entsprechen, welche nächtlichen Monstrositäten in die Bresche springen müßten; aber so schlimm sei es nun auch wieder nicht, denn die Leute würden genausowenig daran glauben wie früher, und wo die Gewalttätigkeit doch nach wie vor zunahm –

Die Küchenschränke, die Kästen, die Schubläden, alle waren leer.

– wer würde da schon den Unterschied zwischen zwei Typen von Alptraum erkennen, solange man die Jagd mit Sorgfalt betrieb?

Ich beugte mich über den Spülstein und dachte an Chets Warnung.

»Wer bist du?« fragte ich und wünschte, ich hätte getrunken.

»Jean«, antwortete sie schlicht.

»Was ... was bist du?« fragte ich und wünschte, ich würde träumen.

»Deine Geliebte, eine Freundin –«

»Du weißt, was ich meine«, entgegnete ich schroff und wirbelte herum. Sie stand immer noch dort, unter der Tür, im Schatten. Ich wollte mich fürchten – die natürlichste Reaktion –, aber vorher kam die Wut über das, was ich für Verrat hielt.

»Jemand«, sagte sie, »der nach jemandem wie dir gesucht hat. Keinen Schwächling im alten Sinne, aber nicht immer stark genug, um selbst für sich zu kämpfen. Mit einem wunderbaren Anflug von weiblicher Sensibilität plus einer Prise männlichen Imponiergehabes, das er als Schwindel durchschaut. Ein Mann, Brian, der einsamer war, als er wußte.«

»Du hast die anderen von mir vertrieben«, antwortete ich schwach.
»Es gibt Zeiten wie jetzt, da führt Verwundbarkeit zu Glauben.«
Ich hätte widersprechen sollen, aber ich konnte nicht. Der Wind lärmte zu stark, ich konnte meine Wut nicht auf ein bestimmtes Ziel richten, und als sie anfing, sich auf mich zuzubewegen, war ich zu verängstigt, um wegzulaufen.
»Auch wir haben unsere Bedürfnisse«, sagte sie, als sie bei mir ankam, und legte ihren Kopf schief, um mich seitwärts von unten anzuschauen. »Körperliche« – ihre Hände auf meinen Hüften – »seelische« – dieses Lächeln, das sie mir zu Anfang geschenkt hatte – »und die praktischen, Brian. In den kleineren Städten, wie wir sie bevorzugen, nennt man das, glaube ich, immer noch Ehrbarkeit – viel leichter mit einem festen, soliden Mann im Haus zu bekommen. Zum Beispiel einem Anwalt. Einem Leisetreter, der das Boot nie ins Wackeln bringt.«
»Du hast sie vertrieben.«
»Man tut, was man muß.«
Dann blieb ich an einem Wort hängen, und es hallte in meinem Kopf wider. »Du sagtest ... *wir?*«
»Ja, meine Schwestern eben«, antwortete sie, und ihre Miene verschleierte sich. »Eine kleine Lüge. Es gibt keine Mutter. Ich bin auf der Suche hierhergekommen, und eines Tages habe ich dich gefunden.«
Das Haus erbebte unter einem Stoß, und Regen schmetterte gegen die Fenster.
Jeans Ausdruck verschleierte sich mehr und mehr. »Warum ... warum betrachtest du dich nicht als eine Art König der wilden Tiere, Brian, mit fünf reizenden Gefährtinnen zur Auswahl, die dich warmhalten, dir Zufriedenheit schenken, die verhindern werden, daß die Welt zu dir vordringt und dich traurig macht. Natürlich wirst du arbeiten, weil ein Mann wie du das muß. Aber wir werden es ebenfalls tun, bis es an der Zeit ist, weiterzuziehen.« Sie berührte mein Kinn mit einem Finger. »Denk darüber nach, Liebling, handle nicht überstürzt. Ich kann nämlich in deinen Gedanken lesen, was du jetzt gerne tun würdest.«
Ich schüttelte einmal den Kopf.

»Natürlich würdest du gern fortlaufen«, sagte sie streng. »Du wärst kein Mensch, wenn du es nicht wolltest. Und du fragst dich gerade, wie es dir je gelingen sollte, mit meinen Schwestern und mir zusammenzuleben.« Sie zuckte mit den Achseln. »Nun, manchmal klappt es und manchmal eben nicht.«

Stumm und tatenlos sah ich zu, als sie anfing, mich zu verlassen. Es war zuviel, und es war ungenügend, und sie hatte meine Gefühle richtig eingeschätzt, hatte den Nagel auf den Kopf getroffen, voll und ganz. Noch schlimmer: Sie wußte, daß ich ihr fast glaubte und in diesem Fast-Glauben verführbar war.

Ich folgte ihr in die Diele. Sie machte die Haustür auf und half mir in meinen Mantel. Dann lächelte sie warm und traurig. »Nur zu«, sagte sie. »Es ist schon in Ordnung, glaub mir: Aber wenn du mir einen Gefallen tun willst, bleib bitte auf der Veranda.«

Unter dem Wind zitternd, der wild an meinem Mantel und meinen Haaren riß, nickte ich stumm und überschritt die Schwelle mit dicht über der Brust verschränkten Armen. Doch bevor ich auch nur anfangen konnte, mir über Wahnsinn, Alpträume und die trotz dessen Wut vollkommene Realität des Sturmes Gedanken zu machen, flüsterte sie meinen Namen, während sie hinter mir die Tür schloß. Ich drehte mich um, und sie war Schatten, sie war Schimmern, sie war Jean, und sie lächelte.

»Zwei Dinge zum Bedenken«, sagte sie, »nur, um dir da herauszuhelfen. Am wichtigsten dies eine: Du wirst niemals, niemals mehr allein sein müssen. Wir werden dir mehr Stolz schenken, als ihn je ein Mann besessen hat.«

Oh, mein Gott, dachte ich; um Himmels willen, hör auf zu lächeln!

Sie tat es. Abrupt. Ausdrucksloses Gesicht jetzt.

»Und das zweite ist ...« Sie warf einen Blick auf die Straße, den Sturm, dann wieder auf mich. »Man wird dir nicht glauben, falls du zu dem Entschluß gelangen solltest, daß du laufen mußt.«

Und sie machte die Tür zwischen uns zu. Grunzend.

LANGZAHN

EDGAR PANGBORN

Diejenigen, die schon lange Fantastische Literatur und Sciencefiction lesen, werden sich bei dem Namen Edgar Pangborn (1909 – 1976) an dessen gelungene Geschichten über Davy erinnern, die den Triumph von Kunst und Gelehrsamkeit über religiöse Unterdrükkung darstellten; sie erschienen 1964 unter dem Titel *Davy* als Roman. Obwohl Edgar Pangborn am bekanntesten für seine Science-fiction-Storys war, schuf er doch auch so dichte, literarisch anspruchsvolle Horror-Erzählungen wie *Langzahn. Langzahn* spielt im ländlichen Gebiet des Staates Maine und handelt von etwas Furchterregendem, das kurze Zeit in den friedlichen Wäldern zum Leben erwacht, darin umgeht – und mordet.

Auf mein Wort ist Verlaß. Wie soll ich es beweisen? Bin doch in Darkfield zur Welt gekommen, stimmt's? Blieb nach dem College noch dreißig Jahre auswärts, aber bei meiner Rückkehr war ich nach wie vor Ben Dane, von den Darkfield-Danes, Richter Marcus Danes Ältester. Und man wußte, daß auf mein Wort Verlaß ist. Meine Frau starb, und von allen Großstädten wurde mir schlecht; dann starb auch mein unverheirateter Bruder Sam, der seiner Lebtag hier in Darkfield gewohnt hatte und drüben in Loham – der nächsten größeren Stadt, 6437 Einw. – seine Ein-Mann-Anwaltskanzlei betrieb. Schnelle Herzkranzgeschichte mit fünfzig; ich hab sehr an ihm gehangen. Erst Helen fort, dann Sam – kurzentschlossen löste ich meine Belanglosigkeiten auf, kam heim und erbte dort Sams Haushälterin Adelaide Simmons samit ihrer grimmigen Standfestigkeit und ihrer himmlischen Küche. Auf seine alten Tage Heimweh nach Maine zu kriegen ist eine ernste Sache: Ich mußte dem Drang nachgeben. Ich stellte mir ein allmähliches Hinübergleiten in meinen kinderlosen Lebensabend vor, das heißt, bißchen Schachspielen per Telefon, bißchen Klassiker-Übersetzen. Ich glaubte, ich könnte die fortdauernde Hochachtung von seiten meiner Nachbarn als gegeben nehmen. Ich sage, auf mein Wort ist Verlaß.

Also bitte. Ich werde mich noch einmal an diese Zeit vor ein paar Jahren zurückerinnern. Es war Mitte März, und leichte Schneeflöckchen stoben aus einem Nachmittagshimmel, der so schmutzig war wie der Boden eines alten Aluminiumtopfs. Den Feldweg zu Harp Ryders abgelegener Farm hatte man seit dem letzten Schneefall gepflügt; ich nahm an, mein Rostkübel – so nenne ich ihn immer – würde die anderthalb Meilen hin und zurück schaffen, ehe es uns erwischte. Harp hatte mich gebeten, ihm bei einem gelegentlichen Ausflug nach Boston ein Buch zu besorgen, besser gesagt: jedes gottverdammte Buch, das über Eskimos berichtete, und ich hatte eins für ihn, De Poncins' *Kabloona*. Ich sah, wie die winzigen weißen Teufelchen auf einem gewaltigen Windgefälle verrückt spielten, und erinnerte mich, daß ich in Darkfields Nachrichtenagentur alias Cleves Gemischtwarenhandlung jemanden etwas von einer Wettermeldung hatte sagen hören, die den schlimmsten Schneesturm seit vierzig Jahren verhieß. Joe Cleve, der kein Radio im Laden dulden will, weil es seine Magengeschwüre piesackt, erkundigte sich bei seinem Großinquisitor, der zehn Meter hinter deiner rechten Schulter wohnt: »Warum muß es immer das Schlimmste in so und so viel Jahren sein, nützt das vielleicht irgend jemand?« Die Agentur war immer noch damit beschäftigt, dieser schwierigen Anfrage auf den Grund zu gehen, als ich mit meinen Zigaretten und allem, was Adelaide meiner Erinnerung nach auf die Einkaufsliste geschrieben hatte, aus dem Laden ging; die Liste selbst hatte ich nämlich auf dem Eßtisch liegenlassen. Es war noch keine drei, da bog ich auf den Feldweg zu Harpers Farm ein, und ein Windstoß rumste in Rostkübel wie der Tod mit Schaufel.

Ich versuchte, für die Fahrt auf die Anhöhe Schwung zu holen, statt dessen aber schleuderte ich wie ein schwachsinniges Karnickel und geriet auf eine unterm Schnee versteckte Stelle, wo es getaut und wieder gefroren hatte und wo ich schlitternd zu einer Endstation gelangte, aus der einzig und allein ein Abschleppwagen mich wieder befreien konnte.

Ich war in diesem Jahr siebenundfünfzig, schlecht bei Puste vom zu vielen Rauchen, und mein Herz war (wie ich heute weiß) nicht stärker als das von Sam. Ich ließ das Fluchen sein – nach und nach, um nichts zu überstürzen – und steckte mir *Kabloona* unter den Parka. Ich würde die restliche Meile zu Fuß gehen und mich nur so lange bei Ryder aufhalten, um das Buch dortzulassen, guten Tag zu sagen und nach einem Abschleppwagen zu telefonieren; danach könnte ich, da Harp nie ein Auto besessen hatte und es auch nie tun würde, dem Abschleppwagen entgegengehen.

Wenn Leda Ryder Auto fahren konnte, dann war das nach ihrer Heirat mit Harp ziemlich schnuppe. Sie betrieben dort hinten die Landwirtschaft fast auf dieselbe Art und Weise wie Harps Ahnen zu Jeffersons Zeiten. Harp hielt seine zweihundert Legehennen mit Methoden, die als modern galten, bevor die armen Viecher in Batterien vergattert wurden, aber seine übrigen Unternehmungen spielten eher ins Antiquarische. In seinem großen Küchengarten ließ ihm das Unkraut an einer kleinen Stelle drei, vier Zentimeter Narrenfreiheit, damit er daran was zum Arbeiten hätte; es überlebte nirgendwo sonst. Dazu ein paar Kühe, ein Pferdegespann, vier Morgen für Marktgetreide und ein kleiner Hund namens Droopy, dessen Großmutter es irgendwie mit einem Dackel getrieben hatte. Droopys einzige Drohgebärde an seinem korpulenten Lebensabend bestand in einem asthmatischen Bellen. Die Ryders mußten fast alles Lebensnotwendige angebaut haben außer Kautabak und immer mal wieder einem neuen Kleid für Leda. Harp konnte auf das zwanzigste Jahrhundert pfeifen, und ich bezweifle, daß Leda trotz seiner nahezu besessenen Hingabe an sie nach ihrer Meinung gefragt wurde. Sie war fast dreißig Jahre jünger als er, und jawohl, er hätte sie nicht heiraten sollen. Aber andersrum war's genau so 'ne Sache: Sie hätte ihn nicht heiraten sollen, und doch – sie tat's. Harp mochte ein Dinosaurier sein, aber ich war mit ihm groß geworden; er war einen Jahrgang älter. Wir schwammen, gingen angeln, machten zusammen den Teufel los. Und als ich auf meine alten Tage nach Darkfield zurückkehrte, war er einer der wenigen, die sich erfreut zeigten, mich zu sehen – soweit man dem trauen kann, was man aus einem Gesicht wie einer Granitzinne herausliest. Harp Ryder lächelte vielleicht zweimal die Woche.

Ich stapfte weiter die Anhöhe hinauf und bemerkte eine doppelte Lkw-Spur, die bereits vom Schnee verwischt war. Das mußte wohl der Eiertransporter gewesen sein, den ich vor einer Viertelstunde auf der Hauptstraße passiert hatte. Sooft der Westwind in meinem Rücken sich legte, konnte ich mich schnell umdrehen und eine meiner Lieblingsaussichten über von Birken und Hemlocktannen bestandenes Tiefland genießen. Von Ryders Ridge aus, dem Bergrücken, auf dem seine Farm stand, gibt es keine Spur des zwei Meilen südwestlich gelegenen Darkfield außer einem einzigen Kirchturm. An klaren Tagen erhascht man gerade einen Blick auf Bald Mountain und seine zwei großen Brüder mehr als zwanzig Meilen westlich von uns.

Der Schnee wurde dichter. Es war erleichternd und ein angenehmes Gefühl, die schwarzen Schindeln von Harps Scheune und das steile Walmdach seines Wohnhauses zu sehen. Verkürzt, so daß es neben der Scheune hübsch adrett wirkte; eigentlich waren Haus und Scheune durch einen zweistöckigen Schuppen von viereinhalb Metern Breite und zwölf Metern Länge verbunden – Holzschuppen unten, Hühnerstall oben. Das nach Osten gelegene Schlafzimmerfenster der Ryders lag knapp einen Meter über der Dachrinne dieses Schuppens. Sie gingen wahrlich mit den Hühnern zu Bett. Ich rief, denn Harp stand gerade im Begriff, die große Schuppentür zuzumachen. Er hielt sie für mich fest. Ich lief, und der Sturm hinter mir her. An der Scheune prallte der Westwind ab; Luftwirbel heulten uns zu. Seit meiner Abfahrt aus Darkfield war die Temperatur um fünf Grad gepurzelt. Das Thermometer neben dem Schuppentor zeigte minus zehn Grad, und ich wußte, daß ich ein verdammter Narr gewesen war. Während ich mit Harp gegen die Schuppentür kämpfte, die nicht zugehen wollte, glaubte ich, Leda zu hören. Sie weinte.

Ein flüchtiger, verworrener Eindruck; der Wind erkundete gerade neue Dimensionen der Leidenschaft, die große Tür krähte heiser, und Harp fragte: »Autopanne gehabt?« Ich glaube immer noch, daß ich Leda jammern hörte. Wenn ja, dann hörte es auf, als die Tür endlich ins Schloß fiel und Harp einen neu angebrachten Vier-malzehn-Sparren davorzog. Ich konnte das nicht verstehen: Der alte

Sperriegel würde bestimmt jedem Wind bis knapp unter Orkanstärke standhalten.

»Rostkübel hat nie 'ne Panne. Solltest dir auch einen zulegen, Harp – jede Menge Spaß und Unterhaltung. Er ist bloß im Graben gelandet.«

»Nächstes Frühjahr siehst du ihn vielleicht wieder.« Seine Hennen scharrten, noch furchtlos vor dem Sturm, im Stockwerk über uns. Harps Augen zeigten ein kleines Glitzern der Besorgnis. »Ben, glaubst du, daß ein Mann mit sechsundfünfzig alt wird?«

»Nein.« Meine (alt werdenden) Knochen schmerzten vor Verlangen nach der Wärme seines Küchen-Speise-Wohn-Alleszimmers, nicht nach traurigen Philosophien. »Werd mal dein Telefon benutzen, einverstanden?«

»Falls die Leitungen nicht unten sind«, sagte er, ohne sich von der Stelle zu bewegen, ein von anderen Stürmen gepeitschter Mann. »Diese Rumtreiber haben den ganzen Sommer nichts von den überhängenden Ästen abgeschnitten. Hab ich ihnen natürlich gesagt, hab ihnen gesagt, wie's sein würde, wenn ... ich meine, Ben, alt genug, um blöde Einbildungen zu kriegen?« Mein Gesicht mag ihm verraten haben, daß ich dachte, er grüble über sich selbst mit seiner jungen Frau nach. Er zog ein verärgertes Gesicht, weil ich ihn nicht begriffen hatte. »Was *sehen*, mein ich. Dinge, die nicht so sein können, aber –«

»Das kann uns in jedem Alter mal passieren, Harp.«

Meine Bemerkung war eine dumme Abfuhr, ein Stein statt Brot, denn ich fror, hatte es eilig, wollte nach drinnen. Harp verfügte von jeher über eine starke Einbahn-Sensibilität. Sein Gesicht wurde eisig. »Na schön, komm rein, wärm dich auf. Leda fühlt sich nicht besonders. Kriegt 'ne Erkältung oder so.«

Als sie herunterkam und mich begrüßte, waren ihre Augen gerötet. Ich glaube nicht, daß der Wind dieses Geräusch gemacht hat. Droopy kam aus ihrem Korb hinter dem Ofen herbeigewatschelt, um meine Füße zu beschnuppern und mir mein übliches leises Passierzeichen zu geben.

Leda, jung, heißblütig und arm sowohl an geistigem Kapital wie an geistiger Bereicherung, hatte es hier nie leichtgehabt. Sie war

damals achtundzwanzig und wirkte schlank, weil sie ihren festen Körper hübsch bewegte. Die Verdrossenheit auf ihrem breiten Mund und in ihren hellwachen grauen Augen war zum Teil sexuelle Herausforderung, zum Teil pure Unzufriedenheit. Ich mochte Leda; sie neigte von Natur aus nicht zu Feindseligkeit oder Niedertracht. Vor Ledas Heirat pflegte Darkfields Nachrichtenagentur mit der ihr eigenen skrupulösen Fairneß zu erklären, daß die junge Frau von jedem gottverdammten Ding in dreißig Meilen Umkreis, das Hosen anhatte, besprungen worden war, und dieses eine Mal mag die Agentur mit der Bosheit ein Körnchen Wahrheit gesprochen haben, denn Leda besaß tatsächlich jene unterschwellige, schwelende Kraft, die Männer ohne Wort oder Geste an sich zieht. Nach ihrer plötzlichen Heirat mit Harp – Sam hat mir das alles erzählt; ich wohnte damals nicht in Darkfield und hatte sie noch nicht kennengelernt – tauchte das dreckige Geschwätz hastig in den Untergrund: Harp Ryder in Rage zu bringen war nie gesund.
Die Telefonleitungen standen noch. Während ich darauf wartete, daß die Werkstatt sich melden würde, sagte Harp: »Ben, ich kann dich bei so 'nem Wetter nicht zurücklaufen lassen. Bleib doch hier bei uns, ha?«
Ich wollte nicht. Es bedeutete zusätzliche Arbeit und Unannehmlichkeiten für Leda, und ich war alt genug, um mich mit ganzem Herzen nach meinem eigenen sicheren Bau zu sehnen. Aber ich spürte, daß Harp mich um seinetwillen dabehalten wollte. Also bat ich Jim Short von der Autowerkstatt, mit Rostkübel nur schon mal anzufangen, falls ich ihn nicht bereits erwarten würde. Jim brüllte:
»Wissen Sie, was draußen gerade los ist?«
»Paar Flöckchen Schnee, so wie's aussieht.«
»Mann Gottes!« Er hielt die Muschel zu, aber nicht ganz. Ich hörte seine begeisterte Stimme zwischen kaltem Eisen widerhallen: »Hey, der alte Ben hat seine Karre mal wieder in den Graben gesetzt! Ist das nich 'n Ding ...?! Hören Sie, Ben, ich kann Ihnen nichts versprechen. Hab schon beide Abschleppwagen unterwegs. Besser, Sie bleiben da drüben hocken und loben den Herrn, daß Sie's so weit geschafft haben.«
»Na gut«, sagte ich. »*So* was Tiefes war der Graben nun auch wieder nicht.«

Leda verköstigte uns mit Kaffee. Sie schielte fortwährend auf den Absatz am Fuß der Treppe, wo schon jetzt nächtliches Dunkel herrschte. Ein verschaltes Treppenhaus führte zu einer nie benutzten Vordertür; auf seiner anderen Seite lag das zweite Parterre-Wohn-, Empfangs-, Gästezimmer – in dem ich schlafen würde. Ich weiß nicht, was Leda in diesem Schatten anzutreffen erwartete. Einmal, als ein dickes Holzscheit im Herd ein sonderbares Geräusch machte, verkniffen sich ihre Lippen mit aller Gewalt einen Schrei. Der Kaffee wärmte mich auf. Zu diesem Zeitpunkt ließ das Wetter auch nicht den kleinsten Spielraum mehr für Diskussionen. Noch keine halb vier, aber Westen und Norden verloren sich in wutentbrannter Schwärze. Durch die zischenden weißen Massen konnte ich gerade noch die Vorderseite der Scheune, zwölf Meter von mir entfernt, erkennen. »Niemand geht nirgendwohin bei diesem Wetter«, sagte Harp, und ein Erzittern seines Häuschens bekräftigte seine Worte. »Leda, du wirkst nicht gerade auf Zack. Ruh dich ein bißchen aus.«

»Besser, ich kümmere mich um das Gästezimmer für Ben.«

Keiner von beiden sprach mit sehr viel Zärtlichkeit, aber daß Zärtlichkeit in ihm glühte, war unverkennbar, als Leda uns den Rücken kehrte. Dann verzerrte ein anderes Bedürfnis die Fugen seines versteinerten Gesichts. Sein ganzer hagerer Körper lehnte sich vor, um ihm sprechen zu helfen. »Du würdest von mir doch nicht annehmen, daß ich langsam meine Schräubchen verliere?« fragte er.

»Natürlich nicht. Wo juckt's denn, Harp?«

»Es ist was in den Wäldern, das kein Recht hat, hier zu sein.« Für mich kam das wie eine Erleichterung: Ich wollte nicht noch jemandes Eheprobleme anhören müssen. »Ich wünschte, weiß Gott, es würde auch mal jemand anderen treffen, damit ich sagen könnt, was ich weiß, aber so kann ich mich ja heimgeigen lassen. Ich *bin* kein alberner Gespensterseher.«

Bei Harp ging man immer auf Eiern. Er konnte jede Minute darauf verfallen, daß *ich* lachen würde. »Verrat mir mal das eine«, sagte ich. »Wenn jetzt wirklich irgendwas da draußen ist, muß ihm doch 'n winziges bißchen kühl sein.«

»Ah-bah.« Er ging ans Nordfenster und sah durch den weißen Wirrwarr dorthin, wo wir die Straße wußten. Harps Land fiel auf der anderen Seite zum Rand eines mächtigen Nadelwaldes hin ab. Der Mount Katahdin liegt über fünfzig Meilen nördlich und ein bißchen östlich von uns. Wir leben in einer dahinwelkenden Schrumpfwelt, aber man konnte immer noch von Harps Farm losziehen und blieb, abgesehen von der Landstraße hier und da und den Flüssen – nicht viele große – bis rauf zur Tundra oder nach Alaska in tiefem Wald. Harp sagte: »Bei *solchem* Wetter, da kommt's.«

Er sank in seinen ramponierten Küchensessel und griff nach *Kabloona*. In Ledas Beisein hatte er das Buch kaum eines Blickes gewürdigt. »Ulkiger Name.«

»Kabloona ist ein Eskimoausdruck für ›weißer Mann‹.«

»Hat der die Bilder hierdrin gemacht …? Sind sie gut, Ben?«

»Mir gefallen sie. Fotos hinten am Ende.«

»Oh.« Er blätterte hastig danach, begutachtete aber nur die mit den markanten Eskimogesichtern, und sein Interesse verblaßte. Was immer er suchte, war nicht dabei. »Diese Menschen, sind sie – zivilisiert?«

»Auf ihre eigene Weise, klar.«

»Heh, dieser Bursche da sieht aus, als könnt er sich im Wald zurechtfinden.«

»Wahrscheinlich das einzige, was er nicht könnte, Harp. Sie kriegen nie einen Baum zu Gesicht, außer sie kommen nach Süden, und das hassen sie. Alles unterhalb der Arktis ist ihnen zu warm.«

»Tatsache …? Na ja, hübsches Buch. Wieviel hat's denn gemacht?« Ich hatte es antiquarisch gefunden, und er bezahlte mich auf Heller und Pfennig. »Werd ich sehr gerne lesen.« Er würde es nie tun. Es würde neben der Bibel, einem alten Almanach und einem Longfellow auf dem Regal in der guten Stube enden, bis dieses Anwesen eines Tages unter den Hammer käme und niemand sich an Harps Lebensweise erinnerte.

»Was soll das Ganze, Harp?«

»Oh … ich hab in den Wäldern was gehört, letzten Sommer war's. Natürlich denk ich, Füchse, aber dann wußt ich, daß es keine waren.

Da stehn einem die Haare zu Berge, ich kann dir sagen! Hab letzten August eine Kuh verloren, von der Nordweide auf der andern Straßenseite. Bretterzaun teilweise rausgerissen. Ich meine, Ben, die beiden oberen Bretter waren *samt Nägeln rausgezogen.* Keine Spur von Hammerschlägen.«

»Bär?«

»Einzige Fährte, die ich gefunden hab, sah nach Bär aus, nur zu klein. 'n Bär würd's ja auch nicht raus*ziehen,* Ben.«

»Kuh reingeknallt, aus Panik vor irgendwas?«

Er blieb geduldig mit mir. »Ben, würd ich, wenn ich eine Kuhweide einzäun, die Querbretter von außen festnageln? Wenn 'ne Kuh mit ihrem ganzen Gewicht dagegenrennt, muß sie's durchsprengen, klar. Und dabei draufgehn, 's wärn überall Blut und Haare auf den zersplitterten Brettern, und sie selber wär auch da, keine anderthalb Meilen in den Wäldern drinne. Ist während 'nem großen Gewitter passiert. Dachte mir, es müßt jemand sein, der's auf mich abgesehn hat, womöglich irgend'n Hundesohn, der scharf auf das Anwesen ist, mich zu vergraulen versucht – mich, der sein Lebtag hier gewohnt hat, und davor meine Familie. Aber das gibt keinen Sinn. Eine Woche später hab ich die Kuh gefunden – das, was von ihr übrig war. Jeder *Mensch,* der 'n Stück Vieh abschlachtet, würd alles, was er grad will, rausschneiden und damit durchbrennen. Der setzt sich nicht hin und kaut das Fleisch von den *Knochen,* alles, was recht ist. Der reißt nicht den Oberschenkelknochen aus seinem Gelenk ... Na schön, Bär vielleicht. Aber kein Bär hat das mit dem Zaun da gemacht und die alte Nell dann anderthalb Meilen in die Wälder getrieben, um sie abzumurksen. Hübsche kleine Jerseykuh, blitzgescheit. Leda hat immer von ihr geschwärmt, wie sie's sonst nicht mit dem Vieh tut ... Seit damals hab ich viel in die Wälder geguckt, nie irgendwas ans Licht gebracht. Gerochen hab ich allerdings ab und zu was. Wie Fisch, wie Bärengeruch, nur – *anders.*«

»Aber, Harp, es liegt doch gerade Schnee, da – «

»Jetzt wirst du mich wirklich für verrückt erklären. Bei klarem Wetter hab ich noch kein einziges Mal seine Spuren gefunden. Hören tu ich ihn, nachts, aber wenn ich dann bei Tageslicht hingeh, wo das Geräusch meiner Meinung nach war, gibt's keine Fährte. Bloß die üblichen Schneespuren. Ich *weiß* es. Er lebt in den Bäumen und kommt nicht runter, außer wenn's stürmt, soll ich das glauben? Weil, *dann* kommt er nämlich, Ben, wenn das Wetter so ist wie jetzt, gerad so wie jetzt. Und Ned und Jerry, die beiden Alten im Stall draußen, werden wild, und manchmal hören wir seinen Lärm auch unterm Fenster. Ich leuchte dann mit meiner Taschenlampe durchs Glas – kein bißchen von ihm zu entdecken! Wenn's irgendein Licht gibt, bei dem man was sehn kann, geh ich mit der Zehnkaliber nach draußen, und es sind Fußspuren rings ums Haus – Löcher, die sich mit Schnee füllen. Bis zum Morgen gibt's dann vielleicht noch 'n paar Abdrücke, und die führen immer in die Nordwälder raus, aber unter den Bäumen findet man nie was. Steigt er also in die Äste rauf und bewegt sich so fort? ... *Ein* einziges Mal hab ich ihn nur gesehen, Ben. Letzten Oktober. Besser, ich erzähl dir erst noch was anderes. Einen Tag oder so, nachdem ich das, was von der alten Nell noch übrig war, gefunden hab, sind mir sechs Stück Bratgeflügel abhanden gekommen. Ich hab 'n paar Stallkäfige hergerichtet, du erinnerst dich vielleicht, damit die Vögel frei rumlaufen und in der Scheune übernachten können. Gute Türen, und ich hab sie immer zugeschlossen. Zwei Uhr morgens spielen Ned und Jerry verrückt. Ich bin durch die Scheune raus in den Stall, und sie war'n so verschreckt, daß Ned dauernd ausgeschlagen hat, um nach draußen zu kommen. Ich hab sie ruhig gekriegt, den ganzen Stall durchgesucht – Boden, Geschirrkammer, überall. Nicht das Geringste. Totenstille Nacht, kein Mond. Es mußte was sein, das die Gäule gewittert hatten. Ich komm zurück in die Scheune und find einen von den Hühnerkäfigen offen – aus dem Schloß *rausgerissen*. Hühnerdieb würde was zum Aufbrechen mitbringen – wäre doch 'n Trottel vor dem Herrn, wenn er's nicht tät ...? Hat sechs Vögel mitgenommen, sechs Stück hübsches, Dreieinhalb-Kilo-Bratgeflügel, und die Köpfe am Boden liegenlassen – abgebissen.«

»Harp – irgendein Wahnsinniger. Leute *können* auf diese Art wahnsinnig werden. Es gibt alte Geschichten –«

»Hab schon versucht, daran zu glauben. Würde ein Mensch den Winter da draußen überleben? Dreißig Grad unter Null?«

»Höhle vielleicht – Tierfelle.«
»Ich hab die ganze Rückseite der Scheune verrammelt. Die Fenster vom Hühnerstall oben genauso – vier-mal-zehn-Bretter, mit zehn Zentimeter langen Nägeln, schräg eingeschlagen. Sie sind dreieinhalb Meter über dem Erdboden, und die ist er nicht holen gekommen, *noch* nicht ... Nachdem das also passiert war, hab ich nach Sheriff Robart geschickt. Wo der Hundesohn schon mal in Darkfield wohnt, sollte man meinen, er hätt sich 'n bißchen dafür interessieren können.«
»Irgendwas dabei rausgekommen?«
Harp lachte. Er tat dies, indem er ohne jedes Geräusch, ohne einen Muskel zu bewegen außer einer kleinen Regung um die Augenwinkel, meinem Blick standhielt. Ein Kunststück Neu-Englands; vielleicht ist es auf der *Mayflower* mit rübergekommen. »Robart hat also vorbeigeschaut, nach 'ner Weile. Ich hab ihm diese Tür gezeigt. Ich hab ihm die Hühnerköpfe gezeigt. Hab ihm erzählt, wie ich die Nacht dort draußen auf meinem Arsch zugebracht hätt, mit der Zehnkaliber.« Harp stand auf, um eine Ladung Tabaksaft in den Herd zu speien; er hat da so eine Theorie, daß es die Luft reinigt. »Ben, ich hätt ihm diese Hühnerköpfe direkt unter die Nase halten können. Bis er hierherkam, waren sie ja auch nicht mehr so frisch. Beim Weggehn hat er versprochen, er würd sich umschaun und mir Bescheid geben. Mitte September. Hab ihn seitdem nicht mehr zu Gesicht gekriegt.«
»Hat sich vielleicht gedacht, er wär nicht willkommen?«
»Willkommen wär er wie Scheiße auf 'nem Tischtuch!«
»Du hast davon gesprochen, daß – du's gesehn hättest, Harp?«
»Könnt ›sehen‹ dazu sagen ... Na schön. Es war während diesem Altweibersommer – du erinnerst dich? Wie Juni, nur solche hübschen Farben, Geruch von Fallobst – Gott, ich mag das, ich mag Oktober. Ich bin zu dem Hang auf der anderen Straßenseite runter, wo ich nach dem Verlust der alten Nell den Zaun geflickt hab. Hab einfach da gelehnt, schätze, ich war müde. Spätnachmittag, Himmel wurde langsam ganz rosa. Du weißt ja, wie der Zaun den Hang zu meinem östlichen Waldstück durchschneidet. Ich hab die Büsche wild wachsen lassen – viel Holunder, anderes Zeugs, wonach die

Vögel kommen. Ich hab zu der kleinen Schneise zwischen den Nordwäldern und meinem Holzstück runtergeschaut, wo 'n bißchen alte, zugewachsene Weide durchguckt. Hübsches Fleckchen. Vor 'n paar Jahren ist so 'n Pinselschwinger gekommen und hat 'n Bild davon gemacht, sagte, die Stelle säh aus wie 'n Koroh, keine Ahnung, was, zum Teufel, das ist, hat er nicht gesagt.«

Ich versuchte, ihn aus seinen Gedanken zu rütteln. »Und dort hast du's gesehen?«

»Nein. Rechts von mir, in den Hollerstauden drüben. Fünfzehn Meter weg schätzungsweise. Bei Gott, ich hab nicht den Kopf gedreht. Ich hab's aus dem Augenwinkel aufgeschnappt und bin andersrum, als hätt ich vor, wieder zur Straße zu marschieren. Hab getan, als wär ich ganz eilig mit was im Gras zugange, und bin dabei 'n Stück näher zum Zaun zurück. Er hat mich ohne jeden Mucks rankommen lassen, 'n bräunlicher Klecks in den Büschen dort neben der dicken gelben Birke. Fast mannsgroß. Keine Knarre dabei, nicht mal 'n Stock ... Breite Schultern, seine gottverdammten Füße konnt ich nicht sehen. Ist höchstens einsfuffzig groß. Seine Hände, falls er überhaupt richtige hat, sind außerhalb von meinem Blickfeld gehangen, in 'nem wilden Holundergestrüpp. Er hat braunes Fell, Ben, rötlichbraunes Fell am ganzen Leib. Auch im Gesicht, am Kopf, an seinem dicken, breiten Hals. Fell hat im Sonnenschein so 'nen Schimmer, der läßt sich nicht verkennen. Also – ich hab ihn direkt angeschaut. Hab versucht, so zu tun, als würd ich ihn immer noch nicht sehen, aber er wußte Bescheid. Er hat sich langsam nach hinten verdünnisiert und die Birke zwischen sich und mich gebracht. Keinen Mucks.« Und dann lauschte Harp nach Leda im Stockwerk über uns. Mit leiser Stimme fuhr er fort: »Na also, ich bin zurückgerannt, 'n Gewehr holen, und hab die Wälder durchsucht, auch wenn's nichts weiter gebracht hat. Du wirst über sein Gesicht wissen wollen. Diesen ganzen Teil der Geschichte hab ich Leda nicht erzählt. Sie hat doch solche Angst, ich möcht's nicht noch schlimmer machen, ich hab bloß gesagt, es wär 'n Tier gewesen, das fortgewischt ist, eh ich's gut hab sehen können. Ein großes Gesicht, Ben. Kopf richtig menschlich, außer daß er um die Kiefer rum zu sehr vorsteht. Nicht viel Nase – kahle

Flecken im Pelz. Ben, die – die *Zähne!* Ich hab seine Kinnlade runterklappen sehn, und er hat seine Lippe auf einer Seite nach oben gezogen, um mir diese Dolchdinger zu zeigen. So was Großes hab ich bei 'nem ausgewachsenen Bären erlebt. Und genau das werd ich auch zu hören kriegen, wenn ich das je zu erzählen versuch. Es wird heißen, ich hätt 'nen Bären gesehn. Also, ich hab meinen ersten Bären geschossen, da war ich sechzehn, und Pa hat mich nach Jackman mit rübergenommen. Seitdem hab ich mir vielleicht jedes Jahr einen geholt. Ich kenn sie, ihre ganze Art, ihr Verhalten. Aber genau das werd ich zu hören bekommen, wenn ich die Geschichte erzähl.«

Ich bin ein verhinderter Naturkundeforscher und mit einem bunten Allgemeinwissen beladen. Ich weiß, daß es keine Gattung von Affen gibt, die unsere Winter aushalten könnten, außer vielleicht dem harmlosen Himalaya-Languren. Ein solches Tier, wie Harp es beschrieben hatte, lebte nirgendwo auf diesem Planeten. Es brachte uns nicht weiter. Harp war ehrlich; er war ein Verstandesmensch; er wünschte sich eine vernünftige Erklärung ebensosehr wie ich. Harp war nicht umsonst der Dorfatheist. Ich sagte: »Ich schätze, da hast du recht, Harp. Die meisten Leute werden das – Ungewöhnliche – nicht anerkennen.«

»Vielleicht hörst du ihn ja heut nacht, Ben.«

Leda stieg die Treppe herunter und bekam einen Teil davon mit. »Er hat es Ihnen erzählt, Ben. Was halten Sie davon?«

»Ich weiß nicht, was ich davon halten soll.«

»Led', ich dacht mir, wenn ich dieses Geräusch für ihn nachmache –«

»Nein!« Sie hatte ein bißchen Flickzeug mitgebracht und wollte gerade damit Platz nehmen, erstarrte aber, als würde man sie mit einer tätlichen Attacke bedrohen. »Ich könnte es nicht aushalten, Harp. Und – vielleicht würde es sie herrufen.«

»Sie?« Harp kicherte beunruhigt. »Ich dürft's wohl kaum so gut hinkriegen, daß er darauf zukommt.«

»Tu es *nicht*, Harp!«

»Schon gut, Schatz.« Ihre Augen waren geschlossen, ihr Kopf sank langsam wieder herab. »Mach dich doch nicht selber so nervös.«

Ich fragte mich allmählich, ob ein geistig immer noch gesund erscheinender Mann sich einen solchen Horror zurechtphantasieren könnte, um – völlig unbewußt – eine Frau, die zu jung für ihn war, zu quälen – eine Frau, die er nie wirklich als seinen Besitz ansehen könnte. Wenn er ihr erzählte, daß mit dem Gebell eines Fuchses irgend etwas nicht stimmte, würde sie ihm glauben. Ich sagte: »Wir sollten nicht darüber reden, wenn es Sie aufregt.«
Er warf mir einen Blick zu wie ein Mann, der von unter Wasser emportreibt. Mit kleinlauter, schmerzlicher Stimme sagte Leda: »Ich wünschte bei *Gott*, wir könnten nach Boston ziehen.«
Das Granitgesicht verhärtete sich gegen jeden Vorwurf. »Led', das haben wir schon alles durchgekaut. Nichts wird mich von meinem Land vertreiben. Ich hab in meinem Alter keine Zeit für die Großstadt. Was, in Gottes Namen, sollt ich denn dort arbeiten? Vielleicht als Nachtwächter? Jemandem das Hinterzimmer ausfegen, Himmel noch mal?! In Null Komma nichts wär das Ersparte fort. Wir haben das alles doch schon durchgekaut. Wir ziehen nirgends hin.«
»Ich könnte mir eine Arbeit suchen.« Für Harp freilich hätte sie nichts Schlimmeres sagen können. Wahrscheinlich merkte sie es an seinem tief betroffenen Schweigen. Unbeholfen sagte sie: »Ich hab was oben vergessen«, schnappte sich ihr Flickzeug und war verschwunden.
Den Rest des Tages sprachen wir nicht mehr davon. Ich kam beim Melken und der übrigen anfallenden Arbeit hinterher, wobei ich, wann immer möglich, mit Hand anlegte, und wir sicherten alles gegen Sturm und andere Feinde, so gut wir konnten. Das langzahnige, pelzige Etwas war der unsichtbare Gast an unserem Tisch, aber Ledas wegen schnitten wir ihn oder taten wenigstens so. Das Abendessen war schon so peinlich genug. Sie hatten nicht die Gewohnheit, Gäste zu beherbergen, und Leda war eine ziemlich tödliche Köchin, weil sie sich nicht das mindeste aus Kochen machte. Als Mädchen aus Darkfield hatte sie vermutlich den im zwanzigsten Jahrhundert üblichen Mischmasch von Fernsehträumen, bis irgendein Impuls oder vielleicht trügerische Anzeichen von Schwangerschaft sie dazu verleitet hatten, einen Mann aus dem

Jahrhundert vorher zu heiraten. Es gab Wild, das wie Rindfleisch zubereitet war, und zerkochte Kartoffeln. Ich mache mir nichts aus Wild, selbst wenn es richtig zubereitet wird.
Um sechs drehte Harp sein Kofferradio an und ließ die ganzen Hiobsbotschaften des Tages und den Wetterbericht mit versteinertem Gesicht über sich ergehen – »ein Schneesturm, der sich als der schlimmste in vierzig Jahren erweisen könnte. Seit fünfzehn Uhr fielen in Bangor fünfundvierzig, in Boston dreiundfünfzig Zentimeter. Der Wind kommt aus unterschiedlichen Richtungen und wird im Laufe der Nacht zunehmen, wobei manche Böen bis zu siebzig Meilen pro Stunde erreichen.« Harp schaltete mit unwiderruflichem Gebaren aus. An anderen Abenden, die ich dort verbracht hatte, erlaubte er, daß Leda den Apparat nach dem Essen noch laufen ließ, nur mehr oder weniger leise, so daß es den ganzen Abend hindurch eine gedämpfte Plärr- und Plapperberieselung gab. Heute abend jedoch hatte Harp die Absicht, nach anderen Geräuschen zu lauschen. Leda spülte ab, sagte frühzeitig gute Nacht und flüchtete nach oben.
Harp redete nicht, außer wenn die Höflichkeit ihn verpflichtete, irgendein Blabla meinerseits zu beantworten. Wir saßen da und lauschten dem Schnee und dem wahnsinnigen Wind. Nach einer Stunde hatte ich genug; ich sagte, ich wäre erschlagen und wollte mich frühzeitig aufs Ohr legen. Harp begleitete mich zu meinem Bett im Wohnzimmer und legte ein neues Scheit Bergahorn in den Kanonenofen. Dann brachte er ein bemühtes Granitlächeln hervor, das vielleicht seine ganze Wochenration aufzehrte, und zog eine Flasche aus einem Glasschrank, der seit vielen Jahren unter einem Kunstdruck für jedermanns gute Stube stand – George Washington, glaube ich, beim Vertragsabschluß mit irgendeinem kuriosen Hepatitiker, der General Cornwallis gewesen sein könnte, falls letzterer zwei linke Füße hatte. Die Flasche enthielt eine Whiskeymarke, die Harp allen Ernstes für genießbar hielt, nachdem er sich über dem Versuch, es zu beweisen, knapp über vierzig Jahre lang die Gurgel damit verbrannt hatte. Während meine Kehle heilte, sagte Harp: »Hätte dich mit dieser ganzen Kacke nicht behelligen sollen, Ben. Hoffentlich raubt's dir nicht den Schlaf.« Er holte mir seine Reservetaschenlampe, ließ mich dann allein und machte die Tür zu.

Ich hörte, wie er sich wieder in seinen Küchensessel fallen ließ. Unter etlichen Decken und bei gelöschtem Licht vernahm ich das grausame Flüstern des Schnees. Der Ofen murmelte – ein Freund, der mir einen Kokon aus lebendiger Wärme in einer Wüste äußerlicher Kälte schuf. Später hörte ich Leda oben an der Treppe; ihre Stimme klang schüchtern, ängstlich, müde und voll süßer Verlokkung: »Kommst du rauf ins Bett, Harp?« Die Treppe knarzte unter seinen Schritten. Die Tür der beiden ging zu, und sofort schrie das Mädchen in jenem willkommenen Schmerz auf, der eine kurze Erleichterung von den Sorgen beschert.

Ich erinnerte mich an etwas, das Adelaide Simmons mir über dieses Haus erzählt hatte, in dessen Obergeschoß ich seit Harps und meiner Kindheit nicht mehr gewesen war. Adelaide, eine der ganz wenigen Frauen in Darkfield, die nie unfreundlich von Leda sprach, sagte, daß das winzige Westzimmer gegenüber Harps und Ledas Schlafstube als Kinderzimmer hergerichtet wäre und Harp keine anderen Möbel darin dulden wollte, seit er vor sieben Jahren geheiratet hätte.

Eine weitere Stunde schleppte sich in nervenaufreibender Schlaflosigkeit dahin.

Dann hörte ich Langzahn.

Der Laut kam von der Westseite, hinter dem schneebedeckten Gemüsegarten. Als er mich vom Rande des Schlafs wegriß, versuchte ich, mir einzureden, es sei ein Fuchs – der gellende, metallische Schrei, den das kleine rote Biest drachengleich aus seiner Kehle speien kann. Dann aber, als ich hellwach war, wußte ich, daß es viel tiefer geklungen hatte, wie aus einem voluminösen Brustkorb. Waldohreule? – Nein. Es war ein Laut, der uralten Zeiten angehörte, als die Menschen sich auf schartige Steinwaffen verließen und allen Grund hatten, sich vor der Dunkelheit zu fürchten. Die Ritzen im Ofen spendeten mir ein Licht, bei dem ich mich wieder in meine Kleider tasten konnte. Der Wind hatte sich überhaupt nicht beruhigt. Während ich mich bis obenhin zuknöpfte, stolperte ich ans Westfenster und stellte fest, daß es völlig weiß und leer war. Die Schneeverwehungen reichten bis über den unteren Schieberahmen. Wenn ich mich auf die Zehenspitzen stellte, konnte ich gerade darüber hinwegsehen. Ein Licht tauchte auf und beleuchtete trübe das dahinterliegende Schneefeld – wahrscheinlich eine Lampe im Schlafzimmer der Ryders, die, diffus und schwach geworden, in das Schneesturmchaos hinausschien.

Yaaarrhh!

Jetzt hatte es grauenhaft nah geklungen. Von den Nordfenstern des Wohnzimmers aus sah ich nichts als blinde Schwärze. Harp kam mit quiekenden Schritten zu meiner Tür herunter.

»Wach, Ben?«

»Ja. Komm, schau dir mal das Westfenster an.«

Er hatte kein Nachtlicht in der Küche brennen lassen, und nur ein spärlicher Schimmer fiel von der Schlafstube zum Fuß der Treppe herab. Harp murmelte hinter mir: »Ah, ja, Schnee 'n bißchen gestiegen. Muß inzwischen über neunzig Zentimeter hoch sein!«

Yaaarrhh!

Der Laut war von der Südseite gekommen, der weniger überschaubaren Seite des Hauses, auf die nur ein einziges Küchenfenster und noch ein kleines in der Spülküche gingen, wo die Handpumpe stand. Der Blick vom Spülküchenfenster war größtenteils durch einen großen Ahornbaum versperrt, der das Haus überragte. Ich hörte den Wind durch die Winterknochen des Baums pfeifen.

»Ben, möchtest du deine Stiefel anziehn? Liegt bei dir – kann dich nicht darum bitten. Möglich, daß ich rausgehn muß.« Harp sprach in einem Ton, als hielte er es für denkbar, daß die Bestie ihn durch die dicken Wände verstehen könnte.

»Natürlich.« Ich stieg in meine Kniestiefel und schnappte mir meinen Parka, während ich Harp in die Küche folgte. An einem Hirschgeweih über der Tür zum Holzschuppen hingen ein .30-Kaliber-Gewehr und seine schwere Schrotflinte. Er fand die beiden Waffen im Dunkeln.

Was ich in dieser Nacht an Mut und Handlungskraft besaß, entsprang einem unbestimmten Schamgefühl, der Angst, vor einem alten Freund, der in Schwierigkeiten steckte, als Jammerlappen dazustehen. Ich habe die Invasion in der Normandie mitgemacht. Ich habe, als ich noch jünger und gesünder war, allein im Freien kampiert und jedesmal gut geschlafen. Aber dieser Laut von Langzahn war nervenzermürbend. Er lief einem schmerzhaft übers Rückgrat und ließ allen Mut schwinden.

Ich hatte die Reservetaschenlampe bekommen, wußte aber, daß ich sie hier nicht gebrauchen sollte. Ich konnte die Möbelstücke und Harp erkennen, der gerade nach dem Gewehrständer griff. Er hatte bereits seine Stiefel, seine Pelzkappe und einen kurzen, dicken Schafwollmantel an. »Du nimmst die da«, sagte er, indem er mir die Zehnkaliber in die Hände drückte. »Beide Läufe geladen. Ist zwar nicht meine Art, ist nicht richtig, aber seit diese Geschichte da losgegangen ist –«

Yaaarrhh!

»Wo ist er jetzt hin?« Harp stand neben dem Südfenster. »Auf *die* Seite rum?«

»Hab ich mir schon gedacht ... Wo ist Droopy?«

Harp kicherte dünn. »Armes kleines Schißding! Ist beim ersten Ton nach oben gekommen und unters Bett gekrochen. Ich hab Led' gesagt, daß sie auch oben bleibt. Hier unten würd sie nur Licht haben wollen. Hätt keinen Sinn.«

In diesem Moment kam es wieder, allem Anschein nach von oben, von der Ostseite des Hühnerbodens, und von einer mitschwingenden Fläche dröhnend: *Yaaarrhh!*

»Das kann nicht sein! Mein Gott, das ist dreieinhalb Meter über dem Erdboden!« Doch schon stürzte er in den Schuppen hinaus, und ich folgte. »Halt dein Licht auf den Boden, Ben.« Er lief die schmale Stiege hinauf. »Leucht nicht die Vögel damit an, die spielen sich nur auf.«

Bislang ließen die Hühner – dumm und in der Dunkelheit eigentlich blind, wie sie waren – nur ein mürrisches Tuck-tuck der Beunruhigung hören. Aber irgend etwas klammerte sich an die Außenseite des verbarrikadierten Ostfensters, knurrte – klapperte mit den Zähnen – hämmerte auf die Bretter ein. Mit einer Faust? – Genauso hörte es sich an! Harp fauchte: »Richt dein Licht auf das Fenster!« Und er feuerte durchs Glas.

Wir hörten keinen Aufschrei. Jegliches Geräusch draußen ging im Sturm und dem heiseren Kreischen der über den Schuß empörten Hühner unter. Das Glas war von dem Unrat verdreckt, den sie ständig aufwühlten; ich konnte nicht hinaussehen. Harps Kugel hatte ein Loch in die Scheibe gebohrt, ohne sie zu zertrümmern, und war zwischen den Brettern hindurchgegangen, aber das Raubtier konnte abgesprungen sein, bevor er gefeuert hatte. »Ich muß da raus. Du bleibst hier, Ben.« Wieder in der Küche, tauschte er das Gewehr gegen die Schrotflinte aus. »Könnte sein, daß ich nicht zum Zielen komm. Du erinnerst dich doch noch an diese Geschichte? Sieben auf einen Streich.«

»Ich erinnere mich.«

»Gut. Halt die Ohren auf.« Harp lief durch die Tür, die auf einen kleinen gepflasterten Bereich neben dem Holzschuppen führte. Um unter das Ostfenster des Hühnerbodens zu gelangen, würde er sich durch den Schnee hinter der Scheune und um die Ecke herum pflügen müssen, denn auf der Rückseite waren sämtliche Schotten dichtgemacht. Genausogut hätte er zwar das Haus umrunden können, aber nur, indem er dem Westwind die Zähne zeigte und gegen größere Verwehungen ankämpfte. Ich sah seinen großen, breiten Schatten in der Ferne verschwinden.

Ledas Stimme drang zitternd zu mir herab: »Hat – er's erwischt?«

»Weiß nicht. Er ist mal nachschaun gegangen. Bleiben Sie schön auf Ihrem Platz ...«

Ich hörte dieses infernalische Bellen erneut, bevor Harp zurückkehrte, und wieder klang es wie von hoch über der Erde; es muß aus dem großen Ahornbaum gekommen sein. Und dann, Sekunden später – ich versuchte immer noch, durch die Finsternis nach Harp Ausschau zu halten – ein ungeheures »Krach!« von zertrümmertem Glas und Holz und das Zudonnern der Tür oben. Ein kleiner, piepsender Schrei, der abgewürgt wurde, und ein zweiter, wie kein menschliches Wesen ihn je vernehmen sollte. Ich kann ihn immer noch hören.

Ich glaube, ein paar Sekunden verlor ich durch den Schock, den es mir versetzte. Dann tastete ich mich – unbeholfen wegen des Gewehrs und der Taschenlampe – die schmale Treppe hinauf. Der Wind brüllte in die Küche, als unten die Tür geöffnet wurde, und Harp drängte sich an mir vorbei. Aber ich war dicht hinter ihm, als er die Schlafzimmertür aufschleuderte. Der Windstoß von dem zerbrochenen Fenster hatte nicht nur die Tür zugeknallt, sondern auch die Lampe ausgeblasen. Aber unsere Taschenlampen zeigten uns sofort, daß Leda nicht da war. Gar nichts war da – nichts Lebendes.

Droopy lag in einem Durcheinander von Glassplittern und Teilen aus dem Fensterrahmen. Tot, mit zerquetschtem Genick – etwas war auf sie getrampelt. Das Bettzeug hing fast aus dem Fenster – vielleicht hatte sich Ledas Hand daran festgeklammert. Ich entdeckte Blut auf einigen der Glassplitter und auf dem zerborstenen Fensterrahmen einen Fetzen rötliches Fell.

Harp lief wieder nach unten. Ich blieb noch ein paar Sekunden. Der Pfeil der Angst steckte tief in meinem Innern, aber momentan betäubte er mich. Mein Licht fiel auf eine häßliche Fotografie an der Wand, Harps Mutter im Alter von fünfzig oder so; versteinert und mit Sauregurkengesicht starrte sie in die Kamera, eine puritanische Gottheit mit flachen, düster glitzernden Augen. Ich erinnerte mich an sie.

Harp hatte nach dem Tod seines Vaters über die Stränge geschlagen und aufgehört, in die Kirche zu gehen. Mrs. Ryder »enteignete« ihn dafür. Die Farm gehörte bereits ihm, und er durfte sie behalten, aber seine Mutter war von ihm fortgezogen, zu einer verwitweten Schwester nach Lohman, wo sie wenig später starb – unausgesöhnt. Harp führte weiterhin ein Junggesellenleben, blieb ein Starrkopf und Eigenbrötler, bis er in seinen Fünfzigern diese merkwürdige Ehe einging. Und hier war Ma nun also, immer noch wachsam, unversöhnlich, mit schrumpligem Gesicht. In meinem Schockzustand dachte ich wie betäubt: Oh, wahrscheinlich haben sie sich immer im Dunkeln geliebt.

Aber jetzt war Leda nicht mehr da.

Ich eilte Harp hinterher, der die Küchentür offengelassen hatte, so daß sie fortwährend im Wind knallte, und ging mit Gewehr und Batterieleuchte dort hinaus. Drüben auf der anderen Straßenseite sah ich seine Lampe. Sonst war alles dunkel; nur sein kleines Licht und meines schimmerten in der Finsternis.

Ich wußte gleich, als ich mich unter Aufbietung all meiner Willenskraft über die Hausecke hinaus und in die trügerische Umarmung des Sturms begeben hatte, daß ich es nie schaffen würde. Der Westwind rieb mir Nadeln ins Gesicht. Der Schnee ging mir bis über die Mitte der Oberschenkel, und mit meinen schwachen Lungen und einem eventuellen Herzfehler konnte ich hier höchstens schnell und sinnlos umkommen. Jeden Moment würde Harp nun den Weg hangabwärts, zu den Wäldern, einschlagen. Seine Spur verschwand bereits unter meinem Lichtstrahl. Ich zwang mich, ein Stückchen weiterzugehen, und eine sekundenlange Flaute in dem weißen Chaos erlaubte mir zu rufen: »Harp! Ich komm nicht nach!«

Er hörte mich. Er legte die Hände um den Mund und brüllte: »Mach dir keine Mühe! Geh wieder ins Haus! Telefonier!« Ich winkte zum Zeichen, daß ich verstanden hatte, und kämpfte mich zurück.

Ich schaffte es mit Ach und Krach. Auf der Küchenschwelle fiel ich der Länge nach zu Boden, so daß Gewehr und Taschenlampe klappernd irgendwohin schlitterten, und so blieb ich liegen, bis ich wieder genug Kraft gewonnen hatte, um mich am Leben zu erhalten. Mein Gesicht und meine Hände waren erst wie Eisklötze, dann wie Feuer. Während ich mich bemühte, Luft in meine Lungen zu bekommen, ging mir unentwegt ein Gedanke durch den Kopf, ein zwingendes inneres Bedürfnis: *Es muß eine rationale Erklärung geben. Ich lasse nicht von der rationalen Erklärung ab.* Schließlich und endlich hievte ich mich empor und stolperte ans Telefon. Die Leitung war tot.

Ich fand die Taschenlampe und torkelte damit die Treppe hinauf. Im Schlafzimmer oben trat ich an der Leiche der armen Droopy vorbei und über das zerbrochene Glas, um durch die Fensteröffnung zu schauen. Ich konnte sehen, daß von dem Schuppendach in der Nähe des Schlafzimmerfensters Schnee heruntergestoßen worden war; das Haus schirmte diesen Bereich gegen die volle Wucht des Westwindes ab; es blieben also gewisse Beweisspuren. Ich nahm an, daß das geheimnisvolle Wesen vom Ahorn auf das Dach des Hauses gesprungen sein mußte, von dort aufs Schuppendach, und sich dann, ohne dieses als Hindernis zu beachten, durch das verschlossene Fenster geschleudert hatte. Wobei es ein wenig Blut und ein wenig Fell verlor.

Ich sah mich kurz um, konnte das Stückchen Fell aber nirgendwo mehr finden. Der Wind mußte es außer Sichtweite geweht haben. Ich drückte die Tür zu. Unten zündete ich die Tischlampen in der Küche und im Wohnzimmer an. Vielleicht könnte Harp diese Orientierungshilfen gebrauchen – falls er zurückkam. Ich fachte die Feuer wieder an und genehmigte mir eine Dosis von Harps greulichem Whiskey. Es ging schon auf ein Uhr. Wenn er nun nie wieder zurückkam?

Es könnten Tage vergehen, bis man in der Lage wäre, die Straße zu räumen. Wenn der Sturm nachlassen würde, könnte ich vielleicht Harps Schneeschuhe benutzen. Vielleicht ...

Zwanzig Minuten nach eins kam Harp taumelnd und mit tief eingezogenem Kopf zurück und ließ sich von mir in einen Sessel helfen. Als er wieder sprechen konnte, sagte er: »Keine Fährte. Keine Spur.« Er nahm mir die Flasche aus den Händen und trank einen tiefen Schluck. »Großer Gott! Was kann ich nur tun? Ben ...? Ich muß ins Dorf, Hilfe holen. Falls sie dort irgendwelche Hilfe geben können.«

»Hast du noch ein Paar Schneeschuhe über?«

Er starrte in meine Richtung und bemühte sich dabei angestrengt, seine Verwirrung zu bezwingen. »Ha? Nein, hab ich nicht. Sowieso besser, du bleibst da. Ich bring dir deine von zu Haus mit, wenn du willst – falls ich es bis dorthin schaffe.« Er nahm noch einen Schluck und rammte den Korken mit seiner Handkante in die Flasche. »Die Zehnkaliber laß ich dir da.«

Er holte sich seine Schneeschuhe aus einem Schrank. Ich überredete ihn, zu warten, bis ich einen Kaffee gemacht hätte. Mit Hast und Überstürzung erreichte man jetzt gar nichts; wir brachten es nicht fertig, einander zu sagen, daß Leda tot sei. Als Harp startklar war, trat ich mit ihm nach draußen in den tobsüchtigen Wind. »Irgendwas, das ich tun soll, bevor du zurückkommst?« Er versuchte, darüber nachzudenken.

»Glaube nicht, Ben ... Mein Gott, hab ich denn nicht richtig *gelebt?* Nein, das gibt keinen Sinn? Gott? Ist ja lächerlich.« Er wandte sich entschlossen ab und marschierte los. Zwei, drei große Schritte, dann wurde er vom Sturm verschluckt.

Das war gegen zwei. Vier Stunden blieb ich allein im Haus. Nun, da die Schlafzimmertür zu war und und die Feuer kräftig brannten, kehrte auch die Wärme wieder zurück. Ich brachte die Küchenlampe ins Wohnzimmer und kauerte mich dann in der fast völligen Finsternis der Küche gegen die Wand, um von dort – die Zehnkaliber immer in Griffweite – sämtliche Fenster im Auge zu behalten; aber ich rechnete nicht mit einer Rückkehr der Bestie, und es gab auch keine.

Die Nacht wurde stiller, vielleicht weil das Haus so zugeweht war, daß der Schnee die Geräusche dämpfte. Ich war von der draußen tobenden Schlacht abgeschnitten, lebendig begraben.

Harp würde gesund zurückkommen. Die Jahreszeiten würden ihren natürlichen Gang gehen, und irgendwie würden wir erfahren, was Leda zugestoßen war. Ich nahm an, daß das Scheusal mehr oder weniger menschlicher Natur sein müßte – wahnsinnig, entstellt, verroht zwar, aber immer noch menschlich.

Nach einer gewissen Zeit fragte ich mich, warum wir keinen Tumult aus dem Stall gehört hatten. Mit tiefstem Widerstreben griff ich zu Gewehr und Taschenlampe und ging nachschauen. Ich tastete mich durch den Holzschuppen, den die hüpfenden Schatten von Harps Klafterholz breit und groß erscheinen ließen, und in die Scheune. Die Kühe dösten friedlich vor sich hin. Im Mittelgang, der den Stall durchschnitt, wagte ich es, meinen schwachen Lichtstrahl in die gespenstischen Höhen des Heubodens vordringen und darüber hinwegflimmern zu lassen. Stille, nichts als ganz normale Stille und Reglosigkeit; natürliches Mäusegeraschel. Dann zum Stall, wo Ned wieherte und mich kameradschaftlich seine braune Wange streicheln ließ, während Jerry launig die Augen rollte. Ich nehme an, es war kein Geruch zu ihnen gedrungen, der eine Panik hätte auslösen können, und vielleicht hatten sie das Bellen schon so oft gehört, daß es sie nicht mehr störte. Ich nahm meinen Posten wieder ein, und die Stunden vergingen auf einer endlosen Gratwanderung zwischen den Abgründen des Entsetzens und denen der Erschöpfung. Kann sein, daß ich geschlafen habe.

Keine Farbe des Sonnenaufgangs an diesem Morgen, aber ich spürte Blässe und Veränderung; selbst ein Schneesturm wird die Tatsache, daß irgendwo heller Tag ist, nie ganz verschleiern. Ich aß Schinken und Eier zum Frühstück, fütterte die Hühner, gabelte Heu herunter und brachte den Kühen und den Pferden Wasser. Die einzige Kuh, die Milch gab, eine schreckhafte Ayrshire, weigerte sich anzuerkennen, daß ich mich nützlich machen wollte. Ich hatte keine Kuh mehr gemolken, seit ich ein kleiner Junge war. Mir fehlte das richtige Gefühl dafür, und an einer Erleichterung schien ihr weniger zu liegen als daran, den Eimer umzutreten; da ihr die Sache mehr Vergnügen als Mißbehagen bereitete, ließ ich es vorläufig gut sein. Ich bemühte mich, eine Stelle neben der Küchentür freizuschaufeln. Der Wind hatte sich gelegt, der Schneefall hielt weiter an, war aber fast friedlich. Ich bahnte mir einen Weg über die Hausecke hinaus und stellte fest, daß das Zeug mir bis oberhalb der Hüften reichte.

Ich war gerade wieder heraus und auf dem Rückweg, da erschien Harp mit seinem langen Schneeschuhschritt und weiter unten auf der Straße noch drei andere. Ich erkannte Sheriff Robart – überernährt, aber kraftvoll; den alterslosen Bill Hastings mit seinem schiefen Gesicht, ein Vetter von Harp und einer von dessen wenigen Freunden; und am Schluß Curt Davidson, vielleicht ein Freund von Sheriff Robart, aber bestimmt keiner von Harp.

Als er noch klein war, hatte ich Curt als einen großmäuligen Dummkopf gekannt; sein Heranreifen zum Mann hatte da nicht viel geändert. Und als ich ihn sah, dachte ich, irrationalerweise vielleicht: Nicht gut für unsere Seite. Irgendwie absurd, und doch standen Harp und ich gemeinsam gegen den Rest der Welt, einfach weil wir zusammen erlebt hatten, was andere als unmöglich bezeichnen, zu Harps Nachteil, ja, sogar zu seiner Verdammung auslegen würden; und dagegen ließ sich nichts machen.

Ich sah den dünnen, weißen, verschwommenen Fleck der Sonne, deren Kraft allmählich zunahm. Nirgendwo in der ganzen weißen Weite hatten der Wind und der Schnee uns irgendeinen Hinweis auf die nächtliche Heimsuchung hinterlassen.

Die Männer erreichten die freie Stelle, auf der ich stand, und schüttelten sich den Schnee vom Leibe. Ich öffnete den Holzschup-

pen. Harp warf mir einen hoffnungslosen, fragenden Blick zu, und ich schüttelte den Kopf.
»Bißchen in Schwierigkeiten?« Das war Robart, der sich gerade die Schneeschuhe auszog.
Harp überhörte ihn. »Ich muß mich um die tägliche Arbeit kümmern.« Ich sagte ihm, daß ich alles bereits erledigt hätte, bis auf diese verdammte Kuh. »Oh, Bess, ah, ja, die is 'n Nervenbündel. Das mach *ich*.« Er gab mir meine Schneeschuhe, die er sich auf den Rücken geschnallt hatte. »Adelaide hat Bescheid wissen wollen, von wegen der Lebensmittel. Hab gesagt, wahrscheinlich wären sie im Auto.«
»Ist so gut wie 'n Gefrierschrank«, sagte Robart. Eine wirklich freundliche Bemerkung.
Curt brauchte ebenfalls seinen Spaß. »Ben, bist du auch sicher, daß du die alte Bess am richtigen Ende angefaßt hast – dort, wo die Titten sind?« Curt kichert stets über seine eigenen Witze; darum ist niemand anderer dazu verpflichtet. Bill Hastings spuckte in den Schnee.
»Was dagegen, wenn ich reingeh?« fragte Robart nicht nur von ungefähr: Er war in offizieller Mission da und hatte die Absicht, uns dies kundzutun. Harp betrachtete ihn von oben bis unten.
»Lassen Sie sich nur nicht aufhalten. Hab Sie nicht hergebracht, damit Sie dumm rumstehn, nehm ich an.«
»Harp«, sagte Robart mit beachtlicher Liebenswürdigkeit, »machen Sie es mir nicht unnötig schwer. Wenn Sie ankommen und mir erzählen, dies und jenes wär passiert, muß ich die Sache halt unter die Lupe nehmen.« Doch Harp marschierte bereits durch den Holzschuppen zum Eingang der Scheune. Die anderen kamen mit mir ins Haus, und ich setzte Wasser für frischen Kaffee auf. »Muß wohl Ihr Wagen sein, Stück die Straße runter, Ben? Hab gehört, Sie sind so quasi in 'nen Graben gefahren. Jetzt sieht man bloß noch 'n Buckel im Schnee. Tiefkühlung tut ihm vielleicht ganz gut, alles andere haben Sie ja wohl schon ausprobiert.« Aber ich war nicht zum Spaß aufgelegt und hatte mit Robart noch nie in diesem Ton verkehrt. Ich grunzte, und sein Gesicht ließ die Fröhlichkeit fallen, wie man einen Pullover abstreift. »Na schön, also, wie sieht's aus?

Harp ist weg und hat mir eine Geschichte erzählt, die kauft mir kein Schwein ab. Wo steckt nun Mrs. Ryder?«

Davidson kicherte erneut – ein scheußliches kleines Geräusch, wenn es aus so einem Fleischberg kommt. Ich glaube, auch Robart machte sich nicht gerade viel aus dem Burschen, aber trotzdem hatte er ihn anscheinend als Hilfssheriff eingeschworen, bevor sie losmarschiert waren. »Na, und ob«, sagte Curt, »das war vielleicht eine Geschichte, das.«

»Wo ist Mrs. Ryder?«

»Nicht da«, antwortete ich ihm. »Wir glauben, sie ist tot.«

Er zog ein finsteres Gesicht und rieb sich dabei Kälte aus den Fingern. »Hab dieses Fenster gesehn. Sieht aus, als wär der Rahmen zertrümmert.«

»Ja, von außen. Wenn Harp zurückkommt, schauen Sie sich's besser mal an. Ich hab die Tür zu dem Zimmer zugemacht und nicht mehr geöffnet. Jetzt dürfte noch mehr Schnee drin sein, aber so ungefähr werden Sie sehen, was wir gesehn haben, als wir dort raufgekommen sind.«

»Schaun wir doch gleich nach«, meinte Curt.

Bill Hastings sagte: »Curt, bist du nicht 'n *bißchen* übereifrig für 'n Hilfssheriff? Mr. Dane hat gesagt, wenn Harp zurückkommt.« Bill und ich sind Freunde; normalerweise würde er mich nicht mistern. Ich glaube, er versuchte, mir einen Anstrich von Autorität zu verleihen.

Ich nahm seine Kameradschaft dankend zur Kenntnis, indem ich fragte: »Bist du auch Hilfssheriff, Bill?«, wodurch er Gelegenheit erhielt, in den Ofen zu spucken, die Klappe behutsam wieder zuzumachen und zu erwidern: »Scheiße, nein.«

Harp kehrte zurück und trug den Milcheimer in die Spülküche. Dann ließ er seinen Blick über uns schweifen. »Bill, ich muß es noch mal in den Wäldern versuchen. Willst du mitkommen?«

»Klar, Harp. Aber ich hab kein Gewehr dabei.«

»Nimm mein Zehnkaliber.«

»Curt hier wird mitgehn«, sagte Robart. »Echt guter Mann auf Schneeschuhen. Interessiert sich für das Leben in der Natur.«

Harp erwiderte: »Sehr komisch, Robart. Schätze, so was Komisches

hab ich nicht mehr gehört, seit die kleine Cutler unter den Traktor gekommen ist. Sind Sie auch mit von der Partie?«
»Na ja, is nur so, Harp, ich hab mir beim Raufkommen hierher irgendwie 'n Rückenmuskel gezerrt. Werd auch nich jünger. Ich glaub, ich schau mich einfach 'n bißchen hier um. Hab'n doch bestimmt nichts dagegen? Daß ich mich 'n bißchen umschau?«
»Kaffee ist durch«, sagte ich.
»Sache ist nämlich die: Wenn ich gedacht hätt, Sie hätten was dagegen, hätt ich mir leider 'n Durchsuchungsbefehl beschaffen müssen.«
»Danke, Ben.« Harp schluckte den Kaffee brühheiß hinunter. »Na, wenn Sie nichts Besseres tun können als im Haus rumzuschauen, hab ich nichts einzuwenden, Sher'f. Ben, ich möchte dich nicht von deinen Geschäften abhalten, aber würdest du vielleicht noch dableiben? Ihm so 'n bißchen Gesellschaft leisten? Nicht, daß ich viel im Haus hätt, aber trotzdem – du weißt ja –«
»Ja, mach ich.« Ich hätte ihm liebend gerne gesagt, er solle sich nicht mehr so aufführen; es ritt ihn nur noch tiefer in den Dreck. Robart überließ Davidson seinen Pistolengürtel samt Halfter. »Nimm das lieber mit, Curt, damit du salonfähig bist.«
Harp und Bill zogen sich draußen schon ihre Schneeschuhe an; ich bekam mit halbem Ohr eine Bemerkung Harps über die Kreuzschmerzen des Sheriffs mit. Sie machten sich auf den Weg. Der Schnee hatte fast aufgehört. Auf der anderen Seite des Hangs verschwanden sie Richtung Norden, und Curt folgte ihnen eilig durch den Schnee. Hinter mir sagte Robart: »Man könnte meinen, Harp glaubt selber, was er sagt.«
»Ach, daher weht der Wind? Sie stempeln uns beide zu Lügnern, bevor Sie sich nur mal umgeschaut haben?«
»Ich muß lediglich versuchen, mir einen Reim auf die Sache zu machen.« Ich folgte ihm nach oben ins Schlafzimmer. Es war bitterkalt. Er schubste Droopys steifen Kadaver mit dem Fuß an. »Schwer, sich vorzustellen, daß ein Mann seinen eigenen Hund tötet.«
»Mit dieser Idee kommen wir nirgendwo hin.«
»Ben, Sie müssen die Geschichte so betrachten, wie sie für andere

Leute aussieht. Und pfuschen Sie mir nicht ins Handwerk. Das geht nur mich etwas an.«

»Genau das macht mir ja so angst, Jack. Es *ist* etwas Unverständliches passiert, und Harp und ich waren die einzigen, die es erlebt haben – bis auf Mrs. Ryder.«

»Dann wollen Sie also behaupten, Sie hätten dieses – Tier auch gesehn?«

»Das hab ich nicht gesagt. Ich hab einen Schrei gehört. Als wir nach oben kamen, war dieses Zimmer so, wie Sie's jetzt sehen.« Ich schaute mich um und konnte wieder nicht dieses Fellfetzchen finden, aber ich brachte es zur Sprache und muß sagen: Robart hat danach gesucht. Er schüttelte Laken und Decken aus, untersuchte den Schrank und den Boden. Er nahm die Fensteröffnung in Augenschein, lehnte sich zu einem Blick auf die Hauswand und das Schuppendach hinaus. Seine großen Füße umrundeten das Glas, und er ging in die Hocke, um die Stücke aus dem Fensterrahmen lange Zeit anzugaffen. Dann fiel er über mich her, Polizist vom Scheitel bis zur Sohle, ein massiger, nicht unintelligenter, im herkömmlichen Sinne ehrlicher Mann ohne Geduld zur Phantasie, ohne Zeit für irgendeine Tatsache, die nicht schon in den Büchern stand. »Stück Fell, hä?« Er ließ es so klingen, als würde ich den »Jabberwock mit glüh'ndem Aug« beschreiben. »Okay, das wär's hier oben.« Er bedeutete mir, nach unten zu gehen – ganz wie alle Polizisten, die der gefährlichen Dummheit einer Masse je ihre eigene entgegensetzen.

Während ich den Rückzug antrat, sagte ich: »Hoffentlich sind Sie nicht zu beschäftigt, um das Blut auf dem Rahmen da von einem Chemiker untersuchen zu lassen.«

»Machen wir schon.« Er winkte mich mit seinen Schaufelhänden ungeduldig vorwärts. »Wird uns ein Vergnügen sein, Ihnen und Ihrem Freund diesen kleinen Gefallen zu erweisen.«

Dann durchsuchte er das gesamte Haus, den Schuppen, die Scheune und den Stall. Ich hatte noch nie irgend jemandem bei der Ermittlungsarbeit zugesehen und mußte seinen Eifer bewundern. Ich wurde in die Posse hineingezogen, indem ich ihm die Taschenlampe hielt, während er im Keller stöberte. Im Schuppen empfahl ich ihm, falls er zwanzig Klafter Holz oder was umschichten wolle, lieber damit zu warten, bis Harp ihm helfen könnte; er fand meine Bemerkung nicht komisch. Auch auf dem Scheunenboden hatte er kein Glück. Tonnen von Heu zu wenden, um eine vermeintliche Leiche zu finden, war kein Ein-Mann-Job. Ich wußte, daß er mit einer Mannschaft und Maschinen wiederkommen könnte, um genau das zu tun. Und in seinen Augen war es ja auch das Richtige. Dann befanden wir uns wieder in der Küche, wo Robart sich mit seinem großen Taschenmesser die Nägel manikürte, während ich bei meiner letzten Zigarette und fast am Ende meines Durchhaltevermögens angekommen war.

Robart war nicht ohne Fingerspitzengefühl. Ich beantwortete seine Fragen, so gemessen ich konnte – sogar solche wie: »Warn Se nich selber 'n ganz klein bißchen in Leda verknallt?« Nicht eine davon beantwortete ich mit glattem Schweigen; um dies richtig zu tun, braucht man eine Begleitnummer – z. B. in den Ofen spucken –, und ich kaue keinen Tabak. Während er am Nordfenster stand, sagte er: »Kommen grad wieder. So wie's aussieht.« Sie waren knapp über eine Stunde draußen gewesen.

Harp stellte sich neben mich an den Ofen, um sich die Hände aufzuwärmen. Er redete, als wären wir beide allein: »Keine Spur von ihr zu finden, Ben.« Dann leiser: »Ben, du hast mir mal über 'nen Freund von dir erzählt, Wissenschaftler oder so, Professor –«

»Professor Malcolm?« Ich erinnerte mich, daß ich ihn vor geraumer Zeit Harp gegenüber erwähnt hatte, aber daß er sich darauf entsann, erstaunte mich. Johnny Malcolm ist ein Naturkundeprofessor, der eine allzu enge Spezialisierung vermieden hat. Kein wirklich guter Freund. Harp beobachtete mich aus seiner Granitverzweiflung, als hätte er mich gebeten, irgendeine höhere Instanz anzurufen. Mir fiel noch jemand ein, den ich konsultieren könnte, in Boston – Dr. Kahn, einen Psychiater, der meiner Frau Helen einmal über eine schwierige Zeit hinweggeholfen hatte …

»Harp«, sagte Robart, »ich muß Sie da so zwei, drei Sachen fragen. Ich hab Dick Hammond Bescheid geben lassen, er soll diesen gottverdammten Pflug so schnell wie möglich auf die Straße dort schicken. Glaube fest, daß er's versuchen wird. Solang' wir auf ihn

warten, könnten wir auch 'n paar Takte miteinander plaudern. Du weißt, ich werd nicht gern ungemütlich.«
»Nur zu!« sagte Harp. »Reden Sie frisch von der Leber weg! Bloß Ben hier, der kann auf keinen Dick Hammond warten. Der muß nach Haus.«
»Tatsache, Ben?«
»Ja. Ich meld mich wieder.«
»Tun Sie das.« Damit entließ mich Robart und begann bei meinem Abschied gerade mit einer neuen Maniküre, während Harp zäh darauf wartete, daß seine Feuerprobe weiterginge. Ich hatte das trostlose Gefühl, ihn im Stich zu lassen.
Dennoch – von wegen Corpus delicti – würde nicht mehr viel passieren, bis Leda Ryder gefunden wäre. Käme man dann anhand ihrer Leiche aber zu dem Ergebnis, daß sie eines gewaltsamen Todes gestorben war, und gäbe es bis dahin keinen annehmbaren Beweis für Langzahns Existenz – tja, was dann?
Ich glaube nicht, daß Robart mich hätte gehen lassen, wenn er gewußt hätte, daß ich als erstes bei Shorts Bruder Mike anrufen und ihn bitten würde, mich nach Lohman zu fahren, von wo ich einen Bus nach Boston bekommen konnte.

Johnny Malcolm sagte: »Ich verstehe, daß diese Sache Sie quält, und Sie würden mich nicht anlügen, Ben. Aber biologisch ist das nicht drin. Es gibt einfach keine solchen *animile.* Das wissen Sie.«
Nicht, daß er sich bewußt muffig geben wollte. Wir aßen in einem stillen Restaurant gemeinsam zu Abend, und natürlich sprach ich dem Jungentenbraten übermäßig zu. Johnny ist eine Bohnenstange mit steinharten Rippen, die ohne Reue essen kann wie eine wandelnde Hungersnot. »Angenommen«, sagte ich, »nur einmal um der Diskussion willen und weil es biologisch nicht unvorstellbar ist, daß die Yeti-Sage nicht einfach aus der Luft gegriffen wäre.«
»Nicht unvorstellbar. Das gestehe ich Ihnen zu. Solange irgendwelche nur notdürftig erforschten Winkel der Welt übrigbleiben – zum Beispiel das Hochland des Himalaya, Dschungel, Tropensümpfe, die Tundra –, werden sich Sagen halten, und in manchen davon wird ein Körnchen Wahrheit stecken. Wissen Sie, wie ich über

Mondflüge und das alles denke?« Er lächelte; in meinem Innern hörte ich Leda schreien. »Einer unserer stärksten Beweggründe für diese Dinge – und für die größten Flüge, die wir unternehmen werden, falls wir nicht vorher die Zivilisation zerstören – ist die Jagd nach neuen Legenden. Unsere besten haben wir schon verbraucht, und das ist gefährlich.«

»Warum erkunden wir nicht unsere inneren Welten?« Aber Johnny hörte nicht sehr genau zu.

»Die Menschen halten es nicht aus, wenn sie keine verschlossenen Türen und nicht Gelegenheit dazu haben, sie aufzustoßen. Oh, was Ihren Yeti angeht – existieren könnte der schon. Zottiger Anthropoid mit der Fähigkeit, strengen Frost zu überdauern, und so schlau und selten, daß die Forscher noch nicht über ihn gestolpert sind. Müßte nicht unbedingt Fleischfresser sein, um große, häßliche Eckzähne zu haben – sehen Sie sich nur die Paviane an! Wenn er aber in einem himalayischen Winter aktiv wäre, dann müßte er wohl auch in der Lage sein, Fleisch zu verwerten. Wohlgemerkt, ich glaube an nichts von alledem, aber bitte, biologisch unmöglich ist es nicht. Das gestehe ich zu. Wie sollte er denn nach Maine gekommen sein?«

»Abgewandert? Tibet – Mongolei – Polarkreis.«

»Kann sein.« Johnny machte die Hypothese als Zeitvertreib während des Essens allmählich Spaß. Bald half er dem Tiermenschen auf dessen Reise quer durch die Kontinente nach und amüsierte sich, bis ich etwas von anderen Möglichkeiten, von Außerirdischen brummelte. Das wollte er sich nicht aufbinden lassen und wurde sauer. Während ich Leda immer noch schreien hörte, versicherte ich ihm, daß ich nicht nach kleinen grünen Männchen Ausschau hielte.

»Ben, wie gut kennen Sie diesen – Harp?«

»Wir sind nicht zusammen aufgewachsen, aber er ist ein Freund. Ein Dinosaurier, wenn Sie so wollen, aber ein Freund.«

»Verknöcherter Junggeselle aus Maine angelt sich wirrköpfige junge Ehefrau –«

»Sie ist kein Wirrkopf. Nie gewesen. Sexy, ja, aber nicht wirrköpfig.«

»Also schön. Junggeselle schmort jahrelang im eigenen Saft. Bestimmt ist er doch nicht selbst auf dieses Dach geklettert?«
»Quatsch! Wenn meine Sinne nicht allesamt mehr gelähmt waren, als ich glaube, gab es dazu keine Zeit.«
»Wenn Sie nicht *mehr* gelähmt waren, als Sie glauben.«
»Hören Sie schon auf! Noch bin ich nicht senil ... Was soll er denn mit ihr gemacht haben? Sie in den Schnee geschmissen?«
»Mph«, sagte Johnny und trank seinen Kaffee aus. »Also gut. Irgendeine menschliche Mißgeburt von abnormer Stärke und mit der Widerstandskraft, in einem Schneesturm von Maine herumzugeistern und Frauen zu stehlen. Der Yeti gefiel mir besser. Sie sagen, Sie hätten Ryder selbst schon die Theorie vom Wahnsinnigen vorgeschlagen. Es wäre schade, wenn Sie den ganzen weiten Weg gemacht hätten, nur damit ich wiederholen kann, was schon Sie ausgeknobelt haben. Um es wiedergutzumachen: Hätten Sie Lust, sich einen schmutzigen Film reinzuziehn?«
»Nichts lieber als das.«
Gegen Ende des folgenden Nachmittags nahm Dr. Kahn sich mit so viel Höflichkeit und Geduld die Zeit, mich zu sprechen, daß ich das sichere Gefühl hatte, ihn vom Abendessen abzuhalten. Er schien unschlüssig, ob er es nun mit den Traumata von Harp Ryders Geschichte oder denen meiner eigenen zu tun hatte. Meine waren ihm schon einigermaßen bekannt. »Ich wünschte, Sie hätten Zeit, sich über das alles mit mir auszusprechen. Sie haben mir eine hübsche Zusammenfassung dessen gegeben, was sich physisch zu ereignen schien, aber –«
»Doktor«, sagte ich, »es *ist* passiert. Ich habe das Tier gehört. Das Fenster *war* eingeschlagen – fragen Sie den Sheriff. Leda Ryder *hat* geschrien, und als Harp und ich dort oben raufgekommen sind, waren der Hund getötet und Leda fort.«
»Und doch frage ich mich, wenn dies alles so klar war, wie Sie überhaupt darauf gekommen sind, mich zu konsultieren, Ben. Ich bin nicht dabeigewesen. Ich bin nichts als ein Seelenklempner.«
»Ich wollte ... Besteht irgendwie die Möglichkeit, daß Harp *und* ich einer Sinnestäuschung zum Opfer fallen konnten – daß unsere Wahrnehmungen auf dieselbe Weise gestört wurden? Oh, schon wenn man es ausspricht, wird es lachhaft.«

Dr. Kahn schmunzelte. »Sagen wir, nur schwerlich.«
»Ist es *möglich*, daß Harp sie umgebracht, sie zum Fenster des *westwärts* gelegenen Schlafzimmers hinausgeworfen hat – der Schnee muß auf dieser Seite ein Meter achtzig oder höher gewesen sein – und meine Sinneswahrnehmungen dann durch mein Bewußtsein verzerrt wurden? So daß ich unter Umständen die ganze Zeit, in der die Sache weiterging, dort in der dunklen Küche gestanden habe – eine Sache von Minuten statt von Sekunden? Daß er dann neben dem Schuppendach heruntergesprungen, auf normalem Weg ins Haus zurückgekommen ist, während ich die Treppe hinaufstolperte? Ach, zum Teufel!«
Kahn hatte nach meiner Beschreibung einen Übersichtsplan des Hauses angefertigt, den er nun mit ruhigem Interesse beäugte. Als »gütig« hatte Helen den Doktor einst bezeichnet. Er sagte: »Eine solche Verzerrung des Zeitgefühls wäre – ungewöhnlich ... Haben Sie wegen irgend etwas Schuldgefühle?«
»Daß ich dagestanden und nichts unternommen habe, meinen Sie? Ich kann nicht ernsthaft daran glauben, daß es mehr als ein paar Sekunden waren. Und überhaupt würde das Harp zu jemandem aus einer Kriminalgeschichte machen. So ist er nicht. Wie konnte er sich darauf verlassen, daß ich in Panik erstarre? Absurd. Ich hätte den Kampf gehört, Schritte, das Aufgehen des Fensters im Westzimmer. Könnte er sie umgebracht und ich die ganze Zeit darüber Bescheid gewußt, ja, es sogar mit eigenen Augen angesehen und dann einen Gedächtnisschwund bezüglich dieses einen Geschehnisses erlitten haben?«
Er sah immer noch so geduldig aus, daß ich wünschte, ich wäre nicht gekommen. »Ich möchte einen Streich des Bewußtseins zwar nicht ganz ausschließen, würde es aber als höchst unwahrscheinlich bezeichnen. Rein wissenschaftlich jedoch, und bedenkt man Ihre starke seelische Beteiligung –«
»Ich bin nicht seelisch beteiligt!« Es war ein Schrei. Er lächelte und wirkte dabei gleich viel interessierter. Ich mußte über mich selbst lachen. Das war besser, als ihm ein Veilchen zu verpassen. »Ich bin völlig verwirrt, Herr Doktor. Die ganze Sache geht einem gegen den Verstand. Wenn man von Anfang an weiß, daß niemand einem

glauben wird, ist alles schon verkorkst, bevor man überhaupt den Mund aufmacht.«

Er nickte freundlich. Er ist ein guter Kerl. Ich glaube, er hatte jetzt lange genug aufgehört, nach dem zu lauschen, was ich nicht sagte, um ein bißchen von dem zu hören, *was* ich sagte. »Sie sind nicht labil, Ben. Seien Sie von wegen einer etwaigen Amnesie ganz unbesorgt. Die Erklärung – irgendein Eindringling vielleicht – wird sich als etwas erweisen, das innerhalb der menschlichen Norm liegt. Zur Norm des Möglichen gehören auch Dinge wie lycanthropische Sinnestäuschungen, manisches Verhalten et cetera. Ihre Polizei dort oben wird eine gründliche Fahndung nach der Ärmsten anstellen und auch dieses Schneetreiben nicht außer acht lassen. Unterschätzen Sie sie da nicht, und machen Sie sich um Ihren eigenen Geisteszustand keine Sorgen, Ben.«

»Je die Wälder bei uns in Maine gesehen?«

»Nein, ich reise immer ans Kap.«

»Probiern Sie's irgendwann mal. Nehmen Sie nur ein kleines Stückchen davon, sagen wir, fünfzig mal fünfzig Meilen, das sind zweieinhalbtausend Quadratmeilen. Setzen Sie ein paar eifrige Polizisten darin ab, tragen Sie ihnen auf, nach etwas zu suchen, das sie noch nie gesehen haben und das nicht gesehen, nicht gefunden werden will.«

»Wenn Ihr Monstrum aber menschlicher Natur ist, wird es doch eine Spur hinterlassen. Leichen sind nicht so leicht zu verstecken, Ben.«

»In diesen Wäldern? Einen Menschen, den ein fleischfressendes Tier geholt hat? Warum nicht?« Na ja, zwischen uns gab es eben keine Berührungspunkte. Ich dankte ihm für seine Geduld und stand auf. »Der zurechnungsfähige Irre«, sagte ich. »Aber wie wir ihn auch nennen, Doktor, er war *da*.«

Mike Short holte mich an der Bushaltestelle in Lohman ab und berichtete mir etwas von einem Gären in Darkfield. Es hätte mich nicht gewundert. »Sie haben alle solche Angst, Mr. Dane. Sie wollen jemandem an den Kragen.« Mike ist Jim Shorts jüngerer Bruder. Er verdient sich seine paar Kröten mit Taxifahren und mit

Gelegenheitsarbeiten in der Autowerkstatt. Seine zotteligen Löckchen gehen langsam dahin; ich glaube, er steht unmittelbar vor den Dreißig. »Zum Beispiel der alte Harp, der möchte erzählen, wie's zugegangen ist, und niemand kauft's ihm ab. Das ist traurig, Mann. Sie war'n jetzt wie lange weg, drei Tage? Der Bulle is stocksauer auf Sie gewesen. Besser, Sie kontakten unseren Herrn Sheriff bißchen bald. Er hat mich schon völlig zur Sau gemacht, bloß weil ich Sie an diesem Tag zum Bus gebracht hab – als hätt ich wissen sollen, daß Sie's nicht sollten.«

»Den beruhig ich schon wieder. Mrs. Ryder wurde noch nicht gefunden?«

Mike spuckte aus dem Wagenfenster, das der milden Luft wegen heruntergekurbelt war. »So gründlich hat der alte Harp sein Lebtag noch nich den Schnee geräumt kriegt. Von der Gemeinde, gratis. Nein, die finden sie auch nicht mehr.« In seiner Äußerung lag etliches Frag-mich-doch-weiter-aus, aber nicht nur das: Auch die Mythologie von Mikes Generation schimmerte durch.

»Nun, wie lautet also Ihre Ansicht, Mike?«

Er manövrierte eine neue Zigarette an den Stummel der letzten und fuhr in nervtötender Stille weiter. Die Straße wand sich zwischen scharfen Bergrücken aus gepflügtem, zerschmelzendem Schnee dahin. Ich hatte das Fenster auf meiner Seite wegen der freundlichen Nachmittagssonne ebenfalls heruntergekurbelt und bildete mir einen Vorgeschmack auf den kommenden Frühling ein. Zu guter Letzt sagte Mike: »Wahrscheinlich sind Sie ja anderer Meinung ... Übrigens, Jim hat Ihren Wagen wieder flottgemacht. Die Kiste steht jetzt bei Ihnen zu Haus ... Na, Sie werden sie das Ganze ja doch kurz und klein reden hören. Manche finden, Harp sagt die Wahrheit. Andere meinen, er hätt Led' selber umgebracht. Wie er sie hat verschwinden lassen, sagen sie aber nicht. Hab nicht *ein* Wörtchen gegen Sie gehört, Mr. Dane, nichts von Belang. Der Sheriff ist sauer, aber nur, weil Sie abgedüst sind, ohne zu fragen.« Seine wäßrigen großen Augen beobachteten die Schmelzlandschaft, die trügerischen Boten des Frühlings. »Na, ich glaub, ein Teufel-so-was hat sie geholt, Mr. Dane. Verstehen Sie? Sie war eine von seinen Leuten. Sie dürfen nicht vergessen, ich hab die

Kleine gekannt. Okay, Sie können sagen, das wär nicht wissenschaftlich, nur is an solchen Sachen schon was Wissenschaftliches dran, ich hab ein Buch drüber gelesen. Lachen Sie ruhig, wenn Sie wollen.«

Ich lachte nicht. Es war nicht der erste Blick auf den zeitgenössischen Geist des Mittelalters, den ich erhaschte, und wird auch nicht mein letzter gewesen sein, wenn ich noch ein, zwei Jahre am Leben bleibe. Ich lachte nicht, und ich sagte nichts. Mike saß da, rauchte, fuhr dabei mit vorzüglicher Sachkenntnis sein Kunstprodukt des zwanzigsten Jahrhunderts, während seine Gedanken – die vermutlich im siebzehnten weilten – den Wundern der unsichtbaren Welt nachschnupperten, und mir fiel wieder ein, was Johnny Malcolm über das Bedürfnis nach Legenden gesagt hatte. Mike und ich wechselten kein Wort mehr.

Adelaide Simmons war auf rauhbeinige Weise froh, mich zu sehen. Durch sie erfuhr ich, daß der Sheriff und Leute von der Staatspolizei über Harpers gesamtes Anwesen sowie die umliegende Landschaft ausgeschwärmt waren und bis jetzt nicht damit aufgehört hatten. Ergebnis gleich Null. Harp hatte unsere Geschichte wiederholt zum besten gegeben und weigerte sich, sie noch einmal zu erzählen. »Erledigt seine Haus- und Hofarbeit, aber sitzt ansonsten nur da und trinkt«, sagte sie, »oder er starrt in die Ferne. War gestern oben bei ihm zu Besuch, Mr. Dane – fühlte mich irgendwie verpflichtet. Zwei Tage lang haben sie ihn nicht eine Minute allein gelassen; vielleicht sind sie jetzt etwas lockerer geworden. Er hat sich richtig scharf bei mir erkundigt, ob Sie schon wieder da wärn. Na ja, ich hab 'n bißchen bei ihm aufgeräumt, bißchen Brot gebacken, war ja das wenigste, was ich tun konnt.«

Als ich ihr sagte, daß ich zu Harp gehen wollte, machte sie einen Korb zurecht, während ich in der Küche saß und zuhörte. »Manche sagen, sie hätt dieses Fenster in einem Anfall von Raserei selbst kaputtgehaun, wär runtergehüpft und durch den Schnee davongerannt. Irgendwas Vernünftiges da dran?«

»Nicht die Bohne.«

»Und manche behaupten, sie hätt ihn verlassen. Schon vorher. Wodurch Sie zum Lügner gestempelt würden. Und es heißt, so oder so, Harp hätte sich diese verrückte Geschichte nur ausgedacht, weil er die Wahrheit nicht ertragen kann.« Ihre geschickten Hände tätschelten Sandwiches in die rechte Form. »Sie behaupten, Harp hätt Sie dazu gebracht, alles zu bestätigen – wie, wird nicht gesagt.«

»Durch Hypnose wahrscheinlich. Adelaide, es ist alles genauso passiert, wie Harp erzählt hat. Ich hab das Ding sogar selber gehört. Wenn Harp reif für die Klapsmühle ist, dann ich auch.«

Sie starrte mich fest an und seufzte. Sie redet gern, aber oft schaltet ihr Mundwerk aufgrund einer Eigenschaft, die ich ebenso gut wie selten finde, plötzlich ab: Ich meine, wenn sie nichts mehr zu sagen hat, dann schwatzt sie auch nicht mehr.

Etwa um die Abendessenszeit gelangte ich nach Ryders Ridge. Bill Hastings war da. Die Straße zwischen den steilen Schneewänden war blitzblank gepflügt, und ich fragte mich, wieviel von dem ganzen Dreck – Spurrinnen, zerknülltes Papier und leere Zigarettenschachteln – wohl Schaulustige hinterlassen hatten. Der Bodenfrost hatte noch nicht der Schlammsaison nachgegeben, die normales Fahren bald ein paar Wochen lang unmöglich machen würde. Mit der Miene, die die Leute bei schweren Krankheiten aufsetzen, ließ Bill mich ein. Aber Harp wirkte zumindest körperlich nicht krank, als er sich aus dem Sessel hievte. »Ben, letzte Nacht hab ich ihn gehört. Spät.«

»Welche Richtung?«

»Norden.«

»Hast du's auch gehört, Bill?« Ich stellte den Korb ab.

Mein mickriger Freund schüttelte den Kopf. »Bin nicht dagewesen.« Ich konnte nicht einmal raten, wieviel Bill von der Geschichte akzeptierte.

Harp sagte: »Was ist denn das für 'n Korb? – Oh. Sehr verbunden. Adelaide ist eine nette Person.« Aber in Gedanken war er weit weg. »Es kam aus Norden, Ben, ein großes Stück von hier, aber ich glaube, ich weiß ungefähr, wo. Normalerweise hätt ich's ja gar nicht gehört, nur, die Nacht war so still, als wär alles für mich leise geworden. Sie haben mich nämlich rund um die Uhr gepiesackt. Robart, Staatspolente, Sauhaufen von cleveren kleinen Zeitungsfritzen. Hab nicht schlafen können. Ich bin rausgegangen, als hätt mich wer gerufen. Der hätt glatt auf der anderen Seite der Sterne sein können, so voll war der Himmel davon, und nichts hat sich gerührt. Kalt ... Du bist nach Boston gefahren, Ben?«

»Ja. Zeitverschwendung. Sie wollen, daß es etwas Menschliches war – jedenfalls was, das zu den Büchern paßt.«

Bill, der an einem Zweig herumschnitzelte, sagte neutral: »Bist doch selbst 'n alter Bücherwurm, Ben, oder?«

Ich mußte ihm recht geben. Harp fragte: »Hatten sie denn keine bestimmten Vorstellungen?«

»Haben bloß meine eigenen Gedanken in ihrer Sprache wiedergekäut. Wir müssen es finden, Harp. Natürlich würden's manche auch dann noch nicht für bare Münze nehmen, wenn du Fotos hättest.«

Harp sagte: »Fotos! Der Teufel soll sie holen.«

»Ich schätze, du mußt's tun«, meinte Bill Hastings. »Wir haben uns schon drüber unterhalten, Ben. Vielleicht würd's mir genauso gehen, wenn ich es wär ... Besser, ich zieh jetzt los, sonst wird noch das Abendessen kalt und meine Alte macht mir die Hölle heiß.« Er schleuderte seinen Zweig zurück in die Holzkiste.

»Bill«, sagte Harp, »würd's dir was ausmachen, für 'n paar Tage zwei Stück Vieh zu versorgen?«

»Nein, würd's nicht. Bin morgen wieder da.«

»Tu dasselbe auch mal für dich. Ich möcht nicht, daß irgend jemand was davon hört.«

»Harp, du kennst mich besser. Servus, Ben.«

»Schnee taut schnell weg«, sagte Harp, als Bill fortgefahren war. »Wird aber in den Wäldern noch lang liegenbleiben.«

»Du willst doch nicht so spät noch los?«

Er stand am Fenster, und sein hagerer, kräftiger Leib sperrte von der altgedienten Küche, in der sich ein Großteil seines häuslichen Lebens abgespielt hatte, viel Licht aus. »Morgen früh. Heut nacht muß ich die Ohren spitzen.«

»Brauchst doch wohl Schlaf, denk ich mir.«

»Ich krieg nicht immer das, was ich brauch«, versetzte Harp.

»Ich bring meine Schneeschuhe mit. Gegen sechs? Und meinen Karabiner – mit 'nem Gewehr, das ich kenne, bin ich am besten.«

Er starrte mich eine Zeitlang an. »Is recht, Ben. Aber dir ist doch klar, daß du unter Umständen allein zurückkommen mußt? Ich kehr nicht eher um, als bis ich ihn kriege, Ben. Diesmal nicht.«

Kurz vor Sonnenaufgang fand ich ihn bei Ned und Jerry im Stall. Er lebte jetzt acht oder zehn Jahre mit diesem Gespann. Während er sich zu mir umdrehte und unser Gespräch wieder aufnahm, als wäre die Nacht nie dazwischengekommen, tätschelte er Ned ein letztes Mal den Hals. »Nicht eher, als bis ich ihn kriege. Ben, ich möcht nicht, daß du gegen deinen Willen da reingezerrt wirst.«

»Hast du's letzte Nacht wieder gehört?«

»Hab ich. Von Norden.«

Die Sonne stand unmittelbar vorm Aufgehn, da zogen wir, selber wie zwei Frühnebelgeister, auf unseren Schneeschuhen los. Harp marschierte ohne Hast, vielleicht mit einem gewissen Widerwillen, den Hang zu den Wäldern hinunter. In der Nähe der Bäume blieb er kurz stehen und starrte nach rechts, wo ein feuerroter Saum des Himmelsvorhangs versengte; ich schalt mich selbst für den Gedanken, daß er der Sonne Lebewohl sagte.

Der Schnee war verkrustet und stellenweise sogar für das Maschengewebe an unseren Füßen noch glatt. Über einen Wust von Spuren, darunter die dicken Reifenabdrücke eines Schneerollers, traten wir in den Wald. »Bursche von Lohman«, sagte Harp. »Hat das verdammte Ding an die Staatspolente vermietet und sich selber gleich mit. Macht hier Himmel und Hölle verrückt mit seinem Geknatter, muß alles im Umkreis von an die zehn Meilen verschrecken.« Er schnitt sich einen neuen Priem, der den Vormittag über reichen sollte. »Ich glaub fest, das Ding is 'n klein bißchen weiter weg. Heut werden sie wieder hier rummurksen.« Seine Finger gruben sich mir in den Arm. »Sie suchen nicht dasselbe wie wir. Ist dir doch klar, oder? Suchen nach 'ner Leiche, die sie mir anhängen können. Und wenn sie sie so finden, wie ich die – wie ich die –«

»Harp, du brauchst dir nicht unnötig Sorgen zu machen.«

»Ich weiß, was in ihrem Kopf vorgeht«, sagte er. »Würd ich die Straße weiter als bis nach Darkfield rausgehn, dann würden sie mich hopsnehmen. Sie haben mich nur nicht in Ketten gelegt, weil sie keine – keine Leiche haben. Keiner braucht mir was über das Gesetz zu erzählen. Sie haben keine Leiche. Haben nur deshalb keinen Mann über Nacht dagelassen, weil sie schätzen, ich könnt nirgendwo hin. In 'nem dreiviertel bis 'nem Meter Schnee, glauben sie, könnt keiner fliehn ... Ben, ich hab mir vorgenommen, dieses Ding zu finden und es abzuknallen ... Besser, wir biegen ab, da runter.«

Er marschierte in einem weiten Winkel von den Fahrrinnen und Fußabdrücken weg, und bald sahen wir sie nicht mehr. Auf der harten Kruste hinterließen unsere Schneeschuhe keine Spur. Einige Zeit später hörten wir weit hinten von der Straße tiefes Motorengebrumm. Harp kicherte diebisch. »Pünktlich wie die Maurer, gestern auch schon.« Er starrte den Weg zurück, den wir gekommen waren. »Ohne Hunde finden die das nie raus. Dieser Hurensohn Robart hat was davon geredet, irgendwo 'nen Spürhund zu borgen, damit er an Ledas Sachen schnuppert. Jetzt dürften sie ihn eher mal an meinen schnuppern lassen.«

Wir waren jetzt bereits so weit gekommen, daß ich nicht mehr den Rückweg wußte. Harp schon. Er konnte sich niemals im Wald verirren, aber ich habe keinen solchen Kompaß im Kopf wie er. Also folgte ich ihm blind und versuchte gar nicht erst, mir unsere Route zu merken. Es war ein Gebiet aus einförmigen alten Holzbeständen, hauptsächlich Schierlingstannen, kein frischer Einschlag, wenige Orientierungspunkte. Angeborene Geduld wurde durch die Monotonie zu Stumpfsinn abgeschliffen, und unsere Schneeschuhe hinterließen nicht mehr Eindruck als unsere Gedanken.

Eine Stunde oder mehr gingen vorbei; danach verklangen die Motorengeräusche. Dann und wann hörte ich den Wind friedlich über unseren Köpfen dahinstreichen. Wenig Vogelrufe, denn unsere Sänger waren meistens noch nicht zurückgekehrt. »Schon mal in dieser Gegend gewesen, Harp?«

»Nicht, wenn Schnee lag, nicht in letzter Zeit.« Seine Stimme klang gedämpft und vorsichtig. »Früher manchmal. Im Sommer. Etwa 'ne Meile noch, dann lichtet sich's 'n bißchen. Holzeinschlag. Wo sie vor drei, vier Jahren die Kiefern ausgedünnt und alles als 'n Heidensaustall hinterlassen haben, wie immer.«

Nein, Harp würde sich hier nicht verlaufen, aber ich wußte überhaupt nichts mehr, war müde und bereute, daß ich mitgekommen war. Ob er je umkehren würde, wenn ich zusammenbräche? Wohl kaum. Wahrscheinlich konnte er das gar nicht mehr – egal, aus welchem Grund. Mein Rückengepäck, das aus zusammengerollter Wolldecke und Proviant bestand, war höllisch schwer geworden. Er hatte gemeint, wir müßten für drei, vier Tage Verpflegung dabeihaben. Vor ein paar Jahren noch hätte ich auch schwereres Tourengepäck mühelos tragen können, jetzt aber war ich außer Atem und bekam langsam Seitenstechen. Meine Armbanduhr zeigte erst neun.

Die Bäume lichteten sich wie versprochen, und das Land stieg in einem langen Hang nach Norden an. Beim Aufschauen überblickte ich eine Fläche von acht oder zehn Morgen, die durch stumpfsinnigen Kahlschlag verwüstet war. Vielleicht würde die geschundene Landschaft wieder heilen, wenn man sie sechzig Jahre in Ruhe ließ. Die weiße, tiefe Schneedecke überstrahlte hier, wo sich nur dürres Strauchwerk der Sonne in den Weg stellte, den ärgsten Teil der Zerstörung. »Guter Platz für Waldhimbeeren«, murmelte Harp. »Allmählich Zeit, daß die wieder nachwachsen. Schätze, es ist fast sieben Jahre her, seitdem sie hier gerodet und den Verhau da hinterlassen haben. Konnt letzten Sommer kaum ihre Holzstraße finden. Dort drüben links –«

Er stockte und deutete mit einer langsamen Armbewegung auf eine verschwommene graue Linie, die von links hinaufwanderte, um hinter der Anhöhe zu verschwinden. An seiner nächsten Stelle mußte dieser graue Bogen hundertzwanzig Meter entfernt sein und wäre für meine Augen womöglich nur ein Schatten gewesen, eine Unregelmäßigkeit in der Schneedecke; Harp wußte es besser. Hier war etwas entlanggekommen, etwas, das schwer genug war, die Kruste zu durchbrechen. »Möchtest du 'n bißchen verschnaufen, Ben? Wenn wir erst mal über den Berg dort sind, hab ich vielleicht keine Lust, wieder anzuhalten.«

Ich ließ mich auf dem dicken Ende eines alten Baumstamms nieder, der schräg in unsere Richtung lag – abgeholzt, weil er zufällig im Weg stand, der Verrottung überlassen, weil man zufällig auf Kiefern aus war. »Kannst du wirklich irgendwas damit anfangen?«

»Nicht genug«, sagte Harp. »Aber das könnt er sein.« Statt sich neben mich zu setzen, nahm er mit seiner Traglast eine entspannte Haltung ein, so daß er zwischen seine gespreizten Schneeschuhe spucken konnte. »Etwa 'ne halbe Meile hinter der Anhöhe dort«, sagte er, »gibt's so 'ne Art Klamm. Muß früher mal 'n ordentlicher Wildbach gewesen sein; im Sommer geht immer noch 'n Flüßchen unten durch. Lauter Holundergestrüpp und so Zeugs. An einer Stelle zwei, drei Höhlen in der Uferböschung. Schätze, ich war jetzt schon drei Sommer nicht mehr dort. Düsterer, gottverfluchter Ort. In einer von diesen Höhlen haben Füchse gehaust. Natürliche Höhlen, glaub ich. Bin nicht allzu nah rangegangen. Damals.«

Während ich in dem warmen Licht saß, fragte ich mich, ob Harp auf irgendeine Weise mit sich über das Untier reden ließe – falls es existierte, falls wir nicht bloß zwei alternde Wirrköpfe waren. Ob irgendeine Möglichkeit bestand, ihm klarzumachen, daß das Wesen für die Welt außerhalb unseres trübseligen Dörfchens von Bedeutung war. Daß man es irgendwie am Leben erhalten sollte, nicht einfach abknallen und beiseite schaufeln. Wie konnte ich das einem wissenschaftlich ungebildeten Mann sagen, der seine Frau samt dem Vertrauen seiner Mitmenschen verloren hatte?

Brich jemandem dies Vertrauen, und die Welt bricht für ihn zusammen.

Konnte ich ihn bitten, dem Ding in die Beine zu schießen, es lebend zurückzuschaffen? Irrationalerweise kam mir das ja selbst nicht richtig vor, gräßlich und auch jenseits unserer Kräfte. Besser, er schoß tödlich. Oder ich. Also sagte ich gar nichts, sondern rückte mir das Gepäck auf den Schultern zurecht und erklärte ihm, daß ich wieder soweit sei.

Über die unsichere Kruste – sie war ja jetzt der stärkeren Sonne ausgesetzt – tasteten wir uns vorsichtig den Hang hinauf, und als wir endlich zu dieser langen Fährte kamen, sagte Harp trocken: »Jetzt hast du seine Spur gesehn. Er ist es.«

Sonne und Nachtfrost hatten an der Fährte gearbeitet. Harp schätzte, daß sie von gestern früh stammen mußte. Doch überall, wo Langzahn die Schneedecke durchbrochen hatte, zeigte sich in dem Loch dort unten deutlich sein Fußabdruck, ein Fuß, der so groß wie der eines Menschen war, aber breiter und kürzer. Die Abstände zwischen den Spuren entsprachen der Schrittlänge von jemandem mit kurzen Beinen. Der Fuß hatte einen niedrigen Spann, ohne daß das Wesen aber regelrecht plattfüßig war. Ob Mensch oder Tier. Ich sagte: »Das sind die Abdrücke von einem Menschen, Harp. Stimmt's nicht?«

Er sprach in kühlem Tonfall. »Nein. Du vergißt was, Ben. Ich hab ihn gesehen.«

»Auf jeden Fall ist es nur einer.«

»Nur eine Fußspur«, sagte er bedächtig.

»Was meinst du damit?«

Harp zuckte die Achseln. »Er ist schwer. Er könnt was getragen haben. Sprich leise. Die Kruste gestern, die hätt auch ohne Schneeschuhe unter mir gehalten, aber er ist durch, und er ist nicht so groß wie ich.« Harp überprüfte sein Gewehr und entsicherte es. »Halbe Meile bis zu diesen Höhlen. Bin überzeugt, dort steckt er, Ben. Sprich nur, wenn du mußt, und jetzt schön langsam.«

Ich folgte ihm. Wir erklommen die Anhöhe und sahen uns auf ihrer andren Seite mit weiterer Verwüstung konfrontiert. Die Holzfäller im wahrsten Sinne des Wortes hatten gehaust wie die Axt im Walde. Die Fährte lief darüber hinweg, geradewegs auf eine Wand mit unbeschädigten Bäumen zu, die die Grenze des Einschlags markierten. Ab hier ging wieder der Wald los, und wo er anfing, endete Langzahns Spur. »Jetzt hast du gesehn, wie's läuft«, sagte Harp. »Wo er sich nicht am Boden fortbewegen braucht, tut er's auch nicht. Scheint so, als steigt er nicht bis auf die Bäume. Schau da – an dem Ast dort muß er sich festgehalten und raufgeschwungen haben. Hat Schnee runtergehauen. Aber der Wind haut auch so viel runter, da kann man's nicht genau sagen. Weißt du, Ben, er – er rechnet sich das aus. Er versteht was von Spuren. Bestimmt ist er erst so weit von hier, wo wir stehn, aus den Bäumen da runtergekommen, daß wir keine Chance haben, die Stelle zu finden. Könnte überall innerhalb von 'nem Halbkreis sein, und den kannst du so weit ziehen, wie du magst.«

»Denkt wie ein Mensch.«

»Aber es ist keiner«, sagte Harp. »Es gibt Dinge, von denen weiß er nichts. Wie ein Mensch fühlt, wie ein Mensch handelt. Ich geh weiter zu diesen Höhlen.« Notgedrungen folgte ich ihm ...

Ich sollte mit dieser Sache schnell zum Ende kommen. Schon vor der Zeit bin ich ein alter Mann, lahmgelegt durch die Folgen eines Schlaganfalls und eines angeknacksten Herzens. Allmählich wird es wieder etwas besser – vernünftige Diät, kein Nikotin, Adelaides Fürsorge. Ich kann mich auf mehrere Jahre bei leidlicher Gesundheit freuen, während es mit mir bergab geht. Aber genau wie Harp stelle ich fest, daß man noch mehr verkümmert, wenn man das Vertrauen der anderen verliert. Ich möchte hier noch einmal, und dann nie wieder, schreiben, daß auf mein Wort Verlaß ist.

Als wir die Klamm erreichten, war es Mittag. An diesem Ort mußte sich immer irgendein trübsinniger Teil der Nacht halten. Unten, am Grund des Grabens, murmelte Wasser zwischen Erlengestrüpp und halbzerfallenem Schnee. Wo die Eisdecke eingebrochen war, zeigte sich ein dunkles Gleißen. Harp betrat nicht die Klamm selbst, sondern bewegte sich langsam im Schutz der Bäume, die den linken Rand säumten. Dabei hielt er mit flackernden Augen nach etwaigen Gefahren Ausschau. Ich versuchte, es seiner Vorsicht und Wachsamkeit gleichzutun. Hundert Meter oder mehr schoben wir uns Zoll für Zoll vorwärts. Vielleicht zweihundert. Ich hörte nur von Zeit zu Zeit den Frühlingswind.

Dann drehte sich Harp mit einem schiefen Frohlocken zu mir um. Sein Gesicht war beides: eine Grimasse des Abscheus und der Rechtfertigung. Er tippte sich an die Nase, und da bemerkte auch ich es: einen Tiergestank direkt unter uns, einen fauligen Moschusgeruch mit einem Stich Ammoniak und Verwesung. Und dann – von der anderen Seite der Klamm, in den Wäldern drüben, aber doch nah – hörte ich Langzahn.

Ein Bellen, nicht laut. Kehlig, heiser, so als würde er sprechen.

Am liebsten hätte Harp zur Antwort *geknurrt;* aber er beherrschte sich. Er schob sich weiter voran, bis er auf einen schwarzen Höhlenschlund in der Wand gegenüber deuten konnte. Die Brise wehte den Gestank zu uns her. Harp flüsterte: »Siehst du, er hat so 'ne Art Pfad. Springt auf den flachen Stein da unten und von dort in die Höhle. In einer Minute kriegen wir ihn zu sehen.« Ja, es waren

Geräusche im Unterholz. »Du hältst dich zurück.« Seine linke Handfläche streichelte leicht die Unterseite des Gewehrlaufs.
Er behielt die Lücke, aus der Langzahn erscheinen würde, so versessen im Auge, daß ich womöglich als erster das andere Wesen sah, das in diesem Moment an den Höhleneingang trat und mit tierischem Blick zu uns emporstarrte. Langzahn hatte abermals gerufen, ein eher sanfter Laut. Vielleicht waren es dieser Ruf oder die Geräusche unseres verstohlenen Anmarschs, die die Frau herausgelockt hatten. Sie trug dicke, dreckige Felle am Leib.
Dann entdeckte auch Harp sie.
Er erkannte sie wieder. Trotz der zerzausten Haare, des verschrammten Gesichts, des Schmutzes und der zottligen Wildhäute, die sie gegen die Kälte um sich zusammenraffte, bin ich sicher, daß er sie erkannte. Daß sie ihn oder mich erkannt hat, denke ich nicht – eine innere Blindheit, Aussehen und Blick eines Tieres, das ganz auf seine eigenen Bedürfnisse konzentriert ist. Menschliche Erinnerungen waren, glaube ich, völlig dahingeschrumpft. Sie wußte, daß Langzahn im Kommen war. Vermutlich wollte sie seine Wärme und seinen Schutz, aber es waren keine Worte in dem Wimmern, das sie ausstieß, bevor Harps Kugel sie zwischen den Augen traf.
Langzahn schlug sich durch das Gebüsch. Er ließ das Kaninchen fallen, das er trug, und sprang knurrend, mit einem kurzen Seitenblick auf die immer noch zuckende tote Frau, zu dem flachen Felsen hinunter. Falls er den Tod als solchen überhaupt begriff, so hatte er doch keine Zeit zum Nachdenken. Ich sah die überentwickelte Masse von Bein- und Schenkelmuskeln, ihre federnden Vorbereitungen zum Sprung. Der Abstand zwischen der Felsplatte und Harps Standort muß viereinhalb Meter gewesen sein. Ein Speer aus Sonnenlicht berührte das Ungetüm in den blaugrünen Schatten dort unten, berührte seinen dicken roten Pelz und sein fürchterliches Gesicht.
Harp hätte es erschießen können. Zwanzig Sekunden Zeit, wenn nicht mehr. Aber er schleuderte sein Gewehr beiseite, zückte sein Jagdmesser, seinen eigenen Langzahn, und hielt es in abwartender Bereitschaft, als der Feind sprang.
Also hätte ich ihn erschießen können. Niemand braucht mir zu sagen, daß ich das hätte tun sollen.

Langzahn katapultierte sich vorwärts – Krallenfinger ausgestreckt, Fangzähne gefletscht. Ich spürte den Zusammenprall, als hätte er mich selber getroffen. Brüllend fielen die beiden kopfüber in den Graben, und ich blieb kalt, losgelöst, ein Instrument zum Zuschauen.

Es war bald zu Ende. Die schweren bräunlichen Zähne schlugen sich in Harps Halsansatz. Er machte keinen Mucks mehr außer dem Stoß, mit dem er seine Klinge von rechts in Langzahns Seite jagte. Dann lagen sie still in dieser Umarmung, still alle drei. Ich hörte das Wasser unter dem Eis plätschern.

Ich erinnere mich an ein Tosen in meinen Ohren und bewegte mich bedächtig, immer einen schwierigen Schritt nach dem andern, am Rande der Schlucht durch gewaltige weiß-grüne Korridore. In meiner harterkämpften inneren Gelöstheit nahm ich an, dies wäre vielleicht das Gebiet, durch das ich dem armen Harp Ryder kürzlich zu dem einen oder anderen Ziel gefolgt war, aber keinem (glaubte ich) von denen, über die wir als Jungen gesprochen hatten. Ein Stahlreif hatte sich um meine Stirn gelegt, und das Atmen erforderte große Mühe und Bedachtsamkeit, wollte man den saumäßigen Schmerz nicht verschlimmern, der als eine zweite Klammer mein Zwerchfell umschloß. Dreißig Sekunden oder dreißig Minuten lang lehnte ich mich an einen Baum, ich weiß nicht, wo. Ich wußte, daß ich mein Gepäck trotz der Schmerzen nicht abnehmen durfte, denn es enthielt für drei Tage Proviant. Einmal sagte ich: »Ben, du bist verloren.«

Ich hatte meinen Karabiner – eine Zauberrute, ein Lebensstab –, und ich entsinne mich der spitzfindigen Überlegung, dank derer es mir möglich war, drei Schüsse in die Luft zu feuern. Zweimal.

Allem Anschein nach hatte ich keine Lust zu sterben und klammerte mich dementsprechend mit irrsinnigem Trotz am Rand des Todes fest. Sie behaupten, es könne nicht der zweite Tag gewesen sein, an dem ich die zweite Salve abfeuerte – derjenige, an dem man mich hörte und mir antwortete –, weil angeblich ein Mensch die Art Anfall, die ich damals hatte, nicht erleiden und dann eine ganze Nacht ungeschützt im Freien überleben kann. Sie sagen, als ein Suchtrupp aus Wyndham Village (achtzehn Meilen von Darkfield)

zu mir gelangte, hätte ich wirres Zeug geredet und wäre flach aufs Gesicht gefallen.
Beim Aufwachen war ich wie gelähmt, sprech- und vollkommen bewegungsunfähig bis auf ein kleines bißchen Leben in meiner Linken, und über lange Zeit bestanden die Erinnerungen nur aus einem grellen Widerstreit von Nebensächlichkeiten. Als der sich auflöste, konnte ich für eine lange mörderische Weile immer noch nicht sprechen. Ich entsinne mich, wie jemand, der mit seiner Geduld am Ende war, wütend, aber voll Bewunderung sagte, daß ich nach einem Herzinfarkt, gekrönt von einer Gehirnblutung, verdammt noch mal nicht das Recht hätte, noch zu leben; das war der erste Laut, der mir irgendwelches Vergnügen machte. Ich erinnere mich, wie ich Adelaide wiedererkannte und außerstande war, ihr für ihr Dasein zu danken. Nichts von alledem ist für die Geschichte relevant, außer daß ich monatelang keine Verständigungsbrücke zu meiner Umwelt hatte; und doch liebte ich diese Welt und hatte nicht den Wunsch, sie zu verlassen.
Man kann immer fragen: Was wird als nächstes?
Irgendwann im Laufe eines Monats – Juni angeblich – war meine Erinnerung (glaube ich) wieder klar. Ich kritzelte ein bißchen, wobei die Krankenschwester mir den abgestorbenen Teil meines Arms stützte. Doch als Antwort auf das, was ich schrieb, setzten der Arzt, die Krankenschwestern, Sheriff Robart, ja, sogar Adelaide Simmons und Bill Hastings mitleidige Gesichter auf. Man glaubte mir nicht. Man glaubt mir auch jetzt noch nicht in dem allerwichtigsten Punkt, den ich wünschte erklären zu können: daß es in unserer Welt Dinge gibt, die wir nicht verstehen, und daß diese Unkenntnis Demut zur Folge haben sollte. Die Leute meinen, das sei ein alter Hut, ganz offensichtlich – oh, wie immer schon! –, und erhalten folglich ihren nichtswisserischen Stolz aufrecht, indem sie nicht zuhören.
Überreste der drei Leichen fand man im Spätaugust – ein Erfolg, zu dem ich wenig beitrug, denn ich hatte keine Ahnung, welche Kompaßrichtung wir nach dem kahlgeholzten Gelände eingeschlagen hatten, und es gibt so viele verwüstete Flächen, daß ich ihnen nicht sagen konnte, wo sie nachschauen mußten. Ein paar Forst-

warte mit einem Hunderudel fanden die Leichen zuerst. Und außerdem hatte das Wasser sie weiterbewegt, denn plötzlich schmolz auch der letzte dicke Schnee, und es muß mindestens zwei Tage lang ein regelrechter Fluß durch diese Hohlkehle gebraust sein. Der Kopf des sogenannten »Irren« wurde flußabwärts gerollt, gegen Felsen geschmettert, teilweise vom Schlick vergraben. Hunde hatten angenagt und verstreut, was unter der Bezeichnung »der Pelzmantel des Mannes« läuft.

Und er wird immer ein Irrer mit Pelzmantel bleiben, denn sie wollen es so und nicht anders. Nach meiner Kenntnis hat kein Wissenschaftler je einen Blick auf die kläglichen Überreste werfen können, es sei denn, Sie ehren den amtlichen Leichenbeschauer mit diesem Titel. Ich bin überzeugt, er war ein guter Tierarzt, bevor er den Job bekam. Als meine Sprache mehr oder weniger zurückgewonnen war, hatte ich die Bemühungen, über das fragliche Thema zu reden, schon längst aufgegeben. Bei der Gerichtsverhandlung wurde eine von mir gemachte Zeugenaussage vorgelesen – das war, ehe ich wieder sprechen oder das Krankenhaus verlassen konnte. Bei diesem ehrwürdigen Verfahren entschied die Allgemeinheit offiziell, daß Harper Harrison Ryder, geboren allhier, seine Ehefrau Leda sowie ein männliches Individuum von unbekannter Identität in zeitweiliger geistiger Umnachtung erschossen hatte und infolge mehrerer, im Kampf mit besagtem Individuum erhaltener Messerstiche gestorben war, etc.

Ich rede nicht davon, denn dann tut es den Leuten nur noch mehr leid, daß ein Mensch derartig geistigen Schiffbruch erleiden sollte, und dabei bin ich noch nicht mal sechzig.

Ich kann sie nicht einmal fragen: »Was ist Wahrheit?« Sie würden nur noch betretenere und, nehm ich an, schockiertere Gesichter machen und sich womöglich Vorwände ausdenken, um mich nicht mehr zu besuchen.

Sie sind nett. Sie sind freundlich. Sie werden alles für mich tun, nur nicht darüber nachdenken.

GLORY

RON GOULART

Was wäre eine Horroranthologie ohne Vampirgeschichte? *Glory* ist eine, aber von einer ganz anderen Sorte als die, welche man für gewöhnlich in Horroranthologien findet, und außerdem ein typisches Beispiel für Ron Goularts witzig-bissigen Stil. Sein erstes Werk auf dem Gebiet der Science-fiction, *Letters to the Editor*, kam (wie das so vieler Autoren dieser Sammlung) in *F & SF* heraus, und seitdem ist er glücklicherweise zu einem regelmäßigen Beitragslieferanten geworden. Ron Goulart macht in seinen Geschichten oft von traditionellen Themen und Motiven der Phantastischen Literatur Gebrauch, aber mit satirischen Drehs und Wendungen, die ihnen eine unwiderstehliche Ausgelassenheit verleihen. *Glory* erzählt aus der Filmbranche. Fortwährend sind irgendwelche Filmgesellschaften dabei, alte Streifen wiederaufzuführen oder neuzuverfilmen; Leinwandstars von gestern gelangen zu neuer Beliebtheit, und Kino wie Fernsehen berauschen sich förmlich daran, diese Stars und ihre Hauptrollen der Öffentlichkeit vorzustellen. In *Glory* ist dies eine sehr folgenschwere ... »Wiederauferstehung«.

Eines der verwirrendsten Rätsel in der gesamten Geschichte von Hollywood wurde erst vor ein paar Wochen endgültig geklärt. Und wären die Dinge nur eine *Spur* anders verlaufen, hätte die Welt rückhaltlos erfahren, was aus einer der fröhlichsten, bezauberndsten Leinwandprinzessinnen der dreißiger Jahre geworden war. Aber dazu kam es nicht, und das aus folgendem Grund:

Dennis Hoff hatte an einem besonders heißen, diesigen Dienstagnachmittag in seinem Miniaturbüro inmitten der Golem-Brothers-Talentagentur gesessen, die gerade ein Stückchen zu weit vom Wilshire Boulevard entfernt lag, um sie zu Fuß zu erreichen. Er war ein fülliger, rosafarbener Mann von achtunddreißig Jahren und mit zu wenig Kopfhaar.

»Sie ist perfekt für die Rolle, Joel«, sagte er gerade in seinen Telefonhörer.

»Zugegeben, Den, sie *sieht aus* wie 'n Knüller. Aber als sie bei mir vorgesprochen hat, ist sie über ihren Text gestolpert.«
»Das war nur in deinem Büro, Joel. Vor der Kamera liefert die Mindy die Rolle. Verlaß dich auf mich. Sie ist einfach die –«
»Den, es gehört schon ein ganz besonderes Talent dazu, eine Zeile wie ›Uff!‹ zu vermasseln. Aber für die eine interessier ich mich immer noch, diese ... Wie hieß noch die Kleine, die du mir für *Die Nonne mit Kanone* geschickt hast?«
Hoff äugte zur Tür hinüber und erblickte einen seiner Freunde, der zögernd auf der Schwelle stand. Er bedeutete ihm mit einem Kopfnicken, sich noch eine Minute zu gedulden. »Das war Lindy. Jawoll, die ist genau richtig für –«
»Warum gibst du ihnen keine charakteristischen Namen, damit man sie auseinanderhalten kann? Mindy, Lindy – das klingt alles wie ... Da ist gerade wieder jemand in der Leitung. Ich ruf zurück, Den.«
Hoff legte auf und grinste. »Fehlt nicht mehr viel, dann hab ich zwei meiner Klientinnen bei *Konheim Productions* untergebracht. Immer nur reinspaziert.«
Jack Wilker war ein dunkelhaariger Anfangsdreißiger von bescheidener Statur und trug fast immer abgewetzte graue Flanellanzüge wie den, in den er sich heute gewandet hatte. Unter seinem Arm steckte eine vergammelte Aktenmappe. »Die Raucherei bringt dich noch ins Grab.«
»Es bin nicht ich, der raucht, alter Junge. Es sind die Golem Brothers, alle beide, Nat und Larry«, belehrte er ihn. »Du siehst heut gar nicht so finster aus.«
Mit einem Stoßseufzer trat Jack ein und nahm auf der anderen Seite des Schreibtisches Platz. »Ich stehe im Begriff, aus den Reihen der Groschenheftschreiber auszubrechen. Keine neuen Romane mehr für die *Agentenkiller*-Serie ... Den *Bomben auf den Bahamas*, *Kanonen in Katalonien* und *Panzerbüchsen in Peru* kann ich ade sagen.«
Das Telefon klingelte.
»Entschuldige mich, Jack. Hallo? Bisher noch gar nichts, Ernie. Aber verlaß dich ganz auf mich, Vegas ist sehr, sehr interessiert.

Nur bei dem Namen, mit dem du dich im Programm ankündigst, ist ihnen etwas mulmig. ›Der Grandseigneur von Salsa‹, Ernie; sie finden, das könnte mögliche Besucher abschrecken. Weißt du noch? Ich hab dir damals schon gesagt, du solltest dir was Peppigeres ausdenken. Na schön, laß dir das Ganze noch mal durch den Kopf gehn. Ich hab gerade Boz Eager im Büro sitzen. Er soll seine Verträge für diese neue Kabelserie unterzeichnen, *Gay Cop – Ein Schwuler auf Verbrecherjagd*. Also, *vaya con Dios*, alter Junge.«

»Irgendwann trifft dich der Blitz«, meinte Jack.

»Nöö, Ernie Caliente wird man nur durch Lügen los. Hast du je versucht, 'nem sechsundsiebzigjährigen Marimbaspieler ein Engagement zu verschaffen?«

»Das letzte Mal im College.«

»Ein Kreuz ist das.« Mit einem kleinen traurigen Laut lehnte er sich in seinem Sessel zurück. »Also, worum der Jubel?«

»Sachbuch.«

Hoff beobachtete ihn ein paar Sekunden. »Und darüber bist du so aus dem Häuschen?«

Jack knallte die Aktenmappe in seinen Schoß. »Du weißt doch, Capricorn/AA plant einen Fünfundzwanzig-Millionen-Dollar-Film über diese Schauspielerin, Glory Sands, die blonde Sexbombe, die eines Tages wie vom Erdboden verschwunden –«

»Seit drei Wochen versuche ich, Blummer dort drüben von Mindy Mandrake zu über ...«

»Ich dachte, sie hieß Lindy?«

»Das ist Lindy Landfill.«

Mit einem zerstreuten Kopfnicken fuhr Jack fort: »Na schön. Also, woran ich arbeite, ist eine Biographie über Glory Sands. Ihr spurloses Verschwinden im Jahre 1937 ist eines der rätselhaftesten Ereignisse in der ganzen Geschichte Hollywoods.« Kichernd machte er die Mappe auf. »Aber schon seit Jahren hat keiner mehr ein Buch über ihr schillerndes und dennoch so tragisches Leben geschrieben. Also hab ich mir gedacht, ich arbeite eine Hypothese aus und verkauf das Buch für eine hübsche fünfstellige Summe Vorauszahlung.«

»Keine schlechte Idee. Und macht dich das so gut gelaunt, der Gedanke, ein Buch –«

»Noch besser, Den.« Er stieß eine Hand in seine Mappe. »Nein, gestern gegen Abend hab ich in einem Bücherantiquariat unten in Oil Beach eine Entdeckung gemacht. Der Laden hat 'ne ganze verdammte Wand voller Filmkram und artverwandtem Schrott. Ziemlich günstig.« Er brachte ein schmales, verwittertes und ledergebundenes Büchlein zum Vorschein, mit dem er leicht in der Luft wedelte. »Weißt du, was das ist? Peter Yarkos letztes Tagebuch.«
»Genau, was ich grad sagen wollte! Wer, zum Teufel, ist Peter Yarko?«
Jacks Kopf neigte sich nach hinten, und seine Augenbrauen gingen in die Höhe. »Soll das heißen, du versuchst Lindy Landfill eine Rolle in der *Glory Story* zu verschaffen, und weißt nicht mal –«
»Mindy Mandrake.«
»Und weißt nicht mal, wer Yarko war?«
»Hey, ich leb *hier und heute*, in der Gegenwart. Dieser Hollywoodkitsch läuft doch nur noch in Kleinkleckersdorf, alter Junge«, entgegnete Hoff. »Ich muß mir über heutige Talente Gedanken machen, über Ernie Caliente zum Beispiel, Boz Eater, Lin –«
»Peter Yarko war der Regisseur von *Blondes Gift, Die blonde Bombe, Die blonde Präsidentin* und –«
»Ah, waschechte Blondinen haben halt doch mehr Spaß.« Und dann schnippte Hoff mit den Fingern. »Jetzt fällt's mir wieder ein. Das war doch der polnische Kauz, der Anfang der dreißiger Jahre aus dem Nichts aufgetaucht ist, mit Glory Sands im Schlepptau. Hat bei ihren ersten paar Filmen Regie geführt, wurde von MGM übers Ohr gehauen und ist dann rausgeflogen. Klar doch, Victor Yarko.«
»Peter Yarko.« Jack ließ das dünne, schimmlige Bändchen aufklappen. »Ich weiß nicht, wie das nun ausgerechnet in diesem Buchladen gelandet ist. Jedenfalls hat anscheinend keiner weiter als bis zum Vorsatzblatt gelesen, und das ist die Hauptsache. *Mein Tagebuch. Band 33/P. Yarko. 1937.*«
»Wieviel hast'n dafür hingeblättert?«
»Zwanzig Mäuse.«
»Und so was nennst du günstig?«
»Jetzt halt erst mal eine Minute die Luft an und hör dir –«
»Yarko ist so etwa um die gleiche Zeit verschwunden wie sie,

stimmt's? Genau. In dem Film wollen sie ja auch andeuten, daß er sie aus Eifersucht ermordet hat und in die Fremdenlegion gegangen ist, um – «

»In den Spanischen Bürgerkrieg. Yarko hat Hollywood verlassen, ist nach Spanien, um auf der Seite der Loyalisten zu kämpfen, und kam innerhalb weniger Wochen ums Leben.« Jack blätterte die stockfleckigen Seiten durch, während er sprach. »Glory Sands verschwand spurlos drei Tage vor seiner Abreise nach Spanien. Bis jemand auf die Idee kam, ihn sich vorzuknöpfen, war Yarko längst über alle Berge.«

»Und hat oben in Beverly Hills ein großes Herrenhaus in Hollywood-maurischem Stil hinterlassen«, fiel Hoff wieder ein. »Klar. Seine ganze beschränkte Verwandtschaft hat doch jahrelang darum gestritten, wem es gehörte, und seit den siebzigern schon steht es leer.«

»Hör dir diesen letzten Eintrag hier an. ›Mittwoch, 3. März 1937. Sie haben mir Glory weggenommen, und das war ein Fehler. Doch jetzt erkenne ich, daß es auch von mir ein Fehler war, sie zu befreien und hierher nach Amerika zu bringen. Aber das ist wieder ins reine gebracht, und dank Tumly ruht sie jetzt unter einem ewigen Zauberbann, die Welt ist außer Gefahr, und MGM kann sich die Füße wund laufen. Die Geheimkammer unter meinem Weinkeller wird ihr als letzte Ruhestätte dienen, und nie mehr soll sie aus ihrem Sarg erstehen ...‹«

Hoff strich sich mit der Hand über sein rosiges Doppelkinn. »Tumly«, murmelte er, »Tumly. Na klar doch, das muß Byers Tumly sein. Er macht immer noch auf die okkulte. Achtzig Jahre und 'n paar zerquetschte. Hab ihn vor ein, zwei Jahren in *Seltsam, nicht wahr?* untergebracht, als diese Fernsehepisödchen popu ...«

»Den, du kapierst nicht.« Er erhob sich so aufgeregt, daß seine Aktenmappe zu Boden plumpste und sich Exemplare seiner *Agentenkiller*-Romane über den dünnen Läufer ergossen. »Schau, ich habe dieses verdammte Geheimnis, das die Welt seit einem halben Jahrhundert nicht hat klären können, gelöst. Ich weiß, wo ihre Leiche liegt, ich weiß, wer sie dort hingetan hat, und ich schätze, ich kann mindestens fünfzigtausend Vorschuß rausschinden.«

»Setz dich.« Hoff machte mit seiner Rechten eine Nun-mal-halblang-Bewegung. »*Du,* alter Junge, hast hier nichts kapiert. Du übersiehst vollkommen den springenden Punkt bei alledem.«

»Nämlich, daß ich jetzt die erste komplette Biographie der Glory Sands schreiben kann«, erwiderte Jack grinsend. »Ich kann ein Literaturstar werden, ein Pulitzer-Preis-Anwärter und ein Typ, der nicht mehr dauernd gleich *zwei* Exgattinnen eineinhalb Monate Unterhaltszahlungen schuldet. Mit fünfzigtausend Vorschuß kann ich –«

»Fünfzigtausend ist Quatsch mit Soße«, belehrte ihn der mollige Talentvermittler. »Damit können wir Millionen machen.«

»Wie denn? Indem ich mein Buch der Capricorn/AA als Referenz –«

»Wir verkaufen ihnen Glory Sands persönlich, Süßer.«

Jack blinzelte. »Was wollen die schon mit einer Leiche? Der Publicity-Wert eines Leichnams scheint mir –«

»Sie ist keine Leiche, Dummerchen.« Er streckte grunzend eine Hand aus, um seinem Freund das schimmlige Tagebuch zu entreißen. »Jetzt hör mal ganz genau zu. › ... Ein ewiger Zauberbann ... nie mehr soll sie erstehn ...‹ Du müßtest eigentlich mit Worten umgehn können, und doch bist du nicht darüber gestolpert, was hier offensichtlich, himmelschreiend deutlich zwischen den Zeilen steht. Glory Sands *ist nicht* tot; sie schläft nur. Sie liegt scheintot unter dieser verlassenen Villa dort. Wie Dornröschen und andere komatöse Damen in Mär und Mythos.«

»Na ja, wahrscheinlich könnte man es so auslegen, daß –«

»Hör mir gut zu, Junge«, befahl Hoff, indem er mit den Fingern auf die offenen Seiten von Yarkos Tagebuchs klopfte. »Dieser Regiefritze hat sie in Trance versetzt. Frag mich nicht, wieso, aber er *hat's* getan. Schließlich hat es selbst damals schon 'n paar schräge Vögel in Hollywood gegeben. Motive spielen keine Rolle. Was zählt, ist, daß sie wiedererweckt werden kann.«

»Wer liest jetzt nicht zwischen den Zeilen? Da steht *ewiger* Zauberbann, und das –«

»Byers Tumly« – Hoff klappte das Buch zu – »Byers Tumly ist in *diesem* Moment, während wir hier sprechen, noch am Leben, und du sitzt da wie ein Ölgötze und hast 'nen ganzen Bretterzaun vorm Kopf. Byers Tumly, ein 1a-Okkultist, der die Geheimnisse der Schwarzen Kunst beherrscht, wohnt bei seiner schwachsinnigen Enkelin in Pasadena.«

»Na und?«

»Was Tumly getan hat, kann Tumly auch wieder rückgängig machen.«

»Du meinst den Zauberspruch?«

»Jawohl, so ist es, alter Junge, den Zauberspruch rückgängig machen und sie wieder ins Leben rufen.«

Jack kratzte sich unter der Achsel. »In einer Hinsicht wär das ja toll«, sagte er schließlich. »Ich meine: Sie wäre bestimmt eine gute Informationsquelle für meine Biographie –«

»Wonach sucht Blummer, wonach lechzt er, wonach dreht er drüben bei C/AA jeden Stein um? Cybill Shepherd hat ihm einen Korb gegeben, und mit Meryl Streep konnte er sich nicht einig werden. Er denkt ernsthaft an eine landesweite Suche nach einer Unbekannten, à la Selznick, wie er nach einer geeigneten Scarlett O'Hara gejagt hat. Und diese Unbekannte soll Glory Sands auf der silbernen Leinwand darstellen.«

»Augenblick mal. Das können wir nicht tun.«

»Warum denn nicht, bitte sehr?«

»Schon mal deshalb, weil es zu abwegig und ausgefallen ist. Ich meine: Falls Glory Sands wirklich aus dieser Trance erwacht, sieht sie entweder immer noch genauso aus wie vor fünfzig Jahren«, sagte Jack, »oder sie ist womöglich eine verschrumpelte Mumie, die –«

»Du verstehst immer noch nicht, worauf ich hinauswill.«

»Und wie sollten wir das den Leuten erklären? Wenn du ihnen die Wahrheit sagst, werden sie entweder einen Schwindel wittern oder sich abgeschreckt fühlen. Ich glaube kaum, daß Blummer von Capricorn/AA versessen darauf ist, einen wiedererweckten Leichnam zu engagieren, damit er –«

»Wir werden ja keinem verraten, daß sie die richtige Glory Sands ist.«

»Wie soll ich denn dann die Biographie zu Ende schreiben oder – «

»Das tust du auch nicht. Erst wenn wir Glory an Blummer verkauft haben, damit sie in dem Film sich selber spielt.« Hoff hüpfte vor Begeisterung in seinem Sessel. »Nein, wir vermarkten sie als eine verblüffende Doppelgängerin von Glory Sands. Eine junge und talentierte Nachwuchsdarstellerin, die dazu geboren – wenn man so will, vom Schicksal dazu ausersehen wurde –, diese Rolle zu spielen. Wir stellen sie Blummer vor – Teufel noch mal, die kriegt die Rolle todsicher –, und dann lanciert er sie wie verrückt. Und wir als ihre Manager kassieren 'nen hübschen Prozentsatz von allem – ihrer Gage, der Plakatlizenz, den Werbeeinnahmen, dem ganzen großen Kuchen. Zwanzig Prozent von Millionen, das ist ein ganzer Haufen mehr als so ein kümmerlicher Vorschuß von irgendeinem New Yorker Buch –«

»Vielleicht spielt sie bei dem Ganzen aber nicht mit.«

Hoff schnaubte höhnisch. »Hey, ich betreib dieses Geschäft professionell, Amigo«, erinnerte er Jack. »Ich werde dick und fett, indem ich schwachsinnigen Produzenten unfähige und mißgebildete Schauspieler und Schauspielerinnen verkaufe, mit denen sie im Grunde nichts, aber auch gar nichts anfangen können. Verlaß dich ganz auf mich. Ich kann Glory Sands todsicher dazu überreden, daß sie sich als begabte Unbekannte ausgibt.«

»Aber angenommen, sie entpuppt sich, wenn wir den Sarg erst einmal aufgebrochen haben, als eine kleine verhutzelte Mumie?«

»Dann beschaff ich ihr ein Engagement mit Ernie Caliente.« Hoff stand auf. »Betrachten wir die Dinge aber nur von ihrer Sonnenseite. Große Ereignisse werfen ihre Schatten voraus, alter Junge!«

Eine heiße Nachtbö stob über den verwilderten Morgen Land hinter Yarkos ummauertem Herrenhaus. Sie bekam Byers Tumly zu fassen, blähte die schwere, schottisch gemusterte Pelerine auf, die der gebrechliche alte Okkultist keinesfalls hatte missen wollen, schubste ihn über eine längst abgestorbene Hecke und kippte ihn wie einen Sack Müll in ein leeres Fischbassin.

»So was ... ähäm, häm«, murmelte er, während er mit dem Gesicht nach unten neben einer zerbröckelten steinernen Putte lag, die sich an einen schwer schluckenden Delphin klammerte. »Ich ... Sie wissen doch ... beginne mich zu erinnern. Dieses Becken, ja ... da waren früher Fische drin.«

Jack packte den dünnen Arm des Hexenmeisters und zog diesen mit einem Ruck auf die Beine. »Ich versteh ja nicht viel von okkulten Ritualen«, sagte er zu Hoff, der eine große Taschenlampe und einen Beutel voll rasselnder Werkzeuge trug, »aber sollte ein Okkultist für so was nicht nüchtern sein?«

»Er ist nüchtern.«

»Ähäm, häm ... Peter Yarko ... erinnere mich noch gut an die Nacht ... Wind in den Weiden ... Zauberspruch ... uralte Runen ... Calabar ... Egbo ... Nyamba ... in der Tat, in der Tat.«

»Der hat einen sitzen.« Jack führte ihn um einen Marmorfaun und auf das dunkle, weitläufige Haus zu.

»Er ist bloß alt.«

Der Wind kam über das steile Ziegeldach gesaust und verdrehte dabei den lahmen Wetterhahn, so daß er schrille, mißtönende Geräusche von sich gab.

»Nur weil man alt ist, braucht man noch lange nicht zu riechen wie ein Kneipenteppich.«

»Wofür, um alles in der Welt, bloß dieser Zauber damals? ... Hat mich recht anständig bezahlt ... ähäm, häm ... Zeichen des Salomon ... Salamander ... Obambo.«

»Es wär schon ein Lichtblick, wenn er sich wenigstens daran erinnern könnte, warum Glory Sands in den Eingeweiden dieses alten Kastens unter Verschluß –«

»Das hat doch schon das Tagebuch alles erklärt, alter Junge. Yarko war für sie gestorben; und darum ließ er sie von unserem Zauberer hier in Trance versetzen.«

»Och, komm, Den! Du rufst doch auch nicht jedesmal einen Zauberer, wenn du sauer auf 'ne –«

»*Ich* nicht, stimmt. Aber ich bin nun mal keine schwermütige, gequälte Künstlerseele wie Yarko.« Vor der mit Brettern vernagelten Hintertür des leerstehenden Hauses hielt Hoff an.

» ... immer noch besser so«, brummelte der alte Tumly, während er in dem Wind schwankte, der um ihn herum peitschte. »Die Welt sichern für ... Demokratie ... irgend so was ... Nergal ... Astharot ... Moloch.«

Nachdem er seinen Beutel behutsam auf den moosigen Boden gesetzt hatte, zog Hoff ein Brecheisen daraus hervor. »Zuerst müssen wir diese Bretter loswerden.« Und er ging an die Arbeit.

»Gewöhnlich nennt man so was Hausfriedensbruch«, bemerkte Jack. Er hielt den greisen Zauberer fest, damit dieser nicht fortgeweht würde.

»Den Bullen kannst du ja erzählen, es ging um Recherchen für deinen nächsten Krimi«, erwiderte Hoff, während er wieder ein altes Brett wegriß. »Aber ich möchte ernsthaft bezweifeln, daß sie diesem alten Kasten noch irgendwelche Beachtung schenken.«

Die Nägel kreischten, als er sie herauszog. Irgendwo unten am Berg begann ein einsamer Hund zu heulen.

»Ein schlechtes Omen«, bemerkte Tumly. »Aufgestörte Geister gehen um.«

Jack fragte ihn: »Haben Sie auch bestimmt keine Ahnung, weshalb man Glory Sands –«

»Es wird mir wieder kommen.« Er kicherte rostig. »Ja ... ähäm, häm ... diese Aufregung tut mir gut. Setzt den Denkapparat wieder in Gang ... In Pasadena zu sitzen kann manchmal ... Haben Sie irgendeine Ahnung, wie viele Spielsendungen es im Fernsehen gibt?«

»Müssen so um die –«

»Da!« verkündete Hoff. »Alle Bretter weg. Jetzt mach ich mit 'nem Dietrich das Schloß auf.«

»Weißt du, wie so was geht?«

»Na, es dürfte doch nicht allzu schwer sein. Schließlich werden Tausende, die nie auch nur die High-School geschafft haben, später Einbrecher.« Er ging vor dem verfärbten Türknauf in die Hocke.

»Ja, ich erinnere mich wieder an dieses Haus«, sagte Tumly, während er seinen weiten Plaid-Mantel enger um sich zusammenzog und in die staubige Eingangshalle vordrang. »Damals hat es nicht so stark nach Moder und Verfall gerochen.«

In dem langen, mit dunkelfleckiger Eiche getäfelten und mit schwärzlichen Mosaikkacheln ausgelegten Korridor stauten sich die Dünste von Verwahrlosung und Mehltau.

Der Lichtstrahl, den Hoff vorauswandern ließ, huschte über geschnitztes Tafelwerk, die schmiedeeisernen Wandlampen und das Schlangenmuster auf den Fliesen. »Was für eine Szenerie!« meinte er. »Das muß doch den Schriftsteller in dir beflügeln, Jack.«

»Beflügelt mich eher, zu verduften, bevor die Bullen merken –«

»Da lang.« Tumly deutete nach links. »Von der Küche dort zweigt eine Treppe ab ... ähäm, häm ... Ich erinnere mich mit jeder Minute deutlicher. Ja, dort unten liegt sie.«

Der alte Hexenmeister wankte, stolperte und bekam eine verstaubte Weinflasche aus einem der Regale zu fassen, von denen das dumpfige Steingemäuer voll war. »Ähäm, ja. Jetzt kommt's mir wie –«

Jack schnappte nach seinem Ärmel. »Das ist nicht der richtige Zeitpunkt, um das Süffeln anzufangen –«

»Ich würde Portwein nie anrühren.« Tumly ergriff den Flaschenhals und drückte ihn nach unten. »Hinter dieser einen Flasche hier verbirgt sich zufällig ein Hebel, junger Mann.«

Auf der anderen Seite des schattigen Weinkellers setzte ein Rumpeln ein. Knirschgeräusche drangen von unten herauf. Dann folgte ein schallendes, dumpfes *Wump*.

»Er erinnert sich *richtig*.« Hoff richtete den Strahl der Taschenlampe auf das große rechteckige Loch, unter dem eine Wendeltreppe zum Vorschein kam.

Dort unten war der Sarg – ein schweres, bronzenes Ding, das auf einem niedrigen Steinsockel ruhte. Auf die Kanten des kuppelförmigen Deckels waren scharlachrote Siegelwachsklumpen geträufelt.

Hoff eilte über den kühlen Steinfußboden und kniete sich neben den Behälter. »Es ist nicht dran rumgepfuscht worden«, stellte er fest. »Das heißt, Glory befindet sich immer noch da drinnen.«

»Das gibt ein großartiges Kapitel für mein Buch.« Jack trat an den Bronzesarg heran. »Ja, und auch zu jeder Menge Zeitungsartikel läßt sich das auswalzen. Monatsmagazine zuerst, danach die Supermarktblättchen.«

Der alte Okkultist schlurfte hinüber. »Es wird immer und immer deutlicher«, versicherte er ihnen, während er mit seinen knorrigen Händen in den Taschen seines gewaltigen Mantels stöberte.

»Und Glory Sands liegt wirklich da drinnen?« fragte ihn Jack.
»Hab die Lady persönlich einsargen helfen.« Tumly hatte eine Lupe lokalisiert, auf deren Glas ein Wollfussel haftete. Er umrundete den Sarg bedächtig. »Ähäm, häm ... Ja, zweifellos ... durchaus simpler Zauber ... ja.« Aus einer zweiten ausgebeulten Tasche förderte er eine dicke schwarze Kerze zutage. »Kleben Sie die auf das Bord da drüben, junger Mann, und zünden Sie sie an.«
Jack war so freundlich und rümpfte die Nase über den scharfen Geruch, den die stotternde Kerze verbreitete. »Können Sie –«
»Ruhe bitte.« Tumly hatte sich zu voller Größe aufgerichtet, und in seinen zitternden Händen lag ein kleines ledergebundenes Buch. »Beelzebub ... Beelzebub ... Beelzebub.«
Fröstelnd wich Jack ein paar Schritte zurück.
Der alte Zauberer setzte seine Beschwörungen fort, indem er Latein mit noch älteren ausgestorbenen Sprachen vermischte.
Fünf Minuten verstrichen.
Dann zischten die blutroten Wachsklumpen leise und begannen zu schmelzen. Verklumpte rote Bäche tröpfelten über die bronzenen Flanken des Sarkophags.
»Jetzt schnell, nehmen Sie den Deckel weg«, befahl Tumly.
Hoff ergriff die eine Seite, Jack die andere. Stöhnend schafften sie es, die Metallkuppel anzuheben und beiseitezuschieben.
Während sie sie an die Mauer lehnten, ertönte ein seidiges Rascheln aus dem Innern des Sarges.
Eine sehr hübsche blonde junge Frau richtete sich darin auf und sah die drei nacheinander an.
»Ah, ja«, sagte Tumly. »Jetzt fällt's mir wieder ein, warum wir sie im Sarg verschlossen haben. Sie ist ein Vampir.«

Mit breitem Grinsen trat Hoff aus dem flirrenden grellen Nachmittagslicht in das Landhaus. »Einsame Spitze«, verkündete er, während er mit dem braunen Packpapierumschlag in seiner Rechten wedelte. »Ich hab die letzten Kontaktabzüge von den Bildern geholt, die Orlando of Hollywood neulich abend geschossen hat, und sie sind einfach sensationell. Vor allem in diesem hautengen Satinkleid, in dem man sie beigesetzt hat, sieht sie genau wie Glory Sands aus.«

»Sie ist ja auch Glory Sands.« Jack saß in seinem Lieblingssessel – dem einzigen, den er hatte – und starrte von dort in seinen kleinen leeren Kamin. »Sie wurde wegen ihres vampirischen Verhaltens unter Yarkos Haus versteckt, aber läßt mich hier als Aufpasser über eine potentielle Mörde ...«

»Ach, komm, schließlich hat sie sich bereit erklärt, die Sache nicht zu übertreiben«, rief ihm der Agent ins Gedächtnis. »Glory ist genauso versessen darauf wie wir, daß sie eine neue Karriere als – «

»Und außerdem, Den, verstehe ich auch nicht, weshalb wir so ein Schweinegeld für diese Fotos rausschmeißen mußten.«

»Weil wir uns, alter Junge, erster Klasse auf dieses ganze Wagnis begeben. Wir verkaufen diese platinblonde Niete als –«

»Nicht so laut«, ermahnte ihn Jack mit gedämpfter Stimme. »Ich meine doch, daß ich für diesen Platz hier Miete bezahlen muß, und meine Biographie hab ich auf Eis legen müssen, damit –«

»Weshalb so nervös? Sie kann uns doch nicht hören.« Hoff ließ sich auf dem Rattansofa nieder, so daß sein breiter Rücken der Aussicht auf den verwilderten Garten draußen zugekehrt war. »Schließlich schlafen Vampire tagsüber, nicht wahr?«

»Quatsch!« bemerkte eine Frauenstimme aus dem Nebenraum.

»Anscheinend ist das nicht immer so.« Jack nickte in Richtung des Durchgangs zu seiner Küche.

»Na, dann um so besser für uns! Dann brauchen wir Blummer nicht dazu zu beschwatzen, daß er die ganze *Glory Story* bei Nacht dreht.«

»Ihr beiden Typen macht mir wirklich Spaß.« In einem von Jacks bonbonfarben gestreiften Hemden und nagelneuen Designer-Jeans kam die bezaubernde Blonde in den Salon. In ihren Händen hielt sie ein dickes Cervelatwurst-Sandwich. »Wo habt ihr denn eure Informationen über Vampire her? Aus so 'nem zweitklassigen Filmchen mit diesem dusseligen Ungarn in der Hauptrolle, diesem Spinner, der immer mit 'nem Cape rumgeflattert ist? Du liebe Güte!« Sie hockte sich auf die Armlehne von Jacks Sessel, wobei eines der hübschen Beine nach vorn wippte und den Fuß seiner alten Stehlampe berührte. »Vampire haben eine schlechte Presse gekriegt, weil ... Hey, seid ihr auch sicher, daß Damen heutzutage diese Art

Freizeithosen tragen? Sie sind so eng, daß mir langsam der Bauch einschläft.«

Hoff, der sie immerfort ansah, nickte bejahend und kicherte. »Perfekt, sie ist einfach perfekt. Diese kesse 1930er-Patina wird Blummer und die Typen, die um ihn rumscharwenzeln, von ihren jeweiligen Hockern hauen.«

Nachdem sie einen Bissen von ihrem Sandwich genommen hatte, meinte Glory: »Die Cervelatwurst hier schmeckt nicht die Bohne wie die, an die ich mich erinnern kann.«

»Es ist ja auch schon fünfzig Jahre her«, gab Jack ihr zu bedenken, »daß du das letzte Mal Cervelat ...«

»Verflixt, hätte nie gedacht, daß Cervelatwurst sich ändern würde.« Sie glitt anmutig von der Sessellehne und ging zum Fenster hinüber. »Smog, ha? Eins muß man ihm ja lassen: Er schafft es fabelhaft, die Luft zu verpesten! Lassen Sie eigentlich nie Ihre Hecken stutzen, Jack? Ich hatte seinerzeit zwei Japsen, die –«

»Wie hat es dir gefallen, deine alten Filme zu sehen, Glory?« Hoff schüttelte die Probeabzüge aus dem Umschlag. »Du siehst toll aus.«

»Die Kamera liebt mich«, erklärte sie mit einem Biß in ihr Sandwich. »Selbst damals schon in Paris, in den 1870ern, hatte ich –«

»Hey, immer schön langsam«, fiel Jack ihr ins Wort. »Hast du um 1870 etwa schon gelebt?«

»Warum, verflixt, bin ich wohl überhaupt Vampir geworden, Süßer?« Sie wandte sich zu ihm um und wischte dabei einen Tupfen Mayonnaise von ihrer Grübchenwange. »Wegen der Unsterblichkeit. Klar, geboren bin ich in Lissabon ... das liegt in Portugal ... anno 1726.«

Hoff ließ die Fotos in seinen Schoß sinken. »Glory, diese Tatsache erwähnen wir besser niemandem sonst gegenüber, einverstanden?«

»Hältst du mich für doof? Ich meine, Schätzchen, schließlich sehne ich mich sogar noch mehr danach, wieder Geld zu verdienen, als ihr zwei Burschen.« Sie bedachte Jacks kleinen, kümmerlichen Salon mit einem Blick der Verachtung. »In dieser Hutschachtel möcht ich bestimmt nicht sehr viel länger wohnen.«

»Genau. Und sobald ich dich an Blummer verkauft habe, machen wir uns auf die Suche nach einer Nobelvilla in Bel Air«, versprach der Agent. »Das ist der Hintergrund, wie eine Gloria Sanctum ihn braucht.«

»Du liebe Güte, was für ein dußliger Name!« Die wiedererweckte Schauspielerin ließ sich auf dem blanken Hartholzboden nieder und lehnte ihren schlanken Rücken an die eingebauten Bücherregale. »Ich weiß ja, daß ich mich nicht mehr Gloria Sands nennen kann, aber –«

»Gloria Sanctum hat das gewisse Etwas«, versicherte ihr Hoff. »Und deine Initialen bleiben erhalten.«

»Nicht mal aus Glory Sands hab ich mir je viel gemacht. Das war Yarkos Idee«, sagte sie und schüttelte ihren wunderhübschen Kopf. »Wenn man sich vorstellt, daß dieser Penner mich mit einem Bann belegen ließ und mich in seinem verdammten Keller eingemottet hat!«

»Offenbar«, sagte Jack, ohne sie direkt anzusehen, »war er in Sorge über deine vampirischen Umtriebe und –«

»Ach was, zum Teufel! Meiner Meinung nach hat er MGM einfach eins auswischen wollen.« Sie aß ihr Sandwich zu Ende und leckte sich die Finger ab. »Yarko hat immer übertrieben, so wie fast alle kreativen Typen.«

»Soll das vielleicht heißen«, fragte Jack, »daß du dich gar nicht richtig als Vampir betätigt hast?«

»Schau, Süßer, kann sein, daß ich dann und wann mal irgendeinem Trottel das Blut ausgesaugt hab«, gestand sie mit einem reizenden Lächeln. »Ich meine, als Vampir tut man das nun mal, oder? Aber ich habe mich zurückgehalten und es nicht allzuoft getan. So gut wie nie bei Leuten aus der Showbranche.«

»Also braucht man sich gar nicht so groß zu sorgen«, sagte Hoff.

Graziös stand die blonde Schauspielerin vom Boden auf. »Zeig mal die Bilder, Denny.«

»Meiner Meinung nach, Glory ... beziehungsweise Gloria ... besser, du gewöhnst dich an deinen neuen Namen.« Er reichte ihr die Abzüge. »Meiner Meinung nach, Gloria, sind die Aufnahmen, auf denen du direkt in die Kamera lächelst, am besten.«

Sie nahm die Fotos in Augenschein. »Mein linkes Profil ist auch nicht übel«, stellte sie fest. »Die fünfzig Jahre Begrabensein haben meinem Aussehen an sich gar nicht geschadet.«

»Gloria, du bist heute genauso bezaubernd wie –«
»Hey!« Jack, der aus dem Fenster gestarrt hatte, sprang auf und lief zur Tür.
»Was hast du, alter Junge?«
»Da ist einer, der uns über die Hecke bespitzelt.«
Die beiden liefen in den heckenumsäumten Garten hinaus. Doch es war niemand mehr da.
»Hast du ihn genauer gesehen?« fragte Hoff.
»Nicht richtig, aber ... Es ist ein Typ gewesen ... und er kam mir irgendwie bekannt vor.«
»Hey, ihr beiden«, rief Glory, »kommt wieder rein, damit ich euch sagen kann, welche von den Fotos da wir benutzen.«

Jack schleuderte wieder eine Schaufelvoll Erde beiseite. »Was wolltest du mir grad sagen, als du hierhergekommen bist, Den?«
»Hä?« Hoff ließ die Seiten des Notizbuchs durch seine Finger gleiten, das er in der Hosentasche des Toten gefunden hatte. Nun lag der Mann hingestreckt auf dem Garagenboden. »O ja, gute Neuigkeiten. Blummer war von Glorys ... Glorias ... Bewerbungsfotos sehr, sehr beeindruckt. Er möchte, daß sie Montag bei ihm vorspricht. Soweit ich sagen kann, ist es eine todsichere Sache.«
Das Grab wurde allmählich tiefer. »Meinst du nicht, das da könnte für uns ein Stein im Weg sein?«
»Wieso?« Hoff klappte das Notizbuch zu.
»Hast du vorhin zugehört, als ich dir erklärt hab, daß ich diesen Burschen vor ein, zwei Stunden hinter meinem Haus fand? Bei Sonnenuntergang? Ich will damit sagen, daß er von einem Vampir getötet wurde.«
»Na, das sieht doch 'n Blinder mit Krückstock«, entgegnete der Agent. »Er hat diese zwei kleinen Wundmale am Hals und ist völlig blutleer.«
»Glory hat es getan.«
»Nenn sie Gloria.«
»Gloria. Glory. Sie hat es zugegeben, bevor sie sich im Schlafzimmer einschloß.«

»Laß sie ein Weilchen schmollen; das macht nichts.«

»Aber sie –«

»Das hat er ganz allein sich selbst zuzuschreiben, alter Junge.« Hoff klatschte sich mit dem Notizbuch an den Oberschenkel. »Das da ist Walt Downey, freier Mitarbeiter beim *National Intruder.* Und es ist auch derselbe Typ, den du vor ein paar Tagen beim Rumpirschen in deinem Gesträuch erspäht hast.«

»Ein Zeitungsreporter? Verdammt, das hieße ja –«

»Ein *freier Mitarbeiter*«, fiel Hoff ihm ins Wort. »Kein Mensch weiß, worüber er als nächstes schreiben wollte. Wie es scheint, hat er Tumly für irgendeinen anderen Artikel interviewt, und dem alten Kauz ist eine Anspielung auf uns und Gloria rausgerutscht.«

»Anspielung inwiefern?«

»Insofern, als wir sie aus ihrem Grab erweckt hätten. Mach gefälligst weiter, ja?«

»Na, reizend! Glorys Wiederauferstehung wird zu einem Massenmedienereignis.«

»Downey hatte, seinen Notizen zufolge, mit den Nachforschungen erst begonnen. Er war sich noch nicht sicher, ob wir die echte Glory Sands hätten oder nur aus Publicity-Gründen einen Schwindel aufzogen«, erklärte Hoff. »Zu unserem Glück hat sie ihn gerade rechtzeitig erwischt.«

»Es ist Mord.«

»Nicht unbedingt. Die Tatsache, daß sie ein Vampir ist, wäre ein guter Entlastungsgrund«, sagte der Agent, während er zusah, wie Jack am Grab des Reporters arbeitete. »Klar, sie könnte auf verminderte Schuldfähigkeit plädieren; daß sie einfach nicht anders konnte. Aber dazu wird es gar nicht erst kommen. Wir vergraben diesen Kauz und – «

»Machen uns zu Komplizen.«

»Soweit ich aus seinen Besitztümern ersehen kann, alter Junge, stand Downey mutterseelenallein. Selbst der *Intruder* wird ihn nicht vermissen, denn die meisten freien Mitarbeiter sind entbehrlich«, erwiderte Hoff. »Seien wir deswegen bestrebt, nur auf die gute Seite zu achten. Denk daran, wie hoch unser Anteil an ihrer Gage von, sagen wir, vierhunderttausend Dollar pro Film sein wird. Und grab weiter.«

Glory nahm noch ein Schlückchen aus ihrem Glas. »Pfui«, meinte sie. »Dieses Zeug schmeckt aber gar nicht wie Orangensaft.«

»Kommen wir wieder auf das Problem zurück.« Jack saß ihr an seinem kleinen, schlagseitigen Frühstückstisch gegenüber.

»›Aus Konzentrat hergestellt.‹ Was, verflixt, das immer auch sein mag. Ich meine, dußliger geht's doch nimmer.« Sie setzte das Glas mit einem »Klick!« ab. »Da kriegt ihr ringsum die frischen Apfelsinen nachgeschmissen, und ihr Schafsköpfe –«

»Diese Sache mit Downey.«

»Mit wem?«

»Diesem Reporter, den du letzte Nacht aus dem Weg geräumt hast. Wir müssen uns wirklich mal darüber unterhalten –«

»Herrje, und deswegen machst du immer noch solchen Wind? Denny fand es nicht gar so wichtig.«

»Glory, ich habe nur eine kleine Garage. Wenn du weiterhin –«

»Der Bursche hat seine Nase doch in unsere Angelegenheiten gesteckt, oder?«

»Das ganze Blut ausgesaugt zu kriegen ist nicht unbedingt die angemessene Strafe für dieses spezielle –«

»Na schön, na schön, alles klar. Nur mecker nicht weiter rum, einverstanden? Ich tue mein möglichstes«, erklärte die Blondine. »Wenn nur unser Vertrag endlich unterschrieben würde, damit –«

»Dens Angaben zufolge war Blummer positiv von dir beeindruckt, als du bei ihm vorgesprochen hast.«

»Blummer, diese Pflaume«, erwiderte sie, während sie mit den Fingern in ihrem seidigen Haar spielte. »Weißt du, was er früher einmal war? Diplombuchprüfer. So stelle ich mir bestimmt keinen Mogul vor. Und dieser dußlige Regisseur ... wie hieß er gleich?«

»Piet Goedewaagen.«

»Der ist ja noch jünger als ich«, sagte sie stirnrunzelnd. »Jünger als, wofür ich gelte, mein ich. Er ist umgefallen und hat wie tot dagelegen, bevor ich auch nur zu Seite zwei meiner blöden Szene gelangt bin.«

»Goedewaagen hat dem Vernehmen nach ein Drogenproblem.«

»Von seinem verdammten Stuhl hat's ihn gehauen. Peng, auf den Teppich.«

»Das laß nicht deine Sorge sein! Das ist Sache des Produzenten. Du –«
»Woody Van Dyke ist nie vom Stuhl gefallen. Anno fünfunddreißig, bei den Dreharbeiten zu *Blondes Fieber*, da hat er –«
»Wie oft wirst du voraussichtlich Menschen anfallen?«
»*Quién sabe?* wie es in Tijuana heißt.« Sie zuckte anmutig mit den Achseln. »Das hängt gewissermaßen von meiner Laune ab und davon, ob ich mich langweile oder nicht. Manchmal, weißt du, da bekomm ich einfach so den Drang ...«
Jack nahm begeisterungslos einen Bissen von seinem kalten Toast. »Glory, könntest –«
»Nenn mich Gloria. Wir wollen doch nicht, daß der ganze Schwindel –«
»Wenn du Leute umbringst, wird alles viel eher auffliegen, als wenn ich dich beim falschen Namen anspreche«, entgegnete er. »Also, als du früher hier warst, in den dreißigern, wie oft hast du da so etwa – «
»Nicht allzu häufig. Das wechselte – mal mehr, mal weniger.«
»Kannst du mir eine ungefähre Zahl nennen? Ich meine, wie viele Opfer hast –«
»Oh, keine hundert.«
»Hundert!« Er ließ den Toast fallen.
»Keine hundert, hab ich gesagt.«
»Neunzig?«
»Plus/minus.«
»Wie hast du verhindert, daß man herausfand, was –«
»Darum hat sich meist Yarko gekümmert«, antwortete Glory. »Hat zugesehn, daß sie an einer abgelegenen Stelle verscharrt oder liegengelassen wurden. Und manchmal bin ich unten auf der Skid Row einem Niemand hinterher.«
»Du warst von 1933 bis 1937 in Hollywood.« Er fischte einen kleinen Rechner aus seiner Jackentasche. »Das sind vier Jahre. Also, neunzig geteilt durch vier, das macht ... oi! ... 22,5 pro Jahr.«
»Niedliches Spielzeug. Darf ich mal sehn, wie es –«
Im Salon draußen ging das Telefon. »Meinetwegen spiel damit rum. Hier.« Damit warf er ihr den Taschenrechner zu und hechtete ins Nebenzimmer. »Ja, bitte?«

»Jetzt sind wir haarscharf dran, alter Junge. Ich *mußte* dich einfach anrufen«, sagte Hoff.

»Ich versteh dich nicht allzu gut. Was ist das für ein Lärm im Hintergrund?«

»Marimbamusik.« Der Agent erhob seine Stimme. »Blummer hat eben angerufen. Möcht mich in einer Stunde drüben bei C/AA haben. Ich wittere sechsstellige Angebote.«

»Hör zu, Den«, sagte Jack, während er mit einer Hand die Sprechmuschel abschirmte. »Falls wir diese Kreatur auf die Welt loslassen, sind wir für mindestens zweiundzwanzig Komma fünf Tote pro Jahr verantwortlich –«

»Ernie, das ist *bastante,* alter Freund. Mir gefällt die neue Nummer, und, verlaß dich ganz auf mich, ich werd dir irgendein umwerfendes Engagement verschaffen. Und jetzt scher dich raus hier, zum Teufel. Adios«, sagte Hoff. »Okay, Jack, du –«

»Zweiundzwanzig Komma fünf. Das ist die Zahl der Opfer, mit der wir alljährlich rechnen müssen, solange sie nicht wieder unter dem Rasen ist.« Jack äugte zum Kücheneingang. »Also müssen wir Tumly holen und sie wieder mit dem Bann –«

»Geht nicht.«

»Wieso? Du hast Tumly doch nicht irgendwo j. w. d. untergebracht?«

»Der arme alte Kauz ist von uns gegangen.«

»Das ist ja ... Augenblick. Wie denn?«

»Was?«

»Woran ist Tumly gestorben?«

Hoff hüstelte. »Bitte mach kein Gebrüll, wenn ich's dir sage.«

»Keine Angst. Ich weiß schon. Seine Tochter hat ihn irgendwo am Fußboden entdeckt, und das ganze Blut war aus ...«

»Eine Enkelin war's. Die hat den armen Teufel gefunden.«

»Ja, und vorgestern nacht ist Glory weg gewesen«, sagte Jack, mit eindringlichem Flüstern. »Wollte nicht erklären, warum sie dann –«

»Verlieren wir die gute Seite nicht aus den Augen«, erwiderte Hoff. »Wenn ich das nächste Mal gegen Abend bei dir zu Besuch komme, trage ich zweifellos einen wunderhübschen Vertrag an meinem mädchenhaft pochenden Herzen.«

»Nein, kommt nicht in die Tüte. Dann mußt du eben einen anderen Zauberer auftreiben, der Glory –«

»Und wo soll ich diesen Zauberer herzaubern?«

»Du bist doch ein gottverdammter Talentvermittler. Geh einen suchen. Und zwar schnell. Wenn du einen achtzigjährigen Salsaspieler auftreiben kannst, dann –«

»Beruhige dich. Gib mir Glory an den Apparat«, verlangte der Agent. »Ich werde ihr all die guten Sachen bescheren, die man uns bietet, und meine beträchtliche Überzeugungskraft darauf verwenden, sie eine Zeitlang von ihrem Steckenpferd abzubringen. Ich werde ihr das Versprechen abnehmen, ihre angehende Karriere durch nichts zu vermasseln.«

»Vampire«, entgegnete Jack, »halten sich nicht an Versprechen.«

Als Hoff in der Abenddämmerung eintraf, war sein Schritt langsamer als gewöhnlich und sein pummeliger Körper schwermütig in sich zusammengesackt. »Idioten«, sagte er bei seinem Eintritt in den Salon. »Ich hätte nicht vergessen sollen, daß das hier Hollywood ist.«

Jack saß in seinem Lieblingssessel, umgeben von Schatten.

»Ich geh da rüber zu Blummer«, fuhr der unglückliche Agent fort. »Man weist mich in sein riesiges Büro bei Capricorn/AA. Und was sagt mir dieser Dämlack?«

Jack gab keine Antwort.

»Er sagt zu mir«, erklärte Hoff, »sie wären zu dem Entschluß gelangt, die Glory Sands im Film nicht von Glory spielen zu lassen. Und wieso? Ich werd dir verraten, wieso. Weil sie nicht die Richtige für diese Rolle ist.«

Jack gab keine Antwort.

Langsam durchquerte Hoff das schwach erleuchtete Zimmer. »Na, laß den Kopf nicht hängen, alter Junge. Ich werd mir schon was Neues einfallen lassen.« Er streckte eine Hand aus und knipste die Stehlampe neben dem Sessel an.

Und da sah er die Male auf Jacks Kehle.

DAS HAUS DER KÄFER

LISA TUTTLE

Die gebürtige Amerikanerin Lisa Tuttle hat ihren Wohnsitz in England und ist sowohl journalistisch als auch erzählerisch tätig. Sie gehörte zu den ersten Mitgliedern des *Clarion Writers' Workshop* und gewann 1974 den John W. Campbell Award als beste neue Science-fiction-Autorin. Trotz ihrer zahlreichen eindrucksvollen Science-fiction-Geschichten versteht es Miss Tuttle genauso hervorragend, den Leser durch ihre Arbeiten auf dem Gebiet des zeitgemäßen Horrors zu ängstigen. *Das Haus der Käfer* ist ein besonders schauerliches und nachhaltiges Beispiel.

Das Haus war ein Wrack. Wie ein vom Sturm zerschelltes Schiff ruhte es auf einer verwilderten Landzunge über dem Meer, und bei seinem Anblick fühlte Ellen ihr Herz sinken.

»Isses das?« fragte der Taxichauffeur skeptisch, während er durch die Windschutzscheibe spähte und den Wagen verlangsamte.

»Es *muß* es sein«, antwortete Ellen ohne innere Überzeugung. Sie konnte nicht glauben, daß ihre Tante – oder sonst wer – in diesem Haus lebte.

Das Haus war, wie ortsüblich, aus Holz erbaut und anschließend auf Zementblöcke gesetzt worden, die es etwa einen Meter über den Boden erhoben. Doch schienen die Fluten des Meeres jetzt weniger eine Gefahr für es darzustellen als der Wind oder einfach der Zahn der Zeit. Das Haus zerbröckelte auf seinen Pfosten. Die Bretter waren verwittert und wirkten wie räudig von den Schuppen uralter grauer Farbe. Blinde, vorhanglose Fenster blitzten im Tageslicht, und einer der Läden hing in einem verrückten Winkel. Zwischen den Brettern des breiten, durchgesackten Balkons im zweiten Stock konnte Ellen Ritzen schimmern sehen.

»Ich wart auf Sie«, sagte der Chauffeur, während er am Ende der zugewachsenen Auffahrt hielt. »Für den Fall, daß niemand da ist.«

»Danke.« Ellen stieg vom Rücksitz, zerrte den Koffer hinter sich heraus und zählte dem Fahrer das Geld in die Hand. Dann warf sie einen Blick zum Haus hinauf. Kein Lebenszeichen. Sie ließ die Schultern hängen. »Warten Sie einen kleinen Moment; nur damit wirklich jemand aufmacht«, bat sie den Mann.

Während sie mühsam über den rissigen Zementpfad zur Haustür stapfte, wurde Ellen von einer flüchtigen Bewegung unter dem Haus erschreckt. Sie hatte die Erscheinung nur ganz kurz wahrgenommen und blieb stehen, um mit zusammengekniffenen Augen auf die dunkle Stelle vor ihr zu starren. War es ein Hund gewesen? Ein spielendes Kind? Etwas Großes, Schwarzes, das sich schnell bewegte –, doch jetzt war es verschwunden oder in ein Versteck geschlüpft. Hinter sich konnte Ellen das Taxi im Leerlauf brummen hören. Einen Moment lang dachte sie daran umzukehren. Zurück zu Danny. Zurück zu ihren gemeinsamen Problemen. Zurück zu seinen Lügen und Versprechungen.

Sie setzte ihren Weg fort, und als sie die Veranda erreichte, legte sie ihre Fingerknöchel auf die verzogene graue Tür, um zweimal laut zu klopfen.

Eine uralte, spindeldürre und offensichtlich kranke Frau öffnete ihr. Ellen und die Greisin starrten einander schweigend ins Gesicht.

»Tante May?«

Die Augen der Alten leuchteten auf. Sie erkannte ihre Nichte und nickte schwach. »Ellen, natürlich!«

Aber weshalb war ihre Tante so gealtert?

»Komm rein, Liebes.« Die alte Frau streckte ihr eine pergamentartige Kralle entgegen. Ellen fühlte den Wind in ihrem Rücken. Das Haus knarrte und quiekte, und einen Moment lang glaubte sie, den Verandaboden unter ihren Füßen nachgeben zu fühlen. Sie stolperte vorwärts ins Innere. Die alte Frau – ihre Tante, rief sie sich ins Gedächtnis – machte die Tür hinter ihr zu.

»Du lebst doch wohl nicht ganz allein hier?« begann Ellen. »Hätte ich das gewußt – hätte Dad das gewußt –, dann wären wir ...«

»Wenn ich Hilfe gebraucht hätte, hätte ich darum gebeten«, versetzte Tante May mit einer Schärfe, die Ellen an ihren Vater erinnerte.

»Aber dieses Haus«, sagte sie. »Es ist zuviel für eine Person. Es sieht aus, als könnte es jeden Moment zusammenfallen, und wenn dir hier draußen etwas zustoßen würde, so ganz allein ...«
Die Alte lachte – ein trockenes, papierenes Kichern. »Unsinn. Dieses Haus wird mich noch überleben. Und der Schein trügt manchmal. Schau dich um – ich hab es hier sehr gemütlich.«
Ellen sah die Diele zum erstenmal. Ein hoher, weiter Raum mit einem Deckenleuchter aus Messing und einem dicken, teuren Orientteppich. Die Wände waren cremefarben gestrichen, und die prachtvolle Treppe drohte anscheinend nicht zusammenzubrechen.
»Von drinnen macht es einen viel besseren Eindruck«, meinte Ellen. »Von der Straße aus wirkte es unbewohnt. Der Taxifahrer konnte nicht glauben, daß hier jemand lebt.«
»Für mich zählt nur das Innere«, sagte die alte Frau. »Ich habe alles ziemlich herunterkommen lassen. Das Haus ist völlig wurmstichig und von der Trockenfäule zerfressen, aber trotzdem ist es noch lange nicht so schlecht darum bestellt wie um mich selbst. Das steht noch, wenn ich einmal unter der Erde bin, und mehr verlang ich nicht.«
»Aber, Tante May ...« Ellen ergriff die knochigen Schultern ihrer Tante. »Red doch nicht solches Zeug. Du bist noch nicht am Sterben.«
Wieder dieses Lachen. »Meine Liebe, schau mich doch nur an. Ich *bin's*. Für mich kommt jede Rettung zu spät. Ich bin innerlich ganz zerfressen. Es ist kaum genug von mir übrig, um dich hier willkommen zu heißen.«
Ellen schaute ihrer Tante in die Augen, und was sie dort sah, ließ ihren Blick vor Tränen verschwimmen.
»Aber die Ärzte ...«
»Die Ärzte wissen auch nicht alles. Jedem, meine Liebe, schlägt einmal die Stunde. Die Stunde, um von diesem Leben in ein anderes aufzubrechen. Gehen wir doch rein und setzen uns. Möchtest du ein bißchen was zu Mittag essen? Du mußt Hunger haben nach der langen Fahrt.«
Benommen folgte Ellen ihrer Tante in die Küche, einem engen, in Grün und Gold gehaltenen Räumchen. Sie setzte sich an den Tisch

und starrte die Tapete an, die ein Muster aus Fischen und Bratpfannen aufwies.
Ihre Tante hatte nicht mehr lange zu leben. Es traf sie völlig unerwartet. Tante May war die ältere Schwester ihres Vaters – aber nur acht Jahre älter, erinnerte sich Ellen. Und Ellens Vater war immer noch ein rüstiger, gesunder Mann in der Blüte seines Lebens. Sie betrachtete ihre Tante, sah sie bei der Zubereitung des Mittagessens mühsam vom Schrank zum Küchenbord schlurfen.
Ellen stand auf. »Laß mich das machen, Tante May.«
»Nein, nein, Liebes. Ich weiß doch, wo alles steht. Du nicht. Ich komm immer noch ganz gut hierdrin zurecht.«
»Weiß Dad über dich Bescheid? Wann habt ihr euch das letzte Mal gesehen?«
»Liebe Güte! Ich wollte ihn doch nicht mit meinen Problemen belasten. Wir stehen uns ja schon seit Jahren nicht mehr nahe. Das letzte Mal, daß ich ihn sah, war wohl – ja, bei deiner Hochzeit, Liebes!«
Ellen erinnerte sich. An diesem Tag hatte auch sie Tante May zum letztenmal gesehen. Sie konnte kaum glauben, daß diese Frau und diejenige, die jetzt mit ihr sprach, ein und dieselbe waren. Welches Ereignis hatte sie in nur drei Jahren dermaßen altern lassen?
May stellte einen Teller vor Ellen auf den Tisch. Ein Häufchen Thunfisch mit Mayonnaise, das von Sesamkräckern umgeben war.
»Ich hab nie viel frische Lebensmittel parat«, sagte sie. »Hauptsächlich Konserven. Es fällt mir schwer, noch viel einkaufen zu gehen, aber in letzter Zeit hab ich ja auch nicht mehr viel Appetit. Also kommt es nicht sehr darauf an, was ich esse. Möchtest du ein bißchen Kaffee? Oder Tee?«
»Tee bitte. Tante May, gehörst du nicht in ein Krankenhaus? Wo jemand sich um dich kümmert?«
»Ich kann mich hier schon um mich selbst kümmern.«
»Bestimmt würden Dad und Mom sich freuen, wenn du bei ihnen zu Besuch ...«
May schüttelte entschieden den Kopf.
»Im Krankenhaus könnte man vielleicht eine Behandlung für dich finden.«

»Es gibt kein Mittel gegen den Tod außer den Tod selbst, Ellen.« Der Kessel fing an zu pfeifen, und May goß kochendes Wasser über einen Teebeutel in eine Tasse.

Ellen lehnte sich in ihrem Stuhl zurück und legte ihren Kopf gegen die Wand. Sie konnte ein winziges, unablässiges Knirschgeräusch aus dem Inneren der Wand hören – Termiten?

»Zucker?«

»Bitte«, antwortete Ellen automatisch. Sie hatte ihren Teller noch nicht angerührt und spürte auch kein Verlangen nach Essen oder Trinken.

»Ach je, Liebes«, seufzte Tante May. »Ich fürchte, du mußt ihn einfach so trinken. Es ist bestimmt schon sehr lange her, seit ich das hier zum letztenmal benutzt habe – es gibt hier mehr Ameisen als Zuckerkrümel.«

Ellen sah zu, wie ihre Tante die ganze Blechdose in den Mülleimer warf.

»Tante May, liegt es an finanziellen Schwierigkeiten? Ich meine, falls du hierbleibst, weil du es dir nicht leisten kannst, in –«

»Vergelt's Gott, nein.« May nahm neben ihrer Nichte am Tisch Platz. »Ich habe einiges angelegt und genug Geld für meinen eigenen Bedarf auf der Bank. Und auch dieses Haus gehört mir. Ich habe es gekauft, als Victor in Pension ging, aber er ist nicht lange genug bei uns geblieben, um mir zu helfen, es zu genießen.«

In einem Anfall von Mitgefühl beugte Ellen sich hinüber und hätte ihre zerbrechliche Tante in die Arme genommen, hätte May sie nicht mit einer Handbewegung weggescheucht.

»Nach Victors Tod ist mir irgendwie die Lust daran vergangen, es zu renovieren. Daher sieht der Kasten auch noch ziemlich genauso alt und zerfallen aus wie damals, als ich ihn kaufte. Man hat mir das Anwesen praktisch nachgeschmissen, weil niemand es haben wollte. Niemand außer Victor und mir.« May riß plötzlich ihren Kopf nach oben und lächelte. »Und dir vielleicht? Was würdest du dazu sagen, wenn ich bei meinem Tod das Haus dir vermache?«

»Tante May, bitte ...«

»Ach, was! Wem denn sonst? Wer käme eher dafür in Frage? Außer natürlich, du kannst seinen Anblick nicht leiden. Aber ich sage dir,

zumindest das Grundstück ist etwas wert. Sollte das Haus zu vermodert und wurmstichig sein, kannst du es ja abreißen und etwas hinstellen lassen, das dir und Danny besser gefällt.«
»Das ist sehr großzügig von dir, Tante May. Aber ich möchte dich einfach nicht vom Tod sprechen hören.«
»Nicht? Mir macht das gar nichts aus. Aber wenn es dich stört, dann verlieren wir kein Wort mehr darüber. Soll ich dich auf dein Zimmer führen?«

»Ich selbst gehe nicht mehr in den zweiten Stock«, sagte May, während sie ihrer Nichte bedächtig auf der Treppe voranschritt. Dabei stützte sie sich schwer aufs Geländer und machte häufig eine Verschnaufpause. »Ich habe mein Schlafzimmer nach unten verlegt. Es war zu mühselig, immer rauf und runter zu steigen.«
Der zweite Stock roch stark nach Meeresfeuchte und Moder.
»Von diesem Zimmer hat man eine hübsche Aussicht aufs Meer«, sagte May. »Ich dachte mir, es könnte dir vielleicht gefallen.« Sie verharrte einen Moment unter der Tür und winkte Ellen, ihr zu folgen. »In dem Schrank in der Diele ist frisches Bettzeug.«
Ellen sah in das Zimmer. Es war spärlich möbliert: ein Bett, ein Frisiertisch und ein geradlehniger Stuhl. Die Wände waren in anstaltsmäßigem Grün gestrichen und schmucklos, die Matratze blank und die Fenstertür ohne Vorhänge.
»Geh nicht auf den Balkon – ich fürchte, er ist teilweise einfach weggefault«, warnte May.
»Hab ich schon gesehn«, erwiderte Ellen.
»Na ja, manches zerfällt eben zuerst. Ich laß dich jetzt allein, Liebes. Ich fühl mich selbst ein bißchen müde. Warum machen wir nicht alle beide ein Schläfchen bis zum Abendessen?«
Ellen betrachtete ihre Tante, und der Anblick des blassen, runzligen Gesichts tat ihr in der Seele weh. Schon die kleine Anstrengung des Treppensteigens hatte May zugesetzt. Ihre Arme zitterten leicht, und sie wirkte grau vor Erschöpfung.
Ellen drückte sie an ihre Brust. »Oh, Tante May«, sagte sie leise. »Ich werde dir ein Hilfe sein, das verspreche ich dir. Gönn du dir nur etwas Ruhe. Ich werde mich um dich kümmern.«

Mit einem Kopfnicken entzog May sich den Armen ihrer Nichte. »Ja, Liebes. Es ist sehr schön, dich hierzuhaben. Wir heißen dich willkommen.« Damit wandte sie sich ab und ging durch den Korridor davon.

Als sie allein war, wurde Ellen plötzlich ihre eigene Erschöpfung bewußt. Sie ließ sich auf die nackte Matratze sinken und nahm mit einem Wust von alten und neuen Problemen im Kopf das kleine triste Zimmer in Augenschein.

Sie hatte ihre Tante May nie gut genug gekannt, um ihr nahezustehen – dieser plötzliche Besuch war ein Schritt gewesen, der der Verzweiflung entsprang. Aus dem Wunsch heraus, eine Zeitlang von ihrem Ehemann wegzukommen, aus dem Wunsch, ihn für seine erst kürzlich entdeckte Untreue zu bestrafen, hatte sie auf gut Glück einen Zufluchtsort gesucht – einen Ort, den sie sich leisten, und einen Ort, wo Danny sie nicht finden könnte. Tante Mays einsames Haus an der Küste war ihr als die beste Möglichkeit erschienen, eine Woche lang unterzutauchen. Sie hatte Frieden erwartet, Langeweile, Reue, aber nie und nimmer eine Frau, die im Sterben lag. Es war ein Problem für sich, ein neues Problem, neben dem ihre Probleme mit Danny null und nichtig wurden.

Plötzlich fühlte sie sich sehr einsam. Sie wünschte, Danny wäre da, um sie zu trösten. Sie wünschte, sie hätte sich nicht geschworen, ihn mindestens eine Woche lang nicht anzurufen.

Aber ihren Vater, beschloß sie, den würde sie anrufen. Sollte sie ihm einschärfen, Danny nichts zu verraten? Sie war sich nicht sicher – sie haßte es, ihren Eltern gegenüber die Ehekrise mit Danny einzugestehen. Doch wenn Danny sie durch einen Anruf bei ihnen zu finden versuchte, wüßten sie ohnehin, daß etwas nicht stimmte. Heute abend würde sie mit ihrem Vater telefonieren. Definitiv. Er würde herfahren, um seine Schwester zu sehen – er würde sich der Sache annehmen, May ins Hospital schaffen, ihr einen Wunderdoktor besorgen. Dessen war sie sicher.

Aber momentan fühlte sie sich wie gelähmt vor Müdigkeit. Es kam ganz plötzlich. Sie streckte sich auf der nackten Matratze aus. Das Bettzeug holen und es ordentlich herrichten würde sie später; fürs erste würde sie bloß die Augen zumachen, einfach bloß die Augen zumachen und sich einen Moment ausruhen …

Es war dunkel, als Ellen erwachte, und sie hatte Hunger.

Mit einem Gefühl der Orientierungslosigkeit und mit steifen Gliedern setzte sie sich auf die Bettkante. Es war empfindlich kühl im Zimmer und roch nach Schimmel. Sie fragte sich, wie lange sie wohl geschlafen hatte.

Als sie den Lichtschalter an der Wand betätigte, geschah nichts. Also tastete sie sich aus dem Zimmer und durch den dunklen Gang auf die undeutlich wahrzunehmende Treppe zu. Die Stufen knarrten laut unter ihren Füßen. Sie konnte Licht am Ende der Treppe sehen, aus der Küche.

»Tante May?«

Die Küche war leer, das Licht kam von einer Neonröhre über dem Herd. Ellen hatte das Gefühl, nicht allein zu sein. Jemand beobachtete sie. Als sie sich jedoch umdrehte, war nur die ungestörte Finsternis der Diele hinter ihr, sonst nichts.

Einen Moment lang lauschte sie dem Knarren und Ächzen des alten Hauses und den gedämpften Geräuschen von Meer und Wind draußen. Kein menschlicher Laut dabei, doch es blieb das Gefühl, daß sie, wenn sie nur scharf genug hinhörte, eine Stimme aufschnappen würde …

Sie konnte ein zweites trübes Licht vom anderen Ende der Diele erkennen, hinter der Treppe, und ging darauf zu. Ihre Schuhe klapperten laut auf dem blanken Holzboden des hinteren Eingangsbereichs.

Es war ein Nachtlicht, das ihre Aufmerksamkeit erregt hatte, und in seiner Nähe erkannte sie eine angelehnte Tür. Sie streckte die Hand aus und stieß sie weiter auf. Als sie Mays Stimme hörte, trat sie in das Zimmer.

»Ich kann meine Beine gar nicht spüren«, sagte May. »Keine Schmerzen darin, überhaupt kein Gefühl. Aber irgendwie arbeiten sie trotzdem noch für mich. Ich hatte Angst, sie würden nutzlos, wenn erst mal das Gefühl weg wäre. Aber so ist es durchaus nicht. Du hast's ja gleich gewußt; du hast gesagt, daß es so sein würde.« Sie hustete, und in dem dunklen Zimmer war das Knarren eines Bettes zu hören. »Komm her, es ist genug Platz.«

»Tante May?«

Stille – Ellen konnte ihre Tante nicht einmal atmen hören. Schließlich sagte May: »Ellen? Bist du das?«

»Ja, natürlich. Wer dachtest du denn?«

»Wie? Oh, ich glaube, ich habe geträumt.« Das Bett knarrte wiederum.

»Was hast du da wegen deiner Beine gesagt?«

Neuerliches Knarren. »Hmmm? Was meinst du damit, Liebes?« Die Stimme einer Schläferin, die krampfhaft wach zu bleiben versucht.

»Schon gut«, erwiderte Ellen. »Ich hab nicht gemerkt, daß du ins Bett gegangen bist. Wir sprechen uns morgen früh. Gute Nacht.«

»Gute Nacht, Liebes.«

Mit einem Gefühl der Verwirrung zog Ellen sich aus der dunklen, bedrückenden Enge des Schlafzimmers zurück.

Tante May mußte im Schlaf gesprochen haben. Oder vielleicht hatte sie Halluzinationen, krank und durcheinander, wie sie war. Die Vorstellung aber, daß Tante May – wie Ellen wider Willen dachte – wach gewesen war und Ellen irrtümlich für jemand anderen gehalten hatte, jemanden, von dem sie Besuch erwartete, jemand anderem im Haus, ergab keinen Sinn.

Das Geräusch von Schritten auf der Treppe, nicht weit über ihrem Kopf, ließ Ellen vorwärtsstürmen. Aber die Treppe war dunkel und leer, und als sie angestrengt zum oberen Ende spähte, konnte Ellen nichts entdecken. Das Geräusch, dachte sie, mußte wieder so ein Produkt dieses sterbenden Hauses gewesen sein.

Stirnrunzelnd, weil sie mit ihrer eigenen Erklärung unzufrieden war, ging Ellen wieder in die Küche. In der Speisekammer fand sie einen guten Vorrat an Lebensmittelkonserven und machte sich etwas Suppe. Sie war gerade beim Essen, da vernahm sie die Schritte erneut – diesmal anscheinend aus dem Raum über ihrem Kopf.

Ellen starrte an die Decke. Wenn wirklich jemand dort oben herumlief, dann bemühte er sich gar nicht erst, vorsichtig zu sein. Aber sie konnte nicht glauben, daß das Geräusch irgend etwas anderes als Schritte waren: Es war jemand im zweiten Stock.

Fröstelnd legte Ellen ihren Löffel hin. Das schwere Knarren dauerte fort.

Und plötzlich verstummten die Geräusche über ihr. Die Stille war nervenaufreibend und ließ vor Ellens geistigem Auge einen Mann erscheinen, der, ein Ohr auf den Boden gepreßt, nach irgendeiner Reaktion von ihr lauschte.
Ellen belohnte den Lauscher mit dem Geräusch eines Stuhles, der über den Boden scharrte, als sie aufstand. Sie ging zu dem Regalschränkchen an der Wand neben dem Telefon – und dort, auf einem Brett, zusammen mit Verbandszeug und Glühbirnen, lag eine Taschenlampe; genau wie bei ihrem Vater zu Haus.
Die Taschenlampe funktionierte, und der gleichmäßige Lichtstrahl munterte Ellen auf. In Erinnerung daran, daß das Licht in ihrem Zimmer nicht funktioniert hatte, nahm sie auch eine Glühbirne, bevor sie den Schrank zumachte und sich nach oben begab.
Sie öffnete jede Tür, sobald sie hinkam, und entdeckte eine Reihe von unmöblierten Räumen, Badezimmern und Wandschränken. Schritte hörte sie nicht mehr und fand auch keine Spur von irgend jemandem oder irgend etwas, das diese Schritte gemacht haben könnte. Ganz allmählich wich die Spannung in ihrem Inneren, und nachdem sie etwas Bettzeug aus dem Wäscheschrank genommen hatte, kehrte sie auf ihr eigenes Zimmer zurück.
Zuerst schraubte sie die Glühbirne ein und stellte fest, daß das Licht funktionierte. Dann verschloß sie die Tür, um sich ans Beziehen des Bettes zu machen. Etwas auf dem Kopfkissen erregte ihre Aufmerksamkeit, und bei näherer Betrachtung stellte sie fest, daß es sich offenbar um ein Häufchen Sägemehl handelte. Als sie an der Wand hinaufblickte, merkte sie, daß ein Streifen morschen Holzes mit winzigen Löchern durchsiebt war, aus denen Staub rieselte. Angewidert rümpfte sie die Nase: Termiten. Sie schüttelte das Kissen kräftig aus, stopfte es in einen Bezug und beschloß dabei, morgen früh als allererstes ihren Vater anzurufen. May konnte unmöglich weiter an so einem Ort leben.

Die Sonne, die durch die vorhanglosen Fenster strömte, weckte Ellen beizeiten. Zu dem Geschrei von Seemöwen und dem alles durchdringenden Geruch des Meeres kam sie langsam zu Bewußtsein.

Zitternd von der Feuchtigkeit, die ihr offenbar in die Knochen gekrochen war, stand sie auf und zog sich rasch an. Sie fand ihre Tante in der Küche, wo sie am Tisch saß und eine Tasse Tee nippte.
»Es steht heißes Wasser auf dem Herd«, sagte May zur Begrüßung.
Ellen schenkte sich ebenfalls eine Tasse Tee ein und nahm neben ihrer Tante Platz.
»Ich habe ein paar Lebensmittel bestellt«, sagte May. »Sie müßten bald hier sein; dann können wir Toast und Eier frühstücken.«
Ellen sah ihre Tante an und erkannte, daß eine Sterbende mit ihr das Zimmer teilte. Da ihr im Angesicht dieser schweren, unumstößlichen Tatsache nichts zu sagen einfiel, saßen sie beide in nur vom Teeschlürfen unterbrochenen Schweigen da, bis es an der Tür klingelte.
»Würdest du ihn bitte hereinlassen, Liebes?« fragte May.
Ellen stand auf. »Soll ich ihn bezahlen?«
»Oh, nein. Das verlangt er nicht. Laß ihn einfach nur rein.«
Verwundert machte Ellen die Tür auf und erblickte einen kräftigen jungen Mann, der eine braune Lebensmitteltüte unter dem Arm hielt. Ziemlich zögerlich streckte sie die Hände aus, um die Sachen in Empfang zu nehmen, aber er ignorierte ihr stillschweigendes Anerbieten, indem er ins Haus und um sie herum in die Küche ging. Dort stellte er seine Tüte ab und begann, sie auszupacken. Während Ellen von der Tür aus zusah, merkte sie, daß er wußte, wohin alles kam.
Er sprach kein Wort mit May, die seine Gegenwart kaum wahrzunehmen schien, aber als alles verstaut war, setzte er sich auf Ellens Platz an den Tisch, um sie mit zur Seite geneigtem Kopf zu beäugen. »Sie müssen ihre Nichte sein«, sagte er.
Ellen blieb stumm. Es gefiel ihr nicht, wie er sie ansah. Seine dunklen, nahezu schwarzen Augen schienen keine Pupillen zu haben – harte Augen, ohne Tiefe. Und er ließ diese Augen mit Gutachterblick an ihrem Körper hinabwandern. Jetzt lächelte er über ihr Schweigen und wandte sich an May. »Eine von der stillen Sorte«, meinte er.
Ihre leere Tasse in Händen, stand May auf.
»Laß mich das machen«, sagte Ellen rasch und trat dabei ein paar

Schritte vor. May übergab ihr die Tasse und setzte sich wieder, immer noch ohne von der Anwesenheit des jungen Mannes Notiz zu nehmen. »Möchtest du etwas frühstücken?« fragte Ellen.
May schüttelte den Kopf. »Iß du, was du gern willst, Liebes. Mir ist nicht sehr nach Essen ... es scheint ziemlich sinnlos.«
»Tante May, du solltest wirklich etwas zu dir nehmen.«
»Dann ein Stück Toast.«
»Ich hätt gern ein paar Eier«, sagte der Fremde. Er räkelte sich faul auf seinem Stuhl. »Ich hab noch nicht gefrühstückt.«
Ellen sah May an, um irgendwelchen Aufschluß zu erhalten, wie dieser unverschämte Fremde zu behandeln sei. War er mit ihr befreundet? Oder ein Dienstbote? Sie wollte nicht unhöflich zu ihm sein, wenn May es nicht wünschte. Aber May blickte gleichmütig vor sich hin.
Ellen sah den Mann an. »Warten Sie auf das Geld für die Lebensmittel?« fragte sie.
Der Fremde lächelte – ein hartes Lächeln, das ein gleichmäßiges Gebiß enthüllte. »Ich bringe sie Ihrer Tante gefälligkeitshalber. Damit sie in ihrem Zustand nicht selbst die ganze Mühe auf sich nehmen muß.«
Ellen starrte ihn noch einen Moment an und wartete dabei vergebens auf einen Fingerzeig von ihrer Tante. Dann kehrte sie beiden den Rücken, um am Herd das Frühstück zu machen. Sie fragte sich, warum dieser Kerl ihrer Tante half – bezahlte sie ihn wirklich nicht? Er kam ihr nicht gerade wie ein Typ für uneigennützige Gefälligkeiten vor.
»Jetzt, wo ich da bin«, sagte Ellen, während sie Eier und Butter aus dem Kühlschrank holte, »brauchen Sie sich um meine Tante keine Sorgen zu machen. Ich kann für sie gewisse Gänge erledigen.«
»Ich nehm zwei Spiegeleier«, sagte er. »Das Gelbe hab ich gern flüssig.«
Ellen funkelte ihn an, beherrschte sich aber. Er würde kaum verschwinden, nur weil sie sich weigerte, ihm Eier zu backen – wahrscheinlich würde er es einfach selber tun. Und er hatte nun mal die Lebensmittel gebracht.
Aber – als kleine Rache – briet sie die Eier zu lange und gab ihm die angebrannten Toaststücke.

Als sie am Frühstückstisch Platz nahm, sah Ellen ihn herausfordernd an. »Ich bin Ellen Morrow«, sagte sie.
Er zögerte gerade so lange, daß sie schon daran dachte, ihn direkter nach seinem Namen zu fragen; dann antwortete er mit breitem Akzent: »Sie könn' Peter zu mir sagen.«
»Vielen Dank«, erwiderte sie sarkastisch. Er setzte wiederum sein unangenehmes Lächeln auf, und Ellen spürte, wie er sie während des Essens nicht aus den Augen ließ. Sobald sie fertig war, ließ sie sich entschuldigen und sagte zu ihrer Tante, daß sie ihren Vater anrufen würde.
Das entlockte May die erste Reaktion heute morgen. Sie streckte eine Hand aus, um ihre Nichte zurückzuhalten, und zog sie knapp vor einer wirklichen Berührung zurück. »Bitte belästige ihn nicht meinetwegen, Ellen. Es gibt nichts, das er für mich tun kann, und ich möchte nicht, daß er ohne guten Grund hier herunterstürzt.«
»Aber, Tante May, du bist doch seine einzige Schwester – ich muß ihm Bescheid sagen, und natürlich wird er etwas für dich tun wollen.«
»Das einzige, was er jetzt für mich tun kann, ist, mich in Ruhe zu lassen«, sagte May.
Unglücklich dachte Ellen, daß ihre Tante recht hatte – aber trotzdem konnte sie sie hier nicht mutterseelenallein sterben lassen, ohne einen Rettungsversuch zu unternehmen. Ihr Vater mußte es wissen. Um ungehemmt sprechen zu können, ging sie am Küchentelefon vorbei und begab sich nach hinten ins Schlafzimmer ihrer Tante, wo es bestimmt einen Nebenanschluß gab.
Es gab einen, und sie wählte die Privatnummer ihrer Eltern. Das Klingeln am anderen Ende der Leitung dauerte und dauerte, bis sie es aufgab und im Büro ihres Vaters anrief. Wie sie bereits halb vermutet hatte, teilte ihr die Sekretärin mit, daß Ellens Vater auf eine seiner Angelpartien gefahren war – absolut unerreichbar bis in ein, zwei Tagen. Aber sie würde ihm eine Nachricht hinterlassen, daß er gleich bei seiner Ankunft zurückrufen solle.
Also mußte die Sache warten. Ellen ging wieder zurück zur Küche, wobei ihre Kreppsohlen fast kein Geräusch auf dem Fußboden machten.

Sie hörte die Stimme ihrer Tante sagen: »Letzte Nacht bist du nicht zu mir gekommen. Ich hab gewartet und gewartet. Warum bist du fortgeblieben?«

Fast ohne zu überlegen, hielt Ellen außer Sichtweite der Tür inne und lauschte weiter.

»Du hast gesagt, du würdest bei mir bleiben«, fuhr May fort. Ihre Stimme hatte einen weinerlichen Unterton, der Ellen Unbehagen bereitete. »Du hast versprochen, du würdest dableiben und dich um mich kümmern, bis die Zeit kommt.«

»Das Mädchen war im Haus«, antwortete Peter. »Ich hab nicht gewußt, ob ich sollte.«

»Was macht das schon? Sie ist doch ganz egal«, versetzte May scharf. »Solange ich noch da bin, zählt sie keinen Pfifferling. Das hier ist immer noch mein Haus, und ich ... ich gehöre doch dir, nicht wahr? Nicht wahr, Liebster?«

Danach trat Stille ein. So leise sie konnte, eilte Ellen davon und aus dem Haus.

Die Meeresluft war, obwohl feucht und warm, eine Erleichterung nach der beklemmenden Muffigkeit des Hauses. Aber Ellen, die tief durchatmete, empfand immer noch Übelkeit.

Sie waren ein Liebespaar, ihre todkranke Tante und dieser gräßliche junge Mann.

Dieser muskulöse, hartäugige, unverschämte Fremde schlief mit ihrer gebrechlichen, altersschwachen Tante. Der Gedanke schokkierte sie und drehte ihr den Magen um, aber sie hatte keinen Zweifel daran – das kurze Zwiegespräch, die Stimme ihrer Tante, das alles hätte nicht deutlicher sein können.

Ellen lief den sandigen, unkrautüberwucherten Hang zu dem schmalen Strand hinab und wünschte sich, sie würde vergessen, was sie wußte. Wie konnte sie ihrer Tante noch ins Gesicht sehen, wie konnte sie in einem Haus bleiben, wo –

Sie hörte Dannys Stimme: müde, verächtlich, aber dennoch voll Anteilnahme. »Du bist so naiv in sexuellen Dingen, Ellen. Du glaubst, alles wäre entweder schwarz oder weiß. Du bist so ein *Kind.*«

Bei dem Gedanken an Danny brach Ellen in Tränen aus und

wünschte, sie wäre ihm nicht davongelaufen. Was würde er wegen dieser Sache zu ihr sagen? Daß auch ihre Tante ein Recht auf Vergnügen hatte und das Alter nur wieder so ein Vorurteil wäre. Aber was ist mit *ihm?* fragte sich Ellen. Was ist mit Peter – was hatte er davon? Auf irgendeine Weise nutzte er ihre Tante aus, dessen war sie sicher. Vielleicht bestahl er sie – sie dachte an all die leeren Zimmer und wußte keine Antwort.

In der Hosentasche ihrer Jeans fand sie ein Stück Kleenex, mit dem sie sich die Tränen abwischte. Das würde auch soviel anderes erklären, dachte sie. Jetzt wußte sie, warum ihre Tante derart verzweifelt in diesem morschen, zerfallenden Wrack von einem Haus bleiben wollte, warum ihr Bruder nicht herkommen sollte.

»Hallo, Ellen Morrow.«

Erschrocken hob sie den Kopf und sah, daß er ihr mitten im Wege stand. Er hatte sein hartes Lächeln aufgesetzt. Nachdem sie seinen dunklen, unnachgiebigen Augen kurz begegnet war, wandte sie ihren Blick ab.

»Sie sind nicht sehr freundlich«, sagte er. »Sie haben uns so schnell verlassen. Ich hab gar keine Gelegenheit gehabt, mit Ihnen zu reden.«

Sie funkelte ihn an und versuchte, um ihn herumzugehen, aber er schloß sich ihr an und hielt mit ihr Schritt. »Sie sollten nicht so unfreundlich sein«, sagte er. »Sie sollten versuchen, mich kennenzulernen.«

Sie blieb stehen und sah ihm ins Gesicht. »Weshalb? Ich weiß nicht, wer Sie sind oder was Sie im Haus meiner Tante zu suchen haben.«

»Ich glaube, Sie haben so eine Ahnung«, sagte er. Seine Dreistigkeit verschlug ihr fast den Atem. »Ich sehe nach Ihrer Tante. Bevor ich gekommen bin, war sie ganz allein hier, ohne Freunde oder Verwandte. Völlig schutzlos. *Sie* schockiert das vielleicht, aber Ihre Tante ist mir jetzt dankbar. Sie wäre nicht damit einverstanden, wenn Sie mich fortzujagen versuchen.«

»Jetzt bin ich da«, erwiderte Ellen. »Ich gehöre zu ihren Verwandten. Und ihr Bruder wird auch herkommen. Sie wird nicht mehr allein sein – der Gnade irgendeines Fremden ausgeliefert.«

»Sie will nicht, daß ich fortgehe – weder wegen ihrer Verwandtschaft noch wegen sonst wem.«

Ellen schwieg einen Moment. Dann sagte sie: »Sie ist eine kranke, einsame alte Frau – sie braucht jemanden. Aber was haben Sie davon? Glauben Sie, sie hinterläßt Ihnen ihr Geld, wenn sie stirbt?«
Er lächelte verächtlich. »Ihre Tante hat keinen Pfennig. Alles, was sie hat, ist dieses Wrack von 'nem Haus – und das sollen mal Sie kriegen. Ich gebe ihr, was *sie* braucht, und sie gibt mir, was *ich* brauche – und das ist etwas viel Grundlegenderes und Wichtigeres als Geld.«
Aus Angst, daß sie rot würde, und mit dem Wunsch, ihn nicht sehen zu müssen, wandte sich Ellen um und begann, über den Sand wieder auf das Haus zuzumarschieren. Sie konnte fühlen, wie er neben ihr Schritt hielt, nahm seine Anwesenheit aber nicht zur Kenntnis.
Bis er sie am Arm packte –, und sie ein Keuchen ausstieß, daß ihr, sobald sie es hörte, peinlich war. Aber Peter verriet mit keiner Miene, daß er es bemerkt hatte. Jetzt, wo er sie zum Stehen gebracht hatte, lenkte er ihr Augenmerk auf etwas am Erdboden.
Sie kam sich dumm vor und war immer noch ein bißchen verängstigt, als sie sich von ihm in die Hocke ziehen ließ. Was seine Aufmerksamkeit erregt hatte, war ein Kampf – ein Kampf auf Leben und Tod in einer kleinen sandigen Arena. Eine Spinne, blaß wie der Sand, tanzte wachsam und vorsichtig auf Pfeifenreinigerbeinen. Um sie herum schoß, mit im Sonnenschein glänzenden Chitinkörper, ein tödlicher schwarzer Pfeil von Wespe.
Die Art, wie diese winzigen Antagonisten einander umkreisten, Scheinangriffe unternahmen, erstarrten, sich zurückzogen und vorschnellten, hatte etwas gespenstisch Faszinierendes. Die Spinne auf ihren zerbrechlichen Beinen erschien Ellen nervös, während die Wespe ruhig und entschlossen war. Sie hatte nur eins im Sinn. Obwohl sie weder für Spinnen noch für Wespen etwas übrighatte, hoffte Ellen, die Spinne würde gewinnen.
Mit einemmal schoß die Wespe vorwärts; die Spinne rollte auf den Rücken, wobei ihre Beine sich zusammenzogen und ausschlugen, sich öffneten und schlossen wie die Finger einer Faust, und die beiden schienen einen Moment lang miteinander zu ringen.
»Ah, jetzt hat sie sie«, murmelte Ellens Begleiter. Ellen sah, daß

sein Gesicht begierig und angespannt wirkte; der tödliche Zweikampf nahm ihn ganz gefangen.
Als sie wieder einen Blick nach unten warf, sah sie, daß die Spinne völlig still lag, während die Wespe sie wachsam umkreiste.
»Sie hat sie umgebracht«, sagte Ellen.
»Ja, es ist eine Sie«, bestätigte Peter. »Aber die Spinne ist ein Er, und sie ist nicht tot. Sie ist bloß gelähmt. Die Wespe vergewissert sich jetzt erst mal, daß ihr Stachel ihn vollständig unter Kontrolle hat. Sie wird ein Loch graben, das Spinnenmännchen hineinziehen und dann in seinem Körper ihre Eier ablegen. Die Spinne wird nichts tun können, als im Haus ihres Feindes zu liegen und zu warten, bis die Eier ausgebrütet sind und ihn aufzufressen beginnen.« Er lächelte sein unangenehmes Lächeln.
Ellen stand auf.
»Natürlich kann er nichts spüren«, fuhr Peter fort. »Er lebt, aber nur im oberflächlichsten Sinne. Dieses lähmende Gift, mit dem die Wespe ihn vollgepumpt hat, hat ihn effektiv abgetötet. Ein weiterentwickeltes Wesen würde sich vielleicht mit Zukunftsängsten quälen, der Unausweichlichkeit seines heranrückenden Todes –, aber das da ist bloß eine Spinne. Und was weiß eine Spinne schon?«
Ellen ging wortlos davon. Sie rechnete damit, daß er ihr folgen würde, als sie aber zurückschaute, sah sie, daß er die Wespe immer noch, auf Händen und Knien kauernd, bei ihrem tödlichen Werk beobachtete.
Sicher und wohlbehalten wieder im Haus, sperrte Ellen die Vordertür hinter sich zu, verschloß dann nacheinander die übrigen Türen und überprüfte die Fenster. Obwohl sie wußte, daß ihre Tante Peter wohl einen Hausschlüssel gegeben hatte, wollte sie sich nicht noch einmal von ihm überraschen lassen. Sie war gerade dabei, den Seiteneingang, dicht neben dem Zimmer ihrer Tante, abzuschließen, da rief eine schwache Stimme: »Bist du das, Liebling?«
»*Ich* bin's, Tante May«, antwortete Ellen und fragte sich, wer mit diesem »Liebling« wohl gemeint war. Nach einem kurzen, aber erbitterten Ringen zwischen Mitleid und Abscheu betrat sie das Schlafzimmer.
Von ihrem Bett aus warf Ellens Tante ihr ein mattes Lächeln zu.

»Ich werde jetzt so schnell müde«, sagte sie. »Ich glaube, den Rest des Tages kann ich auch gleich im Bett verbringen. Was gibt es für mich schon noch zu tun außer zu warten?«
»Tante May, ich könnte ein Auto mieten und dich zu einem Arzt bringen – oder vielleicht könnten wir einen Arzt finden, der bereit wäre, hier herauszukommen.«
May drehte ihren grauen Kopf auf dem Kissen hin und her. »Nein. Nein. Es gibt nichts, was ein Arzt tun könnte, keine Medizin auf der Welt, die mir jetzt noch helfen kann.«
»Etwas, damit du dich besser fühlst ...«
»Meine Liebe, ich fühle nur sehr wenig. Nicht den geringsten Schmerz. Mach dir um mich keine Gedanken. Bitte.«
Sie sieht so erschöpft aus, dachte Ellen. Fast völlig aufgebraucht. Und während sie auf die kleine, von Bettzeug umgebene Gestalt hinabsah, spürte Ellen, wie ihre eigenen Augen sich mit Tränen füllten. Plötzlich warf sie sich neben dem Bett zu Boden. »Tante May, ich *will* nicht, daß du stirbst!«
»Komm, komm«, sagte die alte Frau sanft, aber ohne jede weitere Bewegung. »Gräm dich doch nicht. Mir selbst ging es auch einmal so, aber darüber bin ich hinaus. Ich habe mich mit dem, was geschehen ist, abgefunden, und das mußt du auch. Das mußt du auch.«
»Nein«, flüsterte Ellen, während sie ihr Gesicht ans Bett gepreßt hielt. Sie wollte ihre Tante in die Arme nehmen, traute sich aber nicht – die Reglosigkeit der alten Frau schien es zu verbieten. Ellen wünschte, ihre Tante würde eine Hand ausstrecken oder ihr das Gesicht zuwenden, um sich küssen zu lassen: sie konnte den ersten Schritt nicht selber tun.
Schließlich hörte Ellen zu weinen auf und hob den Kopf. Sie sah, daß ihre Tante die Augen geschlossen hatte und jetzt, offenkundig eingeschlafen, ruhig und friedlich atmete. Ellen stand auf und entfernte sich rückwärts aus dem Zimmer. Sie sehnte sich nach ihrem Vater, nach jemandem, der diesen Kummer mit ihr teilen könnte.
Den Rest des Tages verbrachte sie mit Lesen und planlosen Streifzügen durch das Haus. Dabei dachte sie hin und wieder auch an

Danny und den unleidlichen Fremden namens Peter – fühlte sich frustriert, weil sie nichts tun konnte. Der Wind erhob sich neuerlich, und das alte Haus zerrte ihr mit seinem Geknarre an den Nerven. Da sie sich in diesem modrigen Kadaver wie in einer Falle vorkam, trat Ellen auf die Veranda vor dem Haus. Dort lehnte sie sich ans Geländer und starrte auf den grau-weißen Ozean hinaus. Hier draußen genoß sie den beißenden Wind, und das Knarren des Balkons über ihrem Kopf störte sie nicht.
Müßig wanderte ihre Aufmerksamkeit zu dem hölzernen Geländer unter ihren Händen, und sie zupfte mit einem ihrer Fingernägel an einem hervorstehenden Splitter. Zu ihrer Überraschung löste sich nicht nur er unter ihren Fingern: Einige Quadratzentimeter des schlecht gestrichenen Holzes brachen ab, um darunter ein Inneres zu offenbaren, das so weich und voller Löcher war wie ein Schwamm. Das Holz schien zu zittern, und nach sekundenlanger Verblüffung begriff Ellen plötzlich, daß es durch und durch von Termiten zerfressen war. Mit einem kleinen Schrei des Abscheus zuckte sie zurück und starrte dabei auf das Innere, das sie freigelegt hatte. Dann ging sie wieder ins Haus und schloß die Tür hinter sich ab.
Während es dunkelte, begann Ellen sehnsüchtig an Essen und Gesellschaft zu denken. Ihr wurde bewußt, daß sie aus dem Zimmer ihrer Tante nichts mehr gehört hatte, seit sie sie heute früh hatte schlafen lassen. Nach einem kurzen Blick in die Küche, um festzustellen, was sich zum Abendessen machen ließe, ging Ellen zurück, um ihre Tante zu wecken.
Es war dunkel in dem Zimmer und viel zu still. Eine unbestimmte Furcht ließ Ellen unter der Tür verharren, wo ihr, als sie die Ohren angestrengt nach einem Geräusch, irgendeinem Geräusch spitzte, mit einemmal die Bedeutung dieser Stille klar wurde: May atmete nicht mehr.
Ellen schaltete das Licht ein und eilte ans Bett ihrer Tante. »Tante May. Tante May«, sagte sie, schon ohne jede Zuversicht. In der Hoffnung, einen Puls zu fühlen, ergriff sie eine der kühlen Hände und legte mit angehaltenem Atem den Kopf an die Brust ihrer Tante.

Nichts. Kein Herzschlag. May war tot. Während sie neben dem Bett auf den Knien hockte, die Hand ihrer Tante immer noch in ihrer eigenen, zog sich Ellen zurück. Sie starrte auf das leere, ausdruckslose Gesicht – die Augen waren geschlossen, aber die Kinnlade hing leicht herunter – und spürte dabei den langsam anwachsenden Kummer in ihrem Innern.

Zuerst hielt sie es für einen Blutstropfen. Dunkel glänzend erschien er auf Mays Unterlippe und lief langsam aus dem Mundwinkel. Verwirrt und wie vor den Kopf geschlagen starrte Ellen auf das Tröpfchen, das sich langsam von Mays Lippe löste und sich, ohne eine Spur zu hinterlassen, am Kinn hinabbewegte.

Dann sah Ellen, was es war.

Ein schwarzes, glänzendes Käferchen, nicht größer als der Nagel an ihrem kleinen Finger. Und während Ellen noch hinsah, kroch ein zweites winziges Insekt langsam auf den Sims von Mays toter Lippe hinaus.

Ellen krabbelte auf Händen und Knien rückwärts vom Bett weg. Sie hatte eine Gänsehaut, ihr drehte sich der Magen um, und ein grauenhafter Geruch schien ihr in der Nase zu stecken. Irgendwie schaffte sie es, auf die Beine und aus dem Zimmer zu kommen, ohne sich zu erbrechen oder in Ohnmacht zu fallen.

In der Diele lehnte sie sich an die Wand und versuchte, ihre Gedanken zu ordnen.

May war tot.

Vor ihrem geistigen Auge erschien eine Flut von schwarzen Insekten, die aus dem Mund der Toten herausbrodelte.

Ellen stöhnte, biß die Zähne zusammen und versuchte, an etwas anderes zu denken. *Es war nicht wirklich geschehen.* Sie würde nicht darüber nachgrübeln.

Aber May war tot, und damit mußte man sich auseinandersetzen. Ellens Augen füllten sich mit Tränen – dann, plötzlich voll Ungeduld, zwinkerte sie sie weg. Keine Zeit dafür. Tränen nutzten jetzt gar nichts. Sie mußte überlegen. Sollte sie ein Bestattungsinstitut anrufen? Nein, zuerst bestimmt einen Arzt, selbst wenn für May jede Rettung zu spät kam. Ein Arzt könnte Ellen sagen, was zu tun war, wen man benachrichtigen müßte.

Sie ging in die Küche, drehte das Licht an und bemerkte dabei, wie die Dunkelheit draußen gleich einem Vorhang am Fenster herabzufallen schien. In dem Regalschrank neben dem Telefon fand sie das dünne örtliche Teilnehmerverzeichnis und schlug die Liste der Ärzte auf. Es gab nur wenige. Ellen entschied sich für die zuerst aufgeführte Nummer und nahm – in der Hoffnung, daß auch eine Stadt dieser Größenordnung einen Anrufbeantwortungsdienst für Ärzte hatte – den Hörer ab.

Es gab kein Freizeichen. Verwundert drückte sie auf den Knopf und ließ wieder los. Immer noch nichts. Daß der Anschluß jedoch tot war, glaubte sie nicht, denn es herrschte keine völlige Stille. Sie konnte am anderen Ende der Leitung etwas hören – ein leises Atmen vielleicht, so als hätte irgend jemand irgendwo sonst im Haus ebenfalls abgenommen und würde sie belauschen.

Bestürzt über diese Vorstellung, knallte Ellen den Hörer wieder auf die Gabel. Es konnte niemand außer ihr im Haus sein. Aber vielleicht war an einem der anderen Apparate der Hörer nicht richtig aufgelegt. Sie versuchte sich zu erinnern, ob es im zweiten Stock noch einen gab, denn vor dem Gedanken, ohne einen Arzt, ohne einen, der die Verantwortung übernahm, ohne Begleitung wieder ins Zimmer ihrer Tante zu gehen, schreckte sie zurück.

Doch selbst wenn es oben einen zweiten Anschluß gab, dann, wurde Ellen klar, hatte sie ihn weder gesehen noch benutzt, so daß die Störung kaum von dort ausgehen durfte. War hingegen der Hörer im Zimmer ihrer Tante nicht aufgelegt, so konnten sowohl diese als auch Ellen selbst es versäumt haben.

Er erwartete sie bereits in der Diele.

Ihr stockte der Atem, und sie brachte keinen Laut hervor. Sie wich ein paar Schritte zurück.

Er trat ein paar Schritte heran, bis kein Platz mehr zwischen ihnen war.

Mit großer Willensanstrengung fand Ellen ihre Stimme wieder und sagte, indem sie für den Moment ihre fast instinktive Angst vor diesem Mann bezwang: »Peter, Sie müssen einen Arzt für meine Tante holen.«

»Ihre Tante hat gesagt, sie will keinen Arzt«, erwiderte er. Seine

Stimme kam nach dem unheilschwangeren Schweigen fast als eine Erleichterung.

»Auf das, was meine Tante will, kommt es jetzt nicht mehr an«, sagte Ellen. »Sie ist tot.«

Die Stille um sie herum summte. Im Dunkel der Diele konnte Ellen sich nicht ganz sicher sein, aber sie glaubte, er lächelte.

»Würden Sie gefälligst einen Arzt holen?«

»Nein«, antwortete er.

Ellen wich zurück, und wieder folgte er ihr.

»Warum gehen Sie nicht und schauen sie sich an«, schlug Ellen vor.

»Wenn sie tot ist«, sagte er, »dann braucht sie keinen Arzt. Und für die Leiche da ist morgen früh noch Zeit.«

Ellen wich weiter zurück, da sie Angst hatte, ihm den Rücken zu kehren. In der Küche könnte sie ja dann noch einmal das Telefon ausprobieren.

Aber er ließ sie nicht. Noch ehe sie nach dem Hörer greifen konnte, schoß seine Hand nach vorn, und er riß mit einem Ruck das Kabel aus der Wand. Es lag ein eigentümliches Lächeln auf seinem Gesicht. Dann hob er den Apparat, dessen Leitung lang herabbaumelte, hoch über seinen Kopf und schmetterte das ganze Ding auf den Boden, während Ellen sich verstört nach hinten zurückzog. Mit nervenaufreibendem Krachen landete es auf dem Linoleum, nur Zentimeter vor ihren Füßen.

Erfüllt von Grauen – außerstande zu sprechen oder sich zu bewegen – starrte Ellen ihn an und suchte in ihrem Geiste wie irrsinnig nach einer Möglichkeit, ihm zu entfliehen. Sie dachte an das draußen herrschende Dunkel, an die lange, ungepflasterte Straße, wo weit und breit keine Menschenseele war, und den verwaisten Strand. Dann fiel ihr das Zimmer ihrer Tante ein, das eine schwere Holztür und ein vielleicht noch funktionierendes Telefon hatte.

Er beobachtete sie die ganze Zeit ohne jede Bewegung. Ellen kam der sonderbare Gedanke, daß er sie zu hypnotisieren versuchte, um sie am Weglaufen zu hindern; aber vielleicht wartete er auch nur darauf, daß sie den ersten Schritt machte – lauerte auf die verräterische Anspannung in ihren Muskeln, die ihm ihre Absichten signalisieren würde.

Zu guter Letzt begriff Ellen, daß etwas geschehen müßte – sie konnte nicht ewig darauf warten, bis er etwas unternahm. Er war ihr so nahe, daß sie nicht den Versuch wagte, an ihm vorbeizulaufen. Statt dessen unternahm sie einen Ausfall nach links, so als wolle sie um ihn herum- und auf die Haustür zurennen, lief aber nach rechts.

Er fing sie mit seinen kraftvollen Armen ab, noch ehe sie drei Schritt weit gekommen war. Sie schrie, doch sein Mund drückte sich auf den ihren, und der Schrei wurde erstickt.

Das Gefühl dieses aufgezwungenen Kusses ängstigte sie mehr als alles andere. Irgendwie hatte sie diese Möglichkeit nicht bedacht, trotz all ihrer Furcht vor ihm; erst jetzt fiel es ihr ein, daß er vorhatte, sie zu vergewaltigen.

Während sie sich verzweifelt zur Wehr setzte, fühlte sie, wie seine Arme ihren Körper noch fester zusammendrückten, so daß die ihren seitwärts festgezwängt und der Atem aus ihr herausgepreßt wurde. Sie versuchte, ihn zu treten oder ihm ein Knie zwischen die Schenkel zu rammen, aber sie konnte es nicht weit genug heben, und ihre Tritte waren schwache, kleine Stöße gegen seine Beine.

Er zog seinen Mund von ihrem weg, zerrte sie wieder in das Dunkel der Diele und drückte sie zu Boden, indem er sie mit seinem ganzen Körpergewicht bewegungsunfähig machte. Ellen dankte dem Himmel für ihre enganliegenden Jeans. Um sie herunterzubekommen ... – aber sie würde es nicht so weit kommen lassen. Sobald sie Bewegungsfreiheit hätte, beschloß Ellen, und sei es auch nur für einen winzigen Augenblick, würde sie ihm an die Augen gehen.

Dieser Vorsatz war fest in ihrem Sinn, als er sich von ihr erhob, aber er hielt ihre Handgelenke mit solcher Kraft umklammert, daß sie zu zerbrechen drohten. Sowie ihre Beine von seinem Gewicht befreit waren, begann sie zu treten, doch sie trat nur Löcher in die Luft und konnte nichts ausrichten.

Abrupt ließ er ihre Hände los, so daß sie herabfielen. Es war ihr kaum bewußt geworden; sie hatte gerade noch Zeit gehabt, zu denken »Geh ihm an die Augen«, da versetzte er ihr bereits mit einer glatten, täuschend beiläufigen Bewegung einen Fausthieb in den Magen.

Sie bekam keine Luft mehr. Unwillkürlich krümmte sie sich – war sich dabei lediglich des mörderischen Schmerzes bewußt. Unterdessen pellte er ihr Jeans und Unterhose halbwegs herunter, drehte mit einem Handgriff ihren willenlosen Körper herum, als wäre es ein Stück Möbel, und zog sie dann auf die Knie.

Während sie würgte, ohne etwas erbrechen zu können – sie hatte ja nichts im Magen – und zitternd einen vollen Atemzug zu tun versuchte, nahm sie es fast nur als eine geringfügige Ablenkung wahr, daß er an ihren Geschlechtsteilen fummelte. Kurz darauf verspürte sie einen neuen, trockenen, reißenden Schmerz; er drang in sie ein.

Ein einziger Moment der Qual und der Hilflosigkeit; dann breitete sich Taubheit aus. Sie empfand – oder vielmehr, hörte auf zu empfinden – eine lähmende Woge, wie intensive Kälte, die ihr von den Lenden in den Bauch, die Hüften und die Beine hinunterströmte. Ihre Rippen waren gefühllos geworden, und der Boxhieb, den er ihr versetzt hatte, tat nicht länger weh. Es gab nichts – keinen Schmerz, keine Botschaften irgendwelcher Art von ihrem mißhandelten Körper. Sie war immer noch fähig, ihre Lippen wahrzunehmen, fähig, ihre Augen zu öffnen und zu schließen, aber kinnabwärts hätte sie ebensogut tot sein können.

Und der Gefühlsverlust ging Hand in Hand mit einem Verlust der Selbstbeherrschung. Urplötzlich fiel sie zu Boden wie eine Stoffpuppe, wobei sie sich schmerzhaft ihr Kinn anschlug.

Sie zweifelte kaum, daß sie immer noch vergewaltigt wurde, konnte aber nicht einmal ihren Kopf heben und drehen, um zu schauen.

Dann nahm Ellen durch ihr eigenes angestrengtes Keuchen ein zweites Geräusch wahr, ein leises, dröhnendes Summen. Von Zeit zu Zeit wippte und zuckte ihr Körper leicht, vermutlich als Reaktion auf was immer er weiterhin damit machte.

Ellen schloß ihre Augen und betete darum, aufzuwachen. Hinter ihren Lidern erschienen lebhafte Bilder. Wieder erblickte sie das Insekt auf der toten Lippe ihrer Tante, einen Käfer, so schwarz, hart und glänzend wie Peters Augen. Die Wespe in der Sanddüne, wie sie die gelähmte Spinne umkreiste. Tante Mays Leiche, über die eine glitzernde Flut von Insekten hinkrabbelte, die sich an dem Leib der Toten mästete.

Und wenn sie mit ihrer Tante fertig wären, würden sie dann kommen und sie, Ellen, hier vorfinden, gelähmt und für sie bereit auf dem Boden?
Sie schrie laut auf bei dieser Vorstellung, und ihre Augen öffneten sich schlagartig. Sie sah Peters Füße vor sich. Also war er fertig. Sie fing an zu weinen.
»Lassen Sie mich hier nicht so liegen«, murmelte sie, während es in ihrem Kopf immer noch von Ängsten wimmelte.
Sie vernahm sein trockenes Kichern. »Dich liegenlassen? Aber ich bleibe doch bei dir. Das hier ist mein Zuhause.«
Und da begriff sie. Natürlich würde er sie nicht verlassen. Er würde hier bei ihr bleiben, wie er bei ihrer Tante geblieben war, und sich um sie kümmern, während sie selbst ständig schwächer wurde, bis sie schließlich starb und die lebende Fracht, die er ihr eingepflanzt hatte, ausschütten würde.
»Du wirst nicht das geringste spüren«, sagte er.

HERZ UND HAND

Robert Aickman

Bis zu seinem Tod vor mehreren Jahren war der Engländer Robert Aickman aktiv an vielen Gebieten interessiert, darunter Architektur, Oper, Natur und Tiere, Wasserstraßen sowie Seelenforschung. Er war Film- und Theaterkritiker, Dozent, Rundfunk- und Fernsehsprecher, am besten aber kennen wir ihn als Verfasser hervorragender »seltsamer Geschichten«, zu denen – neben vielen anderen – *Ringing the Changes, Pages from a Young Girl's Journal* (mit dem *First World Fantasy Award* als beste Kurzgeschichte ausgezeichnet) und diejenige gehören, die Sie gleich lesen werden, eine Gotische Erzählung der Neuzeit mit einer Reihe von feinen, unterschwelligen Wendungen. Sie handelt von einer jungen Frau, die aufgrund einer unglücklichen Liebesbeziehung die Frage stellt: »Wie heilt man ein gebrochenes Herz?« und darauf die Antwort erhält: »Indem man den, der es gebrochen hat, umbringt ...«

... jener feine, gazeartige Nebel, den man nur in Essex findet.
SIR HENRY CHANNON

Als Millicent endlich mit Nigel Schluß machte und spürte, daß auch das letzte winzige Restchen Sinn aus ihrem Leben gesickert war (von ihrer Arbeit selbstverständlich abgesehen), war es nur natürlich, daß Winifred ein Picknick samt einem (wie sie selbst es ausdrückte) »nicht allzu ernsthaften« Besuch in Great House vorschlug. Millicent begriff, daß sie keine andere Wahl hatte, als auf diese Idee einzugehen, und gewährte recht wirkungsvoll die erwartete Mischung aus Blässe und Dankbarkeit. Wahrscheinlich würde sie Winifred in Zukunft noch viel öfter zu Gesicht bekommen, immer vorausgesetzt, daß diese nicht im selben Moment beschloß, in irgendeine neue Richtung loszuschießen.
Jeder wußte über Millicent und Nigel Bescheid und nahm es als gegeben hin, so daß man ihr nun trotz der Wichtigkeit ihrer Arbeit

friedlich ein, zwei Tage Urlaub zugestand. Schließlich war sie auf die eine oder andere Art lange mit Nigel liiert gewesen; und die täuschend geringfügigen Nuancen zwischen den unterschiedlichen Arten gingen nur die beiden beteiligten Parteien etwas an. Winifred hingegen hatte einige Mühe, sich loszueisen, aber sie ließ nicht locker, weil ihr klar war, wieviel es Millicent bedeuten mußte. Es gibt zu viele Leute ringsum, als daß es sinnvoll wäre, die meisten Möglichkeiten beruflicher Beschäftigung objektiv zu beurteilen. In einer wichtigen Hinsicht war Winifreds Leben einfacher als das von Millicent: »Ich selbst war nie verliebt«, pflegte sie zu sagen. »Ich verstehe im Grunde nichts davon.« Eigentlich kam das Thema nur selten auf, und heute noch weniger als vor zehn oder zwölf Jahren.

»Wie wär's mit Baddeley End?« meinte Winifred, die einen makabren Scherz zu machen versuchte und damit den Schatten eines Lächelns hervorrief. Winifred hatte kaum je bezweifelt, daß die Nigel-Geschichte so zu Ende gehen würde, wie sie zu Ende gegangen war.

»Ausgezeichnet«, antwortete Millicent, die sich währenddessen auf den Geist der Sache einließ, dankbare Phantomhände ausstreckte.

»Ich such uns auf der Landkarte ein Plätzchen zum Picknicken«, sagte Winifred. Winifred hatte schon in den Cevennen, den Apenninen, den Dolomiten, der Sierra de Guadarrama, ja, selbst den Karpaten Picknickplätzchen für sie gefunden. Es war zufällig dieselbe Art von Dingen, in denen Nigel eher kläglich versagte. Wenn man mit Nigel zusammentraf, dachte man meist eher an den Ochsen und das Scheunentor.

»Besser, wir nehmen mein Auto«, fuhr Winifred fort. »Dann kannst du tun und lassen, was du willst.«

Und anfangs war, oberflächlich betrachtet, alles so wunderhübsch verlaufen wie immer. Daran konnte Millicent keinen Zweifel haben. Man weiß heutzutage schwerlich, was man vorziehen soll: Freunde und Freundinnen, die (bis zu einem gewissen Grad) verstehen, oder diejenigen, die überhaupt nichts verstehen und auf diese Weise ihre eigene Art von zeitweiligem Entrinnen anbieten.

Am Ende eines langen Feldwegs, vielleicht war es auch nur ein

Reitpfad, brachte Winifred den Wagen zum Stehen. Der Weg hatte einen, zumindest für den neuzeitlichen Verkehr, mangelhaften Boden, auch wenn die beiden Frauen nur durch eine kurze Strecke von ihrem jeweiligen Zuhause getrennt waren. Winifred hatte einen großen Teil der Route im Kopf. Nun faßte sie die Picknickszenerie ins Auge.

»Ein ganz hübsches Fleckchen«, meinte sie zuversichtlich. »Es gibt ein Wegerecht oder zumindest einen Fußpfad durch den Kirchhof hinab zum Fluß.«

»Was für ein Fluß?« erkundigte sich Millicent mit mäßigem Interesse.

»Es ist nur ein Bach. Na ja, vielleicht ein *bißchen* mehr als das. Der sogenannte Waste.«

»*Waste?* Ist er das denn wirklich? Ein Abwasser?«

»Ja, ist er. Könntest du mir bitte den Rucksack rausreichen?«

In Stunden der Ungebundenheit packte Winifred immer einen Rucksack, wo frühere Generationen einen Proviantkorb oder einen Überseekoffer zurechtgemacht hätten.

»Tut mir leid, daß ich nichts beigesteuert habe«, sagte Millicent nicht zum erstenmal.

»Sei nicht albern«, entgegnete Winifred.

»Laß mich doch wenigstens etwas tragen!«

»Na gut, die halbe Flasche und die Gläser. Ich hab sie nicht reingekriegt.«

»Wie lieb von dir«, sagte Millicent. Am hellichten Tage enthielt man sich normalerweise der Aufnahme von Alkoholika.

»Ich denke, wir gehen durch das Kußgatter.«

Selbst bei dieser gängigen Redensart – gemeint war ein kleines Schwingtörchen – schrak Millicent leicht zusammen.

Das eiserne Törchen befand sich neben dem hölzernen, überdachten Friedhofstor, unter dem früher die Leichenwagen gewartet hatten, das aber heute nur noch zu besonderen Anlässen geöffnet wurde. Vorbei an dem altertümlichen, niedrigen und flechtenbewachsenen Kirchlein zu ihrer Rechten gingen sie auf dem Fußweg durch die Grabreihen hinunter. Früher war er einmal mit Backsteinen gepflastert gewesen, von denen heute jedoch viele fehlten, und zwischen den übrigen wucherte das Unkraut.

»Es ist sehr rutschig«, sagte Millicent. »Schnell möchte ich hier nicht hoch müssen.« Es war angebracht, daß sie irgendeine Bemerkung machte – zeigte, daß sie noch am Leben war.
»Es kann eigentlich nicht rutschig sein. Es hat schon wochenlang nicht mehr geregnet.«
Das mußte Millicent zugeben.
»Vielleicht sollte besser ich vornweg gehen?« fuhr Winifred fort. »Dann könntest du mit den Gläsern dir Zeit lassen. Tut mir leid, aber sie sind so zerbrechlich.«
»*Du* weißt, wo's langgeht«, gab Millicent zur Antwort, während sie ihrer Freundin die Führung überließ.
»Vor dem Wegfahren werfen wir noch einen Blick in die Kirche.«
Obwohl Efeuranken damit begonnen hatten, die moosige kleine Kirche zu umfangen wie ein Krake, der verstohlen seine Beute an sich zieht, mußte Millicent zugeben, daß die beträchtliche Anzahl von augenscheinlich neuen Grabstätten eine anhaltende Nutzung des Gebäudes vermuten ließ. Andererseits war das verputzte Pfarrhaus zu ihrer Linken, hinter der gefährlich aussehenden Hecke, fleckig und schmutzverschmiert und wies an diesem fast idealen Tag kein offenes Fenster auf.
Was immer Winifred auch sagen mochte, jedenfalls erschien der Kirchhof sehr feucht. Aber der Boden von Essex besteht ja auch zu einem Großteil aus schwerem Lehm. Das weiß doch jedes Kind.
Am anderen Ende befand sich noch ein – stark quietschendes und eigensinniges – Schwingtörchen und dahinter ein abschüssiges Feld. In der Ecke oben, am gegenüberliegenden Hang, scharte sich eine Gruppe von Kühen, ein »Mischbestand«, wie Millicents Stiefvater es früher ausgedrückt hätte – in den sehr, sehr alten Zeiten, so schien es in diesem Moment.
Obwohl auf der smaragdgrünen Wiese unten kein Pfad zu erkennen war, verfolgte Winifred, die als allererstes die gepunktete Landkarte vor Augen hatte, einen festen, gleichmäßigen Kurs. Millicent wußte aus Erfahrung, daß sich am Grunde von Winifreds Rucksack eine großflächige Sitzunterlage befand. Warum auch nicht.
Winifred marschierte ihrer Freundin voran, durch ein fast nicht mehr vorhandenes Tor nach links und über einen sonderbaren,

matschigen, von wuchernden Hecken gesäumten Gehweg zum Flußufer hinab.

Hier gab es Schlamminselchen, auf denen schlanke, fast tropisch anmutende Pflanzen wuchsen, und, zur Rechten, eine zerbröckelnde Steinbrücke mit irgendeiner Verzierung auf dem Mittelfeld. Obwohl üppiges, schweres Laubwerk die Szene überschattete, blitzten ein paar frühzeitige Libellen durch vage Sonnenstreifen.

»Das Wegerecht geht über die Brücke«, bemerkte Winifred, »aber auf dieser Seite haben wir's vielleicht schöner.«

Schilfbestanden und von Schatten bedeckt, war das Picknickplätzchen äußerst romantisch; höchst unwahrscheinlich, daß es jemand entdeckte, selbst auf eine so kurze Entfernung zum Menschengewimmel auf der Nordseite des Parks, wo sie selbst zu Hause waren. Nach der Mahlzeit konnte man durchaus die morschen Gebeine nachzüglerischer Rittersmänner von einst suchen gehen; oder hätte es früher tun können, als man noch die Energie und die Zuversicht besaß. Außerdem hatte Millicent bemerkt, daß die Brücke vom einen Ende zum anderen mit rostigem Stacheldraht versperrt war, der durch die Länge und Gekrümmtheit seiner Haken auffiel.

Sie waren ein hübsches Paar, wie sie da auf der Sitzdecke lagerten: schmuck, sauber, tüchtig und immer noch, trotz allem, erwartungsvoll. Sie trugen einfarbige Pullis und fleckige, alte Hosen. In die Symphonie von Millicents Haarpracht mischten sich einzelne Blaßgrau-Themen. Winifreds robustes Strohblond wirkte jederzeit bodenständig neutral. Ein auf der Brücke verweilender Dichter hätte womöglich Wehmut darüber empfunden, daß das Leben ihnen nicht mehr geboten hatte. Nur wenige Menschen sind imstande, anhand der gepunkteten Linien auf einer Landkarte eine so ideale Szenerie für den Gram einer Freundin herauszupicken. Nur wenige Menschen konnten in ihrer Trübsal so sinnlich wirken wie Millicent, die, fern ihres Büros, dessen zweischneidige, paranoide Befriedigungen einen seligen Moment lang vergessen hatte.

Es war wirklich ein schlauer Gedanke von Winifred gewesen, die halbe Flasche zu kaufen und mitzubringen, aber Millicent stellte fest, daß auch der Wein zu Mittag keinen Unterschied machte. Wie denn auch? Wie konnte irgend etwas dies fertigbringen? Fast alles?

Doch da –
»Winifred! Wo kommen denn plötzlich all die Pilze her?«
»Ich vermute, sie waren schon bei unserer Ankunft da.«
»Nein. Ich bin mir hundertprozentig sicher.«
»Natürlich sind sie schon dagewesen«, sagte Winifred. »*So* schnell wachsen Pilze nun auch wieder nicht.«
»Sie sind nicht dagewesen. Wenn ja, hätte ich mich nicht hingesetzt. Ich sitze nicht gern zwischen lauter Riesenpilzen.«
»Sie haben ganz normale Größe«, entgegnete Winifred lächelnd und zog dabei ihre Beine an. »Möchtest du gehen?«
»Tja, das Picknick wäre ja wohl zu Ende«, sagte Millicent. »Vielen Dank, Winifred, es war wunderschön.«
Sie standen auf: zwei verbannte Dryaden, wie vielleicht der Poet auf der Brücke es ausgedrückt hätte. Auf ihrer Seite des seichten, sumpfigen Flußlaufs wuchsen Pilze, so weit das Auge reichte, flußauf- und flußabwärts; obwohl dieses Auge zugegebenermaßen weder in der einen noch in der anderen Richtung sehr weit am Ufer entlangschauen konnte, da ihm hier die Brücke und dort der Beinahe-Urwald die Sicht versperrten.
»Es ist feucht«, sagte Millicent. »Alles ist so entsetzlich feucht und klamm.«
»Wenn das so ist«, bemerkte Winifred, »dann muß es immer so sein, denn es hat sehr wenig geregnet. Ich sagte es ja bereits.«
Millicent schämte sich wegen ihrer selbst, was ihr jetzt dauernd passierte. »Du warst sehr klug, ein so vollkommenes Fleckchen zu entdecken«, sagte sie sofort. »Aber das tust du ja immer. Alles war absolut perfekt, bis diese Pilze gekommen sind.«
»Ich bin mir eigentlich nicht ganz sicher, ob es überhaupt Pilze *sind*«, erwiderte Millicent. »Gehen wir. Oh, tut mir schrecklich leid. Du hast ja noch nicht zu Ende gepackt.«

Auf dem Rückweg kam man natürlich weit schwerer das Gefälle wieder hinauf. »Plackerei« war das Wort, mit dem Millicents Stiefvater ihren Fußmarsch bezeichnet hätte.
»Warum stehen denn alle Kühe so zusammengedrängt in einer Ecke?« fragte Millicent. »Seit unserer Ankunft haben sie nicht ein Bein bewegt.«

»Das hängt mit den Fliegen zusammen«, erklärte Winifred in wissendem Tonfall.
»Sie wedeln nicht mit dem Schwanz. Sie schütteln nicht den Kopf. Sie brüllen nicht. Ja, eigentlich könnten sie ausgestopft oder modelliert sein.«
»Wahrscheinlich sind sie gerade beim Wiederkäuen, Millicent.«
»Das glaube ich nicht.« Natürlich kannte sich Millicent wirklich besser in ländlichen Dingen aus als Winifred.
»Ich bin gar nicht mal sicher, daß sie überhaupt da sind«, sagte Millicent.
»Oh, jetzt mach aber mal 'nen Punkt, Millicent«, erwiderte Winifred, ohne jedoch in ihrem schwerfälligen Trott innezuhalten oder auch nur über ihre Schulter auf Millicent zurückzuschauen, von den fernen Kühen ganz zu schweigen.
Millicent wußte, daß man nur nett zu ihr sein wollte und daß dies nicht der geeignete Augenblick für sie war, auch nur das geringste Aufhebens zu machen, außer vielleicht im Spaß, wenn es dem Gegenüber schmeichelte.
Sie erreichten das eigensinnige Schwingtörchen am unteren Ende des Kirchhofs. Es machte Lärm, sobald man es auch nur anrührte, und wurde Millicent mit gehässigem Scheppern vor der Nase zugeschlagen, nachdem Winifred wohlbehalten hindurch war.
Millicent erinnerte sich nicht mehr an das Verhalten des Tores bei ihrem Fußmarsch nach draußen. Wahrscheinlich trat man den Dingen anders entgegen, je nachdem, ob es bergab oder bergauf ging.
Aber –
»Winifred, schau doch!«
Millicent, die sich den ganzen Tag über so vorsichtig beherrscht hatte, hätte jetzt beinahe geschrien.
»Eben ist noch nichts davon dagewesen.«
Sie konnte nicht ihren Arm heben, um darauf zu deuten. Auf dem Friedhof vor ihnen, zur Linken des steilen, holperigen Pfades, lag ein Haufen von Kränzen und Blütenzweigen, aus Lilien geflochtenen Harfen, zu Herzen gewundenen Rosen, zu himmlischen Posaunen zusammengetüftelten Schwertlilien. Das Ineinander von Geschäft und Gedenkinstinkt konnte kaum weiter gehen.

»Du hast es nur nicht bemerkt«, erwiderte Winifred wie aus der Pistole geschossen und fügte sogar etwas hinzu, das sie zu einem anderen Zeitpunkt dieses Tages bestimmt nicht gesagt hätte: »Dein Geist war bei anderen Dingen.« Dann sah sie Millicent über ihre Schulter hinweg an und lächelte.

»Sie sind nicht dagewesen«, wiederholte Millicent, die sich ihrer Sache sicherer war als sich selbst. »Es hat ein Begräbnis stattgefunden, während wir am Fluß waren.«

»Dann hätten wir doch wahrscheinlich etwas gehört«, erwiderte Winifred immer noch lächelnd. »Und außerdem begräbt man niemanden um die Mittagszeit.«

»Na, irgendwas ist jedenfalls passiert.«

»Du hast's das letztemal einfach nicht bemerkt«, entgegnete Winifred, indem sie sich abwandte und auf den unkrautbestandenen Pfad vor sich sah. »Weiter nichts.«

Die Herausforderung war zuviel für Millicents Vorsätze. »Na, *du* etwa?« fragte sie trotzig.

Aber Winifred hatte sich vorbereitet. »Ich weiß es nicht sicher, Millicent. Kommt es denn darauf an?«

Sie trat mehrere Schritte vor und fragte dann: »Würdest du die Kirche lieber auslassen?«

»Keineswegs«, entgegnete Millicent. »Innendrin findet sich vielleicht irgendeine Erklärung.«

Millicent war froh, daß sie die Nachhut bildete, denn zuerst hatte sie Mühe, die aufgeschichteten Kondolenzgaben zu passieren. Sie sahen alle so schrecklich neu aus. Der längliche Erdhügel darunter blieb verborgen, aber es stand außer Frage, daß einer da war. Im ersten Moment schienen die Blumen zu duften, als hätte man sie eben erst zwanglos gepflückt, ganz und gar nicht wie die angemessenen Blumen für eine Beerdigung, die entweder *nicht* riechen oder wenn, dann nur nach akzeptierter Sterblichkeit. Einen Moment später aber, bei näherer Überlegung oder einem zweiten Atemzug von Millicent, glich der Geruch auch nicht genau demjenigen von Garten- oder sogar Heckenblumen. Er erschien bald ebenso unerklärlich wie das plötzliche Auftauchen der Blumen selbst. Jedenfalls war es nicht im mindesten ein Geruch, den Millicent erwartet hätte oder für den sie je viel übrighaben würde.

Sie bemerkte, daß Winifred, den Blick immer noch auf die schadhaften Ziegel unter ihren Füßen gerichtet, vorwärtsstapfte.
Millicent zögerte. »Vielleicht sollten wir mal ein paar von den Karten dort unter die Lupe nehmen?« schlug sie vor.
Das war anscheinend eine boshafte Idee, denn diesmal ging Winifred einfach weiter, ohne ein Wort zu sagen. Und tatsächlich mußte Millicent sich eingestehen, daß zumindest sie keine Karten oder sonst etwas an den Blumen entdecken konnte.
Winifred marschierte schweigend vor Millicent her und geradewegs unter den Portikus der Kirche hinauf. Als sie ihn betrat, flatterte direkt über ihrem Kopf ein unerwarteter Vogel hervor und Millicent mitten ins Gesicht.
»Das ist eine Eule«, sagte Millicent. »Wir haben sie aufgeweckt.«
Sie rechnete schon fast damit, daß Winifred sagen würde, es sei die falsche Tageszeit, das falsche Wetter oder Schonzeit für Eulen; aber nein, Winifred starrte einfach die hölzerne Kirchenpforte an.
»Will sie nicht aufgehn?« erkundigte sich Millicent.
»Ich weiß nicht recht. Ich kann keine Klinke entdecken.«
Die aufgeschreckte Eule hatte tieftraurig zu heulen begonnen, was Millicent am frühen Nachmittag doch wirklich ein bißchen seltsam von ihr fand.
Sie starrte ihrerseits das Portal an.
»Nicht das geringste vorhanden.«
»Nicht mal ein Schlüsselloch, durch das wir gucken könnten«, sagte Winifred.
»Wahrscheinlich ist die Kirche einfach geschlossen und mit Brettern vernagelt worden.«
»Ich weiß nicht recht«, meinte Winifred. »Es sieht mir wie die ursprüngliche Tür aus. So alt wie nur was, findest du nicht? Schon so gebaut. Ohne daß richtig Einlaß geboten würde.«
Während sie das Portal anstarrte, konnte Millicent deutlich erkennen, was Winifred meinte. Es gab auch keine Aushänge, keine Anschrift der örtlichen Samariter, keine Liste der Damen, die Kirchendienst hatten.
»Mal sehn, ob wir durch ein Fenster reinlinsen können«, schlug Winifred vor.

»Dürfte meiner Meinung nach kaum möglich sein. In der Regel ist das ziemlich schwierig.«
»Das kommt nur daher, weil in der Regel Gaffer dabei sind, wegen denen man sich verkrampft. Hier geht es womöglich leichter.«
Als sie das Dunkel des von Säulen getragenen Vordachs verließen, hatte Millicent den Verdacht, daß jetzt zwei Eulen heulten – vielleicht sogar mehr. Allerdings verlor der einst strahlende Tag nun auch allmählich seinen Glanz, alterte und wurde bewölkt.
»Gott, ist das schwül«, sagte Millicent.
»Wahrscheinlich ist Regen im Anzug. Wir könnten ihn ja auch brauchen.«
»Ja, aber nicht hier, nicht jetzt.«
Winifred zwängte bereits ihre Schuhspitzen und Füße in Stellen, wo der Mörtel aus der Kirchenwand herausgebröckelt war, manchmal sogar ganze Kieselsteine. Sie klammerte sich an Kanten und kleine Vorsprünge. Sie quetschte sich mit aller Gewalt nach oben, um erst durch eines und dann, während sie scheiterte und fiel, durch ein anderes Fenster zu schauen. »Ich kann mir einfach nicht vorstellen, wie es dadrin wohl aussieht«, sagte sie.
Sie machten beide immer alles gründlich und sauber – egal, was –, aber es war kein Tag in Millicents Leben, an dem sie irgendwelchen Ehrgeiz empfand. Und außerdem sah sie keine Möglichkeit, Winifred auch nur Beistand zu leisten. Sie waren keine kleinen Schulmädchen mehr, von denen eines das andere so mühelos hochheben konnte wie den Sack des Nikolaus.
Vergebens hatte es Winifred an zwei Fenstern auf der Südseite des Schiffes und einem auf der Südseite des Chorraums probiert, die alle drei aus durchsichtigem, wenngleich schmuddeligem Glas bestanden. In den beiden übrigen Fenstern auf dieser Seite der Kirche war Buntglas und im Ostfenster ebenfalls. Winifred bog um die Ecke zur Nordseite, während Millicent ihr folgte. Hier fiel keine Sonne ein, und es schien Millicent, als hätten die Trübsal blasenden Eulen Ruhe gegeben. Die Kirchhofsgräser unterwegs waren üppig und rasiermesserscharf gewesen.
Auf dieser Seite aber war das Mauerwerk schon weiter verfallen, und Winifred konnte beim ersten Anlauf daran hochspringen.

Eine verblüffend lange Zeit – so schien es zumindest – starrte Winifred durch das am weitesten nach Osten gelegene Fenster ins Kirchenschiff, sprach dabei aber kein Wort. Hier fehlten viele der kleinen Scheiben. Ja, irgendeine fiel sogar, noch während Winifred gaffte und Millicent dastand, mit einem kleinen, scharfen Klirren ins Kircheninnere. Das ganze Bauwerk befand sich in einem Moderzustand.

Nachdem sie sich ziemlich lange Zeit gelassen hatte, stieg Winifred schließlich steif wieder herab.

Sie begann, den betagten, hartnäckigen Stein- und Mörtelstaub von ihren Hosenknien abzuwischen, aber auch der war feucht – auf dieser Seite der Kirche ganz besonders.

»Möchtest du auch mal gucken?« fragte Winifred.

»Was gibt es denn zu sehen?«

»Nichts Besonderes.« Winifred rubbelte weiter drauflos, obwohl sie die Sache fast mit Sicherheit nur noch schlimmer machte. »Wirklich, nichts. Ich würd mich nicht bemühen.«

»Dann tu ich's auch nicht«, sagte Millicent. »Du siehst aus wie eine Wallfahrerin: Mehr auf den Knien als auf dem Rücken, oder was auch immer.«

»Das meiste hat man rausgeräumt«, fuhr Winifred in belehrendem Tonfall fort.

»Aber wo hat dann die Beerdigung stattgefunden? Wo wurde die Messe gehalten?«

Winifred hantierte noch einen Augenblick an ihrer Hose herum, ehe sie zu antworten versuchte. »Irgendwo anders, nehme ich an. Das ist heutzutage gang und gäbe.«

»Da geht was nicht mit rechten Dingen zu«, sagte Millicent. »Fast alles geht nicht mit rechten Dingen zu.«

Sie pflügten sich durch das zähe Gras auf den Backsteinpfad und unter den Portikus der Kirche zurück. Die Eulen schienen sich tatsächlich wieder in ihre Jagdhütten verkrochen zu haben.

»Wir müssen allmählich weiter, sonst verpassen wir noch Baddeley«, sagte Winifred. »Nicht, daß nicht alles der Mühe wert gewesen wäre, wie du mir hoffentlich zustimmen wirst.«

Aber –

Auf dem Pfad, geradewegs vor ihnen, zwischen dem überdachten Kirchenportal und dem anderen, nun schon beinahe vertrauten Pfad, der über den abschüssigen Friedhof verlief, mittendrin, lag ein Handschuh.

»Der ist auch noch nicht dagewesen«, sagte Millicent sofort.

Winifred hob ihn auf, und zusammen nahmen sie ihn in Augenschein. Es handelte sich um einen schwarzen Leder- oder Glacéhandschuh für die linke Hand, wie es aussah, zumindest *fast* neu und wirklich recht elegant. Eine auffallend kleine Linke würde da hineinpassen, dachte Millicent. Hin und wieder machten Leute Bemerkungen über Millicents eigene kleine Hände, wovon sie immer sehr angetan war. Der winzige, aber teuer aussehende Handschuh lief in eine stulpenähnliche Rüsche oder Verlängerung von gröberer Machart aus.

»Besser, wir geben ihn ab«, meinte Winifred.

»Wo denn?«

»Im Pfarrhaus, würd ich sagen, falls dieses Gebäude da ein Pfarrhaus ist.«

»Glaubst du, wir müssen?«

»Na, was denn sonst? Wir können ihnen doch nicht einfach abstauben. Er sieht nicht billig aus.«

»Es ist noch jemand hier in der Nähe«, sagte Millicent. »Vielleicht mehr als einer.« Sie hätte nicht genau sagen können, weshalb sie so einen Menschenauflauf vermutete.

Doch wieder blieb Winifred stumm und fragte nicht, wieso.

»Ich nehm den Handschuh«, erklärte Millicent. Winifred trug immer noch den Rucksack samt dessen Restinhalt, darunter auch die leere halbe Flasche, für die der Friedhof keinen Abfallkorb offerierte.

Die Tordurchfahrt, die einmal blau gestrichen gewesen war und sich nun in ihre Bestandteile auflöste – Querriegel und Riegelklammer, Nagel- und Balkenwerk –, bot keinen Aufschluß darüber, ob es sich bei dem Wohngebäude überhaupt um ein ehemaliges oder noch bestehendes Pfarrhaus handelte. Die kurze Zufahrt war verwildert und mit Unrat übersät. Die Bäume datierten entweder von vor dem mittviktorianischen Bauwerk oder sie zeigten eine verfrühte Altersschwäche.

Die Haustürklingel gab ein ziemlich schrilles Geräusch von sich, als Winifred darauf drückte, aber nichts geschah. Nach einer längeren, wortlosen Pause, während der Millicent den Handschuh nach vorn gestreckt hielt, schellte Winifred erneut. Wieder ohne Erfolg.

Millicent sprach. »Ich glaube, es ist offen.«

Sie stieß die Tür auf, und zusammen traten sie ein, bloß ein paar Schritt weit. Die dahinterliegende Eingangshalle, die man ursprünglich in mehr oder minder gotischer Manier angelegt hatte, war, wenn auch nicht üppig, so doch immerhin möbliert und wirkte »bewohnt«. Überdies kam jemand auf sie zu – eine krumme, struppige Gestalt –, eine Frau, die eine Schürze von verblaßter oder unbestimmter Farbe trug. Es ließ sich nicht genau sagen.

»Wir haben das hier auf dem Friedhof gefunden«, erklärte Winifred mit ihrer klaren Stimme und deutete dabei auf den Handschuh.

»Ich kann die Klingel nicht hören«, sagte die Gestalt. »Darum bleibt die Tür immer offen. Ich hab mein Gehör verloren. Sie wissen schon, wie.«

Millicent wußte, daß Winifred mit Gehörlosen nicht zurechtkam: Oft eine Frage nicht der Dezibel, sondern wohl der Psychologie.

»Wir haben diesen Handschuh gefunden«, sagte sie, indem sie ihn hochhielt und ganz normal sprach.

»Ich höre nicht das geringste«, erklärte die Gestalt enttäuschenderweise. »Sie wissen schon, warum.«

»Wissen wir nicht«, entgegnete Millicent. »Warum?«

Aber natürlich blieb auch das ungehört. Es hatte keinen Zweck, es weiter zu versuchen.

Das alte Faktotum, falls es ein solches war, rettete die Situation. »Ich werde die Herrin holen«, sagte es und zog sich zurück, ohne ihnen eines der x-beliebigen Sofas oder einen der unsicher wirkenden Stühle anzubieten.

»Ich denke, wir machen die Tür zu«, sagte Winifred, was sie dann auch tat.

Ein Weilchen standen sie herum. Es gab nichts anzuschauen außer einem einzigen Farbdruck, der Lämmer im Heiligen Land zeigte.

An jeder Ecke des Rahmens überschnitten sich die Zierleisten zu einem Kreuz, obwohl eines davon teilweise abgebrochen war.
»Trotzdem glaub ich nicht, daß das hier immer noch ein Pfarrhaus ist«, meinte Winifred.
»Sie haben recht.« Eine Frau mittleren Alters in einem lose sitzenden Kleid war erschienen. Die Farbe des Kleides lag zwischen Hafermehl und Creme, und um den Halsausschnitt sowie um die Enden der Ärmel, die am Ellenbogen aufhörten, verliefen breite kirschrote Streifen. Die Schuhe der Frau waren ausgeblichen, und sie hatte sich mit ihrer Vogelnestfrisur nicht viel Mühe gemacht.
»Sie haben völlig recht«, sagte die Frau. »Ist schon seit Jahren kein Geistlicher mehr da. Es gibt in dieser Grafschaft einige komische alte Pfarrhäuser, wie Sie vielleicht gehört haben.«
»Boreley, meinen Sie«, erwiderte Millicent, die für dergleichen schon immer ein ziemliches Interesse hatte.
»Dieses und noch eine Reihe anderer«, sagte die Frau. »Jede kleine Dorfgemeinde hat ihre Besonderheit.«
»Das war doch kein abgabenpflichtiges Pfarrgut?« erkundigte sich Winifred, wie sie es häufig tat: mit einem höflichen Heben ihrer Augenbrauen.
»Ein abgabenpflichtiger Pfarrer hätte sich als noch schwerer zu halten erwiesen«, antwortete die Frau mit größter Nüchternheit. Millicent konnte sehen, daß an ihrer Hand kein Trauring steckte. Ja, an keiner ihrer eher groben, eher unförmigen Hände befand sich irgendein Ring. Und übrigens waren auch keine Gemmen in ihren Ohren, keine Klunker um ihren Hals, keine Haarkämme auf ihrem Struwwelkopf.
»Setzen Sie sich«, sagte die Frau. »Was kann ich für Sie tun? Ich heiße Stock. Pansy Stock. Lächerlich, was? Aber in Essex ist es ein völlig geläufiger Name.«
Winifred ließ sich oft in derselben Weise über »Essex« aus, ja, hatte es während der Herfahrt schon mehr als einmal getan, aber Millicent hatte es für einen von Winifreds sanften Spleens gehalten, die zu genießen ihren Freunden und Freundinnen freistand. Daß es auf irgendeiner objektiven Metaphysik beruhte, hätte sie nie gedacht. Noch hätte sie es je über sich gebracht, irgendwen mit »Pansy« –

Stiefmütterchen – anzureden, und war froh, daß sich auch jetzt die Notwendigkeit kaum ergeben dürfte.
Sie saßen da, und weil es angebracht erschien, stellte Winifred sich und danach Millicent vor. Miss Stock hatte auf dem anderen Sofa Platz genommen. Sie trug mittelgrüne Wollstrümpfe.
»Es ist bloß wegen diesem Handschuh«, fuhr Winifred fort. »Wir haben es auch schon ihrem Dienstmädchen erklärt, aber es ihm nicht recht begreiflich machen können.«
»Lettice hört nichts mehr, seit es geschehen ist. Auf diese Art und Weise hat es sich bei *ihr* ausgewirkt.«
»Seit *was* geschehen ist?« fragte Winifred. »Das heißt, wenn wir fragen dürfen.«
»Seit man sie hat sitzenlassen, natürlich«, antwortete Miss Stock.
»Das hört sich sehr traurig an«, meinte Winifred auf ihre leutselige, erweichende Art. Millicent war im Grunde nicht richtig sitzengelassen worden, nicht richtig. Technisch gesehen, war sie diejenige, die jemanden hatte sitzenlassen. Gesellschaftlich machte das immerhin einen Unterschied.
»Das ist in diesem Ort die Regel. Ich habe ja schon gesagt, daß jede Gemeinde über ihre Besonderheit verfügt. Das ist unsere.«
»Wie außergewöhnlich!« staunte Winifred.
»Es passiert allen Frauen, und nicht nur, wenn sie noch junge Mädchen sind.«
»Ein Wunder, daß sie dableiben«, gab Winifred lächelnd zur Antwort.
»Sie bleiben nicht. Sie kommen zurück.«
»Wie das?« fragte Winifred.
»In sogenannter spiritueller Form«, sagte Miss Stock.
Winifred überlegte. Sie war derartige Behauptungen vollkommen gewöhnt, die vielen Launen und Leute, aus der sich eine Welt zusammensetzt.
»So wie die Willis in *Giselle?*« erkundigte sie sich hilfsbereit.
»Ich glaube, ja«, antwortete Miss Stock. »Ich bin nie im Inneren eines Theaters gewesen. Ich wurde so erzogen, und ich habe nie irgendeinen guten Grund gesehen, mit dieser Regel zu brechen.«
»Es ist ja auch so teuer geworden«, sagte Winifred, wenn auch nur,

weil sie das unter anderen, zweifellos gewöhnlicheren Umständen auch gesagt hätte.
»Der Handschuh hier«, unterbrach Millicent, indem sie ihn tatsächlich auf den Boden fallen ließ, weil sie nicht den Wunsch hatte, ihn noch länger zu halten. »Wir haben ihn ganz allein auf dem Friedhofspfad liegen sehen.«
»Das glaube ich gern«, sagte Miss Stock. »Er ist nicht das einzige, was man in und um den Kirchhof hat liegen sehen.«
Winifred nahm den Handschuh höflich vom Boden auf, erhob sich und legte ihn zu Miss Stock aufs Sofa. »Wir dachten, wir sollten ihn im Ort abgeben.«
»Sehr freundlich von Ihnen«, sagte Miss Stock. »Obwohl niemand Anspruch auf ihn erheben wird. Es gibt ein halbes Zimmer voll derlei Sachen. Krimskrams, Flitter, Goldherzen in Austerngröße, Andenken aller Art, sogar ein Paar Reitstiefel. Die Dinge scheinen ganz nach Belieben zu erscheinen und zu verschwinden. Keiner erkundigt sich je nach ihnen. Darum kommen die weiblichen Wesen nicht zurück. Natürlich war es Ihrerseits freundlich, so zu handeln. Manchmal profitiert wahrscheinlich jemand davon. Es heißt, wenn man etwas findet oder etwas sieht, kommt man in jedem Fall zurück.« Miss Stock zögerte eine halbe Sekunde. Dann fragte sie beiläufig: »Welche von Ihnen beiden war es denn?«
Sofort antwortete Millicent: »Zuerst habe *ich* den Handschuh gesehen, und auch etliches andere.«
»Dann seien Sie ja auf der Hut, ich warne Sie!« erwiderte Miss Stock, immer noch ganz unbeschwert. »Vermeiden Sie sämtliche Liebesgeschichten, sonst geht es Ihnen am Ende so wie Lettice.«
Winifred, die immer noch stand, sagte: »Millicent, wir müssen jetzt wirklich los, sonst kommen wir *nie* nach Baddeley End.«
Miss Stock erwiderte sofort: »Baddeley End ist donnerstags den ganzen Tag geschlossen. Fahren Sie also, wohin Sie wollen, aber *dorthin* hat keinen Zweck.«
»Sie haben recht von wegen donnerstags, Miss Stock«, sagte Winifred. »Ich habe nämlich vor unserer Abfahrt ganz genau im Buch nachgeschaut. Aber heute ist Mittwoch.«
»Ist es nicht«, erwiderte Millicent. »Heute ist Donnerstag.«

»Was immer sonst es auch sein mag«, bekräftigte Miss Stock, »Donnerstag ist es zweifellos.«
Es trat ein peinlicher zeitlicher Leerraum ein, während dem ein Engel durchs Zimmer ging oder vielleicht ein Dämon.
»Jetzt fällt mir ein, daß Donnerstag ist«, sagte Winifred. Sie erbleichte. »Millicent, es tut mir ja so leid. Anscheinend werde ich wahnsinnig.«
»Natürlich gibt es viele, viele andere Ausflugsziele für Sie«, fuhr Miss Stock fort. »Unendlich viele. Fast jeder kleine Weiler hat etwas Eigenes zu bieten.«
»Ja«, sagte Winifred. »Wir müssen uns einmal umschaun.«
»Warum *kommen* sie dann also zurück«, unterbrach Millicent abermals, »wenn nicht wegen ihres Eigentums?«
»Ich habe nicht gesagt, daß es nicht wegen ihres Eigentums wäre. Es kommt darauf an, *welches* Eigentum. Nicht wegen ihrer Handschuhe, ihrer Ringe oder ihrer falschen Kinkerlitzchen hier und Kinkerlitzchen da, aber wegen ihres Eigentums schon. Jedenfalls wegen dem, was sie als ihr Eigentum *betrachten.* Ein gebrochenes Herz läßt sich, wenn überhaupt, nur auf eine einzige Art wieder zusammenflicken.«
»Und doch«, sagte Millicent, »wirkt das Ganze bisweilen so belanglos, so unwirklich. Ja, sogar so absurd. Gar nie richtig vorhanden. Das ganze Melodrama letztendlich gar nicht wert.«
»Ganz zweifellos«, bestätigte Miss Stock. »Und das gleiche gilt für religiösen Glauben, Dichtkunst, einen Spaziergang um einen See, das Dasein an sich.«
»Vermutlich ja«, sagte Millicent. »Aber das persönliche Empfinden ist ganz besonders –« Sie konnte nicht das rechte Wort finden.
»Millicent«, sagte Winifred. »Laß uns gehn.« Anscheinend hatte sie alle Umgangsformen gegenüber ihrer Gastgeberin fallen lassen. Sie wirkte weiß und aufgebracht. »Den Handschuh sind wir los. Gehen wir.«
»Verraten Sie mir noch eins«, bat Millicent. »Worin besteht denn nun die einzige Art, ein gebrochenes Herz zu flicken? Wenn wir die Sache ernst nehmen sollen, müssen wir es unbedingt wissen.«
»Millicent«, erklärte Winifred, »ich warte im Wagen auf dich. Am Ende der Auffahrt, vergiß es nicht.«

»Ich fühle mich geschmeichelt, daß Sie es als Auffahrt bezeichnen«, sagte Miss Stock.
Winifred öffnete die Haustür und ging nach draußen. Langsam fiel die Tür hinter ihr zu.
»Verraten Sie mir«, wiederholte Millicent, »was ist die einzige Art, ein gebrochenes Herz zu flicken?« Sie sprach das mit einer gewissen Pathetik aus.
»Sie wissen, worin sie besteht«, antwortete Miss Stock. »Sie besteht darin, denjenigen zu töten, der es gebrochen hat. Oder mindestens dafür zu sorgen, daß er stirbt.«
»Ja, ich dachte mir, daß es das ist«, sagte Millicent. Ihr Blick ruhte auf den palästinensischen Lämmlein.
»So und nur so allein läßt sich die Echtheit des Gefühls auf die Probe stellen«, erklärte Miss Stock.
»Oder ob es echt *war?*«
»Ein *War* kann es nicht geben, wenn das Gefühl echt ist.«
Millicent wandte ihren Blick wieder von dem herumtollenden Kleinvieh ab. »Und haben Sie selbst schon die notwendigen Schritte unternommen? Falls es Sie nicht stört, wenn ich frage, selbstverständlich?«
»Nein. In meinem Fall hat sich die Notwendigkeit nie ergeben. Ich lebe hier, und ich blicke in die Zukunft.«
»Das hier wirkt nicht gerade wie ein sehr freundlicher Wohnort.«
»Es ist ein sehr aufschlußreicher Wohnort. Ein sehr ermahnender. Ich profitiere sehr davon.«
Während Millicent abermals einen Moment innehielt, starrte sie über den karg ausstaffierten Raum hinweg Miss Stock in deren alarmierenden Kleidern an.
»Welche Worte, Miss Stock, würden Sie mir zum Abschluß mit auf den Weg geben?«
»Die Angelegenheit dürfte inzwischen nicht mehr in Ihrer Gewalt liegen, von der meinigen ganz zu schweigen.«
Millicent konnte es beim besten Willen nicht dabei bewenden lassen.
»Kommen auch Mädchen – Frauen – von außerhalb des Dorfes hierher? Falls es überhaupt ein Dorf gibt? Meine Freundin und ich

haben keines gesehen, und die Kirche scheint stillgelegt. Sie scheint schon sehr lange stillgelegt.«
»Natürlich gibt es ein Dorf«, entgegnete Miss Stock fast wütend. »Und die Kirche ist nicht *völlig* außer Betrieb, das kann ich Ihnen versichern. Und es gibt Kühe und einen Ort, an dem sie gehalten werden; und einen Bach und eine Brücke. Kurz: Alles, was so dazugehört, wenn auch jeweils mit einer besonderen örtlichen Ausprägung, was ja nur recht und billig ist. Und, jawohl, es kommen häufig Frauen von außerhalb ins Dorf. Oft sind sie hier, bevor sie es selber wissen. Zumindest meines Erachtens.«
Millicent stand auf.
»Danke, Miss Stock, nicht nur für Ihre Nachsicht uns gegenüber, sondern auch, daß wir den Handschuh bei Ihnen abgeben durften.«
»Vielleicht bringt man mir eines Tages ja auch etwas von Ihnen«, meinte Miss Stock.
»Wer weiß?« erwiderte Millicent, die sich allmählich auf den Geist der Dinge einließ, wie sie es ja meistens versuchte.
Sie entdeckte auf einem stark beschädigten Tisch rechts neben der Haustür eine gelbe Sammelbüchse, auf der in großen schwarzen Lettern ein Aufkleber verkündete: JOSEPHINE-BUTLER-HILFSFONDS FÜR UNVERSCHULDET IN NOT GERATENE. Millicent zog eine kleine Spende aus ihrer Hosentasche. Sie war froh, daß sie nicht lächerlich lange in einer Handtasche stöbern mußte, während Miss Stock lächelnd wartete.
Die Hausherrin war aufgestanden, aber nicht näher gekommen, um Millicent zur Tür zu begleiten. Sie stand einfach da, ein bißchen undeutlich zu erkennen.
»Auf Wiedersehen, Miss Stock.«
In der Haustür befanden sich, wie bei vielen Pfarrhäusern, zwei große Mattglasscheiben, die nur an den Rändern durchsichtig gemustert waren, so daß man stellenweise einen eng begrenzten Blick auf die Außenwelt hatte. Gerade als sie sich anschickte, die Tür zu öffnen, die Winifred bei ihrem Fortgehen nicht ganz zugedrückt hatte, konnte Millicent die Umrisse eines körperlichen, realen Wesens erahnen, das lautlos draußen stand. Es war einfach zuviel. Zum zweitenmal heute fiel es Millicent schwer, nicht laut

loszuschreien. Aber Miss Stock stand nebelhaft hinter ihr, und Millicent zog die Tür auf.

»Nigel, mein Gott!«
Millicent schaffte es, die Tür hinter sich fest zuzumachen. Dann umhüllten sie seine Arme, wie Efeu die kleine Kirche umhüllte.
»Wir beide haben uns nichts mehr zu sagen. Woher wußtest du, daß ich hier bin?«
»Von Winifred natürlich. Sie hat's mir gesagt.«
»Das glaub ich dir nicht. Und überhaupt: Sie sitzt ja in ihrem Wagen, gleich neben dem Tor. Ich werde sie fragen.«
»Das tut sie nicht«, entgegnete Nigel. »Sie ist weggefahren.«
»Sie kann nicht weggefahren sein. Sie hat auf mich gewartet. Bitte laß mich gehn, Nigel.«
»Ich werd dich gehenlassen, dann kannst du selber sehn.«
Schweigend schritten sie Seite an Seite über die bedrückende, unkrautbewachsene Einfahrt. Millicent fragte sich, ob Miss Stock sie durch die schmalen, verzerrenden Ränder von maschinengeschliffenem Glas beobachtete.
Es gab keine Winifred und keinen Wagen. Dicke braune Blätter übersäten die Stelle, an der das Fahrzeug gestanden hatte. Millicent schien es einen Moment, als wäre das Auto hier begraben worden.
»Mach dir nichts draus, Liebling. Wenn du dich benimmst, fahr ich dich nach Hause.«
»Deinen Wagen seh ich aber auch nicht.« Es war eine auffallend unpassende Entgegnung, aber immerhin kam sie spontan.
»Natürlich. Wie auch? Er ist schließlich versteckt.«
»Warum ist er versteckt?«
»Weil ich nicht möchte, daß du damit davonsaust und mich hier stehenläßt. Du hast schon mal versucht, mir abzuhauen, und einmal reicht jedem.«
»Ich habe nicht *versucht*, dir abzuhauen, Nigel. Ich hab ganze Arbeit geleistet. Du hast mein Leben allmählich kurz und klein geschlagen.«
»Nicht dein Leben, Schätzchen. Nur deine idiotische Karriere, die sogenannte.«

»*Nicht* nur.«

»Egal. Jedenfalls werde ich dich nicht zu Fuß nach Haus gehn lassen.«

»Nicht nach Hause. Bloß bis zum Bahnhof. Ich weiß genau, wo er liegt. Winifred hat es mir gezeigt. Sie hat ihn auf der Landkarte gesehen. Sie sagt, es fahren immer noch Züge.«

»Auf Winifred ist wirklich kein Verlaß.«

Millicent wußte, daß er log. Was immer auch aus Millicent geworden war, log Nigel in diesem Punkt. Fast alles, was er sagte, war mehr oder weniger gelogen. Vor Jahren hatte dies zu den Kriterien gehört, an denen ihr klar wurde, wie tief und aufrichtig sie ihn liebte.

»Auch auf Landkarten ist nicht immer Verlaß«, sagte Nigel.

»Was ist aus Winifred geworden?« Wie absurd und schulmädchenhaft sie sich immer vorkam, wenn sie Nigel irgendwie das Wasser zu reichen versuchte! Die albernen Worte hüpften ihr in den Mund, ohne daß sie sie gewählt oder bewußt gewollt hatte.

»Sie ist fort. Schauen wir uns vor der Heimfahrt doch ein paar Sehenswürdigkeiten an. Du kannst mir über die Kriechblumen und Ornamente erzählen. Es wird zu unserer Beruhigung beitragen.«

Wieder legte er fest seinen Arm um sie und drängte sie trotz ihres halb simulierten Widerstandes durch das Schwingtörchen auf den Kirchhof. Halb simuliert war ihr Widerstand, weil sie aus Erfahrung wußte, wie nutzlos es bei Nigel war, sich noch irgend sonst zu bemühen. Er kannte sämtliche Tricks, mit denen große Jungens in der Schule die kleinen beherrschten und unterdrückten, und hatte niemals gezögert, sie gegen Millicent anzuwenden – normalerweise natürlich auf einer mehr oder weniger einvernehmlichen Basis von guter Laune, Spaß und Besserwissen, was sie beide vernünftigerweise als nächstes tun sollten. Sein häufiger Gebrauch von handfester und ernstgemeinter Gewalt war noch so etwas gewesen, das sie an ihm angezogen hatte.

Er zerrte sie den unebenen Pfad hinab. »Schönes Fleckchen. Friedlich. Still wie ein Grab.«

Und tatsächlich: Jetzt *war* es still, in vieler geringfügiger Hinsicht

eigenartig verändert gegenüber vorher, als Millicent mit Winifred hiergewesen war. Nicht nur die Eulen, sondern sämtliche Vögel in den Hecken waren verstummt. Nicht einmal ein näherkommendes Flugzeug war zu entdecken. Das Lüftchen hatte sich gelegt, und das hohe Gras wirkte insgesamt tot oder gemalt.
»Erzähl mir etwas über die Architektur«, verlangte Nigel. »Sag mir, wo ich hinschauen soll.«
»Die Kirche ist abgesperrt«, erwiderte Millicent. »Sie ist schon seit Jahren zu.«
»Das ist aber nicht richtig«, sagte Nigel. »Kirchen sind nicht dazu da, daß man sie absperrt. Wir werden nachschaun müssen.«
Er trieb sie den Pfad hinauf, auf dem sie vorher als erste den Handschuh entdeckt hatte. Die dazugehörige Hand mußte wirklich fast die eines Kindes sein: Das wurde Millicent jetzt klar.
Unter dem Portikus setzte Nigel sie auf die abgestoßene Holzbank, die man einst, als es noch eine Schule im Ort gab, von dort entliehen hatte. »Mach keinen Mucks, sonst kleb ich dir eine! Ich werd nicht zulassen, daß du mir noch mal durchbrennst, so bald nicht wieder.«
Nigel ging daran, die Pforte zu untersuchen, aber eigentlich gab es da nicht viel. Die Situation ließ sich beinahe mit einem Blick und einem Stoß gegen die Tür erfassen.
Er trat ein paar Schritte zurück und spannte seine Muskeln zu einem Seitenangriff. Ohne langes Gefackel hatte er beschlossen, die Tür aufzubrechen. Gut möglich, daß sie entgegen dem äußeren Anschein bereits morsch war.
Aber diesmal schrie Millicent wirklich.
»Nein!«
Der Laut, den sie ausgestoßen hatte, wirkte nur um so schriller, weil er in die auffallende Stille platzte, die sie beide umgab. Man hatte sie fast mit Sicherheit bis in das ehemalige Pfarrhaus hören können, wenn auch nicht die arme Lettice. Millicent hatte sich selbst völlig überrascht. Sie war im Schreien ungeübt.
Für einen Moment hatte sie sogar Nigel abgelenkt.
Sie bedrängte ihn weiter. »Nein! Bitte nicht!«
»Warum nicht, Mäuschen?« Fast ohne jeden Zweifel war sein Erstaunen größtenteils echt.

»Wenn du willst, kletter zuerst außen daran hoch und schau durchs Fenster.« Lautstärke und Charakter ihres Schreis hatten ihr eine momentane Überlegenheit verschafft. »Auf der anderen Seite der Kirche geht's leichter.«
Er starrte sie an. »In Ordnung. Wenn du's sagst.«
Sie traten aus dem Portikus, ohne daß Nigel sie auch nur festhielt. »Überflüssig, hintenrum zu gehen«, meinte er. »Ich komm schon hier bestens zurecht. Und du übrigens auch, was das betrifft. Springen wir doch zusammen hoch.«
»Nein«, entgegnete Millicent.
»Ganz wie du willst«, sagte Nigel. »Ich schätze, du hast das Schreckgespenst schon gesehn. Oder ist es eine Schwarze Messe?« Mit einem einzigen Anlauf schaffte er es, nach oben zu springen, und hielt sich an irgend etwas Unsichtbarem fest wie ein Affe. Während er spähte, steckte sein Kopf tief zwischen den Schultern, so daß er mit seinen roten Locken einem vergrößerten Quasimodo ähnelte, der sich Millicents Erinnerung nach immer an gotische Mauern klammerte und von dort Ausschau hielt.
Lautlos ließ sich Nigel herunterplumpsen. »Ich verstehe, was du meinst«, sagte er bei seiner Landung auf dem Boden. »Ganz und gar kein Anblick für entzündete Augen. Überhaupt kein Anblick für kleine Mädchen. Oder selbst für große.« Er hielt einen Moment inne, während Millicent es unterließ, ihn anzuschauen. »Na schön. Was gibt es sonst noch? Zeig's mir. Wohin gehn wir als nächstes?« Er trieb sie über den Kirchhof auf den Pfad zurück, und sie begannen, flußwärts hinabzusteigen.
Darum bemerkte Millicent erst ein, zwei Sekunden später, daß der Haufen Kränze nicht mehr da war: keine Blütenzweige, keine Harfen, keine Herzen, keine himmlischen Posaunen; nur eine Handvoll Feldblumen, die mit einer gewöhnlichen Kordel zusammengebunden waren. Einen Moment lang traute sie bloß wieder ihren Augen nicht.
»Glaub nicht, daß sie diesen Friedhof noch benutzen«, sagte Nigel. »Scheint mir voll belegt. Das würde das erklären, was immer in der Kirche dort gerade im Gang ist. Was passiert, wenn wir durch dieses Tor gehen?«

»Dahinter liegt eine große Wiese mit Kühen drauf und dann eine Art Durchgangsweg zum Fluß.«
»Was für 'ne Art Durchgangsweg?«
»Er führt durchs Dorngestrüpp und ist matschig.«
»'n bißchen Matsch macht uns doch nichts aus, oder, Mausi? Überhaupt: Wie heißt der Fluß eigentlich?«
»Winifred sagt, er hieße Waste.«
»Abwasser? Treffender Name«, meinte Nigel. »Obwohl jetzt nicht mehr, wie ich eilig hinzufügen möchte, jetzt nicht mehr.«
Gerade als er das sagte, bemerkte Millicent den Grabstein. »Nigel Alsopp Ormathwaite Ticknor. Stark, Geduldig und Wahrhaft. Zu Höheren Diensten abberufen.« Und ein Datum. Kein Geburtsdatum: nur das eine. Das Datum von heute.
Der Tag, von dem sie im Gegensatz zu Winifred gewußt hatte, daß es ein Donnerstag war.
Der Stein bestand aus grauem Granit oder etwas sehr Granitähnlichem. Die Fläche, die die Inschrift trug, war abgeschliffen und poliert worden. Bei ihrem letzten Aufenthalt hier hatte Millicent vieles übersehen, und auf ihrem Rückweg vom Picknick wäre sie keinesfalls auf die Inschrift gestoßen. Das zeigte sich ja daran, daß sie sich ihr nun plötzlich gegenübersah.
»Jetzt nicht mehr«, sagte Nigel zum drittenmal. »Los. Gehen wir wieder rauf, Mausi.«
Wenigstens Millicent blieb stehen. Sie starrte auf die Inschrift. Nigels Arme und Hände waren keineswegs auf ihr, um sie herum oder irgendwie in ihrer Nähe.
»Ich liebe dich, Mausezähnchen«, sagte Nigel. »Das ist ja das Vertrackte, nicht wahr? Als ich's nicht getan hab, sind wir besser miteinander ausgekommen.«
Selten war Nigel so hellsichtig gewesen. Es war unheimlich. Aber dennoch war die Zeit, von der er sprach, etwas anderes, längst, längst Vergangenes.
»Ich weiß nicht, was ich sagen soll«, erwiderte Millicent, denn was auch sonst? Welche anderen Worte waren möglich? Vorbei die Tage ihrer Kindheit, ihrer Jugend oder irgend etwas dergleichen.
Sie gingen ein paar Schritte vorwärts, so daß der Grabstein nun

hinter Millicent lag. Sie schaute sich nicht um, ob auf der Rückseite noch etwas geschrieben stünde.

Nigel trat durch das zweite Schwingtörchen, das vor ihr lag. »Bemüh dich nicht«, sagte er. »Wahrscheinlich bist du ja mit Winifred schon unten am Fluß gewesen. Ich weiß, daß du jetzt nicht mehr wegläufst. Ich geh nur mal schnell nachschaun, wie sich's hier angeln läßt.«

Es schien nun sinnlos, ihm nicht zu folgen, und Millicent stieß ihrerseits das Tor zurück.

»Ganz wie du willst«, meinte Nigel.

Nur nahm Millicent inzwischen eine fortschreitende Veränderung wahr. Die Tiere, die einst vis-à-vis in der oberen Ecke gestanden hatten, kamen nun über das offene Feld auf Nigel und sie zugerast, und das so leise, daß Nigel sie anfangs nicht einmal bemerkte: Als »Kühe« hatte sie sie gegenüber Winifred bezeichnet – »Vieh« hätte es ihr Stiefvater vielleicht ausgedrückt. Es ist immer etwas Absurdes an britischen Haustieren, die sich benehmen, als wären sie im Wilden Westen. Diesmal allerdings ließ dieses absurde Element sich möglicherweise übersehen.

»Nigel!« rief Millicent und zog sich durch das Tor zurück, das scheppernd von ihr abglitt.

»Nigel!«

Er ging stur weiter. Wir sollten uns vor Haustieren auf freiem Feld wirklich nicht fürchten. Und überdies war es auf diesem speziellen Feld so still, daß Nigel anscheinend immer noch keine Bewegung wahrnahm außer seiner eigenen.

»Nigel!!!«

Die Tiere fielen über ihn her und ließen kaum einen Zweifel an ihren Absichten, sofern dieses letzte Wort sich hier überhaupt anwenden ließ. In Null-Komma-nichts wiesen Gras und Fell Blutspuren auf, und noch Schlimmeres als Blut. Nicht lange, da war zwar mit keinem Laut ein äußerst tobsüchtiges Trampeln zu hören, aber deutlich zu sehen. Jetzt gingen Schwänze nach oben, und Augen wurden untypisch starr. Doch das Schlimmste hielt der animalische Pöbel durch seine bloße Masse wahrscheinlich vor Millicent verborgen.

Hilfe suchen. Dazu ist man in solchen Fällen aufgefordert. Wenigstens, um Hilfe zu rufen. Millicent, vorhin noch so stimmgewaltig, stellte fest, daß sie keinen Laut hervorbrachte. Die mächtige Stille hatte auch sie verschlungen.

»Oh, Nigel, Liebling.«

Doch schon bald stießen die Tiere nur noch interessiert mit ihrer Schnauze am Boden herum. Es war, als hätten sie bei der Zerstörung, zu der sie sich hinschnupperten und über der sie nun sabberten, keine Rolle gespielt.

Millicent klammerte sich an dem Eisengitter fest. Noch niemals – bis zu diesem Tag – hatte sie geschrien. Noch nie in ihrem Leben war sie in Ohnmacht gefallen.

Dann wurde ihr bewußt, daß der Kirchhof sich irgendwie mit Frauen gefüllt hatte, oder zumindest, daß der Bereich zwischen den Erdhügeln und Gedenksteinen mit Frauen durchsetzt war. Zum Teil standen sie in Zweier-, Dreier- und Vierergruppen; die meisten aber beobachteten das Geschehen heimlich und für sich.

Diese Frauen waren nicht wie die Willis in Winifreds Lieblingsballett. Sie wirkten trist und gewöhnlich und oft überhaupt nicht jung. Millicent konnte sich nicht zu ihnen hingezogen fühlen. Aber sie bemerkte, daß diese Frauen nicht bloß auf dem Kirchhof, sondern auch auf der Wiese waren, von der sich das ungestüme Vieh anscheinend zurückgezogen hatte, als Millicent ihm eine Sekunde lang den Rücken kehrte. Ja, eigentlich war in diesem Moment einfach alles mit Frauen übersät.

Absurd, absurd. Selbst jetzt mußte Millicent dieses Element unwillkürlich zur Kenntnis nehmen. Die ganze Sache konnte dies alles einfach nicht wert sein, und in der Welt um sie herum wußte das auch jeder. Mitunter hatte man schwer zu leiden, ja, doch nicht einmal das Leid war ganz real, geschweige denn die Ereignisse oder das Erlebnis, an dem man zu leiden wähnte. Es drehte sich im Leben nicht ausschließlich und nicht einmal hauptsächlich darum, einen See zu umrunden, wenn man Miss Stocks eingängige Metapher übernehmen durfte.

Und doch mußte es etwa an diesem Punkt gewesen sein, daß Millicent die Besinnung verlor.

Winifred schaute ihr von oben ins Gesicht. Winifred war nicht mehr blaß, sondern hatte ihre alte Farbe fast wiedergewonnen – die und ein neues Selbstgefühl.

»Meine liebe Millicent, ich hätte dich ins Bett stecken sollen, statt mit dir aufs Land zu fahren! Wie, um alles in der Welt, kommt es, daß du eingeschlafen bist?«

»Wo sind die Kühe?«

Winifred sah durch das Eisengitter des Tores auf das Feld hinter sich. »Nicht da, soweit ich sehen kann. Wahrscheinlich sind sie zum Melken.«

»Es sind gar keine richtigen Kühe, Winifred. Keine gewöhnlichen.«

»Mein liebes Mädchen!« Winifred sah ihr fest ins Gesicht und schien dann ernstlicher besorgt. »Bist du angegriffen worden? Oder verängstigt?«

»*Ich* nicht«, antwortete Millicent.

»Wer dann?«

Millicent schluckte schwer und nahm sich zusammen.

»Es war ein Traum. Nichts als ein Traum. Ich möchte lieber nicht darüber sprechen.«

»Armes Kind, du mußt ja völlig am Ende sein. Aber wie bist du hier herunter gekommen? Hast du geschlafwandelt?«

»Ich wurde hierhergebracht. Das war ein Teil dieses Traumes.«

»Einfach schockierend, diese Stock, wie sie drauflosgeschwafelt hat! Du hättest die Ohren zumachen sollen.«

»Und die Augen«, sagte Millicent.

»Wahrscheinlich.« Winifred lächelte. »Es war abscheulich dort. Falls du jetzt ganz wach bist, möchtest du doch wohl gehen? Es ist meine Schuld. Ich habe den Tag von Anfang an verkorkst.«

»Ich konnte deinen Wagen nicht sehen. Ich habe danach gesucht.«

»Ich hab ihn umgeparkt. Ich wollte außer Sichtweite stehen. Oder hast du vielleicht geglaubt, ich wäre damit durch den Kirchhof gefahren?«

»Heute scheint nichts unmöglich«, sagte Millicent, während sie den Hang hinaufgingen. »Nichts. Zum Beispiel die ganzen Blumen. Du hast sie doch mit eigenen Augen gesehen. Wo sind sie hin? Was ist aus ihnen geworden?«

»Man hat sie in irgendein Krankenhaus gebracht. So macht man das heute nach einer Beerdigung.«
»Und die Pilze unten am Fluß?«
»Die waren von Anfang an da, wie ich dir bereits sagte.«
»Und Miss Stocks Geschichten?«
»Diese Stock braucht einfach einen Mann. Oh, es tut mir leid, Millicent.«
»Und das Innere der Kirche?«
»Das war wirklich nicht sehr schön. Ich werde nicht darüber reden, ich werde nicht einmal darüber nachdenken, und ich werde ganz bestimmt nicht zulassen, daß du es dir anschaust.«
»Sollte man es nicht irgendwo melden, was auch immer es sein mag?«
»Ich tu es jedenfalls nicht«, sagte Winifred mit unumstößlicher Entschlossenheit.

Während sie das Tor, das aus dem Kirchhof führte, zum letztenmal für heute passierten, hatte Winifred gesagt: »Wir fahren jetzt auf schnellstem Wege nach Haus. Ich bringe dich zu mir und steck dich mit einem Beruhigungsmittel ins Bett. Ich verstehe im Grunde nichts von solchen Problemen, aber was ich gesehn hab, hab ich gesehen, und du mußt dich vor allen Dingen mal richtig ausschlafen, da bin ich mir sicher.«
Millicent wußte, daß angeblich Kummer und erst recht unterdrückter Kummer hellseherische Fähigkeiten auslöste, von schwarzseherischen Betrachtungen ganz zu schweigen.
Dessenungeachtet wachte sie unmittelbar vor halb zwölf auf. Ganz früher einmal, als es mit Nigel gerade erst anfing, hatten sie einander jede Nacht um diese Uhrzeit angerufen und sich oft bis Mitternacht unterhalten, wo man in gegenseitigem Einvernehmen den Schluß der Debatte ansetzte – alberne Mätzchen, die schon vor etlichen Jahren eingeschlafen waren, aber trotzdem war Millicent, seit sie mit Nigel Schluß gemacht hatte, an keinem Abend vor dieser Stunde zu Bett gegangen.
Es bestand kaum Aussicht, daß Nigel sich nun an ihre alte, sentimentale Gepflogenheit auch nur erinnern würde, und erst recht

nicht, daß er ihr, Millicent, irgend etwas Aufmunterndes oder Tröstliches zu sagen hätte. Und doch lag sie nach einem kurzen Blick auf ihre Uhr zwar unter Beruhigungsmitteln und benebelt da, war aber wach; und pünktlich klingelte das Telefon.
Ein Nebenanschluß führte ans Bett in Winifreds gemütlichem Gästezimmer. Winifred selbst konnte sich in einem Raum ohne Telefon nicht entspannen.
Millicent hielt schon beim ersten zarten »Ping!« den Hörer in der Hand.
»Ja, bitte?« sagte sie leise in die Dunkelheit. Winifred hatte sämtliche Vorhänge so fest wie möglich zugezogen, da sie es nachts gern selber so hatte.
»Ja, bitte?« fragte Millicent mit sanfter Stimme ein zweites Mal. Wenigstens konnte der Anruf jetzt kaum noch Winifred gelten. Um so wichtiger war es, sie jetzt nicht aufzuwecken.
In der Leitung beziehungsweise an deren anderem Ende schien sich etwas zu regen. Es stand fast völlig außer Zweifel. Das war kein bloßer Reflex des Mechanismus.
»Ja, bitte?« wiederholte Millicent mit sanfter Stimme.
Aller guten Dinge sind drei, denn diesmal kam eine Antwort.
»Hallo, Mausefell«, sagte Nigel.
So, wie die Dinge lagen, konnte Millicent unmöglich einfach auflegen, obwohl sie es von ihrem Verstand her hätte tun sollen.
»Geht's dir gut?« fragte sie.
»Du siehst vielleicht aus, in Winifreds Nachtzeug! Ganz und gar nicht dein Stil, Nagezähnchen.«
Millicents Fleisch begann Zoll für Zoll einzusacken. »Nigel! Wo bist du?«
»Ich stehe direkt vor deiner Tür, Backentäschchen. Besser, du kommst sofort raus. Aber trag deinen eigenen Schlafanzug. Den scharlachroten. Den richtigen.«
»Ich werde nicht kommen, Nigel. Das hab ich dir schon gesagt. Ich meine es ernst.«
»Ja, sicher meinst du's ernst. Schließlich hast du ja 'nen Haufen gottverdammter Färsen auf mir rumtrampeln lassen, ohne auch nur einen Finger krummzumachen. Bloß gefeixt hast du. Gleichgültig!

Eigentlich sogar gleichgültiger denn je. Ich will dich haben, und ich warte in diesem Moment vor deiner Tür.«
Sie konnte einfach nicht sprechen. *Was* sollte sie auch schon sagen?
»Du kommst zu mir, Krallenfüßchen«, sagte Nigel, »und zwar in deinen eigenen Sachen. Sonst paß auf! Dann komm ich nämlich zu dir!«
Millicent fiel der Hörer aus der Hand. Er knallte auf den Boden, aber der Teppich in Winifreds Gästeschlafzimmer war dick und fest, und Winifred hörte nichts. Schließlich hatte auch Winifred selbst einen aufreibenden Tag hinter sich und brauchte ihre Ruhe, bevor morgen früh das feindliche Leben wieder einsetzte, der neuerliche Ruf der Wildnis.

Nach der gerichtlichen Untersuchung, für die erstaunlich viele Urlaub genommen hatten, scharte sich eine Traube von anteilnehmenden Freunden und Bekannten beiderlei Geschlechts um Winifred.
»Ich selbst war nie verliebt«, sagte Winifred. »Ich verstehe im Grunde nichts davon.«
Und mit dieser Auskunft mußte man sich begnügen und weitermachen wie gehabt – beruflich, privat und überhaupt. Was ließ sich auch sonst schon tun?

TOTGEBURT

MIKE CONNER

Mike Conner lebt mit seiner Frau und vier Kindern in Kalifornien und meint, jetzt wie auch in Zukunft wahrscheinlich der einzige Science-fiction- und Fantasy-Autor aus Hopkins, Minnesota, zu sein, der Welt-Himbeermetropole. Mr. Conners hervorragende Geschichten für *F&SF* haben allesamt die geheimen Schattenseiten dessen untersucht, was auf den ersten Blick als eine keineswegs bedrohliche, wenn vielleicht auch unangenehme Situation erscheint; was dann jedoch aus dieser Situation entsteht, *ist* bedrohlich. *Totgeburt* erzählt die Geschichte von Claudia Fenster, die neu in eine Bergarbeiterstadt im Süd-Missouri hinzugezogen ist, und wie sie nicht nur deren glanzvollem gesellschaftlichen Leben ausgesetzt wird, sondern auch deren Abgründen ... und Geheimnissen.

»Ich fürchte, dieses Kleid reicht nicht«, sagte Mrs. Phillip Ash. »Haben Sie nicht noch einen zweiten Schal in der Kutsche?«
Claudia Fenster stöhnte innerlich unter dem kritischen Auge der Älteren. Es war einer der heißen, drückenden Augusttage, wie sie für Süd-Missouri typisch sind, und sie hatte ein leichtes Popelinkleid angezogen, ohne sich je träumen zu lassen, daß es deplaziert sein könnte.
»Nein«, sagte sie. »Ich bin mit der Trambahn gekommen.« Warum hatte ihr Ehemann, der Claudia inspiziert hatte wie ein Hauptmann seine Truppen, bevor er sie aus dem Haus ließ, sie auch nicht vorgewarnt? Ihr Kleid war nicht so dunkel und schwer wie das Zeug, das Mrs. Ash und die drei anderen Damen vom Mittwochnachmittagsclub trugen. Claudia spürte, wie ihr die Röte in die Wangen stieg, aber ein fünftes Clubmitglied, Mrs. Elly Corporan, lächelte mitleidig.
»Machen Sie sich keine Gedanken, meine Liebe, ich habe einen für Sie. Olivia ist nur besorgt, daß Sie sich verkühlen könnten, wenn wir in die Höhlen hinabgehn.«

»Die Höhlen?«

»Die Kristallkavernen«, sagte Mrs. Phillip Ash schnippisch. »Für gewöhnlich halten wir unsere Kartenrunden den ganzen Sommer dort ab, außer es regnet und ist nicht zu heiß hier. Sie leiden doch wohl nicht unter Platzangst, Mrs. Fenster?«

Claudia entspannte sich etwas. »Ich habe hin und wieder die Tunnel meines Mannes betreten, und jedesmal ohne üble Folgen.«

»Gut. Sie wären nämlich überrascht, wie viele Frauen, deren Ehemänner ihren Reichtum aus der Erde beziehen, bei der Vorstellung, irgendwo vom Boden verschluckt zu werden, in Ohnmacht fallen. Ah! Da kommt ja Jimbo mit dem Wagen. Meine Damen.«

Mrs. Ash setzte sich für die kurze Strecke über die East Street bis zum Eingang der Kristallkavernen mit der Frau des Baptistenpriesters, Mrs. Burgess, auf den Vordersitz, während Claudia hinten zwischen Mrs. Corporan und Mrs. Titus Blakely Platz nahm. Jimbo fuhr langsam, so daß die gemeine Bürgerschaft die Damen bewundern konnte, die das Wohlergehen von Corinth fest in ihren Händen hielten. Die Ehegatten der Mmes. Ash, Corporan und Blakely hatten vor vielen Jahren die Bergwerksgesellschaften gegründet, die aus den Kalksteinschichten unter der Stadt Zink, Schwefel, Bleiglanz und Bleiweiß abbauten, anfangs mit Hilfe von Ochsen; heute benutzten sie Dampf und sogar Elektrizität zur Erhaltung dieser Stadt. Vor dreißig Jahren noch war Corinth kaum mehr als eine Zwischenstation auf einer ausgefahrenen Kutschenspur Richtung Westen, in das Indianergebiet von Oklahoma, gewesen.

Die Sonne brannte mit fürchterlicher Gewalt durch den Hochnebel, und selbst Mrs. Ash wurde es rasch leid, sich den paar Leuten, welche die Straße bevölkerten, zu zeigen. Jimbo schnalzte mit den Zügeln, nur um sie nach wenigen Augenblicken, im gnädigen Schatten einiger Hickorybäume, wieder anzuziehen.

»Für den hier werden Sie noch dankbar sein, das verspreche ich Ihnen«, sagte Mrs. Corporan und drückte Claudia beim Absteigen von der Kutsche lächelnd einen gehäkelten Überwurf in die Hand. Während die Damen dann auf der einen Seite warteten, öffnete Jimbo einen auf einer Stange befestigten Stromkasten und legte einen Schalter um.

»Elektrische Beleuchtung«, erklärte Mrs. Blakely voller Stolz. Ihr Mann hatte vor sechs Jahren die Southern Missouri Mazda Lamp Company, eine Lampenfabrik, gegründet. Neben St. Louis und Springfield hatte Corinth mit einer Reihe von elektrischen Leuchten und Maschinen die Führung im gesamten Bundesstaat. Auch sämtliche Trambahnlinien wurden derzeit von Pferden auf Strom umgerüstet.

»Der Pfad ist völlig eben, meine Liebe, aber lassen Sie trotzdem eine Hand an der Höhlenwand. Wir steigen nicht sehr tief hinab – sonst würde Reverend Burgess seiner Frau nicht erlauben, uns Gesellschaft zu leisten!« Die übrigen Damen lachten, als hätte Mrs. Ash da die komischste Sache der Welt gesagt. Dann traten sie alle durch die Öffnung in der Kalksteinwand auf den Pfad.

Zuerst schien der Weg trotz der hellen Glühbirnen, die an einer Schnur darüber hingen, in vollkommene Finsternis zu führen. Dann aber gewöhnten sich Claudias Augen allmählich an die Beleuchtung, und sie konnte ein schwaches Funkeln auf der gegenüberliegenden Höhlenwand sowie die nadelscharfen Spitzen langer Stalaktiten erkennen, die von der Decke ragten. Die Damenriege war noch nicht weit gekommen, da fiel es Claudia bereits schwer, zu glauben, daß eine heiße Stadt in Missouri über ihnen lag. Das hier war eine lautlose Welt, kühl und friedlich, durch deren Gänge eine ganz eigene Brise wehte, wie das Seufzen der Erde selbst.

Zu guter Letzt erreichten sie eine heller beleuchtete Stelle, an der man einen Kartentisch aufgebaut hatte, und selbst eine Anrichte mit Gläsern und Tafelsilber für die Süßigkeiten und die Limonade, die Jimbo in einem Deckelkorb mitgebracht hatte, war vorhanden. Claudia betrachtete das Ganze mit tiefem Staunen.

»Haben Sie denn keine Angst vor Dieben, Mrs. Ash?«

»Die Sorte Menschen, die im Diebstahl ihr Glück sucht, fürchtet sich gewöhnlich vor Geistererscheinungen und dergleichen, so daß sie nicht einmal bei eingeschalteter Beleuchtung an einen solchen Ort kommen würde. Beim ersten Mal mußte ich Jimbo geradezu herunter*prügeln.* Nicht wahr, Jimbo?«

»Ja, Ma'am.«

»Du kommst zur üblichen Zeit zurück. Und daß du mir da oben nicht die Pferde zu sehr herumjagst!«

Mrs. Ash setzte sich. Die anderen Damen verstanden dies als Zeichen, es ihr gleichzutun. Claudia mußte unwillkürlich die umgebenden Felsformationen bewundern, die aufgrund der grellen Mazdalampen halb versteckt in schwarzen Schatten lagen. Was für ein wunderbarer Ort! Sie konnte sich gut vorstellen, daß sich Rubine oder ganze Diamanten von der Größe ihrer Faust mit einem Löffel aus den Wänden kratzen ließen. Wer hatte diesen Ort wohl als erster entdeckt? Irgendein einsamer umherziehender Indianer vielleicht, der Schutz vor einem Unwetter suchte?

»Ich fragte, meine Liebe, was für ein Spiel Sie bevorzugen?«

»Tut mir leid, Mrs. Ash.« Claudia spürte, daß die anderen sich keineswegs für ihren derzeitigen Aufenthaltsort interessierten, so daß es unhöflich wäre, eine Bemerkung über dieses Naturwunder zu machen, einen Salon unter der Erde. »Coeur spiele ich ganz gern.«

»Bedauerlicherweise sind wir zu fünft. Können Sie Canasta?«

»Ein bißchen.«

»Dann werden wir *das* spielen.« Während Mrs. Ash die Karten mischte, fiel Claudia auf, daß die Stimmen sämtlicher Damen hier unten lauter erschienen; grell hallten sie von den Höhlenwänden wider. Und in der elektrischen Beleuchtung wirkten ihr Teint und ihre Züge wie mit der Feder gezeichnet – obwohl Claudia sicher war, daß die ihren ebenso fahl wirken mußten. Mrs. Ash teilte das Blatt ganz aus, und das Spiel begann.

»Sie kommen, glaube ich, aus Michigan?« fragte Mrs. Burgess.

»Vor meiner Heirat habe ich in Saginaw gelebt. Dann ließen Mr. Fenster und ich uns in der Nähe seines Betriebes in Uniontown, Pennsylvania, nieder.« Sie lächelte. »Bis er sich entschloß, das hiesige Tripel-Unternehmen aufzukaufen.«

»Ihr Mann produziert Wasserfilter«, sagte Mrs. Ash. Es war keine Frage.

»Und er zermahlt Tripel und Bimsstein, das erste zu allen Arten von Rouge und das zweite zur Verwendung im Glas- und Metallschleifgewerbe. Es ist wirklich ein erstaunliches Material.«

»Früher sagten wir immer Englische Erde dazu. Es gibt sie haufenweise an jeder x-beliebigen Landstraße, die aus der Stadt herausführt.«

»Es ist sehr anerkennenswert von Ihrem Gatten, daß er eine sinnvolle Verwendung dafür gefunden hat«, sagte Mrs. Corporan freundlich. Claudia indessen fiel es schwer, zu verfolgen, welche Karten man ausgespielt hatte. Sie konnte nichts tun, um ihr Blatt zu sortieren, und bald ging die Runde an Mrs. Burgess, die daraufhin das Ausgeben übernahm. Dann begann das Spiel von neuem.

»Liebe Mrs. Fenster, ich sollte Sie lieber gleich warnen. Wir sind, wenn wir zum Kartenspiel hier herunterkommen, bemüht, die Konventionen ein wenig abzustreifen. Darum wird es Sie hoffentlich nicht schockieren, falls ich versuchen sollte, meine Neugier ein wenig zu befriedigen. Es ist eine Frage, die mich beschäftigt, seit Phillip letzten Herbst die Bekanntschaft Ihres Gatten machte. Wie kommt es, daß er ein so junges Mädchen wie Sie geheiratet hat?«

Ungeachtet der Vorwarnung *war* Claudia leicht schockiert. Möglicherweise lag es daran, wie merkwürdig Stimmen in diesen Höhlen klangen, aber Mrs. Ashs Frage schien einen deutlich anprangernden Unterton zu enthalten.

»Vielleicht schmachtet sie ja nach Bimsstein«, sagte Mrs. Blakely, und die anderen lachten. Claudia wartete, bis die allgemeine Erheiterung sich legte.

»Mein Mann war Witwer und seit langem mit meinem Vater bekannt. Sie haben während des Großen Krieges gemeinsam in einem pennsylvanischen Regiment gedient. Sowohl mein Vater als auch mein Ehegatte erlernten während ihrer Dienstzeit das Transportgewerbe.«

»Waren wohl Gegner der Sklavenhaltung, was?!« fragte Mrs. Ash scharf.

Claudia antwortete sehr bedächtig: »Sie haben als Nachrichtenübermittler am optischen Telegraphen und als Expeditoren gearbeitet.«

»Dann war Ihr Gatte ja ein Schreibtischbeamter! Gott steh mir bei, meine Damen, es ist wirklich eine Beruhigung zu wissen, daß wir alle weiterhin ruhig schlafen können. Mrs. Fenster natürlich ausgenommen!« Sie schenkte sich einen Krug voll Limonade ein und trank. »Aber Sie haben uns immer noch nicht erklärt, auf welche Weise die Liebe zwischen Ihnen erblüht ist. Was war denn mit all den jungen Verehrern in Saginaw?«

Claudia fühlte, wie ihr Herz pochte. Alle sahen sie an, warteten auf ihre Antwort. Ein kalter Luftzug fegte durch die Höhle, und mit ihm erscholl ein leises Wimmern aus einer kleinen Gangmündung, die mit Brettern verbarrikadiert war.
»Mrs. Ash, meine Heirat ging auf ein Abkommen zwischen meinem Vater und meinem Mann zurück, zu dem ich meine volle Zustimmung gab – um ihrer beider willen. Frau- und kinderlos, wie er lange Zeit gewesen war, hegte mein Mann naturgemäß den Wunsch nach einem Eheweib, das ihm einen Erben gebären konnte –« Sie stockte und wünschte, sie könnte ihre Worte zurücknehmen. War das *Frohlocken* auf Mrs. Phillip Ashs Gesicht?
»Selbstverständlich sind uns Ihre Schwierigkeiten im Frühling nicht entgangen. Es muß sehr hart sein, ein Kind zu verlieren, überaus hart.« Der Höhlenwind schwoll an, so daß der Laut wie ein Klageschrei klang. Plötzlich fröstelte Claudia bis in die Knochen. Mrs. Ash legte ihr ein paar kalte Finger aufs Handgelenk.
»Oh, aber Sie haben ja die Jugend auf Ihrer Seite. Die Jugend kommt über alle Anfechtungen hinweg. Ich wage zu behaupten, daß Ihnen bald ein ganzes Regiment von eigenen Pulverstampfern vor den Füßen herumläuft.«
Sie weiß Bescheid! Bei dem Gedanken, daß Mrs. Ash absichtlich grausam war, wurde ihr schlecht, und sie erhob sich plötzlich. »Meine Damen, ich bitte um Verzeihung, aber die Kühle ist wirklich zuviel. Das nächste Mal werde ich mich diesem Ort entsprechend anziehen müssen; vielen Dank für Ihre Einladung, Mrs. Ash.« Damit wandte sich Claudia von den verblüfften Frauen ab und machte sich auf den Weg zur Oberfläche. An der Höhlenmündung schlug ihr die Hitze mit der Wucht eines Faustschlags entgegen, aber irgendwie empfand es Claudia als eine wohltätige Erleichterung.

»Dann bist du also davongelaufen wie irgendein törichtes Schulmädchen? Weiß Gott, es ist nicht zu fassen!« Ulysses Fenster schenkte sich einen Bourbon ein und adjustierte seine beträchtliche Leibesfülle in Richtung seiner Frau, die weinend auf einem Stuhl gesessen hatte.

»Ich mag sie nicht! Die einzige, die dort überhaupt ein Fünkchen Mitgefühl aufwies, war Elly Corporan, aber alle stehen sie unter der Fuchtel von Mrs. Ash, und das soll mir nicht passieren!«
Fensters Wangen röteten sich, wie sie es unabänderlich taten, wenn er in Wut geriet. »Ich habe dir bereits erklärt, Claudia, daß unsere Aufnahme in die sogenannte Gesellschaft dieses elenden Drecknests voll und ganz von diesem Weib abhängt! Ich bitte dich nicht, ihr um den Hals zu fallen, aber ein, zwei Stunden unterhaltsam sein und ihr beweisen, daß du ein Quentchen Haltung und Erziehung besitzt, kannst du auf jeden Fall!«
»Sie hat sich über dich lustig gemacht, Ulysses! Dich hat sie praktisch bezichtigt, die Wiege ausgeraubt, und mich, um meines eigenen Vorteils willen einen törichten alten Mann verführt zu haben! Hätte ich etwa süß lächeln und sagen sollen: ›Natürlich, Mrs. Ash. Wie amüsant Sie doch sind, eine solche Komödie zu skizzieren‹? Sie hielte mich für schwach, würde ich mich nicht für dich zur Wehr setzen!«
»Ich bitte nicht darum, daß man mich in Schutz nimmt!« brüllte Fenster. »Ich habe die Spitzen meiner Mitmenschen bisher ohne deinen Beistand überlebt, und ich wage zu behaupten, daß ich das auch weiter tun werde. Bei Gott, Claudia, wenn du mir schon kein Kind schenken kannst, dann hilf mir wenigstens, mir einen Platz in der Gesellschaft zu sichern!«
Claudia blickte trotzig empor, und ihre Augen füllten sich mit Tränen. »Ich wollte dich schonen«, sagte sie, »aber Mrs. Ash weiß, daß ich keine Kinder mehr bekommen kann, und sie hat sich vor ihren Freundinnen darüber lustig gemacht. Keine von ihnen hat ihr widersprochen! Keine ...« Weinend sackte sie in sich zusammen.
Ulysses Fenster setzte sein Glas ab und ging mit unglücklicher Miene neben dem Stuhl in die Knie.
»Claudia ... Kind, wenn das stimmt, tut es mir leid. Sogar ihr Ehemann wird zugeben, daß seine Frau eine schwierige Natur ist. Aber siehst du denn nicht, daß sie dich auf die Probe zu stellen, sich ein Bild über deinen Charakter zu machen versucht?«
»Ich möchte mich nicht von ihr beurteilen lassen!«
»Und das sollst du letztlich auch nicht. Aber bedenke, um wie vieles

leichter sich unser Leben hier gestalten wird, wenn wir erst einmal in die Gesellschaft aufgenommen sind. Mein Geschäft wird florieren – und dann werden wir ein hübsches Haus in Carthage mit standesgemäßem Personal und elektrischer Beleuchtung haben, vielleicht sogar ein Automobil!«
»Kann Mrs. Ash mir zu einem Kind verhelfen?« Sie sah die tiefbetroffene Miene ihres Mannes und bereute ihre Worte auf der Stelle. Keiner war während des Genesungszeitraums, der ihrer schicksalhaften und auf tragische Weise gescheiterten Schwangerschaft folgte, rücksichtsvoller und freundlicher zu ihr gewesen als ihr Ulysses. Claudia berührte sein Gesicht.
»Ich werde es noch einmal versuchen, das verspreche ich dir. Ich bin zwölfmal soviel wert wie eine Mrs. Phillip Ash!«
»So ist es recht!« Ulysses sah auf seine Uhr. »Nun ja, ich muß los, in den Eagle's Club. Soll ich Ash bestellen, daß seine Frau nächste Woche mit dir rechnen darf?«
»Wenn sie will, ja!« Sie küßte ihn, und einen Moment später war er verschwunden. Claudia konnte nicht umhin, sich zu wünschen, daß Mrs. Ash sie nie wiedersehen wollte.

Aber sie tat es. Diesmal zog Claudia dunkelblauen Satin und darunter einen Schlüpfer sowie ein Unterleibchen an, um sich gegen die Kühle der Höhlen zu schützen. Während sie sich von der Trambahn zu ihrem Bestimmungsort bringen ließ, behielt sie das Fenster weit aufgestoßen, fächelte sich Wind zu und widerstand einem schalkhaften Drang, auf ihrem Platz im rückwärtigen Teil des Waggons zu hecheln wie ein Hund. Als sie die Haltestelle an der East Street endlich erreichten, war sie dankbar für die Gelegenheit, der Hitze des Tages zeitweilig zu entrinnen, und sei es auch nur für ein oder zwei Stunden. Es würde sie bereits eine andere Art von Hitze in der Person Mrs. Ashs erwarten, doch seit ihrem letzten Kartenspiel hatte Claudia eine Woche Zeit gehabt, sich zu wappnen. Über den Tod ihres Kindes war sie längst hinweg, obgleich es ihr um die Vergeudung dieses wie auch jedes anderen Lebens in der Seele weh tat. Warum also sollten ihr Mrs. Ashs grausame Anspielungen etwas ausmachen, als wäre dieser Tod Claudias Verschulden? Gott hatte einen Grund gehabt, dem Kleinen das Leben zu nehmen, und es stand weder Claudia noch Mrs. Ash an, Seinen Ratschluß in Frage zu ziehen. Erfüllt von Zuversicht betrat Claudia die Kristallkavernen.

Das Licht war zwar eingeschaltet, die Gänge jedoch leer. Claudia wischte sich die Stirn mit einem Taschentuch und sog die kühle, erfrischende Luft tief in sich ein. Die Höhle seufzte zur Antwort. Plötzlich fühlte Claudia, wie schon in der vorangegangenen Woche, einen starken Luftzug, der ihr in den Rockfalten raschelte, und nahm einen weinerlichen Schrei wahr. Er schien aus dem bretterverschlagenen Gang zu kommen, und halb verwirrt, halb neugierig spitzte Claudia die Ohren. Es hätten die natürlichen Schwingungen des Windes sein können, der durch Lücken zwischen den Brettern strich. Doch irgend etwas in seiner Tonlage verlieh dem Laut einen unheimlichen, fast menschlichen Charakter. Fasziniert arbeitete sich Claudia zu der Stelle vor, von der das Geräusch ausging, legte ihre Hände auf die Bohlen und entdeckte dabei, daß mehrere von ihnen lose waren. Sie konnte fühlen, wie ihr ein Luftzug an die Fingerspitzen wehte, doch nun war sie überzeugt, daß der Laut – was immer es auch sein mochte – seinen Ursprung weit hinter der Barriere hatte. Und gleichzeitig merkte sie, daß es sich gar nicht recht wie das Pfeifen von Wind anhörte. Es gab gewisse Stockungen darin, so als müßte die Höhle zwischendurch Luft holen.

Als ob die Höhlen weinten, dachte sie, während sie an einem der losen Bretter zog, und dann, urplötzlich, zog etwas an ihr, so daß sie einen Schrei ausstieß.

Jimbo, Mrs. Ashs Kutscher, starrte ihr ins Gesicht.

»Sie haben dadran nichts zu suchen, Mis' Fenster.«

»Tut mir leid!« Sie lachte rasch, um ihren tiefen Schrecken zu kaschieren. »Ich glaube, ich bin ein bißchen zu früh – nun ja, vermutlich ist es das Kind in mir, das solche Örtlichkeiten partout erkunden möchte.« Claudia berührte die Bretter abermals. »Können Sie mir sagen, warum sich diese Barriere hier befindet?«

»Da drinnen ist die Grube.«

»Die Grube?«

»Manche nennen sie auch die Indianerhölle. Einen Ort, wo es

keinen Boden gibt. Man schmeißt einen Stein über den Rand und hört ihn nie unten aufkommen. Zu viele Kinder hier verlorengegangen. Mis' Ash hat selbst ihr kleines Mädchen hier verloren; ist reingekrochen und abgestürzt, heißt es.«
»Das ist ja furchtbar!«
»Es hat sie verändert. Wie's immer geht bei so was. Wenn die Erde etwas verschluckt, müssen die Menschen leiden. Merken Sie sich, was ich sage.«
»Selbstverständlich«, antwortete Claudia und wünschte sich dabei, er ginge weg. Obwohl sie ihn nicht direkt für gefährlich hielt, kam es ihr doch so vor, als wäre in den Tiefen dieser Höhle alles möglich.
»Sie haben recht gehabt, daß Sie letzte Woche hier rausgelaufen sind, Mis'.«
»Ich glaube nicht, daß Sie das irgend etwas angeht!« versetzte sie, während ihr Gesicht trotz des kühlen Luftzugs aus dem Gang plötzlich heiß wurde. Jimbo zuckte kaum mit der Wimper; er hätte selber aus Stein sein können.
»Sie werden diese Höhlen wieder verlassen. Aber verirren Sie sich nicht!« Und noch ehe Claudia ihn fragen konnte, was er damit meinte, wandte er sich ab. In diesem Augenblick kamen die anderen Damen – mit Ausnahme von Mrs. Burgess, die den Krupp hatte und verhindert war – den Pfad herunter. Claudia nahm neben Elly Corporan Platz und machte sich auf einen neuerlichen Anschlag von seiten Mrs. Ashs gefaßt, doch schien diese Dame nun äußerst herzlich und liebenswürdig. Sie erlaubte Claudia sogar, eine Partie Coeur auszuteilen. Nach mehreren Runden brachte Mrs. Ash aus dem Korb, den Jimbo mit heruntergebracht hatte, eine Kristallkaraffe zum Vorschein und schenkte allen ein Glas ein.
»Das ist Branntwein mit Eisenkraut- und Zitronenaroma – ein Gebräu, von dem mein Gatte schwört, es wäre Gift! Ich hingegen glaube fest, daß es sich wohltuend auf die Schweißabsonderung auswirkt. Meine Damen!«
Claudia nippte nur, während die anderen einen kräftigen Schluck nahmen. Allem Anschein nach pflegte die Mittwochnachmittagsgesellschaft es sich gutgehen zu lassen, wenn Mrs. Burgess abwesend war, und Claudia erhielt den Eindruck, daß die Priestersgattin

sich mit Rücksicht auf diese Sitte ferngehalten hatte. Bald scholl Gelächter durch die Kavernen, und das Spiel wurde fahriger. Die Diskussion wandte sich diversen Damen der Stadt sowie dem großen Ball der Bergwerksdirektoren zu, der in vierzehn Tagen im neuen Connor Hotel stattfinden sollte. Claudia bemühte sich nach Kräften, ihr Interesse an den Vorgängen aufrechtzuerhalten, obschon ihr von dem Wein schwindelte. Dann und wann hörte sie über dem Schallen des Gelächters und dem Knallen der Karten jenen weinerlichen Laut, und von Mal zu Mal erschien er lebendiger und realer, so daß sie unwillkürlich an Mrs. Ashs Kind und dessen schreckliches Geschick denken mußte: Den hoffnungslosen Sturz, das hoffnungslose Sich-Überschlagen, immer tiefer in die Schwärze hinab ...

Schließlich erklärte Mrs. Ash das heutige Treffen für beendet. Claudia kehrte auf unsicheren Beinen und mit einem Stich von Bedauern an die Oberfläche zurück – Bedauern, weil Mrs. Ash vielleicht instinktiv wahrgenommen hatte, daß sie sich diesmal sicher und wohlbehalten – und, ja, auch unangreifbar fühlte –, so daß sie klug genug gewesen war, ihre Herausforderungen zu verschieben. Trotz der scheinbaren Freundlichkeit dieser Dame – oder vielleicht gerade deshalb – kam es Claudia nämlich keineswegs so vor, als wäre sie aufgenommen oder akzeptiert worden, wie ihr Ehemann sich dies wünschte.

Was erwarten sie nur von mir, dachte sie beim Besteigen der Trambahn. Vielleicht, daß sie mit einemmal ebenso alt, vertrocknet und unfruchtbar werden sollte? Was den letzten Punkt anbetraf, war sie sicher geeignet; hinsichtlich der anderen konnte sie nichts tun.

Die Hitze und das Geräusch der Wagenräder machten sie schläfrig. Fast wider Willen wurde sie in einen unruhigen Schlummer gezogen, in dem sie den Schrecken auf Ulysses Gesicht erblickte, als mit einem heftigen Wasserstrahl ihre Wehen eingesetzt hatten. Es war bei Tisch gewesen. Er glaubte, sie sei irgendwie zu Schaden gekommen, und hatte das Hausmädchen halbtot geschlagen, um ihm Beine zu machen. Den Arzt solle es holen, Dr. Vincent. Und dann hatten Claudias Wehen richtig eingesetzt, stundenlange Rückenkrämpfe, die auch durch Unterschieben von noch so vielen Kissen nicht zu lindern waren. Claudia hatte ihre Augen geschlossen und versucht, den inwendigen Druck zu regulieren, indem sie an den Säugling dachte, den diese Kraftanstrengung – denn bis zuletzt war es mehr Mühe als Schmerz – ihr schenken würde. Ulysses hatte ihr, käsebleich und keuchend, tapfer die Hand gehalten, bis Dr. Vincent schließlich eingetroffen war, um die Niederkunft unter seine Kontrolle zu nehmen. Er sagte Claudia, daß sie nicht lange durchhalten müsse, drängte sie, ihre Kräfte aufzusparen, und befahl dem Mädchen, feuchte Umschläge für Claudias Kopf und zerhacktes Eis zur Kühlung von deren brennender Kehle zu bringen.

Und dann hatte er gesagt: »Jetzt wären wir soweit, Claudia –« Sie erinnerte sich ganz deutlich, erinnerte sich, wie sie gelächelt und sich aus vollem Herzen der letzten Kraftanstrengung gewidmet hatte: ihr Kind ins Freie zu pressen. Sie behielt sein Gesicht im Auge, während er mit vorsichtig tastenden Fingern den Kopf des Kindes herauszuführen und dessen Schultern die halbe Drehung zu geben suchte, durch die es aus Claudias Körper befreit würde. Er war konzentriert, ganz bei der Sache, und ein Ausdruck der Kraft und der Zuversicht lag in seinen Zügen – bis seine Überlegenheit plötzlich ins Wanken geriet und er ebensolche Furcht bekam wie ihr beleibter alter Ehemann.

Claudia drückte ein letztesmal und empfand die euphorische Erleichterung der Geburt, erhaschte einen sekundenlangen Blick auf den Wurm in Vincents Händen und auf dunkles, nasses Haar. »Oh, geben Sie ihn mir, lassen Sie mich ihn –« Doch Vincent erwiderte mit einem schroffen, verschlossenen Kopfschütteln und wickelte das Kind, nachdem er die Nabelschnur durchtrennt hatte, in eine Decke, um es dann mit einer knappen Instruktion, die Claudia nicht verstand, dem Dienstmädchen zu übergeben.

»Warum darf ich mein Kind nicht sehen?!« hatte sie geschrien – schrie es aus vollem Halse.

»Sie müssen sich jetzt ausruhn. Ich gebe Ihnen ein Pulver, damit Sie besser einschlafen können. Danach komme ich zurück und werde mich mit Ihnen unterhalten.«

Claudia schrie und wehrte sich aus Leibeskräften, bis Vincent schließlich Äther in ein Taschentuch goß und es ihr auf den Mund hielt, ein Gefühl, das sie niemals vergessen würde, ein Gefühl des Ertrinkens, des unendlich weit von ihrem Sprößling Wegfallens, dessen Händchen sich vergeblich nach ihr ausstreckten und dessen Jammerschrei dem Geräusch des Windes glich, dem letzten Seufzer eines Sommergewitters – kalt, feucht und zitternd.

Claudia hatte ihr Kind nie zu Gesicht bekommen. Sie schlief einen ganzen Tag und eine ganze Nacht, nur um beim Erwachen abermals Dr. Vincent zu erblicken – Dr. Vincent, der ihr unter größten persönlichen Qualen mitteilen mußte, daß sie eine Totgeburt gehabt hatte und keine Niederkunft mehr riskieren dürfe, weil ihr Kind aufgrund irgendeiner Unverträglichkeit zwischen dessen Blut und dem ihren noch im Mutterschoß gestorben sei. Der winzige Sarg war bei der Beerdigung verschlossen. Claudia hatte die Leiche nicht sehen dürfen, doch war, als sie den Sargdeckel zu heben suchte, das ganze Gehäuse so ins Wackeln gekommen und ihr so leicht erschienen, als sei es leer.

Was hatten sie mit ihrem Kind gemacht?

Der Laut aus den Kristallkavernen drang zu ihr her, und schaudernd erkannte sie, daß sie den gleichen Schrei in dem Moment vernommen hatte, als der Arzt ihr Äther aufs Gesicht drückte ...

»Ma'am?«

Sie schnellte auf ihrem Sitz empor und stieß mit ihrem Kopf ans Trambahnfenster. Der Kondukteur lächelte sie an. »Endstation, Ma'am.«

»Endstation ...« Sie rieb sich mit den Fingerspitzen die Augen. »Oje, dann habe ich meine Haltestelle verpaßt. Wo sind wir?«

»Am Elektrischen Park, Ma'am. Endstation Nord. In acht Minuten drehe ich wieder um; falls Sie zurückfahren möchten.«

»Nein ... nein, danke. Ich glaube, ich werde mir eine Zeitlang die Beine vertreten.«

»Wir fahren bis halb elf, wenn der Park zumacht.«

Claudia bedankte sich noch einmal und stieg aus. Obwohl die Zeit des Abendessens kaum vorüber war, wimmelte es im Park von Kindern und Menschen, die nach einem langen Tag in den Schächten und Fabriken ein paar Stunden Erholung suchten. Denn obwohl

oder gerade weil der Elektrische Park in schöner Regelmäßigkeit Gegenstand flammender Predigten von sämtlichen Kanzeln der Stadt war, erfreute er sich größerer Beliebtheit als die Kirchen. Schließlich gab es dort lange Bogengänge mit Amüsiermaschinen wie dem »Waschzuber« – der »furchteinflößendsten Sensation von ganz Missouri!« –, die schöne »Rosengrotte« und das Berühmteste, den Elektrischen Turm, eine Verbeugung vor dem Zink-, Schwefel- und Bleibergbau, der das Speichern von Elektrizität in Batterien möglich machte. Der Turm war sechzig Meter hoch und mit 80000 Mazdalampen bestückt, die, in der Abenddämmerung eingeschaltet, über fünfzig Meilen hin erstrahlten. Selbst bei Tageslicht stellte der Turm ein eindrucksvolles Bauwerk dar, doch Claudia erblickte ihn nun zum erstenmal. Laut Ulysses nämlich besuchte nur das niederste Gesindel den Elektrischen Park, und er hatte sich geweigert, sie dort hinzuführen.
Jedenfalls wurde ihr in dem Gedränge irgendwie wohler. Die Leute wirkten glücklich, und es gab die fröhliche Musik des großen Dampfkarussells, den Geruch von Popcorn und Frankfurter Würstchen. Claudia beobachtete ein junges Paar, das einen Kinderwagen schob, und obwohl es sie schmerzte, flog den beiden ihr Herz entgegen.
Doch plötzlich begann das Baby zu weinen – ein Laut, der ihr ihren furchtbaren Traum und die Klageschreie aus der Höhle ins Gedächtnis rief. Sie erblickte den Eingang der Rosengrotte und eilte darauf zu, wobei sie mit leiser Verzweiflung wünschte, doch ein wenig stärker zu sein. Vor einem Monat noch war ihre Genesung als sicher erschienen, und nun erlitt sie offenbar rapide Rückschläge. Claudia fühlte sich zutiefst beunruhigt.
»Mrs. Fenster! Sind Sie es denn wirklich?«
Sie drehte sich um und erkannte zu ihrem Schrecken Dr. Vincent. Er lächelte gutmütig – eine saubere Erscheinung mit seinem Anzug in gedecktem Weiß und seinem Strohhut. Claudia erwiderte sein Lächeln mit aller Tapferkeit.
»Sie sehen sehr gut aus! Sind Sie allein hier?« Er hielt über ihre Schulter nach ihrem Gatten Ausschau. An jenem grauenvollen Abend damals hatte es eine häßliche Szene zwischen ihm und

Ulysses Fenster gegeben, und die Aussicht, diesem Menschen wieder zu begegnen, behagte Vincent gar nicht. Claudia konnte ihn jedoch beruhigen.

»Ich fürchte, ich bin in der Straßenbahn eingeschlafen und zufällig hierhergeraten.«

»Wenn ich Sie so plötzlich sehe, bekomme ich ein sehr schlechtes Gewissen, Mrs. Fenster. Ich hatte die Absicht, bei Ihnen vorbeizuschauen, aber Ihr Herr Gemahl ... verbat sich jede nochmalige Visite.«

Ihr Gesicht verdüsterte sich, als sie dergestalt an ihren lebhaften Traum erinnert wurde. Sie konnte den Äther geradezu riechen.

»Vielleicht hat er einen Sündenbock gebraucht, Doktor. Um es sich begreiflich zu machen.«

»Und Sie, Mrs. Fenster? Haben Sie auch einen Sündenbock?«

»Ich gab mir selbst die Schuld. Es schien am einfachsten so zu sein.«

»Mrs. Fenster, Sie müssen wissen, daß ich Ihnen, wäre mir Ihre Behandlung nicht entzogen worden, geraten hätte, es noch einmal zu versuchen. Ich bin überzeugt, die Chancen für eine erfolgreiche Schwangerschaft stehen gut.«

»Verlassen Sie sich da auf Ihre Intuition?«

»Auf die Statistik, Ma'am. Mitunter weisen Bluterkrankungen innerhalb einer Familie ein mathematisches Grundmuster auf. Wir wissen nicht, wieso, aber vielleicht hatten Sie und Ihr Gatte einfach Pech.«

»Ja. Aber bitte seien Sie still davon. Ich habe mein Leid vollständig überwunden, wirklich.«

»Natürlich. Verzeihen Sie mir.«

Und dann drehte sie sich unvermittelt zu ihm um. »Dr. Vincent, war das Kind körperlich normal? Ich weiß, es hatte dunkles Haar, aber waren seine Augen wie die meinen? Hat Monica –« es war das erstemal, daß Claudia je den Taufnamen ihres Kindes benutzte – »hat sie einem ihrer beiden Elternteile geähnelt?«

»Mrs. Fenster, bitte –«

»Nein!« Sie versuchte krampfhaft, ihre Stimme zu beherrschen. »Nein, wissen Sie, Doktor, als Sie es für angebracht hielten, mir ... beim Einschlafen zu helfen, da glaubte ich einen Moment, etwas

gehört zu haben, ein Quieken, einen Schrei aus dem Nebenzimmer, wo Sie sie hingebracht hatten, und ich wollte ihm folgen!«
»Es war am besten so. Sie sollten Ihr Kind nicht sehen. Sie hatten schon genug gelitten!«
»Aber wozu! Doktor, ich hatte ein Recht darauf, mein Kind zu sehen! Ich bin überzeugt, mein Gemüt wäre heute um ein Vielfaches ruhiger, hätte ich ihr Gesicht sehen können, sehen können, wie sie friedlich –«
Vincent neigte den Kopf zur Seite. »Um ein Vielfaches ruhiger, Mrs. Fenster? Inwiefern fühlen Sie sich beunruhigt?«
Die Worte kamen gänzlich unaufgefordert aus der Tiefe, mit einem Eigenleben und einer eigenen Gewalt, die Claudia ebensosehr bestürzten, wie sie den Arzt überraschten. »Ich höre mein Baby nach mir rufen! O Gott, daß ich überhaupt so etwas glaube! Aber spät nachts höre ich eine Kinderstimme im Wind, und ich weiß, es ist die von Monica. Sie benötigt mich so dringend, benötigt die Gewißheit, daß ich immer noch an sie denke, daß sie mir immer noch nicht gleichgültig ist, und allmählich glaube ich, daß sie sich irgendwo in meiner Nähe aufhält, nur getrennt von mir durch einen Schleier, den ich eigenhändig herunterreißen muß, wenn ich überleben möchte. Ich erwache im Bewußtsein, daß Monica immer noch am Leben ist!« Tränen hinderten sie daran, mehr zu sagen; Vincent murmelte etwas Tröstendes und faßte sie beruhigend an den Schultern. Mit einem gequälten Lachen tupfte sie sich die Augen ab.
»Oh, bestimmt halten Sie mich für wahnsinnig!«
»Keineswegs«, entgegnete er vollkommen ruhig. »Gehen wir doch ein Stückchen.« Sie bogen um eine Ecke des Pfades, die mit weißen Pfingstrosenbüschen markiert war. »Das, was Sie erlebt haben, hat einen guten und absolut natürlichen Grund; Ihr Gefühlsleben kam durch den Gram, den Sie erleiden mußten, zu Schaden. Ihr Geist beschwört in seinem Bemühen, diesen Schaden auszugrenzen und ihn am Neuauftauchen zu hindern, die Illusion herauf, Ihr Kind sei irgendwo noch vorhanden. Sie schenkt Ihnen Hoffnung und hält Sie davon ab, einer ansonsten verheerenden Depression zu erliegen.«

»Aber Wahnvorstellungen deuten doch auf irgendeinen Schaden, der von mir Besitz ergreift.«

»Vielleicht.« Vincent lächelte. »Natürlich bin ich kein Fachmann auf diesem Gebiet, aber ich habe die Fallstudien eines gewissen Dr. Freud aus Wien gelesen, der die seelischen Gebrechen seiner Patienten bis zu deren Wurzeln, tief in den Lebenserinnerungen, verfolgte – Erinnerungen, die längst vergessen schienen. Er nennt dieses geheime Innenleben ›das Unterbewußte‹ und hat festgestellt, daß es eine in uns allen wirkende Kraft ist. Eine mächtige Kraft. Wie soll ich es Ihnen nur erklären? Wenn Sie sich, sagen wir einmal, in den Finger schnitten, dann würde die Blutung bald von selbst aufhören, auch wenn Sie nichts dazu unternähmen, sie zu stillen. Und ich bin überzeugt, daß der Geist zu der gleichen Schutzmaßnahme fähig ist. Zur Zeit erleben Sie die Blutung – in diesem Fall eine Wahnvorstellung. Doch binnen kurzem wird das aufhören. Sie müssen Ihre Gefühlserlebnisse lediglich als das anerkennen, was sie sind, und sich mit deren Folgeerscheinungen abfinden. Bald werden sie vorbei sein.«

Claudia dachte an die Laute, die sie in den Höhlen vernommen hatte. Wie konnten diese Schreie nicht real sein? Sie erschrak bei der Vorstellung, daß ihr Geist womöglich nicht mehr von sich aus in der Lage war, zwischen der tatsächlich vorhandenen Welt und den Phantasien, die er – insgeheim! – erzeugte, zu unterscheiden.

»Oh, sehen Sie nur!« sagte Vincent, als sie aus der Grotte am Ostrand der Vergnügungsarkaden heraustraten. »Gleich machen sie die Turmbeleuchtung an.« Gemeinsam sahen er und Claudia zu, wie ein leuchtendroter Ball zur Spitze des Bauwerks emporstieg, und für einen Moment kam alle Betriebsamkeit im Park zum Erliegen. Jeder wartete darauf, daß die abertausend elektrischen Lampen zum Leben erwachten. Immer höher stieg die Kugel, und Claudia fühlte sich von der wachsenden Erregung gefangen. Hier war Licht, von Menschen dafür geschaffen, die blasser werdenden Strahlen der Sonne zu ersetzen.

»Wir haben das Dunkel verbannt«, hörte sie den Doktor sagen, und gedankenlos klammerte sie sich fester an seinen Arm, legte dann ihren Kopf auf seine Schulter. Einen Moment lang konnte sie in ihm die Kraft spüren, die vom Boden unter ihren Füßen emporstieg – dieselbe Kraft, die in wenigen Augenblicken ein bloßes Balkengerüst in fast überirdischer Pracht erstrahlen ließe. Ihre Ängste schrumpften in sich zusammen. Dr. Vincent hatte recht; sie war töricht gewesen, und nun wußte sie es, nun würden die Klageschreie verschwinden, und sie könnte ihrem Mann weiter helfen, die gesellschaftliche Stellung, die er sich so verzweifelt wünschte, zu erringen, könnte sich dem Zusammenleben mit den Leuten von Corinth widmen, um dies zu erreichen.

Da ertönte plötzlich eine Stimme, die, bei entsprechender Lautstärke, den Turm hätte in Stücke springen lassen. »*Mrs. Fenster!*« Im ersten Moment erkannte Claudia die Frau mit dem verkniffenen Gesicht und der grauen Temperenzleruniform nicht wieder –, bis ihr einfiel, daß Mrs. Phillip Ash ja manchmal in ebendiesem Park das Evangelium der Mäßigung verbreiten half. Sie starrte Claudia kühl an, und es lag Haß in ihren Augen – Haß, aber auch Frohlokken.

»Und Dr. Vincent. Ich glaubte, Sie besäßen mehr Verstand.«

»Das ist eine zufällige Begegnung, Mrs. Ash, nichts weiter.«

»Ich frage mich, ob Ihr Gatte der gleichen Ansicht wäre. Es tut mir leid, daß ich dies gesehen habe, Claudia Fenster. Ich fing schon an zu glauben, Sie wären letzten Endes doch eine liebenswerte junge Person.« Claudia sank das Herz, als Mrs. Ash abrupt kehrtmachte und in der Menge verschwand. Vincent tat einen Schritt, wie um sie aufzuhalten, aber die Schaulustigen rückten näher zusammen, reckten die Hälse und verstellten ihm den Weg.

Einen Moment später wurden sie von der jähen, erschreckenden Helligkeit der 80000 Mazdalampen überflutet, schwammen in einem Meer von Licht. Und über dem Jubel der erregten Menge glaubte Claudia Dr. Vincent sagen zu hören: »Und nun muß das Dunkel besänftigt werden.« Dann war er verschwunden.

Zwei Tage später und fast um dieselbe Uhrzeit fuhren Claudia und ihr Gatte in dem Einspänner, den er aus Anlaß des Bergwerksballes gemietet hatte, abends zum Connor Hotel. Ulysses war wütend, und seine Arme zitterten so stark, daß er nur mit Mühe die Zügel beherrschen konnte.

»Du hast mich ruiniert!« schrie er, ohne sich darum zu scheren, daß seine Stimme weit auf der Main Street entlanghallte. »Schlimm genug, daß sie dich mit einem anderen Mann als dem dir angetrauten in diesem Park gesehen hat, aber sie dann noch zu Hause zu besuchen, ungebeten hereinzuplatzen, um sie anzuschreien wie eine unwirsche Küchenmagd!«

»Das Weib haßt uns! Ulysses, wie, um Himmels willen, kannst du dir nur wünschen, eine Gunst zu erringen, die sie niemals gewähren wird? Bei Gott, ich hätte ihr die Haare vom Kopf gerissen, wäre ihr nicht ihr Kutscher zu Hilfe gekommen! In anderthalb Tagen hat sie meinen guten Ruf gemordet und dich zum Narren gemacht, und du ergreifst immer noch Partei für sie –«

»Ruhe!« Er brüllte jetzt. »*Du* hast dein Versprechen gebrochen, Claudia; du hast mir helfen sollen, zu gewinnen, was ich mir am meisten wünsche, und bist gottsjämmerlich daran gescheitert. Weißt du, was Ash heute nachmittag zu mir gesagt hat? ›Tut mir leid, alter Freund, wenn es nach mir ginge, würden Sie ja ruck, zuck bei uns aufgenommen. Aber Olivia, die ist nun mal der Überzeugung, daß Ihre Frau für den Hilfsdienst absolut ungeeignet wäre, und, na ja, eins ergibt das andere. Vielleicht nächstes Jahr‹, hat er gesagt. Nächstes Jahr! Durch deine Hirnverbranntheit habe ich in meinem neuen Unternehmen schon mindestens zehntausend Dollar verloren, möglicherweise noch viel mehr.«

»Ich bin nicht hirnverbrannt! Das bin ich nicht!«

»Ich hätte nicht übel Lust, dich deinem Vater zurückzuschicken, wenn die Schande ihn nicht ins Grab brächte! Du hast keinen Ehemann verdient –«

»Ulysses –«

»Laß meinen Arm los, verdammt!«

»Bitte dreh um. Bitte. Wir müssen uns das nicht gefallen lassen, verstehst du denn nicht? Nicht ich oder du – *sie* sind es, die sich nicht zu benehmen wissen! Das ist Mrs. Ashs Zirkel, es sind *ihre* Regeln. Laß uns nach Haus fahren. Ulysses, ich kann deinen Wünschen entsprechen, wenn du mir nur die Gelegenheit dazu gibst. Vater hat es so gewollt, und ich war von jeher bestrebt –«

Unvermittelt schlug er ihr mit dem Handrücken ins Gesicht. »Gar nichts warst du! Du hast mit deinem eigensinnigen Verhalten einen kranken Mann aus deinem Vater gemacht, und jetzt versuchst du das gleiche mit mir. Aber, bei Gott, es wird dir nicht leichtfallen! Du gehst jetzt mit mir diese Treppe runter, und du wirst lächeln, während sie alle dich anschaun. Du wirst der ganzen Welt entgegenlächeln!«

Und wie rasend gab er dem Pferd die Peitsche, bis sie vor dem Hotel ankamen. Claudia wischte sich die Augen aus und suchte verzweifelt, sich zu fassen. Es war dumm von ihr gewesen, gestern Mrs. Ash aufzusuchen, ja, aber sie hatte es doch nur getan, um zu erklären, auf welche Art und Weise sie Dr. Vincent im Elektrischen Park getroffen hatte, und um dann, wenn irgend möglich, ein Einvernehmen zu erzielen. Aber Olivia Ash hatte jeglicher Erklärung oder jeglichem Kompromiß eine Absage erteilt und Claudia statt dessen boshaft abgekanzelt, weil diese sich wegen dem Verlust ihres Kindes selbst bemitleiden, sich für etwas Besseres als alle anderen Bewohner von Corinth halten würde.

»Ich habe selbst ein Kind verloren; genau wie Elly Corporan und Mrs. Blakely. Wir alle haben unser Opfer gebracht, aber Sie mit Ihrem Gewinsel und Gestöhne sind nur an einem interessiert: uns auszustechen. Welch große Tragödie haben Sie doch erlitten, meine arme, bedauernswerte Freundin –«

Und da hatte das hämische Frohlocken in den Augen ihres Gegenübers Claudia zur Explosion gebracht. Etwas in ihr, das bis zum Zerreißen angespannt gewesen war, zerplatzte endlich, und sie hatte sich mit der vollen Absicht, die andere zu erwürgen, auf sie gestürzt. Daß es zu keinem Kampf mit Händen und Füßen gekommen war, war nur Jimbos raschem Einschreiten zu verdanken.

»Du weißt nicht, was wahrer Kummer ist, Herzchen«, hatte Mrs. Ash gekreischt. »Aber du wirst es noch erfahren! Warte nur! Bald wirst du's erfahren!«

Jetzt stand Ulysses mit verbissenem Gesicht neben der Kutsche und hielt Claudia seinen Arm hin, um sie in den Ballsaal zu geleiten. Sie flehte stumm ein letztes Mal, aber er blieb kalt und ungerührt; Claudia war sicher, daß er sie hineintragen würde, wenn sie nicht freiwillig käme. Gemeinsam traten sie in das mit Teppich ausgelegte Foyer, folgten einer Treppe in ein Zwischengeschoß und schritten dann durch eine Flügeltür, die sich auf die aus Rosenholz geschnitzte Prunktreppe in den Ballsaal öffnete. Auf dem Parkett wirbelten Männer und Frauen aus Corinth dicht gedrängt zu den neuesten Wiener Walzern. Das Orchester war aus St. Louis importiert; auch aus dieser Stadt, aus Columbia und Springfield waren Gäste gekommen, ja, sogar aus dieser Kuhbauerngemeinde oben im Norden, Kansas City. Claudias Herz schlug schneller. Die Beleuchtung war schwach, und es waren so viele Leute da, daß sie vielleicht unbemerkt aufs Parkett gelangen könnte. Doch dann hielt sie die Luft an; ein solches Glück würde ihr nicht zuteil: Mrs. Olivia Ash führte ein Empfangskomitee an, das unmittelbar am Fuß der Treppe Spalier stand. Ulysses zog seine Frau näher zu sich heran.

»Du wirst sie freundlich begrüßen, bei Gott!«

Claudia raffte ihre Röcke zusammen und stieg mit ihrem Mann hinab. Mrs. Ashs Augen waren so schwarz und glänzend wie Rabenfedern, aber das Weib lächelte!

»Claudia, meine Liebe! Sie sehen bezaubernd aus!« Mrs. Ash ergriff mit ihren kalten Händen Claudias Schultern und küßte die Frischeingetroffene auf den Mund. Ihre Lippen waren sehr trocken.

»Sie müssen stolz auf sie sein, Ulysses.«

Ulysses wirkte sichtlich verblüfft. »Hä? Ja. Ja, gewiß, bei Gott! Die hübscheste Frau im Saal, Angeredete ausgenommen!« Mrs. Ash brach in ein kurzes Lachen aus.

»Nur zu, nur zu! Gehen Sie hinein! Wir sehen Sie beide ja später noch.«

»Na, bitte!« flüsterte Ulysses, während er mit Claudia den Saal durchquerte. »Sie ist eine absolut vernünftige Frau und eine bessere Christin als du – bietet dir nach deinem unentschuldbaren Verhalten noch ihre Freundschaft an! Hast du Lust zu tanzen?«

»Nein.«

»Da drüben sehe ich Titus Blakely. Vielleicht kann ich einiges von dem Schaden, den du angerichtet hast, wieder ausbügeln. Mach ein fröhliches Gesicht, bei Gott!« Claudia sah ihm hinterdrein und suchte sich dann einen Stuhl neben der Balkontür. Während sie so dasaß, bemerkte sie, daß das Orchester ein wenig falsch spielte und daß die Gäste, die von der Prunktreppe aus so elegant erschienen, bei näherer Betrachtung etwas abgerissen wirkten. Ihre Ballkleider und Cutaways machten einen muffigen Eindruck, vielleicht weil sie das ganze Jahr über im Schrank gehangen und auf diesen Tag gewartet hatten. Letzten Endes war das hier ja weder Paris noch New York, nicht einmal Chicago; Corinth war eine Mittelstadt hart an der Grenze nach Arkansas, Kansas und dem Indianerterritorium. Die Menschen hier führten sich auf, wie sie es unter vornehmen Leuten für schicklich hielten. *Sie schauspielerten,* fast so, als wären Bewegung und Musik Bestandteil eines Rituals, dessen Sinn und Zweck sie nicht verstanden. Vielleicht wollten sie auch gar nicht verstehen.

Claudia suchte mit ihren Augen den Saal nach Ulysses ab, konnte ihn aber nicht entdecken. Sie fühlte sich geschwächt, und die Musik ging ihr auf die Nerven; darum erhob sie sich, um nach draußen auf den Balkon zu gehen, ein wenig frische Luft schöpfen.

Die Türen schlossen sich hinter ihr und riefen eine gnädige Stille hervor. Nach einem Augenblick konnte sie die schwachen Klänge einer Jahrmarktsorgel, weit, weit weg, vernehmen, dann fernes Geschrei, das sie verwirrte und erschreckte, bis ihr der »Waschzuber« im Elektrischen Park wieder einfiel. Der Turm erstrahlte magnesiumhell. Er sah selbst auf sieben Meilen Entfernung imponierend aus, und plötzlich sehnte sich Claudia danach, darunter zu stehen, die Freude der Menschen zu empfinden, die gekommen waren, sich in dem Licht, den Farben und den Geräuschen der Wandelhalle zu verlieren. Das war so viel besser als das Schauspiel im Inneren des Ballsaals. Claudia legte sich eine Hand aufs Gesicht und spürte die kalte Stelle, wo Olivia Ash sie geküßt hatte.

Du weißt nicht, was wahrer Kummer ist, Herzchen!

Dann wurde der Wind stärker, und sie hörte den Schrei erneut. Es war kein Irrtum möglich, denn er klang kalt und klagend und schien sich aus dem Herzen der Stadt zwischen diesem Balkon und dem nördlich gelegenen Turm zu erheben. Sie hielt den Atem an – betete verzweifelt, daß der Laut nur wieder eine Sinnestäuschung sein möge, aber er ertönte neuerlich, lauter jetzt, und er erschütterte sie in tiefster Seele. Für einen kurzen Augenblick war sie der Ohnmacht nah, dann aber wurde ihre Furcht von Wut zerrissen.

»Warum?« schrie sie, an das Balkongitter geklammert. »Warum dieses Leid? Womit habe ich das verdient?!« Aber es kam keine Antwort, nur das Weinen eines Kindes im warmen Nachtwind. Claudia blickte in die Ferne und konnte die Wipfel der Hickorybäume erkennen, die, keine hundert Meter von ihrem eigenen Standort, den Eingang der Kristallkavernen beschirmten. Dr. Vincent hatte ihr versichert, daß ihre seelischen Wunden von selbst gestillt würden. Jetzt wußte Claudia, daß etwas weit Ernsteres im Gange war, daß sie zur Tat schreiten mußte, oder das Kind in ihrem Geist würde weiterleben und zerstören, was von ihrem eigenen Leben noch übrig war.

Rasch warf sie einen Blick in den Ballsaal: Keine Spur von Ulysses, Mrs. Ash oder sonst jemandem, den Claudia kannte. Vor der Balkontür stand eine lange Tafel mit Ausstellungsstücken: einer Kollektion von polierten Bergarbeitergeräten. Claudia nahm eine Kohle/Petroleum-Lampe aus Messing, schüttelte sie, um deren Brennstoffvorrat zu überprüfen, und lief dann nach draußen, die Hintertreppe des Hotels hinab. Sie eilte zu den Höhlen. Dabei versuchte sie unentwegt, sich Beruhigung zuzusprechen. *Was ich hier tue, ist vernünftig ... Ich beweise mir damit selbst, daß diese Sache, diese Stimme ... dieses Kind! ... nicht wirklich vorhanden sind, nicht wirklich vorhanden sein können! Monica war schon tot, bevor sie auch nur meinen Schoß verließ!*

Sie erreichte ihr Ziel und trat auf den Schalterkasten zu, um in der Höhle Licht zu machen. Jemand packte sie am Arm. Mit einem Aufschrei ließ Claudia die Laterne fallen, und der Glaszylinder zerschellte; fast wie Glöckchen hörte es sich an.

»Mis' Fenster.« Das reglose schwarze Gesicht kristallisierte sich aus der Dunkelheit.

»J-Jimbo? Was tun Sie hier?« Ihre Wut kehrte zurück. »Lassen Sie mich los!«

»Sie wollen nicht dort runtergehn, Mis' Fenster.« Seine Augen glitzerten im Mondschein, aber es lag keine Feindseligkeit in seinem langen, runzligen Gesicht, nur Trauer. Claudia erholte sich ein wenig.

»Ich – ich muß dort hinab. Kann sein, daß ich letzten Mittwoch

etwas Wertvolles hier verloren habe. Eine Brosche. Haben Sie eine gefunden?«
»Nein, Mis'.«
»Nun, dann muß ich selbst nach meiner –« Sie stockte, denn deutlich und sehr laut hallte nun der Schrei, nicht einmal, sondern dreimal, zwischen den Höhlenwänden wider. Es ließ sich nicht verkennen, denn auch Jimbo war sichtlich erschrocken. Behutsam löste Claudia seine Finger von ihrem Arm.
»Ihr Taufname ist James?«
»Ja.«
»James was?«
»Ich heiße James Woods, Mis' Fenster, und ich bitte Sie: Gehen Sie nicht dort runter. Ihr Kind ist schon einmal verlorengegangen. Lassen Sie's damit gut sein.«
»Ich gehe.« Ihre Stimme klang schrecklich gefaßt. »Bitte warten Sie hier auf mich.«
Mit einem letzten Achselzucken legte James Woods den Lichtschalter um, und Claudia stieg den Pfad in die Erde hinunter. Als sie den Kartentisch erreichte, verlangsamte sie ihren Schritt, um zu lauschen. Ein Murmeln war zu hören – vielleicht nur die Regungen des Höhlenwindes –, doch dann entdeckte sie, daß man die Bretter am Durchgang zur Indianerhölle entfernt hatte. Während sie ihr schleppendes Kleid leise verfluchte und sich wünschte, sie hätte die Laterne nicht zerbrochen, trat Claudia über die weggerissenen Bretter in einen Tunnel, der so finster war, daß er sie ganz verschluckte.
Im selben Moment, als sie den Schrei heute nacht zum drittenmal hörte, flackerte in nicht allzu weiter Ferne ein schwaches Licht. Claudia raffte ihre Röcke zusammen und lief, ohne darauf zu achten, wo die Kante des Abgrunds war – ja, ohne auch nur daran zu denken, daß sie hineinfallen könnte. Ein feuchter, nach Erde riechender Luftzug erhob sich aus den Gängen, und sie bemerkte, daß es leicht abwärts, auf eine breitere Stelle, zuging, nahm, als sie eine dunkle Felswucherung umrundete, das Geräusch rieselnden Wassers wahr, und dann sah sie sie.
Sie warteten bereits – Männer und Frauen mit Fackeln, deren

Schein das Dunkel des Abgrundes hinter ihnen nicht zu durchdringen vermochte; Männer und Frauen, die Claudia kannte. Da waren Dr. Vincent, der die Spur eines Lächelns auf seinem Gesicht trug, Elly Corporan und Mrs. Burgess. Und in den Schatten unmittelbar hinter diesem Kreis erblickte sie Phillip Ash und Ulysses, der errötend wegsah.

Im Mittelpunkt aber stand Olivia Ash, in ihren Armen ein äußerst bemerkenswertes Kind von vielleicht einem Jahr. Ein Mädchen. Seine Haut hatte die Farbe von Porzellan, seine Haare waren fein wie Seide und so weiß wie Zucker oder Salz, während tiefe Augen, die Augen eines Rehs, ihren Blick auf Claudia richteten. Ein Funke des Wiedererkennens flammte darin auf; und dann: »*Maaamaaa!*«

»Kommen Sie herein, meine Liebe«, sagte Mrs. Ash, deren dünne Stimme in der Finsternis widerhallte. »Sie verlangt nach Ihnen, und es ist an der Zeit.« Claudia drängte sich durch den Kreis von Menschen nach vorn und riß unter dem Gelächter Mrs. Ashs das kleine Mädchen an sich.

»Es wurde gut für sie gesorgt, auch wenn sie nie die Sonne gesehen hat und sie nie sehen soll. Jimbo ist ihre Mutter gewesen und hat sie gut für diesen Augenblick gepflegt.«

»Monica?« Das Kind drückte sich an sie, und Claudia spürte den Schlag seines winzigen Herzens. Ihr Mund bildete das Wort: *Warum?*

»Wir leben von dem, was wir der Erde nehmen, und als Gegenleistung verlangt sie etwas von *uns*. Ich habe gegeben und Elly ebenfalls; wir alle, die wir von der Erde leben, müssen dafür Opfer bringen. Jetzt müssen Sie Ihr Kind geben. Wenn Sie es tun, werden Sie wieder fruchtbar sein und noch so viele Kinder bekommen können, wie Sie es sich nur wünschen.«

»Nein! Ulysses!« Aber die Fackeln hinderten sie daran, ihn zu sehen. »Ich werde Monica nicht hergeben! Nicht noch einmal.«

»O doch, oder auch Sie stürzen hinab. Es wäre nicht das erste Mal. Opfern Sie das Kind!«

»Nein!«

»Doktor, vielleicht können Sie ihr die Entscheidung etwas erleichtern.« Claudia sah Vincent mit einem Stoffballen in Händen aus dem Zirkel nach vorn treten, und der Geruch von Äther stach ihr in die Nase. *»Nicht noch einmal! Lieber Gott im Himmel, nicht noch einmal!«* Ihr kleines, verängstigtes Kind krallte sich an ihr Kleid, als der Kreis um sie herum zusammenrückte, während er sie auf den Rand des Abgrunds zutrieb und Vincent unentwegt lächelte, Olivia Ash lauter und lauter lachte –

Claudia hielt ihr Kind unter den winzigen Ärmchen und drückte es an sich. Dann, plötzlich, wurde sie von der Kraft der Verzweiflung übermannt. So als wäre es bloß ein Sack Getreide, schwenkte sie Monica herum, und die kleinen Füßchen trafen Olivia Ash mitten auf die Brust, so daß sie keuchend auf Dr. Vincent zuflog. Das Mädchen heulte vor Furcht.

»Närrin!« kreischte Mrs. Ash. »Sie werden uns alle ruinieren! Packt sie doch, irgendwer!«

»Nein! Das hier ist mein Kind, verstehen Sie? Meins, meins, meins! Wenn ihr es haben wollt, dann werdet ihr es euch schon holen müssen. Na, wie wär's?« Sie hielt Monica Mrs. Ash auf Armeslänge entgegen und trat vor, indem sie das Kind wie eine Puppe schüttelte. »Nehmen Sie sie doch schon!« Mrs. Ash öffnete ihre Arme. »Nehmen Sie sie. *Nehmen Sie sie!«* Und während sie es an seinen Kleidern festhielt, benutzte sie das weinende Kind zum zweitenmal als Waffe. Mit voller Kraft stürzte sie sich auf ihre Gegnerin, nur um am Rand der Grube unvermittelt zurückzuweichen. Mrs. Ash stieß einen gellenden Schrei aus, als sie darüberfiel. Der Schrei hielt lange, lange an, und während er fortdauerte, machte Claudia kehrt und lief, noch ehe die anderen sich von ihrem Schock erholen und ihr nachsetzen konnten. Sie lief, bis ihre Lungen zum Zerplatzen schienen. Dann sah sie Sterne und hörte, wie der Wind sich in den Hickorybäumen regte.

James Woods versperrte ihr den Weg.

»Ich kann Sie nicht gehenlassen, Mis' Fenster. Das Mädchen da gehört nicht mehr Ihnen.«

»Sie haben es doch großgezogen. Sie haben es doch gefüttert, verdammt! Können Sie denn nicht sehen, daß es leben will? Nein? Können Sie das nicht? Bitte, lassen Sie mir den Wagen!«

»Mis' Ash –«

»Die ist tot! Verstehen Sie?! Ich habe sie umgebracht für das, was sie uns angetan hat. Allmächtiger, sie kommen!«
James Woods verlagerte sein Gewicht. Schreie der Wut und der Erregung drangen aus dem Schlund der Höhle. Monica blinzelte und wimmerte dabei, als wäre selbst das Licht der Sterne zuviel für sie. Und dann plötzlich wandte James sich um und riß den Schaltkasten für die Höhlenbeleuchtung auf. Beide lauschten sie den schrillen Schreien.
»Sie haben sich aus ihr rausgeholt, was sie wollten. Jetzt wird sie sich zurückholen, was sie will.« Mit diesen Worten half er Mutter und Kind auf den Wagen.

BALGRUMMOS HÖLLE

RUSSELL KIRK

Bei dem Wort »Gruselgeschichte« denken wir für gewöhnlich an »gotische« Effekte: das morsche, düstere Burggemäuer in irgendeinem abgelegenen Landstrich; den Tunnel, der förmlich trieft von Übernatürlichem; die Absage ans Rationale und den Triumph von Eingebung und Aberglauben – die dunklen Geheimnisse einer Welt, die wir zu kennen wähnten. Russell Kirk greift – vielleicht mehr als jeder andere moderne Autor – in seinen Phantasieprodukten die traditionellen »gotischen« Elemente auf und verarbeitet sie, mit seinen eigenen Worten, zu »Geschichten, die eher von der absoluten Finsternis erzählen als von der Dämmerzone«. Haus Balgrummo ist, weiß Gott, ein Ort der Finsternis und des Bösen! Zur Erstveröffentlichung von *Balgrummos Hölle* in *F&SF* merkte Kirk an, daß »ihr mehr als ein Körnchen Wahrheit zugrunde liegt und der Schauplatz der Geschichte authentisch« ist. Russell Kirk hat wahrlich gespenstische Orte beschritten!

Im dem Moment, als Horgan durchgeschlüpft war, hatte Jock Jamieson kurz aufgeblickt, gegrunzt und schleunigst seine Flinte aus dem Häuschen geholt, in dem er als Torwärter wohnte. Aber dank seiner langen Beine war es Horgan gelungen, Jock mitten auf der Schwelle niederzuschlagen. Jetzt hatte er fast die ganze Nacht, um die Gemälde aus Balgrummos Lodging zu klauen.
Noch ehe Jock diese rostigen, eisernen Torflügel zumachen konnte, hatte Nan Stennis – in ihrer unglaubwürdigen Rolle als Lord Balgrummos neue Nachtschwester – ihren Wagen angehalten. Bei dem herrschenden Regen hatte Jock Nans Gesicht unmöglich erkennen können, und jetzt zog Horgan Nans Seidenstrumpf herunter, den er über dem Kopf getragen hatte. Mit Nans Hilfe fesselte und knebelte er den zähen alten Trottel, der dabei krampfhaft keuchte, zerrte ihn in einen Küchenschrank des Torwärterhäuschens und drehte dann den Schlüssel um. Jocks Vormittagsgehilfe und die Vormittagsschwester würden frühestens um sieben eintreffen; bis dahin bliebe er hinter Schloß und Riegel. So stand nun

keiner mehr zwischen Horgan und diesen Gemälden außer Alexander Fillan Inchburn, zehnter Baron Balgrummo, der, unglaublich alt und körperlich wie seelisch unglaublich verkommen, seit einem halben Jahrhundert keinen Fuß mehr aus seiner Behausung gesetzt hatte: Balgrummo Lodging.

In dem kalten Nieselregen der Februarnacht zitterte Nan; vielleicht schauderte sie. Obwohl sie im Umkreis von einer Viertelmeile unmöglich jemand hören konnte, flüsterte sie: »Rafe, schaffst du's denn ganz bestimmt auch ohne mich? Wenn ich mir vorstelle, daß du mutterseelenallein dort reingehst, Schatz ... grauenhaft!«

Sachverständiger Rafe Horgan gab ihr einen sachverständigen Kuß. Sie hatte ihren Ehemann für ihn verlassen und war recht nützlich gewesen. Er meinte es ernst, wenn er gegen Monatsende im *Mayfair* zu ihr stoßen und mit ihr auf die Kanaren fliegen wollte; bis dahin hätte er wahrscheinlich das Romney-Porträt für eine dicke Stange Geld an einen verbürgten Schweizer Sammler losgeschlagen, der über einen Agenten in Leeds verhandelte, so daß Horgan sich mit dem Abstoßen der übrigen Balgrummo-Gemälde Zeit lassen konnte. Nan hätte ihm im Inneren des Herrensitzes zur Hand gehen können, aber es war wichtig, daß sie ein Alibi besaß; jetzt würde sie mit ihm den Wagen tauschen, nach Edinburgh hineinfahren, sich in einem Restaurant sehen lassen und dann den Mitternachtszug nach King's Cross nehmen. Das grundsätzliche Dilemma bei solchen Unternehmungen war einfach, daß zu viele Leute mit hineingezogen wurden, von denen manche gern die Klappe aufrissen. Aber Nan konnte etwas für sich behalten, und Horgan hatte Monate in die Vorarbeit investiert.

Das einzige echte Risiko bestand darin, jemand könnte entdecken, daß Horgan nicht Horgan hieß. Dazu jedoch wären gründliche Nachforschungen vonnöten. Und wem würde es einfallen, die Vergangenheit eines Rafe Horgan, Esq., zu durchleuchten, einem vornehmen südafrikanischen Privatier, der nun in einer hübschen Wohnung am Charlotte Square lebte? Nicht Dr. Euphemia Inchburn, eine graue alte Jungfer, die von seinem Lächeln und seinen Reden angetan war, und auch nicht T. M. Gillespie, Rechtsbeistand Seiner Lordschaft und Vorsitzender des Lord-Balgrummo-

Kuratoriums. Bei beiden hatte Horgan Geduld und Umsicht walten lassen, hatte nur beiläufig, wie ein Altertumsforscher, Fragen über Balgrummo Lodging gestellt. Und außerdem: Sah er etwa so aus, als trüge er einen Totschläger bei sich? Nein, die Polizei würde vielmehr jede Gang in »Fossie« jagen, einer Wohnsiedlung, deren Ausläufer sich bis fast an die Grenzen von Balgrummo Lodging erstreckten. Horgans Aufwand an Charme und sogar Geld würde sich fünftausendfach bezahlt machen. Das große Hindernis hatte in Jocks Flinte bestanden, und das war nun aus dem Wege geräumt.

»Seine Herrlichkeit, Lord Balgrummo, sind bettlägerig«, sagte Horgan zu Nan, während er ihr noch einen Kuß gab, »und angeblich auch blind. Bis drei bin ich hier fertig, Mädchen. Ruf mich morgen um die Teezeit an, wenn's sein muß; aber sprich dann einfach nur übers Wetter, Nan. Las Palmas wird dich begeistern.«

Von dem vergessenen Tor aus sah er zu, wie Nan den Wagen bestieg, in dem er gekommen war und den er im Schatten der leerstehenden Linoleumfabrik, dicht an dicht mit dem Nordwall von Balgrummo Lodging, abgestellt hatte. Als sie weg war, fuhr er mit Nans unauffälligem schwarzen Ford so weit auf das Grundstück, daß er das Tor zumachen konnte. Er sicherte es mit dem großen Messingschloß, welches Jock abgenommen hatte, um »Krankenschwester« Nan einzulassen, und fuhr dann langsam, nur mit Abblendlicht, die Allee zu der vierhundert Jahre alten Fassade des Herrensitzes hinauf. Rhododendrondschungel drängten sich von beiden Seiten gegen den Wagen.

»Onkel Alec und sein Haus haben alles«, hatte Dr. Effie Inchburn einmal gesagt: »Trockenfäule, Schimmel, Holzwürmer, Klopfkäfer.« Zudem standen bei den wenigen, die sich an Lord Balgrummo und Balgrummo Lodging noch erinnern konnten, beide in höchst unerfreulichem Ruf. Es war geradezu eine Pflicht, die Bilder aus dieser scheußlichen Bruchbude herauszuschaffen und sie Sammlern zu übereignen, die sie zwar nicht minder unter Verschluß halten, sich aber auf jeden Fall besser um sie kümmern würden.

Als er mit seiner Kuriertasche voll Werkzeug aus dem Wagen rutschte, fand sich Rafe Horgan dem düsteren Portal von Balgrummo Lodging gegenüber. Die Stirnseite stammte angeblich von Sir

William Bruce, obwohl das Haus zum Teil älter war. Bei Nacht wirkte es nicht unbedingt baufällig, mochten das Gebälk und der Mann im Innern auch noch so heruntergekommen sein. Horgan hatte Jamiesons großen Schlüsselring aus dem Torwärterhaus mitgehen lassen, aber das schwere Hauptportal war ohnehin leicht angelehnt. Vor seinem Eintritt warf Horgan einen kurzen, zufriedenen Blick auf die hoch emporragende Quadersteinfassade dessen, was T. M. Gillespie, dieser bissige Stock von einem Anwalt, »Balgrummos Hölle« nannte.

Horgan, dessen Witz und Erfindungsgabe ihm ein ganz gutes Leben sicherten, hatte seine Zelte noch keinen vollen Monat in Edinburgh aufgeschlagen, da war er durch einen glücklichen Zufall auf Balgrummo Lodging gestoßen. In einem Auto mit falschen Kennzeichen fuhr er gerade – auf der Suche nach einem gewissen rauhen Zeitgenossen, der vielleicht etwas für ihn erledigen könnte – durch die Fossie-Wohnsiedlung draußen vor der Stadt. Fossie, erst sieben Jahre alt, aber schon ein Slum, bestand aus dem üblichen Halbrund- und Terrassenkonglomerat von trostlosen, grauen Sozialbauten. Als Horgan falsch abgebogen war, hatte er sich unversehens auf einer verwahrlosten, alten Chaussee befunden; hinter der häßlichen Backsteinmauer zu seiner Rechten lag ein baufälliger Verschiebebahnhof für Güterzüge, den Dr. Beeching von British Railways für stillgelegt erklärt hatte. Zu seiner Linken zog die massige Ruine einer Linoleumfabrik vorüber, die schon seit mehreren Jahren leerstand und deren Fensterscheiben von den lebhaften Kleinen aus Fossie restlos zertrümmert worden waren.

Jenseits der Fabrik war er auf eine auffallend hohe alte Steinmauer gestoßen. Ihre Oberseite trug eine Zementschicht, in die große, nicht sehr einladend wirkende Glassplitter eingebettet waren, und dahinter hatte er die Äste und Stämme von Linden und Buchen erspäht, ein Wald inmitten der Vorstadt. Unvermittelt war ein mächtiger alter Torbogen aufgetaucht, zu dessen Seiten je eine steinerne, fast lebensgroße Tierfigur Wache hielt: ein Löwe oder Greif, aber von jungen Vandalen so übel zugerichtet, daß sie fast unkenntlich waren. Der Kopf der Bestien fehlte völlig.

Soviel hatte Horgan auf einen kurzen Blick gesehen und daher angenommen, es handle sich um die verwaisten Liegenschaften irgendeines leerstehenden oder zerfallenen Herrschaftshauses. In der Hoffnung, in einem Bogen wieder zu der Wohnsiedlung zurückzukommen, war er die Straße durchgefahren, aber vor einer Backsteinmauer gelandet, auf deren anderer Seite der Fettinch durch sumpfiges Ödland rieselte. Dieses von Güterbahnhof, Fabrikruine und verschmutzten Bächen eingesäumte Walddreieck mußte das letzte Restchen vom Anwesen irgendeines vorgestrigen Landjunkers sein, das der Stadtrand zwar schon verschluckt, aber noch nicht verdaut hatte. Wahrscheinlich waren Edinburgh oder Midlothian – er konnte nicht genau sagen, in welchem Bezirk es lag – aufgrund des Schmutzes und Gesundheitsschädlichkeit des verkommenen Landstrichs davor zurückgeschreckt, dort noch ein paar Sozialbauten für das Fossie-Projekt hinzusetzen.
Nachdem er am Ende der Sackgasse gewendet hatte, war Horgan langsam wieder an der massiven Mauer vorbeigefahren, wo der Rohputz vom Geröll fiel. Zu seiner Überraschung hatte er dabei ein augenscheinlich bewohnbares Torwärterhaus genau am Rande des eisernen Gitterkäfigs bemerkt; und ein wenig Holzrauch hatte sich aus dem Schornstein emporgekräuselt. Lag hinter diesen Toren *irgend etwas*, das zu »organisieren« sich womöglich lohnte? Er hatte angehalten und einen eisernen Klingelzug entdeckt, der noch funktionierte. Auf sein Läuten war aus dem Torwärterhäuschen ein langer Bursche mit dem Aussehen eines pensionierten Wachtmeisters aufgetaucht und hatte sich durch das verschlossene Gitter wortkarg, in breitem Schottisch, mit ihm unterhalten.
Horgan hatte sich nach dem Weg zu einem bestimmten Gebäudekomplex der Wohnsiedlung erkundigt und ihn beschrieben bekommen. Dann hatte er nach dem Namen dieses Anwesens gefragt. »Balgrummo Lodgin', Sir« – mit einem halb abweisenden Stirnrunzeln. Auf einen inneren Impuls hin hatte Horgan gemeint, daß er sich gerne einmal das Haus ansehen würde (das allem Anschein nach noch stehen mußte, denn er konnte hohe Gaupen und Dächer hinter den Bäumen erkennen).
»Nee, nee; Herr Baron empfängt doch keinen Besuch nich!« Es lag

in dieser Äußerung eine Art Ungläubigkeit darüber, daß man ein solches Ansinnen überhaupt stellte.
Horgan, für den die Sache allmählich interessant wurde, hatte sich als Kenner der Häuserbaukunst des siebzehnten Jahrhunderts ausgegeben. Wo er, auf jeden Fall, einmal um die Erlaubnis zur Besichtigung des Innern ansuchen könne? Und mit säuerlichem Gebaren hatte man ihm zu verstehen gegeben, daß es sinnlos wäre; aber alles läge in den Händen von Lord Balgrummos Kuratorium, dessen Anwalt und Vorsitzender ein Mr. T. M. Gillespie, von Reid, Gillespie & MacIlwraith, Hanover Street, sei.
Und so war auch Balgrummo Lodging auf Rafe Horgans Liste in Frage kommender Projekte geraten. Ein paar Tage später hatte er sich an Gillespie herangemacht, einen verknöcherten Hagestolz, wobei er Balgrummo Lodging anfangs nicht zur Sprache brachte, sondern dem ehrenwerten Juristen etwas von einer frei erfundenen Miss Horgan aus Glasgow erzählte, angeblich einer Tante von ihm, die eine alleinstehende alte Dame war und ihr umfangreiches Vermögen eventuell in ein Familienkuratorium umzuwandeln gedenke. Als Einsatzkapital hatte Horgan sogar einen Scheck für Mr. Gillespie ausgeschrieben – das Honorar für allgemeine Beratung in Sachen etwaiger Janet-Horgan-Estates, Ltd.
Gillespie, so hatte er entdeckt, war ein einsamer Junggeselle, mit dem sich – bei entsprechender Behandlung – etwas anfangen ließ und der eine feuchte Vorliebe für trockenen Sherry hegte. Nach einer Flasche würde Gillespie vielleicht offener reden, als ein Rechtsanwalt reden sollte, und im Laufe der Zeit aßen sie recht häufig gemeinsam zu Abend – nachdem Horgan aus einer zufälligen Bemerkung, die er mit gespielter Beiläufigkeit aufnahm, erfahren hatte, daß noch einige gute Bilder in dem Stammsitz verblieben waren. Dabei gesellte sich auch immer wieder einmal Gillespies alte Freundin, Dr. Euphemia Inchburn, zu ihnen, Lord Balgrummos Nichte und eine ausgediente Gynäkologin. Horgan hatte seinen ganzen Charme spielen lassen, und Dr. Inchburn war redselig geworden.
Da er hier vielleicht wirklich einer heißen Sache auf der Spur war, hatte Horgan in alten örtlichen Namensverzeichnissen nach einer

etwaigen Erwähnung von Balgrummo Lodging geschnüffelt; und als er von seinen neuen Bekannten eine Andeutung bezüglich der Untaten des zehnten Baron Balgrummo erhielt, sah er in alten Zeitungsarchiven nach. Er verstand ein bißchen was von Bildern wie auch von einer ganzen Reihe anderer Dinge; und durch Nachschlagen in den richtigen Büchern und Katalogen fand er heraus, daß an den morschen Wänden von Balgrummo Lodging immer noch ein paar äußerst wertvolle Familienporträts – wenngleich nicht nur solche – hängen mußten, von denen seit 1913 kein einziges mehr öffentlich gezeigt worden war. Gillespie interessierte sich auschließlich für schottische Porträtisten, und auch das nicht leidenschaftlich, und Horgan erachtete es für unklug, sich allzuviel bei Dr. Effie Inchburn zu erkundigen; am Ende würde seine Neugier sich ihr einprägen. Aber er erhielt hinlängliche Gewißheit, daß Lord Balgrummo, das greise Ungeheuer, einen Opie, einen Raeburn, ein oder zwei Ramsays, vielleicht sogar drei Wilkies, einen guten Reynolds, einen Constable, einen sehr guten Romney, einen Gainsborough sowie (glückliche Aussicht) einen Hogarth, zwei kleine Leinwandgemälde von William Etty und eine ganze Reihe angeblicher Knellers besitzen sollte und daß einmal (wenn nicht noch immer) ein Cranach und ein Holbein in dem Stammsitz zu sehen gewesen waren. Die persönliche Errungenschaft des zehnten Barons bestand in einem enormen, den Aufstellern von Katalogen vielleicht unbekannten Füßli, den er 1911 erworben hatte und der (nach einer von Dr. Inburnchs Grimassen zu urteilen) wahrscheinlich obszöner Natur war. Es gab noch mehr Bilder – der Teufel wußte das.

Vielleicht ließen sich in der Bibliothek auch ein paar seltene Bücher finden, aber Horgan verstand zu wenig davon, um sie auf die schnelle herauszupicken. Das Silber und dergleichen lagen vermutlich auf der Bank – es wäre riskant gewesen, sich danach zu erkundigen. Jeder außer einem Nimmersatt wäre mit einer solchen Ausbeute für eine Nacht Arbeit zufrieden.

Aufgrund der ihm eigenen Lethargie und seinem ständigen Ans-Haus-gefesselt-Sein hatte Lord Balgrummo sein Erbe naturgemäß vernachlässigt. Seine Sachwalter hatten im Laufe der Jahrzehnte

Erlaubnis erhalten, fast sein gesamtes Hab und Gut zu veräußern, bis auf Balgrummo Lodging – einst die Edinburgher Dépendance der Inchburns, später ein Ruhesitz – und diese Gemälde. »Schließlich muß er doch, wenn er schon nicht ausgeht, wenigstens *etwas* zum Anschaun haben«, hatte Dr. Inchburn gemurmelt.
Nachdem er hinlänglich im Bilde war, hatte sich Horgan die Frage des Einbruchs als solchem vorgeknöpft: Wie gelangte man in dieses Haus, ohne eine ganze Bande anheuern zu müssen – was ebenso riskant wie aufwendig wäre –, und wie schaffte man die betreffenden Kunstschätze unbemerkt dort hinaus? Es war schon einmal versucht worden, vor mehreren Jahren. Damals hatte Jock Jamieson, der Nachtpförtner – »Wächter« wäre zutreffender gewesen – einen der Einbrecher erschossen und einen anderen verwundet, während sie auf der Leiter waren. Jamieson und die Gehilfen, die ihm tagsüber Unterstützung leisteten (darunter der Wachtmeistertyp, den Horgan am Tor gesprochen hatte), waren harte, wachsame Burschen – und wurden, genau wie Lord Balgrummos Krankenschwestern, glänzend bezahlt. Es hatte schon Zeiten gegeben, da war es mindestens ebenso wichtig erschienen, Raublustige draußen wie Lord Balgrummo drinnen zu halten (obwohl er sein Wort gegeben hatte, das Anwesen niemals zu verlassen). Gillespies Andeutungen nach drückte die Polizei bei den eigentümlichen Aufsehern von Balgrummo Lodging ein Auge zu, denn sie waren ein wenig schnell mit Feuerwaffen zur Hand. Von daher hatte Horgan seine Expedition akribisch geplant und sich monatelang gedulden müssen, bis alle günstigen Umstände zusammentrafen und alles zum großen Coup bereitlag.
Daß sich rund um die Uhr eine Krankenschwester im Haus aufhielt, war noch so ein Ärgernis gewesen; die Aussicht, eine hysterische Pflegerin durch diesen zerbröckelnden Ameisenbau verfolgen zu müssen, wollte Horgan gar nicht behagen. Falls sie durch irgendeine Hintertür entwischte ... Als Gillespie, gestern erst, einfließen ließ, die Nachtschwester hätte gekündigt (»Die Nerven, wie immer in diesem Haus – und die Unleidlichkeit ihres Patienten, Seiner Lordschaft«), ohne daß bisher ein Ersatz gefunden sei, wußte Horgan, daß seine Stunde gekommen war.

Für eine einzige Nacht war Jamieson ein zweifaches Amt auferlegt: den Besitz zu überwachen und jede Stunde bei Lord Balgrummo hereinzuschauen. Wahrscheinlich hielt sich Jock Jamieson trotz all seiner Zähigkeit auch nicht lieber bei Nacht in diesem Haus auf als die Schwestern, so daß er mit großer Freude heute am späten Abend von einer flötenden Frauenstimme (der von Nan Stennis natürlich) die Nachricht erhalten hatte, sie riefe im Auftrag Mr. Gillespies an und daß in zirka einer Stunde eine neue Nachtschwester in ihrem eigenen Wagen vorstellig würde.
Es war gelaufen wie am Schnürchen. Auf Nans Hupsignal hatte Jock das Tor geöffnet, und den Rest besorgte Horgan, der sich im Schatten versteckt hielt. Wäre Jock zehn Jahre jünger und dem Bier weniger zugetan gewesen, dann hätte er die Flinte vielleicht rechtzeitig zu fassen bekommen. So aber schlug Horgan ihn schnell und sauber nieder. Keiner fuhr nach Einbruch der Dunkelheit über diese obskure Landstraße – ja, schon am hellichten Tage kaum jemand. Infolgedessen würden Horgan sein Bewirtungsaufwand für Gillespie und die altjüngferliche Inchburn sowie seine zeitlichen Investitionen zu einem Stundensatz rückvergütet, der alle raffsüchtigen Träume überstieg, und seine handliche Kuriertasche schwingend, trat unser Freund durch die Pforten von Balgrummo Lodging.

Was Horgan in der Empfangshalle – neben der empfindlichen Kühle – als erstes auffiel, war der durchdringende Geruch nach Trockenfäule. Kein Wunder, daß man jeder Krankenschwester das Dreifache bezahlen mußte, bei diesem unheilvollen Gestank! Zur Einsamkeit verurteilt, nachlässig in Geschäftsdingen und seit jüngster Zeit verarmt, hatte Lord Balgrummo so lange mit Reparaturarbeiten gewartet, bis die Kosten für eine eventuelle Instandsetzung des Bauwerks gigantisch waren. Selbst wenn er das Geld ohne den Verkauf von einigen seiner Bilder hätte erübrigen können, wäre das Haus wohl kaum noch zu retten gewesen, denn der alte Balgrummo besaß keine leiblichen Erben, die Erbfolge war längst gebrochen, und seine mutmaßliche Erbin – Dr. Effie – würde niemals in diese Einöde hinter dem Trennwall der baufälligen Linoleumfabrik ziehen. Fragte sich nur, wer als erster zu Staub zerfiel – Lord Balgrummo oder sein hochherrschaftliches Gefängnis.

Horgan ließ den Strahl seiner Stablampe in der Halle ringsum wandern. Das Licht gleißte auf der Oberfläche eines Gemäldes, bei dem es sich anscheinend um einen Canaletto handelte – eine Ansicht von Ravenna vielleicht. Oder stammte es nur aus Canalettos Schule? Horgan hätte zu gern gewußt, ob dieser Schinken das Mitnehmen und Verbergen wert war. Na ja, er würde ihn sich bis zuletzt aufheben und erst einmal die verbürgte Ware sicherstellen. Daß Balgrummo Lodging über kein elektrisches Licht verfügte, wußte er bereits; hier war seit 1913 nichts auf- oder nennenswert ausgebessert worden. Dafür fand er kunstvoll gearbeitete Gashähne aus Bronze, mußte jedoch nach einiger Fummelei feststellen, daß er nicht wußte, wie man sie anzündete; aber vielleicht war hier in der Halle das Gas auch abgedreht. Egal; die Stablampe würde genügen, selbst wenn die Höhle hinter der Reichweite ihres Strahls hoffnungslos groß und schwarz erschien.
Ehe er sich an die Arbeit machte, mußte er einen Blick auf Balgrummo werfen, nur um sicherzugehen, daß der verrückte alte Kauz nicht heraustattern und mit seinen schwachen Kräften irgendwelches Unheil stiften konnte. (In *diesem* Haus nämlich hatte er vor mehr als fünfzig Jahren *großes* Unheil angerichtet!) Wo wäre sein Schlafzimmer wohl zu suchen? Dem Grundriß des Gebäudes nach, auf den Horgan in Gillespies Gemächern einmal einen hastigen Blick ergattert hatte, vorn, im zweiten Stock, genau über der Bibliothek höchstwahrscheinlich. Horgan hängte sich die Stablampe um den Hals und marschierte die breite, geschwungene Eichentreppe hinauf, wobei er sich anfangs aufs Geländer stützte – es bald aber nur noch ganz vorsichtig berührte, denn hier und da fühlte es sich selbst durch die Handschuhe, die er trug, schwammig an und zitterte unter allzu großer Belastung, so morsch war es.
Auf halber Höhe zum ersten Stock hielt Horgan inne. Hatte dort unten, im schwarzen Brunnenschacht des Erdgeschosses, nicht irgend etwas geraschelt oder gescharrt? Natürlich nicht, ausgeschlossen, es sei denn eine Ratte. (Balgrummo hielt keine Hunde; »Die Viecher leben dort drinnen nicht lang«, hatte Gillespie einmal mit einem rätselhaften Unterton gemurmelt.) Wie hatten es diese Nachtschwestern in einer solchen Situation nur ausgehalten, selbst

gegen noch so gute Bezahlung? Wenn Balgrummo Lodging bisher nicht geplündert worden war, dann, sinnierte Horgan, dann auch, weil es seit über fünf Jahrzehnten als verschrien galt. Kaum ein praktizierender Ganove, selbst aus der Fossie-Wohnsiedlung, hatte Lust, dem adeligen Tattergreis ins Gehege zu kommen. Nun, diese Geheimnisumwittertheit konnte Horgan nur recht sein. Keiner wußte zweckorientierter zu denken als Rafe Horgan, der sich nicht über Blut grämen würde, das man vor dem Ersten Weltkrieg vergossen hatte. Aber dennoch: Es war unzweifelhaft ein beklemmendes Haus – stagnierend, stagnierend.

»Ob es darin spukt?« hatte Dr. Effie Inchburn zögernd auf Horgans scherzhafte Frage erwidert. »Wenn Sie damit tote Ahnherren meinen, Major Horgan – na ja, dann nicht mehr als in den meisten alten Häusern hier in Schottland, nehme ich an. Wer würde sich nach so vielen Generationen von einem alten General Sir Angus Inchburn in seinen Presbyterianerstiefeln schon stören lassen? Spukerscheinungen, so habe ich wenigstens gelesen, halten sich selten lange über den Tod oder das Begräbnis des Betreffenden hinaus. Wenn Sie allerdings wissen wollen, ob es in dem Haus nicht ganz geheuer ist – *das* glaube ich unbedingt.«

Nach einer Pause, die sie dazu verwendete, ihre Brille zu putzen, war Dr. Effie mit durchaus ruhigem Gehabe fortgefahren: »Das liegt an Onkel Alec. Er ist nämlich nicht nur in *einem* Raum gegenwärtig; er erfüllt das ganze Haus, jedes Zimmer, zu jeder Stunde. Wahrscheinlich komme ich Ihnen ein wenig verrückt vor, Major Horgan, aber meine Impulse verbieten mir, Balgrummo öfter zu besuchen, als ich muß, selbst wenn Alec vorhaben sollte, alles mir zu hinterlassen. Balgrummo Lodging ist ein vollgesogener Schwamm. Er trieft von der Schande und den Begierden Alexander Fillan Inchburns. Können Sie verstehen, daß mein Onkel seine früheren Taten gleichzeitig verabscheut und sie trotzdem noch einmal begehen könnte – sogar die schlimmsten –, falls sich Gelegenheit dazu ergäbe? Das Grauenhafte an Balgrummo Lodging besteht nicht nicht darin, daß Lord Balgrummo zu neun Zehnteln tot ist, sondern in dem einen Zehntel, das noch lebt, aber in Qual.«

Die tranige alte Arztjungfer hat fast genau so 'nen Sprung in der

Schüssel wie ihr adliger Onkel, dachte Horgan. Tatsächlich waren ihm dank einiger interessanter Nachforschungen die Grundzüge von Lord Balgrummos Verbrechen ja schon längst bekannt – Verbrechen, die weiland jeden außer einem Mitglied des Hochadels an den Galgen gebracht hätten. Nichtsdestoweniger erlaubte sich Horgan den Spaß, Dr. Effie mit List und Höflichkeit so weit zu bringen, daß sie ihm erzählen mußte, warum genau man Balgrummo vor die Wahl gestellt hatte (wobei in Anbetracht seines Standes mit »man« natürlich das Oberhaus gemeint war, dessen Ruf hätte Schaden erleiden können): Entweder, er würde sein Leben in die Hände eines Gerichts legen, oder er stünde ohne jegliche Verurteilung für immer unter einer Art Hausarrest. Und auch letztere Alternative wäre nicht angeboten – und akzeptiert – worden, hätte nicht allgemein die Überzeugung geherrscht, daß Balgrummo ein tobsüchtiger Irrer sein müsse.

Wie schon vorhergesehen, wurde Dr. Euphemia ein wenig spröde. »Der arme Alec ist als junger Mann sehr ungezogen gewesen. Es gab noch andere, die ebenso schlimm waren wie er, aber er hat die ganze Schuld auf sich genommen. Man teilte ihm mit, daß er schwören solle, zeitlebens nicht mehr hinauszugehen und keinen Besuch zu empfangen außer seinen Familienangehörigen und Rechtsanwälten; dann würde man von einer förmlichen Klage absehen. Es wurde verlangt, daß er seinen gesamten Besitz einem Kuratorium überließe, dessen Mitglieder als Grundstücksverwalter von Balgrummo Lodging fungieren und die Dienstboten einstellen sollten. Heute sind alle ursprünglichen Kuratoriumsmitglieder tot und begraben; Mr. Gillespie und ich lagen praktisch noch in den Windeln, als Onkel Alec seine ›Schwierigkeiten‹ hatte.«

Durch Gillespie hatte Rafe Horgan später mehr über diese Schwierigkeiten erfahren. Aber was tat er da – einfach im zweiten Stock stehenzubleiben, um über Vergangenes nachzudenken! Eine hastige Inspektion mit der Stablampe zeigte ihm, daß die Knellers – lauter große Nasen, Samtgewänder und Busen – in diesem Geschoß hingen. Und es gab auch einen Gainsborough, einen guten, obwohl er dringend eine Säuberung nötig hatte: Margaret, Lady Ross, zweitgeborene Tochter des fünften Lord Balgrummo. Der Bilderrahmen war bereits wurmstichig, die Leinwand selbst aber schien Horgan bei näherer Begutachtung recht anständig erhalten zu sein. Na, er hatte sowieso vor, die Bilder, die er mitnehmen wollte, herauszuschneiden; auf diese Weise sparte man Zeit und Platz. Zuvörderst jedoch mußte er nach Seiner Hochwohlgeboren selbst sehen.

Der Gang war nichts als Staub und Moder. Die einzige Reinmachefrau, hatte Gillespie erwähnt, kam montags bis freitags jeden Tag ein paar Stunden, um Balgrummos Schlafzimmer und seinen kleinen Salon sauberzuhalten, die Treppe zu putzen und in der Küche das Geschirr zu spülen. Die übrigen Zimmer und Gänge des weitläufigen Herrensitzes waren gegen Sonne und Mond abgeschottet, und wenn es nach dem alten Balgrummo ging, konnten der Damast in Fetzen von den Wänden fallen und die Zimmerdekken von Spinnweben triefen; ihm war es gleich. Fast jeder Raum blieb zugesperrt, obwohl die Schlüssel (jeder mit einem eigenen Metallschildchen) bis auf wenige Ausnahmen allesamt an dem Bund hingen, den Horgan dem bewußtlosen Jock abgenommen hatte. Selbst Gillespie, der seinen Klienten jedes Jahr vier-, fünfmal besuchte, war es nie gelungen, die Kapelle zu sehen. Diesen Schlüssel verwahrte Balgrummo wohl in seiner eigenen Tasche – und dies nebst anderen Kleinigkeiten hatte der Anwalt bei Kaffee und Brandy Horgan gegenüber erwähnt. »In der Kapelle, Rafe, hat sich nämlich das Schlimmste an dieser ganzen mißliebigen Geschichte ereignet.«

Schon um den Kapellenschlüssel an sich zu bringen, mußte Horgan Lord Balgrummo seine Aufwartung machen – obwohl ihm diese Notwendigkeit von Minute zu Minute weniger behagte. Möglich, daß sich Heinrich Füßlis unanständigstes Gemälde in dieser Kapelle befand; denn die Meßfeier, die der zehnte Baron vor fünfzig Jahren abgehalten hatte, war eine Verschmelzung nigerianischer Hexenrituale mit halbvergessenem schottischen Satanismus gewesen, und nichts, was zum Aufpeitschen der rasenden Phantasie dienen mochte, wurde ausgelassen – lauter krasse Darstellungen. Dies zumindest unterstellte Horgan nach allem, was er in alten Zeitungsarchiven zusammengeklaubt hatte und Gillespie hatte fallen lassen.

Da er nicht genau wußte, wo in dem Haus er sich befand, probierte Horgan die Knäufe von drei Türen an diesem Korridor. Die ersten beiden waren verschlossen; und es war kaum anzunehmen, daß die Sachwalter, selbst wenn Balgrummo wider Erwarten kräftig war, sich je dazu verstiegen hätten, ihn nachts in seinen Zimmern einsperren zu lassen. Die dritte Tür aber öffnete sich knarrend. Während Horgan schnell alles ableuchtete, trat er in einen altmodischen Salon, an dessen Wänden sich zwei Landschaftsgemälde gegenüberhingen. Sie stammten mit ziemlicher Sicherheit von Wilkie. Am anderen Ende dieses Raumes, der kaum größer war als ein Ankleidezimmer, befand sich eine halbgeöffnete Mahagonitür. Wie still es hier war! Doch irgend etwas kratzte oder tickte leise – ein melancholischer Klopfkäfer in der Wandtäfelung wahrscheinlich. Obwohl ihm – irrationalerweise – nichts Gutes schwante, zwang sich Horgan, die Zwischentür zu durchschreiten.

Der forschende Strahl seiner Lampe fiel auf ein Queen-Anne-Bett. Darin lag, regungslos und mit geschlossenen Augen, ein uralter Mann – ein Bündel von Haut und Knochen unter einer einzigen dünnen Decke. Da im Kamin ein Kohlefeuer schwelte, war es nicht *ganz* dunkel in dem Zimmer. Horgan bekam spürbar eine Gänsehaut, aber das lag nur an den alten Gerüchten – und den alten Wahrheiten – über dieses gebrechliche Etwas dort im Bett. »In seiner Blüte nannten wir ihn Ozymandias«, wie Gillespie es ausgedrückt hatte. Jetzt aber war Lord Balgrummo jenseits von Gut und Böse.

»Hallo, Alec, du alte Kröte!« Horgan sprach laut und gut gelaunt. Seine Rechte ruhte auf dem Totschläger in seiner Manteltasche. »Ich komm deine Bilder holen.« Doch Alexander Fillan Inchburn, letzter Sproß eines Stammes, der auf ein uneheliches Kind von Wilhelm dem Löwen zurückging, blieb stumm und regungslos.

T. M. Gillespie war stolz auf Lord Balgrummo, die markanteste Persönlichkeit, mit deren Geschäften man ihn je betraut hatte. »Unser schottischer Gilles de Rais«, hatte er mit trockenem Kichern bemerkt, während er sich eine jamaikanische Zigarre aus Horgans Etui zu Gemüte führte. »Würde wahrscheinlich von keiner ärztlichen Gutachterkommission für geistesgestört befunden – nicht einmal nach fünfzig Jahren Arrest in seiner ganz persönlichen Hölle. Daß der damalige Finanzverwalter ausgerechnet Balgrummo Lodging – den Ort, an dem sich die Schwerstverbrechen abgespielt hatten – als ›Arrestlokal‹ vorschlug, dürfte keine Bosheit gewesen sein; wie die Dinge lagen, war dieses Haus Lord Balgrummos einfach abgeschieden genug, um Seine Lordschaft vom Auge der Öffentlichkeit fernzuhalten (denn die hätte ihn womöglich gesteinigt), und andererseits noch bis zum letzten Jahrzehnt so nah, daß man ihn polizeilich überwachen konnte. Ich nehme an, inzwischen hat die Polizei sein Vorhandensein vergessen, fast zumindest; in den letzten drei, vier Jahren hätte er es ohne fremde Hilfe nicht einmal bis zum Torwärterhaus geschafft.«

Horgan empfand es als eine gewisse Erleichterung, festzustellen, daß Lord Balgrummo in seinem jetzigen Zustand keine zusammenhängende Zeugenaussage vor einem Gericht mehr liefern konnte – und darum nicht kaltgemacht werden mußte. Denn auch wenn heute niemand mehr für irgend etwas gehängt wurde und sich Balgrummo binnen dreißig Sekunden durch ein Kissen auf seinem Gesicht hätte ausschalten lassen, verfolgte die Polizei einen Mörder doch viel energischer als einen Bildernarren.

Aber weilte dieses Gruselmonster von einst, dessen weißer Bart ihm nun in seinem Himmelbett eine täuschende Würde verlieh, überhaupt noch unter den Lebenden? Horgan konnte die Knochen des alten Sünders fast durch dessen Haut erkennen; möglich, daß es mit Balgrummo zu Ende gegangen war, seit Jamieson vor mehr oder weniger einer Stunde seine letzte Runde gedreht hatte. Um sich zu vergewissern, nahm Horgan einen Spiegel vom Frisiertisch und hielt ihn dicht vor das bleiche, eingefallene Antlitz. Dann leuchtete er von unten mit seiner Stablampe darauf und untersuchte die Oberfläche des Spiegels; ja, sie war leicht beschlagen; der zehnte Baron atmete also noch.

Balgrummo mußte entweder stocktaub oder im Koma sein. Dr. Effie hatte gesagt, daß er seit kurzem fast völlig blind sei. Stimmte das? Am liebsten hätte Horgan einem abscheulichen Impuls nachgegeben und diese verrunzelten Augenlider zurückgezogen, dann aber rief er sich ins Bewußtsein, daß er es irgendwie nicht ertragen könnte, sein Spiegelbild auf den boshaften Pupillen des todkranken Greises zu erblicken.

Der Überfall auf Jock, die nervöse Teilerkundung dieses fürchterlichen Hauses, der Anblick des verabscheuungswürdigen alten Balgrummo, der sich am Rande der Zersetzung befand, – all dies hatte Horgan ziemlich zugesetzt, obwohl er in puncto Raubzüge ein alter Hase war. Er hatte noch so viele Stunden Zeit, da konnte es nicht schaden, sich ein paar Minuten in diesem Sessel zu verschnaufen, fast so, als wäre er Balgrummos Krankenschwester – ohne dabei das Bett aus den Augen zu lassen, damit der Alte (aller Vernunft zum Trotz) nicht irgendwie simulierte –, und in seinem Geiste noch einmal zu rekapitulieren, welche Bilder er sich als erste unter den Nagel reißen, beziehungsweise, in welchen Zimmern man sie wahrscheinlich finden würde.

Aber zur seelischen Aufrüstung wäre ein bißchen mehr Licht als diese Stablampe ganz angenehm. Indem er dem Bett auch nicht *einmal* den Rücken kehrte, zündete Horgan eine Gasflamme neben der Tür an; entweder gingen diese Gashähne hier leichter als die im Erdgeschoß, oder er hatte den Bogen herausbekommen. Und da die Innenjalousien des Schlafzimmers heruntergelassen waren, bestand nicht die leiseste Gefahr, daß ein zufälliger Passant einen Lichtschimmer bemerken würde – obwohl aller Voraussicht nach ja wirklich niemand um Mitternacht und bei Regen an Balgrummo Lodging vorbeikäme.

Auch vom Gaslicht übergossen wirkte Lord Balgrummo nicht weniger grauenhaft. Trotz aller nervlichen Erschöpfung war auf einem Stuhl, nur knappe zwei Meter von diesem stummen, unsäglichen Etwas dort im Bett, nicht an Schlaf zu denken, und sei es auch nur das kürzeste Nickerchen; nicht, wenn man wußte, *wie* »ungezogen«, mit Dr. Euphemias Worten, Balgrummo tatsächlich gewesen war. Der Zwischenfall, für den er bezahlt hatte, stellte nur den Gipfel einer Reihe von geheimnisumwitterten Episoden dar, die von Hokuspokus bis zum absolut Gräßlichen reichten.

»Nein, kein Geistesgestörter, nicht im landläufigen Sinne«, hatte Gillespie erklärt. »Balgrummo war sich über die Verwerflichkeit seines Tuns im klaren – ja, sogar mehr noch als der durchschnittliche Sinnenmensch. Außerdem war – und ist – er vollkommen bei Verstand, insofern er einige alltägliche Geschäfte des Lebens vornehmen kann, wenn man ihn dazu drängt. Als wir ihm den Verkauf von einigen seiner Bilder vorschlugen, um dadurch eine Instandsetzung des Anwesens zu finanzieren, ist er fuchsteufelswild geworden; er kennt seine Rechte und weiß, daß die Sachwalter nicht gegen seinen ausdrücklichen Widerspruch über seinen Privatbesitz verfügen können. Auf seine spöttische Art ist er zu seiner Nichte, Effie, durchaus freundlich, wenn sie kommt – und auch zu mir, wenn ich ihn besuchen muß. Er liest noch allerhand – das heißt, bis sein Augenlicht schwächer wurde –, wenn auch nur Bücher aus seiner eigenen Bibliothek; die halbe Decke dort ist runtergekommen, aber er schlurft durch den Mörtelschutt, der auf dem wackeligen Boden liegt.«

Rechts vom Kopfende des Bettes hing ein eindeutiger Constable; links ein mutmaßlicher Etty. Die beiden Gemälde waren recht klein, und Horgan konnte sich jederzeit bedienen. Aber seine Kehle war trocken von dem ganzen verdammten Staub in diesem Haus. Auf dem Frisiertisch stand eine Karaffe, um deren Hals ein silbernes Brandyschildchen hing, und daneben zwei geschliffene Kristallkelche. »Magst du nicht auch 'nen Tropfen, Alec?« fragte Horgan, während er dem Stummen im Bett trotzig zugrinste. Er ließ sich wieder in dem samtenen Polstersessel nieder und trank den Brandy unverdünnt.

»Nein, man kann nicht sagen«, war Gillespie (bei dieser letzten Unterhaltung, die nun so weit, so fern schien) fortgefahren, »daß seine Lordschaft völlig unfähig wäre, ein Wörtchen mitzureden. Er ist eher *entrückt* – bei anderen Dingen, und das in mehr als *einem* Sinne. Man merkt, es kostet ihn eine Willensanstrengung, sein Bewußtsein von dort zurückzuholen, wohin es abdriftet – wo immer das auch sein mag.«

»Meinen Sie damit, er ist schwermütig, Tom?« hatte Horgan gefragt, den die Sache damals noch nicht sonderlich interessierte.

»So würde ich es nicht ausdrücken, Rafe. Dr. Effie faselt vom ›Astralleib‹ und solchem Blödsinn, als würde sie halbwegs selber

daran glauben – Sie haben sie ja gehört. Dieser Unfug war ein Hauptthema von Balgrummos ›Nachforschungen‹ zwei Jahre vor dem bewußten Zwischenfall, Sie verstehen? Seine Unannehmlichkeiten gipfelten in diesen Experimenten. Aber natürlich ...«
»Natürlich lebt er bloß in der Vergangenheit«, hatte Horgan es ausgedrückt.
»Leben? Wer kennt schon den eigentlichen Sinn dieses Wortes?« Rechtsanwalt T. M. Gillespie, dem Angedenken David Humes ergeben, bekannte sich zu einer ebenso tiefen Verachtung des Rationalismus wie des Aberglaubens. »Und warum *Vergangenheit?* Ist Ihnen noch nie der Gedanke gekommen, daß ein Mensch innerhalb der Zeit versteinert werden könnte, wie ein Fossil? Was Sie Balgrummos Vergangenheit nennen, Rafe, ist für Balgrummo selbst vielleicht die Gegenwart, genau so, wie unser Tischgespräch hier für Sie und mich die Gegenwart ist. Das Problem besteht in der Realität, die Seine Lordschaft gefangenhält. Zur Erreichung des wahrhaft Bösen ist doch strikte Disziplin erforderlich, nicht? Die Ereignisse zu der Zeit, die Sie und ich 1913 nennen, sind Balgrummo nicht nur bis heute im Gedächtnis, ja, er vollzieht sie nicht einmal nur nach. Ich vermute vielmehr folgendes: Alexander Fillan Inchburn ist in diese Geschehnisse eingebettet wie ein Käfer in Bernstein. Für ihn dauert eine bestimmte Nacht in Balgrummo Lodging ewig fort.
Wenn Dr. Effie und ich ihn mit den anfallenden Lappalien behelligen, muß er sich aus *seiner* Realität herauslösen und tappt für kurze Zeit durch eine lästige kleine Traumwelt, in der seine Nichte und sein Anwalt als wesenlose Schatten figurieren. In Alexander Inchburns Bewußtsein, will ich damit sagen, gibt es weder eine Erinnerung noch eine Vorausschau. Er lebt nicht nach unserem Verständnis in der Vergangenheit, ist mit keinem Akt der Rückschau beschäftigt; für ihn beschränkt sich die Zeit auf eine bestimmte Nacht und der Raum auf ein bestimmtes Haus oder vielleicht auch ein bestimmtes Zimmer. Er ist sozusagen durch die Leidenschaft seines Erlebens an einen festen Zeitpunkt gefesselt. Die Zeit selbst aber ist, wie von so vielen festgestellt wurde, nur eine menschliche Übereinkunft, keine faktische Realität. Können Sie beweisen, daß Ihre Zeit etwas Stichhaltigeres ist als seine?«

Horgan hatte Gillespie nicht ganz folgen können, und er sagte es ihm.
»Drücken wir es so aus, Rafe«, war Gillespie schulmeisterlich fortgefahren. »Was heißt schon ›Tageszeit‹ in der Hölle? Die Hölle ist doch zeitlos! Zumindest hat mir das mein Großvater erzählt, und der war ein hoher Geistlicher. Die Hölle kennt weder Zukunft noch Vergangenheit; nur den ewigwährenden Augenblick der Verdammnis. Und räumlich ist sie genausowenig; oder man kann sie sich als eine abgesperrte, verflucht beengende Kiste vorstellen. Unser Lord Balgrummo ist also auf ewig in seiner Kiste namens Balgrummo Lodging eingesperrt, wo das Feuer nie erlischt und der Wurm nimmer stirbt. Eine einzige greuliche Bluttat, die in ebendieser Kiste begangen wurde, ist im wahrsten Sinne des Wortes seine fortdauernde *Realität*. Er erinnert sich nicht; er erlebt hier und (für ihn) jetzt. Diese ganze furchtbare Aufregung bei diesen ›Schwierigkeiten‹, der Akt der Entweihung und des Grauens selbst, hebt ihn aus dem, was wir ›Zeit‹ nennen, heraus. Zwischen Dr. Effie und mir auf der einen und dem entrückten Balgrummo auf der anderen Seite gähnt ein unüberbrückbarer Abgrund.
Wenn Sie so wollen, können Sie diesen Abgrund als ›die Zeit‹ bezeichnen, und ich danke allen himmlischen Mächten, daß es ihn gibt. Sollte nämlich das Bewußtsein irgendeines Menschen, ob Mann oder Frau, zu demjenigen Balgrummos, zu seinem Zeitschema, zu seiner Welt hinter der Welt durchdringen – oder würde, durch irgendeinen geistig-seelischen Sog, irgend jemand in diese enge Stätte der Qual hineingerissen –, dann würde dieser Eindringling *so* enden.« Gillespie legte seine weit heruntergeglühte Zigarre auf den Rand eines Aschenbechers und klopfte die graue Asche zu Pulver. »Ausgebrannt, Rafe.«
Kratz den knauserigen Schotten ab, und der gespensterfürchtige Pikte kommt zum Vorschein, hatte Horgan gedacht, statt dessen aber gesagt: »Ich vermute, Sie meinen eigentlich, er sei nicht mehr bei Verstand.« Er wurde die wertlosen Spekulationen eines Angeheiterten allmählich leid.
»Ich meine genau das Gegenteil, Rafe. Ich meine, daß jeder, der mit Lord Balgrummo in Berührung kommt, auf der Hut sein sollte,

damit er nicht in den Kopf des Alten hineingezogen wird. In dem, was Sie und ich das Jahr 1913 nennen (obwohl, wie gesagt, Daten für Balgrummo keine Rolle spielen), verfügte Seine Lordschaft über eine ungeheuer starke Persönlichkeit. Sie war magnetisch und verführerisch. Ganz im Ernst. Innere Stärke ist ein Katalysator, der sich zum Guten oder zum Bösen auswirken kann. Bis heute befällt mich das schwerste Unbehagen, wenn ich neben Balgrummo sitze und mir bewußt bin, daß dieser Greis mich, im übertragenen Sinne, ›verschlucken‹ könnte. Um nichts in der Welt wollte ich diese schlafenden Hunde wecken, indem ich an seine Leidenschaften rühre. Darum mußte Balgrummo ja fünf Jahrzehnte vor dem unseren unter Arrest gestellt werden –, nicht einfach, weil eine *physische* Gefahr von ihm drohte. Aber ich kann es Ihnen nicht erklären; Sie haben Balgrummo niemals ›schwermütig‹ erlebt, wie Sie es nennen, und Sie werden es auch nie, Sie Glücklicher.«
Danach hatte sich ihre Unterhaltung auf Miss Janet Horgans vorgebliches Kuratorium verlagert.
Aber Gillespie war ein schlechter Prophet. Da saß er nun, Rafe Horgan, der Schlaukopf, begabt mit vielseitigen Talenten und flinken Fingern; in aller Ruhe beobachtete er Lord Balgrummo in dessen Entrücktheit – oder, besser gesagt, im Koma – und leerte dabei Seiner Lordschaft Karaffe voll preiswürdigen Brandys. Allerdings durfte man dieses leichenhafte Gesicht über der Bettdecke nie aus den Augen lassen; wenn man die eigenen auch nur für eine Sekunde schloß, könnten, nach allem, was man wußte, die *seinen* aufgehen. Letzten Endes war man ja nur zu Gast in Balgrummos ganz persönlicher kleiner Hölle. Man durfte nicht zulassen, daß der Hausherr seine guten Manieren vergaß.
Also, wo würde das dahinscheidende Scheusal seine Kostbarkeiten wohl aufbewahren – den Schlüssel für diese Kapelle im Erdgeschoß zum Beispiel? Ruhig, Rafe, alter Junge; behalt sein Gesicht im Auge, während du seine Nachttischschublade öffnest. Richtig getippt, Rafe; du warst ja schon immer ein Glückspilz; die Krankenschwester hatte die Kette mit den drei Schlüsseln des alten Alec nebst Taschenuhr, Taschenkamm und ähnlichen Besitzgegenständen in ebendiese Schublade gelegt. Einer von diesen Schlüsseln da

müßte dir eigentlich Zutritt zur Kapelle verschaffen, Rafe. Na, los doch; nur nicht so lang gefackelt! Du hast allen Brandy getrunken, den ein vernünftiger Mann braucht.

»Möchtest du mich nicht durch deine Behausung führen, Alec? Familiensitze des altehrwürdigen Schottland et cetera? Möchtest du mir nicht die Kapelle zeigen, wo du zusammen mit deinen jungen Kumpanen deine schmutzigen Spielchen getrieben und dir dabei die Finger verbrannt hast? Dann mach's gut! Und gib nicht mir die Schuld, wenn man dir nicht mehr zumuten kann, dein Hab und Gut im Auge zu behalten.«

Zieh dich rückwärts von ihm zurück, Rafe, Richtung Tür. Laß ihn liegen. Wie hatte Dr. Effie es noch ausgedrückt? »Er erfüllt das ganze Haus, jeden Raum, zu jeder Stunde.« Ungemütliche Vorstellung das; paßt zu so 'ner klapprigen alten Jungfer. Die redselige Euphemia mußte fast genauso viele Schrauben locker haben wie ihr Onkel; wahrscheinlich beneidete sie ihn um seine Exzesse.

»Ich bin der festen Überzeugung, daß die anderen Onkel Alec nach und nach zu dem Ganzen verleitet haben«, hatte Dr. Effie bei ihrer letzten Begegnung salbadert. »Aber als er erst einmal dabei war, hat er naturgemäß das Kommando übernommen. Wissen Sie, er war schon drüben in Nigeria, bevor es überhaupt Nigeria hieß, und in Guinea, die ganze Küste rauf und runter. Er hatte angefangen, Material für eine Monographie über afrikanische Zauberei zu sammeln – Auferweckung von Toten, Teufelsbeschwörung und anderes. Damals war er, wie mein Vater mir vor vierzig Jahren erzählt hat, gerade dabei, mit diesen Zaubersprüchen herumzustümpern – eine Marotte, der er nach seiner Rückkehr treu blieb. Als ich noch klein war, hatten hochangesehene Leute ihre Marotten. Aber die Gestalten um Onkel Alec waren alles andere als achtbar oder angesehen.

Scharlatane? Nicht direkt. Ich wünschte, es wären welche gewesen. Sie nährten Balgrummos Wißbegier. Denn darauf war er aus: Wissen – zumindest anfangs; und wenn er auch mehr als einmal auf seinem Weg zum Quell des Wissens gezögert haben mag, wuchs seine Begierde doch mit jedem Schritt hinunter in die Finsternis. Zumindest hat mein Vater das vermutet; er wurde einer von Onkel

Alecs ursprünglichen Sachwaltern und hielt es für seine Pflicht, einiges Tatsachenmaterial über das Geschehene zusammenzutragen – obwohl ihm übel wurde, je mehr von der Verschrobenheit seines Bruders er aufdeckte.
Möglich, daß Balgrummo seinen Wissensdurst gegen Ende in den Wind geschlagen und sich der Leidenschaft ergeben hat – der Leidenschaft und der Macht. Man war nicht mehr der *Schüler* eines Geheimnisses; man *wurde* zum Geheimnis selbst, Besitzer und besessen.
Nein, keine Scharlatane – nicht das allein. Auf die eine oder andre Weise holten sie ein Vermögen aus Onkel Alec heraus; und noch mehr mußte er zahlen, damit die Leute dazumal den Mund hielten. Klipp und klar gesagt: Sie hatten Lord Balgrummo weisgemacht, daß sie den Teufel heraufbeschwören könnten – obwohl sie es nicht gerade so grob ausdrückten. Aber sie müssen selbst über ihren Erfolg verblüfft gewesen sein, als er sich schließlich einstellte. Balgrummo hatte schon vorher bezahlt und seitdem nicht mehr damit aufgehört. Auch diese anderen mußten für ihre Schuld bezahlen – besonders der Mann und die Frau, die ums Leben kamen. Sie dachten, sie würden *für* Balgrummo den Teufel heraufbeschwören. Wie sich jedoch herausstellte, beschworen sie den Teufel *durch* und *in* Balgrummo herauf. Danach ging alles in Stücke.«
Aber zur Hölle mit Euphemia Inchburns Erinnerungen, Rafe! Trockenfäule, Schimmel, Holzwürmer, Klopfkäfer – der Teufel soll sie holen, allesamt, und Balgrummo Lodging gleich dazu! Nur eins sollte der Teufel nicht bekommen – diese Bilder. Los, mach schon, Rafe, auf zur Kapelle; und dann teil Nan die freudige Botschaft mit. Danke für den Brandy, Alec; ohne ihn hätt ich die Sache vielleicht nicht durchgestanden.

Aber war es ein kleiner Schluck zuviel gewesen? Horgan nahm ein gewisses Schwindelgefühl wahr; nicht ganz wahrgenommen hatte er hingegen, wie er hierhergekommen war, ans Ende dieser höllenschwarzen Treppe, oder was er mit seiner Stablampe gemacht hatte. Hatte er den Schlüssel in der Kapellenpforte umgedreht? Er konnte sich nicht daran erinnern. Und doch war er jetzt hier in der Kapelle.

Stablampe überflüssig; der Raum, eine lange, schmale Säulenhalle, wurde von all diesen Kerzenflammen in den vielarmigen Leuchtern erhellt. Wer hielt Lord Balgrummos Kerzen angezündet? Es stank hier noch bestialischer nach Fäulnis als vorhin im Erdgeschoß. Die Dielen unter Horgans Füßen waren fast schwammig vor Feuchtigkeit, und Schimmelpilz schmatzte unter seinen Sohlen. Ganze Teile der Täfelung waren herabgebrochen. Die moderige Gipsdecke hoch oben in den unruhigen Schatten hing durch und bauchte sich, als würde sie bei der leisesten Berührung in Schleimpartikelchen herunterprasseln.

Hinter dem Altar – dem Altar, auf dem Balgrummos Schicksal durch die Tat besiegelt wurde – hing der unbekannte Füßli. Es war kein Gemälde, sondern eine gigantische Karikatur – eine, die selbst der unvoreingenommenste Museumsdirektor auch den aufgeschlossensten Kunstkritikern nie und nimmer zumuten würde. Diese nackten, verrenkten Leiber, an deren Fleisch die Folterinstrumente befestigt waren, zeigten *das* Zerrbild der Todesqual schlechthin. Selbst Horgan konnte ihren Anblick nicht lange ertragen.

Ihren Anblick? All diese Kerzen flackerten und tropften ja. Zwei davon blinkten noch einmal auf und erloschen gleichzeitig; andere verglommen. Während die Flämmchen heruntersanken, merkte Rafe Horgan gerade noch, daß er nicht allein war.

Es schien, als würden in den Ecken und Winkeln und hinter den zertrümmerten Einrichtungsgegenständen fremdartige Präsenzen lauern. Und ein Rückzug Richtung Tür war ausgeschlossen; denn vom Ende des Säulenganges näherte sich etwas. Wie von Horgans unmäßigem Entsetzen gespeist, gewann die Gestalt immer deutlicher an Kontur, Substanz und Stärke.

Groß, schlank, überheblich, unerbittlich, ohne Sinn oder Verstand schwebte sie auf ihn zu. Ihr Gesicht war das von Balgrummo beziehungsweise das, welches er vor fünfzig Jahren gehabt haben mußte, aber besessen: gierig, gierig; gierig; voll Appetit, Leidenschaft und Verlangen, nachdem es dem Höllenschlund entstiegen war. In einer Hand funkelte ein großes Messer.

Horgan stieß einen blökenden Schrei aus und lief. Er fiel gegen den spinnwebverhangenen Altar. Und im endgültigen Akt der Zerstörung überschritt etwas den mächtigen Abgrund der Zeit.

DIE ALTE FINSTERNIS

PAMELA SARGENT

Pamela Sargent debütierte als Science-fiction- und Fantasy-Autorin mit der Geschichte *Landed Minority,* die 1970 in *F&SF* erstveröffentlicht wurde. Seitdem hat sie sich zu einer der markantesten, wenngleich unterschätzten Stimmen im SF-Bereich entwickelt. Ihr jüngster Roman heißt *The Shore of Women* (1986). Charakteristisch für Pamela Sargents Werke sind fest umrissene Gestalten und die unbestechliche Fähigkeit der Autorin zur Analyse menschlicher Beziehungen. In ihren Anthologien (zum Beispiel *Women of Wonder,* 1975) hat Pamela Sargent Geschichten zusammengestellt, die sich sowohl durch weibliche Hauptfiguren als auch durch die eben erwähnten Vorzüge auszeichnen. *Die alte Finsternis* beschreibt die Reaktionen einer kleinen Gruppe von Menschen, die in einem Stromausfall festsitzen; und falls Sie bislang geglaubt haben sollten, diese Situation hätte etwas Romantisches, dann wird diese Geschichte Sie womöglich eines Besseren belehren.

Das Küchenfenster war weiß vor Licht; eintausend unsichtbare Hände klatschten gleichzeitig. Nina verspannte sich. Mit einemmal war es dunkel in der Küche; draußen heulte der Wind, während Regen an die Scheibe trommelte.

»Was war das?« rief Andrew aus dem Wohnzimmer.

»Ich weiß nicht. Hat sich angehört, als wäre etwas gegen das Haus geknallt.«

»Mußte ja jetzt passieren – am Schluß der neunten, bei der Ligatur.« Sie hörte, wie ihr Mann durch die Diele auf die Küche zuschlurfte. Draußen wurde es jetzt dunkler; das graue Abendlicht verblaßte.

»Ich weiß nicht, was ich tun soll. Was wird denn nun mit dem Essen?« sagte Nina, während sie ihre nutzlos gewordene Küchenmaschine anstarrte. »Ich wollte gerade die Zwiebeln schneiden.«

Andrew lehnte sich an den Kühlschrank. »Früher hast du sie doch auch immer so geschnitten.«

»Ich weiß, aber ich hab mich daran gewöhnt. Ich bin faul geworden. Ohne das Ding da läuft einfach nichts mehr.« Sie durchquerte die Küche, tastete sich in den Flur, machte die Tür auf und spähte in den dunklen Gang hinaus. »Es ist alles ausgegangen.«

»Nina?«

Sie erkannte die Stimme ihrer Nachbarin. »Rosalie?«

»Ja, ich bin's. Ich hab vor einer Sekunde draußen nachgeschaut. Auf der ganzen Straße sieht man kein einziges Licht mehr.«

»Verdammt«, sagte Nina. »Ich hab gerade Abendessen gemacht.«

»Na, das Gas ist ja noch an. Sei bloß froh, daß du keinen Elektroherd hast.«

Nina räusperte sich. Die Dunkelheit bereitete ihr Unbehagen; die Luft im Gang draußen schien dick und muffig. Nina zog sich in ihre Wohnung zurück und machte die Tür zu.

Andrew war immer noch in der Küche, wo er gerade eine Nummer wählte. »Wen willst du denn anrufen?« fragte sie.

»Elektrizitätswerk. Hallo? Ja, ich wollte fragen – ist gut, ich warte.« Er lehnte sich gegen die Wand. Während Nina zum Fenster ging, rollte der Donner über ihren Köpfen. Der Regen war ein silbernes Tuch, das fast parallel zum Boden verlief – ein Vorhang, in dem der Wind rüttelte.

»Hallo? Ja, ich wollte bloß wissen – m-hm. Wir wohnen auf der Nordseite. Ja.« Andrew hielt inne. »Wann? M-hm. Ist gut. Na ja, dankeschön.« Er legte auf. »Eine der Hauptleitungen ist zusammengebrochen. Sie meinen, der Schaden müßte in ein, zwei Stunden behoben sein.«

»Ich denke, wir können spät essen. Ohne den Cuisinart krieg ich dieses Gericht nicht hin.«

»Ach, komm. Es geht doch auch ohne Strom!«

»Ich seh ja nicht mal, was ich tue.«

»Schließlich haben wir Kerzen. Ich stell dir ein paar hin. Und wir haben eine Taschenlampe.« Er kramte in einer Schublade und zog eine Streichholzschachtel hervor. »Einen Abend können wir uns schon mal behelfen.«

Im gelben Schein der Kerzen bereitete Nina das Abendessen zu Ende zu. Eine hatte Andrew auf den Herd gestellt, eine zweite auf den Küchen-, noch zwei andere auf den Eßtisch, und dahinter einen Spiegel, damit ihr Licht reflektiert würde.
Nina zitterte. Trotz der Hitze, die vom Herd ausging, schien es eigenartig kalt ringsum. Ohne das gewohnte Vorhandensein der Elektrizität kam sie sich merkwürdig verwundbar vor, außerstande, das Essen zuzubereiten, außerstande zu lesen – nicht einmal ihre langen, dichten Haare fönen konnte sie sich. Die künstlichen Errungenschaften der Technologie hatten sie nur noch mehr lahmgelegt; sie dachte an die Vergangenheit, stellte sich vor, wie Familien bei Sonnenuntergang ihre Aufgaben verrichtet, einander im Schein des Feuers vorgelesen, sich gegen die Nacht zusammengedrängt hatten.
Ihre Großeltern, zwei Fortschrittsgläubige, hatten ihr immer gesagt, daß es heute besser wäre. Der menschliche Geist war finsterer gewesen, als man spätabends nicht mehr lesen konnte, die Vorurteile größer, als die Leute noch keine anderen Orte übers Fernsehen sahen, die Arbeit mühseliger ohne die Geräte, die man heute oft für selbstverständlich hielt. Nina war sich da nicht ganz so sicher; die technische Fortentwicklung hatte die Menschen von den Anfangsgründen des Lebens abgeschnitten und ihnen vorgegaukelt, sie würden die Welt beherrschen.
Andrew deckte den Tisch und stellte dann ein Kofferradio mit Kassettenrecorder neben die Kerzen. »Gar nicht so übel. Eigentlich sogar irgendwie romantisch. Das sollten wir öfter machen.«
»Die Leitung ist immer noch nicht repariert.«
»Das wird schon.«
»Das ganze Zeug im Kühlschrank geht kaputt.«
»Vergiß den Kühlschrank. Was da drin ist, hält sich. Laß nur die Tür zu.« Er entkorkte eine Weinflasche, während Nina die gefüllten Paprikaschoten auftrug.
Als sie die Teller zum Tisch brachte, donnerte es abermals. Vor Gewittern hatte sie sich schon immer gefürchtet, und die Finsternis jenseits des erleuchteten Zimmers war erfüllt von drohenden Schatten. Sie nahm gegenüber dem Spiegel Platz. Der Geruch von

schmelzendem Wachs vermischte sich mit dem von Tomatensoße und Gewürzen.

»Wir haben zu essen. Wir haben sogar Musik.« Andrews Stimme klang fern und hohl. Ein großer, dunkler Schatten schwebte hinter Nina, um sie in einen schwarzen Mantel einzuhüllen; ohne daß sie sich zu rühren wagte, starrte sie in den Spiegel. Andrew legte eine Kassette ein, und Bach-Klänge erfüllten das Zimmer.

Die Musik wirkte besänftigend. Andrew fing an, mit seiner Gabel zu dirigieren. »Magnificat!« schmetterte er mit dem Chor.

Eine Faust hämmerte an die Tür. Nina fuhr von ihrem Stuhl auf. »Wer ist da?«

»Rosalie.«

Das war eine Überraschung; für gewöhnlich klopfte Rosalie leise und zaghaft. Als Nina die Helligkeit der Küche verließ, wurde die Luft um sie herum dicht und beklemmend; sie bekam neue Angst. »Nur hereinspaziert«, sagte sie und machte die Tür auf.

Die Worte waren kaum aus ihrem Munde, da war ihre Nachbarin schon drinnen. Rosalie keuchte und lehnte sich, die Hände auf den Bauch gelegt, gegen die Wand. Nina nahm sie am Arm, um sie in die Küche zu führen, und setzte sie auf einen Stuhl Andrew gegenüber.

»Jetzt geht's schon wieder«, sagte Rosalie. »Es ist dunkel. Schätze, das ging mir an die Nieren. Ich hab's richtig mit der Angst gekriegt.«

»Schon gut. Möchtest du eine Paprikaschote?«

Rosalie schüttelte den Kopf, ließ sich jedoch von Andrew ein Glas Wein anbieten. »Ich wäre ja nicht rübergekommen, aber ich hab's alleine nicht mehr ausgehalten. Eigentlich wollt ich schon zu Jeff rüber, aber im Radio hieß es, man sollte von der Straße runterbleiben – der Wind reißt die Bäume aus.«

»Wo ist denn Lisanne?«

»Bei ihrem Vater, übers Wochenende.« Rosalie hob ihr Glas; ihre Hand zitterte. Sie nippte an ihrem Wein. »Ich hab nichts als eine Taschenlampe; darum war ich nicht sehr gut vorbereitet.«

Andrew stellte die Musik leiser; ein Schatten in der Ecke schien sich zu verfinstern. »Ich hab's auch gespürt«, sagte Nina. »Mir wurde plötzlich ganz unheimlich, als ich die Tür aufgemacht habe.«

»Ihr laßt euch zu leicht beeinflussen«, erklärte Andrew mit lauter Stimme.
»Es war kalt«, sagte Rosalie tonlos, während der Kerzenschein auf ihrem Gesicht flackerte und ihrem kupferroten Haar einen Goldschimmer verlieh. »Ich bin im Wohnzimmer gewesen und hab eine kalte Stelle gespürt, mittendrin. Und dann haben die O'Haras aufeinander losgeschrien – ich hab sie durch den Boden hören können.«
»Die O'Haras haben sich gestritten?« fragte Nina überrascht.
»Und wie! Wußte noch gar nicht, daß sie solche Ausdrücke kennt. Im Wohnzimmer ist es kälter geworden. Etwas hat mir ins Genick gehaucht, und mir war, als würde ich ein Seufzen hören. Da dachte ich mir: Wenn ich jetzt nicht mach, daß ich hier rauskomm, sitz ich in der Falle. Dann werd ich's nie mehr schaffen, zu –«
»Ein Luftzug.« Andrew fuchtelte mit seinem Messer. »In diesem Haus zieht es immer.«
»Es war kein Luftzug. Die Luft hat regelrecht gestanden.«
Nina versuchte zu lächeln. »Nur gut, daß meine Großeltern nicht da sind! Die wären jetzt schon am Geschichtenerzählen. Weißt du, es gibt da nämlich eine Sage, daß die ersten Siedler hier in diesem Tal verschwunden sind – einfach in die Wälder hinein. Und einmal –« Andrew warf ihr einen warnenden Blick zu. »Es ist ja nur eine Geschichte. Keiner hat daran geglaubt.«
»Du bist doch hier großgeworden, stimmt's?« fragte Rosalie.
Nina nickte. »Habe mein ganzes Leben hier verbracht, außer während meiner Collegezeit.« Ihre übrige Verwandtschaft war fortgezogen, irgendwohin, in Helligkeit und Wärme, während sie selbst aus Angst vor einem Leben unter Fremden, die nicht im milden Licht der Vertrautheit schimmerten, zurückgeblieben war.
Die Bach-Kantate ging zu Ende; Andrew schaltete den Kassettenrecorder aus.
»Die Leitung ist *immer noch nicht* repariert«, sagte Nina.
»Wahrscheinlich ist das Unwetter schlimmer als erwartet.« Rosalies Stimme hallte durch die Küche. Es war dunkler geworden; die Kerze auf dem Herd war ausgegangen. Der Schatten in der Ecke glich nun einem mißgestalteten Vogel; seine Flügelspitzen flatter-

ten. »Hoffentlich«, fuhr Rosalie fort, »habt ihr noch mehr Kerzen. Die da machen's auch nicht mehr lange.«
»Im Wohnzimmer ist noch eine Duftkerze.« Andrew stand auf. »Besser, ich hole sie.«
»Nimm die Taschenlampe«, sagte Nina.
»Ich find mich schon zurecht.«
Während Andrew die Küche verließ, wandte sich Nina an ihre Nachbarin. Sie wollte gerade etwas sagen, da sah sie, wie Rosalie die Zähne fletschte; die Frau war ein Raubtier, ihr Rachen zum Zubeißen bereit, ihre Hände Krallen. »Dieser Drecksack«, sagte Rosalie leise. »Seit unserer Scheidung spielt er Lisanne pausenlos den Musterknaben vor. Ich wette, in diesem Moment erzählt er ihr gerade, das Ganze wäre meine Schuld.«
Nina machte einen Rückzieher. Rosalie und ihr Exehemann waren immer gut miteinander ausgekommen; die Scheidung der beiden hatte sich durch ihren Mangel an Gehässigkeit ausgezeichnet. »Schließlich hat *er* es doch so gewollt«, fuhr Rosalie fort. »Er hat mich dazu gebracht, vor Gericht zu gehen, und ich hab's nicht einmal gemerkt. Ich dachte, er meint es einfach gut. Deshalb hab ich mich bei unsrem Abkommen ja auch übers Ohr hauen lassen – er hat gewußt, ich würde mich nicht wehren.«
Nina kam sich vor wie in einer Falle. Die Küche wirkte klein, die Wände zu eng beieinander: Dann hörte sie aus dem Wohnzimmer einen dumpfen Schlag und einen Schrei.
Sie sprang auf, schnappte sich die Taschenlampe vom Küchentisch und stürmte hinüber. »Andy?«
Er lag am Boden, und sein Gesicht wirkte bleich im Strahl der Taschenlampe. »Irgendwas hat mich getroffen.« Er hob ein dickes Buch auf und legte es auf den Couchtisch.
»Alles in Ordnung?« Sie kniete sich neben ihn. Er nickte und rieb sich dabei den Kopf. »Du hättest besser noch ein Regal aufgebaut.«
»Ich bin nicht dazu gekommen.«
»Dann schmeiß ein paar von den Schinken da raus.« Ninas Stimme klang scharf. »Sie nehmen langsam den ganzen Platz weg. Bald brauchen wir eine Wohnung allein für deine Bücher.« Sie schrie und hätte die aufgereihten Hardcover-Krimis nur zu gern von den

Regalen gefegt, sie hinaus in den Regen geschleudert. »Und das Staubwischen überläßt du auch immer mir.« Sie holte tief Luft. Das Gefühl der Beklommenheit war von ihr gewichen; statt dessen schwindelte ihr ein wenig.
Eine Kerze, die in der Finsternis tanzte, beleuchtete Rosalies Gesicht. »Irgendwas nicht in Ordnung?«
Nina seufzte, während Andrew sich vom Boden aufrappelte. »'n Buch ist mir auf den Kopf gefallen, weiter nichts.«

Andrew räumte den Tisch ab und stellte das schmutzige Geschirr in den Spülstein. Dann schaffte er ihre noch übrigen Kerzen samt dem Kassettenrecorder ins Wohnzimmer. Er zündete nur die Duftkerze an, um die anderen aufzusparen.
»Für etwa drei, vier Stunden haben wir Licht«, sagte er. »Bis dahin *muß* die Leitung repariert sein.« Nina, die unterdessen dem Jammern des Windes lauschte, war sich da weniger sicher.
Andrew drehte den Kassettenrecorder an. Ein paar Stimmen sangen wacklig und etwas schief den Lobpreis Gottes. Er schlug auf das Gerät und schaltete es dann aus.
»Habt ihr denn nichts anderes?« fragte Rosalie.
»Ich hab Vivaldi, Händel und 'n paar –«
»Hätt ich doch nur meine Bänder mitgebracht«, fiel Rosalie ihm ins Wort. »Aber die sind leider noch im Wagen.« Sie warf einen Blick Richtung Fenster. »Und *da raus* geh ich nicht!«
»Ich kann nicht behaupten, daß ich das bedaure«, sagte Andrew.
Rosalie hob den Kopf. »Was soll denn das heißen?«
»Ich kann diese Musik, die du dauernd spielst, nicht ausstehn – soweit sich das überhaupt als Musik bezeichnen läßt.«
»Und was genau ist daran verkehrt?«
»Es ist nichts als Gekreisch und Schlagzeug – ein perfektes Beispiel für die Primitivität und die Banalität des Menschen.«
»Was du nicht sagst! Und wahrscheinlich hältst du dein Tingeling für besser.«
»Nenn meine Musik nicht Tingeling!«
»Sie ist langweilig«, versetzte Rosalie. »Sag, was du willst!«
»Wie kannst du das behaupten?!«

»Schluß jetzt!« schrie Nina. Rosalie sank wieder aufs Sofa; Andrew, der am Boden saß, legte einen Arm über den Couchtisch. »Wir müssen uns nicht darüber streiten.« Ninas Magen hatte sich verkrampft vor Spannung; sie fragte sich, ob die gefüllten Paprikaschoten ihr Verdauungsbeschwerden machten. »Es ist Geschmackssache.«
Sekundenlang wurde der Raum von einem Blitz erhellt; Andrews Schnauzbart stach schwarz gegen sein Gesicht ab. »Eine Geschmackssache ist es schon«, sagte er. »Eine Frage von gutem und von schlechtem Geschmack.«
Noch bevor Rosalie etwas entgegnen konnte, hatte er die Musik wieder eingeschaltet. Er schüttelte den Kopf. »Tut mir leid, Rosalie.«
»Schon gut. Mir tut's auch leid.«
Nina hörte Schritte von der Treppe, dann ein Türklopfen; ein Kind quengelte laut. »Ich mach schon«, sagte Andrew.
Während er aus dem schwach erleuchteten Zimmer ging, beugte sich Nina zu Rosalie. »Er hat's nicht so gemeint.«
»Ich weiß. Jetzt fühl ich mich wieder in Ordnung. Ich hab nur plötzlich auf jemand losdreschen wollen.«
Andrew sprach mit den Leuten an der Tür; Nina erkannte die Stimmen von Jill und Tony Levitas. Ihre Tochter Melanie kam vor ihnen ins Zimmer, setzte sich auf das eine Ende des Sofas und begann, am Daumen zu lutschen. Das Tonband leierte anscheinend; Nina stellte den Kassettenrecorder ab.
»Tut mir leid«, sagte Jill, während sie in einem Sessel Platz nahm. »Wir wollten eigentlich nicht raufkommen, aber – ich weiß nicht, wie ich es ausdrücken soll.«
»Ihr habt das Gruseln gekriegt«, meinte Rosalie. »Drum bin ich auch hier.«
Jill senkte die Stimme. »Unser Eßtisch hat angefangen, sich zu bewegen – so wahr mir Gott helfe! Und dann ist Melanie hysterisch geworden. Sie sagte, es wär etwas bei ihr im Zimmer, und hat sich geweigert, zu Bett zu gehen. Dabei hatte sie noch nie Angst vor dem Dunkeln.«
Rosalie sagte: »Die O'Haras haben sich gestritten. Man sollt's nicht für möglich halten!«

»Ich hab's gehört. Klang mir recht erbittert.«
»Ich hab einen Tropfen mitgebracht«, sagte Tony, während er einen Weinkrug auf den Tisch stellte. Andrew kam mit frischen Gläsern, schenkte den Wein ein und zog sich dann mit Tony in eine Ecke zurück.
»Wir wollten eigentlich ausgehn heut abend«, erzählte Jill, »aber dann hat die Babysitterin angerufen und gesagt, sie würde es nicht schaffen – es wär ein Baum in ihre Auffahrt gestürzt. Nicht, daß es etwas ausmacht – wahrscheinlich liegt ja auch das Theater im Dunkeln. Also saßen wir fest.«
»Steinbrenner sollte sie einfach in Ruhe Ball spielen lassen«, sagte Andrew gerade.
»Er bezahlt sie schließlich.« Tony schlang die Arme um seine langen, dünnen Beine.
»Natürlich muß dieses Gewitter ausgerechnet dann kommen, wenn wir zum erstenmal seit Monaten abends etwas vorhaben«, sagte Jill bitter. »Und wahrscheinlich dauert es Jahrhunderte, bis wir wieder mal ausgehn. Laß dir das eine Lehre sein, Nina.« Zwei unruhige Flammen spiegelten sich auf Jills Brille. »Bekomm erst dann ein Kind, wenn du all deine Vorsätze in die Tat umgesetzt hast; hinterher nämlich kriegst du keine Chance. Und erwarte dir keine Hilfe von deinem Ehemann.«
»Das hab ich gehört«, sagte Tom.
»Stimmt ja auch.«
»Schau her, ich hab zu arbeiten. Ich tue mein Teil am Wochenende.«
»Du hast mich dazu überredet, daß ich meinen Job aufgebe.«
»Weil es mehr gekostet hätte, wenn du zur Arbeit gegangen wärst.«
»Na und? Bedeutet dir mein seelisches Gleichgewicht denn überhaupt nichts?«
»Jill! Du hast diesen Job *gehaßt.*«
»Zumindest war ich da mit Erwachsenen zusammen. Jetzt verkümmere ich geistig. Die größte Herausforderung an meine Intelligenz heute besteht darin, die Verdienste von *General Hospital* und *The Young and the Restless* gegeneinander abzuwägen.«
»Du wolltest das Kind, Jill.«

»*Du* hast es gewollt!«

»Weißt du, was dein Problem ist?« Tonys Stimme klang ungewöhnlich hoch. »Daß du gar nicht erst lange nach einem Job gesucht hast, der dir gefällt. Irgendein Mann würde sich schon um dich kümmern. Jetzt bist du zickig, weil dir die Hausarbeit keinen Spaß macht. Also entscheide dich bitte.«

Melanie machte sich klein und schlug die Hände über dem Kopf zusammen. Nina rieb sich die Arme; es war irgendwie kalt hier drinnen. Etwas raschelte; dann hörte sie einen Knacks. Etliche Bücher flogen aus dem Regal, rumsten zu Boden, und eines traf sie am Rücken.

Sie sprang auf. In ihrem Innern rollte sich eine Schlange auseinander und kroch ihr hoch in die Kehle. »Verdammt, Andy! Mußt du denn auch so viele Bücher haben?« Sie schrie jetzt wieder. Sie schrie selten, aber in den letzten paar Minuten hatte sie es schon zweimal getan. Mit festen Schritten marschierte sie zum Fenster und spähte in das Unwetter hinaus. Auf einem fernen Hügel funkelten Lichter; sie erinnerten sie an Sterne. Wenigstens die Südseite hatte noch Strom.

Fünf Männer standen, kaum sichtbar, auf dem Gehsteig unten und tranken, ohne den Regen zu beachten. Das Wasser, das ihnen von Jacken und Haaren strömte, ließ sie so aussehen, als schmölzen sie. Der eine Mann hielt seine Bierflasche am Hals oben fest und warf sie dann über den Zaun in den Vorgarten.

»Scheiße!« murmelte Nina. »Gerade hat uns jemand eine Flasche vors Haus geschmissen.«

Sofort war Andrew bei ihr. Er stieß erst das Innenfenster nach oben, dann das äußere. Regen sprühte Nina ins Gesicht.

»Hey!« schrie er über den tosenden Wind und strahlte dabei die Männer mit seiner Taschenlampe an. »Hebt eure Flasche auf!« Die Angesprochenen rührten sich nicht. »Schmeißt eure Scheiße nicht in unseren Garten!«

Ein zweiter Mann holte mit seinem Arm aus; eine Flasche flog und zersplitterte an der Wand des Gebäudes. Ihr folgte eine dritte, die im Geäst einer Tanne landete.

Hastig machte Nina das Außenfenster zu. »Ruf die Polizei.«

»Geht nicht«, erwiderte Tom. »Die Leitungen sind jetzt tot. Ich hab euch anzurufen versucht, eh wir raufgekommen sind.«
Andrew knipste die Taschenlampe aus. »Ich kenn diese Burschen vom Sehen. Sie haben sich noch nie so aufgeführt.«
Melanie wimmerte und fing an zu weinen. »Pscht«, sagte Jill. Melanie heulte. »Ruhe!«
Rosalie streckte ihre Hand nach dem Kind aus, um es zu beruhigen. »Lassen Sie sie.«
»So eine Scheidung hat schon auch was für sich«, meinte Jill. »Wenigstens wirst du Lisanne immer mal los. Wie gefällt dir dieses Geräusch, Tony? Ich überlaß sogar dir die Vormundschaft.«
»Halt den Mund, Jill!«
»Ich zahl sogar Unterhalt für das Kind.«
Tony kam quer durchs Zimmer gepoltert. »Halt's Maul, verdammt!«
»Ich weiß gar nicht, worüber du dich beklagst«, schrie Rosalie. »Ich wünschte, ich hätte mehr Zeit für mein Kind. Dieser gottverdammte Elliott hatte wohlweislich schon eine andere in der Hinterhand, bevor er mir sagte, daß er sich scheiden lassen wollte.«
Nina lehnte sich an die Fensterbank. Die bitteren Stimmen schienen weit weg, die harten Worte verschwommen. Es war jetzt wärmer im Zimmer, so als hätte die Wut ihrer Bekannten die Kälte vertrieben. Erstaunt darüber, daß die ruhige Jill und die fröhliche Rosalie so starke Gefühle hegten, starrte sie auf die flatternden Schatten neben der Couch.
Andrew leerte sein Weinglas in einem Zug, langte nach dem Krug und schenkte sich noch eins ein. Ein Lufthauch kitzelte Nina am Ohr. »Er hat genug intus.« Die Stimme war so leise, daß sie sie kaum hören konnte; sie sah sich rasch um. »Er verträgt keinen Alkohol. Er konnte sich da noch nie bremsen.« Noch bevor sie entdeckte, woher die Stimme kam, war sie von übermächtiger Wut erfaßt; sie ballte die Fäuste.
Andrew kniete sich hin und schlug dabei auf den Kassettenrecorder. »Verdammte Batterie alle. Muß neue holen.«
»Es sind keine mehr da«, sagte Nina.
»Soll das heißen, du hast keine mitgebracht?«

»Ich hätte morgen welche besorgt.« Sie schrie die Worte. »Soll ich vielleicht an alles denken!?«
Andrew schenkte sich vom Wein nach. Nina wollte die Flasche ergreifen; er zog sie ihr weg.
»Du hast schon genug, Andy.«
»Kümmer dich um deinen eigenen Kram.« Er schluckte den Wein mit trotziger Miene hinunter.
»Andy, hör auf! Du weißt, daß du nicht soviel verträgst.«
»Ich tu, was mir paßt. Ich brauch dazu nicht deine Genehmigung.«
»Der wird mal zum Säufer, genau wie sein Vater«, säuselte die Stimme.
»Du wirst mal genau wie dein Vater«, sagte Nina. »Du säufst dich schnurstracks ins Krankenhaus.«
»Es ist doch nur Wein, um Gottes willen!« Andrew stand auf. »Ich kann dir gar nicht sagen, wie oft ich schon einen heben wollte und wie oft ich dem Trieb widerstanden habe. Du und dein Gemecker. Laß mich in Ruh! Du würdest dich doch nur freuen, wenn du mich betrunken siehst, stimmt's? Bloß damit du recht behältst!«
Nina hörte etwas klatschen. »Du Schwein!« schrie Jill. »Jetzt verprügelst du auch noch deine Ehefrau! Nur zu, schlag mich doch noch mal!«
»Das nächste Mal bleibt's nicht bei einer Ohrfeige!« entgegnete Tony.
Nina hätte am liebsten losgeschrien. Die Stimme flüsterte erneut. »Jill hat immer ihren Fernseher zu laut. Und Tony vergißt stets, den Rasen zu mähen. Und Melanie läßt ihr Spielzeug auf der Treppe liegen.« Sie hielt sich die Ohren zu, konnte die Stimme aber immer noch hören. »Gib's zu«, sagte die Stimme. »Du haßt sie.«
»Nein!« schrie Nina. Melanie hatte aufgehört zu weinen; das zerrissene Schluchzen, das sie nun vernahm, kam von Rosalie. »Wir müssen damit aufhören.« Sie verspürte ein scharfes Stechen in ihrer Brust und rang nach Atem. Im Zimmer war es dunkler geworden; die Wände knarrten, während draußen Windstöße peitschten. »Wir haben uns doch noch nie gestritten – was ist nur mit uns los?« Der Schmerz wurde schlimmer; sie nahm Platz und legte die Hände über den Bauch. Sie haßte jeden im Zimmer, und

wenn sie ihren Haß loswerden wollte, dann mußte sie ihn herauslassen.
»Sie hat recht«, sagte Tony mit heiserer Stimme. Der Couchtisch klapperte; die Kerze tanzte. Wieder flog ein Buch quer durchs Zimmer und schlug mit dumpfem Knallen an die Wand. Das Flüstern klang nun so klar und entschieden, daß Nina kaum etwas anderes hören konnte.
»Wißt ihr, woran das liegt?« fragte Tony, fast krächzend. »Ich hab den Wein nicht gesegnet. Meine Eltern haben mir beigebracht, das Essen immer zu segnen, sonst würde es mir übel bekommen.« Ihm brach die Stimme, während er ein hebräisches Gebet sang.
Ninas Schmerzen ließen nach. Sie schniefte; die Luft, eben noch so dick, roch jetzt sauber. »Was geht hier vor?«
»Ich weiß nicht«, antwortete Tony.
»Bet weiter«, sagte Andrew. Tony sang noch ein Gebet. »Das ist es! Wenn wir nur mehr Batterien hätten – dann könnten wir noch weiter Bach laufen lassen.«
»Was hat das denn damit zu tun?« fragte Rosalie.
»Es ist Sakralmusik. Hast du's nicht gemerkt? Als die Kassette lief, ging's uns prima. Jetzt betet Tony, und ich kann diese Stimmen nicht mehr hören.«
»Hast du sie auch gehört?«
»Ich glaube, das haben wir alle.«
Nina griff nach Andrews Hand. Tony machte eine Verschnaufpause; Rosalie begann, *Rock of Ages* zu singen. »Es liegt an dem Stromausfall«, fuhr Andrew fort. »So, als wäre die Elektrizität eine Art Weiße Magie, die alles in Schach hält. Jetzt müssen wir ältere Magie anwenden.«
Nina zitterte. Eine unsichtbare Hand umklammerte ihren Kopf und wartete darauf, sie zu zermalmen, wenn die Lieder abbrachen. Sie hatte die alten Sagen ihrer Großeltern immer abgetan; ja, nicht einmal ihre Großeltern selbst hatten diese Überlieferungen *so* ernst genommen. Jetzt fielen sie ihr wieder ein – die Geschichten von Gegenständen, die quer durchs Zimmer flogen, vereinzelten Morden, die für gewöhnlich zur Nacht geschahen, Leuten, die ihre Türen gegen die Finsternis verriegelten.

»Ich kann es nicht glauben«, sagte Tony. »Das ist das zwanzigste Jahrhundert, um Gottes willen!« Rosalie sang jetzt *Amazing Grace;* bei den hohen Tönen versagte ihre Stimme.
Draußen in der Küche fiel scheppernd Geschirr zu Boden. Die Kerze auf dem Couchtisch ging aus.

Nina kam sich vor wie im Mittelpunkt eines Strudels; unsichtbare Wesen umwirbelten sie. Während Rosalie weitersang, zündete Andrew die Kerze wieder an. Nina hatte das Gefühl, als würden die Wände über ihr einstürzen; was auch immer hier bei ihnen war, würde sich von ein paar simplen Liedern und Gebeten nicht abschrecken lassen.
»Wir müssen hier raus!« sagte Andrew. »Die Südseite hat immer noch Strom. Dort dürften wir sicher sein.«
»Geht nicht«, erwiderte Jill. »Es ist zu riskant. Es hieß, die Leute sollten nur im Notfall auf die Straße.«
»Das hier ist ein Notfall. Ich finde, wir sollten uns in unsre Wagen setzen und los.«
»Nein«, entgegnete Rosalie, während Tony zu singen begann. »Hier sind wir sicherer.«
»Solange ihr weitersingt.« Bücher hüpften in den Regalen. »Und vielleicht nicht mal dann.«
»Andy hat recht«, sagte Nina. Ein Polster von kalter Luft schien ihre Worte zu verschlucken. »Bitte kommt mit.« Sie warf einen Blick auf das Sofa. »Erlaubt uns wenigstens, daß wir Melanie mitnehmen.«
»Nein«, erwiderte Jill, während sie auf ihr Kind zuging und es mit einem Arm beschützte.
Nina zog sich mit Andrew Richtung Tür zurück. Vom Ende des Flurs ratterte der Kühlschrank; es fiel noch mehr Geschirr zu Boden. Sie griff nach ihrer Handtasche und zog sie vom Haken. »Besser, *ich* fahre. Du kannst nicht, bei dem Wein, den du getrunken hast.« Ihre Worte klangen schroffer als beabsichtigt; der Schmerz kehrte zurück.
Andrew machte die Tür auf, und Nina sah noch einmal zu dem Grüppchen, das um die Kerze herum saß; jetzt war sie durch eine

Nebelwand von ihnen getrennt. Leise und vorsichtig trat Nina auf den Gang, klammerte sich ans Geländer und stieg die finstere Treppe hinunter. Hinter der Tür der O'Haras herrschte unheilkündende Stille.

Als sie die Haustür öffnete, riß der Wind sie ihr fast aus den Händen. Nina ließ nicht locker; sie stemmte sich dagegen. Andrew nahm ihr die Handtasche ab und kramte ungeschickt nach den Autoschlüsseln. Sie zog mit aller Kraft die Tür ins Schloß.

Er warf ihr die Handtasche zu und sprintete auf die andere Straßenseite, wo der Wagen geparkt war. Auf dem Rasen hatte sich eine große Pfütze gebildet, die bis zum Trottoir reichte. Nina stand im strömenden Regen und wurde klitschnaß bis auf die Haut. Nebenan schrie ein Mann von der Veranda. Den Rest der Straße konnte sie nicht sehen; der Himmel schien, bei aller Dunkelheit, heller zu sein als die Schwärze, die über der Erde lag.

Blitze leuchteten ihr den Weg. Eine kleine Gestalt kauerte neben dem Gebäude; sie bellte. »Oscar«, murmelte Nina, als sie den Dackel der O'Haras erkannte, und fragte sich, was er hier draußen zu suchen hatte. »Armes Ding.«

Der Hund sprang sie an und schnappte nach ihrem Bein. Krallen und Zähne zerrten an Ninas Jeans. Sie schwang ihre Handtasche und traf das Tier am Kopf, so daß es gegen die Tür flog.

»Los, komm schon, Nina!« Sie lief zum Wagen, stieg neben Andrew ein und ließ den Motor an. Scheibenwischer gingen hin und her, aber der Regen war so stark, daß sie sonst nichts sehen konnte.

Sie schaltete die Scheinwerfer ein. Das Auto kroch die Straße entlang. Ein Baum war umgestürzt und blockierte die linke Fahrbahnhälfte; eine Menschengruppe stand mitten auf dem Asphalt. Manche von ihnen grinsten; das Licht der Scheinwerfer blitzte auf dem Weiß ihrer Zähne und ließ ihre Augen funkeln.

Nina hupte. Die Leute stürmten den Wagen. Sie bremste. Fäuste schlugen gegen die Fenster; das Fahrzeug schaukelte.

»Fahr zu!« schrie Andrew.

Sie jagte den Motor hoch. Der Wagen schoß vorwärts; die Menschen fielen von ihm ab, blieben zurück. Sie bog nach rechts,

Richtung Süden. »Wir werden es schaffen«, sagte Andrew. »Jetzt ist es nicht mehr weit.«

Der Wagen blieb stehen. Nina drehte den Zündschlüssel, stampfte immerfort aufs Gaspedal. »Verdammt.« Der Motor überdrehte sich und starb ab. »Was hat er nur?«

»Ich weiß nicht.«

»Du hast vergessen, ihn in die Werkstatt zu bringen. Ich hab's dir gesagt, und du hast's vergessen.«

»Ich bin nicht dazu gekommen.«

»Verdammt, Andy!« Sie schlug nach ihm; er packte ihre Fäuste und hielt sie zurück. Sie versuchte zu treten.

»Nina!« Er schüttelte sie. »Wir müssen eben zu Fuß gehn, weiter nichts.«

»Da draußen?«

»Du bist sowieso schon patschnaß. Los, komm.«

Sie stiegen aus. Während sie zum Gehsteig liefen, heulte der Wind und hätte Nina fast umgeweht. Sie hörte ein scharfes Knacksen. Ein Baum kippte und zerschmetterte den stehengelassenen Wagen. Andrew packte sie am Arm, um sie die verfinsterte Straße hinabzuziehen.

Eine schwarze Masse wimmelte vor dem Einkaufszentrum; Nina hörte das Geräusch von zerspringendem Glas. Sie wurde von zwei Männern gestreift, die eine Kiste Bourbon trugen; ein Junge mit einem tragbaren Fernsehgerät eilte vorbei.

Vor den schwarzen, unbeleuchteten Läden hatte sich ein Menschenauflauf gebildet. Etliche waren schon drinnen und damit beschäftigt, denen, die auf dem Parkplatz standen, durch die zerbrochenen Schaufenster Kleider, Kleingeräte und Flaschen zuzuwerfen.

Andrew stockte. Nina zupfte ihn ungeduldig am Arm. »Besser, wir machen, daß wir weiterkommen!« schrie sie. »Die Polizei wird gleich da sein.« Batteriebetriebene Alarmanlagen heulten und rasselten; unter dem Jubel der Menge schwirrte ein Mikrowellenherd durch eines der Fenster. Nina hielt hastig Umschau und fragte sich, wo die Polizei blieb.

Eine zweite Menschenmenge kam auf sie zugerannt; mit einemmal standen Nina und Andrew inmitten des Pöbels und wurden auf die Läden zugestoßen. Als Nina nach dem Arm ihres Mannes griff, faßte sie ins Leere.

»Andy!« Sie hielt sich krampfhaft auf den Beinen, um nicht zertrampelt zu werden. »Andy!«

Ein Toaster flog an ihr vorbei und traf eine andere Frau, die sofort in der Menge unterging. Ein paar Leute, die Taschenlampen dabeihatten, hielten diese empor, als wären es Fackeln. Ein junges Mädchen raste vorüber, die Arme voller Jeans. Nina streckte ihre Hand nach einem Pfosten aus und hielt sich daran fest, während die Menge auf die Spirituosenhandlung zubrandete.

Etliche Menschen lagen auf dem Gehsteig; sie hörte Gestöhne. Das ganze Schauspiel wurde von Blitzen erhellt; Nina bildete sich ein, neben dem Kopf eines Mannes eine schwarze Blutlache zu sehen.

»Andy!«

»Nina.«

Andrew lag nicht weit von ihr der Länge nach auf dem Boden. Sie beugte sich vornüber und zog an ihm. Er stöhnte. »Mein Bein – es ist verletzt.«

Sie hievte ihn hoch; er lehnte sich schwer auf sie. Noch mehr Leute liefen an ihnen vorbei, um sich unter die Menge zu mischen, die die benachbarte Metallwarenhandlung plünderte. »Ich glaub nicht, daß ich's schaffe. Besser, du läßt mich hier.«

»Rette deine eigene Haut«, raunte die Stimme.

»Das werd ich nicht!« schrie Nina. Und mit einem Gebet auf den Lippen schleppte sie Andrew über den Parkplatz Richtung Straße.

Der feindselige Wind hatte aufgehört; der Regen fiel jetzt langsamer. Bäume drohten Nina mit ihren Ästen, peitschten nach ihr, während sie sich mit dem hinkenden Andrew dahinkämpfte. Fast mechanisch murmelte sie ein paar Gebete und war überrascht, an wie viele sie sich erinnern konnte, wo sie sie doch seit Jahren nicht mehr aufgesagt hatte.

Sie kamen an einem Rasen vorbei, der mit Möbelstücken übersät war, und hörten einen fernen Schrei. Sekundenlang wurden sie von einem Lichtstrahl geblendet; unter dem Gelächter von Kindern prasselten Kieselsteine auf sie nieder. Nina drosch mit ihrem freien Arm ins Leere, und die Taschenlampe flüchtete vor ihr – die Kinder traten den Rückzug an.

Als sie durch den Regen spähte, erblickte sie einen dunstigen Goldschimmer. »Licht«, sagte sie. »Wir sind fast da.« Jetzt konnte sie Straßenlampen erkennen und versuchte, sich schneller zu bewegen; Andrew behinderte sie. Sie sagte: »Du kriegst mich nicht.«

Eine erleuchtete Straße wand sich bergauf; sie wurde von einem Lkw des Elektrizitätswerks blockiert. Nina hielt auf den Wagen zu. Unter einer Straßenlampe nicht weit davon entfernt stand ein Polizeiauto. Ohne Andrew loszulassen, näherte sich Nina der Grenze zwischen Licht und Finsternis. Dann blieb sie stehen.

Sie versuchte, einen Schritt vorwärts zu machen, aber es ging nicht; irgend etwas hielt sie zurück. Sie stemmte sich dagegen; ihre Knie versagten.

»Nein!« schrie sie hinaus.

Auf der einen Seite des Polizeiwagens öffnete sich eine Tür; ein Mann in einer Öljacke kam auf sie zugelaufen. »Was suchen Sie hier draußen?« rief er.

»Helfen Sie uns«, antwortete sie und streckte einen Arm aus. Sie konnte ihn nicht erreichen. Als er sie zu packen versuchte, fiel er nach hinten.

»Wir kommen nicht rein«, sagte der Polizist. »Wir haben es schon probiert. Wir probieren es immer noch.«

»Und du kommst nicht raus«, flüsterte die Stimme.

Sie versuchte noch einmal, vorwärts zu gehen, fühlte aber, wie sie nach hinten stolperte; Andrew rutschte aus und fiel.

»Ich kann Ihnen nicht helfen, Lady.« Der Polizist schwenkte hilflos mit den Armen. »Ich wünschte, ich könnt's.«

Sie sank zu Boden und bettete Andrew an ihrer Brust. Plötzlich war die Nacht heller. Halluzinationen, dachte Nina; sie sah da nur das Licht, nach dem sie sich sehnte. Der Wind heulte seine Wut hinaus. Nina wurde von Armen ergriffen, aber sie ließ Andrew nicht los.

»Kommen Sie schon, Lady!« Der Polizist hielt sie fest; irgendwie war er zu ihr durchgedrungen. Dann löste er seinen Griff, um

Andrew hochzuziehen. Sie stolperte auf die Beine und folgte den beiden Männern zum Wagen, wo der Kollege des Polizisten wartete.

»Seht doch nur!« rief er.

Nina drehte sich um. Ihre Seite der Stadt war nun hell wie ein strahlender Sternenhimmel. Eine feste, schwarze Masse stieg vom Boden empor und wälzte sich dann langsam Richtung Norden, zu den Hügeln. »Wir sind außer Gefahr«, sagte sie zu Andrew. »Wir sind außer Gefahr.« Kopfschüttelnd stierte der Polizist auf den pechschwarzen Nebel.

An einer Stromleitung über ihren Köpfen tanzten Funken; das Kabel zerriß und sauste, sich windend wie eine Schlange, auf sie herab. Nina und die zwei Polizisten zerrten Andrew zum Wagen. Nun war es auf der Nordseite wieder dunkel – und wurde noch dunkler; bald war die Finsternis so undurchdringlich, daß Nina, aus dem sicheren Bereich des Lichts, gar nichts mehr sehen konnte.

Nina war eingedöst. Erschrocken wachte sie auf, schüttelte sich und stieg aus dem Polizeiauto.

Der Regen hatte aufgehört. In dem schwachen Licht erkannte sie einen Sanitäter, der Andrews Bein bandagierte. Eine Menschenmenge stand auf der Straße und starrte den schwarzen Schleier an, der vor ihr lag.

»Der Strom!« rief eine Männerstimme. »Er geht wieder! Er ist wieder da!«

Als die aufgehende Sonne rechts von Nina über die Hügel lugte, wälzte sich die schwarze Wand, besiegt von der Helligkeit, davon. Jemand schrie auf. Dort, wo die Finsternis gewesen war, lag nun nichts als geschwärzte Erde; das Dunkel hatte alles mitgenommen und nur eine weite, zerfurchte Einöde hinterlassen. Bloß die Strommasten, die summenden Wachtposten der Stadt, standen noch auf der verwüsteten Nordseite.

Nina dachte an ihre Freunde und Bekannten, die nun auf ewig im Dunkel gefangen waren. Wo, fragte sie sich, ginge die Finsternis wohl hin? Sie wußte es. Diese tiefe, mächtige Schwärze würde sich ans Ende der Welt zurückziehen, ins Innere der Menschen, die sie kannte, und in sie selbst; ja, in *diesem* Augenblick konnte sie spüren, wie das Dunkel dort lauerte, sich mit ihren Ängsten in den Schatten ihres Geistes verbarg. Es würde darauf warten, daß die Weiße Magie einmal ausfiel.

DIE NACHT DES WEISSEN BHAIRAB

LUCIUS SHEPARD

Lucius Shepard ist wahrscheinlich der beste unter den neuen Science-fiction-Autoren dieses Jahrzehnts. Für seine Novelle *R&R* erhielt er 1987 einen Nebula Award, und seine Kurzgeschichten wurden unlängst unter dem Titel *Jaguar Hunter* zusammengestellt. Das Auffallendste an seinen Erzählungen sind ihre exotischen Schauplätze, die auf Shepards eigene Reiseerfahrungen zurückgehen. *Die Nacht des Weißen Bhairab* erschien erstmals in der Oktoberausgabe von *S&SF,* 1984, und spielt in Nepal. Die Geschichte handelt von einem jungen, in Katmandu lebenden Amerikaner, der nach Erleuchtung trachtet, nur um in eine Liebesaffäre und ein übernatürliches Abenteuer zu geraten. Dabei verarbeitet Lucius Shepard nicht nur die Landschaft Nepals, sondern auch dessen Sagen und Legenden zu einer unheimlichen Verstrickung in und mit dem »geheimnisvollen« Orient.

Sooft Mr. Chatterji geschäftlich nach Delhi fuhr – was zweimal im Jahr geschah –, ließ er sein Haus in Katmandu unter der Aufsicht von Eliot Blackford, und jedesmal vor dieser Reise erfolgte die Schlüsselübergabe samt gewissen Instruktionen im Hotel Anapurna. Eliot – ein kantiger Mittdreißiger mit scharfgeschnittenem Gesicht, lichter werdendem Blondhaar und einer Miene, die pausenlos vor Leidenschaft glühte – kannte Mr. Chatterji als feinsinniges Gemüt und vermutete, daß der Ort ihres Treffens durch ebendiesen Feinsinn diktiert wurde. Mit seiner in Vinyl und Plastik eingerichteten Bar, vor deren Spiegel sich ein chorähnliches Aufgebot von Flaschen staffelte, bildete das Anapurna das nepalesische Gegenstück zu einem Hilton. Das Licht war gedämpft, die Servietten mit Monogramm bestickt. Mr. Chatterji – rundlich, blühend und in einem Geschäftsanzug – betrachtete es gern als elegante Widerlegung von Kiplings berühmten Versen (»*East is East*« etc.), daß er hier zu Hause war, Eliot, der einen schmuddeligen Kaftan und Sandalen trug, hingegen nicht, und ebensogern führte er ins Feld, daß sie beide sich nicht nur kennengelernt, sondern regelrecht die Plätze vertauscht hatten. Es war Eliots eigenes Quentchen Feinsinn, das ihn davon abhielt, Mr. Chatterji auf einen Punkt hinzuweisen, den dieser nicht sehen konnte: daß das Anapurna nämlich eine leicht *verzerrte* Version des amerikanischen Traums darstellte. Der Bodenbelag bestand aus einem Läufer von drinnen nach draußen; die Speisekarte strotzte von himmelschreienden Druckfehlern (*Skotch Miss, Screwdriver*), und die Unterhaltungsmusiker – zwei Inder mit Turban und Tuxedo, die elektrische Gitarre bzw. Schlagzeug spielten – schafften es, aus »Evergreen« eine todtraurige indische Weise zu machen.

»*Eine* wichtige Lieferung wird es geben.« Mr. Chatterji winkte dem Kellner und schubste Eliots Schnapsglas nach vorn. »Sie hätte schon vor drei Tagen hier sein sollen, aber Sie wissen ja, dieser Zoll ...« Er schüttelte sich affektiert, um seinen Abscheu vor der Bürokratie auszudrücken, und warf ein erwartungsvolles Auge auf Eliot, der ihn nicht enttäuschte.

»Was ist es denn?« fragte er in der sicheren Gewißheit, daß es sich um einen Neuzugang für Mr. Chatterjis Sammlung handelte; der Nepalese liebte es, mit Amerikanern seine Sammlung zu erörtern; es bewies, daß er einen Überblick über ihre Kultur hatte.

»Ein Prachtstück!« antwortete Mr. Chatterji. Er nahm dem Kellner die Tequilaflasche ab und gab sie – mit einem vernarrten Blick – an Eliot weiter. »Sagt Ihnen der Ausdruck ›Carversville Terror‹ etwas?«

»Ja, klar.« Eliot kippte sich noch ein Gläschen hinter die Binde. »Es gab mal ein Buch darüber.«

»In der Tat«, bestätigte Mr. Chatterji. »Einen Bestseller. Der Landsitz der Cousineaus ist einmal das meistberüchtigte Spukhaus eures Neuengland gewesen. Vor mehreren Monaten wurde es abgerissen, und ich war in der glücklichen Lage, mir den Kamin zu sichern, der« – er nippte an seinem Drink – »der das Ausgangszentrum der Kraft war. Wirklich ein sehr, sehr großes Glück.« Er setzte sein Glas sorgfältig in den Nässekringel auf der Theke und wurde schulmeisterlich. »Aimée Cousineau war ein höchst ungewöhnliches Gespenst. Es besaß die Fähigkeit zu einer Vielzahl von ...«

Eliot konzentrierte sich auf seinen Tequila. Diese Ausführungen hatten ihn noch jedesmal gelangweilt, und – aus unterschiedlichen Gründen – die honigsüße westliche Verkleidung nicht minder. Bei Eliots Ankunft in Katmandu – als Mitglied des Friedenskorps – hatte Mr. Chatterji ein weit weniger schwülstiges Bild geboten: ein magerer kleiner Bengel in Jeans, die er einem Touristen abgeschwatzt hatte. Er war einer der vielen Tagediebe und Schnorrer – meist jugendliche Tibeter – gewesen, die auf der Straße die Leute anbettelten, die lausigen Teehäuser in der »Freak Street« frequentierten, dort den amerikanischen Hippies zusahen, wie sie über ihrem Haschischjoghurt kicherten, und denen dabei nach deren Kleidern, deren Frauen, deren gesamter Kultur der Mund wässerte. Die Hippies hatten die Tibeter respektiert; es war ein Sagenvolk, Sinnbild des damals modischen Okkultismus, und daß dieses Volk James-Bond-Filme, schnelle Wagen und Jimi Hendrix mochte, hatte das Selbstwertgefühl der Hippies gesteigert. Ranjeesh Chatterji hingegen – noch so ein verwestlichter Inder – wurde aus ebendiesem Grunde ausgelacht und mit schäbiger Herablassung behandelt. Jetzt, dreizehn Jahre später, waren die Rollen vertauscht; heute war es Eliot, der die Leute anbettelte.
Nach Ablauf seiner Auslandsdienstzeit hatte er sich in Katmandu niedergelassen. Ihm schwebte damals ein Meditationstraining vor, das Gewinnen von Erleuchtung. Aber es war nicht gutgegangen. Es gab in seinem Geist ein Hindernis – er stellte es sich als einen dunklen Felsbrocken vor, einen Fels aus weltlichen Bindungen –, der sich auch durch noch so viel Training nicht abtragen ließ, und Eliots Leben war in einen sinn- und ziellosen Trott verfallen. Zehn Monate im Jahr verbrachte er mit Meditation, mit dem Abschleifen des Steins, in einem Zimmerchen unweit des Swayambhunath-Tempels; und dann, den März und den September über, wohnte er in Mr. Chatterjis Haus, um dort in Alkohol, Sex und Drogen zu schwelgen. Er war sich der Tatsache bewußt, daß Mr. Chatterji ihn für »kaputt«, für ausgebrannt hielt, daß der Hausmeisterposten letztendlich nur eine Form der Rache darstellte, eine Möglichkeit, durch die sein Arbeitgeber eine persönliche Spielart von Herablassung ausüben konnte; aber Eliot stieß sich weder an dem Stempel,

den man ihm aufdrückte, noch an Chatterjis Gebaren. Es gab Schlimmeres, als ausgebrannt zu sein, zumal in Nepal. Hier ging es einem gut. Es war ein schönes Land, es war nicht teuer, es war weit weg von Minnesota (Eliots Heimat). Und der Begriff der »verkrachten Existenz« hatte hier keine Bedeutung. Man lebte, starb und wurde immer, immer wiedergeboren bis zum endgültigen Nichtvorhandensein, das diese Entwicklung krönte: ein Wahnsinnstrost für eine verkrachte Existenz!

»Aber in Ihrem Land«, sagte Mr. Chatterji gerade, »besitzt das Böse feurigen Charakter. Es ist sexy! Als würden die Geister eine dynamische Persönlichkeit annehmen, um sich mit Popgruppen und Filmstars messen zu können.«

Eliot suchte nach einer passenden Bemerkung, aber der Tequila stieß ihm auf, und statt dessen rülpste er. Alles an Mr. Chatterji – Zähne, Augen, Haare, Goldringe – schien ungemein zu strahlen und zu schillern. Er sah so unbeständig aus wie eine Seifenblase, ein fettes kleines Hindu-Trugbild.

Mr. Chatterji schlug sich mit einer Hand vor die Stirn. »Fast hätte ich's vergessen! Es wird noch jemand in meinem Haus wohnen. Ein Mädchen. Ebenfalls aus Amerika. Sehr gut gewachsen!« Er malte mit seinen Händen eine Sanduhr in die Luft. »Ich bin ganz verrückt nach ihr, aber ich weiß nicht, ob man sich auf sie verlassen kann. Bitte achten Sie darauf, daß sie nicht irgendwelche Streuner mit ins Haus bringt.«

»Verstanden«, erwiderte Eliot. »Kein Problem.«

Mr. Chatterji stand auf und starrte Richtung Foyer. »Ich glaube, ich werde jetzt ein bißchen spielen«, sagte er. »Machen Sie mit?«

»Nein, ich besauf mich, denk ich. Dann wahrscheinlich bis Oktober?«

»Sie sind doch schon betrunken. Eliot.« Mr. Chatterji klopfte ihm auf die Schulter. »Haben Sie das nicht bemerkt?«

Früh am nächsten Morgen nahm Eliot, der – nebenbei – verkatert war und dessen Zunge ihm am Gaumen klebte, Platz, um es ein allerletztes Mal mit der Visualisierung des Avalokitesvara-Buddha zu probieren. Sämtliche Geräusche draußen – das Brummen eines

Motorrollers, Vogelgezwitscher, ein Mädchenlachen – schienen das Mantra zu wiederholen, und die grauen Steinmauern seines Zimmers wirkten gleichzeitig durch und durch real und unfaßbar zerbrechlich, papieren: eine bemalte Kulisse, die er mit seinen Händen zerreißen konnte. Er begann, dieselbe Zerbrechlichkeit zu empfinden, so als wäre er in eine Flüssigkeit eingetaucht, die ihn durchsichtig machte, ihn mit Klarheit erfüllte. Ein Windhauch konnte ihn aus dem Fenster wehen, ihn über die Felder tragen, und durch Bäume und Berge, all die Phantome der materiellen Welt zöge er dahin ... dann aber quoll vom Grunde seiner Seele, von diesem dunklen Fels, ein leises Rinnsal der Panik empor. Der Stein begann zu rauchen, zu kochen, giftige Dünste abzugeben – ein kleines Brikett aus Wut, Wollust und Furcht. Schon breiteten sich auf der klaren Substanz, zu der Eliot geworden war, Risse aus, und wenn er nicht schleunigst etwas unternähme, wenn er die Meditation nicht abbräche, würde er in Scherben zerfallen.

Er ließ sich aus der Lotos-Stellung vornüberkippen und blieb, auf die Ellbogen gestützt, liegen. Sein Herz raste, seine Brust hob und senkte sich heftig, und er hätte heulen mögen vor Frustriertheit. Ja, das war eine Versuchung. Einfach zu sagen »Hol's der Teufel!« und loszuschreien, über das Chaos zu erlangen, was ihm über die Klarheit versagt blieb: sich in den Schrei zu entleeren. Er zitterte, während seine Gefühle zwischen Selbsthaß und Selbstmitleid schwankten. Zu guter Letzt rappelte er sich auf, um sich Jeans und ein Baumwollhemd anzuziehen. Er wußte, daß er kurz vorm Zusammenbrechen stand, und ihm wurde klar, daß er in der Regel unmittelbar, bevor er sich bei Mr. Chatterji einquartierte, an diesen Punkt gelangte. Sein ganzes Leben spannte sich als ausgefranster Faden zwischen diesen beiden Markierungspfählen hemmungslosen Genusses. Eines Tages würde er reißen.

»Hol's der Teufel!« sagte Eliot. Er stopfte seine übrigen Kleider in einen Sack und machte sich schnell auf den Weg in die Stadt.

Wenn er über den Durbar Square ging – der eigentlich gar kein Platz war, sondern ein mächtiger, mit offenen Stellen durchsetzter und von Pflasterpfaden durchschlängelter Tempelkomplex –, fiel Eliot immer sein kurzes Gastspiel als Touristenführer wieder ein – eine Laufbahn, die zu einem jähen Ende gelangte, als die Agentur Beschwerden über Eliots Exzentrizität erhielt (»Und hier noch eine Warnung mit auf den Weg: Atmen Sie, während Sie sich zwischen den Haufen von Körperabfällen und Obstrinden hindurchtasten, bitte nicht zu tief vom göttlichen Afflatus; Sie könnten sonst für immer unempfindlich werden gegen den Geruch von Prairie Cove, Petitpoint Gulch oder welche Hochburg vornehmer Lebensart Sie auch Ihr Zuhause nennen ...«). Ihm hingegen hatte es gestunken, Vorträge über die Schnitzereien und die Geschichte des Platzes zu halten, besonders diesen ahnungslosen Spießern, die doch nur ein Polaroidfoto von Edna oder Onkel Jimmy wollten, wie sie neben diesem merkwürdigen Affengott dort auf dem Sockel standen. Der Platz war ein einzigartiger Ort und wurde nach Eliots Meinung durch solch unerleuchteten Tourismus entwürdigt.

Auf allen Seiten ragten Tempelpagoden aus rotem Backstein und dunklem Holz empor, deren Spitzen in ehernen Blitzstrahlen ausliefen. Sie wirkten nicht wie von dieser Welt – man rechnete schon halb damit, daß der Himmel über ihnen eine jenseitige Farbe hatte und mit mehreren Monden geschmückt war. Ihre Dachtraufen und Fliegenfenster waren kunstvoll in die Bilder von Göttern und Dämonen hineingeschnitzt, und hinter einem großen Drahtgitter im Tempel des Weißen Bhairab lag die Maske dieses Gottes. Sie war fast drei Meter hoch und aus Messing, mit phantasievollem Kopfschmuck, langgezogenen Ohrläppchen sowie einem Mund voll weißer Fangzähne; ihre Brauen bestanden aus rotem Emaille und waren grausam gewölbt, wogegen ihre Augen die allen Newari-Göttern eigene Dämlichkeit ausstrahlten: Egal, wie zornig sie auch waren, immer wirkten sie im Grunde ihres Wesens gutmütig und erinnerten Eliot an Comic-Bösewichte. Einmal im Jahr – genau gesagt: in etwas mehr als einer Woche – wurden die netzbespannten Rahmen geöffnet, ein Rohr in den Mund des Gottes eingeführt, und dann sprudelte Reisbier in die Mäuler der wimmelnden Massen; irgendwann würde, schwupp!, ein Fisch in das Rohr gesteckt, und wer ihn fing, der galt das nächste Jahr über als größter Glückspilz im Tal von Katmandu. Auch Eliot bemühte sich traditionsgemäß einmal um diesen Fisch, obwohl er wußte, daß es nicht Glück war, was er brauchte.

Auf der anderen Seite des Platzes waren die Straßen eng und verliefen zwischen schmalen, drei- bis vierstöckigen Backsteingebäuden, von denen jedes in Dutzende von Einzelwohnungen zerfiel. Zwischen den Dächern blitzten helle, blaue Himmelsstreifen – eine Farbe des leeren Raums –, und im Schatten wirkten die Ziegel irgendwie lila. Menschen, die sich hin und her unterhielten, hingen aus den Fenstern der oberen Etagen: ein exotisches Mietskasernenleben. Kleine Schreine – Holzgehäuse mit Skulpturen aus Gips oder Bronze – steckten in Mauernischen und den Einmündungen von Gassen. In Katmandu waren die Götter überall, und es gab kaum einen Winkel, in den ihr Blick nicht eindrang.

Bei Mr. Chatterjis Adresse angekommen – einem Gebäude von der Größe eines halben Straßenzugs – steuerte Eliot schnurstracks auf den ersten der Innenhöfe zu; von dort führte eine Treppe zu Mr. Chatterjis Appartement, und er dachte sich, er würde einmal nachschauen, was noch zu trinken da war. Beim Betreten des Hofes aber, wo sich eine Phalanx von dschungelartigen Gewächsen um ein Lutschbonbon aus Beton gruppierte, sah er das Mädchen und blieb abrupt stehen. Es saß lesend in einem Liegestuhl und war in der Tat sehr gut gewachsen. Seine Kleidung bestand aus weiten Baumwollhosen, einem T-Shirt und einem langen weißen Halstuch mit vereinzelten Goldfäden. Halstuch und Hose waren die Einheitskluft junger Weltenbummler, die fast ohne Ausnahme in Temal, der Enklave der Heimatlosen, abstiegen; anscheinend kauften sie die Sachen alle sofort bei ihrem Eintreffen, um sich voreinander auszuweisen. Als er sich näher heranlavierte und zwischen den Blättern eines Gummibaums hindurchspähte, sah Eliot, daß das Mädchen Rehaugen, honigfarbene Haut und schulterlanges braunes Haar besaß, das von helleren Strähnen durchwirkt war. Ihr breiter Mund hing entspannt herab und hatte dadurch einen mürrischen Ausdruck. Dann spürte sie instinktiv Eliots Anwesenheit. Erschrocken blickte sie auf, winkte ihm nach einem kurzen Moment zu und legte ihr Buch beiseite.

»Ich heiße Eliot«, sagte er, während er hinüberging.

»Ich weiß. Ranjeesh hat mich informiert.« Sie starrte ihn gleichgültig an.
»Und du?« Er ging neben ihr in die Hocke.
»Michaela.« Sie fingerte an dem Buch, als hätte sie es eilig, wieder zu ihrer Lektüre zurückzukehren.
»Man sieht, daß du neu hier bist.«
»Wie das?«
Er erklärte ihr die Sache mit den Kleidern, und sie zuckte die Achseln. »So bin ich eben«, sagte sie. »Wahrscheinlich zieh ich sie nie mehr aus.« Sie verschränkte ihre Hände auf dem Bauch; es war ein hübsch gerundeter Bauch, und Eliot – der sich bei Frauenbäuchen auskannte – spürte erste Ansätze der Erregung.
»Nie mehr?« fragte er. »Hast du vor, so lange hierzubleiben?«
»Ich weiß nicht.« Sie ließ einen Finger über den Buchrücken gleiten. »Ranjeesh hat mir einen Heiratsantrag gemacht, und ich hab gesagt ›vielleicht‹.«
Diese Auskunft traf Eliot wie ein Schuß vor den Bug. Seine infantilen Verführungspläne zerplatzten mit einem Schlag, und es gelang ihm nicht, sein Erstaunen zu verbergen. »Du bist in Ranjeesh verliebt?«
»Was hat das denn damit zu tun?« Eine Falte furchte ihre Stirn; es war das perfekte Kennzeichen ihrer Stimmung, die Linie, die vielleicht ein Comic-Zeichner gewählt hätte, um Ärger oder Eingeschnapptheit auszudrücken.
»Nichts. Wenn es nichts damit zu tun hat!« Er versuchte zu grinsen, rief aber keine Reaktion hervor. »Na«, sagte er nach kurzem Schweigen, »Und wie gefällt dir Katmandu?«
»Ich komm nicht viel raus«, antwortete sie trocken.
Sie hatte offenbar keine Lust, sich zu unterhalten, aber so schnell gab Eliot nicht auf. »Solltest du aber«, sagte er. »Das Fest des Indra Jatra steht vor der Tür. Dabei geht's ganz schön wild zu. Besonders in der Nacht des Weißen Bhairab. Büffelopfer, Fackelschein ...«
»Ich hab was gegen Menschenmassen«, erwiderte sie.
Breitseite Numero zwei.
Eliot suchte angestrengt nach einem verlockenden Gesprächsstoff, hatte aber das unbestimmte Gefühl, daß es aussichtslos war. Sie

besaß etwas Träges, Schwerfälliges, einen Anstrich von stumpfem Desinteresse, der an Thorazine denken ließ, Krankenhausroutine.
»Hast du den Khaa schon gesehen?« fragte er.
»Den was?«
»Den Khaa. Das ist ein Geist ... obwohl manche dir sagen werden, es wär teilweise ein Tier, weil sich hier drüben Tier- und Geisterwelt überlappen. Jedenfalls haben alle alten Häuser einen, und die, die keinen haben, gelten als glücklos. In diesem hier gibt's einen.«
»Wie sieht er aus?«
»Der Form nach mehr oder minder menschlich. Schwarz, ohne alle Charakteristika. So 'ne Art lebendiger Schatten. Sie können aufrecht stehen, aber sie rollen, statt zu gehen.«
Das Mädchen lachte. »Nein, hab ich noch nicht gesehn. Du vielleicht?«
»Kann sein«, sagte Eliot. »Ein paarmal hab ich's geglaubt, aber da war ich ganz schön stoned.«
Sie richtete sich etwas mehr auf und schlug ihre Beine übereinander; ihr Busen wackelte, und Eliot gab sich alle Mühe, seine Augen auf ihrem Gesicht zu behalten. »Laut Ranjeesh hast du ja 'nen kleinen Knacks«, sagte sie.
Guter alter Ranjeesh! Als ob dieser Hurensohn nicht bestens vorgebaut hätte! »Kann schon sein«, antwortete er und machte sich dabei auf die endgültige Abfuhr gefaßt. »Ich meditiere viel, und manchmal bin ich kurz vorm Überschnappen.«
Doch dieses Eingeständnis schien ihre Neugier mehr zu wecken als alles, was er sonst gesagt hatte; ihre sorgfältig gefaßte Miene zerrann allmählich zu einem Lächeln. »Erzähl mir mehr über den Khaa«, forderte sie ihn auf.
Eliot beglückwünschte sich. »Die sind flink wie die Wiesel«, sagte er. »Weder gut noch böse. Sie verstecken sich in dunklen Ecken, obwohl man sie dann und wann auch auf der Straße oder draußen in den Feldern bei Jyapu sieht. Und die ältesten, die, die am mächtigsten sind, wohnen in den Tempeln am Durbar Square. Über den Khaa dieses Hauses gibt es eine Geschichte, die ist typisch für ihr Verhalten ... falls es dich interessiert.«
»Klar.« Noch ein Lächeln.

»Bevor Ranjeesh das hier gekauft hat, war es ein Gasthaus, und eines Abends ist eine Frau mit drei Kröpfen gekommen, um dort zu übernachten. Sie hatte zwei Laib Brot dabei, die sie ihrer Familie mitbringen wollte, und steckte sie vorm Schlafengehen unter ihr Kopfkissen. Gegen Mitternacht kam der Khaa zu ihr ins Zimmer gerollt. Als er die Kröpfe sah, wie sie da mit dem Atem auf und ab gingen, war er frappiert. Er fand, sie würden sich schön als Halsband machen. Also nahm er sie und hat sie sich selbst umgelegt. Dann fiel sein Blick auf die Brotlaibe, die unter dem Kopfkissen der Frau hervorstanden. Weil sie gut aussahen, nahm er sie ebenfalls und ersetzte sie durch zwei goldene. Als die Frau aufwachte, freute sie sich sehr. Sie eilte in ihr Dorf zurück, um es ihrer Familie zu erzählen, und begegnete unterwegs einer Freundin, die gerade auf den Markt ging. Diese Frau hatte vier Kröpfe. Die erste erzählte ihr, was passiert war, und in der darauffolgenden Nacht ging die andere zum Gasthaus und tat haargenau das gleiche. Gegen Mitternacht rollte der Khaa zu ihr ins Zimmer. Sein Halsband war ihm langweilig geworden, und er gab es der Frau. Außerdem fand er inzwischen, daß Brot nicht besonders schmeckte, aber er hatte immer noch einen Laib und dachte sich, er würde es noch einmal damit probieren. Also nahm er der Frau als Entschädigung für das Halsband, das er ihr geschenkt hatte, ihren Appetit auf Brot, und für den Rest ihres Lebens konnte sie nie wieder Brot essen.«

Eliot hatte gelinde Erheiterung erwartet und gehofft, seine Geschichte wäre das Eröffnungsmanöver in einem Spiel mit garantiert erfreulichem Ausgang; daß Michaela aber aufstehen und sich wieder gegen ihn verschließen würde, kam überraschend.

»Ich muß gehen«, sagte sie und verabschiedete sich mit einem geistesabwesenden Winken, um, den Kopf gesenkt, die Hände tief in die Hosentaschen vergraben, auf das Tor zuzustreben. Es sah aus, als zähle sie ihre Schritte.

»Wo gehst du denn hin?« rief Eliot ernüchtert.

»Ich weiß nicht. Freak Street vielleicht.«

»Begleitung gefällig?«

Am Tor drehte sie sich noch einmal um. »Du kannst nichts dafür«, sagte sie, »aber eigentlich macht mir deine Gesellschaft keinen Spaß.«

Volltreffer!
Rauchfahnen. Sie wirbelten, knallten in den Berghang und explodierten zu einem Feuerball.
Eliot verstand nicht, warum es ihn so umgeschmissen hatte. Es war nicht das erste, und es wäre auch nicht das letzte Mal. Unter normalen Umständen wäre er schleunigst nach Temal und hätte sich ein anderes weißes Halstuch mit Baumwollhosen gesucht, eines, das nicht so krankhaft selbstbezogen war (wie er Michaela im nachhinein charakterisierte), eines, das ihm helfen würde, die notwendige Energie zu tanken, um es noch einmal mit der Visualisierung des Avalokitesvara-Buddha zu probieren. Und nach Temal ging er tatsächlich; aber er saß dort bloß in einem Restaurant, trank Tee, rauchte Haschisch und sah den jungen Weltenbummlern dabei zu, wie sie sich für die Nacht paarten. Einmal erwischte er den Bus nach Patan, wo er einen alten Kumpel aus Hippiezeiten besuchte, einen Burschen namens Sam Chipley, heute Chefarzt einer Klinik; ein andermal spazierte er weit genug nach Swayambhunath hinaus, um die weiße Kuppel der Stupa und deren vergoldeten Aufbau zu erkennen, auf die die alles sehenden Augen des Buddha gemalt waren; sie schienen fast niederträchtig um die Ecke zu schielen, so als nähmen sie sein Herannahen mit Unwillen zur Kenntnis. Hauptsächlich aber streifte er die nächste Woche über im ewig gleichen Zustand durch Mr. Chatterjis Haus: eine Flasche in Händen, pausenlos alkoholisiert und mit einem wachsamen Auge auf Michaela.
Die meisten Zimmer waren unmöbliert, aber viele zeugten von jüngst zurückliegender Benutzung: zerbrochene Haschischpfeifen, zerrissene Schlafsäcke, leere Weihrauchpäckchen. Mr. Chatterji nahm manchmal bis zu einem Monat Reisende – solche, auf die er »stand«, Männlein wie Weiblein – bei sich auf, und eine Tour durch diese Zimmer glich einem geschichtswissenschaftlichen Rundgang durch die amerikanische Subkultur. Die Graffiti nannten so vielfältige Belange wie Vietnam, die Sex Pistols, die weibliche Emanzipationsbewegung oder die Wohnungsnot in Großbritannien; auch persönliche Botschaften wurden übermittelt: »Ken Finkel bitte über Am. Ex. in Bangkok mit mir Kontakt aufnehmen ... in Liebe

Ruth.« Einer der Räume enthielt eine kunstvolle Wandmalerei, auf der Farrah Fawcett im Schoß eines tibetanischen Dämons saß und dessen Stachelphallus mit ihren Fingern drosselte. Insgesamt beschwor das alles ein verkommenes, zerrüttetes Milieu herauf. Eliots Milieu. Obwohl anfangs erheiternd, machten ihn diese Rundgänge schließlich und endlich verbittert gegen sich selbst, und er verbrachte immer mehr Zeit auf dem Balkon zu einem Hof, den man sich mit dem Nachbarhaus teilte und von wo er dem Gesang der Newarifrauen zuhörte, während sie ihrer täglichen Kleinarbeit nachgingen, oder er las Bücher aus Mr. Chatterjis Bibliothek. Eines davon trug den Titel *The Carversville Terror.*

» ...eisiges Grauen, kalter Nervenkitzel ...«, versprach die *New York Times* auf dem Umschlag. » ... der Schrecken entläßt uns nicht eine Minute aus seinem Griff ...«, kommentierte Stephen King. »... packender, aberwitziger, nervenzerfetzender Horror ...«, sprudelte *People.* Und in fein-säuberlichen Buchstaben fügte Eliot seinen eigenen Klappentext hinzu: » ... Billiger Scheißdreck ...« Der Inhalt – für eine oberflächlich gebildete Leserschaft geschrieben – bestand aus einer dichterisch freien Aufarbeitung von angeblich wahren Erlebnissen der Familie Whitcomb, die während der sechziger Jahre versucht hatte, den Landsitz der Cousineaus zu renovieren. Nach dem üblichen Spannungsaufbau über knarrende Türen, kalte Stellen im Haus und sonderbare Erscheinungen hatte sich die Familie – Papa David, Mama Elaine, die jungen Söhne Tim und Randy sowie die halbwüchsige Ginny – zu einer Lagebesprechung versammelt.

> Selbst die Kinder, dachte David, waren durch dieses Haus gealtert. Die Versammlung, die da um den Tisch im Eßzimmer saß, ähnelte einer Gruppe von Verdammten – hager, hohlwangig, mit Schatten unter den Augen und grimmigen Gesichtern. Sogar jetzt, wo die Fenster geöffnet waren und die Helligkeit in den Raum strömte, schien ein Leichentuch darüber zu hängen, das kein Licht zerstreuen konnte. Gott sei Dank, war das verdammte Ding tagsüber nicht aktiv!

»Also«, sagte er, »damit wäre der Ring wohl frei für Argumente.«

»Ich will heim!« Randy schossen Tränen aus den Augen, und wie aufs Stichwort fiel auch Tim ein.

»So einfach ist das nicht«, erklärte David. »Wir *sind* hier daheim, und ich weiß nicht einmal, ob wir weg *könnten*, wenn wir wollten. Unser Sparkonto ist so gut wie aufgebraucht.«

»Ich könnte mir bestimmt einen Job suchen«, sagte Elaine ohne Begeisterung.

»Ich geh nicht weg von hier!« Ginny sprang so heftig auf, daß ihr Stuhl umkippte. »Jedesmal, wenn ich neue Freunde finde, müssen wir umziehn!«

»Aber, Ginny!« Elaine streckte beschwichtigend eine Hand nach ihr aus. »Schließlich warst es doch *du*, die ....«

»Ich hab's mir anders überlegt!« Sie wich vor ihr zurück, als hätte sie gerade erkannt, daß sie alle ihre Todfeinde waren. »Meinetwegen macht, was ihr wollt, aber ich bleibe!« Und damit lief sie aus dem Zimmer.

»Oh, Gott!« stöhnte Elaine. »Was ist nur in sie gefahren?«

Was in Ginny gefahren war, beziehungsweise, was dabei war, in sie zu fahren – und das einzig Interessante an diesem Buch –, war der Geist von Aimée Cousineau. Über das Verhalten seiner Tochter besorgt, hatte David Whitcomb das Haus durchsucht und allerhand über den Geist herausgefunden. Aimée Cousineau, geborene Vuillemont, stammte aus St. Berenice, einem Schweizer Dorf am Fuße des Eiger (zwei Fotografien sowohl von diesem Berg als auch von Aimée – einer kalten Schönheit mit schwarzem Haar und kameenhaftem Gesicht – waren in der Mitte des Buches eingebunden). Bis zu ihrem fünfzehnten Lebensjahr war Aimée ein süßes, ganz normales Kind gewesen; im Sommer 1889 jedoch verirrte sie sich bei einer Kletterpartie an den Hängen des Eiger in eine Höhle.
Ihre Angehörigen hatten die Hoffnung schon fast aufgegeben, da erschien plötzlich – drei Wochen später – das Mädchen auf der Schwelle des väterlichen Ladens. Die Freude währte nicht lange.

Diese neue Aimée war von derjenigen, welche die Höhle betreten hatte, grundverschieden. Sie war gewalttätig, berechnend, verlottert.

Im Laufe der nächsten beiden Jahre gelang es ihr, die Hälfte der männlichen Ortseinwohner, den Dorfgeistlichen inbegriffen, zu verführen. Laut seiner eigenen Aussage hatte er sie gerade darüber belehrt, daß der Pfad der Sünde nicht der zur Seligkeit sei, da fing sie an, sich zu auszuziehen. »Ich bin vermählt mit der Glückseligkeit«, hatte sie erklärt. »Ich habe meine Glieder mit denen des Gottes der Wonne verflochten und die schuppigen Schenkel des Glücks geküßt.« Und während der anschließenden Affäre hatte sie pausenlos dunkle Andeutungen über »den Gott unter dem Berge« fallenlassen, dessen Seele nun auf ewig mit der ihren verbunden sei.

An dieser Stelle kehrte das Buch zu den grausligen Abenteuern der Familie Whitcomb zurück, und gelangweilt stieg Eliot in Mr. Chatterjis Privaträume im vierten Stock hinunter. Es war Mittag, und Michaela würde sich sonnen. Also schleuderte er das Buch in ein Regal, um nach draußen auf den Balkon zu gehen. Sein fortdauerndes Interesse an diesem Mädchen gab ihm Rätsel auf. Vielleicht war er ja dabei, sich zu verlieben, was gar nicht so unnett wäre, auch wenn es voraussichtlich nirgendwo hinführte. Immerhin könnte er die Liebe als Energiequelle ganz gut gebrauchen. Aber da täuschte er sich wohl. Aller Wahrscheinlichkeit nach rührte sein Interesse von irgendeiner dampfenden Absonderung des schwarzen Steins in seinem Innern. Pure Geilheit. Er schaute über den Rand des Balkons. Michaela lag – ihr Bikinioberteil neben sich – auf einer Decke am Grunde eines Schachts von Sonnenschein – dünnem, reinem Sonnenschein, wie einer verfeinerten Art von Honig, der sich nach unten ausbreitete und in der Gußform einer kleinen goldenen Frau erstarrte. Es schien ihre Wärme zu sein, die in der Luft lag.

An diesem Tag brach Eliot eine von Mr. Chatterjis Anordnungen und übernachtete im Schlafzimmer des Hausherrn. In eine mitternachtsblau gestrichene Decke war ein großes Oberlicht eingefügt. Und da Mr. Chatterji das normale Sternenaufgebot nicht genügte, hatte er das Oberlicht aus geschliffenem Glas anfertigen lassen, so daß alle Himmelskörper vervielfältigt wurden. Es sah aus, als befände man sich im strahlenden Herzen einer Galaxie und starre durch dessen Zwischenräume nach draußen. An der Wand hing eine Fototapete, die den Gletscher Khumbu mit Chomolungma zeigte; und vom Sternenlicht übergossen, hatte sie die Illusion von räumlicher Tiefe und eisiger Bergesstille angenommen. Während Eliot so dalag, konnte er die fernen Klänge des Indra Jatra hören: Schreie, Zimbeln, Oboen und Trommeln. Er fühlte sich zu den Geräuschen hingezogen; am liebsten wäre er auf die Straße gelaufen, wäre ein Teil der trunkenen Massen geworden, um sich durch Rausch und Fackelschein zu den Füßen eines Götzenbildes hinwirbeln zu lassen, das von Blutopfern bespritzt war. Aber er fühlte sich auch ans Haus gefesselt, an Michaela. Verbannt in Mr. Chatterjis strahlendes Sternenlicht, über Chomolungma treibend und das Getöse der Welt unter ihm im Ohr, konnte er sich wirklich beinahe für einen Bodhisattva halten, der den Aufruf zur Tat erwartete, nur damit seine Wachsamkeit irgendwelchen Sinn hatte.

Die Sendung traf am Spätnachmittag des achten Tages ein. Fünf gewaltige Holzkisten, von denen jede der vereinten Kräfte Eliots und der drei Newariarbeiter bedurfte, um sie in das Zimmer im dritten Stock hinaufzubugsieren – dem Raum, der Mr. Chatterjis Sammlung beherbergte. Nachdem er den Männern ein Trinkgeld gegeben hatte, setzte sich Eliot – verschwitzt, keuchend – hin und lehnte sich an die Wand, um wieder zu Atem zu kommen. Das Zimmer war etwa siebeneinhalb mal viereinhalb Meter groß, wirkte aber infolge der Kuriositäten, die dutzendweise auf dem Boden herumstanden und übereinander an den Wänden hingen, kleiner. Ein Messingtürknauf, eine zertrümmerte Tür, ein geradlehniger Stuhl, zwischen dessen Armlehnen eine Samtkordel gespannt war, damit sich niemand daraufsetzte, ein verfärbtes Waschbecken, ein braun verschmierter Spiegel, ein aufgeschlitzter Lampenschirm – dies alles waren Relikte irgendeines inneren Zwangs, irgendeiner grotesken Gewalttat, und jedes trug eine Karte mit detaillierter Objektbeschreibung und Verweisen auf das Material in Mr. Chatterjis Bibliothek. Im Kreise dieser bizarren Souvenirs wirkten die Holzkisten geradezu harmlos. Zugeriegelt, brusthoch und mit Zollstempeln gekennzeichnet.

Als Eliot sich wieder erholt hatte, streifte er im Zimmer umher. Die Sorgfalt, die Mr. Chatterji auf sein Steckenpferd verschwendete, amüsierte ihn; das Amüsanteste war, daß es keinen außer Mr. Chatterji selbst beeindruckte: Es lieferte Reisenden eine Fußnote für ihre Tagebücher. Weiter nichts.

Eliot wurde von einem Schwindelanfall überwältigt – er war zu schnell wieder aufgestanden – und lehnte sich haltsuchend an die Kisten. Mein Gott, war er in einer miesen Verfassung! Und während er die halbdurchsichtigen Zellenverbände wegblinzelte, die ihm vor den Augen tanzten, bewegte sich die Kiste plötzlich. Nur ein ganz klein bißchen, so als hätte drinnen etwas im Schlaf gezuckt. Aber dennoch real, nicht von der Hand zu weisen. Eliot schleuderte sich rückwärts davon weg, Richtung Tür. Ein Schauer markierte jede Erhebung, jede Unregelmäßigkeit seines Rückgrats, und sein Schweiß war verdunstet bis auf ein paar pappige Hautstellen. Die Kiste blieb regungslos. Aber er hatte Angst, sie aus den Augen zu lassen, denn *wenn* – das wußte er –, würde ihre aufgestaute Wut explosionsartig hervorplatzen. »*Hi*«, sagte Michaela von der Tür her.

Der Klang ihrer Stimme elektrisierte Eliot. Mit einem heiseren Aufschrei wirbelte er herum und streckte die Hände aus, um einen Angriff abzuwehren.

»Ich hatte nicht die Absicht, dich zu erschrecken«, sagte sie. »Tut mir leid.«

»Verdammt noch mal!« fluchte er. »Schleich dich doch nicht so an einen ran!« Dann fiel ihm die Kiste wieder ein, und er warf einen Blick nach hinten. »Hör zu, ich wollte gerade hier abschließen ...«

»Tut mir leid«, wiederholte sie und schritt an ihm vorbei ins Zimmer. »Ranjeesh tut immer so bescheuert mit dem Kram da«, sagte sie, während sie ihre Hand über den Kistendeckel gleiten ließ. »Findest du nicht?«

Ihr zwangloser Umgang mit der Kiste milderte Eliots Angstgefühl. Vielleicht hatte ja er selber gezuckt: ein Krampf in seinen überstrapazierten Muskeln. »Ja, schon möglich.«

Sie ging zu dem geradlehnigen Stuhl hinüber, nahm die Samtkordel behutsam ab und setzte sich. Sie trug einen blaßbraunen Rock und eine Karobluse, in denen sie schulmädchenhaft aussah. »Ich möchte mich wegen gestern entschuldigen«, sagte sie; sie senkte ihren Kopf, und ihr loses Haar fiel über ihr Gesicht. »Ich bin in letzter Zeit nicht gut drauf. Ich tu mir schwer mit Leuten. Mit allem. Aber wo wir schon mal zusammen hier wohnen, hätte ich gern, daß wir Freunde sind.« Sie stand auf und glättete ihre Rockfalten. »Siehst du? Ich hab mich sogar umgezogen. Ich hab gemerkt, daß du das andere Zeug nicht leiden konntest.«

Die unschuldsvolle Erotik ihrer Pose löste einen Sturm von Begierde in Eliot aus. »Steht dir gut«, sagte er mit gezwungener Beiläufigkeit. »Weshalb warst du denn schlecht drauf?«

Sie schlenderte zur Tür und starrte hinaus. »Möchtest du das wirklich wissen?«

»Nicht, wenn es dir was ausmacht.«

»Das ist schon gut«, sagte sie und lehnte sich an den Türstock. »Drüben in den Staaten war ich Mitglied in einer Band; es ging uns nicht schlecht. Wir haben ein Album geschnitten, mit Plattenfirmen verhandelt. Ich hab mit dem Gitarristen zusammengelebt, war in ihn verliebt. Aber dann hatte ich eine Affäre. Nicht mal eine Affäre. Es war eine Dummheit. Ohne Bedeutung. Ich weiß bis heute selbst noch nicht, warum ich's getan hab. Die Hitze des Augenblicks, nehm ich an. Schließlich geht's ja im ganzen Rock'n' Roll nur darum, und kann sein, daß ich den Mythos bloß ausgelebt hab. Einer von den anderen Musikern hat's meinem Freund erzählt. So ist das eben in Bands – du bist mit allen befreundet, aber nie zur gleichen Zeit. Na ja, diesem Typen hatte ich also von der Affäre Bescheid gesagt, du verstehst? Wir haben uns immer unsere Geheimnisse erzählt. Aber eines Tages wurde er wegen irgendwas sauer auf mich. Irgend 'ne andere Dummheit, ohne Bedeutung.« Ihr Kinn zitterte; der Luftzug aus dem Hof wehte ihr feine Haarsträhnen übers Gesicht. »Mein Freund ist durchgedreht und hat meinen ...« Sie stieß ein trübseliges Lachen aus. »Ich weiß nicht, wie ich ihn nennen soll. Meinen Liebhaber. Wie auch immer. Mein Freund hat ihn umgebracht. Es war ein Unfall, aber er hat versucht wegzulaufen, und da wurde er von der Polizei erschossen.«

Eliot wollte sie bremsen; es war offenkundig, daß sie alles wieder vor sich sah, das Blut, die Warnlichter und kalte weiße Leichenschauhausbeleuchtung. Aber sie ritt auf einer Welle der Erinnerung, wurde von deren Kraft dahingetragen, und er wußte, daß sie mit ihr gipfeln, mit ihr brechen müßte.

»Eine Zeitlang bin ich geistig anderswo gewesen. Wie im Traum. Nichts kam an mich ran. Weder die Beerdigungen noch die wütenden Eltern. Ich bin monatelang weggefahren, in die Berge, und ganz allmählich ging's mir wieder besser. Aber bei meiner Rückkehr hatte der Musiker, von dem mein Freund angespitzt worden war, einen Song darüber geschrieben! Die Beziehung, die Todesfälle. Er hatte eine Platte daraus gemacht. Die Leute kauften sie, sangen den Refrain beim Spazierengehn auf der Straße oder unter der Dusche. Tanzten dazu! Sie tanzten auf Blut und Knochen, summten Trauer, machten $5.98 für so ein Tralala über das Leid anderer Menschen locker. Jetzt, im nachhinein, weiß ich, daß ich verrückt war, aber damals erschien mir alles, was ich getan hab, ganz normal. Mehr als normal. Ich hielt's für Schicksal, höhere Fügung, Eingebung. Ich kaufte mir eine Kanone. Ein Damenmodell, hat der Händler gesagt. Ich weiß noch, wie seltsam ich es fand, daß es Frauen- und Männergewehre gibt, genau wie bei Rasierapparaten. Ich kam mir mordsmäßig damit vor. Nur sanftmütig und höflich mußte ich sein, sonst würden die Leute bestimmt merken, wie stark und entschlossen ich war. Ronnie ausfindig zu machen war keine große Sache – das ist der Typ, der den Song schrieb. Er war gerade dabei, sein zweites Album zu produzieren, in Deutschland. Ich konnte es nicht fassen. Ich brächte es nicht fertig, ihn umzubringen! Ich war so frustriert, daß ich eines Abends raus in einen Park bin und einfach drauflosgeballert hab. Ich schoß immer daneben. Überall waren Penner, Jogger und Eichhörnchen, aber ich schoß Löcher in die Luft. Danach haben sie mich eingeliefert. In eine geschlossene Anstalt. Ich glaub, es hat etwas geholfen, aber ...« Mit einem Blinzeln erwachte sie aus ihrer Trance. »Aber ich komm mir immer noch so bezugslos vor, so losgelöst. Verstehst du?«

Eliot strich behutsam die Haarsträhnen wieder hoch, die ihr ins Gesicht geweht waren. Ihr Lächeln flackerte. »Ich weiß«, sagte er. »So geht's mir manchmal selber.«

Sie nickte nachdenklich, wie um zu bestätigen, daß sie das schon bemerkt hatte.

In einem tibetanischen Lokal in Temal aßen sie zu Abend; es hatte keinen Namen und war eine Bruchbude mit Fliegendreck auf den Tischen und wackligen, morschen Stühlen, dessen Spezialität in Wasserbüffel und Gerstensuppe bestand. Aber es lag außerhalb des Stadtzentrums, so daß sie dem schlimmsten Festgedränge ausweichen konnten. Der Kellner war ein junger Tibeter mit Jeans und einem T-Shirt, das die mysteriöse Aufschrift ZAUBEREI IST DIE ANTWORT trug; um den Hals baumelten ihm die Kopfhörer seines Walkman. Die – nur durch einen Rauchschleier sichtbaren – Wände waren mit Schnappschüssen tapeziert, die größtenteils den Kellner in Gesellschaft diverser Touristen darstellten, ein paar davon aber zeigten einen älteren Tibeter mit blauen Gewändern und Schmuck aus Türkissteinen, der ein automatisches Gewehr hielt; dies war der Lokalinhaber, einer aus dem Stamme der Khampa, die einen Guerillakrieg gegen die Chinesen geführt hatten. Er ließ sich kaum im Restaurant blicken, und wenn, dann wurde die Unterhaltung durch seine grimmige Gegenwart nicht selten abgekühlt.
Während des Essens versuchte Eliot, Gesprächsstoffe zu vermeiden, die Michaela aufregen könnten. Er erzählte ihr von Sam Chipleys Klinik, dem einstigen Besuch des Dalai Lama in Katmandu, den Musikern beim Swayambhunath. Heitere, exotische Themen. Michaelas stumpfes Desinteresse war ein so unwesentlicher Teil von ihr, daß Eliot neugierig auf das wurde, was darunterlag, und versuchte, diese Kruste aufzubrechen; und je mehr er daran arbeitete, desto lebhafter wurden Michaelas Gebärden, desto strahlender ihr Lächeln. Dies hier war eine andere Art von Lächeln als das, was sie bei ihrem ersten Kennenlernen gezeigt hatte. Es trat so plötzlich auf ihr Gesicht, daß es als eine automatische Reaktion erschien, wie das Aufgehen einer Sonnenblume, so als säße sie nicht einem Menschen gegenüber, sondern dem Lichtprinzip, auf dem man beruhte. Natürlich nahm dieses Lächeln einen wahr, zog es aber vor, an den Gebrechen des Fleisches vorüberzusehen und das wirkliche Selbst kennenzulernen, das fertige, vollkommene Etwas.

Es gab dem eigenen Selbstwertgefühl enormen Auftrieb, wenn man merkte, daß man Zielscheibe dieses Lächelns war, und Eliot – dessen Selbstwertgefühl auf dem Tiefpunkt lag – hätte sonstwas getan, nur damit es nicht nachließ. Sogar *seine* Geschichte erzählte er ihr nur als einen Witz, ein Gleichnis für amerikanische Fehlinterpretationen fernöstlichen Tuns und Trachtens.

»Warum hängst du sie nicht an den Nagel?« fragte sie. »Deine Meditationen, mein ich. Wenn es nicht funktioniert, warum es dann weiter durchziehn?«

»Mein Leben ist in der Schwebe«, antwortete er. »Ich fürchte, wenn ich die Übungen aufgebe, wenn ich überhaupt irgendwas verändere, fall ich entweder auf die Schnauze, oder ich hebe ab.« Er klopfte mit seinem Löffel an die Tasse, um neuen Tee zu bestellen. »Du wirst doch Ranjeesh nicht wirklich heiraten, oder?« fragte er und war selbst verblüfft über seine Besorgnis, daß sie es tun könnte.

»Wahrscheinlich nicht.« Leises Schlagzeug tönte aus den Kopfhörern des Kellners, während er ihnen Tee nachschenkte. »Ich hab mich einfach verloren gefühlt. Weißt du, Ronnie ist nämlich wegen diesem Song von meinen Eltern verklagt worden, und am Ende hab ich einen Haufen Geld gekriegt. Aber das hat die Sache nur noch schlimmer für mich gemacht ...«

»Reden wir nicht davon«, sagte er.

»Ist schon gut.« Sie berührte ihn am Handgelenk, wie um zu sagen »Nur keine Sorge um mich«, und die Haut blieb warm, wo ihre Finger gelegen hatten. »Jedenfalls«, fuhr sie fort, »hab ich beschlossen, mir die Welt anzuschaun, und all das Fremde, das Sonderbare ... ich weiß nicht. Ich verlor langsam den Realitätsbezug. Ranjeesh war da so eine Art Zufluchtsstätte.«

Eliot fiel eine Zentnerlast vom Herzen.

Auf der Straße draußen herrschte dichter Festbetrieb, und Michaela hielt sich an Eliots Arm fest, um sich von ihm durch die Menschenmassen führen zu lassen: Newari mit Nehru-Hüten und weißen Hosen, die an den Hüften weit und an den Waden eng waren; Touristengruppen, die schrien und Reisbierflaschen schwenkten; Inder mit weißen Gewändern und Saris. Weihrauchduft schwängerte die Luft, und der Streifen lila getönten Himmels zwischen den

Dächern war so gleichmäßig mit Sternen gemustert, daß es aussah wie ein aufgespanntes Banner. Nicht weit von zu Haus wurden sie von einem vorbeistürmenden Mann angerempelt. Er hatte wilde Augen und ein blaues Satingewand, und ihm folgten zwei kleine Jungen, die eine Ziege hinter sich herzerrten. Die Stirn des Tieres war mit blutrotem Pulver beschmiert: ein Opfer.

»Das ist ja Wahnsinn!« lachte Michaela.

»Das ist noch gar nichts. Wart erst mal bis morgen abend.«

»Wieso? Was ist denn morgen abend?«

»Die Nacht des Weißen Bhairab.« Eliot zog ein Gesicht. »Da mußt du auf dich aufpassen. Bhairab ist ein Wüterich und Lüstling.«

Sie lachte erneut und kniff ihn freundschaftlich in den Arm.

Der Mond – abnehmend, blank, leer und golden – schwebte genau im Mittelpunkt des Himmelsgevierts, welches der Innenhof von Chatterjis Haus freiließ. Dicht nebeneinander, stumm und mit einemmal verlegen standen sie da.

»Ich fand's schön heute abend.« Michaela beugte sich nach vorn und strich mit ihren Lippen über seine Wange. »Danke«, flüsterte sie.

Als sie einen Rückzieher machen wollte, hielt Eliot sie fest, hob ihr Kinn an und küßte sie auf den Mund. Ihre Lippen gingen auseinander, ihre Zunge schnellte hervor. Dann stieß sie ihn fort. »Ich bin müde«, sagte sie mit ängstlich angespanntem Gesicht. Sie entfernte sich ein paar Schritt weit, blieb aber noch einmal stehen und drehte sich um. »Wenn du mit mir ... mit mir zusammensein möchtest ... vielleicht wär nichts dagegen einzuwenden. Wir könnten es versuchen.«

Eliot ging zu ihr und nahm sie an den Armen. »Ich möchte, daß wir uns lieben«, sagte er, ohne seinen inneren Drang noch länger zu verhehlen. Und das *wollte* er auch: sie lieben. Nicht ficken, vögeln, bumsen oder sonst eine unelegante Version dieses Aktes.

Aber es war nicht Liebe, was sie machten.

Unter dem hellen Sternenglanz von Mr. Chatterjis Schlafzimmerdecke sah Michaela sehr schön aus, und zuerst war sie sehr liebevoll, bewegte sich mit echter innerer Beteiligung; dann hörte sie unvermittelt auf, sich überhaupt zu bewegen, und drehte ihr Gesicht auf das Kopfkissen.

Ihre Augen glitzerten. Auf ihr allein gelassen und dem animalischen Geräusch seines Atems lauschend, dem Aufprall seines Fleisches gegen das ihre, wußte Eliot, daß er aufhören, daß er sie trösten sollte. Aber die monatelange Enthaltsamkeit, die acht Tage des Verlangens nach ihr – all das verschmolz in seinen Lenden zu einer hellen Stichflamme, einem Reaktorkern der Lust, dessen Strahlen sein Gewissen vernichteten, und hastig, ohne Pause stieß er in sie hinein, auf die Erfüllung zu. Als er sich zurückzog, schnappte sie kurz nach Luft und rollte sich, von ihm weg, zusammen.

»Gott, es tut mir ja so leid«, sagte sie mit gebrochener Stimme.

Eliot schloß seine Augen. Ihm war schlecht; er fühlte sich aufs Viehische reduziert. Es war gewesen, als täten zwei Geisteskranke klammheimlich etwas Ungezogenes, zwei Bruchteile von Menschen, die zusammen kein Ganzes bildeten. Jetzt verstand er, warum Mr. Chatterji Michaela heiraten wollte: Der Kerl beabsichtigte, sie seiner Sammlung hinzuzufügen, sie mit den übrigen Splittern der Gewalttätigkeit unter Verschluß zu halten. Und Nacht für Nacht würde er seine Rache vollenden, seine kulturelle Überlegenheit festigen, indem er mit diesem trauernden, passiven Mädchen, diesem amerikanischen Gespenst, etwas machte, das noch nicht einmal Liebe war. Ihre Schultern wurden von erstickten Schluchzern geschüttelt. Sie brauchte jemanden, der sie tröstete, der ihr die eigene Kraft und Liebesfähigkeit finden half. Und mit dem Willen, sein Bestes zu tun, streckte Eliot die Hand nach ihr aus. Aber er wußte, daß nicht er es sein sollte.

Mehrere Stunden, nachdem sie – untröstlich – eingeschlafen war, saß Eliot im Hof. Gedankenlos und niedergeschlagen starrte er auf einen Gummibaum. Die Pflanze stand in einem Schattensumpf, und ihre Blätter hingen kraftlos herab. Er hatte sie ein, zwei Minuten angestarrt, da bemerkte er plötzlich einen Schatten, der unendlich sachte hinter ihr hin und her schwang; als Eliot ihn zu erkennen versuchte, hörten die Bewegungen auf. Er erhob sich. Der Stuhl kratzte unnatürlich laut über den Beton. Eliot spürte ein Prickeln im Nacken und warf rasch einen Blick hinter sich. Nichts. Die gute, alte geistige Erschöpfung, dachte er. Die gute, alte seelische Überbelastung. Er lachte, und die Reinheit des Lachens –

das durch den leeren Schacht emporhallte – alarmierte ihn; es schien überall in der Dunkelheit kleine, flackernde Bewegungen aufzurühren. Was er brauchte, war ein Drink! Fragte sich nur, wie man in das Schlafzimmer kam, ohne Michaela zu wecken. Verdammt, vielleicht sollte er sie wecken! Vielleicht sollten sie mehr miteinander reden, ehe die Geschehnisse von vorhin sich zu einer Anzahl unauflöslicher Attitüden verhärteten.

Er wandte sich in Richtung Treppe ... und sprang mitten im Schritt mit einem gellenden, panischen Aufschrei nach hinten, wobei seine Füße sich in den Gartenstühlen verfingen. Er fiel auf die Seite. Ein Schatten stand einen Meter von ihm entfernt. Er besaß die groben Umrisse und die Größe eines Menschen und wiegte sich wie ein Schilfstrang in einer sanften Strömung. Die Luft um ihn herum flimmerte, als wäre das ganze Bild schlecht in die Realität hineinkopiert worden. Eliot krabbelte davon und kam dabei auf die Knie. Der Schatten schmolz auf den Beton hinab, wo er eine Pfütze bildete, zog sich in der Mitte zusammen wie eine Raupe und faltete sich einmal übereinander, um ihm nachzufließen: eine Art Rollbewegung. Dann bäumte er sich auf und nahm dabei wieder menschenähnliche Gestalt an. Drohend ragte er über ihm empor.

Eliot kam auf die Beine. Er hatte zwar immer noch Angst, aber schon weniger. Hätte man ihn noch vor kurzem gebeten, die Existenz des Khaa zu beglaubigen, so hätte er das Zeugnis seiner verwirrten Sinne abgelehnt und auf Wahnvorstellung, auf Volkssage plädiert. Und obwohl er versucht war, auch jetzt diesen Schluß zu ziehen, bestätigte doch zu vieles das Gegenteil. Während er die gesichtslose schwarze Kapuze anstarrte, die der Khaa als Kopf hatte, spürte er instinktiv, daß etwas seinen Blick erwiderte. Mehr als instinktiv. Es war ein deutlicher Eindruck von Persönlichkeit – so als erzeugten die Wellenbewegungen des Khaa einen Luftzug, der dessen seelischen Odeur verbreitete. Eliot begann, ihn sich als einen verrückten alten Onkel vorzustellen, der schüchtern unter der Kellertreppe sitzt, Fliegen verspeist und vor sich hin kichert, der aber den ersten Frost vorhersagen kann und weiß, wie man an deinem Drachen den Schwanz festmacht. Nicht ganz geheuer, aber harmlos. Der Khaa streckte einen Arm aus: Das Körperteil schälte

sich einfach von seinem Rumpf ab, und seine Hand war ein daumenloser schwarzer Fäustling. Eliot ging vorsichtig auf Distanz. Er war noch nicht ganz soweit, daß er an die Harmlosigkeit der Erscheinung glauben konnte. Aber der Arm streckte sich weiter aus, als Eliot es für möglich gehalten hätte, und umhüllte sein Handgelenk. Es fühlte sich weich an, prickelnd – wie wenn einem eine Flut von Pelzmotten über die Haut krabbeln würde.
Genau in dem Moment, bevor er wegsprang, vernahm Eliot im Innern seines Schädels ein helles Winseln, und dieses Winseln – das mit derselben Geschmeidigkeit, mit der der Arm des Khaa zum Vorschein getreten war, durch sein Gehirn zu fließen schien – übersetzte sich in ein wortloses Flehen. Er entnahm daraus, daß der Khaa Angst hatte. Schreckliche Angst. Plötzlich schmolz der Geist wieder zusammen und rollte, schob sich, floß die Treppe hinauf; auf dem ersten Absatz hielt er an, rollte halbwegs wieder herab, dann neuerlich hinauf, und wiederholte diesen Vorgang immerzu. Eliot begriff, daß der Khaa *(Oh, mein Gott! Das ist Wahnsinn!)* ihn unbedingt dazu bringen wollte, ihm zu folgen. Genau wie Lassie oder sonst ein lächerliches Fernsehtier versuchte das Ding, ihm etwas mitzuteilen, ihn dort hinzuführen, wo der verletzte Wildhüter gefallen war, wo ein Buschfeuer das Nest voll Jungenten bedrohte. Eigentlich hätte er jetzt hinübergehen, ihm den Kopf kraulen und sagen sollen: »Was ist denn los, Mädchen? Necken dich diese Eichhörnchen vielleicht?« Aber diesmal hatte sein Lachen eine ernüchternde Wirkung und machte ihm einen klaren Kopf. Eine der in Frage kommenden Möglichkeiten war, daß Michaela seine ausgefranste Verbindung zu dem, was gemeinhin als Wirklichkeit betrachtet wurde, endgültig zerrissen hatte; aber wennschon! Dann konnte er ebensogut mitgehen. Er überquerte den Hof und stieg zu dem flimmernden Schatten auf dem Treppenabsatz empor.
»Okay, Bongo«, sagte er. »Mal sehen, was dich so in Aufregung versetzt hat.«

Im dritten Stock bog der Khaa rasch in einen Flur ab, und Eliot entdeckte ihn erst wieder, als er auf Mr. Chatterjis Kuriositätenkabinett zutrat. Der Schatten stand neben der Tür und wedelte mit

den Armen, wie um anzudeuten, daß er hineingehen solle. Eliot fielen wieder die Kisten ein.
»Nein, danke«, sagte er. Ein öliger Schweißtropfen lief ihm die Rippen hinab, und er merkte, daß es neben der Tür außergewöhnlich warm war.
Die Hand des Khaa floß über den Türknauf, hüllte ihn ein, und als sie sich zurückzog, war sie dick angeschwollen, sonderbar deformiert: Dort, wo sich der Absperrmechanismus befunden hatte, ging nun ein Loch durchs Holz. Die Tür schwang ein paar Zentimeter weit auf. Finsternis drang aus dem Zimmer und verlieh der Luft eine ölige Essenz. Eliot wich einen Schritt zurück. Der Khaa ließ das Türschloß fallen – es kristallisierte sich unter der formlosen schwarzen Hand hervor und traf klappernd am Boden auf –, um sich an Eliots Arm festzuklammern. Wieder vernahm Eliot das Winseln, das hilflose Flehen, doch da er diesmal nicht fortsprang, begriff er den Übersetzungsprozeß deutlicher. Er konnte das Winseln als eine kalte Flüssigkeit wahrnehmen, die sein Gehirn durchströmte, und als es verstummte, erschien einfach die Botschaft – so wie vielleicht ein Bild in einer Kristallkugel erschien. Die Angst des Khaa hatte einen ermutigenden Unterton, und obwohl Eliot wußte, daß dies der Fehler war, den die Leute in Horrorfilmen immer machten, griff er in das Zimmer hinein und fummelte nach dem Wandschalter. Dabei rechnete er halbwegs damit, von etwas gepackt und zerrissen zu werden. Er knipste das Licht an – stieß die Tür mit einem Fuß auf.
Und wünschte, er hätte es sein lassen.
Die Kisten waren explodiert. Überall lagen Holzsplitter verstreut, und im Mittelpunkt des Raumes befand sich ein Backsteinhaufen. Es waren dunkelrote, mürbe Backsteine, wie zerbröckelnde Kuchen aus getrocknetem Blut, und jeder von ihnen trug schwarze Buchstaben und Zahlen, die seine ursprüngliche Position im Kamin kennzeichneten. Aber keiner lag nun an Ort und Stelle, obwohl man sie durchaus kunstvoll arrangiert hatte. Sie waren in Form eines Berges aufgeschichtet, eines Berges, der – trotz seiner groben Einzelbestandteile – die Steilwände, Felsschlote und sanften Hänge eines wirklichen Berges widerspiegelte. Eliot erkannte ihn von der

Fotografie. Es war der Eiger. Er türmte sich bis zur Decke empor und strahlte in der grellen Zimmerbeleuchtung eine Aura von Häßlichkeit und feindseliger Roheit aus. Er schien lebendig zu sein, ein Stachel aus dunkelrotem Fleisch, und der verbrannte Geruch der Backsteine summte gleichsam in Eliots Nasenlöchern.

Ohne den Khaa zu beachten, der wieder mit den Armen fuchtelte, stürzte Eliot hinaus zum Treppenabsatz; dort hielt er inne und sprintete nach einem kurzen Ringen zwischen Angst und Gewissen zum Schlafzimmer hinauf, wobei er immer drei Stufen auf einmal nahm. Michaela war verschwunden! Er starrte auf das zerwühlte, sternenbeschienene Bettzeug. Wo, zum Teufel ... ihr Zimmer! Mit der ganzen Wucht seines Gewichts flog er die Treppe hinunter und landete im zweiten Stock der Länge nach auf dem Boden. Seine Kniescheibe wurde von einem stechenden Schmerz durchbohrt, aber er rappelte sich im Laufen wieder auf, weil er sicher war: Etwas verfolgte ihn.

Ein rötlich-orangefarbenes Licht – nicht das einer Lampe – säumte die Unterkante von Michaelas Tür, und er hörte ein knisterndes Gekicher wie aus einem Kamin. Das Holz fühlte sich warm an. Eliots Hand schwebte über dem Türknauf. Sein Herz schien auf die Größe eines Korbballs angeschwollen und dribbelte in einem wilden, unberechenbaren Rhythmus gegen seine Brustwand. Das Vernünftigste wäre, zu verschwinden, denn was immer hinter dieser Tür lag, mußte seine Kräfte übersteigen. Statt dessen aber tat er das Dümmste und platzte ins Zimmer.

Im ersten Moment hatte er den Eindruck, der Raum würde brennen; dann aber sah er, daß sich das Feuer bei aller scheinbaren Realität nicht ausbreitete. Die Flammen hafteten an den Konturen von Dingen, die selbst irreal waren, die keine Substanz besaßen außer ihrer eigenen und aus dem geisterhaften Feuer bestanden: zusammengebundene Vorhänge, ein Polstersessel und ein Polstersofa, ein gemeißelter Kamin, alle in altertümlichem Stil. Das tatsächlich vorhandene Mobiliar – Fließbandgerümpel – war unbeschädigt. Ein intensiver, rötlich-orangefarbener Schimmer umgab das Bett, und mittendrin lag Michaela. Nackt, mit durchgedrücktem Kreuz. Strähnen aus ihrem Haar stiegen, von einer unsichtbaren Strömung getragen, in die Luft und verflochten sich ineinander; ihre Bein- und Bauchmuskeln zuckten, krampften sich zusammen, als ob sie sich häuten würde. Das Knistern wurde lauter, und langsam stieg die Helligkeit vom Bett empor, um eine noch strahlendere Lichtsäule zu bilden; sie verjüngte sich in der Mitte, wölbte sich annähernd zu Hüft- und Brustform und gewann nach und nach die Umrisse einer brennenden Frau – eine feurige Silhouette. Ihr flackernder Morgenrock schien sich mit ihr zu bewegen wie beim Gehen, und Flammen hüpften hinter ihrem Kopf hervor wie Haare, die im Wind wehten.

Eliot war erfüllt von Entsetzen, zu verängstigt, um zu schreien oder zu laufen. Die Aura dieser Frau – eine Aura von Hitze und Macht – hüllte ihn ein. Obwohl sie auf Armeslänge vor ihm stand, schien sie weit weg zu sein, in einer großen Ferne, und durch einen Tunnel heranzukommen, der genau ihre Form hatte. Sie streckte eine Hand aus und strich Eliot mit einem Finger über die Wange. Die Berührung bereitete ihm mehr Schmerz, als er je erlebt hatte. Der Schmerz besaß Leuchtkraft, erhellte jede Blutbahn seines Körpers. Er konnte fühlen, wie seine Haut knisterte, schmorte, riß und zischend Flüssigkeiten daraus hervorsickerten. Er hörte sich stöhnen: eine morsche, faulige Klangfontäne wie aus einem verstopften Abflußrohr.

Dann zuckte ihr Kopf zurück, als hätte *er sie* verbrannt.

Benommen, mit kreischenden Nerven, plumpste Eliot zu Boden und erspähte verschwommen etwas Schwarzes, das neben der Tür flimmerte. Der Khaa. Die brennende Frau stand ihm nur ein Stück weit gegenüber. Es war ein so unheimliches, beängstigendes Schauspiel – diese Konfrontation zwischen Finsternis und Feuer, zweier übernatürlicher Prinzipien –, daß Eliot mit einem Ruck aus seiner Betäubtheit erwachte. Er hatte das unbestimmte Gefühl, daß keiner von beiden wußte, was er nun tun sollte. Umgeben von einem Rechteck aus aufgerührter Luft, wogte der Khaa hin und her, während die brennende Frau knisterte und flackerte, eingebettet in ihre gespenstische Ferne. Sie erhob zaghaft ihre Hand; doch noch bevor sie die Geste zu Ende führen konnte, streckte der Khaa blitzschnell seine eigene Hand aus und umhüllte damit die ihre.

Ein Kreischen wie von gepeinigtem Metall strömte aus ihr hervor, so als wäre irgendein ehernes Prinzip gebrochen worden. Dunkle Ranken wanden sich aus dem Arm der brennenden Frau, Feuersäume streiften den Khaa, und ein helles Sirren war zu hören, eine Schwingung, die Eliot durch die Zähne ging. Einen Moment lang fürchtete er, es wären spirituelle Versionen von Materie und Antimaterie miteinander in Verbindung gebracht worden, so daß der Raum explodieren würde. Doch das Sirren riß ab, als der Khaa zurückzuckte: Ein rötlich-orange-farbener Flammenfetzen schimmerte in seiner Hand. Der Khaa zerschmolz wie eine Kerze und rollte zur Tür hinaus, während die brennende Frau – und mit ihr jedes noch so kleine Flämmchen im Raum – auf einen neonhellen Punkt zusammenschrumpfte und verschwand.
Noch immer benommen berührte Eliot sein Gesicht. Es fühlte sich verbrannt an, auch wenn es augenscheinlich unversehrt war. Er hievte sich empor, wankte ans Bett und brach neben Michaela zusammen. Sie atmete tief, bewußtlos. »Michaela!« Er schüttelte sie. Sie stöhnte, und ihr Kopf rollte von einer Seite auf die andere. Er nahm sie huckepack wie ein Feuerwehrmann, der ein Brandopfer rettet, und schlich in den Gang hinaus. Mit verstohlenen Bewegungen lavierte er sich auf den Balkon zum Innenhof, spähte über den Rand ... und biß sich auf die Unterlippe, um einen Schrei zu unterdrücken. Im Neonblau der Morgendämmerung deutlich erkennbar, stand in der Mitte des Hofs eine schlanke, bleiche Frau in weißem Nachtgewand. Ihr schwarzes Haar wehte ihr sanft über den Rücken. Dann plötzlich riß sie den Kopf herum, und ein hämisches Grinsen verzerrte ihre kameenartigen Züge, als sie zu Eliot emporstarrte – ein Grinsen, das ihm alles über seine Fluchtmöglichkeiten verriet. Versuch nur zu entwischen, sagte ihm Aimée Cousineau. Na los, versuch's doch! Ich hätte bestimmt nichts dagegen. Etwa dreieinhalb Meter von ihr entfernt sprang ein aufrechter Schatten empor, und sie wandte sich zu ihm um. Ein plötzlicher Wind erfüllte den Innenhof: ein heftiger Luftwirbel, dessen »Auge« sie selbst war. Pflanzen flatterten wie ledrige Vögel den Schacht hinauf; Töpfe zerschellten, und ihre Scherben flogen auf den Khaa zu. Nur um so weit wie möglich von dem Zweikampf wegzukom-

men, strebte Eliot, wenngleich durch Michaelas Gewicht behindert, die Treppe hinauf zu Mr. Chatterjis Schlafzimmer.

Eine Stunde später – eine Stunde, in der er in den Hof hinuntergelugt, das Katz-und-Maus-Spiel zwischen dem Khaa und Aimée Cousineau verfolgt und dabei begriffen hatte, daß der Khaa Michaela und ihn beschützen wollte, indem er Aimée ablenkte – fiel Eliot plötzlich das Buch wieder ein. Er holte es sich aus dem Regal und begann, es zu überfliegen. Vielleicht würde er ja etwas Nützliches darin erfahren! Etwas anderes gab es ohnehin nicht zu tun. Er nahm seine Lektüre dort wieder auf, wo Aimée dem Priester »herausgab« – von wegen ihres »Vermähltseins mit der Glückseligkeit« –, übersprang Ginny Whitcombs Verwandlung in ein Teenager-Monster und fand eine zweite Passage, die von Aimée handelte.

Im Jahre 1895 hatte ein wohlhabender Amerikaner namens Armand Cousineau seinem Geburtsort – St. Berenice – einen Besuch abgestattet. Cousineau war hingerissen von Aimée Vuillemont, und ihre Familie packte die Gelegenheit beim Schopf, das Mädchen loszuwerden: Man gab dem Mann die Genehmigung, es zu heiraten und nach Carversville in New Hampshire, seiner neuen Heimat, mitzunehmen. Aimées Lust am Verführen tat dieser Schritt keinen Abbruch. Juristen, Domherren, Kaufleute, Bauern – sie alle waren Wasser auf ihre Mühlen. Im Winter 1905 aber verliebte sie sich – obsessiv, leidenschaftlich – in einen jungen Lehrer. Sie war überzeugt, daß er sie von ihrem gottlosen Ehebündnis errettet hätte, und ihre Dankbarkeit kannte keine Grenzen. Doch leider auch nicht ihre Wut, als der Lehrer sich nämlich in eine andere verliebte. Eines Nachts, während er am Haus der Cousineaus vorüberkam, erspähte der Gemeindearzt eine Frau, die über das Grundstück wandelte. »Eine Frau aus Feuer – keine brennende Frau, sondern eine, die ganz und gar aus Feuer bestand, sich daraus zusammensetzte, bis in die kleinste Einzelheit ...« Rauch kräuselte sich aus einem Fenster. Der Arzt stürmte nach drinnen und entdeckte den Lehrer, der, in Ketten gefesselt, wie ein Holzscheit in dem riesigen Kamin brannte. Er löschte das kleine Feuer, das sich davon ausbreitete, und als er wieder auf das Grundstück hinaustrat, stolperte er über Aimées verkohlten Leichnam.

Es ließ sich nicht genau sagen, ob Aimées Tod ein Unfall gewesen war – ausgelöst von einem verirrten Funken, der ihr Nachthemd in Brand setzte – oder Selbstmord; fest stand jedoch, daß seither in dem weitläufigen Haus ein Geist spukte, der mit ganz besonderer Vorliebe von Frauen Besitz ergriff und sie dazu trieb, ihre Männer zu ermorden. Den *übernatürlichen* Kräften dieses Geistes waren durch die fleischliche Beschaffenheit seiner Opfer zwar Grenzen gesetzt, das aber wurde durch eine gigantische Körperkraft wieder wettgemacht. Ginny Whitcomb zum Beispiel hatte ihren Bruder getötet, indem sie ihm den Arm ausriß, und dann ihrem zweiten Bruder und ihrem Vater nachgestellt – eine grausame, unbarmherzige Jagd, die einen Tag und eine Nacht dauerte. Solange er nämlich einen Körper in seiner Gewalt hatte, konnte sich der Geist auch tagsüber betätigen ...

Großer Gott!

Das Morgengrauen fiel durchs Oberlicht.

Sie waren außer Gefahr!

Eliot ging ans Bett und begann, Michaela zu schütteln. Sie stöhnte; ihre Augen öffneten sich blinzelnd. »Wach auf!« sagte er. »Wir müssen hier raus!«

»Was?« Sie schlug ihm auf die Hände. »Wovon redest du überhaupt?«

»Erinnerst du dich denn nicht mehr?«

»Erinnern? An was?« Sie schwang ihre Beine über die Bettkante, blieb mit gesenktem Kopf sitzen und versuchte, den plötzlichen Einbruch der Realität zu verkraften; dann erhob sie sich schwankend. »Gott«, sagte sie, »was hast du mit mir gemacht? Ich komm mir ja vor wie ...« Ein Ausdruck stumpfen Mißtrauens ging über ihr Gesicht.

»Wir müssen weg hier.« Er trat um das Bett herum auf sie zu. »Ranjeesh hat das große Los gezogen. Zwischen den Backsteinen in diesen Kisten, die er da hat, war ein leibhaftiges Gespenst eingepackt. Heut nacht hat es versucht, von dir Besitz zu ergreifen.« Er bemerkte ihren Unglauben. »Du mußt weggetreten sein. Da.« Er hielt ihr das Buch hin. »Das wird dir erklären ...«

»Oh, Gott!« schrie sie. »Was hast du bloß getan? Ich bin ja ganz

wund innendrin!« Mit furchtgeweiteten Augen wich sie vor ihm zurück.
»Gar nichts hab ich getan.« Er zeigte ihr seine Handflächen, wie um zu beweisen, daß er keine Waffen trug.
»Du hast mich vergewaltigt! Du hast mich im Schlaf vergewaltigt!« Erfüllt von Panik, sah sie nach rechts – nach links.
»Das ist doch lächerlich!«
»Du mußt mir eine Droge verabreicht haben oder was! Oh, Gott! Geh weg!«
»Ich werde mich jetzt nicht streiten«, sagte er. »Wir müssen hier raus. Danach kannst du mich wegen Vergewaltigung oder was auch immer einbuchten lassen. Aber wir werden hier rausgehn, und wenn ich dich hinter mir herschleifen muß!«
Nun, wo sie ihre Verzweiflung ein wenig abreagiert hatte, ließ sie die Schultern hängen.
»Hör zu«, sagte er, während er näher kam. »Ich hab dich nicht vergewaltigt. Was du da fühlst, hat dieser gottverdammte Geist mit dir gemacht. Es war ...«
Sie rammte ihm ihr Knie zwischen die Beine.
Während Eliot sich, um die Schmerzstelle zusammengekrümmt, am Boden wälzte, hörte er, wie die Tür aufging und Michaelas Schritte sich entfernten. Er griff haltsuchend nach der Bettkante, hievte sich auf die Knie und erbrach sich über das ganze Laken. Dann fiel er rückwärts wieder zu Boden und blieb liegen, bis der Schmerz auf ein heftiges Pochen zusammengeschrumpft war – ein Pochen, das Eliots Herz bei jedem Schlag erbeben ließ. Erst nach mehreren Minuten erhob er sich vorsichtig. Er schlurfte auf den Gang hinaus, lavierte sich, aufs Geländer gestützt, die Treppe zu Michaelas Zimmer hinunter und ging vor ihrer Tür in eine sitzende Haltung. Er stieß ein schauderndes Stöhnen aus. Blitze explodierten ihm vor den Augen.
»Michaela«, sagte er. »Hör mir zu.« Seine Stimme klang schwach: die Stimme eines uralten Mannes.
»Ich hab ein Messer«, erwiderte sie unmittelbar von der anderen Seite. »Ich werde es benutzen, falls du die Tür aufzubrechen versuchst.«

»Darüber wär ich ganz unbesorgt«, sagte er. »Und ich wär auch verdammt unbesorgt wegen einer Vergewaltigung! Also, hörst du mir jetzt zu?«

Keine Antwort.

Er erzählte ihr alles, und als er zu Ende war, sagte sie: »Du bist geisteskrank. Du hast mich vergewaltigt.«

»Ich würd dir nie etwas zuleide tun. Ich ...« Um ein Haar hätte er ihr gesagt, er liebe sie, glaubte dann aber doch, daß es nicht stimmte. Wahrscheinlich wünschte er sich einfach nur, eine gute, saubere Wahrheit wie die Liebe zu besitzen. Der Schmerz verursachte ihm von neuem Übelkeit, so als würde der schwarzlila Bluterguß ihm in den Bauch hinaufsickern und ihn mit schlechten Gasen füllen. Mühsam stand er auf und lehnte sich an die Wand. Es hatte keinen Zweck, sich zu streiten, und es gab nicht viel Hoffnung, daß Michalea das Haus von allein verlassen würde – nicht, wenn sie wie Ginny Whitcomb auf Aimée reagierte. Die einzige Lösung bestand darin, zur Polizei zu gehen, sie wegen irgendeines Verbrechens anzuzeigen. Körperverletzung. Daraufhin würde sie ihn zwar der Vergewaltigung bezichtigen, aber mit etwas Glück hielte man sie beide über Nacht auf der Wache fest. Und er hätte Zeit, an Mr. Chatterji zu telegrafieren ... der ihm glauben würde. Mr. Chatterji glaubte von Natur aus; es hatte nur einfach nicht in seine Vorstellung von vornehmer Lebensart gepaßt, die Geister seiner Heimat offiziell anzuerkennen. Mit der ersten Maschine von Delhi würde er herkommen, nur um den »Terror« ja zu dokumentieren.

Eliot selber hingegen bewältigte, nur um ihn ja hinter sich zu bringen, die Treppe und humpelte durch den Hof; aber der Khaa wartete bereits, wedelte in der schattenverhangenen Nische, die auf die Straße führte, mit den Armen. Ob es nun an dem Licht, an seinem Zweikampf mit Aimée oder insbesondre an den blassen Flämmchen lag, die in seiner Hand zu sehen waren – jedenfalls wirkte der Khaa weniger solide als zuvor. Seine Schwärze war etwas durchsichtig, und die Luft um ihn herum wirkte verschmiert, verschwommen, wie Wellen über einem Kameraobjektiv: Es schien, als sei der Khaa tiefer in sein eigenes Medium eingetaucht.

Eliot verspürte keine Bedenken, sich von ihm berühren zu lassen; er war der Erscheinung dankbar, und seine lockere Einstellung vertiefte anscheinend das beiderseitige Verstehen. Vor seinem geistigen Auge begannen Bilder aufzutauchen; Michaelas Gesicht, das von Aimée, und dann wurden die beiden übereinandergeblendet. Immer und immer wieder erblickte er diesen Vorgang, und ihm wurde klar, was der Khaa wollte: Die körperlich-seelische Inbesitznahme sollte stattfinden. Nur weshalb, verstand Eliot nicht. Noch mehr Bilder. Er selbst, laufend, Michaela, laufend, Durbar Square, die Maske des Weißen Bhairab, der Khaa. Viele Khaa. Kleine schwarze Hieroglyphen. Und auch diese Bilder wiederholten sich, wobei der Khaa ihm nach jeder Bilderfolge die Hand vors Gesicht hielt, um ihm das schimmernde Fetzchen von Aimées Feuer zu zeigen. Eliot glaubte zu verstehen, aber sooft er mitzuteilen versuchte, daß er sich nicht sicher war, wiederholte der Khaa die Bilder einfach.
Als Eliot schließlich begriff, daß der Khaa an die Grenzen seiner Kommunikationsfähigkeit gelangt war, machte er sich auf den Weg ins Freie. Der Khaa schmolz zusammen, bäumte sich unter der Tür wieder auf, um ihn abzufangen, und wedelte verzweifelt mit den Armen. Wieder fühlte sich Eliot instinktiv an diesen verrückten Onkel erinnert. Es ging ihm gegen die Vernunft, sich auf ein schwachsinniges Wesen zu verlassen, besonders bei einem so gefährlichen Plan; aber die Vernunft beherrschte ihn ohnehin kaum, und dies war eine dauerhafte Lösung. Falls es gutging. Falls er nichts mißverstanden hatte. Er lachte. Hol's der Teufel!
»Ruhig Blut, Bongo«, sagte er. »Sobald mein Schießprügel repariert ist, komm ich zurück.«

Im Wartezimmer von Sam Chipleys Klinik drängten sich Newarimütter und -kinder, die kicherten, als Eliot krummbeinig zwischen ihnen hindurchschlurfte. Sams Frau führte ihn in einen Untersuchungsraum, wo sein Freund – ein stämmiger, bärtiger Mann, dessen langes Haar zu einem Pferdeschwanz gebunden war – ihm auf einen Operationstisch half.
»Meine Fresse!« sagte er, nachdem er die Verletzung inspiziert hatte. »Was ist dir denn passiert, Mann?« Er begann, die Blutergüsse mit Öl einzureiben.

»Unfall«, knirschte Eliot, während er einen Aufschrei unterdrückte.

»Ja, dadrauf möcht ich wetten!« sagte Sam. »Vielleicht irgend so 'n knackiger kleiner Unfall, der einen Herzensumschwung hatte, als es zur Sache ging. Weißt du, Mann, wenn du nicht wieder auf die Reihe kommst, könntest du für manche Bräute leicht zu 'ner kleinen Nervensäge werden. Schon mal darüber nachgedacht?«

»So ist es nicht gewesen. Bin ich okay?«

»Ja, aber für 'n Weilchen wirst du kein Superhengst mehr sein.« Sam ging zum Waschbecken und säuberte sich die Hände. »Komm mir nicht mit diesem Unschuldsgetue. Ist doch Quatsch mit Soße. Du hast versucht, in Chatterjis neue Schnalle reinzuflutschen, stimmt's?«

»Du kennst sie?«

»Er hat sie eines Tages mal mit rübergeschleppt, zum Vorführen. Die hat sie nich alle, Mann. Du solltest es besser wissen.«

»Werd ich noch laufen können? Schnell, mein ich?«

Sam lachte. »Kaum.«

»Hör zu, Sam.« Eliot setzte sich auf, zuckte zusammen, verzog schmerzlich das Gesicht. »Chatterjis Braut. Sie sitzt bös in der Klemme, und ich als einziger kann ihr helfen. Ich muß laufen können, und ich brauch was, das mich wach hält. Ich hab schon 'n paar Tage nicht mehr geschlafen.«

»Ich geb dir keine Pillen, Eliot. Torkel gefälligst ohne mich durch deine Dopingphase.« Sam hörte auf, sich die Hände zu trocknen, und setzte sich auf einen Schemel neben dem Fenster; dahinter lag eine Backsteinwand, auf der eine Reihe von Gebetsfahnen im Wind flatterte.

»Ich will ja nicht gleich einen ganzen Vorrat, verdammt! Bloß so viel, daß ich heute nacht überstehe. Es ist wichtig, Sam!«

Sam kratzte sich am Genick. »In was für 'ner Klemme sitzt sie denn?«

»Das kann ich dir jetzt nicht sagen«, erwiderte Eliot, weil er wußte, daß Sam bei der Vorstellung von etwas so metaphysisch Suspektem wie dem Khaa lachen würde. »Aber morgen. Es ist nichts Ungesetzliches. Komm schon, Mann! Es muß doch was geben!«

»Oh, ich kann dich auf Vordermann bringen. Ich kann machen, daß du dir vorkommst wie King Shit beim Krönungsfest.« Sam überlegte sich die Sache hin und her. »Also gut, Eliot. Aber morgen schwingst du deinen Arsch wieder hier rüber und verrätst mir, was los ist.« Er stieß ein belustigtes Schnauben aus. »Ich kann nur sagen, es muß 'ne verdammt merkwürdige Klemme sein, wenn du der einzige Retter bist.«

Nachdem er Mr. Chatterji ein Telegramm geschickt hatte, worin er ihn dringend bat, sofort herzukommen, kehrte Eliot zurück und schraubte die Türangeln des Eingangstores los. Er wußte nicht genau, ob Aimée in der Lage wäre, das Haus zu beherrschen – die Türen zuzuschlagen und die Fenster so fest zu verschließen, daß sie sich nicht aufmachen ließen, wie sie es bei ihrem Haus in New Hampshire getan hatte –, aber er wollte keine Risiken eingehen. Als er das Tor anhob und es gegen die Wand der Tornische lehnte, verblüffte ihn dessen Leichtigkeit; er fühlte sich von einer schwindelerregenden Kraft besessen – als könne er es den ganzen Lichthof hinauf bis über die Dächer stemmen. Der Cocktail aus Betäubungs- und Aufputschmitteln wirkte Wunder. Zwar schmerzte es ihn in den Lenden, aber der Schmerz war weit, weit entrückt, fern vom Mittelpunkt seines Bewußtseins, dem stetes Wohlbefinden entströmte. Als er mit der Tür fertig war, besorgte er sich etwas Fruchtsaft aus der Küche und ging wieder zur Tornische zurück, um dort zu warten.
Mitte des Nachmittags kam Michaela herunter. Eliot versuchte, mit ihr zu sprechen, sie zum Weggehen zu überreden, aber sie warnte ihn davor, ihr zu nahe zu kommen, und flüchtete sich schnell wieder auf ihr Zimmer. Dann, gegen siebzehn Uhr, erschien die brennende Frau. Sie schwebte ein Stück weit über dem Boden. Die Sonne erhellte nur noch das obere Drittel des Lichthofs, und die feurige Silhouette war von schieferblauen Schatten eingefaßt. Dabei tanzten ihr die Flammen ihres Haares um den Kopf. Eliot, der bei den Schmerzmitteln stark zugegriffen hatte, war von ihr wie geblendet: Als Halluzination wäre sie für immer seine Nummer eins geworden. Doch selbst in der Erkenntnis, daß sie auf ihre Weise

wirklich vorhanden war, stand er zu stark unter Drogen, um auf sie als Bedrohung zu reagieren. Er kicherte und warf eine Scherbe aus einem Topf nach ihr, woraufhin sie zu einem leuchtenden Punkt zusammenschrumpfte und verschwand. Das öffnete ihm die Augen. Er war übermütig, dummdreist! Er nahm noch mehr Aufputschmittel, um seiner Euphorie entgegenzuwirken, und machte Lockerungsübungen. Vielleicht würde er auf diese Weise ja auch das verkrampfte Gefühl in seiner Brust los.

Die Dämmerung ließ die Schatten im Hof miteinander verschmelzen, auf der Straße zogen Festteilnehmer vorbei, und er konnte ferne Trommel- und Beckenklänge hören. Er fühlte sich von der Stadt, vom Fest abgeschnitten. Ihm war angst. Nicht einmal die Anwesenheit des Khaa, der mit den Schatten entlang der Mauer halb zerfloß, vermochte ihn zu beruhigen. Kurz vor Einbruch der Nacht kam Aimée Cousineau in den Hof geschritten. Sie blieb in etwa sechs Meter Entfernung stehen und starrte Eliot an. Ihm war kein bißchen zum Lachen oder Dingewerfen zumute. Bei diesem Abstand konnte er erkennen, daß ihre Augen weder ein Weißes noch Pupillen oder Regenbogenhäute besaßen. Sie waren pechschwarz. Schwarz und tot. Einen Moment lang sah es so aus, als seien sie die vorgewölbten Köpfe schwarzer, in den Schädel gebohrter Schrauben; doch gleich darauf schienen sie sich in die Schwärze zurückzuziehen, in eine Höhle unterm Berg, wo etwas darauf wartete, jedem, der sich zufällig hineinverirrte, die Wonnen der Hölle beizubringen. Eliot lavierte sich näher Richtung Tür. Aber das weibliche Gespenst wandte sich um, stieg zum Treppenabsatz im zweiten Stock hinauf und ging den Korridor zu Michaelas Zimmer hinab.

Nun mußte Eliot wirklich abwarten.

Eine Stunde verstrich. Er schritt im Eingangsbereich des Hofes hin und her. Sein Mund fühlte sich an wie Watte; seine Gelenke schienen brüchig, nur mit dem feinen Draht von Aufputschmitteln und Adrenalin zusammengehalten. Das war Wahnsinn! Er hatte Michaela lediglich in noch schlimmere Gefahr gebracht. Zu guter Letzt hörte er oben eine Tür zugehen. Er wich auf die Straße zurück, wo er mit zwei Newarimädchen zusammenstieß, die kicherten und behende forthüpften. Menschenmassen schoben sich Richtung Durbar Square.

»Eliot!«

Michaelas Stimme. Er hatte eine heisere, dämonische Stimme erwartet, und als das schwarzhaarige Mädchen mit fahl schimmerndem, weißem Halstuch durch die Tornische kam, war er verblüfft, sie unverändert zu finden. In ihren Zügen zeigte sich nicht das geringste außer ihrer stumpfen Teilnahmslosigkeit.

»Tut mir leid, daß ich dich verletzt hab«, sagte sie, während sie auf ihn zuging. »Ich weiß, du hast überhaupt nichts gemacht. Ich war einfach nur fertig wegen gestern nacht.«

Eliot zog sich weiter vor ihr zurück.

»Was hast du?« Sie verharrte unter dem Tor.

Vielleicht bildete er es sich nur ein – die Drogen –, aber Eliot hätte schwören können, daß ihre Augen viel dunkler waren als sonst. Nicht übermäßig schnell lief er etwa zwölf Meter weit weg, blieb dann wieder stehen und sah sie an.

»Eliot!«

Es war ein Schrei der Wut und der Enttäuschung, und er konnte die Geschwindigkeit, mit der sie auf ihn zugeschossen kam, kaum fassen. Zuerst lief er mit voller Kraft drauflos, sprang beiseite, um Zusammenstöße zu vermeiden, wich bestürzten dunkelhäutigen Gesichtern aus; nach ein paar Straßenzügen aber fand er einen effizienteren Rhythmus und fing an, Hindernisse vorherzusehen, elegant in die Menge ein- und auszuscheren. Hinter ihm erhoben sich wütende Rufe. Er warf einen Blick über die Schulter. Michaela holte allmählich auf. Indem sie die Leute scheinbar mühelos zu Boden schleuderte, kam sie schnurgerade auf ihn zu. Er legte sich noch mehr ins Zeug. Die Menge wurde dichter, und er hielt sich in der Nähe von Häuserwänden, wo am wenigsten Betrieb war; aber selbst dort fiel es schwer, ein gutes Tempo beizubehalten. Fackeln wurden ihm ins Gesicht geschwenkt, und junge Männer, die Ketten gebildet hatten und sangen, behinderten ihn zusätzlich. Michaela selbst war nicht mehr zu sehen, aber die Spuren ihres Vorüberkommens: drohende Fäuste, ruckende, zuckende Köpfe. Das gesamte Schauspiel verlor für Eliot allmählich den inneren Zusammenhang.

Da war kreischender Fackelschein, blitzende, wirre Scherben von Geschrei, Schwälle von Kotgeruch und Weihrauch. Er kam sich vor wie der einzige feste Brocken in einer glitzernden Suppe, die durch einen Steintrog gegossen wurde.

Am Rande des Durbar Square erspähte er flüchtig einen Schatten, der neben den schweren, vergoldeten Toren des Degutale-Tempels stand. Der Schatten war größer, breiter und anthrazitfarbener als Mr. Chatterjis Khaa: einer von den alten, den mächtigen. Der Anblick gab Eliots Zuversicht neuen Auftrieb und stellte sein inneres Gleichgewicht wieder her. Er hatte den Plan nicht mißverstanden. Aber er wußte, daß dies der gefährlichste Teil war. Er hatte Michaela aus den Augen verloren, und die Massen schwärmten an ihm vorbei; wenn sie ihn jetzt einholen würde, könnte er nicht davonlaufen. Während er um Ellbogenfreiheit kämpfte und sich mit aller Kraft auf den Beinen hielt, wurde er in den Tempelkomplex hineingeschwemmt. Die Pagodendächer strebten wie seltsam geformte Berge himmelwärts, wo ihre Spitzen in einer mondlosen Nacht verschwanden; die kopfsteingepflasterten Wege waren schmal, kaum drei Meter breit, und die Menge quetschte sich darauf entlang – ein menschlicher Lavastrom. Überall hüpften Fackeln, die wilde Schatten und orangefarbenes Licht die Wände hinaufzüngeln ließen, finstere Gesichter an den Regentraufen erhellten. Das vergoldete Standbild von Hanuman – dem Affengott – schien auf seinem Sockel zu wanken. Scheppernde Becken und arhythmisches Getrommel brachten Eliots Pulsschlag zum Flattern; das markige Heulen der Oboen hörte sich an wie eine akustische Wiedergabe seiner Nervenschwankungen.

Als er am Hanuman-Dhoka-Tempel vorbeifegte, sprang ihm die eherne Maske des Weißen Bhairab ins Auge, die über den Köpfen der Menge strahlte wie das Gesicht eines bösen Clowns. Sie war in der gewaltigen Nische einer Tempelwand, keine dreißig Meter entfernt, aufgestellt und wurde von Glühbirnen beleuchtet, die zwischen mehreren Gebetsfahnenreihen herunterhingen. Die Menge strömte jetzt schneller, stieß Eliot hin und her wie eine Brandung; aber dennoch konnte er unter dem Tor des Hanuman Dhoka zwei weitere Khaa erspähen. Sie schmolzen zusammen, verschwanden, und Eliot wurde von neuer Hoffnung beflügelt. Sie mußten Michaela entdeckt haben, sie mußten zum Angriff auf sie übergehen! Als er nur noch wenige Meter von der Maske entfernt war, fühlte er sich vollends außer Gefahr. Bestimmt war der Exorzismus inzwischen durchgeführt! Blieb nur noch ein Problem: sie zu finden. Denn das, wurde ihm klar, war die Schwachstelle des Planes gewesen. Wie idiotisch von ihm, daß er das nicht gleich vorhergesehen hatte! Wer wußte, was passieren konnte, wenn Michaela inmitten des Gedränges zu Boden ging! Auf einmal stand Eliot unter dem Rohr, das aus dem Mund der Gottheit herausragte; der Reisbierstrom, der sich in einem Bogen daraus ergoß, wirkte im Schein der Glühbirnen halb durchsichtig, und als er ihm ins Gesicht sprudelte (kein Fisch), wurde Eliots künstlich aufgetragene Kraft durch die Kälte des Strahles weggewaschen. Ihm war schwindlig; es pochte ihm in den Lenden. Das mächtige Antlitz mit seinen grausamen Eckzähnen und den blöden, erschrockenen Augen schien anzuschwellen und hin und her zu schaukeln. Er holte tief Luft. Jetzt hieß es, ein Fleckchen an einer Wand zu finden, wo er sich dem Fluß der Menge entgegenstemmen, abwarten konnte, bis sie sich gelichtet hatte, und dann nach Michaela suchen konnte. Und genau das wollte er gerade tun, da packten ihn zwei starke Hände von hinten an den Ellbogen.

Außerstande, sich umzudrehen, reckte er seinen Hals und äugte über die Schulter. Das Mädchen lächelte ihn an: ein hämisches »Hab ich dich erwischt!«-Lächeln. Ihre Augen waren tote, schwarze Ovale. Durch die Musik und den Stimmenlärm unhörbar, formte ihr Mund seinen Namen, und sie begann, ihn wie einen Rammbock vor sich herzuschieben. Jeder, der ihnen zusah, mußte den Eindruck haben, Eliot schlüge ihr einen Pfad durch die Menge, aber seine Füße baumelten unmittelbar über dem Boden. Wütende Newari schrien ihn an, als er sie beiseite stieß. Auch er selber schrie. Keiner achtete darauf. In Sekundenschnelle waren sie aus dem Gewühl heraus und auf einer Nebenstraße, wo sie sich zwischen Gruppen von Betrunkenen hindurchschlängelten. Eliots schrille Hilferufe wurden belacht, und irgend so ein Bursche äffte seinen komischen, gummiartigen Gang nach.

Michaela bog in einen ungepflasterten Hausflur ab, dessen Wände aus kunstvollen Schnitzereien bestanden; das düstere, orangefarbene Licht, das durch sie hindurchfiel, warf filigrane Schattenmuster auf den Boden. Der Gang erweiterte sich auf einen kleinen Innenhof, in dessen altersdunkle Holzwände und -türen komplizierte Elfenbeinmosaike eingelegt waren. Michaela blieb stehen und knallte Eliot gegen die Wand. Er war wie betäubt, erkannte den Ort aber wieder: einen der alten Buddhisten-Tempel, welche den Platz umgaben. Abgesehen von dem lebensgroßen goldenen Standbild einer Kuh war der Hof leer.

»Eliot.« So, wie sie es sagte, hörte es sich eher wie ein Fluch an als ein Name.

Er öffnete den Mund zu einem Schrei, aber sie zog ihn in ihre Arme; der Griff um seinen rechten Ellbogen verstärkte sich, und ihre Hand packte ihn so fest am Genick, daß der Schrei erdrosselt wurde.

»Hab keine Angst«, sagte sie. »Ich möchte dich ja nur küssen.«

Mit komisch gespielter Leidenschaft rammte sich ihre Brust gegen die seine, rieb sich ihr Becken an dem von Eliot, und Zentimeter für Zentimeter drückte sie sein Gesicht zu dem ihren hinab. Ihre Lippen gingen auseinander, und – *oh, Jesus Christus!* Belebt durch neues Grauen, wand sich Eliot in ihrem Griff. Sie wollte, daß er diese Schwärze küßte – die gleiche, die sie im Innern des Eiger geküßt hatte. Er kratzte mit seiner freien Hand nach ihr und trat, aber sie war unnachgiebig, eine übermächtige Gewalt mit Händen wie aus Eisen. Sein Ellbogen knackte, und ein Feuerwerk von Schmerz schoß ihm durch den Arm. Dann knackste etwas in seinem Nacken. Doch nichts von beidem ließ sich mit dem vergleichen, was er fühlte, als ihre Zunge – ein glühender schwarzer Feuerhaken – sich ihm zwischen die Lippen schob. Seine ganze Brust brannte vor Verlangen zu schreien, und alles wurde dunkel. Er empfand so etwas wie Verärgerung, daß der Tod, den er für gekommen hielt, entgegen der beigebrachten Überzeugung, dem Schmerz kein Ende setzte, sondern all seine übrigen Schmerzen nur um ein Prickeln vermehrte. Dann nahm die sengende Hitze im Innern seines Mundes ab, und er glaubte, der Tod müsse ein *klein* bißchen langsamer gewesen sein als sonst.

Erst nach mehreren Sekunden wurde ihm klar, daß er am Boden lag, erst nach ein paar weiteren, daß Michaela neben ihm lag, und – weil der Rand seines Blickfelds von Dunkelheit zerfetzt war – erst wesentlich später, daß Aimée Cousineau von sechs wogenden Schatten umringt wurde, die drohend über ihr aufragten; das Schwarz dieser Schatten glänzte wie dicker Pelz, und die Luft um sie her war von Schwingungen durchspült. In dem weißen Rüschennachthemd, das sie anhatte, und mit der tiefen Ruhe auf ihrem Kameengesicht wirkte Aimée wie der leibhaftige Gegensatz zu den verschwommen als männlich erkennbaren Riesen – schön und zartgebaut gegen deren Grobschlächtigkeit. Ihre Augen schienen die Farbe derer, die sie bedrohten, negativ widerzuspiegeln. Nach einem Moment kam eine leichte Brise auf, die sie umwirbelte. Das Wogen der Khaa verstärkte sich, wurde rhythmisch – die Bewegungen knochenloser Tänzer –, und der Wind flaute wieder ab. Verwirrt, da sie nicht wußte, was hier vorging, schoß Aimée zwischen zweien von ihnen hindurch, um neben der goldenen Kuh in Abwehrstellung zu gehen; mit gesenktem Kopf starrte sie unter ihren Brauen hervor den Khaa entgegen, die zusammenschmolzen, vorwärts rollten, wieder zu voller Größe aufsprangen und sie vor der Statue in die Enge trieben. Aber der starre Blick hatte seine Wirkung getan. Elfenbein- und Holzstücke splitterten ab, sausten von den Wänden auf die Khaa zu, und einer von ihnen verblaßte in einem Dunst von schwarzen Teilchen, die sich um seinen Körper zusammenballten; mit einem schrillen Laut, der Eliot an einen vorbeifliegenden Düsenjäger erinnerte, zerrann das Wesen zu Nebel.

Fünf Khaa waren jetzt noch übrig. Sie standen im Hof, und lächelnd wandte Aimée ihren Blick einem andern zu. Doch bevor dieser Blick noch etwas ausrichten konnte, rückten die Khaa dichter zusammen, so daß sie Eliot die Sicht versperrten; und als sie sich wieder zurückzogen, war es Aimée, die angeschlagen schien. Pechschwarze Striemen liefen ihr aus den Augen, vernetzten sich auf ihren Wangen und ließen es so aussehen, als ginge ihr Gesicht entzwei. Ihr Nachthemd fing Feuer, ihre Haare begannen zu hüpfen. Flammen tanzten auf ihren Fingerspitzen, griffen auf die Arme, auf den

Busen über, und sie nahm wieder die Gestalt einer brennenden Frau an.

Sobald die Verwandlung abgeschlossen war, versuchte sie zu schrumpfen, sich in Nichts aufzulösen; aber wie ein Mann streckten sämtliche Khaa die Hände aus und berührten ihre Gegnerin. Wieder ertönte das Kreischen wie von gepeinigtem Metall, das in ein helles Sirren umschlug, und zu Eliots Verblüffung wurden die Khaa in Aimée hineingesogen. Im Nu war es geschehen. Die Khaa verblaßten zu einem Dunst, zu nichts, und tiefschwarze Adern durchästelten das Feuer der Brennenden; die Adern erstarrten zu fünf winzigen Strichmännchen, einem hieroglyphenähnlichen Muster auf dem Nachthemd der Frau. Mit einem fauchenden Geräusch blähte sie sich zu ihren normalen Proportionen auf, und die Khaa strömten rundum wieder heraus. Einen Moment lang blieb sie unbeweglich stehen: ein kleines, verschüchtertes Schulmädchen inmitten eines Rings von Rohlingen. Dann schlug sie mit zu Krallen verkrümmten Fingern nach demjenigen, der ihr am nächsten war, und obwohl sie keine Gesichtszüge besaß, mit denen sie Empfindungen hätte ausdrücken können, kam es Eliot so vor, als läge Verzweiflung in ihren Gebärden, in dem aufgeregten Hüpfen ihres Flammenhaars. Unerschütterlich streckten die Khaa ihre gewaltigen runden Tatzen aus, Tatzen, die wie Öl auseinanderflossen und die brennende Frau umhüllten.

Die Vernichtung Aimée Cousineaus war eine Sache von Sekunden; für Eliot aber ereignete es sich in einer Zeitblase, einem ausgedehnten Zeitraum, in dem er genug Abstand gewann, Mutmaßungen anzustellen. Er fragte sich, ob die Khaa – während sie Teile von Aimées Feuer stahlen und diese in ihren eigenen Körpern wegschlossen – verschiedenartige Elemente von Aimées Seele beseitigten, ob das Mädchen aus mehrerlei psychologischen Bruchstücken bestand: demjenigen, das in die Höhle gewandert, und demjenigen, das daraus zurückgekehrt war, die einsame, hintergangene Geliebte. Setzte sich ihre Person aus unterschiedlichen Nuancen von Unschuld und Sündhaftigkeit zusammen, oder war sie ein Ausbund an Verderbtheit, des durch und durch Bösen? Noch während er mit diesen Mutmaßungen beschäftigt war – eine Reaktion halb auf körperliche Schmerzen, halb auf das metallische Kreischen ihrer Vernichtungsschlacht – verlor Eliot die Besinnung, und als er seine Augen wieder aufschlug, lag der Hof leer und verlassen da. Aus der Richtung des Durbar Square konnte er Musik und Geschrei hören. Die goldene Kuh starrte zufrieden ins Nirgendwo.

Er hatte das unbestimmte Gefühl, daß er durch jede weitere Bewegung all das, was in seinem Innern gebrochen war, noch mehr zerbrechen würde; aber dennoch schob er seine Hand zentimeterweise über den Staub und ließ sie auf Michaelas Brust ruhen. Ihr Busen hob und senkte sich in gleichmäßigem Rhythmus. Eliot hätte jauchzen können vor Glück, und er behielt die Hand dort, wo sie war, während Michaelas Leben ihm entgegenpochte ... Etwas Schemenhaftes über ihm ... Er strengte sich an, um es zu erkennen. Einer der Khaa ... Nein! Es war Mr. Chatterjis Khaa. Durchsichtig schwarz, mit einem Feuerschimmer in der Hand. Gegen seine großen Brüder sah er aus wie ein schmächtiger, kümmerlicher Idiot. Eliot verspürte eine Art Kameradschaft zu ihm.

»Hey, Bongo«, sagte er matt. »Wir haben gewonnen.«

Ein Prickeln auf seiner Schädeldecke, ein Winseln, und er hatte – vielleicht wider Erwarten – nicht den Eindruck von Dankbarkeit, sondern von brennender Neugier. Als das Prickeln aufhörte, fühlte sich Eliot mit einemmal klar im Kopf. Merkwürdig. Ihm schwirrten die Sinne, sein Bewußtsein verdüsterte sich abermals; er fiel wieder in Ohnmacht, und doch war er ruhig und furchtlos. Aus der Richtung des Platzes ertönte ein Gebrüll. Irgend jemand – der größte Glückspilz im Tal von Katmandu – hatte den Fisch gefangen. Doch während Eliots Lider flatternd wieder zufielen, während er einen letzten Blick auf den Khaa erhaschte, der schemenhaft über ihnen schwebte, und den warmen Rhythmus von Michaelas Herzen spürte, dachte er, daß die Menge da vielleicht dem Falschen zujubelte.

Drei Wochen nach der Nacht des Weißen Bhairab entledigte sich Ranjeesh Chatterji all seiner irdischen Güter (inklusive der Erlaubnis zu einem einjährigen Gratis-Logis an Eliot) und verlegte seine Behausung nach Swayambhunath, wo er sich – laut Sam Chipley, der Eliot im Krankenhaus besuchte – um eine Visualisierung des Avalokitesvara-Buddha bemühte. Und da begriff Eliot, was es mit seiner neugewonnenen Verstandesklarheit auf sich hatte. Genau wie vor langer Zeit die Kröpfe dieser Frau, hatte der Khaa Eliots meditative Gepflogenheiten »anprobiert«, sich nichts daraus gemacht und sie in das nächstbeste Behältnis abgestreift: Ranjeesh Chatterji.

Das Ganze war eine so köstliche Ironie, daß Eliot sich mit aller Gewalt beherrschen mußte, um es nicht Michaela zu erzählen, als sie am gleichen Nachmittag zu Besuch kam; sie hatte keine Erinnerung an den Khaa, und Berichte darüber führten bei ihr schnell zu Verunsicherung. Ansonsten aber hatte sie wie Eliot beste gesundheitliche Fortschritte erzielt. All ihre Abgestumpftheit war im Lauf der Wochen geschwunden, ihre Liebesfähigkeit kehrte jetzt langsam wieder zurück, und diese Fähigkeit konzentrierte sich ganz auf einen, auf Eliot. »Wahrscheinlich hab ich jemanden gebraucht, der mir zeigt, daß ich eine Mühe wert bin«, sagte sie zu ihm. »Das kann ich nie mehr wiedergutmachen.« Sie küßte ihn. »Ich halt's kaum aus, bis du nach Hause kommst.« Sie brachte ihm Bücher, Pralinen und Blumen; sie saß jeden Tag bei ihm und ging erst, wenn sie von den Krankenschwestern weggescheucht wurde. Doch das einzige Ziel ihrer Hingabe zu sein war ein beunruhigendes Gefühl für Eliot. Er wußte immer noch nicht recht, ob er sie liebte oder nicht. Ein klarer Verstand, schien es, machte einen gefährlich flatterhaft, das Gewissen flexibel und vorsichtig gegenüber festen Bindungen. So zumindest äußerte sich im wesentlichen bei Eliot der klare Verstand. Er wollte nichts überstürzen.

Als er dann zuletzt wirklich nach Hause kam, liebten er und Michaela sich unter der Sternenpracht von Mr. Chatterjis Oberlicht. Wegen Eliots Gipsarm und -kragen mußten sie den Akt mit größter Behutsamkeit durchführen, aber trotzdem, trotz der Zweischneidigkeit seiner Gefühle, war das, was er machte, diesmal wirklich Liebe. Und während er anschließend dalag und Michaela in seinem gesunden Arm hielt, tastete er sich Schritt für Schritt näher an eine feste Bindung heran. Vielleicht würde er's mal mit ihr versuchen. Egal, ob er sie nun liebte oder nicht, aber dieser Teil der

Dinge ließ sich durch irgendein Mehr an Empfindung unmöglich verbessern. Falls es nicht gutginge, na, dann würde *er* die Verantwortung für ihre geistige Gesundheit nicht übernehmen. Sie müßte lernen, ohne ihn zu leben.
»Glücklich?« fragte er, während er Michaelas Schulter liebkoste.
Sie nickte, kuschelte sich fester an ihn und flüsterte etwas, das teilweise im Knistern des Kopfkissens unterging. Er hatte sie ganz sicher mißverstanden, aber die bloße Vorstellung, daß er richtig gehört haben könnte, reichte, um ihm einen Eisklotz zwischen die Schulterblätter zu legen.
»Was hast du gesagt?« fragte er.
Sie drehte sich zu ihm um, stützte sich auf einen Ellbogen und hob sich als dunkle Silhouette gegen das Sternenlicht ab. Ihre Züge waren nicht zu erkennen. Als sie aber sprach, merkte er, daß Mr. Chatterjis Khaa auch in der Nacht des Weißen Bhairab seiner angestammten Unberechenbarkeit treu geblieben war; und er wußte: Wenn sie ihren Kopf, sei es auch noch so leicht, nach hinten legte und das Licht in ihre Augen fallen ließ, wäre er imstande, auf all seine Spekulationen über die Zusammensetzung von Aimée Cousineaus Seele endgültig Antwort zu geben.
»Ich bin vermählt mit der Glückseligkeit«, sagte sie.

VERWERTUNGSRITEN

IAN WATSON

Der Brite Ian Watson ist einer der bedeutendsten Autoren und Kritiker, die innerhalb der letzten zwanzig Jahre die Bühne betreten haben. Seit dem Erscheinen seines Erstlingsromans, *The Embedding,* 1974, der ihm bei der Verleihung des John W. Campbell Award den zweiten Platz einbrachte, werden Watsons exzellente und zum Nachdenken anregende Arbeiten hoch gerühmt. In vielen seiner Werke erscheint die Realität als ganz persönliche Betrachtungssache, und auch *Verwertungsriten* ließe sich von diesem Aspekt her auslegen. Auf den ersten Blick erzählt diese Geschichte von einer harmlosen Fuhre auf die städtische Mülldeponie. Ganz offensichtlich jedoch hat sich Ian Watson über die Abfallproblematik Gedanken gemacht und beschert uns eine wahrlich düstere Vision.

Tim und Rosy hatten ihr Gästezimmer gnadenlos entrümpelt. Fast keine der diversen Kategorien von Dingen, die in Gästezimmern spuken, war mehr vertreten: Überschüssiges, Überflüssiges, Ausgedientes, Erinnerungsträchtiges, Verbanntes, Bruchstückhaftes, Dinge, die sich eventuell noch einmal zusammenflicken oder ausschlachten ließen, Dinge, die eines Tages gerade recht kommen könnten – das ganze Grabgewölbe eines Zeitsprungs von zwanzig Jahren.

»Das Dumme am Armsein«, sagte Rosy, während sie den Wagen beluden, »ist, daß man Wegwerfplunder hortet wie einen Schatz.« Als würde sie Tim die Schuld geben, daß sich soviel angesammelt hatte.

»›Arm‹ ist nicht ganz das zutreffende Wort«, erwiderte er betreten. »Verglichen mit jemandem, sagen wir mal, in Afrika, geht es uns gut. Wir schlagen uns durch.«

Ja, sie schlugen sich durch, mit den Einkünften aus dem Lebensmittelgeschäft. Sie konnten die Zinsen auf ihre Schulden bezahlen, die wie ein gieriger, invalider Onkel unter ihrem Dach hausten; wie eine verkrüppelte, altersblöde Mutter, die sie davon abhielt, jemals Urlaub zu machen. Tims Gedichte brachten ihnen einen kleinen Nebenverdienst. Seine kurzen, zornigen Verse ließen sich, wenn einmal eine halbe Stunde Flaute war, aufs Papier werfen – es sah aus wie die Einkaufsliste eines Kunden – und dann, vor dem Zubettgehen, noch ausfeilen. Und natürlich arbeitete er auch – auf immer und ewig zehn Zeilen hinzufügend, fünf ausstreichend – an seiner groß angelegten Parodie auf Heldenepen, die in einem europäischen Phantasieland angesiedelt war. Ein Phantasieland mußte es deshalb sein, weil er und Rosy sich keine Auslandsreisen leisten konnten.

»Das moderne Leben ist Schrott«, sagte Rosy. »Das hab ich vor dem Kino gelesen, als Graffiti. Stimmt absolut.«

»Daran ist die Rezession schuld«, erwiderte er.

»Es ist immer teurer, arm zu sein, nicht wahr? Wir kaufen das Billigste, also ist es Schrott. Wir tragen Kleider aus Wohlfahrtsläden, also sehen wir bedürftig aus, und man versucht, uns übers Ohr zu hauen. Die Armen plündern sich immer gegenseitig. Dieses Auto hier ist ein Schrotthaufen; es in Gang zu halten kostet mehr als bei einem Rolls.«

Ihr Wagen war über zehn Jahre alt, und Rost fraß an den unteren Türkanten. Die Heckklappenhydraulik funktionierte nicht mehr, so daß man die Klappe, wenn sie offenstand, mit einem Besenstiel abstützen mußte, und der Motor stotterte und soff Öl.

Als das Auto bis zu den Vordersitzen mit Teppichresten, Filzmatten, alten Mänteln und Gardinen, Säcken voll dünner Pullover und trauriger Schuhe, schäbigem Spielzeug, einem invaliden Fernseher und dergleichen vollgestopft war, fühlte sich Tim eigenartig erfrischt und sauber. Sooft er den letzten schmierigen Rest Marmelade oder Essiggemüse aus einem Glas herauskratzte und sooft er eine Schachtel Haferflocken leerte, empfand er eine ähnliche Woge der Genugtuung – als wäre jetzt Platz für Neues, anderes geschaffen. Freud hätte dies vielleicht als die Lust eines Säuglings beim Ausscheiden der Fäkalien erklärt. (Zugegeben, Freud sprach auch von analer »Verhaltung«.) So gut wie nichts war noch im Gästezimmer zurückgeblieben.

Die Entrümpelungsaktion fiel mit Tochter Emmas Hochschulabschluß zusammen. Daß sie sich Erdkunde als Studienfach ausgesucht hatte, war weniger ein bissiger Seitenhieb auf die Immobilität ihrer Eltern als vielmehr durch dessen akademisches Ansehen begründet: Die Geographie galt als leicht und anspruchslos. Wahrscheinlich würde aus Emma einmal eine unterbezahlte Lehrerin an einer mittelmäßigen Schule werden; vielleicht heiratete sie einen anderen Lehrer. Emma wußte es noch nicht. Kinder waren so ausgelassen wie junge Hasen, bevor sie der Fuchs auffraß oder der Winter sie erfrieren ließ. Die Natur pumpte in jede Generation das Hormon des Optimismus. In den letzten Jahren hatte sich Tim endlich damit ausgesöhnt, in der Geographie seiner Einbildungskraft zu wohnen.

So war das Haus über dem Laden denn doppelt leer. Es war leer von angehäuftem Plunder; und leer von Emma. Traurig, aber doch auch irgendwie erfrischend leer; so wie der spätherbstliche Sonntag selbst. Die Sonne schien hell auf die leeren Straßen. Die Leute lagen immer noch im Bett. Aber die öffentliche Mülldeponie, fünf Meilen von hier, hatte offen. Von Sonnenauf- bis Sonnenuntergang.

»Schrott«, wiederholte Rosy. Hoffentlich würde sie nicht bitter werden, wenn es hieß, ihrer beider Vergangenheit wegzuwerfen.

Tim nahm den Besenstiel heraus, ließ die Heckklappe zuknallen und tätschelte sie begütigend. »Nimm doch der alten Karre nicht den Mut.«

Rosy zupfte an einer Schlaufe in ihrem ausgeleierten Pullover und beäugte durch das Autofenster eine Kiste mit Emmas unnütz gewordenem Kinderspielzeug.

»Na ja, jetzt wären wir sie doch noch los«, sagte sie, allem Anschein nach das Thema wechselnd. »Jetzt können wir vermutlich anfangen zu leben. Falls wir noch wissen, wie. Eh wir zu alt sind.«

Ganz automatisch strich sich Tim den Haarkranz um die Kahlstelle auf seinem Kopf glatt. Sie stiegen in den Wagen, der ohne viel Federlesens ansprang.

Während sie losfuhren, sagte Rosy: »Weißt du, wenn wir ein Vermögen gewinnen würden, wär ich nicht imstande, es auszugeben. Ich würde es nie über mich bringen, einen Mantel zum

Neupreis zu kaufen. Oder essen zu gehen. Oder mir eine anständige Frisur machen zu lassen. Es käme mir obszön vor. Es ist mir in Fleisch und Blut übergegangen.«

»Mir auch. Ich frag mich nur, wo wir ein Vermögen gewinnen sollten.« Er sprach tonlos. Es war eine Feststellung. Die meisten Häuser und Gärten, an denen sie vorüberkamen, wirkten kahl und unbelebt, aber *ein* Mann war draußen und wusch ein Auto, das ein Kennzeichen vom Vorjahr trug. Tim konnte kaum das Modell bestimmen. Es gelang ihm nicht, sich vorzustellen, wie er selbst hinter dem Steuer des Wagens säße. Er und Rosy hatten den Laden ursprünglich mit elterlicher Hilfe aufgemacht – damals, als er noch davon geträumt hatte, ein international anerkannter Dichter zu werden, der in der Welt herumreiste. Die Eltern waren jetzt alle tot, die immer mehr anwachsenden Schulden dank Erbschaften gemildert.

»Schöner Tag heute.«

Rosy gab keine Antwort. Sie klappte kurz die Sonnenblende herunter und suchte in dem Spiegel, der sich auf deren Rückseite befand, nach Falten.

»Meine Haare müssen dringend geschnitten werden«, meinte sie sofort.

»Geh zum Frisör«, murmelte er.

»Ich mach's selbst. Wie immer.«

Tim fand, daß auch er einen Haarschnitt brauchte. Wenn man billige alte Sachen trug, waren kurze Haare am besten.

»Es wächst sich von unten her aus«, sagte sie.

»Das ist heute modern. Schau, du hast doch gesagt, wir sollten anfangen zu leben. Aber wenn du nie in einem Restaurant das Geld mal auf den Kopf hauen könntest, wie sollen wir das dann tun? Ein bißchen widersprüchlich, nicht wahr?«

»Ein ökonomischer Widerspruch. Warum müssen wir überhaupt einen Laden besitzen? Es sollte alles dem Staat gehören. Und auch Privatfahrzeuge sollte es gar nicht geben; dafür genug gute Busse und Eisenbahnen.«

»Stimmt. Aber es ist nun mal nicht so. Der öffentliche Dienst ist kastriert worden.«

Ein Gedicht fiel ihm ein: über Eunuchen in arabischen Gewändern, die Harems von Fahrgästen beförderten, nur daß diese Fahrgäste nicht durch Glasscheiben guckten, sondern durch kunstvolle Fenstergitter.

Die Müllkippe hatte heute geöffnet, weil die Müllkippe auch ein Markt war. Ein Bazar gewissermaßen. Genau, wie in allen vorübergehend leerstehenden Geschäftsräumen der Stadt die Wohlfahrtsläden aus dem Boden schossen und dort die Lumpen von reicheren Leuten an ärmere Leute verkauften, um dadurch den *ganz* Armen in der Dritten Welt Hilfe zu senden, genauso hatte sich mit dem gezielten Wirtschaftsabbau auch das Wesen der Mülldeponien gewandelt. Konzessionäre feilschten um die Verwertungsrechte. Alles Wiederverwendbare wurde an die Öffentlichkeit zurückverkauft. Ökologisches Recycling? Logik der Armut? Eins von beidem. Tim und Rosy hatten die Müllhalde außerhalb der Stadt schon vor einem Jahr besucht und für einen Apfel und ein Ei eine Waschmaschine erstanden. Die Maschine funktionierte drei Monate, ehe sie den Geist aufgab. Billiger als eine gemietete mit Vorkaufsrecht. Jetzt diente der Blechkadaver, mit eingesägten Löchern, als Kompostkübel in ihrem Gartenstreifen hinter dem Haus. Dem Klatsch nach, der sich in den Laden verirrte, hatte die Müllkippe seitdem eine weitere Verwandlung durchgemacht. Es war ein Automat mit heißen Getränken aufgestellt worden, damit die Herumstöbernden sich an einem Plastikbecher Kaffee erquicken konnten. In diesem Sommer hatte auch an fast allen Wochenenden ein Eiswagen die Deponie besucht.

»Als nächstes«, sagte Tim, »veranstalten die Leute noch Picknicks auf dem Müll. Man wird eine Spielzone für die Kinder einrichten. Rundführungen durch die Halden. Bulldozerfahrten. Déjeuner sur le Müll.«

»Was?«

»Das Manet-Gemälde. Stell dir mal vor, wie dieser Typ und seine nackte Mätresse auf dem Müll ihren Champagner trinken. Wahrscheinlich müßte sie einen Bikini tragen.«

Ein Gedicht? »Manet auf dem Müll.« Vielleicht. Welches Wort reimte sich auf »Abfall«?

Während er die zweispurige Straße zwischen den ersten gepflügten Feldern entlangfuhr, erspähte Tim eine Wolke von Möwen, die über den weithin wuchernden Abladeflächen des Müllplatzes kreiste wie lauter weiße Papierschnitzel. Rostige Wellblechwände umzäunten die Besucherzone.
Auf die sie mit niedriger Geschwindigkeit einfuhren. Während der Wagen über die Zufahrtsschwelle rumpelte, gab die Aufhängung ein bedrohliches Knarren von sich.

Ein weitläufiger betonierter Hof wurde von hohen, mächtigen Abfalltonnen gesäumt, in die wahrscheinlich ihr Auto gepaßt hätte. Die auf der einen Seite waren bereits mit Trödel vollgestopft. Die auf der anderen waren zwar leer, aber mit Seilen abgesperrt, an denen Verbotstafeln hingen. Ein Pfeil deutete auf das Ende des Hofes, wo hinter Schildern mit der Aufschrift »Glas«, »Gartenabfälle« oder »Metall« mehrere große Tonnen standen. Auch diese waren schon voll; die Sonne blitzte auf einem Haufen Fenster.
Ein zerbeulter Transportcontainer von der Größe eines Eisenbahnwaggons versperrte die Sicht, aber ein zweiter aufgehängter Holzpfeil deutete hinter ihn.
Näher in Reichweite standen eine schwarze Ölwanne und ein olivgrün, wie mit Tarnfarbe, angestrichener Flaschencontainer, der einem Panzerwagen ähnelte und dessen Einwurfschlitze für Weiß- und Buntglas an die Mündungen von Granatwerfern erinnerten. An seinem einen Ende lehnte ein Dutzend herausgerissener Türen.
Tim hielt neben einem Lkw-Anhänger, der mit einem Berg von Altkleidern und Lumpen vollgestopft war. Zerknitterte Hemdsärmel hingen daran herunter, als hätten sie sich bemüht, nach draußen zu klettern, aber, restlos leergepumpt, aufgeben müssen.
Neben diesem Anhänger trug ein zweiter riesiger Transportcontainer, der an einem Ende offen war, die Aufschrift »Ladenverkauf«. Im Innern desselben erblickte Tim Kleiderständer, Regale voller Taschenbücher und Elektrogeräte. Eine dicke Frau mit völlig ausdruckslosem Gesicht und von undefinierbar mittlerem Alter saß draußen in einem Liegestuhl. Sie trug einen rosafarbenen Parka. Vor dem Eingang des Ladens standen Werkzeug, Lampenfüße und

-schirme, Spiegel, unbestimmte Metallparaphernalia und ein Cocktailschränkchen zur Schau, von dem sich der Lack abschälte.
Als Tim die Tür öffnete, erwachte im Innern eines provisorischen, aus Dachgepäckträgern zusammengeschusterten Zwingers eine Wolfshündin zum Leben. Wild und bellend bäumte das kraftvolle Tier sich auf.
»Jilly!« kreischte die Dicke. Sie ignorierte Tim. Die Wolfshündin fiel in sich zusammen und winselte.
Abgesehen von Tims und Rosys eigenem Wagen war der Hof wie ausgestorben. Noch zu früh am Tag vielleicht. Bis heute nachmittag würde der Trödelbazar womöglich summen vor Menschen; dann wäre das Biest nicht so schreckhaft. Nervös trat Tim hinten an die Heckklappe, machte sie auf und klemmte den Besenstiel dazwischen. Dann trug er den ersten Plastiksack voll Kleider zu dem offenen Anhänger. Schwupp! Der Sack landete hoch auf dem Lumpenberg und quetschte sich gegen das Dach. Tim nahm in der Düsternis drinnen eine Bewegung wahr. Rutschende Kleider, die aus dem Gleichgewicht geraten waren?
Rosy kurbelte ihr Fenster herunter. »Warum kannst du die Säcke nicht aufheben?«
»Oh«, antwortete er dümmlich, während er die Höhe der Ladefläche und das Gefälle des Kleiderhügels abschätzte. Sollte er hinaufklettern und den Sack ausleeren? »Vorn ist kein Platz mehr. Unser Zeug würde herausfallen.«
Angenommen, man versuchte, sich einen weggeworfenen Mantel wieder anzueignen – weil man es sich noch einmal anders überlegt hatte –, bewegte sich dann die Elsässerhündin im Rahmen ihrer Rechte, wenn sie einem die Kehle herausriß? Weil einem der Mantel nun nicht mehr gehörte? Ein am Zwinger befestigtes Schild untersagte den Besuchern, irgend etwas außerhalb des Verkaufsladens wegzunehmen. Es bestanden Verwertungsrechte. Von einer Firma namens Griffiths Scavenging. Geschäftspartner der dicken Frau auf dem Liegestuhl.
»Tim, komm wieder her!«
Er eilte an das Fenster des Wagens.
»Da drin ist jemand«, flüsterte Rosy.

Im düsteren Innern des Anhängers und von dem Textiliengipfel fast versteckt, erspähte Tim ein kleines, schmächtiges Mädchen mit widerlichem Borstenhaar. Noch während er zusah, riß es den Sack, den er hineingeworfen hatte, auf, begutachtete den Inhalt und schleuderte ihn nach da und dort.

»Obszön!« sagte Rosy. »Daß die eigenen Socken und Schlüpfer vor einem durchsortiert werden!«

»Hätten wir unsere alten Klamotten vielleicht alle waschen sollen, eh wir sie wegwerfen?«

»Das ist nicht komisch. Such gefälligst irgendeinen anderen Platz. Da unten, diesen Wegweisern nach.«

Ohne die Heckklappe zu verschließen, stieg Tim ein, ließ den Motor an und fuhr zu dem zweiten Frachtcontainer, hinter dem er, der Richtung eines Pfeiles folgend, abbog.

Ein weiterer Pfeil wies eine lange, von Tonnen gesäumte Gasse hinunter. Als Tim und Rosy in sie einfuhren, wurden sie vom Schatten der hohen Metallwände bedeckt, und plötzlich war der Tag kalt. Hier und da verkündete ein freistehendes Schild »Kunststoff« oder »Gummi & Reifen«. Abgesehen davon, daß sie unbequem hoch waren, waren die meisten Behälter auch voll.

Auf Anweisung eines neuen Pfeils bog Tim in eine Seitengasse ab, die ähnlich von Tonnenwänden begrenzt und mit Schrifttafeln durchsetzt war.

»Teppiche«, las er vor. »Da wären wir. Werden wir wenigstens *das* schon mal los.«

Bei seinem zweiten Anlauf schaffte er es, ihren abgewetzten Teppich auf Kopfhöhe zu stemmen und ihn über den Metallrand zu kippen. Mit einem dumpfen Geräusch fiel die Rolle hinein. Dann zerrte er das erste Bündel schwerer Filzmatten aus dem Wagen, die sie für den unwahrscheinlichen Tag, an dem das Zeug vonnutzen sein könnte, jahrelang aufgehoben hatten.

»*Teppich* ist das eigentlich nicht«, rief Rosy.

»Unterbelag. Ist dasselbe. Was erwartest du denn? Sollen wir vielleicht alles für die da vorsortieren? Zum Kuckuck! Ich schmeiß den ganzen Krempel jetzt hier rein, samt Kleidern et cetera. Was soll's?«

Eine zweite mollige Frau mit ausdruckslosem Gesicht, zerlumpten Wollsachen und ausgebeulten Hosen – ganz offensichtlich eine Schwester der Liegestuhlinhaberin – zwängte sich zwischen den Tonnen hervor und blieb aufmerksam stehen. Ihr folgte ein fünf- oder sechsjähriger Junge in kurzen Hosen und schwarzer Reißverschlußjacke, der ein zerfleddertes Bilderbuch festhielt.

Tim ging zu der Frau hinüber. »Ist es recht, wenn wir die Filzmatten dort reinwerfen?« Ihre Haut schwitzte Talg aus.

»Ha?« fragte sie nach einer Weile.

Er wiederholte.

»Hm.« Und das konnte nun wirklich alles bedeuten. Ihm wurde klar, daß die Frau blödsinnig war, geisteskrank. Möglich, daß sie doch nichts mit Griffiths Scavenging zu tun hatte. Vielleicht streifte sie einfach nur hier herum.

»Na gut, dann tu ich's.« Und also entledigte sich Tim sämtlicher Filzmatten, indem er sie ungeschickt hievte und hochwirbelte, während die Frau ihm wortlos glotzend zusah.

Er stieg wieder in sein Auto. »Ein Stück weiter wird es schon Tonnen für Kleider et cetera geben.«

Und wirklich: Der nächste Pfeil wies sie wieder in eine lange, schmale Tonnenstraße, randvoll mit verschiedenen Kleidungskategorien. Schilder waren kaum notwendig. Anzüge. Hemden. Röcke. Unterwäsche. Stiefel und Schuhe. Knöpfe; sogar eine Tonne voll Knöpfen gab es, ein Massiv aus vielfarbigem Kies.

Er fuhr in Schrittgeschwindigkeit hindurch. »Muß wohl ihr Lager sein, hm? Vielleicht exportieren sie in arme Länder. Oder in Katastrophengebiete. Wirbelstürme, Erdbeben. Wir hätten nicht so weit fahren brauchen. Wir hätten den ganzen Kram im Hof wegschmeißen sollen.«

Zwei pickelnarbige Jugendliche in Jeans, Fliegerjacken und schweren Stiefeln mit Stahlspitzen tauchten auf. Einer schlug mit der flachen Hand vorn auf das Auto, so daß Tim abbremsen mußte. Der andere schlenderte grinsend auf die offene Heckseite.

»Kammer Ihn' helfen, Kumpel?« Der Jugendliche riß einen Sack auf, zog einen alten Rock von Rosy daraus hervor und lief zu einer Tonne voller Röcke, um ihn hinaufzuschleudern. Danach kehrte er

zurück und durchstöberte den Wagen, wobei sein Gefährte sich ihm anschloß.
»Hey«, protestierte Tim. »Raus aus unserem Auto. Sofort.«
Als hätten sie eine Nase für das, was darin war, grapschten sich die beiden Jugendlichen die übrigen Kleidersäcke aus dem Heck und rissen sie auf, um sie am Boden auszusortieren. Tim fuhr unverzüglich weiter. Bald ging es wieder um eine Ecke und – noch eine Tonnenstraße erstreckte sich vor ihnen. Diesmal waren die Behälter anscheinend leer. Ein Pfeil markierte eine Abzweigung auf halber Höhe der Gasse.
»Halt an und fahr zurück«, sagte Rosy. »Auf dem Weg, den wir hergekommen sind.«
»Aber wir müssen doch noch den Fernseher und das –«
»Halt an! Stoß zurück und wende. Lad den Rest im Hof ab. Wo du willst! Aber fahr weg. Nach Hause.«
Nach Hause. Zu diesem Haus über einem Laden, das sie ernährte und gefangenhielt. Dem Haus mit dem leeren Zimmer einer Tochter. Und jetzt auch noch mit einem leeren Gästezimmer. Tim hatte ein merkwürdig sicheres Gefühl, daß sie vor ihrer Abfahrt heute früh das ganze Haus ausgeräumt hatten – Möbel, Herd, Kühlschrank, alles – und daß nun nichts mehr sie damit verband. So als hätten sie auch die Ladenregale leergefegt, nur die blanken Bretter übriggelassen. Sie waren frei; sie waren entkommen – oder nicht? Etwas Neues konnte beginnen.
Leerer Laden, leeres Haus, leeres Schuldenkonto. So leer wie diese Tonnenstraße; so leer, wie es im Nu das Heck des Wagens wurde. Hätte er bloß die Heckklappe zugemacht! Sonst würde vielleicht noch etwas Wertvolleres als Gerümpel entkommen, würde fortgeschnappt werden oder einfach in die empfindliche Kühle hier zwischen diesen hohen, unheimlichen Stahlbehältern davonwehen, die eine baufällige Großstadtstraße nachäfften – eine aus der Zukunft vielleicht, nach einem Krieg.
Er hielt an und schüttelte mit dem Kopf, um einen kalten Nebel der Angst zu vertreiben. Noch bevor er den Rückwärtsgang einlegen konnte, sah er im Spiegel über der Windschutzscheibe etwas Gigantisches, das um die nächste Ecke kam – die Vorderfront eines Lkws.

Kolbenarme, in Habacht, ließen Ketten herunterbaumeln, welche den Stahlcontainer auf seiner Tiefladefläche umschlangen. Irgendwie bewältigte das Schwerfahrzeug die Kurve. Tim fragte sich, wie es je eine der Tonnen, die den Weg säumten, hinauf- oder herunterkriegte. Vielleicht war im Chassis eine Drehscheibe eingebaut. Im Innern des Containers stand, so als würde sie das Fahrzeug navigieren, die schwachsinnige Frau. Mit einemmal jagte ihm ihr Anblick Furcht ein. Der Lkw näherte sich langsam und hupte.

»Das muß eine Einbahnstraße sein, Rosy.« Tim fuhr vor bis zur nächsten Kreuzung und schwenkte in eine Straße aus dicht zusammengedrängten Tonnen, die Altmetall enthielten. Als sie zum nächsten Pfeil und zu einer neuen Kurve gelangten, war der Tieflader bereits in die Schrottgasse eingefahren.

Tim bog um eine weitere Kurve, dann um noch eine und ließ das Fahrzeug weit hinter sich. Das heißt, *falls* es ihn überhaupt verfolgte.

Pfeil um Pfeil, Kurve um Kurve, Tonnenstraße um Tonnenstraße reihten sich aneinander. Einmal landeten Tim und Rosy wieder bei den Kleidertonnen, nur führte diese Straße zu einer mit Alteisencontainern – wo die Tonnen nicht leer waren. Wenn ihn sein Gedächtnis nicht täuschte. Nein, diese Kleidertonnen mußten andere sein. Sie verloren sich in einem Labyrinth.

»Das ist doch lächerlich«, sagte er zu Rosy. »Es gibt gar nicht genug Platz für so viele Straßen.«

»Wir haben die Welt des Mülls betreten«, erwiderte Rosy flüsternd. »Auf die wir in den letzten zwanzig Jahren zugesteuert sind.«

Der Motor hustete und setzte ein paarmal aus. Tim zog den Choke halb heraus und jagte dabei den Motor hoch, obwohl er notgedrungen immer noch langsam fuhr.

»Das kommt nur von dieser verdammten Kriecherei im ersten Gang. Die Zündkerzen verrußen.«

Die allernächste Straße mündete in einen langen, betonierten und von Tonnen eingepferchten Hof. Es war nicht derjenige, der den Laden beherbergte. Während er den Choke wieder hineinrammte, preschte Tim mit Vollgas auf den Ausgangspfeil am anderen Ende zu und hoffte, die Zündkerzen würden dabei durchgeputzt. Gerade

rechtzeitig, bevor es in die nächste Gasse ging, machte er eine Vollbremsung.
Sechs Straßen weiter gab der Motor den Geist auf. Tim konnte den Wagen nicht wieder in Gang bringen.
»Was machen wir nun?« fragte Rosy.
»Zu Fuß gehn. Die Zündschlüssel laß ich stecken.«
Die Tonnen zu beiden Seiten standen dicht an dicht. Sie schienen zweimal so groß wie vorher. Man konnte sich nicht einmal seitwärts dazwischen hindurchzwängen, obwohl man es auf dem Bauch vielleicht gerade noch schaffte. Blieb einzig der Weg über die Betonstraße.
»Ich frage mich, ob das mal ein alter Fliegerhorst war.«
Dann fiel Tim der Möwenschwarm über den Müllhalden wieder ein. Aber jetzt flatterten keine Möwen am Himmel.
»Was ist in den Tonnen, Tim?«
Seit diesem zweiten Hof waren sie an keinem einzigen Schild mehr vorbeigekommen, das den Inhalt deklarierte. Er spähte hinauf. Und plötzlich begriff er, was für ein Formensammelsurium da über die Ränder der Behälter lugte.
Autotüren.
En Stück weiter ... ein Wald von Auspuffrohren, wie mehrere Kirchenorgeln, die von einer Bombenexplosion durcheinandergeschmissen worden waren.
»Autoteile«, sagte er, während er seine Tür aufmachte.

Zwei Straßen danach hörten sie von irgendwo hinter sich das Winseln eines Schwermotors, dann ein Scheppern von Metall. Instinktiv war er sich sicher, daß ihr abgestellter Wagen gerade auseinandergebrochen wurde. Er nahm Rosy an der Hand und scheuchte sie vorwärts, eine neue Straße entlang. Schwaches Stiefelgepolter und ein albernes, idiotisches Kichern drangen an sein Ohr.
Schon wieder Kleidertonnen! Jacken, Hemden, Sandalen, Nachtzeug waren undeutlich hinter hohen Containerrändern erkennbar. Noch ehe Tim und Rosy die nächste Ecke erreichten, kam die Schwachsinnige vor ihnen herausgewatschelt. In ihrer Gesellschaft

befand sich ein großer, knochiger, mit einem Overall bekleideter Mittvierziger, dessen Nase ein absurd kleiner, breiiger Klecks in einer breiten Visage war.

»Brauchen Sie Hilfe, Meister?«

Tim zuckte herum. Einer der beiden Jugendlichen hockte wie ein überdimensionaler Vogel auf dem Rand eines Hemdencontainers hinter ihnen. Der Kerl ließ sich herunterfallen, und im selben Moment kam von der anderen Seite sein Partner über die Tonne voll Sommerkleidern herangewatet. Auch er sprang hinunter.

»Zeigt uns, wo es hier rausgeht!« schrie Rosy. »Nein, haut ab! Laßt uns in Ruhe.«

Die beiden Jugendlichen stürzten vorwärts und nahmen Rosy in die Zange, während der Mann Tim packte. Es war die Sache eines Augenblicks. Tim wehrte sich vergebens; der Griff war hart wie Granit.

»Sie brauchen Hilfe, Meister«, sagte der Jugendliche.

Die mollige Frau watschelte vorwärts. Während der Mann ihn wie ein Spielzeug oder eine lebensgroße Puppe handhabte, zog sie Tim in aller Ruhe aus und schleuderte seine Kleider in unterschiedliche Tonnen. Tim zitterte vor Kälte, als er nackt war, wurde aber immer noch gut festgehalten.

Dann kam Rosy an die Reihe.

Splitternackt wurden Tim und Rosy von ihren Häschern bis zu der Kurve geführt, freigelassen und in die nächste Stahl- und Betonstraße gestoßen.

»Los jetzt! Vorwärts, Meister!«

Die Frau und ihre drei Gefährten blieben an der Kreuzung stehen und blockierten so jeden Rückweg zu den Müllcontainern, in die man Tims und Rosys Sachen geworfen hatte. Die beiden waren wie betäubt. Zitternd vor Schock und Kälte liefen sie zur nächsten Abbiegung, nicht nur, um zu entkommen, sondern auch, um ihre Nacktheit vor den mißtrauisch glotzenden Augen zu verbergen.

Tim klapperte mit den Zähnen. »Wir w-werden uns was zum Anziehn suchen. W-weiter vorn. Irgendwelche Lumpen, ganz egal. Oder V-vorhänge.«

Die Tonnen in dieser neuen Gasse waren voll mit Kartonagen, Tapetenrollen und alten Zeitschriftenbündeln. Tim fragte sich, ob er mit nackten Füßen an so einem Ding hinaufklettern könnte. Er mußte es einfach!

Rosy jammerte: »Ich dachte schon, sie würden mich vergewal ...!« Ihr Busen hüpfte. »Haben sie ja auch! Sie haben es getan. Es war das gleiche.«

»Hör zu, das ist alles ein böser Streich. Als nächstes stoßen wir bestimmt auf ein paar alte Fetzen, die wir anziehn können. Dann kommen wir wie zwei Vogelscheuchen auf den Hof, wo der Laden ist. Und finden dort ein Auto, das schon auf uns wartet – und wo unsere Sachen zusammengefaltet auf den Sitzen liegen. Kein Mensch wird es uns glauben, aber ...« Er mußte daran glauben. »Sie hätten uns etwas antun können. Haben sie aber nicht.«

»Du meinst, sie hätten uns nichts getan? Ich werd nie darüber hinwegkommen.«

Die Tonnen in der nächsten Gasse sahen alle leer aus; nichts schaute über den oberen Rand. Tim klopfte an mehrere mit seinen Fingerknöcheln; alle klangen hohl. Er hatte keine Lust, zu versuchen, ob er daran hochklettern könnte.

Er und Rosy gingen in kaltem Schatten. Ganz gleich, wohin eine Straße führte, immer schien das Sonnenlicht ausgesperrt. Zu guter Letzt folgten sie einem Pfeil zwischen Tonnen voll kaputter Möbel hindurch auf einen betonierten Hof.

»Dort geht's nach draußen«, sagte Tim. »Wir sind da.«

Der Hof, der wiederum von riesenhaften Tonnen gesäumt war, besaß jedoch nur Tennisplatzgröße, und kein Pfeil deutete auf einen Ausgang. Es gab nur einen Eingang. Die eine Hälfte des Hofs war von Sonnenschein übergossen, und Rosy lief dorthin, um sich aufzuwärmen. Der leichte Wind biß weiterhin in ihr zitterndes nacktes Fleisch. Der Inhalt dieser Tonnen war, was immer sie auch verbargen, vom Boden aus nicht zu sehen. An einer von ihnen lehnte ein Autodach. Hochkant gestellt, bildeten seine Metallträger eine Leiter.

»Ich werd nachsehn, wo's rausgeht!« Rosy begann, darauf emporzusteigen. Zuerst verzog sie schmerzlich das Gesicht, dann aber setzte sie ihre Füße seitwärts auf die dünnen Stahlsprossen, wodurch sich das Gewicht verteilte.

Oben angekommen, schirmte sie ihre Augen gegen die Sonne ab und starrte ratlos umher.

Dann sah sie in die Tonne selbst hinunter. Und schrie. Schrie. Wie am Spieß.

Auch Tim erklomm die Stangen; es war noch Platz neben Rosy. Während er ihr einen empfindlich kühlen Arm um die Schultern legte und sie festhielt, starrte er ebenfalls hinab.

Ein paar Sekunden lang begriff er kaum, was er sah. Eine Schicht von schleimbedeckten Pingpong-Bällen? Hunderte von hartgekochten Eiern?

Nein. Augen. Die Sehnerven wucherten daraus hervor wie winzige Kabelstücke, die man aus Elektrosteckern gerissen hatte.

Schafsaugen? Nein, er glaubte es nicht. Nicht die Augen von Schafen oder irgendeinem anderen Tier. Rosy hatte aus Atemnot zu schreien aufgehört. Sie keuchte, zitterte krampfhaft und drückte ihre eigenen Augen fest zu, während sie sich an den oberen Rand des Containers klammerte. Es sah aus, als wolle sie sie verstecken.

Tim konnte auch in die Nachbartonne schauen. Ein Haufen Pommes frites? Zwergpastinaken? Nein.

Finger. Abgehauene Menschenfinger.

Mit wilden Blicken starrte er im Hof umher. Was verbargen all die anderen Tonnen in ihrer Tiefe? Zehen, Zungen, Lungen? Arme und Lenden und Gehirne? Die einzelnen Bestandteile des Körpers, säuberlich aussortiert ... Ja! Er wußte, daß es so war, noch bevor das schwere Knirschen einer Maschine sein Augenmerk auf den Eingang des Höfchens lenkte.

Der Containerwagen schleppte sich in Sicht und blieb im Eingang stehen, wo er die Metallumwandung vervollständigte. Sein Vorderteil ragte weit genug in den Hof, daß sich die Wagentüren aufklappen ließen. Seite an Seite im Führerhaus zusammengedrängt saßen der Mann, hinter dem Steuer, die beiden Jugendlichen, die Schwachsinnige, die ihren Jungen auf dem Schoß hielt, die Frau mit dem ausdruckslosen Gesicht und dem rosa Parka, und das schmächtige, verlotterte Mädchen. Sämtliche Insassen, sogar der kleine

Junge, hielten allerlei Werkzeuge in Händen. Sägen. Beißzangen. Einen Hohlmeißel. Eine kleine Axt.
Der Motor des Lkws erstarb.
»Um Gottes willen, Rosy, steig obendrauf!! Geh auf dem Rand der Tonne nach drüben entlang. Wir müssen hier raus.«
Jenseits des Hofes erstreckten sich in alle Richtungen unabsehbare Containerreihen.
Verzweifelt – indem er sich seinen nackten Körper zerschund, sich fast einen Zeh verkrüppelte – kletterte Tim auf den Tonnenrand, rang nach seinem Gleichgewicht und hielt dabei Rosy an der Hand. Halb half er ihr, halb zerrte er sie mit sich. Die Oberkante war zu schmal, als daß man je barfuß darauf hätte entlangbalancieren können. Nackt, das wußte er, konnten sie nicht einmal rittlings darauf entlangrutschen. Es wäre, als ritte man auf einer stumpfen Schwertschneide. Nach einer Weile würde sie sich durch sie hindurchsägen, zwischen ihren Beinen. Statt dessen rutschte er an der Innenseite hinab und zog Rosy heulend vor Schmerz mit sich.
»Wir klettern hinten raus in die nächste! Und dann in die übernächste!«
Gallertklumpen schmatzten unter ihren Füßen. In dem fünfzehn Zentimeter tiefen Augensumpf glitt er aus, fiel und hätte sich am liebsten erbrochen vor Ekel. Nachdem er sich wieder aufgerappelt hatte, watete er zu der hohen Rückwand der Tonne. Dann sprang er. Seine ausgestreckten Finger bekamen den Rand zu fassen, und die Vorderseite seines Körpers schmetterte gegen das Metall. Aber er konnte sich nicht hochhangeln. Es gab keine Fläche, um sich abzustoßen. Seine Füße schlitterten auf weichen Murmeln.
»Kammer Ihn' helfen?«
Eine dichte Schar von Köpfen hüpfte hinter der Wand hervor. Leere Gesichter lächelten blaß. Der Mann, die beiden Frauen, die beiden Jugendlichen, das verlotterte Mädchen, sogar der kleine Junge. Hände tauchten von unten her ins Blickfeld, und mit ihnen erschienen ein Meißel, eine Axt, Beißzangen, Sägen.

TEST

THEODORE L. THOMAS

Theodore L. Thomas, Patentanwalt, Wissenschaftskolumnist, Dozent *und* Meerestaucher, veröffentlichte seine ersten Werke 1952, zum Teil unter seinem eigenen, zum Teil auch unter seinem Künstlernamen, Leonard Lockhardt. Neben seinen Kurzgeschichten schrieb er in Zusammenarbeit mit Kate Wilhelm auch zwei Romane, *The Clone* (1965) und *The Year of the Cloud* (1970). Die Erzählung *Test*, die erstmals 1962 in *F&SF* erschien, zählt trotz ihrer Kürze und Knappheit zu den besten Action-Stories, die Sie je lesen werden. Sie stellt eine Frage, die einem – wie man nach der Lektüre erkennt – schon immer im Hinterkopf gespukt hat.

Robert Proctor war für so einen jungen Mann ein guter Fahrer. Die Autobahn erstreckte sich in sanftem Bogen vor ihm, zog an diesem kühlen Maienmorgen unbeschwert dahin. Er fühlte sich entspannt und ausgeschlafen. Sein Geist war hellwach. Auch eine zweistündige Fahrt hatte noch nicht jenes Stechen ausgelöst, das sich zuerst in den Nackenmuskeln bemerkbar machte und auf Übermüdung deutete. Die Sonne schien hell, aber nicht grell – die Luft roch frisch und sauber. Er sog sie tief in sich ein und stieß sie geräuschvoll wieder aus. Es war ein guter Tag zum Autofahren.

Er warf einen raschen Blick auf die schlanke, grauhaarige Frau neben sich. Ihr Mund war zu einem stillen Lächeln geformt. Sie sah zu, wie die Bäume und Felder zu beiden Seiten der Autobahn vorüberhuschten. Sofort blickte Robert Proctor wieder auf die Straße. »Gefällt's dir, Mom?« fragte er.

»Ja, Robert.« Ihre Stimme war so kühl wie der Morgen. »Es ist sehr angenehm, so dazusitzen. Ich mußte gerade daran denken, wie ich dich immer gefahren hab, als du noch klein warst. Ich frage mich, ob es dir auch soviel Spaß gemacht hat.«

Er lächelte verlegen. »Aber klar doch.«

Sie streckte eine Hand aus, tätschelte ihm sanft den Arm und wandte sich dann wieder der Landschaftskulisse zu.
Er lauschte dem leisen, gleichmäßigen Schnurren des Motors. Vor sich in der Ferne sah er einen großen Lastwagen, der einen Rauchgeysir ausstieß, während er auf der Autobahn dahinraste. Dahinter fuhr, genügsam in seinem Kielwasser verharrend, ein langes blaues Kabriolett.
Robert Proctor nahm die Konstellation zur Kenntnis und registrierte sie in seinem Hinterkopf. Er traf Anstalten, die beiden langsam zu überholen, würde aber erst in ein, zwei Minuten zu ihnen gelangen.
Er hörte auf das Schnurren des Motors, und das Geräusch stimmte ihn zufrieden. Er hatte den Motor über die Einwände des Mechanikers hinweg selbst eingestellt. Im Leerlauf klang es nun zwar etwas hart, bei hoher Geschwindigkeit aber lief er wie geschmiert. Man brauchte ein besonderes Fingerspitzengefühl, um an Motoren gute Arbeit zu leisten, und Robert Proctor wußte, daß er dieses Fingerspitzengefühl hatte. Niemand auf der Welt besaß so ein Gespür wie er für die Melodie eines Motors.
Es war ein guter Morgen zum Autofahren, und sein Kopf war erfüllt von guten Gedanken. Er zog fast auf gleiche Höhe mit dem Kabrio und fing an, es zu überholen. Seine Geschwindigkeit lag ein paar Stundenkilometer über dem Tempolimit der Autobahn, aber er hatte den Wagen voll und ganz unter Kontrolle. Plötzlich scherte das blaue Kabrio hinter dem Lkw aus. Es tat dies ohne jede Vorwarnung und traf Robert Proctors Wagen rechts, nicht weit von der vorderen Stoßstange, so daß er auf den befestigten Mittelstreifen zugeschleudert wurde.
Robert Proctor war ein guter Fahrer. Er stieg nicht auf die Bremse; dazu war er zu klug. Statt dessen kämpfte er gegen den Lenker an, damit der Wagen nicht aus der Spur käme. Die linken Reifen sanken in die weiche Erde des Mittelstreifens, und mit heftigen Ruckbewegungen suchte der Wagen, nach links, auf die Gegenfahrbahn, auszubrechen. Robert Proctor behielt ihn in der Gewalt. Dann traf der linke Vorderreifen auf einen dicken, in der Insel eingebetteten Stein. Der Reifen platzte, der Wagen verlangsamte sich, und in

diesem Augenblick fing Roberts Mutter an, einen gellenden Schrei auszustoßen.
Das Auto stellte sich quer und schlitterte ein Stück weit auf die anderen Fahrspuren. Robert Proctor kämpfte gegen das Lenkrad an, um es wieder herumzureißen, aber der Widerstand des geplatzten Reifens war zu groß. Der Schrei floß ihm in die Ohren wie ein gleichmäßiger Strom, und noch während er sich gegen das Lenkrad stemmte, fragte sich ein Teil von Roberts Gehirn mit kühler Verwunderung, wie so ein Schrei sich ohne Atempause durchhalten ließ. Ein herankommender Wagen traf seitwärts an den Kühler, so daß Robert Proctor böse herumgewirbelt wurde, voll auf die Gegenfahrbahn.
Unter der Wucht des Aufpralls flog Robert seiner Mutter in den Schoß, und sie wurde gegen die rechte Tür geschleudert. Das Schloß hielt. Mit seiner Linken griff er nach dem Steuer und zog sich gegen die Gewalt des wirbelnden Wagens daran hoch, bis er wieder aufrecht saß. Durch Linksdrehen des Lenkrads versuchte er, das Fahrzeug anzuhalten und aus der Gegenspur hinauszuwirbeln. Seine Mutter lag an die Tür gepreßt; sie war außerstande, sich aufzurichten, und ihr Schrei hob und senkte sich mit den wilden Kreiselbewegungen des Wagens.
Das Fahrzeug verlor etwas an Schwung. Noch während es weiterwirbelte, begradigte Robert Proctor das Lenkrad durch eine energische Drehung, und schlingernd sauste es vorwärts. Doch noch ehe er sich, weg von der Straße, in Sicherheit bringen konnte, tauchten vor ihm drohend die Umrisse eines heranbrausenden Pkws auf. Am Steuer dieses Wagens saß, stocksteif und völlig bewegungsunfähig, ein Mann mit starren, schrecksgeweiteten Augen, und neben ihm – ein kleines Mädchen. Der Kopf der Kleinen ruhte an der Rücklehne des Sitzes, sanfte Locken umrahmten ihr Gesicht, und ihre Augen waren zu einem leichten Schlaf geschlossen. Es war nicht die Furcht des Mannes, die Robert Proctor durch Mark und Bein ging – es war die wehrlose Vertrauensseligkeit auf dem Gesicht des schlummernden Mädchens. Die beiden Wagen rasten aufeinander zu, und Robert Proctor konnte nicht ausweichen. Im letzten Augenblick vor dem Zusammenstoß saß er regungslos da, starrte in

das Gesicht der schlafenden, heransausenden Kleinen, und der Schrei seiner Mutter gellte ihm immer noch in den Ohren. Er hörte es nicht krachen, als die beiden Autos mit hoher Geschwindigkeit frontal aufeinanderprallten. Er fühlte, wie ihm etwas in den Bauch stieß, und die Welt begann, grau zu werden. Einen Moment, bevor Robert Proctor sein Bewußtsein verlor, riß der Schrei ab, und da wußte er, daß er in Wirklichkeit einen einzigen, kurzen Schrei gehört hatte, der sich nur scheinbar endlos hinzog. Es gab einen scharfen, schmerzlosen Ruck – dann Dunkelheit.

Robert Proctor schien sich am Grunde eines tiefen schwarzen Brunnens zu befinden. Weit, weit weg schimmerte ein heller Punkt, und das Poltern einer fernen Stimme war zu hören. Er versuchte, sich auf das Licht und die Geräusche zuzuhangeln, aber es ging über seine Kräfte. Regungslos blieb er liegen, sammelte sich und versuchte es dann noch einmal. Das Licht wurde heller, die Stimme lauter. Er versuchte es erneut, diesmal stärker, und kam näher heran. Dann schlug er die Augen ganz auf und sah den Mann, der vor ihm saß.

»Alles in Ordnung, Junge?« fragte der Mann. Er trug eine blaue Uniform, und sein rundes, fleischiges Gesicht kam Robert bekannt vor.

Robert Proctor machte einen zaghaften Versuch, seinen Kopf zu bewegen. Er entdeckte, daß er sich völlig unversehrt auf einem Liegesessel befand und Arme und Beine mühelos bewegen konnte. Er sah sich im Zimmer um, und da fiel ihm plötzlich alles wieder ein.

Der Mann mit der Uniform bemerkte das zunehmende Bewußtsein in Robert Proctors Augen. »Nichts passiert, Junge«, sagte er. »Sie haben nur gerade den letzten Teil Ihrer Führerscheinprüfung abgelegt.«

Robert Proctor schärfte seinen Blick und richtete ihn auf den Mann. Obwohl er sein Gegenüber klar erkannte, glaubte er doch schwach, das Gesicht des schlafenden Mädchens vor sich zu haben.

Der andere fuhr fort. »Wir haben Sie unter Hypnose einem Unfall ausgesetzt – machen wir heute mit jedem, bevor er seinen Führerschein bekommt. Wird ein besserer, vorsichtigerer Fahrer für den

Rest seines Lebens auf diese Weise. Fällt es Ihnen jetzt wieder ein? Wie Sie hierhergekommen sind und alles?«

Robert Proctor nickte, in Gedanken immer noch bei der schlafenden Kleinen. Die wäre nie aufgewacht; die wäre von einem süßen, zeitweiligen Schlummer nahtlos in den düsteren, schweren Schlaf des Todes übergegangen, ohne etwas dazwischen. Schon bei seiner Mutter wäre es schlimm gewesen; aber die war schließlich alt. Das schlafende kleine Mädchen hingegen – reine Verschwendung.

Der Uniformierte sprach immer noch. »Na, dann hätten Sie sich ja wieder ganz beruhigt. Sie zahlen mir jetzt eine Gebühr von zehn Dollar, unterschreiben diesen Antrag, und in ein, zwei Tagen ist Ihr Führerschein unterwegs.«

Er hielt die Augen gesenkt.

Robert Proctor legte einen Zehn-Dollar-Schein auf den Tisch vor sich, überflog den Antrag und unterschrieb. Als er aufblickte, standen zwei Männer mit weißer Arbeitskluft neben ihm – einer auf jeder Seite –, und er runzelte ungehalten die Stirn. Er wollte schon etwas sagen, aber der Uniformierte kam ihm zuvor. »Tut mir leid, mein Junge. Sie sind durchgefallen. Sie sind krank; Sie brauchen eine Behandlung.«

Die beiden Männer hievten Robert Proctor auf die Beine, und er sagte: »Hände weg! Lassen Sie mich los! Was soll das?«

»Niemand«, antwortete der Uniformierte, »sollte nach dem, was Sie gerade durchgemacht haben, noch den Wunsch haben, Auto zu fahren. Von Rechts wegen müßte es Monate dauern, bis Sie auch nur wieder daran denken können, hinter einem Lenkrad zu sitzen, aber Sie kennen keine Skrupel. Einen Menschen zu töten macht Ihnen nichts aus. Wir lassen Ihre Sorte nicht mehr frei in der Gesellschaft rumlaufen. Aber keine Sorge, mein Junge. Man wird sich gut um Sie kümmern, und Sie kommen wieder auf die Reihe.«

Er nickte den beiden Männern zu, und sie begannen, Robert Proctor abzuführen.

An der Tür fand Robert seine Stimme wieder, und sie klang so inständig, daß die Männer anhielten. »Das kann nicht Ihr Ernst sein«, sagte er. »Ich träume immer noch, nicht wahr? Das hier gehört immer noch zum Test, stimmt's?«

Der Uniformierte erwiderte: »*Wer von uns kann das schon wissen?*« Und dann ging es hinaus. Mit steifen Knien und auf dem Boden schleifenden Füßen wurde Robert Proctor aus der Tür gezerrt, und währenddessen rutschten seine Gummiabsätze durch zwei Rinnen, die sich in den Boden gegraben hatten.

DER KLEINE SCHWARZE ZUG

MANLY WADE WELLMAN

Als Manly Wade Wellman 1986 starb, war dies für die amerikanische Belletristik ein Verlust. Manly Wade Wellman fing in seinen Erzählungen seit 1927, als er die ersten veröffentlichte, immer den Geist der Südstaaten ein. Seine berühmteste Geschichtenserie, aus der *Der kleine schwarze Zug* stammt, dreht sich um den fahrenden Balladensänger John. Sie erschien erstmals zwischen 1951 und 1962 in *F&SF* und wurde unter dem Titel *Who Fears the Devil?* 1963 in einem Band zusammengestellt. John ist eine Figur, die geradezu zwangsläufig auf seltsame Menschen in einer noch seltsameren Umgebung zu treffen scheint. Wir finden diese Geschichten in zweierlei Hinsicht reizvoll: Erstens, weil Manly Wade Wellman darin die Sprache einer bestimmten Region getreu wiedergibt und dabei zweitens aus amerikanischen Volkssagen schöpft. *Der kleine schwarze Zug* gehört zu Manly Wade Wellmans bezwingendsten Geschichten. Wieder einmal nimmt es John darin mit dem Bösen auf, indem er einen zwanzig Jahre alten Fluch – mit seiner Silbersaitengitarre – abzuwenden versucht.

Dort oben in High Fork County, könnte man meinen, hätte kein Mensch je seinen Fuß hingesetzt: Gipfel stehen wie Sägezacken in den Himmel, Schluchten tauchen nach unten weg, und wohin man geht, ist alles mit Bäumen zugewachsen. Während ich mich zwischen hohen Tannen hindurchschlängelte, schlug ich in die Saiten meiner Gitarre, um in dieser Einsamkeit wenigstens musikalische Begleitung zu haben. Aber dann tauchte hinter einer Kurve ein Mann auf und torkelte heran – einigermaßen jung, mit rotem Gesicht und Glatze. Meine Herren! Sternhagelvoll war der Kerl! Ich sagte ihm guten Abend.

»Kannst du dadrauf spielen?« hat er mir zugekollert und beim zweiten Anlauf den Ärmel von meinem festen Hemd erwischt. Seine Hand zitterte. »Komm mit zum Fest, mein Freund. Unsere

Fiedelkapelle hat's im letzten Moment mit der Angst gekriegt und uns im Stich gelassen. Wir haben bloß so 'ne Mundorgel als Musik.«

»Vor was hatten denn die Fiedler Angst?« fragte ich ihn, weil ich die Geschichte hören wollte.

»Das Fest ist bei Miss Donie Carawan«, sagte er, ohne mir zu antworten. »Gegrilltes Schwein und Hähnchen, Faß mit gutem Whiskey.«

»Hör mal«, sagte ich, »je von dem Mann gehört, der einen fremden Fiedler eingeladen hat, und dann war's der Satan?«

»Sch!« kicherte er. »Satan spielt die Fiedel, du spielst die Gitarre, und ich bezahl dir was dafür, keine Sorge. Wie heißt du, Freund?«

»John. Und du?«

Aber er schlug einen schmalen, verwilderten Zickzackpfad ein, der bergauf ging und den man gar nicht bemerkt hätte, und weil ich annahm, das Fest wäre in einem Haus, wo ich die anbrechende Nacht verbringen könnte, kam ich hinterher. Der Kerl fiel rückwärts auf mich drauf, so besoffen war er. Doch wir gelangten an eine Kerbe im Bergrücken, und auf der andern Seite drüben lag ein Tal mit lauter Bäumen, das düster und geheimnisvoll wirkte. Je weiter es bergab ging, desto lauter hörte ich Lachen und fröhliches Geschwätz. Zum Schluß gelangten wir auf einen Hof am Fuß des Berges. Es stand ein Haus dort, und es sah aus, als wären genug Männer und Frauen da, um eine ganze Parlamentsvorwahl zu bestreiten.

Sie johlten uns zu – so laut, daß mir die Ohren klangen. Der Betrunkene schwenkte seine Hände. »Das hier ist mein Freund John«, brüllte er, »und er wird uns ein bißchen Musik machen!«

Darüber johlten sie noch lauter. Also griff ich in die Saiten und spielte *Hell Broke Loose in Georgia* – was sollte ich sonst schon tun? –, und ich sage euch, sie tanzten los, daß die Fetzen flogen!

Die meisten davon waren junge Leute und hatten ihre feinsten Sachen an. Auf der einen Seite rief ein großer, starker Mann die Schritte, die getanzt werden sollten, aber man konnte ihn nicht recht hören, so schrie und lachte alles. Es kam mir in den Kopf, daß Kinder so laut lachen und schreien, wenn sie an einem alten

Friedhof vorübergehen, wo es spuken könnte. Vielleicht versuchten sie auf diese Art und Weise, ihre Flattrigkeit ein bißchen wegzutanzen; während ich in die Saiten schlug und zwischendurch selbst herumhüpfte, fing es neben mir plötzlich zu stöhnen an. Aber es war bloß so ein Kerl in mittleren Jahren und mit einem schmalen Gesicht, der zu meiner Gitarre Mundorgel spielte.

Ich sah das Haus an – es war ein Holzhaus, neu, breit und solide, und die Ritzen zwischen seinen Vierkantstämmen waren mit getünchtem Lehm verputzt. Durch einen Trampelpfad von der Vorder- zur Hinterseite konnte ich geradewegs ins Tal sehn, wo die Sonnenkugel rot auf eine Bergkette, weit drüben im Westen, hinabsank. Die ganze bewaldete Talsohle wurde von einer Art Feldweg oder Straße durchschnitten. Jemand machte mit einem Streichholz die Lampen an, gegen die hereinbrechende Dunkelheit.

Am Schluß des Liedes klatschten mir alle lang und laut Beifall. »Mehr! Mehr!« brüllten sie, während sie zusammengedrängt zwischen den Bäumen im Hof standen und immer noch gegen ihre Nervosität ankämpften.

»Freunde«, rief ich über den Lärm, damit man mich verstehen konnte, »laßt mich der Dame, die dieses Fest gibt, meine Aufwartung machen.«

»Hey, Miss Donie!« brüllte der Betrunkene. »Los, sagen Sie John mal guten Tag!«

Sie kam vom Haus her mit so stolzen Schritten durch die Leute, die sich ringsum drängten, daß sie größer aussah, als sie war. Ein gestreifter Rock flatterte ihr, ssst, von der Taille bis zu den Stöckelschuhen; aber obenrum hatte sie nicht so viel an, und an ihren Armen und Schultern überhaupt nichts. Das Buttergelb ihrer Haare mußte aus der Flasche stammen und das puppenhafte Rosa ihres Gesichts aus einer Dose. Sie lächelte zu mir hoch, und ihr Parfüm kitzelte mir in der Nase. Hinter ihr her kam dieser große Kerl mit den kohlschwarzen Haaren und den weißen Zähnen, der den Tanzmeister machte, und seine schweren Pratzen pendelten wie Uhrgewichte.

»Schön, daß du gekommen bist, John«, sagte sie tief in ihrem runden Hals.

Ich betrachtete ihre Augen, die blau waren wie die Eier eines Rotkehlchens, ihre buttergelben Haare, ihren roten Mund und ihre nackten rosigen Schultern. Sie war vielleicht fünfunddreißig, vielleicht vierzig oder vielleicht auch mehr, ohne daß sie danach aussah.
»Es ist mir eine Ehre«, sagte ich, ganz Kavalier. »Wird hier ein Geburtstag gefeiert, Miss Donie Carawan?«
Mit einem Schlag verstummten die Leute und tauschten Blicke aus. Ein offenes Kochfeuer loderte auf, während still und heimlich die Nacht hereinbrach. Donie Carawan lachte tief.
»Der Geburtstag eines Fluchs«, und sie riß ihre blauen Augen auf. »Und auch das Ende dieses Fluchs, nehme ich an. Alles heute nacht.«
Einige Münder gingen auf, ließen aber keine Worte heraus. Dann war das, was die Fiedelspieler abgeschreckt hatte, offenbar schon etwas Besonderes, dachte ich bei mir. Sie streckte eine schlanke Hand aus, an der Ringe mit grünen Steinen steckten.
»Los, iß und trink, John«, forderte sie mich auf.
»Danke«, antwortete ich, denn ich hatte seit Tagesanbruch nichts zwischen die Zähne gekriegt.
Und schon führte sie mich fort, wobei ihre Finger die meinigen drückten und sie mich aus den Augenwinkeln beobachtete. Der große starke Tanzmeister warf uns einen funkelnden Blick hinterher. Es machte ihn schlicht eifersüchtig, daß sie mich so willkommen hieß.
Zwei alte Männer mit düsterem Gesicht standen an einem Eisenrost, auf dem langsam zwei Schweinehälften brieten. Der eine von ihnen tunkte einen Stock mit einem Lumpenknäuel vorne in einen Soßenkessel und bestrich damit die braune Kruste, während eine alte Frau aus einem großen Topf mit Fett, der über einem anderen Feuer hing, mit einer Gabel Hush Puppies* in flache Schüsseln schaufelte, die auf einem Brettertisch verteilt waren.
»In einer Reihe aufstellen!« schmetterte Donie Carawan mit Trompetenstimme, und die Leute bildeten eine Schlange. Dabei lachten und lärmten sie von neuem, und auch das Lächeln war wieder auf

* Eine Art schnell gebackenes, salzloses Brot. – A. d. Ü.

ihren Gesichtern. Es war in gewissem Maße wie bei Träumen, die man hat – wo Leute laut und aufgeregt herummachen und etwas Schlimmes ganz unmerklich heraufzieht.

Donie Carawan hakte sich mit ihrem nackten Arm in meinen blauen Hemdsärmel unter, während der alte Mann für uns gegrillte Schweinefleischscheiben auf Pappteller schnitt. Dann tat die alte Frau mit einer Gabel einen Hush Puppy und eine große Portion Krautsalat dazu, und während ich aß, fragte ich mich, wie sie die Barbecue-Soße machten – fragte mich auch, ob all diese Leute wirklich hier sein wollten, auf dem Geburtstag eines Fluchs, wie Donie Carawan es nannte.

»John«, sagte sie, als hätte sie meine Gedanken gelesen, »heißt es nicht, daß ein Hexenfluch einem reinen Herzen nichts anhaben könnte?«

»So heißt es«, bestätigte ich, und sie lachte wieder. Der große Tanzmeister und der schmächtige Mundorgelspieler sahen von ihrem Grillfleisch auf.

»Es ist jetzt zwanzig Jahre her, da hat mich eine alte Hexe verflucht, weil sie mich für schuldig hielt«, sagte Donie Carawan. »Vor dem Gesetz war ich unschuldig. Wer hat nun recht?«

»Da bin ich überfragt«, antwortete ich zwangsläufig, und wieder lachte sie und biß in ihren Hush Puppy.

»Sehen Sie sich um, John«, sagte sie. »Dieses Haus hier ist mein Haus, dieses Tal hier ist mein Tal, und diese Leute sind meine Freunde, die gekommen sind, um mir bei meinem Vergnügen zu helfen.«

Wieder dachte ich mir: Sie ist die einzige, die sich vergnügt – vielleicht nicht einmal sie.

»Alles, was recht ist!« lachte sie. »Aber ein paar Leute nimmt es ziemlich mit, die ganzen Jahre über den Atem anzuhalten und zuzusehn, ob mich der Fluch trifft. Und weil er mich nicht treffen wollte, hab ich mir etwas ausgedacht, um ihn zu verscheuchen.« Ihre blauen Augen blickten auf. »Aber was führt dich in diese Gegend, John?«

Der Tanzmeister und der dünne Mundorgelspieler spitzten die Ohren. »Ich bin nur auf dem Durchmarsch«, sagte ich. »Auf der

Suche nach Liedern. Ich habe von einem Lied gehört, das man hier singt – etwas über einen kleinen schwarzen Zug.«
Im Nu wurde alles still ringsum; man hätte meinen können, ich wäre unhöflich gewesen. Doch wieder brach sie die Stille mit einem Lachen.
»Dieses Lied«, sagte sie, »kenne ich doch schon so lange wie den Fluch – fast. Soll ich es dir vorsingen?«
Die Leute beobachteten uns, und ich antwortete: »Ja, bitte, Ma'am.«
Und dort, im gelbroten Schein der Lampen und des Feuers, zwischen dem dunklen Berg und den schattigen, schattenhaften Bäumen, über denen kein Splitter Mond hing, begann sie zu singen. Sie hatte eine gute Stimme. Ich stellte meinen Teller hin und ging daran, ihr über ein, zwei Zeilen mit meiner Gitarre zu folgen:

Ich hörte aus der Höhe
Ein finsteres Gebot:
»Geh, bring dein Haus in Ordnung!
Besiegelt ist dein Tod.
Nimm Abschied von deinen Freunden,
Rasch alles ins reine gebracht,
Denn der kleine schwarze Zug fährt ein
Und ruft nach dir heut nacht.«

»Miss Donie, dieses Ding ist sehr musikalisch«, sagte ich. »Hört sich ganz wie ein rollender Zug an.«
Sie erwiderte: »Für die Pfeifenpartie ist meine Stimme nicht hoch genug«, und lächelte mich mit rotem Mund an.
»Vielleicht kann *ich* das ja machen«, sagte der Mundorgelspieler. Er sprach leise und kam nahe zu uns heran, während die Leute mit betretener, einfach angewiderter Miene die Hälse nach uns reckten. Ich fragte mich allmählich, ob ich das Lied von diesem schwarzen Zug lieber nicht hätte zur Sprache bringen sollen.
Aber da erhob sich nicht weit vom Haus – von der Stelle, wo ein Faß aufgestellt war – ein großes Gebrüll. Der Betrunkene, der mich hergeholt hatte, schrie einen anderen, fast ebenso betrunkenen

Mann an, und sie versuchten, sich gegenseitig eine Kürbisflasche wegzuschnappen. Auf jeder Seite feuerten zwei, drei Männer mit ausgelassenen Rufen die beiden Streithammel auch noch an.

»Jeth!« rief Donie Carawan dem starken Tanzmeister zu. »Machen wir dieser Sache ein Ende, eh sie noch den Whisky verschütten.« Und gemeinsam stürzten sie auf das Menschenknäuel neben dem Faß los, während sich alles neugierig ringsum drängte.

»John«, sagte jemand leise – der Mundorgelspieler, und der Feuerschein zeigte Falten in seinem Gesicht, Salzgrau in seinem Haar. »Was tun Sie wirklich hier?«

»Zuschauen«, sagte ich, während der große starke Jeth die beiden Betrunkenen auseinanderzog und Donie Carawan ihnen die Leviten las. »Und zuhören. Ich will wissen, wie sich dieses Lied vom schwarzen Zug mit diesem Fest und der Geschichte über den Fluch zusammenreimt. Wissen Sie etwas darüber?«

»Ja«, antwortete er.

Wir trugen unser Essen aus dem Schein des Feuers heraus. Lachend und schreiend drängten sich die Leute zum Faß.

»Donie Carawan war die Braut von Trevis Jones«, erzählte mir der Mundorgelspieler. »Dem hat die High-Fork-Eisenbahnlinie gehört, auf der das abgeschlagene Holz aus diesem Tal wegtransportiert wurde. Er besaß Geld wie Heu; so hat er sie ja auch dazu rumgekriegt, daß sie ihn heiraten wollte. Aber« – er schluckte schwer – »da war noch so ein junger Bursche, der liebte sie. Cobb Richardson, Trevis Jones' Lokführer auf der High-Fork-Linie. Und der hat Trevis Jones umgebracht.«

»Aus Eifersucht?« fragte ich.

»Es wurde angenommen, daß Donie Carawan sich gegen Trevis entschieden und Cobb so lang den Kopf verdreht hat, bis er ihn schließlich umbrachte; Trevis hatte ihr in seinem Testament nämlich sämtliches Geld und Gut vererbt – die Eisenbahn und alles. Aber Cobb legte ein Geständnis ab. Sagte, Donie hätte nichts zu tun mit der ganzen Geschichte. Und so kam sie völlig ungeschoren davon, während Cobb getötet wurde, auf dem elektrischen Stuhl, unten in der Landeshauptstadt.«

»Das darf doch nicht wahr sein!« rief ich.

»Tatsache. Und Cobbs Mutter – Mrs. Amanda Richardson – hat den Fluch ausgesprochen.«

»Oh«, sagte ich, »ist sie die Hexe, die –«

»Sie war keine Hexe«, fiel er mir ins Wort, »aber sie hat Donie Carawan verflucht. Der Zug, auf dem Cobb Lokführer gewesen war und den Trevis ihr vermacht hatte, würde Donies Tod und Verderben sein. Donie hat nur gelacht. Sie haben es ja selbst vorhin gehört. Und dann ist das Lied aufgekommen, das Lied vom schwarzen Zug.«

»Wer hat es gedichtet und komponiert?« fragte ich ihn.

»Ich schätze, das war ich«, antwortete er und sah mich dabei lange an, um diese Mitteilung auf mich einwirken zu lassen. Dann sagte er: »Vielleicht hat Donie Carawan sich wegen dieses Liedes entschlossen, ein Abkommen mit der Hickory-River-Bahnlinie zu treffen, daß sie nämlich gegen ein regelmäßiges Entgelt den Zug von High Fork nie mehr einsetzen würde.«

Ich war mit meinem Teller fertig und hätte an sich noch mehr vertragen; aber mir war nicht danach. »Verstehe«, erwiderte ich. »Sie hat sich gesagt, wenn kein Zug auf der High-Fork-Linie fährt, dann könnte der auch nicht ihr Tod und Verderben sein.«

Der Mundorgelspieler und ich legten unsere Pappteller auf eines der Feuer. Obwohl ich die anderen Leute nicht ansah, kam es mir so vor, als würden ihr Lachen und ihr Gerede leiser, je dunkler die Nacht wurde.

»Nur daß es heißt«, berichtete mir der Mundorgelspieler weiter, »der Zug auf dieser Strecke ginge immer noch. Oder hätte es zumindest einmal getan. Bisweilen um Mitternacht, heißt es, fährt ein schwarzer Zug, und jedesmal stirbt dann ein Sünder.«

»Haben *Sie* ihn je fahren sehen?«

»Nein, John, aber gehört hab ich ihn, weiß Gott! Und Donie Carawan ist die einzige, die darüber lacht.«

Genau in diesem Augenblick lachte sie ausgelassen mit den beiden Kampfhähnen von vorhin. Sämtliche Männerhälse reckten sich nach ihr, und die Frauen zogen Gesichter, als würde es ihnen nicht passen. Auch mein eigener Hals reckte sich ein wenig.

»Vor zwanzig Jahren, in der Blüte ihrer Schönheit«, sagte der

Mundorgelspieler, »mein lieber Schwan, da hätt man gar nichts andres ansehn wollen! Ihr Anblick machte einen wunschlos glücklich.«

»Was meint sie mit ›Kein Fluch mehr‹?«

»Sie hat noch ein Abkommen geschlossen, John. Sie hat die Bahngeleise der High-Fork-Linie, die seit zwanzig Jahren stillgelegt ist, verkauft. Heute sind die letzten Schienen rausgerissen und fortgebracht worden. Inzwischen hat sie sich dieses Haus hier bauen lassen, gegenüber dem früheren Wegerecht. Gucken Sie mal da drüben, durch den Trampelpfad. Da verlief früher die Bahnlinie.«

Dann stammte dieser dunkle Graben zwischen den Bäumen also vom alten Bahndamm. Momentan sah er gar nicht so breit aus.

»Keine Schienen«, sagte der Mundorgelspieler. »Sie glaubt an keinen schwarzen Zug um Mitternacht. Die Leute sind auf ihre Einladung hin gekommen – manche, weil sie ihre Pächter sind, manche, weil sie ihr Geld schulden, und manche – Mannsbilder –, weil sie alles tun würden, was sie ihnen befiehlt.«

»Und sie hat nie geheiratet?« fragte ich.

»Wenn sie das täte, dann würde sie das Geld und das Land verlieren, das Trevis Jones ihr vererbt hat. So steht's in seinem Testament. Sie nimmt sich die Männer auch, ohne sie zu heiraten – mal den, mal den. Ich habe welche gekannt, die haben sich umgebracht, weil sie nichts mehr von ihnen wissen wollte. Hat ihr Herz wieder in ihre Tasche gesteckt und zugeknöpft. Zuletzt ist es der große Jeth gewesen. Und so wie sie sich heut abend aufführt, sucht sie sich wieder einen neuen Kavalier aus.«

Sie kam durch den Lampen- und Feuerschein zurück. »John«, sagte sie, »die Leute möchten wieder tanzen.«

Ich spielte ihnen, unterstützt von der Mundorgel, *Many Thousands Gone,* und sie tanzten und stampften, daß man meinen könnte, es wären viele tausend Tänzer. In diesem Gedränge promenierte Donie Carawan nach rechts und links, umtänzelte einen jungen Blondschopf, und Jeth, der Tanzmeister, machte ein Gesicht wie saure Gurken. Als ich zu Ende war, kam Donie Carawan im Nu zurückgerauscht.

»Laß die Mundorgel spielen«, sagte sie, »und tanz mit mir.«

»Kann keinen Shake«, erklärte ich ihr. »Im Moment wäre mir wirklich nach dem Lied vom schwarzen Zug.«
Ihre blauen Augen warfen Fältchen. »In Ordnung. Du spielst, und ich werde singen.«
Sie tat es. Der Mann mit der Mundorgel imitierte zu meiner Gitarre den stöhnenden Klang einer Zugpfeife, und glotzäugig wie Frösche hörten die Leute zu.

Ein stolzer, verwegener Jüngling
In den Wind die Warnung schlug.
Da vernahm er das einsame Heulen
Von dem kleinen schwarzen Zug.
»Herr, soll ich vergehen in Sünde?
Vergib mir! Erbarme dich mein!
O Tod, willst du mich nicht schonen?«
Doch der schwarze Zug fuhr ein.

Als sie bis dorthin gekommen war, lachte Donie Carawan wie zuvor – tief und gutgelaunt. Jeth, der Tanzmeister, gab einen komischen Laut aus seiner rauhen Kehle von sich.
»Mir will einfach nicht in den Kopf«, sagte er, »wie ihr alle das gemacht habt, daß es sich anhört, als würde ein Zug einfahren, immer und immer näher.«
»Ganz einfach«, antwortete ich. »Durch eine musikalische Veränderung. Einen Wechsel in der Tonlage.«
»Tatsache«, bestätigte der Mann mit der Mundorgel. »Ich hab's mit ihm zusammen gespielt.«
Eine Frau lachte nervös. »Ja, das stimmt, glaub ich. Eine Zugpfeife hört sich immer höher an, je näher sie kommt. Dann fährt sie vorbei, wird immer tiefer und leiser und verklingt.«
»Aber ich hab den Zug in dem Lied nicht wegfahren hören«, wandte ihr Nebenmann ein. »Er ist bloß immer näher gekommen.« Er zuckte die Achseln; vielleicht zitterte er.
»Donie«, sagte die Frau, »ich denke, ich pack's.«
»Bleib noch, Lettie«, begann Donie Carawan, und es war keine Bitte – es war ein Befehl.

»Ich hab einen ganz schönen Fußmarsch vor mir, und das ohne Mondschein«, entgegnete die Frau. »Reuben, du kommst mit.« Sprach's und machte sich auf den Weg. Der Mann sah noch ein einziges Mal zu Donie Carawan. Dann folgte er der Frau. Ein zweites Paar und gleich darauf noch eines verschwanden mit ihnen aus dem Feuerschein, und vielleicht wären noch mehr gegangen, aber Donie Carawan schnaubte wie ein Roß, um sie aufzuhalten.
»Trinken wir«, sagte sie. »Es ist mehr als genug da für alle, jetzt, wo diese Menschen, die ich für meine Freunde hielt, fort sind.«
Kann sein, daß sich noch zwei, drei andere zwischen dieser Stelle und dem Faß verflüchtigten. Donie Carawan kippte sich einen Whiskey hinter die Binde und sah mich dabei über den Rand der Kürbisflasche hinweg an. Dann tunkte sie die Flasche noch einmal ein und streckte sie mir entgegen.
»Du trinkst nach der Dame«, flüsterte sie, »und kriegst einen Kuß.«
Ich trank. Es war guter Whiskey. »Schmeckt«, sagte ich.
»Der Kuß?« lachte sie. Aber weder der Tanzmeister noch ich oder der Mann mit der Mundorgel lachten.
»Los, tanzen wir«, sagte Donie Carawan, und ich spielte *Sourwood Mountain.* Die Mundorgel stöhnte dazu.
Innerhalb kürzester Zeit waren nur noch ganz wenige Tänzer übriggeblieben. Aber dafür schienen die Bäume, zwischen denen sie hindurch tanzten, größer zu sein als vorher, und mehr. Es erinnerte mich an die Geschichte, die ich als junger Naseweis von Tag- und von Nachtbäumen gehört hatte; sie waren keineswegs dasselbe. Die Nachtbäume können ein Haus, das sie nicht mögen, dicht umzingeln, die Schindeln vom Dach klopfen und die Fensterscheiben und Türfüllungen einschlagen, und in einer solchen Nacht setzt man besser *keinen* Fuß nach draußen ...
Nicht mehr soviel Händeklatschen am Schluß von *Sourwood Mountain.* Nicht mehr soviel »Zugabe!«-Gebrüll. Die Leute gingen ans Faß, noch einen trinken, aber der Mundorgelspieler hielt mich zurück.
»Erzähl mir mehr von dieser Sache«, sagte er. »Daß das Geräusch sich immer höher anhört, je näher der Zug kommt.«
»Das hat mir mal ein Bekannter erklärt, in einer Ortschaft in

Tennessee, Oak Ridge heißt sie«, antwortete ich. »Das hat alles mit sogenannten Schallwellen zu tun, und irgendwie funktioniert es auch mit Licht. Kapier zwar nicht genau, wie, aber sie können so die Entfernung bis zu den Sternen messen.«

Der Mundorgelspieler überlegte stirnrunzelnd. »So was wie dieses Radar?«

Ich schüttelte den Kopf. »Nein, nichts mit Maschinen und Apparaten. Nur eben das, was sie ein ›Prinzip‹ nennen. Bursche namens Doppler – Christian Doppler, ein Ausländer – hat's rausgefunden.«

»Christian hat er geheißen«, wiederholte der Mann mit der Mundorgel. »Schätze, dann ist es kein Teufelskram.«

»Warum so besorgt deswegen?« fragte ich ihn.

»Ich hab aufmerksam durch den Trampelpfad geschaut, während wir das Lied vom schwarzen Zug gespielt und die Tonlage verändert haben, damit es sich anhört, als käme er näher«, antwortete er. »Guck mal da rüber und sieh selbst.«

Ich sah hin. Es war ein schwach glänzender Streifen unten im Tal. *Zwei* schwach glänzende Streifen, obwohl kein bißchen Mond schien. Ich sah, was er meinte – es war, als wären diese herausgerissenen Gleise immer noch an Ort und Stelle.

»Die zweite Strophe – die, die Miss Donie gesungen hat«, sagte ich. »War dieser Jüngling –?«

»Ja«, antwortete er, noch ehe ich zu Ende gesprochen hatte. »Das war die Strophe über Cobb Richardson. Wie er Gott um Vergebung anrief, in der Nacht, bevor er gestorben ist.«

Donie Carawan kam und hakte mich unter. Ich merkte, daß ihr langsam, aber sicher der gute, starke Schnaps zu Kopfe stieg. Sie lachte fast über alles. »Du gehst jedenfalls nicht weg«, sagte sie und lächelte mich an.

»Hab kein besonderes Ziel vor Augen«, erwiderte ich.

Sie stellte sich auf ihre Schuhspitzen. »Bleib hier heute nacht«, raunte sie mir ins Ohr. »Die anderen sind bis Mitternacht alle fort.«

»Sie laden einfach so Männer ein?« fragte ich und sah in ihre blauen Augen. »Wenn Sie sie gar nicht kennen?«

»Ich kenn die Männer gut genug«, antwortete sie. »Männerbekanntschaften halten eine Frau jung.« Ihr Finger berührte die

Gitarre, die auf meinem Rücken hing, und die Saiten flüsterten eine Antwort. »Sing mir was, John.«

»Ich möchte immer noch das Lied vom kleinen schwarzen Zug lernen.«

»Ich hab dir beide Strophen vorgesungen«, entgegnete sie.

»Dann«, sagte ich zu ihr, »singe ich eine Strophe, die *ich* mir gerade ausgedacht habe.« Ich sah zu dem Mann mit der Mundorgel. »Helfen Sie mir dabei.«

Und während wir zusammen in immer höherer Tonlage spielten, sang ich – den Blick auf Donie Carawan gerichtet – die neue Strophe, die ich gedichtet hatte.

Auf, geh und sage der Lady,
Die voll weltlichem Stolze dort lacht,
Der kleine schwarze Zug käme her,
Damit sie sich fahrbereit macht.
Mit 'ner kleinen schwarzen Dampflok
Und 'nem kleinen schwarzen Waggon
Muß alles, was sie gesagt und getan,
Vor den ewigen Richterthron.

Am Ende der Strophe sah ich zu denen auf, die noch übriggeblieben waren – einem knappen halben Dutzend vielleicht, das sich zusammendrängte wie Schafe, wenn's donnert; nur nicht der große Jeth – der stand auf der einen Seite und durchbohrte mich mit seinen Blicken – und Donie Carawan, die an einem Baum mit herabhängendem Geäst lehnte, als wäre sie müde.

»Jeth«, sagte sie, »zerstampf seine Gitarre in Stücke.«

Ich zog mir schnell den Tragegurt über den Kopf und hielt das Instrument neben mich. »Wehe, Jeth, Sie versuchen etwas dergleichen«, warnte ich ihn.

Sein Grinsen entblößte große rechteckige Zähne mit dunklen Zahnlücken dazwischen. Er wirkte doppelt so breit wie ich.

»Ich zerstampf nicht bloß deine Gitarre, sondern dich gleich mit«, sagte er.

Ich legte mein Instrument auf den Boden und war froh, daß ich nur einmal vom Whiskey getrunken hatte. Als Jeth gebückt auf die Gitarre losstürzte, schlug ich ihm fest mit meiner Faust unters Ohr. Er hüpfte zwei Schritte weit weg, um sich auf den Beinen zu halten. Soll mir keiner aussprechen, was er dann getan hat; jedenfalls schlug ich ihn noch zweimal, noch fester. Seine Nase wurde unter meinen Fingerknöcheln plattgequetscht, und als er sich zurückzog, rieselte Blut.

Der Mann mit der Mundorgel schnappte meine Gitarre vom Boden. »Das hier wird ein ehrlicher Kampf!« brüllte er; es war das Lauteste, was er bis jetzt gesagt hatte. »Kein fairer, wo Jeth doch so groß ist, aber ein ehrlicher! Nur zwischen diesen beiden und niemand sonst!«

»Mit dir rechne ich später noch ab!« versprach Jeth niederträchtig.

Ich stellte mich zwischen die beiden. »Rechne erst mal mit mir ab«, sagte ich.

Jeth lief auf mich zu. Ich trat einen Schritt zur Seite und traf ihn noch einmal unterm Ohr, während er vorbeischlingerte. Als er sich umdrehte, rammte ich ihm meine Faust mitten in den Bauch, um den ganzen Whiskey aufzurühren, den er getrunken hatte, dann die andere Faust *noch mal* unters Ohr, dann auf Mund und Kinn, unters Ohr, auf die gebrochene Nase – zehnmal würgte ich ihm so aus Leibeskräften eins rein. Beim achten- oder neuntenmal machte er schlapp, und beim zehnten fiel er zu Boden wie ein nasser Sack. Ich blieb stehen und wartete, aber er rührte sich nicht.

»Jetzt seht euch das an!« sagte der Betrunkene, der mich hergeholt hatte. »Dort drüben, wie Jeth daliegt! Hätte nie gedacht, daß ich diesen Tag noch erleben würde! Vielleicht ist der Fremde da, der sich als John ausgibt, doch der Leibhaftige!«

Langsam ging Donie Carawan hinüber und kickte Jeth mit der Spitze ihres Stöckelschuhs in die Rippen. »Hoch mit dir«, befahl sie ihm.

Er grunzte, brummelte und schlug die Augen auf. Dann erhob er sich wie ein kranker Stier: vorsichtig, Stück für Stück, mit empfindlichen Schmerzen. Er versuchte, sein Nasenbluten mit dem Rücken seiner Pranke zu stoppen. Donie Carawan sah zuerst ihn an und dann mich.

»Raus hier, Jeth«, befahl sie ihm. »Runter von meinem Grund und Boden.«
Und krüppelhaft – gebückt, mit weichen Knien und baumelnden Händen, so daß man meinen konnte, er trüge etwas Schweres – ging er weg.
Der Betrunkene hickste. »Schätze, ich muß jetzt ebenfalls«, sagte er, vielleicht nur zu sich selbst.
»Dann geh doch!« schrie Donie Carawan ihm ins Gesicht. »Ihr könnt alle gehen, jetzt gleich, auf der Stelle! Ich habe euch für meine Freunde gehalten, aber jetzt sehe ich, daß ich in dem ganzen Haufen nicht einen einzigen habe! Los, geht schon! Ein bißchen Beeilung! Allesamt!«
Die Hände in die Hüften gestemmt, schmetterte sie ihre Aufforderung hinaus. Die Leute machten sich zwischen den Bäumen davon – schneller, als Jeth abgehauen war. Ich aber rührte mich nicht vom Fleck. Der Mundorgelspieler gab mir meine Gitarre zurück, und ich schlug einen Akkord. Donie Carawan machte, wie von der Tarantel gestochen, auf dem Absatz kehrt, um mich mit ihren blauen Augen anzustarren.
»Du bist dageblieben«, sagte sie, als fände sie irgend etwas komisch daran.
»Es ist noch nicht Mitternacht«, erwiderte ich.
»Aber schon fast«, fügte der Mann mit der Mundorgel hinzu. »Nur noch ein paar Minuten. Und immer um Mitternacht fährt der kleine schwarze Zug!«
Sie hob ihre nackten runden Schultern und setzte schon wieder zum Lachen an. Aber sie tat es dann doch nicht.
»Damit ist es jetzt aus und vorbei. Falls je etwas daran war, dann jetzt nicht mehr. Die Schienen sind herausgerissen worden –«
»Seht mal, dort, durch den Trampelpfad«, fiel ihr der Mundorgelspieler ins Wort. »Die beiden Schienenstränge sind wieder an Ort und Stelle! Sie gehen glattweg durchs Tal!«
Wieder wirbelte sie herum, schaute, und im Schein der erlöschenden Feuer schien es mir so, als würde sie schwanken. Sie konnte diese blitzenden Streifen sehr wohl erkennen.
»Und horcht mal«, sagte der Mundorgelspieler. »Hört ihr denn nichts?«

Ich hörte es und Donie Carawan ebenfalls, denn sie zuckte zusammen. Es war eine wilde und einsame Pfeife – leise, aber deutlich – weit unten im Tal.

»Machst *du* das, John?« quiekte sie mit einer Stimme, die ganz plötzlich hoch, schwach und alt geworden war. Dann lief sie zum Haus und auf den Trampelpfad, wo sie auf etwas hinunterstarrte, das wie ein langer Schienenstrang aussah.

Ich folgte ihr und mir wiederum der Mann mit der Mundorgel. Der Boden des Trampelpfads bestand aus Erde, die unter den vielen Füßen so fest geworden war wie Backstein. Donie Carawan blickte zu uns zurück. In dem Licht einer Lampe, das durch ein Fenster fiel, leuchtete ihr Gesicht vor Blässe, während der rot bemalte Mund fast schwarz dagegen abstach.

»John«, sagte sie, »du spielst uns einen Streich; du machst, daß es sich anhört wie –«

»Ich *bin* es nicht«, schwor ich ihr.

Es pfiff abermals – *Weeeeehhhhh!* – und auch ich sah auf die beiden Schienenstränge hinab, die in der dunklen, mondlosen Nacht ganz klar und deutlich glänzten, bis sie um eine Kurve im Tal verschwanden. Eine Sekunde später war die Lok selbst zu hören – *Tsch-tsch-tsch-tsch!* – und die Pfeife: *Weeeehhhhh!*

»Miss Donie«, sagte ich dicht hinter ihr, »besser, Sie gehen.«

Ich gab ihr einen sanften Schubs.

»Nein!« versetzte sie, hob ihre Fäuste, und ich sah strangähnliche Linien auf ihren Handrücken – es waren nicht die Fäuste einer jungen Frau. »Das hier ist mein Haus, mein Land, und es ist meine Eisenbahn!«

»Aber –«, begann ich, doch sie fiel mir ins Wort.

»Wenn es wirklich hierherkommt, wohin kann ich dann vor ihm fliehen?«

Der Mundorgelspieler zupfte mich am Hemdsärmel. »Ich gehe«, sagte er. »Du und ich, wir haben die Tonlage gesteigert und dadurch den schwarzen Zug zurückgebracht. Dachte, ich könnte dableiben, zusehn und mir mords was drauf einbilden. Aber ich bin nicht Manns genug.«

Und er stieß im Weggehen ein dünnes Heulen auf seiner Mundorgel aus, worauf die andere Pfeife Antwort gab – lauter und näher.

Und höher in der Tonlage.
»Da kommt ein richtiger Zug«, sagte ich zu Donie Carawan, aber sie schüttelte ihren gelben Kopf.
»Nein«, erwiderte sie mit toter Stimme. »Er kommt, aber es ist kein richtiger Zug. Er hält direkt auf diesen Trampelpfad zu. Sieh nur, John. Da, auf dem Boden.«
Es schienen Gleise dort zu verlaufen, mitten durch den Trampelpfad, wie durch einen Tunnel. Vielleicht war irgendwas Besonderes an dem Licht. Sie lagen dicht beieinander wie Schmalspurschienen. Ich hatte keine Lust, sie mit meinen Zehen zu berühren, um mir Klarheit zu verschaffen, aber sehen tat ich sie in diesem Moment. Meine Gitarre unter dem einen Arm, streckte ich die andere Hand nach Donie Carawans Ellbogen aus. »Besser, wir gehen«, sagte ich noch einmal.
»Ich kann nicht!«
Sie sprach laut, scharf – mit nackter Angst in der Stimme. Und sie am Arm zu nehmen war, als griffe man nach einem Zaunpfosten, so steif und unbeweglich schien er.
»Dieses Land *gehört* mir«, sagte sie dabei. »Ich kann es nicht verlassen.«
Ich versuchte, sie hochzuheben und mit wegzuziehen, aber das ging nicht. Man hätte meinen können, sie wäre auf diesem Trampelpfad festgewachsen – als hätten ihre Schuhspitzen und ihre hohen Absätze zwischen dem, was wie Bahngeleise aussah, Wurzeln geschlagen. Dort draußen, wo die Schienenspur hinter einer Kurve verschwand, stieg das Geräusch jetzt lauter, höher empor: *Tsch-tsch-tsch-tsch – Weeeehhh-eeeh!* Und allmählich kam ein Licht um die Kurve, so wie von einem Scheinwerfer vielleicht, nur daß sein Gelb auch bläulich schimmerte.
Das Geräusch der herankommenden Lok ließ in meinem Kopf die Töne des Liedes entstehen:

Geh, bring dein Haus in Ordnung.
Besiegelt ist dein Tod –

Immer höher und höher und mit einer allmählichen Veränderung der Tonlage, je näher es herankam, immer näher und näher –
Ich weiß nicht, wann ich anfing, die Melodie auf meiner Gitarre zu spielen, aber plötzlich stand ich neben Donie Carawan und musizierte. Sie konnte nicht weglaufen. Sie stand da wie angewurzelt oder festgefroren, und nur noch eine Sekunde, dann käme der Zug in Sicht.
Der Mundorgelspieler hatte uns, sich und mir, die Schuld gegeben; daß wir den Zug durch die Änderung der Tonlage herbeigerufen hätten. Und was immer auch jemand verdiente – *mir* stand es nicht zu, den verdienten Lohn über Donie Carawan zu bringen. Solche Dinge gingen mir durch den Kopf. Und auch:
Christian Doppler hatte der Bursche geheißen, der dahintergekommen war, warum und weshalb durch die Tonlage ein Geräusch nah erscheint. Und wie der Mundorgelspieler gesagt hatte, bewies dieser Name, daß es kein Teufelskram war. Ein ehrlicher Mann könnte es versuchen ...
Während ich die Melodie spielte, ließ ich meine Finger ganz, ganz langsam wieder am Gitarrenhals hinaufgleiten, und heimlich, still und leise ging die Tonlage nach unten.
»Da kommt er, John«, wimmerte Donie Carawan, die immer noch dastand wie ein Klotz.
»Nein«, sagte ich. »Es wird – hören Sie!«
Ich spielte so leise, daß man, wenn man die Ohren spitzte, die Geräusche des Zuges wahrnehmen konnte. Die Tonlage fiel wie im Einklang mit meiner Gitarre, und die Pfeife machte *Weeeeehhhhh!* Tiefer klang es jetzt.
»Das Licht – dunkler –«, sagte Donie Carawan. »Oh, wenn ich nur noch einmal Gelegenheit bekäme, ein andres Leben zu führen –« Sie stöhnte und schwankte.
Die Worte flogen mir zu, während ich spielte.

Oh, seht sie hilflos dastehn!
Oh, lauscht nur ihrer Qual!
Es wurd ihr zu Sekunden,
Was einst der Jahre Zahl.

O Herr, sie würde weichen
Vom Pfad, den sie beschritt,
Stieße nur der schwarze Zug zurück
Und nähme sie nicht mit!

Und sie weinte wirklich. Ich hörte, wie ihr der Atem stockte, wie sie röchelte und ihr Körper davon geschüttelt wurde, daß man schon halb damit rechnete, die Rippen würden ihr vom Rückgrat springen. Ich spielte weiter, schlug weiter in die Saiten, immer tiefer. Nur einen einzigen Augenblick lang glaubte ich, schwach zu sehen, was vielleicht auf uns zugekommen wäre.

Klein war es schon und auch schwarz unter diesem komischen kaltblauen Licht, das vorne saß. Und die Waggons waren höchstens so groß und irgendwie auch so geformt wie Särge. Aber vielleicht bildete ich mir das bloß ein – phantasierte es mir so zusammen, während ich dastand. Jedenfalls wurde das Licht trübe und das *Tsch-tsch-tsch-tsch* tiefer und leiser, ganz so, als ob der Zug zurückstieße, weg und außer Hörweite.

Ich ließ meine Hand auf den Silbersaiten ruhen. Wir standen da und verharrten in einer Stille wie die, die an einem Ort ohne Luft und Leben herrschen muß, auf dem Mond zum Beispiel.

Dann stieß Donie Carawan einen schweren, gebrochenen Schluchzer aus, und ich fing sie mit meinem freien Arm auf, als sie fiel. Jetzt war sie gar nicht mehr steif. Alles Angespannte war von ihr abgefallen. Sie legte mir von unten einen schwachen, nackten, runden Arm um den Hals, und ihre Tränen benetzten mein Hemd.

»Du hast mich gerettet«, wiederholte sie immerzu. »Du hast den Fluch von mir abgewendet.«

»Schätze, ja«, erwiderte ich, obwohl sich das ein bißchen nach Aufschneiderei anhörte. Ich sah zu den Schienen hinunter, und sie waren nicht mehr da, weder auf dem Trampelpfad noch weiter weg. Nichts als die Finsternis des Tales. Die Grillfeuer waren verglommen und die Lampen im Haus heruntergebrannt.

Ihr Arm schlang sich fester um meinen Hals. »Komm rein«, sagte sie. »Komm rein, John. Du und ich, allein da drinnen.«

»Es wird Zeit für mich, weiterzuziehen«, antwortete ich.

Ihr Arm fiel von mir herab. »Was ist? Hast du etwas gegen mich?« fragte sie.
Darauf gab ich ihr nicht einmal mehr Antwort, so erbärmlich hörte es sich an. »Miss Donie«, entgegnete ich, »Sie haben ein wahres Wort gesprochen. Ich habe den Fluch von Ihnen abgewendet. Er ist nicht erloschen. Sie können ihm nicht dadurch ein Ende bereiten, daß Sie über ihn lachen, daß Sie sagen, so etwas gäbe es nicht, oder daß Sie Schienen herausreißen lassen. Auch wenn er heute nacht ausblieb, könnte er doch zurückkommen.«
»Oh!« Sie streckte ihre Arme wieder halb zu mir empor, ließ sie dann aber fallen.
»Was muß ich tun?« bettelte sie mich an.
»Aufhören, eine Sünderin zu sein.«
Die blauen Augen in ihrem bleichen Gesicht wurden kugelrund.
»Du willst, daß ich am Leben bleibe«, sagte sie hoffnungsvoll.
»Es ist besser für Sie, zu leben. Sie haben mir erzählt, daß Leute Ihnen Geld schulden, Land von Ihnen pachten und dergleichen. Wie kämen die zurande, wenn Sie verschleppt würden?«
Vielleicht zum erstenmal in ihrem Leben konnte sie sehen, was ich meinte.
»*Sie* wären weg«, gab ich ihr zu bedenken, »aber die Leute, die auf Sie angewiesen sind, die hätten das Nachsehn. Na, Sie sind ja noch da, Miss Donie. Versuchen Sie, den Leuten unter die Arme zu greifen. Das läßt sich auf tausenderlei Arten bewerkstelligen. Ich muß sie Ihnen nicht aufzählen. Und wenn Sie richtig handeln, dann hören Sie auch diese Mitternachtspfeife künftig nicht mehr so leicht.«
Ich schickte mich an, den Trampelpfad zu verlassen.
»John!« Aus ihrem Mund klang mein Name wie eine Wehklage.
»Bleib heut nacht hier, John«, bettelte sie mich an. »Bleib bei mir! Ich will dich dahaben, John, ich brauche dich hier!«
»Nein, Sie brauchen mich nicht, Miss Donie«, erwiderte ich. »Sie haben eine ganze Menge zum Nachdenken und Vorsätzefassen. Bis gegen Sonnenaufgang reicht's vielleicht, daß Sie nun ein neues Leben anfangen.«
Sie brach in Tränen aus. Beim Weggehen merkte ich, daß der Tonfall ihrer Stimme, je weiter ich kam, sich immer tiefer anhörte.

Auf dem Fußweg hätte es mich fast aus dem Gleichschritt gebracht: Der Mundorgelspieler saß auf einem alten abgehackten Holzklotz.
»Ich hab zugehört, John«, sagte er. »Glaubst du, du hast richtig gehandelt?«
»Wenigstens so richtig ich konnte. Vielleicht *mußte* der schwarze Zug ja fahren, auf Anweisung irgendeines Heimatbahnhofs, den wir nicht kennen; vielleicht haben auch ich und du ihn durch die Art, wie wir die Tonlage verändert haben, heut nacht hierhergebracht.«
»Genau das war meine Befürchtung, als ich gegangen bin.« Er nickte.
»Und aus genau der gleichen Befürchtung habe ich ihn wieder dazu gebracht, zurückzufahren«, entgegnete ich. »Jedenfalls gefällt mir die Vorstellung, daß ihr von jetzt an in dieser Gegend alle eine neue Donie Carawan erwarten könnt, irgendwie.«
Er stand auf und wandte sich den Fußpfad bergan. »Ich hab noch gar nicht gesagt, wer ich bin.«
»Nein, Sir«, stimmte ich ihm zu. »Und ich habe auch nie danach gefragt.«
»Ich bin Cobb Richardsons Bruder. Wyatt Richardson. Meine Mutter hat mir auf ihrem Sterbebett den Schwur abgenommen, mit Donie Carawan für das, was Cobb passiert ist, abzurechnen. Glaube kaum, daß sie *so einen* Ausgang damit gemeint hat, aber wahrscheinlich wäre es auch ihr ganz recht.«
Wir gingen zusammen in die Dunkelheit.
»Komm, schlaf doch heute nacht in meinem Haus, John«, bot er mir an. »Viel gibt es zwar nicht, aber das, was da ist, steht dir gern zur Verfügung.«
»Freundlichsten Dank«, sagte ich. »Es wäre mir eine Ehre.«

DIE AUTOPSIE

MICHAEL SHEA

Der Kalifornier Michael Shea verquickt in seinen Werken oft Science-fiction mit Horror, um dadurch (paradoxerweise) literarisch anspruchsvollen, rationalen Terror zu erzeugen. Sein Roman *Nifft the Lean* (1982) ist in der Zukunft angesiedelt, aber einer grauenvollen. *Die Autopsie* arbeitet mit einer ähnlichen Mixtur aus SF und Horror. Die Geschichte – in der Dr. Carl Winters, ein siebenundfünfzigjähriger Pathologe, in ein Gebirgsstädtchen kommt, um an den Opfern einer verdächtigen Grubenexplosion eine Autopsie vorzunehmen – handelt vom Geschäft des Todes; seien Sie also gewarnt: Es ist in mancher Hinsicht eine grimmige, im Endeffekt aber dennoch optimistische, ja, sogar rührende Erzählung. Sie werden Dr. Winters und das, was er in einer stillgelegten Eisfabrik am Rande der Ortschaft Bailey entdeckte, nicht so bald vergessen!

Dr. Winters trat aus der winzigen Busstation auf die mitternächtliche Straße hinaus, die nach Tannen und nach dem Fluß roch, obwohl sie sich im Herzen der Ortschaft befand. Aber schließlich war es ja auch nur eine Ortschaft mit fünf großen Querstraßen, und die erstreckten sich über kaum anderthalb Meilen am Rande der Schlucht entlang. Obwohl der Fluß tief am Grunde der Schlucht verlief, hallte sein Rauschen doch stetig und vollkommen deutlich zwischen den Uferwänden dunkler Schaufenster. Außer dem schimmernden Zifferblatt einer Uhr mehrere Türen weiter straßab und einer kleinen Leuchtreklame für Bier, die hinter der übernächsten Kreuzung prangte, wies nur das Fenster der Bushaltestelle Licht auf. Als er ein kurzes Stück gegangen war, setzte Dr. Winters seinen Koffer ab, steckte die Hände in die Hosentaschen und blickte zu den Sternen. In der uferlosen Schwärze wirkten sie dick wie Pflastersteine.

»Ein Gebirgsweiler – ein Bergarbeiterstädtchen«, sagte er. »Sterne. Kein Mond. Wir sind in Bailey.«

Er sprach mit seinem Krebsgeschwür. Es saß in seinem Magen. Seit er davon erfahren hatte, hatte er sich diese Art engen, aber trockenen Einvernehmens zur Gewohnheit gemacht. Es war als Höflichkeitsbezeugung gegen seinen ungebetenen Gast gemeint, den Tod. Freund Hein würde ihn nicht störrisch oder widerborstig finden, denn das wäre ein Sieg auf der ganzen Linie. Außer natürlich, es wäre sowieso ein Sieg auf der ganzen Linie, ob mit oder ohne Winters' Ironien.

Er nahm seinen Koffer wieder auf und ging weiter seines Weges. Das Sternenlicht machte die Schwärze der Schaufenster zu matten Spiegeln und zeigte ihm den Mann, der vorüberging: schlank wie eine Eidechse, weißhaarig (mit siebenundfünfzig), einer, der in Sachen Tod reiste, der seinen eigenen Tod bei sich hatte und sogar Todesgarderobe in seinem Koffer trug. Denn der war – abgesehen von Winters' ärztlichem Instrumentar und ein paar spärlichen Notwendigkeiten – voller Leichensäcke. Der Sheriff hatte ihm am Telefon von den Provisorien erzählt, mit denen die Leichen derzeit verhüllt waren, und deshalb hatte der Doktor diese hier eingepackt, sie mit bitterer Belustigung in seinen Koffer gelegt, sich den letzten wie eine Frau, die ein Kleid vorm Anziehen noch einmal im Spiegel überprüft, an die Brust gehalten, um die Breite des Sackes abzuschätzen, und dabei zu seinem Krebs gesagt: »O ja, dadrin ist reichlich Platz für uns beide!«

Der Koffer war schwer, und Winters blieb häufig stehen, um zu verschnaufen und kritisch gen Himmel zu blicken. Was für eine Aufgabe – eine ganze Nacht lang unbeseelten Schmutz zu sondieren, die Augen in den Staub gerichtet – unter einer solchen Sternendecke! Man hatte fünf Tage gebraucht, um sie auszubuddeln, diese Leichen. Das Herbstäquinoktium war zwar schon vorbei, aber hier war es unverändert heiß gewesen. Und so tief in der Erde zweifellos *noch* wärmer.

Er betrat das Gerichtsgebäude durch einen Seiteneingang. Seine Absätze klapperten auf dem Linoleumboden. Eine Tür mit der Aufschrift NATE CRAVEN, BEZIRKSSHERIFF am anderen Ende des Korridors öffnete sich lange, bevor er hinkam, und sein Freund trat heraus, um ihn zu begrüßen.

»Verdammt, Carl, du bist ja *immer noch* so dünn, daß sie dich als Peitsche benutzen könnten. Gib *mir* das. Du bist schon zu gut in Form. Du hast keine körperliche Ertüchtigung mehr nötig.«

Der Koffer hing schwerelos in Nate Cravens Hand, ohne seinen Stiernacken auch nur ein Stückchen nach unten zu ziehen. Obwohl aus seinen Worten eine abschätzige Einstellung gegen sich selbst hervorging, hielt sich der Bauch Nates für einen Mann seines Alters und seiner Größe doch in Grenzen. Er hatte ein grobgeschnittenes Gesicht, und gegen die Masse von Stirn, Nase und Kiefer wirkten seine grünlichen Augen vergleichsweise klein. Erst wenn man ihrem Blick begegnete, spürte man ihre scharfe, durchdringende Intelligenz. Er goß aus einer Kanne zwei halbe Tassen Kaffee ein, die er mit Bourbon aus einer Flasche in seinem Schreibtisch auffüllte. Als Dr. Winters und er sie ausgetrunken hatten, waren sie beide auch mit dem freundschaftlichen Austausch von Neuigkeiten am Ende. Der Sheriff mixte noch eine Runde und nippte dann schweigend an seiner Tasse – ein Schweigen, das offensichtlich zu der bevorstehenden Arbeit überleitete.

»Da heißt es immer ›Einer für alle, alle für einen‹«, sagte er. »Das hab ich jetzt erlebt, und ob! Einer von diesen ... Patienten?, die du dir vorknöpfen wirst, der war ein Mörder. Das heißt, eigentlich trifft dieses Wort die Sache nicht mal halbwegs. Von *dem* könnte man sagen, daß ihm bei dieser Explosion recht geschehen ist – verdammt recht! Aber was die andern neun betrifft, war's höllisch hart. Und mit ihrem Tod hört die Sache noch nicht mal auf. Dein Chef, dieser Arschkriecher! Der bricht sich noch mal sein gottverdammtes Kreuz, so wie der vor Fordham-Versicherungen katzbukkelt! Inwieweit hat er dich ins Bild gesetzt?«

»Deine Äußerungen, nehme ich an, beziehen sich auf den hochehrenwerten Mr. Waddleton, Oberster Leichenbeschauer von Fordham County.« Dr. Winters hielt inne, um an seinem Drink zu nippen. Mit einem feinen Aufblähen seiner Nasenflügel teilte er sämtlichen Ekel, sämtliche Verachtung und sämtliche Belustigung mit, die er in seinen vier Jahren als Pathologe an Waddletons Behörde empfunden hatte. Der Sheriff lachte.

»Aus dem, was unser Oberster Leichenbeschauer sagt, ergibt sich kaum je ein klares Bild«, fuhr der Doktor fort. »Er hat abfällig über dich gesprochen. Abfällig, vehement und wiederholt. Diese Bemerkungen dienten ihm als Einleitung. Dann hat er sich darüber ausgelassen, daß unsere Behörde strikt an den Buchstaben des Gesetzes allgemein und die Gesetze zur Entschädigung von Unfallopfern im besonderen gebunden sei. Ein Anspruch auf Beihilfe ergebe sich nur für Angehörige von Verstorbenen, deren Tod *aufgrund* ihrer beruflichen Tätigkeit eingetreten ist, nicht einfach in deren Verlauf. Wenn jemand dem Anschlag eines Wahnsinnigen zum Opfer fällt, seien seine Hinterbliebenen, auch wenn der Betreffende am Arbeitsplatz stirbt, nach dem Gesetz deshalb noch lange nicht entschädigungsbedürftig. Danach stellten wir stille Betrachtungen über die Ungerechtigkeit des Schicksals an, daß eine Versicherungsgesellschaft – *jede* Versicherungsgesellschaft – Prämien an Unbefugte auszahlen muß, einzig und allein aufgrund der Laschheit und Unfähigkeit der Untersuchungsbeamten. Dein Name fiel wiederum.«

Craven stieß ein Kläffen der Wut und der Erheiterung aus. »Der unparteiische Diener der Allgemeinheit! Pah! Unparteiischer Gauner, Blödschwätzer, Quarksack, *das* ist der Typ! Ich wette zehn zu eins: Fordham-Versicherungen zieht sich auch *ohne* seine Hilfe aus der Affäre, und diese Witwen sehen keinen gottverdammten Cent.« Worte waren ein unzulängliches Ventil; der Sheriff drehte sich um und spie in seinen Papierkorb. Dann leerte er seine Tasse und seufzte. »Entschuldige bitte, Carl. Fünf Tage haben wir diese Männer da ausgebuddelt und in den letzten zwei Tagen den halben Berg hier nach Spuren von Sprengstoff durchsiebt. Dabei hingen uns ständig diese Versicherungsdetektive am Rockzipfel, die auch nicht mehr sagen konnten, als daß ›starke Indizien‹ für eine Bombe sprächen. Na, dafür mach ich keinen Finger krumm; muß ich ja auch nicht. Waddleton kann sich seine *außergewöhnlichen Umstände* sonstwohin stecken. Wenn du an diesen Leichen nichts finden kannst, dann basta; keine weitere Autopsie mehr; und sie werden an *diesem* Ort hier begraben, wo ihre Familie sie haben will.«

Der Doktor lächelte seinen Freund an. Er trank seine Tasse aus und

sprach mit einer trocken-ironischen Unbeteiligtheit, als hätte der Sheriff ihn nie unterbrochen.
»Danach äußerte sich der ehrenwerte Leichenbeschauer bemerkenswert redegewaltig zum Thema ›Autopsie-Bewilligungsformulare und die heimtückische Verhetzung von Privatbürgern durch uniformierte Diener des Gesetzes‹. Wie es der Zufall wollte, hatte er ein Bündel solcher Formulare auf seinem Schreibtisch liegen – allesamt unterzeichnet, alle mit einer maschinegeschriebenen Zusatzklausel über der Unterschrift. Sie besaß neben ihren anderen Vorzügen die Eigenschaft, das Gesicht des Obersten Leichenbeschauers violett anlaufen zu lassen, als er sie las. Er las sie mir dreimal vor. Allem Anschein nach war die Zustimmung der Nachkommen ganz und gar von zweierlei Bedingungen abhängig: erstens, daß die Autopsie *in loco mortis* stattfindet, das heißt, in Bailey, *und* daß der Verstorbene nur, wenn der gerichtsmedizinische Gutachter konkrete Hinweise auf einen Mordanschlag fände, entweder aus Bailey entfernt oder weiterer Nekropsie unterzogen werden soll. Es war gut formuliert. Ich weiß noch, daß ich mich fragte, wer es wohl geschrieben hat.«
Der Sheriff nickte versonnen. Er nahm Dr. Winters' leere Tasse, stellte sie neben seine eigene, füllte beide zu zwei Dritteln mit Bourbon und fügte derjenigen des Doktors einen Schuß Kaffee hinzu. Die beiden Freunde wechselten einen starren, festen Blick, eher wie Pokerspieler, die sich im Clinch hatten. Dann betrachtete der Sheriff seine Tasse, nippte daran.
»*In loco mortis*. Was heißt das denn genau?«
»›Am Ort des Todes‹.«
»Oh. Noch bißchen was für dich nachgießen?«
»Ich hab gerade erst angefangen, danke.«
Beide Männer lachten, hielten kurz inne und lachten dann erneut – »maßlos«, wie mancher wohl gesagt hätte.
»Er *befahl* mir beinahe, etwas zu finden, das eine zweite Autopsie unumgänglich macht«, sagte der Doktor zu guter Letzt. »Für eine transportable Röntgenausrüstung hätte er seine Seele verkauft – oder wenigstens eine zweite Hypothek drauf aufgenommen! Sollten in diesen Leichen nämlich irgendwelche Bombensplitter stek-

ken, so wäre das die sicherste und schnellste Methode, sie zu finden. Ich bin immer noch ganz erstaunt, daß euer Dr. Parsons so lang damit warten konnte, sein Röntgengerät reparieren zu lassen.«

»Der heilt Knochenbrüche, näht Wunden, schreibt Rezepte und schickt alles, was irgendwie kniffliger ist, ins Tal. Schafft sogar das nur gerade so. Säufer kriegen wenig zustande.«

»So schlimm ist es geworden?«

»Er hält durch, mehr nicht. Waddleton ist *hier* gewesen, hier bei uns, aber mit der pathologischen Untersuchung hat er ihn nicht beauftragt. Ich bezweifle, daß Parsons auch nur imstande wäre, 'ne Kanonenkugel in einer toten Ratte zu finden. Ich würde ihm nichts Schlechtes nachsagen, wo es ihm schaden könnte, solange er noch über die Runden kommt, aber jeder hier weiß das. Die halbe Zeit sehen seine Patienten ja nach *ihm.* Aber Waddleton hätte sowieso dich geschickt, egal, wer hier gewesen wär. Nur das Beste vom Besten für die Sponsoren seiner Partei, Fordham-Versicherungen zum Beispiel!«

Der Doktor betrachtete seine Hände und zuckte die Achseln. »Gut. Dann wäre also ein Mörder mit drunter. *Gab* es denn nun eine Bombe?«

Langsam legte der Sheriff seine Ellbogen auf den Tisch und preßte sich seine Hände an die Schläfen, als hätte die Frage einen Sturm von Erinnerungen aufgewühlt. Zum erstenmal bemerkte jetzt der Doktor – der stets mit halbem Ohr bei den nie völlig zum Erliegen kommenden Regungen des Todes in seinem Innern war – Cravens Erschöpftheit: das krankhafte Händezittern, die blutergußähnlichen Ringe unter den Augen.

»Ich werde dir alles sagen, was ich weiß, Carl. Ich glaube, du findest einen Scheißdreck in diesen Leichen. Wahrscheinlich wirst du am Ende zu derselben Vermutung gelangen wie ich, aber über Vermutungen kommt bei dieser Sache eben keiner hinaus. Es ist wirklich einer von diesen ganz besonderen Alpträumen, mit denen der liebe Gott Gesetzeshüter peinigt und dann die Antworten für immer geheimhält.

Also schön. Vor zirka zwei Monaten gab es hier einen Vermißten – Ronald Hanley. Bergarbeiter, grundsolide, zuverlässig, häuslich,

Familienvater. Eines Abends ist er nicht mehr heimgekommen, und wir fanden niemals eine Spur von ihm. Na bitte, so was kommt vor. Etwa eine Woche später wiederum verschwand dann noch jemand: Die Lady, die den Waschsalon geführt hat, Sharon Starker. Ebenfalls: Keine Spur. Da wurden wir nervös. Ich habe im örtlichen Radiosender eine Durchsage gemacht, daß möglicherweise ein blutrünstiger Perversling hier sein Unwesen triebe – hab allen bestimmte Sicherheitsvorkehrungen verklickert, die sie ergreifen sollten. Unsere Streifenwagen wurden alle zwei nachts auf Patrouille geschickt, und tagsüber haben wir sämtliche Häuser der Stadt abgeklappert, um Alibis für die beiden Zeitpunkte des Verschwindens einzusammeln.
Zwecklos. Vielleicht läßt du dich ja durch diese Uniform täuschen und hältst mich für einen Gesetzeshüter, Freund und Helfer, et cetera? Der Trugschluß ist verständlich. Eine Menge Leute haben sich täuschen lassen. In nicht mal sieben Wochen sind sechs Menschen verschwunden, einfach so. Und ich und meine Hilfssheriffs, wir hätten genausogut den lieben langen Tag verpennen können, soviel wie wir ausgerichtet haben.« Er trank seine Tasse leer.
»Jedenfalls war uns dann doch noch ein bißchen Glück beschieden. Versteh mich jetzt nicht falsch. Wir sind nicht wild geworden wie die Säue und haben wirklich ein Verbrechen verhindert. Aber eine Leiche, die haben wir gefunden – nur daß es nicht die von einem der sieben Vermißten war. Wir hatten angefangen, die Wälder in nächster Nähe der Stadt zu durchkämmen, zeitweilig unterstützt von einem Sonderkommando von Bergarbeitern. Nun, einer dieser Jungs ist letzte Woche mit uns da draußen gewesen. Es war heiß – wie jetzt schon eine ganze Weile – und wirklich still. Er hat was summen gehört, und wie er sich danach umschaut, entdeckt er in einer Astgabel einen Bienenschwarm. Nur war er nicht auf den Kopf gefallen. Er hat gewußt, daß das in dieser Gegend nichts Alltägliches ist – Bienenstöcke. Also waren es gar keine Bienen. Es waren Schmeißfliegen, ein gottverdammter dicker Schwarm auf einem großen Bündel, das in einer Plane verpackt war.«
Der Sheriff studierte seine Handgelenke. Er war in seinem ereignis-

reichen Leben hier und da schon Männern begegnet, die nicht nur gebildet genug waren, seinen Nachnamen – »Feigling« – zu verstehen, sondern auch vorlaut genug, sich offen darüber zu belustigen, und die Handgelenke – zerschrammte Knubbel – gaben beredtes Zeugnis von Cravens Reaktionen. Er sah seinem alten Freund wieder in die Augen.

»Wir haben dieses Ding runtergeholt und auseinandergepackt. Billy Lee Davis, einer von meinen Hilfssheriffs, der in Vietnam gewesen ist, der hat schon schlimme, schlimme Sachen gesehn und trotzdem durchgehalten. Aber als wir dieses Ding auspackten, hat selbst Billy Lee sein ganzes Mittagessen über den Boden gekotzt. Das merkwürdige Ding war ein Mann. Was von ihm noch übrig war. Wir konnten seine Größe feststellen – einssechsundachtzig –, weil die Knochen alle noch vorhanden waren, und wahrscheinlich hatte er zwischen zwei-fünfzehn und zwei-fünfundzwanzig gewogen, aber zusammengefaltet war er nicht größer als ein großer Wäschesack. Sein Gesicht, seine beiden Schultern und der linke Arm waren noch unversehrt, aber alles übrige war blitzeblank. Das hatte kein Tier getan. Das war die Arbeit eines scharfen Messers – sämtliche Schnitte glatt und sauber wie von einem Metzger. Nur daß das Fleisch vom Metzger immer noch stark blutet hinterher – egal, wie sehr er sich bemüht –, aber weder auf der Plane noch in diesem Fleisch war auch nur ein gottverdammter Tropfen Blut. Es war einfach blaß wie Fisch.«

Tief im Mittelpunkt seines Leibes spürte der Doktor einen winzigen Stich. Keine blindwütige Attacke – der Krebs schlug einen einzigen Zahn des Schmerzes in neues, noch nicht probiertes Fleisch, um das Feld, das sich dort seinem Appetit eröffnete, zu sondieren. Winters kaschierte das krankhafte Zittern, das ihn überkam, mit einem Kopfschütteln.

»Ein Geheimvorrat also.«

Der Sheriff nickte. »So, wie man vielleicht einen Schmorbraten fürs Mittagessen irgendwann im Eisschrank aufhebt. Ich hab ein paar Fotos von seinem Gesicht gemacht, dann haben wir ihn wieder zurückgelegt und unsere Spuren verwischt. Zwei von den rekrutierten Bergleuten gehen viel auf die Jagd. Sie kannten sich aus in

den Wäldern. Darum hab ich sie als erste dagelassen. Wir haben getarnte Beobachtungsposten für sie hergerichtet und sind zurückgefahren.
Wieder im Ort, wurde sofort eine Fahndung nach der Herkunft dieses Burschen eingeleitet – wir haben Personenbeschreibungen an jedes Nest im Umkreis von hundert Meilen geschickt. Sein Gesicht hatte ich in Bailey noch nie gesehen, und auch sonst keiner. So wenigstens schien es allmählich, nachdem wir den Ort den ganzen Tag mit unseren Fotos durchgekämmt hatten. Da schlägt sich Billy Lee Davis plötzlich aus heiterem Himmel an die Stirn und sagt: ›Sheriff, *ich* hab diesen Mann schon irgendwo hier gesehen, und das vor gar nicht langer Zeit!‹
Nach seiner Kotzerei ist er den ganzen Tag völlig durchgeschüttelt gewesen, und dann, urplötzlich, hat's bei ihm gefunkt. Er war sich völlig sicher. Nur hat er sich nicht mehr dran erinnern können, wo und wann. Wir haben's immer wieder durchgekaut, und er hat's unentwegt versucht. Zum Schluß hätt ich ihn schon am liebsten bei den Handgelenken gepackt, ihn verkehrtrum aufgehängt und geschüttelt, bis es aus ihm rausgefallen wär. Aber, verdammt noch mal, es hatte keinen Zweck. Unmittelbar nach Einbruch der Dunkelheit sind wir wieder zu diesem Baum raus – wir hatten ein Versteck für unsere Wagen und einen Weg dorthin durch die Wälder ausgetüftelt. Als wir nahe dran waren, riefen wir über unser Funksprechgerät die Männer, die wir zurückgelassen hatten, um eine Entwarnung zu bekommen. Keine Antwort. Nicht die geringste. Und als wir hinkamen, war von unserer ganzen Falle nur noch der Baum übrig. Keine Leiche, keine Plane, keine außerordentlichen Hilfssheriffs. Nichts.«
Diesmal schenkte Dr. Winters den Whiskey-Kaffee ein. »Zuviel Kaffee«, murmelte der Sheriff, trank aber trotzdem. »Ein Teil von mir hätte am liebsten Fingernägel gekaut und Hälse gebrochen. Und ein andrer Teil hat sich in die Hose geschissen vor Angst. Bei unserer Rückkehr bin ich wieder zum Radiosender, hab eine Notfallmeldung durchgegeben und ließ sie dann von dem Typen in der Rundfunkstation stündlich wiederholen. Alles sollte nur noch in Dreiergruppen geschehn, die Nacht über sollte man mindestens zu

dritt bleiben, dazu so wenig wie möglich vor die Tür gehn, ständig bewaffnet sein und dauernd ein Auge auf die andren haben. Es klang irgendwie so verdammt bescheuert, aber sich paarweise zusammenschließen war einfach kein Schutz, wenn hinter einem von beiden der Mörder steckte. Ich hab noch mehr Leute zu Hilfssheriffs ernannt und als Verstärkung der Nachtpatrouille auf den Straßen postiert.

Am nächsten Morgen dann kam die Bombe zum Platzen. Der Sheriff von Rakehell – das liegt drüben im Nachbarbezirk – hat angerufen. Er meinte, unsre Leiche klänge sehr nach einem Mann namens Abel Dougherty, einem Hilfsarbeiter in der Con-Wood-Sägemühle dort drüben. Ich überließ Billy Lee die Amtsführung und fuhr auf schnellstem Wege hin.

Dieser Dougherty hatte eine große Schwester, die verkrüppelt war und die er bei jeder längeren Abwesenheit aus der Stadt anrief, um zu hören, wie es ihr ging – eine Gewohnheit, von der niemand etwas wußte; war ihm wohl peinlich. Sheriff Peck dort hatte es auch erst erfahren, als die Frau sich telefonisch bei ihm meldete und sagte, ihr Bruder wäre seit vier Tagen in Urlaub, ohne sie ein einziges Mal anzurufen. Wäre das nicht gewesen, hätte Peck bloß unserer Personenbeschreibung nach vielleicht gar nicht an Dougherty gedacht, aber mit dem Foto, das ich ihm zeigte, war der Fall endgültig klar, und per Post würde man den Burschen recht bald erreichen müssen. Nun ja, Sheriff Peck hatte das Bild kaum wieder hingelegt, da kam ein Anruf für mich. Es war Billy Lee. Er erinnerte sich wieder.

Er hatte Dougherty gesehen, und zwar am Samstag abend, drei Tage bevor wir ihn fanden, und in der Lkw-Fahrer-Kneipe, draußen am Nordende der Stadt. Der Mann hatte dort für einiges Aufsehen gesorgt, weil er ganz schön angedudelt war und sich an einem zweiten Gast, einem Bergarbeiter, festbiß. Joe Allen hat er geheißen; hatte vor zirka zwei Monaten im Bergwerk angefangen. Dougherty ließ und ließ nicht davon ab, daß er gar nicht Joe Allen wäre, sondern sein alter Kumpel Sykes, der ewig und drei Tage mit ihm zusammen bei Con Wood gearbeitet hätte, und was, zum Teufel, für einen Quatsch er da machte – ›Los, alter Junge, trink 'n Bier mit mir und dann verrat mir mal, warum du so plötzlich abgehauen bist und was, zum Teufel, so bei dir los war.‹

Allen nahm die Sache mit Humor. Wenn Dougherty ihm auf die Schulter klopfte, dann klopfte er sofort zurück, hat alle möglichen Witze darüber gerissen und gesagt: ›Bringt dem Mann da noch 'n Bier, ich vertrete 'nen alten, verschollenen Freund von ihm.‹ Dougherty war so stark und laut und stur, daß Billy Lee Angst hatte, es könnte eine Schlägerei geben, und mit dieser Sorge stand er nicht allein da. Aber dieser Joe Allen war ein gutmütiges altes Haus – hat die Sache perfekt gemanagt. Wir hatten ihn vor Wochen zusammen mit allen andern überprüft, und er war bei seinen Bergarbeiterkollegen wirklich beliebt. Zu guter Letzt rief Dougherty, er würde ihn auf jeden Fall in eine andere Bar mitnehmen, damit sie den Urlaub, den Dougherty gerade antrat, gemeinsam feiern könnten. Joe Allen ist grinsend aufgestanden, hat gesagt, er müßte Dougherty zwar leider enttäuschen und dieser Sykes wäre er nun mal nicht, aber mit einem anständigen Kerl, der einen ausgab, ein Gläschen trinken, hol's der Teufel, das könnte er allemal! Er ist mit ihm rausgegangen und hat zur Zufriedenheit des Publikums abschließend mit den Augen gezwinkert.«

Craven hielt inne. Dr. Winters begegnete seinem Blick und konnte seine Gedanken lesen. Sie bestanden aus zwei Bildern: dem fröhlichen Augenzwinkern, das ein schallendes Gelächter im Raum hervorrief, und dem Ding in der Plane, auf der ein Meer von blauglänzenden Fliegen wimmelte.

»Für mich war es ein ziemlich klarer Fall«, sagte der Sheriff. »Ich habe Billy Lee damit beauftragt, Allens Zimmer in der Pension Skettles zu durchsuchen und dann schnurstracks zum Bergwerk zu gehen, um den Burschen zu verhaften. Die Feinarbeit ließe sich noch machen, wenn wir ihn erst mal hätten. Und da ich schon in Rakehell war, nahm ich mir, ehe ich mich auf den Rückweg machte, gleich noch ein paar offene Fragen vor. Ich ging zusammen mit Sheriff Peck zu Con Wood hinunter, und dort stießen wir in den Personalakten auf ein Foto von Eddie Sykes. Ich hatte Joe Allen oft genug gesehen, und es war sein Bild.

Wir fanden heraus, daß Sykes allein gelebt hatte, mal eine Zeitlang arbeitete, dann wieder nicht, sein Tun und Treiben für sich behielt und schon eine Weile nicht mehr aufgetaucht war. Aber einer der

Arbeiter in der Sägemühle konnte mit ziemlicher Sicherheit sagen, wann Sykes Rakehell verlassen hatte, weil er am Morgen nach einem großen Meteoritenschauer, den sie vor neun Wochen dort draußen hatten, zu Sykes' Hütte hinaus war. Manche meinten nämlich, der Schauer hätte womöglich den Erdboden erreicht, und das nicht weit von der Seite des Berges, auf der Sykes wohnte. Er war an diesem Morgen nicht zu Haus, und seither hatte ihn der Sägemühlenarbeiter nicht mehr gesehen.

Es schien eine ausgemachte Sache. Es *war* eine ausgemachte Sache. Nach all diesen Wochen war ich weniger als eine Meile außerhalb von Bailey, trat das Gaspedal durch bis zum Boden. Voll Wut und Rachegelüsten. Ich kam mir vor ... wie eine *Gewehrkugel,* wie eine große, dreißigkalibrige Schrotpatrone, die mitten durch diesen blutsaugenden Kannibalen durchsausen, ihm die volle Wahrheit direkt aus dem Herzen rausreißen würde – genug, um ihn hundertmal zu hängen. Näher kam ich nicht an die Ortschaft ran. Aber so nah, daß ich *hörte,* wie alles in Fetzen flog.

Ich weiß. Es klingt, als hätt ich 'ne kleine Meise. Und vielleicht hab ich bei dem Ganzen auch was abgekriegt, von dem ich mich nie mehr befreien kann. Wir mußten uns zusammenpusseln, was passiert war. Billy Lee hatte meinen anderen Hilfssheriff nicht bei sich. Travis war mit ein paar Männern auf dem Berg draußen und suchte den Boden um diesen Baum nach irgendwelchen Indizien ab. Durch einen glücklichen Zufall war er wieder beim Wagen, als Billy Lee ihn gerade herzukriegen versuchte. Er sagte, er hätte eben Allens Zimmer durchsucht und etwas gefunden, aufgrund dessen wir ihn möglicherweise hochnehmen könnten. Es handelte sich um eine Kugel, halb so groß wie ein Basketball, schwer und aus etwas gemacht, das weder Glas noch Metall, sondern ein klein bißchen wie beides war. Er konnte so halb in sie hineinsehn, und allem Anschein nach war sie voll mit einer Art elektrischem Schaltzubehör und Bauteilen. Wenn jemand Allen aus der Haft freizukriegen versuchte, könnten wir ihn immer noch wegen Diebstahls vergattern oder zum Beispiel sagen, wir hätten den Verdacht, daß es eine Bombe wär. Großer Gott! Jedenfalls, so Billy Lee, sei das das einzig Merkwürdige, was er entdeckt hätte, aber merkwürdig war es nicht zu knapp. Er gab Travis den Auftrag, sich aus dem Bergwerk oben Verstärkung zu holen. Er selbst wäre als erster dort und hätte Allen wahrscheinlich schon, wenn Travis käme.

Tierney, der Schichtboß dort oben, hatte einen Gehilfen. Der hat uns den Rest erzählt. Billy Lee parkte hinter den Bürogebäuden, wo die Männer im Hof das Auto nicht sehen würden. Dann ist er in den ersten Stock, um die Festnahme mit Tierney abzuklären. Sie bekamen ein halbes Dutzend Männer zusammen und kamen grad aus dem Gebäude heraus, da sahen sie Allen mit der Kugel unterm Arm von dem Streifenwagen weglaufen.

Die ganze Anlage ist eingezäunt, und Tierney hatte schon durchtelefoniert, daß sämtliche Tore dichtgemacht werden sollten. Allen schlug ein paar Haken, bekam die Falle aber beizeiten spitz. Obwohl die Kugel ihn behinderte, hatte er immer noch einen guten Vorsprung. Er zögerte eine Sekunde, dann lief er schnurstracks auf den Hauptschacht zu. Es fuhr gerade ein Korb mit einer Mannschaft hinunter, und er riskierte Kopf und Kragen, als er ihm hinterhersprang, aber er landete wohlbehalten obendrauf. Als man zu den Schaltern kam, stand der Korb schon vor dem zweiten Querschlag, und Allen und die Mannschaft waren ausgestiegen. Tierney holte das Ding wieder herauf. Den übrigen befahl Billy Lee, zurückzugehen, sich Waffen zu besorgen und ihm zu folgen. Dann fuhr er mit Tierney sofort wieder nach unten. Und etwa zwei Minuten später flog das halbe gottverdammte Bergwerk in die Luft.«

Der Sheriff stockte, als hätte man ihm das Wort abgeschnitten. Seine Lippen waren immer noch offen, um mehr zu sagen, und in seinen Augen spiegelte sich vielleicht zum hundertsten Male seine Verblüfftheit darüber, daß es nichts mehr zu sagen gab, daß die Wochen von Tod und Irreführung hiermit endeten, mit diesem den Bruchteil einer Sekunde dauernden Resümee: daß noch mehr Tod, noch mehr schweigendes, geheimnisvolles Dunkel alles besiegelten.

»Nate.«

»Was?«

»Laß es gut sein und geh ins Bett. Ich brauche deine Hilfe nicht. Du schläfst ja im Stehen.«

»Ich steh doch gar nicht. Und ich komme mit.«

»Gib mir doch mal ein Bild über das räumliche Verhältnis zwischen Opfern und Explosionsstelle. Ich werde arbeiten, und du wirst ins Bett gehn.«

Der Sheriff schüttelte geistesabwesend mit dem Kopf. »Sie arbeiten im Strossenbauverfahren. Die Querschläge – die Stollen – zweigen längsseits vom senkrechten Einstiegsschacht ab. Vom einen Stollen meißeln sie sich durch die Decke zum anderen darüber. Hauen große Kammern und lassen den anfallenden Schutt größtenteils darin liegen, damit sie sich auf die Haufen stellen können, um die Decke noch höher auszuschlagen. Zwischen den Erzkammern oder Strossen bleiben Teile der Wand zur Abstützung stehen, und diese Männer wurden mehrere Strossen vom Stolleneingang verschüttet. *Sie* sind durch den Grubeneinsturz umgekommen. Der Berg hat sie einfach in ihrem eigenen Abraumhügel begraben. Es sind keinerlei Splitter zu ihnen durchgedrungen, da bin ich mir todsicher. Die einzigen Splitter, die man *gefunden* hat, stammen von einigen Standardsprengsätzen, die durch die Hauptexplosion gezündet wurden, und die sind nicht mal nahe rangekommen. Die Hauptexplosion fand nämlich an der Einmündung zum Stollen statt, genau wo Billy Lee und Tierney aus dem Korb stiegen. Und dort ist *nichts* mehr übrig, Carl. Keine Kugel, kein Korb, kein Tierney, kein Billy Lee Davis. Bloß fein pulverisierter Fels – wie Mehlstaub.«

Dr. Winters nickte, ließ einen kurzen Moment verstreichen und stand dann auf.

»Los, komm, Nate. Ich muß allmählich anfangen. Ich kann schon von Glück sagen, wenn ich bis morgen früh wenigstens ein paar von ihnen fertig habe. Setz mich ab und geh schlafen, zumindest bis dahin. Das meiste wirst du immer noch mit eigenen Augen mitansehn können.«

Der Sheriff stand auf, nahm Dr. Winters' Koffer und führte seinen Freund ohne ein Wort aus dem Büro. Es lag Gefügigkeit in seinem Schweigen.

Der Streifenwagen stand hinter dem Gebäude. Der Doktor erblickte jetzt eine grausamere Schönheit in den Sternen als vor einer Stunde. Die beiden Männer stiegen ein, und Craven fuhr in einem Bogen auf die leere Straße hinaus. Der Doktor öffnete das Fenster und lauschte, aber das anschwellende Dröhnen des Motors übertönte den Fluß. Unter dem Vorstoß der Scheinwerfer ließen altmodische Parkuhrenspaliere lange, schmale Schatten über die Trottoirs wuchern – Schatten, die im Vorübergleiten des Lichts schrumpften und gekappt wurden. Der Sheriff sagte: »Diese ganzen Toten zusätzlich. Für nichts und wieder nichts! Nicht mal für ... ihn als *Futter! Wenn* es eine Bombe war und er sie gebaut hat, dann hat er auch gewußt, wie stark sie ist. Er hätte damit nicht irgendwelche blöden Sensationstricks versucht wie bei Fluchtszenen im Film. Und woher hat er überhaupt gewußt, daß das Ding da war? Wir haben in mühsamer Kleinarbeit herausgefunden, daß Allen gerade mit seiner Schicht zu Ende war, aber bevor Billy Lee außer Sichtweite geparkt hatte, war er noch nicht mal über Tage.«
»Laß es gut sein, Nate. Ich möchte mehr hören, aber erst, wenn du geschlafen hast. Ich kenne dich. Es werden sämtliche Fotos dasein nebst einem vollständigen Protokoll, dazu sämtliche Beweisstücke, fein säuberlich in Schachteln verpackt und sorgfältig beschriftet. Wenn ich die Sachen durchgesehen habe, werde ich mir über *mein* weiteres Vorgehen genau im klaren sein.«
Bailey besaß weder ein Hospital noch ein Leichenschauhaus, und die Toten befanden sich in einer stillgelegten Eisfabrik am Rande der Ortschaft. Man hatte einen Generator aus dem Bergwerk hergebracht, eine provisorische Beleuchtung geschaffen und die Tiefkühlanlage wieder in Betrieb gesetzt. Dr. Parsons Praxis und das winzige Zimmer, das der Dienststelle des Sheriffs zum Verhör und – wenn erforderlich – als Leichenschauhaus diente, hatten diesen Notbehelf mit sämtlichen Geräten ausgestattet, die Dr. Winters zusätzlich zu dem, was er dabeihatte, benötigen würde. Eine Viertelmeile außerhalb des Ortskerns machten sie davor halt. Es handelte sich um ein Doppelgebäude, von Bäumen flankiert und das einzige auf weiter Flur. Seine kleinere Hälfte – das Büro – war erleuchtet. Die Leichen lagen natürlich in dem großen, fenster-

losen Gebäudeabschnitt, der das Tiefkühlsystem enthielt. Craven parkte neben einem zweiten Streifenwagen, der unweit der Tür zum Büro abgestellt war. Ihm entstieg ein kleiner, spindeldürrer Mann mit einem großen weißen Cowboyhut und kam herüber. Craven kurbelte sein Fenster herunter.

»Trav. Das hier ist Dr. Winters.«

»'lo, Nate. Dr. Winters. Drinnen ist alles klarschiff. Hab mich hier draußen wohler gefühlt. Die letzten von diesen Sensationsjägern sind vor zwei Stunden weg.«

»Eine Ausdauer haben die! Du ziehst jetzt Leine, Trav. Schlaf dich ein bißchen aus und sei bei Sonnenaufgang wieder hier. Was für 'ne Temperatur kriegen wir?«

Der blasse Stetson, der im Licht der Sterne weit heller war als das schattenhafte Gesicht darunter, wackelte skeptisch. »Knapp über zwei Grad. Tiefer geht's einfach nicht – irgend 'n Leck.«

»Das dürfte kalt genug sein«, meinte der Doktor.

Travis fuhr davon, und der Sheriff öffnete das Vorhängeschloß an der Tür zum Büro. Während er hinter ihm wartete, hörte Dr. Winters den Fluß wieder – ein kalter Balsam, ein Raunen der Freiheit – und darüber das Stottern und leise Knurren des Generators auf der Rückseite des Gebäudes, ein nagendes, mitleidloses Geräusch, das irgendwie der obskuren Qual, welche das andere besänftigte, neue Nahrung gab. Sie traten ein.

Die Vorbereitungen waren besonnen erfolgt und ohne etwas auszulassen. »Dadrauf kannst du sie aus dem Kühlhaus rauskarren und hierdrin untersuchen«, sagte der Sheriff, während er auf einen Tisch und eine Rollbahre deutete. »Auf diesem großen Tisch hier müßtest du eigentlich sämtliche Ausrüstung finden, die du benötigst. Das Telefon ist nicht angeschlossen – es gibt einen Münzfernsprecher an der letzten Tankstelle, falls du mich anrufen mußt.«

Mit einem Nicken inspizierte der Doktor das Material auf dem größeren Tisch: Skalpelle, Sezier- und Knorpelmesser, Darmschere, Rippenschere, Zange, Pinzette, einen Hammer und mehrere Meißel, eine Blatt- und eine elektrische Knochensäge, Waage, mehrere Probenbehälter, Nadeln und Faden, Sterilisatoren, Handschuhe ... Neben diesem Aufgebot befanden sich ein paar Schach-

teln und Kuverts, an die Blätter mit einer Beschreibung des jeweiligen Inhalts geheftet waren: den Fotos und solchen Beweisgegenständen, die man mit den Opfern in Zusammenhang brachte.
»Ausgezeichnet«, murmelte er.
»Das an der Decke ist eine Neon- oder Spektrallampe, wie immer es auch heißt. Besser für Farben. In der obersten Schreibtischschublade dort ist ein Fläschchen mit ganz anständigem Bourbon. Wie sieht's aus? Bereit, sie dir anzuschauen?«
»Ja.«
Der Sheriff entriegelte die schwere Metalltür zur Gefrierkammer und zog sie zurück. Eisige unreine Luft brodelte aus dem Eingang. Das Licht im Innern war schwächer als die Bürobeleuchtung – ein düsterer, gelber Schimmer, in dem zehn längliche Haufen aufgebockt waren.
Eine Zeitlang standen die beiden schweigend da – eine unwillkürliche Hommage an das ewige Geheimnis hinter dieser Schwelle. Und als wäre der kalte Raum tatsächlich ein Heiligtum, fand der Doktor an der Reihe von verhüllten Gestalten etwas eigentümlich Ehrfurchtgebietendes. Die schreckliche Eintracht ihres Todes, das Hünengrab, das man ihnen bereitet hatte, verliehen ihnen eine finstere Autorität – die Auserwählten des Todes. Sein Magen tat weh, und er stellte fest, daß er sich eine Hand auf den Bauch gepreßt hatte. Ein kurzer Blick zu Craven erleichterte ihn: Seinem Freund, der verdrießlich die Leichen anstarrte, war die Gebärde entgangen.
»Nate. Hilf mir, sie aufzudecken.«
Von entgegengesetzten Enden der Reihe aus zogen sie die Planen fort und häuften sie in einer Ecke. Beide ließen sich von der Enthüllung der geschwollenen, breiigen Gesichter – von denen die meisten drei Lippen hatten, weil die Zunge infolge der inneren Gasentwicklung »trieb« – und den aufgedunsenen fahlen Händen, die aus den verdreckten Ärmeln wucherten, nun nicht mehr abhalten. Bei einer der Leichen aber stockte Craven. Der Doktor sah ihn darauf starren und seinen Mund zucken. Dann schleuderte er die Plane auf den Haufen und ging zum nächsten Bock über.
Als sie herauskamen, holte Dr. Winters die Flasche und die Gläser hervor, die Craven in den Schreibtisch gestellt hatte, und sie

nahmen zusammen einen Drink. Der Sheriff machte bereits Miene zu sprechen, schüttelte dann aber den Kopf und seufzte.
»Ich *werd* mich etwas ausschlafen, Carl. Ich krieg von dieser Sache schon ganz verrückte Gedanken in den Kopf.« Am liebsten hätte sich der Doktor nach diesen Gedanken erkundigt. Statt dessen aber legte er seinem Freund eine Hand auf die Schulter.
»Geh nach Haus, Craven. Nimm deinen Sheriffstern ab und leg dich hin. Die Toten laufen dir schon nicht weg. Morgen früh ist auch noch ein Tag.«

Als der Streifenwagen nicht mehr zu hören war, stand der Doktor da und lauschte dem Grollen des Generators und der – nun wiederauflebenden – Stille der Toten. Sowohl das Geräusch als auch die Stille schienen ihn zu verspotten. Der Nachhall seiner letzten Worte beunruhigte ihn. Er hatte zu seinem Krebs gesagt: »Was meinst du, alter Kamerad? *Ist* morgen früh noch ein Tag? Für uns alle?«
Er lächelte, empfand aber ein seltsames Unbehagen, so als hätte er in Gesellschaft einen Scherz gewagt und feindseliges Schweigen hervorgerufen. Er ging zur Tür des Kühlhauses, schob sie zurück und begutachtete die wohlgeordnete Reihe von Leichen mit ihrer merkwürdigen Ausstrahlung: wie ein Tribunal. »Was, meine Herren?« murmelte er. »Verurteilen Sie mich etwa? Wer soll denn hier heute nacht wen untersuchen, wenn ich fragen darf?«
Er ging ins Büro zurück, wo sein erster Schritt darin bestand, die vom Sheriff gemachten Fotos in Augenschein zu nehmen. Er wollte feststellen, wie die Toten bei ihrer Bergung gelegen hatten. Die Erde hatte sie mit schrecklicher Plötzlichkeit überfallen. Manche kauerten, manche standen, andere lagen in irrsinnigen Posen des freien Falls ausgestreckt. Je weiter die Arbeit der Schaufeln gedieh, desto mehr zeigte jedes der Fotos, die zwischendurch entstanden waren, von dem Durcheinander. Der Doktor studierte sie eingehend und bemerkte dabei die mit Tinte geschriebenen Namensbezeichnungen auf den Leichen, als diese vollständig zutage traten.
Einer der Männer, Roger Willet, war mehrere Meter von der Stelle, an der sich die meisten Leichen konzentrierten, gestorben. An-

scheinend hatte er sich im Moment der Explosion gerade vom Stollen abgesetzt. Von daher hätte ihn die Druckwelle unmittelbarer als die andern treffen müssen. Wenn in irgendeiner Leiche Bombensplitter zu finden wären, dann wohl am ehesten in der von Mr. Willet. Dr. Winters zog ein Paar Operationshandschuhe an. Der Mann lag am einen Ende der aufgebockten Reihe. Er trug ein Thermohemd und einen Overall, der unter dem Dreck des Bergmannsgrabes frappierend neu aussah. Sein robustes Gewebe stach grell von dem des Fleisches ab; das war blau, aufgedunsen, scheinbar leicht zu zerreißen oder aufgeplatzt, wie eine reife Frucht. Im Leben hatte Willet sein Haar mit Pomade gekämmt. Nun war es eine Skulptur aus Staub, Stacheln und Kringeln, geformt von den letzten Reibungen des Kopfes an dem Berg, der ihn gepackt hielt. Die Totenstarre war gekommen und wieder gegangen – Willet rollte schlaff auf die Bahre. Während der Doktor ihn an den anderen vorüberkarrte, verspürte er leichte Befangenheit. Das Gefühl, von der toten Versammlung ginge irgendein Verdikt aus, hielt sich – im Gegensatz zu den meisten solcher emotionalen Ausschmückungen des täglichen Erlebens – mit einer sonderbaren Beharrlichkeit in seinem Innern. Aufgrund dieser hartnäckigen Beunruhigung ärgerte er sich allmählich über sich selbst, und er ging rascher vor. Er legte Willet auf den Untersuchungstisch, schnitt ihm mit einer Schere die Kleider vom Leib und sammelte die Stücke in einem Behälter für Beweismittel. Der Overall war besudelt von Körperausscheidungen, die der Mann im Todeskampf ausgestoßen hatte. Einen Moment lang starrte der Doktor mit unwillkürlichem Mitleid auf sein nacktes Untersuchungsobjekt.

»Du fährst jedenfalls nicht runter nach Fordham«, sagte er zu dem Leichnam. »Es sei denn, ich finde was verdammt Offensichtliches.« Er zog seine Handschuhe straff und ordnete seine Instrumente.

Waddleton hatte mehr zu ihm gesagt, als Winters dem Sheriff verraten hatte. Der Doktor besaß den Auftrag, starke »Indizien« zu finden, die einen Transport der Verblichenen zur Röntgenuntersuchung und einer erschöpfenden zweiten Autopsie in Fordham unbedingt erforderlich machten, und war darüber hinaus noch gezwungen, diese Entdeckung protokollarisch festzuhalten. Seine ganze weitere Tätigkeit für die Behörde des staatlichen Leichenbeschauers hing davon ab, daß er diesem Ansinnen nachgab. Er hatte diese Bedingung mit solchem Schweigen aufgenommen, daß Waddleton es nicht für nötig hielt, sich von seinem Mitarbeiter zu trennen. Sein jetziger Entschluß war fast eine Sache des Augenblicks. Nehmen wir das Offensichtliche doch als solches! Wenn die anderen ebenso deutlich die äußeren Anzeichen des Erstickungstodes aufwiesen wie Willet, dann würden sie nicht mehr als eine gründliche äußere Untersuchung erhalten. Willet würde er sich auch von innen ansehen, bloß um an diesem eingehend nachzuweisen, was ja wohl bei allen auf der Hand liegen mußte. Ansonsten würde er nur, wenn die äußerliche Untersuchung eine eindeutige Anomalie ergab – eindeutig müßte sie sein *und* zu denken geben –, noch tiefer nachschauen.

Er spülte das verkrustete Haar in einem Metallbecken, goß die Ablagerungen in ein Fläschchen und beschriftete es. Dann begann er, von der Kopfhaut ausgehend, mit einer minutiösen Untersuchung der Körperoberfläche, wobei er seine Befunde fortlaufend notierte.

Die charakteristischen Merkmale des Erstickungstodes waren trotz der erschwerenden Auswirkungen von Autolyse und Verwesung offensichtlich. Das Vortreten von Augäpfeln und Zunge ging inzwischen zumindest teilweise sowohl auf Gasdruck als auch auf die Art des Todes zurück, doch steckte letzteres Organ fest zwischen den zusammengebissenen Zähnen, was kaum einen Zweifel an der Todesart ließ. Die aufgrund degenerativer Veränderungen eingetretene Hautverfärbung – eine grünlich-gelbe Schattierung, ein Dunklerwerden und Sich-Abzeichnen von Oberflächengefäßen – war zwar markant, aber nicht ausreichend, um das Blau der Syanose auf Gesicht und Hals oder die stecknadelgroßen Leichenflecken zu überdecken, die Hals, Brust und Schultern sprenkelten. Aus Mund und Nase kratzte der Doktor eine Substanz, bei der es sich seiner festen Zuversicht nach um Schleim handelte, der leicht mit Blut vermischt war – eine typische Ausscheidung beim qualvollen Nach-Luft-Ringen während des Erstickungstods.

Er fing an, in seiner Arbeit etwas Komödiantisches zu sehen. Was für einen Hanswurst machte der Tod doch aus dem Menschen! Ein blaues, stieläugiges, dreilippiges Etwas. Und dann noch er persönlich, seine neugierige, beflissene Vertrautheit mit solch clowneskem Aas. Abfall. Entschuldigen Sie, Mr. Willet, wenn ich hier diese Fleischwunde sondiere. Wie fühlt es sich an? Nach nichts? Überhaupt nichts? Schön, also was ist mit diesen Fingernägeln? Sind abgesplittert, während Sie in der Erde krallten, nicht wahr? Ja. Hübsche Blutblase seh ich da unter dem Daumennagel – haben Sie sich zweifellos ein paar Tage vor Ihrem Unfall bei der Arbeit geholt. Bemerkenswerte Schwielen hier, immer noch recht hart ...

Der Doktor suchte an den Händen – aufgedunsenen, dunklen Pranken, ohne Geste, die jeden Griff und jede Berührung aufgegeben hatten – nach einem unanalytischen Moment. Er spürte, wie sich der körperliche Verschleiß dieses Mannes in den Händen konzentrierte. Die schmerzliche Nichtigkeit der feinen Gelenkverbindungen, wenn man sie im Tode sieht – dieses stechende Gefühl, das er schon längst zu ignorieren gelernt hatte, wenn er arbeitete. Jetzt aber ließ er sich ein wenig davon rühren. Dieser Roger Willet, der eines Nachmittags zu seiner Arbeit gestapft war, war plötzlich verschrottet, von einem unnützen Haufen vergänglicher Materialien zerquetscht worden. Durch puren Zufall war sein Leben einem anderen, mächtigeren zu nahe geraten, das vorüberkam – einem von diesen unerbittlichen und gierigen Leben, die in ihrem Kielwasser menschliche Trümmer – bekannte wie unentdeckte – hinterlassen. Pech, Mr. Willet. Natürlich tut uns allen dies sehr leid. Aber dieser Joe Allen, Ihr Arbeitskollege. Allem Anschein nach war er eine Art ... Menschenfresser. Eine komplizierte Sache. Wir verstehen sie nicht ganz. Aber Tatsache ist, daß wir Sie in einem gewissen Maße demontieren müssen. Ich fürchte, es besteht wirklich keine Hoffnung, daß Sie diese Teile von sich aus wieder benutzen. Sind wir jetzt soweit?

Der Doktor machte sich mit einer unbestimmten Begierde nach Willets Zerstückelung, nach der Zerlegung dieses Häufchens Elend in seine natürliche Form, an die innere Untersuchung. Er packte Willet beim Unterkiefer, griff zum Seziermesser und bohrte ihm dessen Spitze unters Kinn. Von dort aus begann er den langen,

behutsam sägenden Schnitt, der Willets Leib bis zum Schambein öffnete.
In der akribischen Trennung der einzelnen Körperschichten fand Dr. Winters völlige geistige Inanspruchnahme und Vergnügen. Aber dennoch verspürte er die ganze Zeit – nur am Rande zwar, jedoch beharrlich – das Dahinziehen einer Flut von belanglosen Bildern. Diese zeigten das Gebäude, ihn und die Nacht, die das Gebäude umgab. Wie von draußen sah er die Fabrik – sonnengebleichte Bretter, eiserne Bedachung – und die Bäume, die es umdrängten, alles im Licht der Sterne – ein Bild aus einer Geisterstadt. Und er sah die Gefrierkammer, die hinter der Wand lag, wie von drinnen – spürte dabei die reglose Stille von Ermordeten in einem kalten gelben Licht. Und zu guter Letzt bildete sich eine Frage, die genauso im Gewebe seiner Konzentration hinaus- und hineinschoß wie die Bilder: Warum empfand er immer noch instinktiv, wie irgendeine Regung in der Luft, diese stumme Wachsamkeit, welche sein Tun umgab, ihm mit ihrer Wißbegier verstohlen an die Nerven rührte, während er arbeitete? Jetzt unverhohlen wütend, zuckte er die Achseln. Wer sonst war schon zugegen als der Tod? Und war nicht er des Todes Mietling, gehörte dieser Ort denn nicht dem Tod? Also laß den Gebieter zuschaun.
Je weiter er Willets von Blutstürzen getüpfelten Hautmantel nach hinten schälte, mit desto größerer Ernüchterung las Dr. Winters in diesem Körper, einem Leichentext. Er beschränkte seine Inspektion auf Lunge und Mittelfell, wo er unzweideutige Belege für Willets Erstickungstod fand. Das Brustfell wies die erwarteten Ekchymosen auf – fleckige Blutergüsse in der umgebenden glasigen Membran. Die darunterliegenden polyedrischen Oberflächenläppchen der Lungen selbst hatten eine Vielzahl von Bläschen gebildet – das erwartete Zwischenraum-Emphysem. Beim Auseinanderschneiden zeigte sich innerhalb der Lunge ein starker Blutandrang. Die linke Hälfte des Herzens fand Dr. Winters zusammengezogen und leer vor, während die rechte wie auch die großen Venen im oberen Berich des Mittelfells überdehnt und von dunklem Blut verstopft waren: das klassische Bild des Erstickungstodes; und nachdem er all dies diagnostiziert hatte, machte der Doktor schließlich seinen Text mit Nadel und Faden wieder zu.

Er schaffte den Toten zurück auf die Bahre und drapierte einen seiner Leichensäcke darüber wie ein Sargtuch. Morgen früh, wenn er Hilfe hatte, würde er auf einer Brückenwaage, die sich ebenfalls im Büro befand, die Leichen wiegen, um sie danach ordentlich zu verpacken. Als er zur Tür der Gefrierkammer kam, zögerte er. Ohne sich zu bewegen, ohne zu verstehen, weshalb, starrte er sie an.

Lauf. Mach, daß du hier rauskommst, aber schnell!

Er hatte den Gedanken selbst gehabt, doch die Aufforderung bestürmte ihn so heftig, daß Winters sich unwillkürlich umdrehte, als hätte jemand hinter ihm gesprochen. Aus den schwarzen Fenstern auf der anderen Seite des Raumes blickte ihm funkelnd ein Mann entgegen – ein Mann mit Schürze und Handschuhen, dessen Augen Schatten waren. Hinter dem Mann befand sich ein verhangener Leichenkarren, hinter diesem eine breite Metalltür.

Leise, verwundert, fragte der Doktor: »Weglaufen wovor?« Der augenlose Mann in der Scheibe war immer noch halb zusammengekauert, furchtsam.

Dann, einen Moment später, richtete er sich auf, warf seinen Kopf zurück und lachte. Der Doktor ging an den Schreibtisch, um Schulter an Schulter mit dem anderen Platz zu nehmen. Er zog die Flasche heraus, und sie tranken einen zusammen, wobei sie einander mit demselben benebelten Lächeln betrachteten. Dann sagte der Doktor: »Gestatte, daß ich dir noch einen einschenke. Du hast es nötig, alter Junge. Es macht einen Mann wieder zu sich selbst.«

Dessenungeachtet gestaltete sich sein Wiedereintritt in die Kammer schwierig und mühevoll. Jeder Schritt schien eine neuerliche Willensanstrengung zu erfordern. In dem eisigen Zwielicht mutete jede Bewegung wie eine Kampfansage, eine Herausforderung an. Winters' Körper hinkte seinem inneren Drang nach Schnelligkeit, danach, diese Belästigung der versammelten Toten möglichst kurz zu machen, hinterher. Er bettete Willet wieder auf dessen Lager und nahm Willets Nebenmann. Der Name auf dem Schildchen, das mit Draht an seinem Stiefel befestigt war, lautete Ed Moses. Dr. Winters rollte ihn ins Büro hinaus und schloß die große Tür hinter sich.

Mit Moses kam Schwung in seine Arbeit. Er ging davon aus, keine weiteren inneren Autopsien mehr vornehmen zu müssen. Er dachte an seinen Arbeitgeber und freute sich nun wie ein Schneekönig, daß er sich Waddletons Ultimatum zum Schein gebeugt hatte. Das wäre ein fürchterlicher Schlag! Er stellte sich den Leichenbeschauer unter Schock vor, mit einem Bündel Pathologieberichten in der einen Hand, und lächelte.

Waddleton könnte wahrscheinlich überzeugend auf mangelnde ärztliche Sorgfalt plädieren. Aber dem Ermessensspielraum eines Pathologen waren nun einmal keine klaren Grenzen gesetzt. Viele gute Männer würden das Vorgehen des Doktors unter den gegebenen Umständen als ausreichend und angemessen bestätigen. Der unvermeidliche Rechtsstreit mit einem Zusammenschluß von Schadensersatzklägern wäre mühsam und langwierig. Aber egal, ob Sieg oder Niederlage: Daß Waddleton sich mit Leib und Seele an die Interessen der Versicherungsgesellschaft verkauft hatte, träte überdeutlich zutage. Außerdem würde der Doktor den mysteriösen Grund seiner Entlassung sofort und in aller Form der Presse kundtun. Die Folge wäre eine Verleumdungsklage, aber vor der brauchte er genausowenig Angst zu haben wie vor einem Rausschmiß. Beides – sowohl seine Ersparnisse als auch der Rechtsstreit – würde ihn lange überdauern.

Äußerlich wies Ed Moses ebenso klar und eindeutig die Merkmale des Erstickungstodes auf wie Willet; nicht die kleinste Eintrittsstelle eines Splitters war zu sehen. Der Doktor beendete seinen Bericht und schaffte Moses mit raschen, präzisen Bewegungen in die Kammer zurück. Seine Nervosität war jetzt nahezu verschwunden. Diese mulmige Regung in der Luft – hatte er sie wirklich gespürt? Vielleicht war es nur der Widerhall des Todes gewesen, der in seinem Innern arbeitete, ein psychischer Schauder als Reaktion auf das verstohlene Sich-Vortasten des Krebses nach seinem Leben. Er brachte die Leiche heraus, die nach Moses in der Reihe lag.

Walter Lou Jackson war groß, stark, ganze einssechsundachtzig vom Scheitel bis zur Sohle und brächte bestimmt über zweihundert Pfund auf die Waage. Bei seinem qualvollen Ende hatte er solche Kraft gefunden, sich windend und krümmend gegen den Millionen

Tonnen schweren Sarg anzukämpfen, daß Gesicht und Hände rissig und zerfetzt waren. Der Tod hatte ihn zerfleischt wie ein Löwe. Der Doktor machte sich an die Arbeit.
Seine Hände waren jetzt ganz sie selbst; flink, präzise und kunstvoll erforschten sie die Natur der Leiche, wie andere Finger vielleicht ein Manual nach verborgenen Melodien abtasteten. Und während sein Geist von ihrer emsigen Intelligenz *einen* Schritt entfernt war, beobachtete sie der Doktor mit einem alten Vergnügen – einem der wenigen, die ihn niemals im Stich gelassen hatten. Alle die schweren Tode! Eine ganze Welt voll, Zeit ohne Ende. Leben, die zappelnd aus ihren schnuckligen Fleischfutteralen herausgezerrt wurden. Walter Lou Jackson war sehr schwer gestorben. Das haben Sie Joe Allen zu verdanken, Mr. Jackson. Wir glauben, es gehörte mit zu seiner Flucht vor dem Gesetz.
Aber was für eine stümperhafte Flucht! Ihre Unvernunft war weniger verblüffend als unheimlich – unheimlich in ihrer gigantischen Vergeblichkeit. Ganz außer Frage: Allen war schlau gewesen. Ein Leichenfresser, der im Umgang mit Menschen die Finesse eines Psychopathen besaß; ein guter alter Junge, der es fertigbrachte, daß eine ganze Kneipe voller Männer vor Freude lachte, während er sein Opfer aus ihrer Mitte herausschnitt; der es fertigbrachte, daß sie seinem Abgang mit der Beute applaudierten, während diese jovial in die Dunkelheit hinaustrat und dem grauenhaften Tod an ihrer Seite dabei auf die Schulter klopfte. Intelligent, ganz sicher, und zudem mit einer sonderbaren technischen Spitzfindigkeit, wie aus der Kugel hervorzugehen schien. Aber was war mit dem Wahnsinn, auf den das nämliche Objekt noch stärker deutete? In der Kugel lag das ganze tödliche Geheimnis von Baileys langem Alptraum beschlossen.
Weshalb die Explosion? Die Stelle, an der sie erfolgt war, ließ einen Hinterhalt für Allens Verfolger vermuten, eine bewußte Zündung. Hatte er auf einen begrenzten Einsturz gezielt, aus dem er irgendeine raffinierte, unvorstellbare Flucht plante? Schon das war ziemlich verrückt – und weitaus mehr noch, wenn Allen, wie als gesichert erschien, die Bombe selbst gebastelt hatte, denn dann hätte er wissen müssen, daß ihre Kraft die Erfordernisse maßlos überstieg.

Wenn es nun aber keine Bombe war und nur zufällig explosiv, wenn es einem ganz anderen Zweck diente, dann hätte Allen die Sprengkraft womöglich unterschätzen können. Allem Anschein nach überwachte er das Objekt irgendwie von fern, denn der zeitliche Ablauf der Geschehnisse bewies, daß er sofort bei seinem Austritt aus dem Schacht darauf losging – wobei er den Bus, der darauf wartete, Allens Schicht in den Ort zurückzubringen, links liegen ließ und über das Gelände schnurstracks den Streifenwagen ansteuerte, den er wegen des Bürogebäudes nicht sehen konnte. Das ließ auf etwas Komplizierteres schließen als bloß eine explosive Vorrichtung – etwas vielleicht, dessen Zerstörung mehr in Allens Absicht lag als die dadurch ausgelöste Detonation.
Daß er es überhaupt riskiert hatte, die Kugel wieder in seinen Besitz zu bringen, untermauerte diese Sichtweise. Einen Moment lang – nämlich als er instinktiv wahrnahm, daß sie sich in Bergwerksnähe befand – mußte er geglaubt haben, daß die Morduntersuchung zu ihrer Entdeckung und ihrer Mitnahme aus seinem Zimmer geführt hätte. Doch warum hätte Allen, der ja bereits wußte, daß ihn die Höchststrafe erwartete, dann dermaßen weit gehen sollen, um ein Beweisstück wiederzuerlangen, das ihn nur eines leichten Vergehens überführte: des Besitzes von Sprengstoff?
Aber einmal angenommen, es steckte mehr hinter der Kugel – eine Art Instrument für seine Morde, das eine Zuchthausstrafe garantieren konnte, welcher er andernfalls vielleicht entginge. Selbst dann ergab sein Schachzug keinen Sinn. Da die Kugel – und mithin auch die Gesetzeshüter, die sie aller Wahrscheinlichkeit nach beschlagnahmt hatten – bereits im Bergwerksbüro waren, mußte er damit rechnen, daß das Gelände jeden Moment abgeriegelt würde. Vorläufig stand das Tor noch offen; eine Flucht in die Berge war eine durchaus in Frage kommende Möglichkeit für einen, der es fertigbrachte, sich an zwei in den Wäldern erfahrene, gutbewaffnete Männer, die nach ihm auf der Lauer lagen, heranzupirschen und ihnen den Garaus zu machen. Warum hatte er seine Festnahme so gut wie gesichert, nur um eine Beschuldigung abzuschwächen, die mit seiner Flucht belanglos geworden wäre? Dr. Winters sah, daß seine Finger sich sternförmig auf eine kleine Einstichwunde unter

Walter Lou Jacksons Schwertfortsatz, zwischen den achten Rippen, richteten. Wie eine Jagdmeute, die ein Kaninchenloch umstand. Seine Linke berührte mit schnell und behutsam forschenden Fingern die Wundränder. Die Rechte führte eine Sonde ein, und beide zusammen lavierten das lange, schlauchförmige Gerät in den Körper. Stück für Stück, aber ungehindert, rutschte es hinein, ging in sanftem Bogen nach oben und dann durch das Zwerchfell ins Herz. Des Doktors eigenes Herz beschleunigte sich. Er sah zu, wie seine Hände sich bewegten, um diese Feststellung zu protokollieren, sah sie innehalten, sah sie zu ihrer Allgemeinuntersuchung der Leiche zurückkehren, ohne daß Feder und Papier angerührt wurden.
Es ergab sich keine weitere Anomalie. All seine sonstigen Befunde schrieb der Doktor getreulich nieder und fragte sich dabei die ganze Zeit, warum ihm so zum Heulen war. Am Schluß begriff er. Es lag nicht an der Entdeckung einer von außen beigebrachten Wunde, die Waddletons These hätte stützen können. Denn in Sekundenschnelle hatte diese Entdeckung ihm auch klargemacht, daß er jedes Anzeichen für das Eindringen eines Splitters – falls er auf irgend etwas stieße, das er dafür hielt – bewußt übersehen würde. Der Schaden, den Joe Allen angerichtet hatte, würde hier enden, mit diesem letzten großen Gemetzel, und nicht noch zur Verarmung der Hinterbliebenen von Allens Opfern beitragen. Schluß mit den inneren Untersuchungen! Von nun an würden wohl oder übel die äußerlichen entschieden gegen deren Notwendigkeit sprechen.
Die Schwierigkeit war, daß die Punktur in Jacksons Thorax der Überzeugung Dr. Winters' nach gar nicht von einem Splitter *stammte*. Wieso? Und warum hatte er, als er keine Antwort auf diese Frage fand, schon wieder Angst? Langsam unterschrieb er den Obduktionsbericht über Jackson, legte das Blatt beiseite und griff zum Seziermesser.
Zuerst den langen, sägenden Schnitt, der die sterbliche Hülle öffnete wie ein Reißverschluß. Alsdann zwei große, rechteckige Fleischlappen auf Höhe der Achselhöhlen seitwärts zurückrollen, so daß die Brust freiliegt. Eine Hand ergreift den Saum des Lappens, die andere fährt mit dem Messer darunter, trennt dergestalt das glasige Gewebe von der Brustwand und schabt sämtliche Muskula-

tur von den Knochen- und Knorpelverankerungen unter ihr. Dann das allmähliche Aufbrechen des Panzerkastens im Innern. Rippenschere – was für ein ehrliches, unverblümtes Werkzeug, wie die Schere eines Gärtners!
Der stählerne Schnabel biß jeden Knorpel durch, mit dem die Rippen am Brustbein verankert waren. Die Schlüsselbeinknochen am oberen Ende des Brustbeins wurden mit dem Messer durchgeschnitten, aufgezwängt und sprangen aus ihren Pfannen. Nachdem die Truhe somit aus den Angeln gehoben war, stichelte das Messer unter dem Deckel und stemmte ihn hoch.
Einige Minuten später richtete der Doktor sich auf, um von seinem Untersuchungsobjekt zurückzutreten. Er bewegte sich fast wie ein Betrunkener, und sein Alter schien ihm nun tiefer ins Gesicht gemeißelt. Mit angewiderter Hast streifte er seine Handschuhe ab. Er ging an den Schreibtisch, nahm Platz und schenkte sich noch einen Drink ein. Wenn es so etwas wie Grauen in seinem Gesicht gab, so auch eine Verhärtung seiner Mundlinie und seiner Unterkiefermuskeln. Er redete mit seinem Glas: »So sei's drum, Euer Exzellenz. Etwas Neues für Ihro untertänigen Diener. Eine Mutprobe?«
Jacksons wohlgeformter Herzbeutel hätte zwischen den großen, dick mit Blut gefüllten Lungenlaibern eigentlich nahezu versteckt sein müssen. Doch der Doktor hatte ihn völlig bloßliegend und die flankierenden Lungen als schrumpelige Klumpen vorgefunden, die nicht einmal ein Drittel ihres natürlichen Umfangs aufwiesen. Nicht nur sie, sondern auch die linke Herzkammer und die oberen Gefäße des Mittelfells – sämtliche Bereiche, die mit gestocktem Blut hätten verstopft sein müssen – waren absolut blutleer.
Der Doktor trank sein Glas mit einem Schluck aus und holte wieder die Fotos hervor. Er stellte fest, daß Jackson auf dem Bauch gestorben war, quer über der Leiche eines anderen Arbeiters liegend, und daß ein dritter mit der oberen Körperpartie zwischen ihnen steckte. Weder die beiden unten liegenden Toten noch die umgebende Erde zeigten irgendwelche Spuren eines Blutverlusts, der volle zwei Liter betragen haben mußte.
Wahrscheinlich waren diese Flecken durch irgendein Spiel des

Lichts beziehungsweise Schattens auf dem Foto nicht herausgekommen. Er drehte das Untersuchungsprotokoll um. Craven hätte es doch bestimmt notiert, wären im Verlauf der Bergungsarbeiten irgendwelche auffälligen Mengen von blutiger Erde zutage getreten. Der Sheriff erwähnte nichts dergleichen. Dr. Winters legte die Bilder wieder zurück.

Ronald Pollack, Jacksons engster Grabesgenosse, war auf dem Rücken liegend gestorben, etwas schief unter Jackson, so daß ihre Oberkörper nur dort keine Tuchfühlung hatten, wo Kopf und Schulter des dritten dazwischenkamen. Es schien unvorstellbar, daß Pollocks Kleidung keinerlei Spuren eines solch schweren Blutverlusts von seiten eines Todesgenossen aufweisen sollte, den er so in den Armen hielt.

Der Doktor stand abrupt auf, zog sich frische Handschuhe an und kehrte zu Jackson zurück. Seine Hände zeigten jetzt eine brutalere Schnelligkeit, während sie den großen, langen Schnitt behelfsmäßig mit ein paar groben Nähten verschlossen. Raschen, entschlossenen Schrittes brachte er den Mann in die Kammer zurück und holte Pollock heraus – ein Austausch, bei dem ihm die toten Gestalten schwer zu schaffen machten, bei dem er immer – so schien es ihm – nur diesen einen kühnen Schritt aufdringlichen Gedanken voraus war – abnormen Scheußlichkeiten, die hinter seinem Rücken flüsterten und dabei einen eisigen, faulen Atemhauch ausstießen. Verneinend, verdrängend schüttelte er den Kopf und stieß die neue Leiche auf den Arbeitstisch. Mit gierigen Bissen zog die Schere Pollock aus.

Zu guter Letzt jedoch, als er jeden Gewebefetzen in Augenschein genommen und nichts Blutfleckenähnliches gefunden hatte, kam der Doktor wieder zur Ruhe: Er schlug sich diesen simpelsten Befund, den er mit solcher Hast hatte erreichen wollen, aus dem Kopf. Ohne den Instrumententisch zu sehen, stand er daneben und ergab sich den unfertigen, schemenhaften Dingen, die vom Rande seines Bewußtseins auf ihn einrückten.

Die Freilegung von Jacksons geschrumpften Lungen war mehr als ein Schock gewesen. Er hatte auch einen Stich von Panik verspürt, ja, eigentlich das gleiche merkwürdig deutliche Entsetzen, das diesen Ort umgab und ihn vorhin zur Flucht gedrängt hatte. Jetzt erkannte er als den Keim dieses rasch unterdrückten Entsetzens eine Vorahnung der Tatsache, daß er, wie geschehen, keine Spur von dem abhanden gekommenen Blut finden würde. Woher die Vorahnung? Es hing mit einem Problem zusammen, das zu erwägen er sich standhaft geweigert hatte: der Art und Weise, auf die das Blut aus der so engmaschigen Gefäßstruktur der Lungen herausgesaugt worden war. Konnte der bloße Druck der Erde allein dermaßen gründliche Arbeit leisten, wenn ihm dazu nur ein einziges, ebenso schmales wie sonderbar gekrümmtes Ventil zur Verfügung stand? Und dann das Foto, das er studiert hatte. Jetzt machte es ihm angst, sich das Bild ins Gedächtnis zu rufen – es regte sich irgendeine verborgene Bedeutung darin, versuchte krampfhaft, auf sich aufmerksam zu machen. Dr. Winters ergriff die Sonde, die auf dem Tisch lag, und wandte sich wieder der Leiche zu. So sicher und präzise, als hätte er das Vorhandensein der Wunde bereits festgestellt, beugte er sich nach vorne und berührte sie: eine kleine, saubere Punktur direkt unter dem Schwertfortsatz des Brustbeins. Er führte die Sonde ein. Die Wunde nahm sie tief in sich auf, in einer vertrauten Richtung.

Der Doktor ging zum Schreibtisch und ergriff das Foto noch einmal. Pollacks und Jacksons Einstichwunden waren nicht in Kontakt. Genau an dieser Stelle steckte der Kopf des dritten Mannes zwischen ihren Körpern. Dr. Winters suchte eine andere Aufnahme heraus, die diesen dritten Mann mehr in der Mitte zeigte, und stellte fest, daß dessen Name mit Tinte daruntergeschrieben stand: Joe Allen.

Traumwandlerisch ging Dr. Winters zu der breiten Metalltür, schob sie beiseite, betrat die Kammer. Er suchte nicht erst lange, sondern schritt geradewegs auf den Bock zu, an dem sein Freund vor einigen Stunden innegehalten hatte, und entdeckte auf dem Schildchen den gleichen Namen.

Der Körper unter der trügerischen Fettleibigkeit der Verwesung war schön schlank, fest und muskulös, das Gesicht viereckig geschnitten, mit überhängenden Brauen und einer krummen Fuchsnase – die Folge eines alten Bruchs. Die geschwollene Zunge lag hinter den Zähnen, die nunmehr wächsernen Augen wirkten gewitzt und leutselig, und die Aufgedunsenheit der Verwesung vertuschte nicht, welchen ersten Eindruck der Mann gemacht haben mußte: gutaussehend und offen. Sag mal, Kumpel, hast du nicht 'ne Minute Zeit? Ich seh dich doch jeden Tag mit der Spätschicht kommen? Genau: Joe Allen heiß ich. Schau, ich weiß, es is' schon spät und du möchtest heim, deiner Angetrauten sagen, daß du nicht seit Feierabend da drin gesoffen hast, was? O ja, das hör ich. Aber diese verdammte Sache mit dem Leuteverschwinden macht mich so nervös, und bei Gott: Gerade, wie ich hierhergekommen bin, hab ich jemand hinter dem Holzhaus oben an der Straße rumschleichen sehen. Siehst du, wie die Bäume da unten, auf der hinteren Seite vom Hof, 'n bißchen dünner werden, dort, wo der Mond reinscheint? Genau. Also, ich hab mir die kleine Pulle hier besorgt. O ja, 'n Prachtexemplar, das Ding! Die teilen wir uns zusammen. Ich wußt ja, ich würd einen finden, der sich nicht so leicht bange machen läßt – hab nirgends auf der Straße 'nen Polizeiwagen entdecken können. Ja, genau hier rein jetzt, da, wo die Tannen so zusammenstehn. Paß auf, wo du hintrittst, man kann kaum was sehen. So ist's richtig ...

Dem Doktor lief der Schweiß übers Gesicht. Er machte auf dem Absatz kehrt, ging aus der Kammer hinaus und zog die schwere Tür hinter sich zu. In der Wärme des Büros fühlte er, daß sein Hemd unter der Schürze schweißdurchnäßt war. Beständige, rauhe Schwingungen von Schmerz reizten ihm den Magen, aber er achtete kaum darauf. Er ging zu Pollock und ergriff das Seziermesser.

Die Arbeit war mit fast übernatürlicher Schnelligkeit getan, so mühelos wichen die Fleisch- und Knochenschichten unter seinen verzweifelten, aber unbeirrbaren Händen, bis die Brusthöhle und in ihr die vampirbefallene Lunge offenlagen, zwei knorrige graue Gewebeklumpen.

Tiefer forschte er nicht. Er wußte ja, was Herz und Gefäße zeigen würden. Er kehrte an den Schreibtisch zurück, um sich zu setzen, ließ sich – das Messer aus Geistesabwesenheit immer noch in der Linken – kraftlos auf einen Stuhl sinken und sah zum Fenster. Es

schien, als entsprängen seine Gedanken jenem fahleren, geisterhafteren Dr. Winters, der da draußen schwebte.
Was war das für eine Welt, in der er lebte? Im Laufe eines ganzen Lebens hatte er das bestimmt nicht einmal ansatzweise erahnt. Sich auf solche Art zu ernähren! Schon das war grauenhaft genug. Aber sich *in seinem eigenen Grab* so zu ernähren! Wie hatte er das geschafft – einmal ganz davon abgesehen, wie er sich lange genug gegen den Erstickungstod gewehrt hatte, um überhaupt etwas tun zu können. Wie ließ sich das begreifen, eine Gier, die so wütend war, daß sie sich bis an der Schwelle zu ihrer eigenen Vernichtung sättigte? Bestimmt befand sich dieser letzte Schmaus noch immer in seinem Magen.
Dr. Winters betrachtete das Foto: Allens Kopf, der wie ein hungriges Jungferkel, das nach den Zitzen seiner Mutter schnuppert, hübsch mollig zwischen den beiden andern lag. Dann betrachtete er das Messer in seiner Hand. Die Hand fühlte sich leer an – als wäre alle Fingerfertigkeit daraus entwichen. Ihr einziger Impuls bestand darin, zuzuhauen, zu zerstückeln, die Überreste dieses gefräßigen Dinges, dieses Joe Allen, auszuradieren. Er mußte es tun – dies oder fliehen bis ans Ende der Welt. Es gab keinen Mittelweg. Er rührte sich nicht.
»Ich *werde* ihn untersuchen«, sagte der Geist im Fenster und rührte sich nicht. Aus dem Innern der Gefrierkammer ertönte ein leises Geräusch.
Nein. Es war irgendeine Stockung im Brummen des Generators gewesen. Nichts dort drin konnte sich bewegen. Wieder ein Geräusch – ein kurzes Reiben an der Innenwand der Kammer. Die zwei alten Männer schüttelten den Kopf voreinander. Ein Riegel klickte, und die Metalltür glitt auf. Hinter dem starrenden Abbild seines eigenen Erstaunens sah der Doktor, daß eine schmutzige Gestalt auf der Schwelle stand und ihm mit flehender Gebärde die Arme entgegenstreckte. Der Doktor drehte sich auf seinem Stuhl um. Die Gestalt stieß ein pfeifendes Stöhnen aus, die kargen Überreste einer Menschenstimme.
Flehentlich arbeitete Joe Allen mit dem Unterkiefer und öffnete seine blauroten Hände. Als wäre die Sprache eine Made, die sich aus

seinem Mund herauszukämpfen suchte, verzerrte sich das blaugeschwollene Gesicht vor Anstrengung, und die Riesenzunge rollte hilflos zwischen den teigigen Lippen.
Der Doktor griff nach dem Telefon, nahm den Hörer ab. Daß kein Lebenszeichen aus der Muschel drang, war bedeutungslos – er hätte nicht sprechen können. Das Ding, das ihm gegenüberstand, zerstörte mit jeder noch so leisen Bewegung die Grundfesten des gesunden Menschenverstandes, wo Worte vielleicht noch einen Sinn gehabt hätten – reduzierte die ihn umgebende Welt selbst auf eine Wüste der Finsternis und Stille, eine sternenbeschienene Ruine, in der bereits überall das Fremdartige und Unvorstellbare zu seiner neuen Herrschaft erwachte. Der Leichnam erhob eine seiner Hände und streckte sie aus, wie um sein Gegenüber aufzuhalten – drehte sich um und ging auf den Instrumententisch zu. Seine Beine waren bleiern; er wiegte die Schultern wie ein Schwimmer, der sich durch das zähe Element der Schwerkraft kämpft. Als er zum Tisch gelangt war, klammerte er sich erschöpft daran fest. Unversehens stand der Doktor auf den Beinen. Sein Kopf war leicht eingezogen, er selbst immer noch schwerelos und das Messer in seiner Hand der einzige Teil an ihm, den er deutlich spürte: wie eine Feuerzunge, eine Krematoriumsflamme. Joe Allens Leiche ließ eine Hand nach den Instrumenten zucken. Die dicken Finger hoben mit der absonderlichen Ungeschicktheit eines Affen ein Skalpell empor. Beide Hände umklammerten den kleinen Griff, stießen die Klinge tief zwischen die Lippen wie vielleicht ein durstiges Kind ein Eis am Stiel und rissen sie dann mit einem Ruck wieder heraus, wobei sie die Zunge aufschlitzten. Dicke Flüssigkeit spritzte auf den Boden. Der Unterkiefer arbeitete ungelenk, der Mund stieß mit nassem, abgehacktem Zischen Worte hervor: »Bitte. Helfen Sie mir. *Hierdrin* gefangen.« Eine der toten Hände schlug auf die tote Brust. »Am Verhungern.«
»Was bist du?«
»Auf Reisen. Nicht von dieser Erde.«
»Ein Fresser von Menschenfleisch. Ein Säufer von Menschenblut.«
»Nein. Nein. Verstecke mich nur. Bin klein. Für euch scheußliches Aussehn. Angst vor Tod.«

»Du hast Tod gebracht.« Der Doktor sprach mit der Ruhe vollkommenen Unglaubens, wobei er sich selbst ebenso unglaubwürdig vorkam wie das Etwas, mit dem er sprach. Es schüttelte den Kopf, und in den stumpfen, vorstehenden Augen funkelte qualvollstes Niedergeschmettertsein.

»Keinen getötet. Hierdrin versteckt. Hierdrin versteckt, damit nicht getötet werde. Fünf Tage jetzt. Ersticke in Fäulnis. Befreien Sie mich. Bitte.«

»Nein. Du bist gekommen, um von uns zu fressen, du versteckst dich nicht aus Angst. Wir sind deine Nahrung, dein Fleisch, dein Essen und Trinken. Du hast dich in deinem Grab von diesen zwei Männern ernährt. In *ihrem* Grab. Für dich eine Verzögerung, ein Aufschub. Ja, sogar eine Ablenkung, die die Jagd nach dir beendet hat.«

»Nein! Nein! Habe Männer benutzt, als bereits tot. Für mich fünf Tage gleich Hungertod. Sogar noch weniger. Bloß aus Not heraus gegessen. Schrecklicher Not!«

Der zerstörte Sprechapparat machte aus dem letzten Wort ein verstümmeltes Keuchen – ein unmenschliches Schlangengrubengeräusch, das der Doktor in seinen Ohren als kaltes Züngeln empfand –, während die toten Arme sich in einer schwerfällig taumelnden Annäherung an die Körpergestik bewegten, mit der man die Wahrheit schwört.

»Nein«, sagte der Doktor. »Du hast sie alle umgebracht. Inklusive deines ... Werkzeugs – dieses Mannes. *Was bist du?*« Es explodierte eine Panik aus dieser Frage, die er zu unterdrücken suchte, indem er gleich selbst Antwort gab. »Entschlossen, ja. Das sicherlich. Du hast den Tod als Fluchtweg benutzt. Vielleicht brauchst du ja keinen Sauerstoff.«

»Habe übergenug für mich aus Verwesungsgasen gewonnen. Nur ein Nebenbestandteil unseres Stoffwechsels.«

Die Stimme gewann an Deutlichkeit. Sie entwickelte bereits einen Notbehelf für Klänge, die durch die im Todeskampf zerrissenen Ventile und durch Sprachstockungen verlorengingen, indem sie Vokale und Konsonanten den verwesenden Mundwerkzeugen, Zunge und Lippe, abrang. Gleichzeitig täuschte die Ungelenkheit des Körpers nicht über ein heimliches, unaufhörliches Experimentieren hinweg. Finger krümmten und regten sich, um die Elastizität von Sehnen zu erproben, und tasteten in der Handfläche nach den alten Stellen von Griff und Gegendruck. Die Knie maßen mit vorsichtigen Wiederholungen die neuen Grenzen ihrer Bewegungsfreiheit aus.

»Was hat es mit der Kugel auf sich gehabt?«

»Sie war mein Fahrzeug. Seine Zerstörung oberstes Gebot, wenn mit Entdeckung konfrontiert.« (Furcht rührte den Doktor an wie eine Wegschnecke, die ihm den Hals hinaufkroch; er hatte, während das Ding sprach, ein starkes, lebhaftes Zucken der Zunge bemerkt, ein Zusammenschrumpeln des dicken Fleischlappens wie unter dem Zug irgendeiner inneren Regulierung.) »Keine Gelegenheit zum Wiedereinstieg. Das hier verlassen dauert viel zu lang. Nicht einmal Zeit, Zerstörungszeitpunkt einzustellen – muß einen chemischen Schlüssel, fein wie Wimpernhaar, ausstoßen, um Schutzschild der Fahrzeugwand zu durchstechen. In Schacht meine einzige Chance, Wirtskörper aufzuhalten.«

Der rechte Arm prüfte das Handgelenk, und das Skalpell, das die Hand immer noch festhielt, schnitt weiße Funken aus der Luft, während das Wort »Wirtskörper« selbst wie ein kleiner Messerstich erschien, ein kurzes, neckisches Aufgeben der Maskerade – obwohl das starre Totengesicht keine Ironie zeigte – als Überleitung zum Angriff.

Doch Dr. Winters stellte fest, daß die Furcht von ihm abgefallen war. Dieses Ding der Unmöglichkeit, mit dem er sich da unterhielt und jetzt gleich kämpfen würde, rief in ihm eine gigantische Übersteigerung seiner lebenslangen ohnmächtigen Wut auf den Tod hervor. Unversehens erstreckte sich sein kurzsichtiges Mitleid mit der Erde allein auf den ganzen, jenseits der Sterne gelegenen Bereich, über den dieser Weltenfahrer gebot, auf den ganzen kosmischen Schrottplatz mit seinen einplanierten Leichenmassen; galaktischen Schlachträder – Sterne, Planeten mit ihrer hochherrlichen Abkommenschaft: alles Schrott, kaputte Knochen und verweste Fetzen, die sich zusammenschlossen, sich an einem festen Ort niederließen und sich in sinnlosen Symmetrien wiederverketteten,

aus denen neue Massen kurzfristig beseelten Schrotts hervorgehen würden.
Und das, was jetzt dort vor ihm stand, war der Tod, mit dem er ganz persönlich sich auseinandersetzen mußte – das universelle Schatzamt des Todes verlangte nun das Scherflein von Dr. Winters, und er stellte fest, daß er, ein alter Heiler, darauf brannte zu bezahlen. Seine eigene, tödlichere Klinge zog ihn mit ihrem eigenen Heißhunger an der Hand. Er fühlte sich nun wieder ganz als OBDUZENT, kannte exakt die Schnitte, die er schnell und ohne Fehler vornehmen würde. *Sehr bald jetzt,* dachte er und forschte kühlen Mutes nach tieferem Einblick, ehe das Ding zuschlagen würde.
»Warum muß dein Fahrzeug vernichtet werden, selbst wenn es deinen Wirt das Leben kostet?«
»Man darf uns nicht verstehen.«
»Das Vieh darf nicht verstehen, wovon es da gefressen wird.«
»Ja, Doktor. Nicht alles auf einmal. Sondern eines nach dem andern. *Sie* werden verstehen, was Sie auffrißt. Darauf kommt es an bei meinem Schmaus.«
Der Doktor schüttelte den Kopf. »Du bist bereits in deinem Grab, Weltenfahrer. Dieser Körper wird dein Sarg sein. Du wirst ein zweitesmal darin begraben werden, für immer.«
Das Ding kam einen Schritt näher und öffnete seinen Mund. Die schlabberige Kehle rang wie nach Worten, aber was daraus hervorsprang, war ein weißer organischer Faden, eher wie eine Peitsche. Dr. Winters sah nur das erste aufsteigende Flattern. Dann explodierte sein Gehirn gleich einem neuen Stern, der sich mit Lichtgeschwindigkeit zu einem weißen Nichts verdünnte.

Als der Doktor wieder zu sich kam, erwachte er eigentlich nur zu einem Teil seiner selbst. Noch ehe er die Augen aufschlug, merkte er, daß sein Bewußtsein bloß einen bizarren Torso seines Körpers wieder in Besitz genommen hatte. Kopf, Hals, linke Schulter, Arm und Hand meldeten sich anwesend – das übrige war Schweigen.
Als er die Augen aufschlug, stellte er dann fest, daß er auf der Bahre lag. Nackt. Etwas stützte ihm den Kopf. Sein linker Ellbogen war mit einem Riemen an die Kante der Oberfläche gefesselt – einem

Riemen, den er fühlen konnte. Auch seine Brust war festgeschnallt, doch diesen Riemen konnte er nicht fühlen. Ja, eigentlich hätte sein gesamter Körper – das aktive Überbleibsel ausgenommen – auch in einem Eisblock eingeschlossen sein können, so unempfindlich war er und so ohnmächtig der Doktor selbst. Er sah sich nicht einmal imstande, um auch nur dessen geringsten Teil zu nur der leichtesten Bewegung zu zwingen.

Der Raum war leer, doch aus der offenstehenden Tür zur Gefrierkammer drangen leise Geräusche: Das Knarren und sanfte Schleifen schweren Öltuchs, das zu irgendeiner Tätigkeit, in der kleine Klick- und Kußgeräusche vorkamen, zurechtgerückt wurde.

Tränen der Wut standen Winters in den Augen. Seine eine Faust gegen die sternenübersäte Schöpfungsmaschine ballend, die er nicht sehen konnte, knirschte er mit den Zähnen und flüsterte mit dem heißen Atem eines Mannes, dessen Kehle von Tränen zugeschnürt war: »Da hast du's zurück! Nimm dieses schmutzige bißchen Leben! Ich schmeiß es gerne weg, wie es sich für solchen Dreck gehört.« Das langsame Tappen von Stiefelsohlen im Inneren der Kammer wurde lauter, und er drehte den Kopf. Aus der Kammertür trat Joe Allens Leiche auf ihn zu.

Sie bewegte sich mit neuer Kraft, obwohl ihr Gang grotesk war – begleitet von ständigem Ducken, Rucken und Zucken, weil die verwesten Muskeln stockten –, während über diesem galvanisierten, sich abplackenden Körpergerüst leblos das blaufleckige Gesicht schwebte, ein Abbild der Teilnahmslosigkeit. Grauenhaft deutlich offenbarte es, was das Ding wirklich war: eine schadhafte Handpuppe, die energisch von innen geführt wurde. Und während dieses starre Gesicht sich über das des Doktors beugte, wo es regungslos in der Luft verharrte, legten sich die stinkenden Hände so leicht, so inständig und so besorgt wie die von jemandem, der einen Freund am Krankenbett besucht, auf Dr. Winters' Oberschenkel.

Durch das Abhandensein jeglichen Gefühls wurde die Berührung noch schrecklicher, als sie war. Sie bewies ihm, daß der Alptraum, den er in seinem Herzen immer noch verzweifelt leugnete, sich seinen Körper angeeignet hatte, während er selbst den Kopf und einen Arm zwar frei behielt, in dieser tödlichen Lähmung aber schon mehr als zur Hälfte untergegangen war. Da lag sein alptraumhafter Teil: ein Nichts, das offen von etwas Unaussprechlichem vereinnahmt wurde. Der Leichnam sagte: »Verwestes Blut. Kümmerliche Nahrung. Nur eine Stunde allein, bevor gekommen sind. Habe mir von linkem Nebenmann Nahrung geholt – hatte kaum Kraft, Saugröhre auszustrecken. Habe mir von rechtem Nahrung geholt, während Sie bei der Arbeit waren. Kniffliges Unterfangen – Sie sind auf Draht. Hatte mit Dr. Parsons gerechnet. Energiebedarf zur Belebung von dem hier« – eine Hand verließ den Schenkel des Doktors, um auf den staubigen Overall zu schmettern – »und zu Wirtskörper-Transfer sehr hoch. Wenn zwischen uns erst Synapse hergestellt, werde ich wieder nah am Verhungern sein.«

Eine Folge von unerträglichen Bildern entfaltete sich vor dem geistigen Auge des Doktors, sowie die roboterhafte Fäulnis sich von der Bahre abwandte und an den Instrumententisch ging: Wie der Sheriff gleich nach Sonnenaufgang hier einträfe – allein natürlich, denn Craven achtete immer darauf, daß seine Hilfssheriffs sich ausruhten, und weil er jede etwaige Unlauterkeit, die im Interesse der Hinterbliebenen erforderlich werden könnte, bei sich überdenken wollte; wie er seinen alten Freund hier vorfände, auf dem Rücken liegend und in alarmierend schwachem Zustand; wie er an seine Seite hasten, sich zu ihm herunterbeugen würde. Und dann, ein wenig später, fiele vielleicht ein Polizeiwagen, der ein noch immer feuchtes Knochengerüst enthielt, an irgendeiner tiefen Stelle der Schlucht vom Highway.

Die Leiche nahm einen der Beweismittelbehälter vom Tisch, um das Skalpell hineinzulegen. Dann wandte sie sich ab, hob das Seziermesser vom Boden auf und legte auch dieses hinein, wobei sie, ohne sich umzudrehen, sagte: »Am Morgen kommt der Sheriff. Sie haben sich wie enge Freunde unterhalten. Wahrscheinlich wird er allein kommen.«

Daß sie gleichzeitig dasselbe dachten, mußte ein Zufall sein, aber die Absicht, ihm Angst und Schrecken einzujagen, lag auf der Hand. Der Tonfall dieser zusammengeflickten Stimme und wie sie ihre Pausen setzte, waren unmißverständlich – listige Sonden, die ergründen sollten, was ihn besonders quälte, nach dem persönlichen Mittelpunkt seines Bewußtseins forschten. Er sah zu, wie der Leichnam – wieder am Tisch – affenhaft, aber exakt mit einer Hand nach Stoffschere, Operationsschere und Klammern hinuntergriff, um sie ebenfalls alle in den Behälter zu legen. Durch seinen Schock momentan vollkommen leer bis auf den Willen, endlich das ganze Ausmaß des Grauens zu erfahren, welches sein Leben in Besitz genommen hatte, starrte Dr. Winters Joe Allens Leiche an. Sie trug den Behälter zum Arbeitstisch neben der Bahre, und die ausdruckslosen Augen begegneten denen des Doktors.

»Ich habe Glücksspiel riskiert. Sehr schwerwiegendes Glücksspiel. Aber nun habe ich gewonnen. Wir sind auf die Gefahr persönlicher Entdeckung hin verpflichtet, Kontakt zu lösen, uns zusammenzuziehen, so gut wie möglich in Wirtskörpern zu verstecken. Letztendlich Selbstmord. Ich habe Sachzwänge mißachtet, obwohl vor Ausgrabung schon halb verhungert und anschließende Autopsie beinahe sicher. Ich holte Mannschaft ein, habe Pollack und Jackson Mikrosekunden vor Explosion attackiert. Kalkulierte fünf Tage Überleben in diesem Versteck, konnte dazu mit äußerster Kraft Verbindung lösen, würde jedoch andernfalls Autopsie riskieren, da mir Doktor als unfähiger Alkoholiker bekannt. Und jetzt sehen Sie, was ich gewonnen habe. Sie sind erstklassiger Wirtskörper, können sich nahezu ungestraft satt essen, selbst wenn Töten zu gefährlich. Gesicherte Mahlzeiten, noch warm bei Ihnen abgeliefert.«

Der Leichnam hatte die Bahre peinlich genau, aber versetzt, neben den Arbeitstisch bugsiert, so daß das untere Ende des Tisches über das ihre hinausragte und durch einen Abstand, der nicht ganz der Reichweite von Joe Allens rechtem Arm entsprach, von ihm getrennt war. Jetzt teilten die toten Hände die Operationswerkzeuge an der rechten Tischkante aus. Nur den Beweismittelbehälter stellte der Leichnam ans untere Ende des Tisches und ließ die Stoffschere um einen Träger seines Overalls gleiten. Während er erneut zu sprechen anhub, zerlegte die Schere ohne jedes Zögern seine Totengewänder.

»Der Schnitt muß medizinisch – *gerichtsmedizinisch* – stimmen, obwohl ein kleinerer Schnitt einfacher. Muß achtgeben bei den

Brustmuskeln, sonst werden Arme mich nicht tragen. Ich bin keine Larve mehr – über tausendfünfhundert Gramm.«

Um die erdrückende Last des Alptraums zu mildern, dieser gewaltigen Umnachtung ein Flackern seines eigenen Willens entgegenzusetzen, schleuderte der Doktor eine Frage hinaus. Seine Stimme klang jetzt gebrochener als die des anderen. »Warum ist mein Arm frei?«

»Zu der letzten, feinen Nervenspaltung ist senso-motorischer Standard erforderlich, um die Anpassung meines Gehirns an das Ihre zu perfektionieren. Durch Fehlen dieser übergeordneten Hand-Augen-Koordination Bewegungen des Wirtes viel gröber unter Kontrolle. Dies getan, entparalysiere ich die gelähmten Körperteile, binde uns los, und wir beide sind frei.«

Die Grabgewänder waren in einem Fetzenpuzzle heruntergefallen, und der Kadaver stand jetzt nackt da. Dabei ließen ihn seine dunklen, von Gasen gerundeten Konturen wie irgendein glattes, feistes Meereswesen erscheinen, mit dem schwarzgeäderten, aufgedunsenen Geschlechtsteil als Ruder. Wieder hatte die Stimme nach der Furcht des Doktors gestichelt, hatte sich die letzten Worte auf der Zunge zergehen lassen, und jetzt kam für ihn der Kelch des Leidens zum Überlaufen; Grauen und helle Wut zerrten in brutalem Wechselspiel an seinem Geist, als versuchten sie, diesen nackt aus der Hülle herauszuziehen, die ihn gefangenhielt. Hilflos dazwischen, rollte Dr. Winters mit dem Kopf, während seine Lippen sich unter der Geburt eines Aufschreis, der seinen Geist entleeren würde, ganz langsam aufzutun begannen.

Der Leichnam, der dies beobachtete, nickte ein einziges Mal, vielleicht zur Zustimmung. Dann erklomm er den Arbeitstisch und legte sich mit dem Vorbedacht eines geübten Rekonvaleszenten, der wieder in sein Bett steigt, auf den Rücken. Die toten Augen suchten erneut den Blick der lebenden und fanden den Doktor, der mit irrsinnigem Grinsen zurückstarrte.

»Kluger Leichnam!« schrie der Doktor. »Kluger, fleischfressender Leichnam! Tüchtiger Außerirdischer! Bitte glaub nicht, daß ich Kritik üben möchte. Wer bin ich, um Kritik zu üben? Nichts als ein Arm mit einer Schulter, eine sprechende Hand, ein kleines Stück

von einem Pathologen. Aber ich bin verwirrt.« Er hielt inne, um das aufmerksame Schweigen des Monsters und sein eigenes, in dem hysterischen Leichtsinn, der ihn freigesetzt hatte, ständig größer werdendes Hochgefühl auszukosten. »Du wirst deine Puppe dort dazu benutzen, dich aus ihr herauszupflücken und auf mich draufzutun. Aber wenn sie dich erst mal von deinem Fahrersitz gezogen hat, wird sie dann nicht, sozusagen, sterben, und dich fallenlassen? Du könntest dich bös anhaun. Warum kein Brett zwischen die Tische legen – die Puppe macht die Tür auf, und du krabbelst, triefst, torkelst, hopst, schlitterst, je nachdem, über die Brücke? Ohne daß jemand lang herumgeschmissen wird. Und überhaupt: Ist das nicht eine seltsame und ziemlich plumpe Methode, unter deinem Vieh herumzukommen? Solltest du auf Reisen nicht wenigstens deine eigenen Skalpelle bei dir haben? Es besteht schließlich immer das Risiko, daß du über *den* Wirtskörper unter einer Million stolperst, der keines mit sich führt.«
Er wußte, daß seine Spötteleien zu seiner eigenen Verzweiflung beantwortet würden. Er frohlockte, aber einzig und allein in der momentanen Verblüfftheit des Räubers – darin, daß er dessen gefräßige Selbstsicherheit für nur einen Augenblick durch seinen Spott zum Schweigen gebracht und ihm den Schmaus verdorben hatte.
Allens Rechte ergriff das Seziermesser neben sich, und die Linke zwängte eine Rolle Mullbinden unter den Nacken, so daß seine Kehle sich noch weiter vorwölbte. Der Mund sagte zur Decke: »Wir behalten Larvenform bis zu Eintritt in Wirt. Als Larven haben wir lokomotorische Strukturen und Wahrnehmungsknospen, die auch außerhalb der sensorischen Verstärker unserer Fahrzeuge verwendbar sind. Ich habe in zusammengerollter Form am Bein von Joe Allens Bett die Nacht abgewartet, bin dann durch seinen Mund eingedrungen, während er schlief.« Allens Hand erhob das Messer, hielt es hoch über die stumpfen, flinken Augen und drehte es dabei im Licht. »Nach erfolgter Einnistung stehen uns drei Intro-Stellationen zu ausgewachsener Gestalt zur Verfügung«, fuhr die Stimme geistesabwesend fort – das Messer hätte ein Spiegel sein können, in dem der Leichnam seine Züge studierte. »In Larvenform

haben wir nur einen Ansatz unserer späteren nervlichen Abzapffaser. Schlüssel und ausschlaggebendes Element unserer Metamorphose ist endosomatischer Haushalt des Wirts. Ich bin in drei Tagen gereift.« Allens Handgelenk knickte nach unten, so daß die Messerspitze sich senkrecht stellte. »Vorzüglichste Anpassung auf Kosten unbedeutender Kapazitäten erworben.« Der Ellbogen krümmte sich langsam und führte das Messer in einem Haken auf den Körper zu. »All unsere Wirte sind wahrnehmungsbegabte, dominante Lebensformen, haben bereits das strukturelle Rüstzeug, sich in planetarischer Umwelt zu behaupten. Gliedmaßen, Sinnesöffnungen« – die Faust pflanzte die Spitze ihrer Waffe unters Kinn, stellte sie schräg und führte sie mit einer glatten Bewegung am Hals hinab, während die Stimme unter der so entstehenden Furche hervor unbeeinträchtigt weitersprach – »somatische Schutzhüllen, Instrumentarien« – Brustbein, Zwerchfell, Unterleib, überall hinterließ die Edelstahlklinge ihren klaffenden, matschigen Gewebestreifen – »dies alles erben wir mit dem Gehirn eines Wirts, die Herrschaft über jeden Planeten, welche in Zerebralnexus von dessen dominanter Lebensform verwoben ist. Auf diese Weise sind wir selbst inzwischen von derlei genetischen Vorsorge-Codes fast unbelastet.«

Der Doktor konnte gar nicht so schnell die Augen zukneifen, da hatte Joe Allens Hand bereits vier tiefe Schnitte vorgenommen, die seitwärts von der Längswunde ausgingen. Als Ergebnis solcher Massakrierung blieben zwei makellos konturierte Fleischlappen. Die Linke hob den Saum des linken Lappens an, während die Rechte das Messer sanft in die Öffnung hineinpraktizierte und sie mit kleinen Stichen und Schnitten vertiefte. Es waren die Gebärden eines Mannes, der in einer Brusttasche sucht, wobei die toten Augen interessiert die langsame Loslösung des Fleisches verfolgten. Als die Stimme wieder zu sprechen fortfuhr, hatte sie in eine intensivere Tonlage umgeschaltet.

»Galaktisch gesehen, gibt es eine Fülle von Beispielen für die klassische Nerven-Gehirn-Verbindung über das Rückenmark, und das Nervenlabyrinth ist unser Reich. Sollen wir etwa Holzstege bauen und uns mühsam darüber auf unsere Nahrung zuschlängeln?

Sind Küchenschaben uns überlegen, weil sie Beine haben, um die Wände hochzulaufen, und Fühler, mit denen sie sich vorwärtstasten können?! All diese wunderlichen, dreh- und aufstellbaren Krücken, mit denen das Leben kokettiert! All diese Stelzen, Flossen, Flügel, Stiele, Federn, die ihrerseits so mannigfach in Haken, Klammern, Scheren, Gabeln, Saugnäpfen oder kleinen Finger- und Zehenkäfigen enden! Nebst all den technischen Schikanen, die sie zusammenbastelt, um sich in ihren Welten durchzuschlagen – alles ist über und über mit Knubbeln, Barthaaren, Kammlappen, Federn, Luftröhren, Stacheln oder Finnen ausgerüstet, um Klang- und Farbfetzchen aus der ringsum herrschenden Fülle zusammensetzen zu können.«

Mit unübertrefflicher Ruhe und Sicherheit wurden Arbeit und Arbeitswerkzeug gehandhabt. Der rechte Lappen glitt sanft und mühelos nach hinten, um Muskelstränge unter sich freizulegen, die dank größtem chirurgischen Geschick unversehrt geblieben waren und gleichzeitig den Anschein der Echtheit erhoffen ließen, wenn man sie erst wieder abgedeckt und vernäht hatte. Wehr- und hilflos spürte der Doktor, wie sein rebellischer Sinnestaumel versickerte und er wieder von düsterer, freudloser Faszination gefesselt wurde.

»Wir sind die Zapfventile und Relais, die das Nervenimpuls-Aggregat des Wirtes genau an dessen Integrationsknoten mitbenutzen. Wir sind das Gehirn, das diese Integrationen überprüft, sie unseren Banken von wirtsspezifischen Daten einverleibt und ihre Resultate schließlich den motorischen Weg hinunterströmen läßt – entweder diejenigen, nach denen unser Wirt spontan sucht, oder die, die wir ihm aufpfropfen möchten. Außerdem sind wir ein stromlinienförmiges Ernährungs- und Kreislaufsystem und ein reproduktiver Apparat. Und das genügt vollauf.«

Der Leichnam hatte seine blutige Weste auseinandergefaltet, und nun griffen die moderigen Hände zur Rippenschere. Die düstere Stimmfärbung wurde noch ausgeprägter – mit dem forschenden Hin-und-Her-Schwanken einer Kobra glitten die Sätze von der Zunge und umschlangen den Doktor mit ihren geschmeidigen Rhythmen, bis eine Lücke in seinem inneren Widerstand sie vielleicht durchlassen würde, um das bißchen Mut, das ihm noch blieb, abzuschlachten.

»Denn in *seiner* Form bewohnen wir das dichteste Hirngewebe von dreihundert Arten – liegen hübsch mollig darin verschlungen wie Weinranken an einem Spalier. Wir haben aus zu vielen Masken mit den unterschiedlichsten Fenstern herausgeschaut, um unsere eigene sensorische Unterentwicklung zu bedauern. Keiner begreift seine Welt bis ins letzte. Weit besser darum unser Nomadenleben mit seiner Bandbreite und Vielfalt als die seßhafte Unveränderlichkeit einer einzigen armseligen Strukturengruppe. Weit besser, so wie wir es tun, unmerklich voll entwickelte Lebewesen zu befallen und mit einem Schlage über all ihre Glieder und Organe, Erinnerungen und Kräfte zu gebieten – in so dichter Übereinstimmung mit unserem eigenen Willen wie die Hand, die einen Handschuh bewegt.«

Mit monotoner Gefräßigkeit durchtrennte die stumpfsinnige, blutige Schere die Knorpel, bis sie knapp vor der Stelle, an der Brust- und Schlüsselbein aufeinandertrafen, innehielt. Die Muskeln des Brustgürtels hatten dort eine wichtige Verankerung.

»Kein Bewußtsein des Rückenmarkstypus, das wir gefunden haben, konnte sich unserer Finesse widersetzen – kein dendritisches Raster war so ausgeklügelt, daß wir es nicht entziffert und uns selbst so darin eingefädelt hätten, um jeder einzelnen Synapsennaht voll zu entsprechen, ja, sie präzise nachzuziehen, bis wir sie lösen und das Ganze nach unseren Bedürfnissen neu zurechtschneidern konnten. Wir sind schon in den Körpern von autokratischen Planetenbewohnern einherstolziert, hochehrwürdigen Vorführpuppen der sittlich-geistigen Mode, aber aus dem Stoff des Universums geschnitten: dem Gewebe flüchtiger elektrischer Empfindungsfasern, die wir mühelos umknüpfen konnten – nach unseren Wünschen. Woraufhin – neu gewoben und gesäumt – ihr Lebensmäntelchen gehorsam nach unserem Wind wehte und uns mit grenzenloser Ehre, grenzenlosem Einfluß versah.«

Bei der raffinierten Sprachmelodie, welche die geschickte, nie ins Stocken geratende Selbstzerlegung des Leichnams begleitete – der neuromuskulären Orchesteruntermalung zu dessen vielfältiger Tätigkeit –, wurde Dr. Winters mit einemmal von der entrückten Faszination überkommen, die große Pianisten ihm bereiten konnten. Er erhaschte einen flüchtigen Blick auf die Perspektive des Außerirdischen – einen Gulliver, der in einem brobdingnagschen Grab wartete und dann einen toten Riesen gegen einen lebenden aufbot wie ein Zwerg in einem mächtigen mechanischen Kran: Fieberhaft gab er auf einer Batterie von Hebeln und Pedalen das Programm zum Kampf ein und wartete auf dessen Umsetzung durch die Roboterarme, auf den fernen, titanischen Zusammenprall mit dem Feind, und ein tiefes, freudloses Staunen über die unendliche Strategie und Plastizität des Lebens erfaßte den Doktor. Joe Allens Hände griffen in dessen halbgeöffnete Bauchhöhle – griffen tief unter den unversehrten Außenmuskel, der durch den flachen, trügerischen Einschnitt der Epidermis freilag –, bis sie nach äußerlichem Maßstab weit genug auseinandergedehnt war, um seine Oberschenkel zu berühren. Die Stimme schwieg, während die Unterarme, deren Finger im Inneren vergraben waren, ein leichtes, behutsames Wühlen anzeigten. Der Leichnam streckte sich wieder aus. Als mit dem stetigen Zurückweichen der Schultern die Handgelenke in Sicht kamen, schlotterten die toten Beine und zuckten in diffusen Krämpfen.

»Sie haben Ihre Art als unser Essen und Trinken bezeichnet, Doktor. Wenn sie nur das wäre, dann würde eine elementare Inbesitznahme Ihres Bewegungsapparates uns schon zufriedenstellen, uns absolute Kontrolle über das Vieh geben – denn welch noch so ungebräuchliches Wort oder welch noch so diffiziles Verhaltensschema ist mehr als ein wildes Muskelgeflatter? Auch wir waren vor langer Zeit zu solchen Läppereien fähig. Nicht bloß das Blut schürt diese Wollust, diese Gier, die Sie nun in Besitz hat – ich fühle es –, dieses heiße Verlangen nach einer Vertraulichkeit, die auch nach Jahren frisch ist wie am ersten Tag. Mein eigentlicher, wahrer Genuß liegt darin, Sie zu dieser Ernährungsweise zu zwingen, und in der absoluten Deformierung Ihres Willens, die dies miteinschließen wird. Wäre der pure Ernährungstrieb das Grundmotiv gewesen, dann hätte ich mich mit meinen Grabesgenossen – Pollack und Jackson – noch zwei Wochen oder mehr über Wasser halten können. Ich habe über die Hälfte der Energie, die mir ihr Blut verlieh, wieder in die Erzeugung von Chemikalien investiert, die ihr Gehirn am Leben erhielten und ihm ein Flüssigbad von sauerstoffhaltiger Nahrung schufen.«

Aus der künstlichen Kluft der Obertaille zerrten die verschmierten Hände zwei lange silbrige Faserstränge hervor, in denen eine Million gleichzeitiger Schrumpf- und Schlängelbewegungen glitzerte und sich wand. Die gesamte Beinmuskulatur zitterte und zuckte so lange unter schwachen, chaotischen Pulsschlägen, bis sich die glänzenden, gewürmähnlichen Stränge zu zwei massiven Kugeln geballt hatten. Diese wurden von den Händen behutsam in den Einschnitt gesetzt. Dann lagen die Beine totenstill.

»Mir blieb nur noch ein Notinstrumentar, um das Nervensystem anzuzapfen, aber zum Gedächtnis konnte ich mir größtenteils, zu den Erkennungsreaktionen sogar vollständig Zugang verschaffen, und da ich in meinen Datenspeichern das ganze Organon von Cotis elektrochemischen Fachausdrücken der englischen Sprache hatte, war ich in der Lage, ihnen alles direkt in den achten Gehirnnerv zu flüstern. Das ist immer unser wahrer Festschmaus, Doktor, solche körperlosen elektrischen Stürme ohnmächtiger Erkenntnis, wie ich sie in diesen zwei kleinen Fleischkugeln hervorkitzelte. Gestern, unmittelbar vor der Bergung, war ich gezwungen, ihnen den Inhalt wieder zu entziehen. Bis dahin haben sie gelebt und alles begriffen – *alles*, was ich mit ihnen machte.«

Als die Stimme innehielt, begegneten sich die toten und die lebenden Augen in einem unnachgiebigen Blick. So blieb es einen Moment. Dann lächelte das tote Gesicht.

Es rekapitulierte das ganze Grauen von Allens erster Wiederauferstehung – dieses Erwachen ausdrucksfähiger Beseeltheit aus jenen Grabhügelkonturen. Und es war eine Dämonenseele, die der Doktor da erwachen sah: Das Lächeln hatte feine, spitze Stacheln der Grausamkeit in den Mundwinkeln, während in den stechenden Augen eine zärtliche, sehnsuchtsvolle Vorfreude auf seinen Schmerz strahlte. Von weit her vernahm Dr. Winters den schiefen Klang seiner eigenen Stimme, die fragte: »Und Joe Allen?«

»O ja, Doktor. Der ist jetzt bei uns, schon die ganze Zeit. Mir blutet das Herz, ein so seltenes Exemplar von Wirt aufzugeben! Er ist fürwahr ein heimlicher Gelehrter – in vier Sprachen belesen.

Momentan schreibt er an einer Übersetzung von Mark Aurel – das heißt, er schrieb in seiner Freizeit ...«
Es folgten lange Minuten, in denen die Stimme die unwirkliche Selbstautopsie begleitete, aber der Doktor lag da wie unter Betäubungsmitteln, von seinem Reaktionsvermögen verlassen. Und dennoch hallte die volle Einsicht in das, was ihm bestimmt war, dröhnend in seinem Geist wider – einem leeren Raum, durch den die Stimme, weniger akustisch als durch irgendeine direkte Implantation, wie bei der unterirdischen Folter, die sie gerade beschrieben hatte, leichtere Erkenntnisschocks nachsandte, detailliertere Schilderungen des Unsäglichen.
Der Parasit hatte die komplizierte Trennwand zwischen zerebraler Eingaben-Integration und deren nervlicher Umsetzung, aus der sich die Reaktionen ergaben, aufgespürt, angezapft und sein eigenes Gehirn dazwischengeschaltet, so daß er das Bewußtsein des Wirtes teilte, aber über die Reaktionspfade allein bestimmte. Der Wirt, ein auf Eis gelegtes Individuum, war weder sprachlich noch körperlich zu jedem auch noch so geringfügigen Ausdruck seines eigenen Willens imstande, hingegen höllisch redegewandt und beweglich im Dienste des Parasiten. Es waren seine eigenen Hände, die das Leben aus dessen Beute herauswanden und -rissen, seine eigenen Lenden, welche die wiederholten Orgasmen verspürten, mit denen die übrigen Plünderungen der wehrlosen Körper gekrönt wurden. Und wenn sie, immer noch gefesselt und mit schrillem Geschrei, dalagen, bereit zum endgültigen Verzehr, dann waren es seine eigene Kraft, welche die dampfenden Eingeweide aus ihnen herauszog, seine eigene wohlvertraute Zunge und sein eigener gefräßiger Mund, die er in den fetten, zitternden Festschmaus tauchte.
Der Doktor erhaschte auch mehrere Blicke auf den geschichtlichen Hintergrund dieses Räuberlebens – eine Rasse, die in der Essenzialisierung, der unerbittlichen Abstraktion ihres eigenen Geistesgewebes so weit fortgeschritten war, daß sie durch Hingabe an die Wissenschaft und genetische Selbstzüchtung schließlich ihr eigenes Idealbild von geistigem Bewußtsein verkörpern konnte. Es besaß stromlinienförmige Gestalt, um ihnen den Eintritt in andere Wesen und die direkte Aneignung von deren Erlebnis- und Erfahrungswel-

ten zu ermöglichen. Zuerst ging alles streng akademisch zu, bis dann in den entkörperlichten Gelehrten ein schon lange schwelender eifersüchtiger Haß auf sämtliches »minderwertige« Bewußtsein aufflammte, das im Boden und in der Sonne stofflicher, ganz speziell ausgeprägter Welten verwurzelt und gekleidet war. Der Parasit nannte eine »Zerebralmusik«, die »Symphonien des zu Tode gequälten Paradoxen« als Hauptbeute seines Eindringens, und Dr. Winters spürte die Wahrheit hinter diesen großen Worten: Der wirkliche Gewinn aus der systematischen Verletzung eingesargter Persönlichkeiten bestand in dem nüchternen Gefühl, anderen Lebensformen an Mitteln überlegen zu sein – primitiveren Lebensformen vielleicht, aber dennoch unendlich reicheren, insofern das Leben für sie von einer leidenschaftlichen inneren Anteilnahme durchdrungen war.

Joe Allens Hände hatten die zusammengeballten außerirdischen Nervenstränge, in deren Mitte der runzlige Gehirnknoten eingebettet war, wieder aufgehoben und das langsame Zurückziehen einer letzten wichtigen Leitungsröhre abgewartet, die anscheinend der Achse des Rückgrats folgte. Schließlich, als nur noch eine dünne Nebenfaser davon im Körper verblieb, hielt der Leichnam mit neuerlichem Lächeln seinen wieder zusammengefügten Herrn und Meister empor, um ihn zu begutachten. Und da sah ihm der Doktor in die Augen und sprach – nicht mit deren Gebieter, sondern mit dem Gefangenen, der sie ihm geliehen hatte und der nun, wie Dr. Winters wußte, auf seinen endgültigen Tod zuging.

»Lebwohl, Joe Allen. Eddie Sykes. Es ist nicht eure Schuld. Möget ihr endlich ruhen in Frieden.«

Ohne daß das dämonische Lächeln aus dem Gesicht verschwand, reichte die rechte Hand ihre klebrige Last über den Zwischenraum zur Lende des Doktors hinüber. Er sah zu, wie die Hand das glitzernde Medusenhaupt – sein neues Ich – auf sein Fleisch legte, zum Tisch zurückkehrte, das Skalpell ergriff und sich wieder ausstreckte, um an seiner Leiste einen zehn Zentimeter breiten Schnitt anzubringen – alles in gespenstischer Abwesenheit eines fühlbaren Reizes. Dann plötzlich kam die Leitungsfaser, die tief in dem Leichnam verblieben war, wie eine Peitschenschnur aus der

Spalte des Mittelfells herausgesaust. Sie schnellte über den Zwischenraum und ballte sich an der Oberfläche des brodelnden Organismus, der auf dem Doktor lag, zu einem festen Stummel.
Joe Allens nunmehr leerer, völlig erschlaffter Körper brach zusammen. Er war wieder nichts als ein Leichnam, doch wies die Art, wie er dalag, *eine* Anomalie auf: Sein rechter Arm war nicht senkrecht herabgefallen, wie es natürlich gewesen wäre. In der Sekunde, als der Außerirdische aus seiner Buchse herausgezogen wurde – Allens Todessekunde –, hatte die Schulter eine wilde Zuckung von sich gegeben, so daß der Arm ruckartig nach oben geschleudert wurde. Darum lag er jetzt ausgestreckt, als griffe er nach der nächsten Sprosse einer Leiter. Schon durch die geringste Gelenkerschütterung würde er wieder, der Erdanziehungskraft folgend, nach unten plumpsen; genauso aber auch das Skalpell, das immer noch auf der nach oben gekehrten Handfläche lag und dem Herunterfallen schon jetzt gefährlich nahe war.
Eine Mikrosekunde vor seinem Tod hatte der Mann wieder über sich selbst Besitz ergriffen. Das Herz des Doktors regte sich, erwachte und jubilierte in seinem Innern, denn er bemerkte, daß das Skalpell, wenn er den Unterarm von dem festgebundenen Ellbogen aus so weit wie möglich hinüberstreckte, gerade in Reichweite seiner Finger war. Das grauenvolle Etwas kauerte auf ihm. Schon speiste es den Leitungsstrang in den Leistenschnitt seines Opfers ein, und zuerst ließ ein Stich von Entsetzen die Hand des Doktors innehalten. Dann rief er sich ins Gedächtnis, daß der Feind bis zum Abschluß der Implantation, bis zu seiner Installierung in den körperlichen Verstärkern der Augen und der Ohren, nur eine von Stöpseln und Anschlußbuchsen starrende Masse war, ohne Sinn und Verstand – eine vollkommen taube, blinde Monade, die in einem absoluten Solipsismus zwischen zwei gefangenen Wahrnehmungshüllen wartete.
Der Doktor sah seine Finger, die sich über dem blitzenden Instrument der Freiheit reckten, dachte mit einem wahnsinnigen Lächeln an Gott und Adam unter dem Dach der Sixtinischen Kapelle und lupfte dann, mit der Präzision eines ganzen Chirurgenlebens, das Skalpell aus der Handfläche. Der Arm fiel herunter und blieb hängen.

»Schlaf«, sagte der Doktor. »Schlafe in Frieden, denn du bist gerächt.«
Aber er mußte feststellen, daß seinem Vergeltungsakt durch die sorgfältigen Vorkehrungen des Außerirdischen ein jäher Riegel vorgeschoben wurde. Sein Ellbogen war so festgeschnallt, daß der Oberarm fast rechtwinklig von seinem Körper abstand. Vors Gesicht konnte er sich die Hand darum halten, wie es ja auch den Bedürfnissen des Parasiten nach einer koordinativen Hand-Augen-Kontrolle entsprach; was er hingegen nicht konnte – nicht einmal mit dem Skalpell zur Verlängerung seiner Reichweite – war, die Spitze dieses Instruments bis auf zehn Zentimeter an seine Leiste heranzubringen. Unbeirrt speiste der Parasit seine Saugröhre ein. In höchstens drei, vier Minuten würde er, danach zu urteilen, wie lange er gebraucht hatte, um sich aus Allen herauszuziehen, die Bewegungskontrolle an sich reißen.
In rasender Verzweiflung verrenkte der Doktor sein Handgelenk, um den Riemen, der quer über die Armbeuge verlief, zu durchstechen. Er konnte einfach nicht genügend Druck ausüben und hatte das Skalpell so ungeschickt im Griff, daß er es selbst bei leichten Bemühungen zu verlieren drohte. Glatt und reibungslos sank die Wurzel der außerirdischen Kontrolle in ihn ein. Das Wesen war ein wehrloses, aus Gallerte bestehendes Etwas, gegen das er tödlich bewaffnet lag, und doch war er verdammt – ein Vorgeschmack auf all die Ohnmacht seines künftigen Sklavendaseins.
Aber natürlich gab es eine Möglichkeit. Nicht, um zu überleben. Aber um zu entkommen und sich zu rächen. Einen Moment lang starrte er auf die Kreatur, die ihn gefangennahm, und stählte seinen Mut in der Flamme des Hasses, den sie in ihm entfachte. Dann legte er rasch die Abfolge seines Manövers fest und begann.
Er streckte das Skalpell nach seinem Hals, öffnete das obere Schilddrüsengefäß – sein Tintenfaß –, legte das Skalpell neben sein Ohr, tunkte einen Finger in sein Blut und fing auf der Metalloberfläche der Bahre zu schreiben an, wobei er sich vom Oberschenkel zur Achselhöhle bewegte. Seltsamerweise hatte er bei dem Einschnitt in seinen Hals, obwohl die Muskeln dort nicht taub waren, keinen Schmerz empfunden, und diese Tatsache verlieh ihm neuen Mut, neue Hoffnung für das, was noch zu tun blieb.

Als er fertig war, lautete die Botschaft:

BEWUSSTSEINS-PARASIT
VON ALLEN IN MIR
ALLES AUFSCHNEIDEN, BIS
1500-GRAMM-
NERVENMASSE
GEFUNDEN

Er wollte seinem Freund noch einen Abschiedsgruß schreiben, aber der Außerirdische hatte begonnen, parallel zu der Hauptfaser kleinere Nebenfasern auszulassen. Jetzt kam alles auf Geschwindigkeit an.

Der Doktor ergriff das Skalpell, rollte den Kopf nach links und stieß sich die Klinge tief ins Ohr.

Oh, Wunder! Letzte, zufällige Gnade! Es tat nicht weh. Irgendein hochspezifisches Betäubungsmittel tat seine Wirkung. Mit vorsichtigen, aber tiefen Stichen machte er das rechte Innenohr unbrauchbar und stürzte dann mit gleicher Gründlichkeit das linke in absolute Stille. Es folgte das Durchtrennen der Stimmbänder, danach das der Genicksehnen, die den Hals aufrecht hielten. Zu gerne hätte er auch Unterarme und Unterschenkel kappen können, aber es ging nicht; er war gefesselt. Blindheit, Verlust der Gleichgewichtszentren und eine nur grobe Bewegungskontrolle – all diese Bedingungen würden die Flucht des Außerirdischen jedoch höchstwahrscheinlich erschweren – sofern es ihm überhaupt gelänge, einen blutleeren Leichnam wiederzubeleben, in dem er noch keine feinmaschige Wechselbeziehung hatte herstellen können. Vor der Zerstörung seiner Augen hielt der Doktor kurz inne und blinzelte, um sein Ziel von Tränen zu befreien, während das Skalpell über seinem Gesicht schwebte. Dann: einmal das rechte – einmal das linke. Beide Netzhäute wurden akribisch weggeschnitten und das Dotter der Sehkraft restlos herausgekratzt. Die letzte Aufgabe des Skalpells, nachdem es den Kopf erst zur Seite gekippt hatte, so daß die Botschaft keinesfalls durch den Blutstrom ausgelöscht werden könnte, bestand darin, die äußere Halsschlagader aufzuschlitzen.

Als dies geschehen war, seufzte der alte Mann vor Erleichterung, legte sein Werkzeug nieder und verspürte im selben Moment das tiefe, einwärts gerichtete Prickeln einer außerirdischen Energie – etwas, das flackerte, knisterte, flackerte, *tastete*, den gesuchten Halt aber doch nicht ganz fand. Und während er dem Schlaf entgegensank, sprach der Doktor in seinem Innern – in seinem Gehirn, wie ein Mann ohne Stimme sprechen muß – diese sorgfältig gewählten Worte zu dem Parasiten: »Willkommen in deinem neuen Heim. Ich fürchte, es ist zu einigen Verwüstungen gekommen – das Licht geht nicht, die Rohre sind fürchterlich undicht, und auch ein paar andere Dinge könnten besser sein – vielleicht ist es ein bißchen *zu* still in der Nachbarschaft, und eventuell fällt es dir schwer, dich zurechtzufinden. Aber für mich war es siebenundfünfzig Jahre lang ein sehr gemütliches Zuhause, und irgendwie glaube ich, du wirst bleiben ...«

Das Gesicht war der Leiche von Joe Allen zugewandt und schien purpurne Tränen zu weinen; aber seine letzte Bewegung vor dem Tod bestand in einem Lächeln.

COPYRIGHT-VERMERKE

Knaur

Horror vom Feinsten

(1800)

(1815)

(1820)

(1824)

(1828)

Knaur

Horror vom Feinsten

(1801)

(1807)

(1821)

(1827)

(1831)